U0535017

兰州大学人文社会科学类高水平著作出版经费资助项目

戏剧史视野下的《元曲选》与臧懋循

管 弦◎著

A Study of *Yuanquxuan* and Zang Maoxun from the Perspective of Drama History

中国社会科学出版社

图书在版编目（CIP）数据

戏剧史视野下的《元曲选》与臧懋循 / 管弦著.
北京：中国社会科学出版社，2024.12. -- ISBN 978-7-5227-4329-5

Ⅰ.I207.37

中国国家版本馆 CIP 数据核字第 2024P1D061 号

出 版 人	赵剑英	
责任编辑	张　湉	
责任校对	姜志菊	
责任印制	李寡寡	

出　　版	中国社会科学出版社
社　　址	北京鼓楼西大街甲 158 号
邮　　编	100720
网　　址	http://www.csspw.cn
发 行 部	010-84083685
门 市 部	010-84029450
经　　销	新华书店及其他书店
印　　刷	北京明恒达印务有限公司
装　　订	廊坊市广阳区广增装订厂
版　　次	2024 年 12 月第 1 版
印　　次	2024 年 12 月第 1 次印刷
开　　本	710×1000　1/16
印　　张	27
字　　数	393 千字
定　　价	156.00 元

凡购买中国社会科学出版社图书，如有质量问题请与本社营销中心联系调换
电话：010-84083683
版权所有　侵权必究

自 序

本书是在我的博士论文的基础上修改而成的。

博士毕业十多年之后，才开始着手准备博士论文的出版，扪心自问，似乎也不能完全推给虚无缥缈的"拖延症"。首先是因为我自己当时对论文的内容并未完全满意。对臧懋循的《元曲选》进行功过评价其实由来已久，我当时最主要的观点，是认为明人的元杂剧选集，自然就是明代戏剧思想的产物，并不一定就要背着"保存元杂剧原貌"这样的包袱，应该放下功过之论，专注其自身的时代价值。《元曲选》作为一部剧本选集，除了起到保存文献的作用之外，还对其编选对象进行了选择性传播。其成书和传播的过程，正是那些来源于时代且融入了时代的编选者臧懋循本人的戏剧思想作用于元杂剧剧本形态的过程。但如何呈现其中的戏剧思想，我总觉得当时论文中的做法有所欠缺，但又难以找到突破点。其次，高校的工作确实头绪繁多，人的精力也有限，旧时的思路再难接续，论文的重修就被无限期地搁置了。

出书的时间跨度太长，当时的成果现在自然已非新见。而这十几年间，关于臧懋循、元杂剧与《元曲选》的研究也还在不断涌现，不断丰富着人们的认知。例如当时研究臧懋循主要参考的是徐朔方先生的《元曲选家臧懋循》和《晚明曲家年谱》中的臧懋循年谱部分，臧本人的著述则主要来源于《负苞堂集》，其他参考资料很少。现在有刘凤霞老师的《臧懋循研究》，是首部对臧懋循展开全面、系统研究的专著，论其家世、生平、交游、诗文、曲论及刻书活动甚详，意义非凡；有黄梅宝女士的《戏梦人生：元曲大家臧懋循》，在史料文献的基础上，围绕臧懋循的生平创作了长篇小说，其史料意义和文学意义都值得关注。著述方面又有了赵红娟校勘整理的《臧懋循集》，其中除了臧懋循的作品外，还详细梳理了臧懋循的家族谱系、亲友交游，对臧懋循的书籍出版活动及其影响也多有讨论。近些年来，从剧本形态、剧本体制等各方面来探讨《元曲选》中所收元明杂剧剧本的研究成果也越来越多。例如，就在我毕业的2011年6月，孙书磊老师在《戏剧艺术》上发表了《臧懋循〈元曲选〉的底本渊源及其文献价值》，指出《元曲选》的主要底本为《古名家杂剧》和《古杂剧》，并以《元明杂剧》和《阳春奏》为参校本。通过对不同版本的对比研究，作者探讨了《元曲选》的改编价值和缺陷。陈妙丹在《戏曲艺术》上发表的《论明代文人对元明北杂剧的校改——以剧本形态的演变为中心》一文中，通过考察同一剧目的不同版本，在很多细节差异的比较基础上论述以《元曲选》的编订为代表的文人的介入如何使得北杂剧的剧本形态趋于定型。这些成果在本书的修订过程中都给了我很大启发。尤其是康保成老师在《文艺研究》上发表的《"虚下"与杂剧、传奇表演形态的演进》，因为这篇文章指出了我以本书中部分内容发表的小文《臧懋循〈元曲选〉中"虚下"提示的使用特点》中只围绕元杂剧剧本提示进行研究的不足，将元、明、清以来杂剧与传奇剧本中的上下场提示一同纳入考察范围，借以分析中国戏曲在没有外来影响的相对封闭的环境下，在明代中晚期的"戏剧化"历程。康老师的研究也使我认识到，从表演形态的演进这一角度出发，可以为传统的版本比较方法带来新的意义。《元曲选》虽然是元杂剧辉煌艺术成就的某种延续，但与明代戏剧表演形态的关系更近，更应当被看作明代戏剧史坐标轴上的某个重要坐标。本书中论及的所有文本细节，如能都以如此广博的视野在戏剧史中上下求索参照，其发展线索也会更加清晰。可惜受时间与精力所限，在修文过程中亦未能尽如人意，实在惭愧。

在论文未能出版的这些年里，我也进行了一些其他领域的研究工作，有时也会触发一些应该如何认识臧懋循的《元曲选》的灵感。例如近几年来，在我的硕士导师赵建新先生的带领下，我开始从事一些甘肃民间皮影戏剧本文献的整理研究，借由此项工作，我对戏剧的文本形态和演出形态的差异也有了更多认识。民间影戏艺人演出时，有的需要照着剧本演唱；有的则完全凭借自己背下来的底本和演出经验，没有文字剧本。即使是在现有的文字剧本中，也会为艺人的临场演出留下很多发挥的余地。此类剧本多为抄本，在抄写过程中常使用各种符号来代替文字，如一些习用的上场诗，"点将"之类的表演程式，往往就会被特定的书写符号替换掉。唱词少的武打戏或战争戏，在剧本里可能就记下了上下场顺序或简单动作，至于演到此段时如何操纵影人，则由艺人自己掌握。即使是已经发展得相当成熟的影戏剧种，如果从剧本内容来看，其体制也未必是完全成熟的。同时期的剧本与舞台演出有相互参照互为补充的关系，我们现在看到剧本的简陋不完善之处，由于阅读行为的滞后，不代表剧本创作时期的影戏的实际水平。同样，《元曲选》几乎是从案头文学的角度提供了元杂剧剧本的最完善形态和最佳模板，但这未必是元杂剧剧本的真实形态，也未必是元杂剧的实际水平。因为与其形成参照补充关系的，是晚明时期的戏剧演出，远滞后于元杂剧实际产生的年代。而由于《元曲选》在传播上的巨大影响，这种认知又被辐射开去，直接影响了后世对元杂剧的看法。元杂剧作家们进行创作的时候，他们写出来的原始剧本究竟是什么样的，这个"源头"尚存诸多疑问，没有新材料发现之前，纠结于"原貌"如何意义不大。但《元曲选》作为"中介"，它在中国戏剧史上的意义应该是更为清晰可辨的，这也是我认为这部拙著现在还有出版价值的最主要的原因。

我非常感激的是，我的博士导师黄天骥教授一直非常关心此书的出版，比我本人对待这本书的态度要认真多了。这些年里，老师不仅自己时常过问出书的进展，每当有熟人赴广州参加学术会议，见到黄老师，黄老师也总会托他们带话，让我赶紧把书出了。可惜我总仗着山高路远，老师又一向和蔼，于是一味装死，导致这工作被拖延许久。但老师的殷殷教导和真诚鼓励，也经常令我心中忐忑，不能真的做安静躺平的咸鱼。2022年，大年三十晚上，千家万户吃着团圆饭看春节联欢晚会的那个时候，我给老师短信拜年，本以为老师正与家人团聚，不会很快回复。不料老师旋即便回信说他正在修改自己的书稿，差点忘了今天是春节，这实在令我惶恐无地。老师耄耋之年，尚笔耕不辍，不肖如我是否也过于怠惰了？于是我打点起精神，终于能坦然面对修书出版这项工作。由于此书的写作时间与出版时间的差距较大，虽经修改，但多集中于学界研究成果和部分注释的增添，其他部分仅仅对文句略有修饰，主要观点都未曾改动。也就是说，在对相关问题的看法上，并不由如今略有寸进的我为当年并不成熟的我做任何掩饰，敬待各位方家指正。由于修书的时间和增添的内容都很有限，对于学界同仁近年来在《元曲选》及元杂剧相关研究中取得的进展倘若未能一一述及，在此亦诚恳致歉。

目　　录

引　言 …………………………………………………………… (1)
　　一　我们现在应当如何看待《元曲选》？ ………………………… (1)
　　二　在戏剧史视野下研究《元曲选》的意义 …………………… (10)

第一章　《元曲选》及其相关研究 ……………………………… (17)
　　第一节　《元曲选》简述 ……………………………………… (17)
　　第二节　研究状况综述 ………………………………………… (38)

第二章　《元曲选》的成书背景 ………………………………… (62)
　　第一节　臧懋循的戏剧思想 …………………………………… (62)
　　第二节　臧懋循的《元曲选》编选思想 ……………………… (80)
　　第三节　元杂剧在明代中后期的流传 ………………………… (111)

第三章　《元曲选》的编选特点 ………………………………… (127)
　　第一节　《元曲选》的序言及所附曲论 ……………………… (128)
　　第二节　《元曲选》的选剧特点及其戏剧史意义 …………… (160)
　　第三节　《元曲选》编选中的两个问题 ……………………… (189)

第四章　《元曲选》中的上下场 ………………………………… (205)
　　第一节　《元曲选》中的上下场提示及其异本比较 ………… (207)

第二节 《元曲选》中部分上下场提示分析 …………… (280)
第三节 《元曲选》对主唱脚色上下场的安排 …………… (316)

第五章 《元曲选》中的程式化片段及用语 …………… (330)
第一节 《元曲选》中常见的程式化片段 …………… (331)
第二节 《元曲选》中的程式化用语 …………… (355)

第六章 《元曲选》中的动作提示及其他 …………… (368)
第一节 《元曲选》中的动作提示 …………… (368)
第二节 《元曲选》在细节上的文学性倾向 …………… (379)

结　论 …………………………………………………… (400)

参考文献 ………………………………………………… (407)

引　言

一　我们现在应当如何看待《元曲选》？

郑尚宪先生在《臧晋叔改订〈元曲选〉考》[①]一文中，用"功魁祸首"四个字来评价《元曲选》的编选者臧懋循，可谓是对学界长久以来围绕臧懋循的"功过之辨"的总结。《元曲选》自其成书以来就是了解与研究元杂剧的重要资料，该书收入了一百种元明杂剧作品，占现存元杂剧作品总数的三分之二左右，具有重要的史料意义和研究价值。这一百部作品中，有的仅见于《元曲选》，其意义自然不言而喻；有的有别本可供比较，也可以成为元杂剧异本研究的重要材料。戏曲研究者对臧懋循在文献资料保存方面的功绩一般都给予肯定，但对《元曲选》所收剧本是否忠实于原本则表示普遍怀疑。已有大量材料证明，《元曲选》所收的剧本与在其他选本中保存的剧本有明显差异，臧懋循本人对剧本做出的改动应当是造成这种差异的原因之一，因此有不少研究者从改变元杂剧原貌的角度出发，对臧懋循改订剧本的行为进行批判。不过近些年来，关于《元曲选》的评价又产生了一些新的看法，其中有几种倾向是值得我们注意的。

第一种倾向是，应当客观看待臧懋循对元杂剧剧本做出的改动。其

[①] 郑尚宪：《臧晋叔改订〈元曲选〉考》，《文献》1989年第2期。

实不同时代的人们如何看待《元曲选》及其编选者臧懋循，与他们所处的时代和他们对待元杂剧文献的态度有关。《元曲选》面世之后不久，王骥德就曾指出此书"句字多所窜易，稍失本来"[1]，凌濛初也认为臧懋循在曲学方面"识有余而才限之"[2]，对其剧本改订持不认同态度。当时的曲论者对南曲的创作现状表示不满，对元杂剧的艺术成就则十分向往，他们对臧懋循的指责多少受到"厚古薄今"的思想影响。在他们的意识中，元杂剧是具有权威意义的经典著作，臧懋循如若在《元曲选》中对元杂剧的剧本做出改动，会削弱其本来的艺术价值。到了清代，由于在传播过程中逐渐散佚，元杂剧的相关资料比较匮乏，研究者们对臧懋循的批判就转移到了有原本及别本可参考的"临川四梦"的编改上，他们对《元曲选》中保存元杂剧的真实性虽有质疑，但因为在《元曲选》之外，缺乏可供对比的资料，不能对这一问题有更加深入的认识。

20世纪的相关研究中，学者们评判《元曲选》则主要是以"求真"为标准的。随着元杂剧材料的不断发现，《古名家杂剧》等其他元杂剧选集开始进入人们的研究视野，特别是《元刊杂剧三十种》从私人藏书家手中流传出来之后，研究者发现《元曲选》不仅与元刊本有巨大差异，与其他明代版本也不尽相同，这才使得《元曲选》又一次成为众矢之的。最有代表性的当属孙楷第在《也是园古今杂剧考》中对《元曲选》的批判，孙先生指出臧懋循的改订本大概只保存了原文的十之五、六甚至十之四、五，痛心疾呼："嗟乎！安得元本尽出，使世人得一一读原文论定其曲也。"[3] 孙氏的观点自有偏颇之处，徐朔方先生已经指出，孙只对部分元杂剧作品进行了校勘，"从部分版本的不

---

[1]（明）王骥德：《曲律》，中国戏曲研究院编：《中国古典戏曲论著集成》（四），中国戏剧出版社1959年版，第170页。

[2]（明）凌濛初：《谭曲杂札》，中国戏曲研究院编：《中国古典戏曲论著集成》（四），中国戏剧出版社1959年版，第260页。

[3] 孙楷第：《也是园古今杂剧考》，上杂出版社1953年版，第153页。

十分认真的校勘而推断出对全部版本的优劣得失的结论,这当然不可能完全符合事实。"① 后来的研究者们在对元杂剧的现有文本进行大量比勘的基础上认识到,孙楷第先生指责《元曲选》只保留原文"十之四五"未免夸大,《元曲选》与元刊本相比固然有很大差别,早于《元曲选》的《改定元贤传奇》等本与元刊本也未必一致,明人对元杂剧的改编其实是一种普遍现象,而不是臧懋循的个人行为。

于是21世纪以来,针对臧懋循究竟应该在这个问题上负多大责任,研究者们越来越倾向于给出一个较为"公平"的意见。如元杂剧在明代的流传过程究竟如何,解玉峰在《论臧懋循〈元曲选〉于元剧脚色之编改》一文中指出:"《改定元贤传奇》《古名家杂剧》等明刊剧集的编者据明内府抄本杂剧作第一步的编改,《元曲选》则是在这一编改'成果'之上作更进一步的改造(《元曲选》所收孤本杂剧可能是臧懋循直接据内府抄本进行改订),晚出的孟称舜《古今名剧合选》直接依赖《元曲选》,但在一定程度上又向《改定元贤传奇》等早期杂剧选本'回归'。"② 元杂剧的编改是一个长期过程,而不是暂时现象。杜海军在《〈元曲选〉增删元杂剧之说多臆断——〈元曲选〉与先期刊抄元杂剧作品比较研究》③ 一文中也通过比较说明,《元曲选》与早于它的明刊本多有相同之处,而其不同之处,无论功过都应当看作是明人的集体作为,是一个时代戏曲观念的变化和发展的结果,因此不能怪罪臧懋循一人。

在《元曲选》是否真的改变了所谓元杂剧的"原貌"这个问题上,学者们更早就提出了疑问。郑骞先生早就提出,对删改元杂剧文本的问题应当立足于杂剧的性质来看,"杂剧在元代只是流行社会民间的一种通俗文艺,不是圣经贤传高文典册,谁也不理会甚么叫作尊重原文保持

---

① 徐朔方:《元曲选家臧懋循》,中国戏剧出版社1985年版,第23页。
② 解玉峰:《论臧懋循〈元曲选〉于元剧脚色之编改》,《文学遗产》2007年第3期。
③ 杜海军:《〈元曲选〉增删元杂剧之说多臆断——〈元曲选〉与先期刊抄元杂剧作品比较研究》,《广西师范大学学报》(哲学社会科学版)2008年第3期。

真象；而且，经过长时期许多伶人的演唱，更免不了随时改动。所以，元杂剧恐怕根本无所谓真正的版本，只能求其比较接近者而已。一切改动，更无从万全归之于某一本书或某一个人。"① 美国学者奚如谷继承并发展郑骞的观点，在《臧懋循改写〈窦娥冤〉研究》一文中阐述他对杂剧文本改订的看法：

> 手稿、剧本是任何人都可以依照个人的理解、愿望改写的；戏剧表演基本上是一种公共创作，在舞台上可以解释和再解释。《窦娥冤》这个戏，是作为一个抽象的实体而存在，就是说可以把它和一个或几个剧本联系起来，但又是独立于所有的书面来源，除非那些书面资料已被改编为口头演出；剧本原文不同于已作为舞台一部份的戏，而且，随着时间、地点的变更，剧本也曾反映出演员传达、观众接受及作家记忆等方面的影响。这种不同文本更改的过程，在事实上，可能主要不是文学的，而是因文人的情趣或舞台演出技巧所需而更改。"戏剧"的意思，一直是不甚严格地确定的一套题目和说白，它们可以根据演员或作者的不同标准进行组合和修改，剧本作为作者（文化）、舞台（演员）、观众（或读者）之间的更改对象，不从属于和正统出版物有较多联系的手稿流传的那种严格的要求和规则；由于文学作品的地位不如经典著作，所以剧本也不固定为任何不可更改的权威形式。②

荷兰学者伊维德更进一步提出，元代的杂剧很有可能是一种没有完整剧本的简单商业演出，因此，任何形式的元杂剧文本都是编辑、修订的结果。从这个意义上来说，我们从未看到过真正意义上的"元"

---

① 郑骞：《臧懋循改订元曲选平议》，《景午丛编》，台北：中华书局1972年版，第409页。

② [美]奚如谷：《臧懋循改写〈窦娥冤〉研究》，《文学评论》1992年第2期。

杂剧：

> 元杂剧本来是比较简单的一种戏剧形式，以正旦或正末的演唱为主。而唱词有时十分直露和粗俗。戏剧一旦被明代统治者改编为一种宫廷娱乐，就发生了许多本质上的变化，意识形态的压力迫使许多剧本要重写，严格的审查制度使剧本的全部内容必须都以书面形式写出来，而戏剧演出环境的变化加强了杂剧的戏剧性。在万历年间出现的元杂剧版本正是这些改编和压力的结果。其后，《元曲选》的编者又将这些宫廷演出本改编为江南文人书斋中阅读的案头剧本。因此，可以说这些剧本从商业性的城市舞台，经过宫廷官宦机构，最终流落到了学者们的书斋中。而只有在进入书斋之后，戏剧才成为固定的，供阅读和阐释的文本。经过许多人的手之后，它们才能被作为某个作家的作品来研究。①

既然元杂剧本无"原貌"可言，臧懋循"改变原貌"的罪名也就不成立了。以上对相关问题的认识的发展，实际上给元杂剧的研究带来了新的挑战，既然现在用以研究的元杂剧文本其实都经过了漫长而复杂的编改过程，而且谁都无法确认诸如关汉卿的《窦娥冤》、马致远的《汉宫秋》等一时之经典的"原貌"，那么现在以《元曲选》为元杂剧的研究对象，严格说来其实是在研究"经过明人编改后的元杂剧"，此前没有考虑到这一点而得出的所有对元杂剧的认识就都显得不够全面了。

这种认识倾向对本文的研究有很大的启发作用。既然没有真正意义上的原本，对元杂剧的研究该从什么角度入手呢？在当前对戏曲文本的流传过程已有一定认识的情况下，应当注意到，非"原本"的元杂剧

---

① ［荷］伊维德：《我们读到的是"元"杂剧吗——杂剧在明代宫廷的嬗变》，宋耕译，《文艺研究》2001年第3期。

并不是就没有研究的价值。《元曲选》等明代选本中收录的元杂剧文本，其实是明代中晚期编选者概念中的元杂剧，他们不是也没有必要是元杂剧的"本来面貌"。也就是说，《元曲选》等明代元杂剧选本中提供的是经过长期改编和整理后的杂剧剧本，其中不仅有原作者的原始创作，也有后来在宫廷演出及文人整理过程中的改动痕迹。因此，对《元曲选》与元刊本及其他明代元杂剧选集及全集的比较，虽然不能说明元杂剧的本来形态，但却能较为明确地认识到臧懋循在《元曲选》中呈现出来的改变。而这种改变的发生与元杂剧文本的发展过程和明代戏曲的发展状况都有必然的联系。因此，本书才不满足于仅仅给臧懋循一个"公平"的评判，而将《元曲选》作为一种特定的研究对象来分析其特点和价值，通过对《元曲选》的考察来分析臧懋循的戏剧思想，补充他在戏曲理论论述方面的不足，并进而在戏剧史的视野下探讨《元曲选》的编改特点与明代戏曲发展状况的关系。这应当是在现有条件下较有意义的工作。

第二种常见的批评倾向则是对《元曲选》的剧本编改效果进行品评，尤其是针对较为明显的曲文或剧情方面的改动。例如郑骞先生在《臧懋循改订元曲选平议》中总结其改动特点的时候就说过："臧氏的改笔，有时很成功，或者确比原文好而点石成金，或者虽不比原文更好而能在原文之外自成风格。成功的增添，使剧情或曲文生动饱满。成功的删除，收到简洁的效果。但在另一方面，臧氏却有他失败的地方；而且，据我个人的意见，失败多于成功，尤其是曲文，他的改笔有许多处远逊原作。"[1] 徐朔方先生在《元曲选家臧懋循》一书中举出了很多具体例子，如《陈抟高卧》第一折【混江龙】的后半首，元刊本、《阳春奏》、《杂剧选》都作："怕有辨荣枯，问吉凶，冠婚宅葬，求财干事，若有买卦的贪心，全凭圣典，不顺人情"；《元曲选》中作"也不论冠

---

[1] 郑骞：《臧懋循改订元曲选平议》，《景午丛编》，台北：中华书局1972年版，第416—417页。

婚宅葬，也不论出入经营，但有那辨荣枯，问吉凶，买卦的心尊敬，我也则全凭圣典，不顺人情。"徐先生指出类似这样的改动在内容不变的情况下，使语言变得生动顺畅。而如《倩女幽魂》第四折的【寨儿令】第一句，《太和正音谱》《古名家杂剧》《古杂剧》三本都作："我每日价萦萦，搁不住两泪盈盈"；《元曲选》本则为"可怜我伶仃也那伶仃"，徐先生认为这是弄巧成拙，片面追求语言的俚俗而失去了自然之趣①。对于这类曲文或剧情比较的结论，如郑骞先生所说，这是他的"个人意见"，因为这种品评判断的标准其实是因人而异的。戚世隽在《〈元曲选〉研究之探讨》一文中对诸家说法进行了总结："对于其改笔，徐朔方、徐扶明、邓绍基等多数学者认为改得好的是主要的，但郑骞、顾学颉则认为'失败多于成功'，但这些分歧多半是由于不同学者的欣赏趣味不同所致。"② 因此，在研究者的欣赏趣味与品评标准都存在差异的情况下，在对《元曲选》中改本的文学价值的鉴赏会有一定的主观性，但尝试对臧懋循的改编规律进行总结，将会是较为客观的研究思路。

元杂剧完备的剧本内容应包括曲、白、科三部分内容。一般认为元杂剧的曲词抒情、宾白叙事，抒情性与叙事性是元杂剧的重要特征，围绕臧懋循的改笔中"曲"与"白"的研究成果也比较多。其实，元杂剧剧本中"科"的部分虽然没有直接的文学价值，但却有十分重要的作用。科介提示指向的是演员的动作、表情，场面的接续，歌舞的安排，道具的使用和舞台效果，与戏剧场面的设计及戏剧意境的构建都息息相关，而戏剧作为一种舞台艺术的基本特征也更多体现在这些方面。从目前可见的元杂剧版本来看，这部分内容在元杂剧的文本流传过程中也发生了变化，对其进行比较研究后就可以发现，臧懋循的改动是形成

---

① 徐朔方：《元曲选家臧懋循》，中国戏剧出版社1985年版，第28—32页。
② 戚世隽：《〈元曲选〉研究之探讨》，载北京师范大学古籍与传统文化研究所编《中国传统文化与元代文献国际学术研讨会会议论文集》，中华书局2009年版，第370页。

目前所见的元杂剧剧本科介面貌的重要原因，而这些改动受到他本人的戏剧思想的影响。在明代中晚期的戏剧理论论争中，臧懋循所推崇的是"当行"，他对元杂剧的改动也遵循"当行"的原则，如能从科介提示入手，对《元曲选》中的改动规律进行细致分析，会对臧懋循的戏剧理想和艺术追求有更进一步的认识。

另外，关于《元曲选》作为一部戏剧选集在剧本选择方面的眼光，也有研究者表示不满，尤其是针对其中一些思想性和艺术性都不甚出色的作品，似乎就是这些作品挤占了"百部"的名额，才使得其他"可能更为优秀"的作品没有被保存下来。如评价《盆儿鬼》，"此剧不仅有浓厚的迷信思想，且情节散漫，如第一节与杨同行的赵客类似赘瘤（脉望馆本中人物，《元曲选》已删去），第二折的瓦窑神作闹也觉无谓。不如京剧《奇冤报》的钟馗，结尾时尚出场做证人。曲文也本色而不动人，不知臧晋叔当日何以选中此剧。"[①] 还有说《争报恩》，"剧情不见于《水浒传》小说，剧中水浒英雄虽没有《还牢末》那样不堪，却也无甚光采，曲词结构也都平常，不知臧晋叔当日何以看中这个杂剧。"[②]

虽然现在并无资料证明臧懋循的选剧标准究竟是什么，但从现有的入选作品来看，臧懋循对元杂剧剧本中动作性、伎艺性场面的呈现是较为重视的。就以被认为是"迷信""无谓"的《盆儿鬼》为例。该剧虽然沿用了鬼魂诉冤的剧情套路，曲词、宾白、结构、人物塑造上也确实乏善可陈，但剧中的动作表演非常之多，且富有特色，可见这部剧作在实际演出的时候，应当非常倚重演员动作方面的基本功。如第二折中的瓦窑神出场，正末所扮的瓦窑神"做踏开门""净慌躲床下""正末拿住搽旦科"，撇枝秀为自保赶紧供出盆罐赵躲在床下，叫他出来，

[①] 赵景深主编、邵曾祺编著：《元明北杂剧总目考略》，中州古籍出版社1985年版，第510—511页。

[②] 赵景深主编、邵曾祺编著：《元明北杂剧总目考略》，中州古籍出版社1985年版，第546页。

"叫三次科",盆罐赵都不答应。瓦窑神威胁要把他连床一起砍了,盆罐赵这才"出头窥科",被"正末揪住头发拖出科""做坐净身上科""正末放起净净叩头科""净搽旦连叩头科"。从这些文字上来推想,就能想象这些场面会有多么生动、有趣的效果。而在这样浓厚的喜剧氛围中,观众又能见到盆罐赵、撇枝秀这对恶人夫妇在危难关头如何相互出卖,他们在小商人杨文用面前何等狠毒,在瓦窑神面前又是何等恐惧,这样的反差可以给观众留下深刻的印象。第三折杨文用的鬼魂上场之后,也有一系列的特殊表演:鬼魂跟随张憋古一路回家,做出种种戏耍他的动作:张老汉铺着睡觉的羊皮,被鬼魂偷走;老汉用来小解的瓦盆,被鬼魂搬来搬去。脉抄本甚至还有"魂子拿羊皮在正末头上转科"这样的动作提示,联想到现在的东北二人转中耍手绢的表演,可以推测此类动作其实是专门的技艺表演。情节要求上的"诉冤"并不需要此类的夸张动作,通过演员的肢体表演,形成滑稽、热闹的动作场面才是作者安排这些环节的主要原因。我们今天在欣赏传统戏曲的"四功五法"、对戏曲中的各种绝技绝活给予赞叹的时候,就不能忽视《盆儿鬼》这类杂剧作品对动作表演的重视。如果不是《元曲选》的选入,元杂剧中的这部分作品就会被埋没。从对元杂剧舞台艺术的研究角度出发,《元曲选》选入此类作品,其实有利于全面认识杂剧作品的时代风貌与艺术特点。正是因为这部分剧作被保存并且流传下来,才能够反映出元杂剧除了以曲词部分的抒情为重点的"曲本位"创作之外,也有考虑动作场面和剧场效果的"剧本位"的剧作。在臧懋循生活的明代晚期,戏剧的舞台性本质特征越来越突出。在这样的情况下,臧懋循改变之前同类选本的一贯倾向,以大量靠动作表演取胜的剧作入选。《元曲选》的价值,除了保存元杂剧精品数量的多少之外,还在于它保存元杂剧样本的种类。《元曲选》中的作品不仅能表现元杂剧的文学艺术水准,也能在某种程度上反映臧懋循对元杂剧这种戏剧形式应当如何在舞台上表演的认识。本书希望能在现有研究的基础上,对《元曲选》中体现出来的臧懋循选剧眼光的全面性有更为深入的揭示。

二 在戏剧史视野下研究《元曲选》的意义

在目前的戏剧研究中，到底应该将《元曲选》等明代中晚期选本中保存的元杂剧剧本看作怎样的研究对象，是个值得探讨的问题。一般而言，所谓元杂剧研究，应该以创作于元代的杂剧为基本研究范畴。但流传下来的元杂剧文本，却有明人的编改痕迹在其中，但也不能因此将其单列为另一种研究对象，更不能将其混同于明杂剧。就以《元曲选》为例，从现有材料中可以得知，臧懋循在编选过程中参考过家藏的杂剧"秘本"、麻城刘家的"内府本"和其他选集中的底本。家藏本的真实面目已不可知；"内府本"与宫廷演出的关系密切，其中难免有艺人为适应演出需要而进行的内容调整；其他选集中的底本，从现有的元杂剧版本看来，也不是完全一致的，可见选家改本是普遍现象。也就是说，《元曲选》中所收的剧本其实是在原作产生之后陆续生成的。戏曲剧本的生成本身就具有一定的流动性。首先，目前我们其实并不清楚，元杂剧剧本在创作的时候，是否有统一的剧本体制可以遵循，其原始面貌究竟如何是存在疑问的。其次，元杂剧作品完成之后，其传播过程中的每个环节都有可能使得剧本的内容发生改动：表演的艺人出于演出或记录的不同需求可以改，编选剧本选集的选家出于个人艺术欣赏眼光或编选目的可以改，剧本抄写或刊刻过程中由于种种原因还有可能改。如果没有确切的文献佐证，对于中间环节发生的改动很难一一辨明，但就其结果而言，《元曲选》其实是在一系列文本生成过程之后的产物（如图1-1）。在这种情况下，更适合将《元曲选》视为独立的研究对象，来考察明代晚期戏曲的发展状况及戏曲观念的变化，重新认识《元曲选》的研究价值，这也是本书的基本出发点。

在戏剧史视野下考察《元曲选》与臧懋循，大概有以下几方面的意义值得关注：

一、《元曲选》的成书是我国古代戏曲选本发展至成熟期的成功范

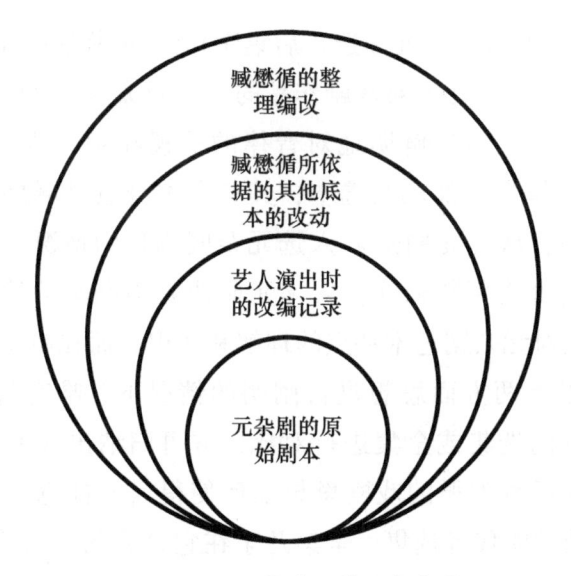

[图示内容，由内至外四个同心圆：]
- 元杂剧的原始剧本
- 艺人演出时的改编记录
- 臧懋循所依据的其他底本的改动
- 臧懋循的整理编改

图 1-1 《元曲选》的文本生成

例。赵山林先生在《中国戏曲传播接受史》一书中将明代戏曲选本的发展划分了三个阶段：明初到正德年间为沿袭阶段，大体上沿袭了元选本的体例，仅仅是一种简单的底本汇集，而没有明确的选录概念。嘉靖至隆庆年间为推进阶段，在前一阶段的基础上有所改变；从万历开始，传奇这一戏曲形式在创作和表演体制方面都走向成熟，而戏曲选本经过百余年的酝酿、试验，在选目、编印、传播各方面都已趋于稳定和多样化，因此从万历到明末属于戏曲选本的成熟阶段[①]。从时间上来说，《元曲选》就产生于戏曲选本的成熟阶段，其底本来源丰富，校勘与印刷都很精美，既能够反映明代传奇等戏曲艺术的发展如何推动了对前代元杂剧的崇尚与重视，又能侧面说明戏曲理论的进步与舞台艺术的更新如何塑造了臧懋循的戏剧审美标准。《元曲选》就代表着"选本"这种戏曲艺术批评手段在明代晚期的发展成就。

二、《元曲选》的编选是臧懋循的戏剧思想的重要补充。臧懋循的

---

① 赵山林：《中国戏曲传播接受史》，上海人民出版社 2008 年版，第 293—321 页。

戏剧思想集中体现在《〈元曲选〉后集序》《〈玉茗堂传奇〉引》等序文和散见的评点中，比如对戏剧作品的"关目紧凑""情词稳称"等特征的重视，以及旗帜鲜明地对音律的重视和对"当行"的推崇。而《元曲选》作为一部戏曲选本，其存在本身也是臧懋循的戏剧思想外化的体现：从《元曲选》入选元杂剧剧目的情况，可以看到臧懋循的元杂剧价值判断标准；从《元曲选》中剧本的编改情况，可以看到臧懋循对元杂剧艺术特点的理解和认识。而在臧懋循本人没有明确著述对以上两方面思想进行阐明的情况下，唯有将《元曲选》与其他元杂剧的选集或全集进行对比，方可归纳出《元曲选》的特殊性，借此分析臧懋循的戏剧思想如何使得《元曲选》中所收的剧本与在它之前的明代各选集、全集乃至在它之后的《古今名剧合选》中都不尽相同的面貌。

三、《元曲选》决定性地影响了元杂剧的传播、接受与研究状况。臧懋循在编书的时候，有参考家传的藏书，还借阅了其他藏书家的底本，《元曲选》是其精选之后的结果。从同时期的其他资料中也可以发现，明代中晚期的元杂剧保存数量还是比较丰富的。但历史最终证明，私人藏书家们"秘不示人"的珍本、善本很有可能在岁月的洪流中湮没无闻，遭遇颇多质疑的《元曲选》却是元杂剧剧本文献保存与传播过程中的功臣。后世的读者和学者们认识元杂剧的面目多由此书而来，甚至如柳无忌先生所说，《元曲选》在元杂剧的海外传播方面的影响也十分久远①，其功绩绝不可埋没。在臧懋循编书售卖的时候，他更多考虑的其实是如何使当时的读者接受这本戏曲读物。荷兰学者伊维德在《朱有燉的杂剧》一书中就说过："晚明的编者确信他们关于杂剧的一些原则，但他们不是要再现杂剧本来面貌的学者。他们的目的只是给大家一个为他们的艺术感受所能接受的剧本。臧懋循就是这样……他很明显地加以重订，增加了杂剧作为可阅读的文学作品的吸引力。我们研究

---

① 柳无忌：《臧懋循与〈元曲选〉》，《读书》1986 年第 9 期。

杂剧主要根据这后来的经过加工了的剧本。"① 可以说，《元曲选》不仅"保存"了元杂剧，也在某种程度上"塑造"了元杂剧。这在中国戏剧史上的意义是不可忽视的。

在现有的《元曲选》的相关研究中，还有两个经常被提起的问题值得我们在本书中进行讨论。一个是"文人化"。《元曲选》的出现是与明代戏曲的繁荣及文人对戏曲的积极参与联系在一起的。奚如谷在《文本与意识形态——明代编订者与北杂剧》一文中，就指出明代文人使得戏曲的合法性得到提高：他们将表演性的戏曲与书写或印刷性的文本加以区别；他们将戏曲与正统的诗歌传统联系起来，并借此将戏曲纳入与先前的主流文学形式相关的发展轨道，建立了"唐诗、宋词、元曲"这类的描述②。就以臧懋循为例，他确实在通过《元曲选》的编选和推广努力实现元杂剧地位的提高，并且对元杂剧的剧本形态进行了极大规范，使其与表演性的底本相区别，作为戏剧文学的阅读功能和价值都有提高。《元曲选》反映了臧懋循的文人趣味，但又不止于此。臧懋循少有才名，但科举之路并不顺利；三十一岁方中三甲，于宦海沉浮之中却又时有归隐之心；因放浪形骸丢官，又转向商贾之路以谋生。他的人生经历，在明中晚期文人群体中，有普遍性，但又不那么普遍。《元曲选》在戏曲选本传播方面的成功，与其选剧水准之高、刊刻质量之精良以及对读者需求判断之精准息息相关，这些有的来源于明代中晚期文人浸淫于戏曲"小道"中普遍性的心得体会，有的则来源于臧懋循独特的戏剧审美意识和商业眼光。其实在元杂剧之后，明杂剧在戏剧史上就素有"文人化"之论，其表现为杂剧创作越来越多地成为文人剧作家自抒胸臆、怀古喻今的表达工具，打破了原有的杂剧体制，音乐上由于南北曲的融合趋势也越来越自由。而臧懋循通过剧本编选的方式

---

① ［荷］伊维德：《朱有燉的杂剧》，张慧英译，北京大学出版社2009年版，第33—34页。

② ［美］奚如谷：《文本与意识形态——明代编订者与北杂剧》，甄炜旎译，《中国文学研究》（第16辑），2010年。

介入了元杂剧文本的流变，虽然在他的编改过程中也有文人旨趣在发挥作用，但在某些方面却是在向具有浓厚市井气息的元杂剧自身靠拢。与其说这是"文人化"，不如说这是臧懋循这类对戏剧艺术本体特征认识更为清晰的文人，在通过自己的方式向前一代生机勃勃的戏剧样式致敬。

与"文人化"相关联的另外一个问题就是"案头化"。在以往的研究中，对《元曲选》的编改倾向的一种典型说法就是"案头化"，这个词究竟应该怎么理解？在某些将"案头之曲"与"场上之曲"对立的语境中，"案头化"就是指剧作者的创作没有考虑到戏剧的本质特征，只在曲词上逞才求雅，或在念白中一味说教，戏剧结构散乱，难以付诸舞台演出，只能用于案头欣赏。《元曲选》的案头倾向显然与剧作者主观上的创作弊病无关，而是指通过对元杂剧的文本整理，将舞台语言转化为文学语言，是一个客观的转变过程。在明代中后期，戏曲的主要阵地已经被南曲占领，北杂剧的演出早已衰落，臧懋循等人的编改并不应对其淡出戏曲舞台负有责任。相反，元杂剧以舞台为载体的形式已经逐渐消亡，转而以文本为载体后却得到保存，这正是文本记录者的功绩。整体来看，《元曲选》中的剧本，是在距离前代元杂剧的创作和演出已有很长的时间间隔之后，在宫廷演出底本的基础之上，对元杂剧进行的文学呈现。将舞台语言转化为文学语言，就要将原本在舞台上呈现的戏剧的意境，通过文学的艺术手法表达出来。作为观众原本可以通过感官直接获得的美感，作为读者就要通过文字来感悟了。元杂剧的本来创作应当是曲本位的，在早期的元杂剧创作与理论研究中都表现出了对曲词的浓厚兴趣，然而今天看来，《元曲选》等元杂剧选集中就未必没有好的戏剧剧本，与元刊本相比，这是某种戏剧本体意识的进步。经过舞台语言向文学语言的转化，在《元曲选》等选集中呈现出的元杂剧，已经是一个独立而完整的可视作剧本文学的审美对象。剧本的编订者通过文学语言的表达，向读者传达对戏剧场面的设计和对人物行动的安排，希望读者能从文字上产生联想，在这样的交流中完成对戏剧意境的构建。

　　经过孙楷第、郑骞、徐朔方、邓绍基、奚如谷、解玉峰等先生对元杂剧文本进行的细致比勘，学界对《元曲选》在曲词、宾白、关目、脚色等方面的编改特点已经形成了一定的认识。本书的比勘主要针对的是元杂剧剧本中的上下场提示、动作提示及一些剧本中的程式化内容，这些内容也是元杂剧剧本的构成部分。之所以过去不受重视，是因为这些内容并不能直接体现剧本的文学价值。而且在元杂剧的流传过程中，经过重重改动，这部分内容所呈现的面貌已经很难说是原作者的本意。但是，上下场、动作提示和剧本的程式化内容，在舞台艺术特征方面却具有重要的意义。现有的几种元杂剧的选集和全集中，以将舞台语言转化为文学语言的程度而论，脉望馆本中保留的明内府抄本会较多保留对舞台的实际表演有依赖性的内容，这部分内容与当时的演出情况密切相关，但是文字的表现力不强。《古名家杂剧》等在内府抄本基础上做出初步修改的选本，转变的程度居中。而《元曲选》本的文学阅读性最强。虽然明万历前后出现的这批元杂剧的选集或全集都有文人参与编改，但是因为底本的不同及编改者做出的改动程度不同，将舞台语言文学化的程度也是不一样的。因此，将这些版本与《元曲选》本互相参看，对研究元杂剧的舞台语言到文学语言的转变过程，尚有一定的参考价值。而臧懋循对这一转变过程的完成又来源于他的戏剧思想，因为他以元杂剧为当时的南曲创作者学习的榜样，就必须使他所推崇的"当行"明确体现在《元曲选》中。因此，通过精确设计剧中的上下场等瞬间动作、完整再现元杂剧演出中具有表现力的程式化内容、合理处理剧中的细节问题等方式，臧懋循在文学语言的表达中，明显是考虑到了戏剧的观赏效果的。从现存的各种资料中来看，北杂剧的演出虽然衰落了，但臧懋循的《元曲选》依然被后世的戏曲班社作为演出的参考，这正说明《元曲选》与明代那些"案头化"的戏剧创作有所不同，臧懋循的改编是符合戏剧艺术规律的。

　　《元曲选》的编选与改动，都与明代戏剧的发展状况有着密切的关系。以下本书就将对臧懋循《元曲选》的编选特点,以及《元曲选》中剧本的科介提示等前人未能深入研究的内容的特点进行分章论述,希望能在详细讨论与深入分析的基础上,结合明代戏曲的发展状况,对臧懋循的戏剧思想与《元曲选》的意义有新的认识。

第一章 《元曲选》及其相关研究

关于《元曲选》的著述颇多，本书不再赘述，仅简单介绍其基本情况，在几个讨论比较集中的相关问题上阐明本书作者自己的观点，结合各方面资料对《元曲选》产生的影响进行系统论述，并对明清以来的《元曲选》及其戏剧史意义的相关研究状况进行梳理，以期为《元曲选》的专题研究提供一些基本线索。

第一节 《元曲选》简述

一 《元曲选》简介及几个相关问题

（一）《元曲选》简介

《元曲选》原刊于明万历四十三年（1615）至万历四十四（1616）年之间，全书所选为元明杂剧单剧，共分十集，每集十卷，每卷一剧，共百卷百剧。因为搜集整理需要一定的时间，且出版资金不能一次到位，这一百部杂剧以前、后各五十部分两次刊行①。选集虽然以"元曲"为名，但其中《儿女团圆》《误入桃源》《对玉梳》《萧淑兰》《金

---

① 臧懋循《寄黄贞父书》："刻元剧本拟百种，而尚缺其半，蒐辑殊不易，乃先以五十种行之。且空囊无以偿梓人，故藉此少资缓急。"引自《负苞堂集》卷四，古典文学出版社1958年版，第84—85页。刘凤霞老师在《臧懋循研究》中以此来证明臧懋循的商业头脑，等前集售书的资金回笼后再推出后集，以降低风险。《古诗所》《唐诗所》均以这种方式印行，此说似更具主动性。参见刘凤霞《臧懋循研究》，贵州大学出版社2019年版，第112页。

安寿》《城南柳》《梧桐叶》《玉壶春》《刘行首》《来生债》实为明人或元末明初人作品,并不完全是一部元代杂剧作品集。

臧懋循在《元曲选》的序言中说,他编选《元曲选》的动机,是不满于当时的戏曲作品"靡、鄙、疏"的特点,意图树立元杂剧为榜样,来规范指导当时的戏曲作家的创作,于是起意进行一部较好的元杂剧选集的编纂工作。他根据从麻城刘承禧家借到的宫廷内府本元杂剧二、三百种①,和自家珍藏的"秘本"杂剧及山东王思延、福建建宁杨氏家藏本杂剧作品等相互校订,从中编选出一百种杂剧,编成《元曲选》,又名《元人百种曲》。

有关《元曲选》明刊本的情况,查《中国古籍善本书目》和《中国古籍善本总目》,均记录有"明万历刻本"及"明万历刻博古堂印本"两种②,这两种均为每半页九行,每行20字,白口左右双边,有图。张棣华《善本剧曲经眼录》记录雕虫馆刊本版式信息较详:匡高20.8公分,宽13.5公分。每半页9行,每行20字。左右双栏,白口,黑鱼尾。鱼尾上刻每剧剧名,鱼尾下刻杂剧两字,再下刻页数。"③ 程有庆先生在《明刊〈元曲选〉版本赘言》④中已经指出:在现有书目文献记载中的记录虽然不尽相同,但实际上,《元曲选》应当只有一种明刊版本,所谓的博古堂刊本应当是利用了臧氏雕虫馆刻本的原版印刷而成的,国家图书馆藏有此书原本,其版刻、内容均与臧懋循雕虫馆所刊《元曲选》完全相同。利用旧版印刷的另有一种"本衙藏版",国家图书馆藏有此书二本,其中一本有印文为:"是书向属精工,久矣脍炙

---

① 臧懋循在这一数字上的前后叙述有差异,《复李孟超书》中说"从刘延伯锦衣家借得元人杂剧二百种",《寄谢在杭书》中说"于锦衣刘延伯家得抄本杂剧三百余种"。即使同样是《〈元曲选〉序》,《负苞堂集》本称"从刘延伯借得二百五十种",《元曲选》本则为"二百种",推测其实际数目应大致在二、三百之间。

② 《中国古籍善本书目·集部(下)》,上海古籍出版社1983年版,第2028、2032页;翁连溪校:《中国古籍善本总目·集部》,线装书局2005年版,第1872、1873页。

③ 张棣华:《善本剧曲经眼录》,台北:文史哲出版社1976年版,第177页。

④ 程有庆:《明刊〈元曲选〉版本赘言》,《藏书家》(第16辑),2009年。

人口，不幸兵燹播迁，遂多遗缺，今特为鸠工，镌补全备，只字无讹，识者自能鉴之"，说明其为后印本。另据宁宗一等人编著的《元杂剧研究概述》，《元曲选》的版本中，"较为流行的有1918年上海商务印书馆影印明万历四十四年（1616）雕虫馆交由博古堂梓行的原刻本，内有精致插图，有上海中华书局《四库备要》所收的仿宋排印本及上海世界书局的仿宋排印本。建国后，文学古籍刊行社、中华书局利用世界书局旧纸型，于1955年、1958年和1979年三次重印。"①

该书原有自序两篇。首篇署"万历旃蒙单阏之岁春上巳日书于西湖僧舍"，次篇署"万历丙辰春上巳日，若下里人②臧晋叔书"。旃蒙单阏是乙卯年，就是1615年，下一年就是丙辰年，可为原书的编刊时间提供证据。在编刊《元曲选》的时候，臧懋循年事已高。而在当时的条件下，想要编成一部这样的选集，需要进行大量的资料收集工作，臧懋循所选达到百部，其魄力也是非凡的。臧懋循家中收藏的剧本就很丰富，并且他还在努力搜集其他资料。在此之前，臧懋循因为孙子的婚事前往河南，就借机进行访书的工作。"他到朗陵（今河南省确山县）陈耀文家探寻陈氏生前编辑类书《天中记》以及杂家《学圃萱苏》曾引用的书籍，因陈氏本来没有原书而未能如愿。他在开封得到周王府所藏《荆钗记》秘本，后来又在麻城借到元代杂剧二、三百种。"③麻城的刘承禧与臧懋循有姻亲关系，刘承禧娶前首相徐阶的曾孙女为妻，而臧懋循的女儿嫁给徐阶的一个孙子。而且刘承禧的父亲是汤显祖的友人，他家藏的这批元人杂剧是从宫廷御戏监的抄本过录的，据说曾经过汤显祖

---

① 宁宗一、陆林、田桂民编著：《元杂剧研究概述》，天津教育出版社1987年版，第334页。

② 刘凤霞在对臧懋循生平的考证中有说明，"若下里人"，在另一篇《元曲选后集序》中作"下若里人"，臧懋循家乡有河流名"若溪"，又因两岸密生"箭箸"竹，因此又称此河为"箸溪"。南岸称"上箸"，北岸称"下箸"。当地产"箸下酒"，亦书为"若下酒"。"若下里人"与"下若里人"是由乡野之名而来。参见刘凤霞：《臧懋循研究》，贵州大学出版社2019年版，第1页。

③ 徐朔方：《元曲选家臧懋循》，中国戏剧出版社1985年版，第38页。

的鉴定。但是这些抄本存在质量良莠不齐的问题，臧懋循在《寄谢在杭书》中说："然止二十馀种最佳。余甚鄙俚不足观，反不如坊间诸刻，皆其最工者也。"① 可见刘氏这批藏书至少提供二十余种杂剧材料给臧懋循选用，但是臧懋循究竟在《元曲选》的编选中采用了多少种来自御戏监的剧本，在其他剧本中是否参考这批抄本有一定程度的修改，很难有确切的证据来说明。其他明代的元杂剧刊本应当也有参考宫廷内府本的情况，但与臧懋循看到的这批是否来自同一源头，在现有材料的基础上还难以断定。

（二）有关《元曲选》的几个问题

1. 《元曲选》中的"元曲"

所谓"元曲"，一般而言应包括元代的散曲与剧曲。在现今的概念中，所有创作并流行于元代的小令、散套、北曲杂剧、南曲戏文，都应当属于元曲。但对古人而言，对"元曲"一词的使用则较为随意，可以专指散曲，亦可专指剧曲，还可以兼而有之。比较有代表性的就是戏剧史上关于"元曲四大家"的表述，据叶长海先生统计，这"四大家"在明清两代有不同的排列与称谓，提法甚多，共有十七八种②。对这四家的提法与排序，本身也反映出提出者的批评意识，而由于"元曲"一词的随意性，"元曲四大家"提法的多变，也与各位提出者的考察范围并不相同有关。臧懋循对"元曲"一词的使用，如他在《荆钗记引》中说："今乐府盛行于世，皆知王大都《西厢》、高东嘉《琵琶》为元曲，无敢置左右祖。"又说："乃知元人所传，总一衣钵，分南北二宗。世人自闇见解，缪相祖述，尊临济而薄曹溪，蔽也久矣。"③ 说明他将北曲的杂剧与南曲的戏文都看作是同源的"元曲"作品。

---

① （明）臧懋循：《寄谢在杭书》，《负苞堂集》卷四，古典文学出版社1958年版，第92页。

② 叶长海：《曲学与戏剧学》，学林出版社1999年版，第311—318页。

③ （明）臧懋循：《荆钗记引》，《负苞堂集》卷四，古典文学出版社1958年版，第64页。

因此，臧懋循的《元曲选》以"元曲"为名，却没有选入散曲或南曲作品，说明他对自己所选为北曲杂剧是有明确的自觉意识的。他在序言中说"予故选杂剧百种，以尽元曲之妙"。① 说明在"元曲"这一范畴下的种种形式中，臧懋循认为可以"尽元曲之妙"的是杂剧，这本身就意味着他对杂剧这种戏剧艺术的肯定和重视。解玉峰在对元杂剧的脚色体制进行研究的时候就曾指出，经过臧懋循参照传奇观念对元杂剧的脚色进行的系统"重建"之后，后世人更倾向于以"戏剧"的眼光而不是"曲"的眼光来看待元杂剧②。在明代同时期的"元曲"观念中，臧懋循选杂剧而以"元曲"为名，说明他的戏剧本体意识已经非常清晰了。

2. 《元曲选》与"元人百种"

《元曲选》又名《元人百种曲》，顾名思义，是因其所选杂剧共有百种的关系。通常情况下，"元人百种"即指《元曲选》。但在前人的论述中，出现了以"元人百种"来指代包括南曲传奇在内的广义的"元曲"的倾向。

例如，清代的程煐在《读曲偶评》中说："元人百种，最显者《荆钗》、《拜月》等。然音律极严、板眼极正，而以直白语为本色，如不文何！"③《元曲选》是元明杂剧选集，《荆钗》《拜月》都没有被选入《元曲选》，《荆钗记》甚至是南戏作品。程煐将《荆钗》《拜月》归入"元人百种"，实际上是将"元人百种"的范围扩大到了包括南戏在内的所有元代戏剧作品。

杨恩寿在《词余丛话》卷二有载："叶广平谓'《元人百种》，元气淋漓，直与唐诗、宋词争衡。惜今之传者绝少。《百种》乃臧晋叔所

---

① （明）臧懋循：《〈元曲选〉后集序》，《负苞堂集》卷三，古典文学出版社1958年版，第57页。
② 解玉峰：《论臧懋循〈元曲选〉于元剧脚色之编改》，《文学遗产》2007年第3期。
③ （清）程煐：《读曲偶评》，俞为民、孙蓉蓉编：《历代曲话汇编：新编中国古典戏曲论著集成·清代编》（第三集），黄山书社2008年版，第603页。

编。观所删改，直是孟浪。文律、曲律，皆非所知，不知埋没元人许多佳曲。'"① 这里叶广平所说的"元人百种"，是堪与"唐诗"、"宋词"并称的概念，而且盛赞其"元气淋漓"而惋惜"传之绝少"，之后又批评臧晋叔的改笔埋没了元人佳曲，说明他对《元曲选》并不持肯定态度。可见叶广平所指的可与唐诗、宋词一较高下的"元人百种"，是指整体意义上的元曲，而不是指《元曲选》这部书。

由此，"元曲"可称元代所有散曲与剧曲，《元曲选》所选亦为"元曲"且以"元曲"命名，"元人百种"即《元曲选》，故又以"元人百种"代指"元曲"，虽然在逻辑上未必严密，但也有迹可循。此类对"元人百种"的扩大化在清代出现，一方面依然是"元曲"及其相关概念使用较为随意的观念问题，另一方面也从侧面说明《元曲选》在传播领域的影响之大，已经足以在部分曲论者心中模糊其与"元曲"的区别。

3. 《元曲选》的剧本性质②

要判断《元曲选》的性质，可以参考一些相关领域的研究成果。

臧懋循刊印《元曲选》，首先是希望它能成为一种文学读本。《元曲选》一书附有插图，这是明中后期通俗文学出版物的一个显著特征。"附有丰富插图的戏曲小说，印刷的数量多，销量特别大。有名的戏曲小说如《西厢记》、《水浒传》、《琵琶记》、《牡丹亭》、《玉玦记》、《汉宫秋》、《拜月亭》、《荆钗记》、《白兔记》、《金瓶梅》、《西游记》、《燕子笺》、《一捧雪》、《邯郸梦》及《四声猿》等等，无不有精美的木刻插图。……弘治戊午年（公元1498年）刊本《奇妙全相西厢记》，

---

① （清）杨恩寿：《词余丛话》，俞为民、孙蓉蓉编：《历代曲话汇编：新编中国古典戏曲论著集成·清代编》（第四集），黄山书社2008年版，第551页。

② 戚世隽老师在讨论剧本形态的专文中提出，中国古代剧本如按其性质来区分，可分为掌记本和案头本，《元曲选》就是典型的案头本。戚文中还提出了一些案头本的显著特征，如与实际演出有密切关系、附有音释之类的批注、配有插图等，《元曲选》均符合。戚老师所论更具体系性，此处仅保留原博士论文的论述方式，不再修改。参见戚世隽：《中国古代剧本形态概论》，《文化遗产》2013年第3期。

其书尾有金台岳家书铺的出版说明：'本坊谨经书重写绘图，参定编次大字本，唱与图合，使寓于客邸，行于舟中，闲游坐客，得此一览始终，歌唱了然，爽人心意。'从这段话中，我们了解到广大读者的喜爱和支持，是弘治之后至万历、天启年间，戏曲小说的木刻插图之所以盛行的重要原因。"① 在戏曲小说出版物中附加插图，是为了增加读者的阅读兴趣，对故事内容有更好的理解。而戏曲刊本以图像来辅助文字的叙事功能，是针对阅读戏曲刊本的"读者"这一群体，而不是针对观看现场演出的观众设计的。《元曲选》一书的插图不仅数量多，而且质量上乘，这就增加了这部书的阅读价值。该书每剧附图两幅，个别有图四幅，总计224幅图。"其插图临摹古代名画家的不同画法，生动、逼真地将各剧的情节特点表现出来，其图画线条细腻、流畅，极尽婉丽之美，在中国版画史上具有极重要的地位。"②

臧懋循的《元曲选》也能够提供语音方面的材料，这就不仅是从书面阅读的角度来考虑，也有希望其能作用于演唱，起码也要使其能被正确地念诵出来。《元曲选》在每剧的每一折或楔子之后都附有"音释"，语言学者对这部分内容进行系统研究后发现，《元曲选》做出注音的字有以下几类：入声字、多音多义字、连绵字、特殊词语、异体字及其他一些不常用的冷僻字及与其声符读音相差较大的形声字，等等③。从注音的倾向可以看出，音释主要并不是为了解决识字的问题，而是为了辅助发音。这些注音想要解决的语音问题主要是吴方言与中原语音的差异。当时的南方传奇作者在创作的时候很容易受到吴方言的影响，用各自的语音来写曲唱戏，就会失韵于方言乡音。而元杂剧所反映的是中原语音的情况，臧懋循树立元杂剧为南曲创作者的学习典范，就为以"不寻宫数调"为借口而不遵守用韵规则的南方作家提供了借鉴

---

① 刘小玄、朱彧：《中国版画艺术源流》，湖南美术出版社2006年版，第19页。
② 李毅民、李欣宇：《趣味连环画》，科学普及出版社2009年版，第12页。
③ 龙庄伟：《〈元曲选·音释〉探微》，《文献》1992年第3期。

的材料。"在《音释》中，臧氏所用韵部、所取声系、所定调系基本上与《中原音韵》一致。因此，可以说，臧氏的《音释》语音基础是中原官话，即北方通行语音，这正是臧氏所叙'且使今之为南者，知有所取'之意所在。"① 《元曲选》是一部戏曲选本，戏曲的本质特征就在于表演，所以戏曲选本应具有可以清读、清唱、表演的功能。《元曲选》虽然是剧选，但不妨碍读者根据其中提供的片段自行念诵、演唱，也可以让戏曲演出者进行借鉴演出。这种借鉴可以是题材、关目方面的，也可能是优美片段的直接借用。即使其戏曲载体不再是北曲杂剧，作为一部戏曲选本，《元曲选》仍然可以对实际演出发生影响，臧懋循在编选《元曲选》的时候并没有要将其束缚在文人书斋中的主观愿望。

在戏曲研究方面，之前的元杂剧异本研究中也已有学者提出，《元曲选》作为文学读本的性质比较明显。如韩国的吴庆禧在对元杂剧的宾白演变进行考察后总结：

> 元曲选作为文学读本的性格很强。具体说，在情节方面《元曲选》添加宾白时，比较注意整体剧情的展开，补充刻画人物性格，增强了逻辑性；对重言、附言部分作了删节，文字更为精炼。比如《元曲选》删节了《脉本》中内容重复的部分，并以"词云"作为结束，使戏剧结构更加完整。一般《元刊》的四折结尾比较简单，在明刊本里第四折中，宾白与曲一样都得到丰富，使得内容和形式也都比较完整。……
>
> 《元刊》因宾白简略，不容易了解具体剧情。这是由于《元刊》内宾白没有发挥叙述功能。这种缺点，在明刊本里已被补救，有的部分按照《元刊》的少量科介，前后增加了宾白内容，丰富了剧情，使情节合理化；有的部分则通过删节使人物性格得到集中表现，使剧情有条理地发展，促使整个剧具有完整性。

---

① 陈东有：《〈元曲选〉音释研究》，中国社会科学出版社2001年版，第4—5页。

在《脉本》里有许多这样与剧情无关的宾白。这说明《脉本》比较重视瞬间的戏剧效果而安排宾白，因此这种宾白与剧情关系不大；有些与人物性格也无多大关系的宾白，大部分是与喜剧性有关。这可能是剧作者或演员演出时为引起观众的注意而设的。相对的《元曲选》主要考虑整体剧情删节了一些与剧情无关的宾白，强化了情节的逻辑性，符合人物性格。①

强调《元曲选》这方面的性质并不是说《元曲选》不可和戏曲演出发生关系，而是为了说明《元曲选》这部戏曲选本的文学价值。作为一种可独立存在的文本，戏曲选本应当是有一定文学欣赏性的。能被收入选本的戏曲作品一定有其过人之处，在曲文、情节、人物性格刻画、戏剧氛围、舞台效果等方面有突出的价值。而经过戏剧文本的不断发展，从元刊本到《元曲选》，戏曲选本的文学价值是在不断增加的。这与元杂剧本身的发展状况与编选者戏剧思想的变化都有关系。《元刊杂剧三十种》是一种简单的材料汇集，被收入其中的戏曲剧本并不包括完整的唱、科、白这三部分内容，当时的这些剧本可以用来帮助演员记录戏剧内容，也可以用来帮助观众理解剧情，戏剧文本以辅助演出为目的。如果对其进行独立欣赏，只能对剧中的曲词有较为完整的印象，这就不能体现戏剧的本质特点。而用于明代宫廷演出的内府本则记录完备，不仅是唱、科、白，连服装、道具的情况也记录在内。这些剧本对实际演出有一定程度的依赖，剧中的某些场面或动作需要结合舞台表演才能充分理解，剧本中的某些设置也不是为了从文学语言的层面上完善该剧，而是为了追求表演中的效果。而在明代文人的选本中，这种依赖性被逐渐削弱，元杂剧真正成为可以从文学语言的角度去理解的戏剧文学作品，这一点在下文的论述中还要详细说明。

---

① [韩] 吴庆禧：《元杂剧元刊本到明刊本宾白之演变》，《艺术百家》2001年第2期。

二 《元曲选》的影响

《元曲选》最直接的影响，就是保存了一百部元明时期的北杂剧剧本。与未选入《元曲选》的元杂剧作品在明代就已大量散佚的状况形成鲜明对比的是，《元曲选》从编成之日起一直流传至今，成为被人们广泛阅读的元杂剧选集，元杂剧也因此始终没有淡出戏曲研究者以及爱好者的视线。特别是在元杂剧在实际的舞台演出中逐渐失去优势之后，《元曲选》的地位就显得尤其重要。从各方面情况来看，这部选集在元杂剧的阅读、研究与传播等方面都产生了巨大的影响。

（一）《元曲选》提供了深受欢迎的元杂剧阅读文本

《元曲选》的印行提供了丰富的可供阅读的元杂剧文本，使得元杂剧这种艺术形式的受众群体由"观众"扩大到"读者"。明代后期，特别是嘉靖以后，江南地区的出版业有了极大发展，刻书、卖书、读书，形成了运行良好的文化链条，对通俗文学的发展是绝佳的良机。在这种时代氛围下产生的读者群体中，就会有人选择读《元曲选》。

戏曲研究者自不必说，对于当时的诸多曲家而言，《元曲选》几乎已成为接触元杂剧完整剧本的唯一资料。如沈宠绥《度曲须知》的序言中说到他如何在臧懋循的影响下接触到元杂剧："忆乙卯之岁，读书灵鹫山中，臧晋叔先生日夕过从。时，先生方有元剧之刻，相对辄娓娓个中，余因是窥见一斑。"[1] 对于戏曲爱好者来说，它是经典的戏曲读物。清代著名诗人赵执信，曾因《长生殿》剧祸被免职，因戏罹祸，却爱戏至深。他年轻的时候就喜爱戏曲，有记载说："秋谷年二十三，典试山西，回时，骡车中惟携《元人百部曲》一部，日夕吟讽。"[2] 对于戏曲表演者和创作者来说，它提供了许多可供参考或改编的剧本。清

---

[1] （明）沈宠绥：《度曲须知》，俞为民、孙蓉蓉编：《历代曲话汇编：新编中国古典戏曲论著集成·明代编》（第二集），黄山书社2009年版，第606页。

[2] 参见（清）焦循：《剧说》，中国戏曲研究院编：《中国古典戏曲论著集成》（八），中国戏剧出版社1960年版，第154页。

代李斗的《扬州画舫录》卷五:"郡城花部,皆系土人,谓之本地乱弹,此土班也。至城外邵伯宜陵、马家桥、僧道桥、月来集、陈家集,人自集成班,戏文亦间用'元人百种',而音节服饰极俚,谓之草台戏,此又土班之甚者也。"① 李光地《榕村语录》卷二十八也有:"连日,因宴蓝总兵演戏,做到入情时,未有不感动者,以此见得乐之效速。若就'元人百种'中,选其忠孝节义有事实者,改其义理不通处,每事四出,此外诲淫导欲者禁之。亦粗足以感人心而成风俗矣。"② 元杂剧的固定体制,虽然对其叙事长度有一定限制,但这种客观条件也使其剧情进展的节奏较为紧凑,以至于"每事四出"也成为改编者效仿的方式。《品花宝鉴》第四十一回中的华公子谈论当时的戏曲曲本时说:"至于那《元人百种曲》,只可唱戏,断不可读。若论文采词华,这些曲本只配一火而焚之。"③ 此说虽然有书中人物的偏见意识,但也可说明直至清代,《元曲选》仍是可供表演与阅读的。对于身处封建社会的青年男女来说,由于《元曲选》中大量爱情题材剧作的存在,它还提供风月传奇故事,在圣贤文章之外开拓另一种人生境界。曹雪芹《红楼梦》第四十二回中宝钗对黛玉说:"你当我是谁,我也是个淘气的,从小七八岁上也够个人缠的。我们家也算是个读书人家,祖父手里也爱藏书,先时人口多,姊妹弟兄都在一处,都怕看正经书。弟兄们也有爱诗的,也有爱词的,诸如这些'西厢''琵琶'以及'元人百种',无所不有。他们是偷背着我们看,我们却也偷背着他们看。后来大人知道了,打的打,骂的骂,烧的烧,才丢开了。"④ 直至曹雪芹生活的时代,《元曲选》依然作为一种非"正经书"的通俗文学读物存在,虽然不被封建家长允许出现在年轻一代的书斋里,但是市井坊间依

---

① (清)李斗:《扬州画舫录》,俞为民、孙蓉蓉编:《历代曲话汇编:新编中国古典戏曲论著集成·清代编》(第三集),黄山书社2008年版,第677页。
② (清)李光地著,陈祖武点校:《榕村语录》,中华书局1995年版,第502页。
③ (清)陈森:《品花宝鉴》,宝文堂书店1989年版,第585页。
④ (清)曹雪芹:《红楼梦》,人民文学出版社1982年版,第583页。

然有其市场。

哪些人会成为《元曲选》的读者，其实很难划定清晰的范围。美国汉学家何谷理在辨识明清戏曲、小说的读者层时，对不同文学作品所针对的读者进行了划分，认为古典风格的文学作品是面向教育程度最好的社会精英的，而口头叙事作品、讲唱文学以及白话戏剧，则面对文盲大众。介于二者之间的第三个层次，即书面白话文学，面向更为普通的读者的阅读①。至于杂剧，何谷理认为："杂剧的唱段通常使用古典文学典故，并非所有观众都能听得出来的，不过每一唱段的弦外之音照例要由随后的道白加以总结。无论听众是怎样的教育背景，道白部分一定是通俗易懂的。从社会背景考虑的话，那么这种戏剧类型原本是以文化程度较低的人为观众的，尤其是文盲。"②照此推想，元杂剧的观众群体的起点甚低，但元杂剧的读者群体，因为有"古典文学典故"的缘故，就提高了许多。书籍作为文化商品，的确不太可能是底层民众的消费选择，但阅读行为与读者的社会阶层和文化水平并不一定是严格对应的关系。以《元曲选》中的元杂剧的题材、内容和语言风格来看，有基本的文字阅读能力，有一定的教育背景或者基本的文史常识，就能成为这部选集的读者了。至于具备了这些条件的读者会不会买、想不想读，那是需要其他材料才能证实的问题。《元曲选》与其他选集相比在传播上的成功，也能证明其有一定的阅读价值。

（二）《元曲选》是影响深远的元杂剧研究资料

自从明代曲家对元杂剧进行了大量的剧选、曲选和推介、褒扬之

---

① ［美］何谷理：《明清白话文学的读者层辨识——个案研究》，张新军译，载乐黛云、陈珏编选《北美中国古典文学研究名家十年文选》，江苏人民出版社1996年版，第439—476页。

② ［美］何谷理：《明清白话文学的读者层辨识——个案研究》，张新军译，载乐黛云、陈珏编选《北美中国古典文学研究名家十年文选》，江苏人民出版社1996年版，第443页。

后，元杂剧就一直是后来的戏曲研究者热衷的研究对象，而《元曲选》无疑是元杂剧研究材料的主要提供者。《元曲选》之外的其他选本远没有取得这样的地位，另外那些以单本形式被私人藏书家收藏的元杂剧剧本则逐渐在历史的长河中湮没无闻。直至1959年隋树森先生的《元曲选外编》出版，才较为集中地提供了来自元刊本、脉抄本、古名家本等其他来源的元杂剧剧本材料。

其实从各种文献资料的记载看来，在清代的元杂剧研究中，就很少见到有研究者以《元曲选》以外的剧本来讨论元杂剧的具体问题。例如，研究者会以《元曲选》为依据来考察元杂剧的脚色名目，清代袁栋的《书隐丛说》"院本脚色"条有："元人《百种曲》中，有正末、冲末、副末、老旦、正旦、卜儿、外、净、丑，又有俫儿、孛老、搽旦，孤"①，就是以《元曲选》中的脚色设置为元杂剧脚色体制的说明。元人杂剧的语言风格既然被当作是通俗易懂、本色自然的代表，《元曲选》又是元人杂剧的代表，后人就会以《元曲选》为元杂剧语言风格的参照物。如李渔在评论《牡丹亭》一剧中曲词之妙处，往往以元人做比，说："《玩真》曲云：'如愁欲语，只少口气儿呵。叫的你喷嚏似天花唾。动凌波，盈盈欲下，不见影儿那。'此等曲则纯乎元人。置之《百种》前后，几不能辨。以其意深词浅，全无一毫书本气也。"②李渔还指出元人语言风格的造诣在《元曲选》中多有表现，虽不尽善，亦可为当世戏曲创作者之借鉴："此等造诣，非可言传，只宜多购元曲，寝食其中，自能为其所化。而元曲之最佳者，不单在《西厢》、《琵琶》二剧，而在《元人百种》之中。《百种》亦不能尽佳，十有一二可列高、王之上，其不致家弦户诵，出于二剧争雄者，以其是杂剧而非全本，多北曲而少南音，又止可被诸管弦，不便奏之场上。今时所重皆在

---

① （清）袁栋：《书隐丛说》，俞为民、孙蓉蓉编：《历代曲话汇编：新编中国古典戏曲论著集成·清代编》（第二集），黄山书社2008年版，第41页。
② （清）李渔：《闲情偶寄·词采第二·贵浅显》，中国戏曲研究院编：《中国古典戏曲论著集成》（七），中国戏剧出版社1959年版，第23—24页。

彼而不在此，即欲不为纨扇之捐，其可得乎？"①

臧懋循的《元曲选》尽管是剧选，但是从其剧本中依然可以提供曲牌、宫调等音乐性方面的材料。清乾隆年间允禄等人编《新定九宫大成南北词宫谱》的时候，就以《元曲选》为北曲方面的重要参考，从而说明戏曲的音乐性问题。如周祥钰在《分配十二月令宫调总论》（录自清乾隆间内府本《九宫大成南北词宫谱》卷首）中说到失传宫调："则知道宫、歇指久已失传，而《广正谱》尚立道宫之名，惟采董解元《西厢》【凭栏人】、【解红】小套以存其旧。遍考《元人百种》、《雍熙乐府》以及元、明传奇皆无道宫全套，即南词亦不多概见。"② 周祥钰同样还在《新定九宫大成北词宫谱凡例》中多次提到该书如何参考《元人百种》等书，如凡例第一条："定谱中曲式，谨以《月令承应》、《元人百种》、《雍熙乐府》、《北宫词纪》及诸谱传奇中选择，各体各式，依次备列。"第二条中有："《雍熙乐府》不同《元人百种》，每折皆有命名。其汇收之曲，既非一体。有不入杂剧，偶成散套，与时曲相同者，则当分注散曲。亦有《元人百种》止载杂剧目录，而《雍熙乐府》内节录数曲者，则当分注原名。更有有曲无题者，则当分注《雍熙乐府》。至于套曲，例用四字为题，如字数或多或寡，则亦概注《雍熙乐府》。余外传奇套曲，不拘此例，阅者不得谓同一是书而中间分注各异，故此良有故也。若夫《元人百种》并无散曲以及无题者，使亦照《雍熙乐府》格式，则《元人百种》，总名几无所用作题头矣，学者何从而识元人之面目乎？是以不行分注原名，统注为《元人百种》。"③《雍熙乐府》是单出曲文选本，《元曲选》是剧选，都可为

---

① （清）李渔：《闲情偶寄·词采第二·贵浅显》，中国戏曲研究院编：《中国古典戏曲论著集成》（七），中国戏剧出版社1959年版，第24页。
② （清）周祥钰：《分配十二月令宫调总论》，俞为民、孙蓉蓉编：《历代曲话汇编：新编中国古典戏曲论著集成·清代编》（第三集），黄山书社2008年版，第268页。
③ （清）周祥钰：《新定九宫大成北词宫谱凡例》，俞为民、孙蓉蓉编：《历代曲话汇编：新编中国古典戏曲论著集成·清代编》（第三集），黄山书社2008年版，第273页。

《新定九宫大成南北词宫谱》的编订提供不同宫调、曲牌的曲文，只是在体例上要稍加变化而已。清代王奕清在编选《钦定曲谱》的时候，也参考《元曲选》作为北曲方面的材料，他在《钦定曲谱凡例》第十五条中说："曲谱从无善本，元有《太平乐府》，明有《雍熙乐府》，世所盛推，然皆选择词章，荟萃名作，与制谱无涉；《啸余》旧谱，又多舛讹。今北曲考选《元人百种》所载诸家论说；南曲稍采近日所行《九宫谱定》一书，择其根柢雅驯者，附之于此。"①

　　清代的曲论家梁廷枏对元杂剧的认识明显也以《元曲选》为重要参考资料，如从《元曲选》中来总结元人杂剧在题目正名及宫调使用方面的规律："百种杂剧目，正名、题目各一句，多用七字。其八九字者，虽有而少。惟《城南柳》、《风光好》、《蝴蝶梦》、《勘头巾》等剧正名题目各二句耳。""百种中，第一折必用【仙吕·点绛唇】套曲，第二折多用【南吕·一枝花】套曲，余则多用【正宫·端正好】、【商调·集贤宾】等调。盖一时风气所尚，人人习惯其声律之高下，句调之平仄，先已熟记于胸中，临文时或长或短，随笔而赴，自无不畅所欲言；不然，何以元代才人辈出，心思才力，日趋新异，独于选调一事不厌党同也？"②梁廷枏还从《元曲选》中来分析元杂剧中曲与白之间的关系，说明曲与白当相互照应，而《元曲选》中作品有的注意到了这一点，有的却没有。如："以白引起曲文，曲所未尽，以白补之，此作曲圆密处，《元人百种》多未及见。《金钱记》第三折韩飞卿卜卦白中，连篇累牍，接下【红绣鞋】一曲，并未照应一字。后人每事胜前人，即此一节已然矣。"③

---

　　① （清）王奕清：《钦定曲谱凡例》，俞为民、孙蓉蓉编：《历代曲话汇编：新编中国古典戏曲论著集成·清代编》（第三集），黄山书社2008年版，第299页。
　　② （清）梁廷枏：《曲话》，俞为民、孙蓉蓉编：《历代曲话汇编：新编中国古典戏曲论著集成·清代编》（第四集），黄山书社2008年版，第30页。
　　③ （清）梁廷枏：《曲话》，俞为民、孙蓉蓉编：《历代曲话汇编：新编中国古典戏曲论著集成·清代编》（第四集），黄山书社2008年版，第22页。

由于《元曲选》的影响很大，清代还出现了选自《元曲选》的选集。臧懋循意图以元杂剧来纠正明代传奇创作的弊端，清代文人针对清代传奇"失之俚"与"失之文"的情况，也希望以元杂剧来宣扬曲家之正宗，指导当代戏曲的创作。铁保在《〈选元人百种曲〉序》中说明了这种目的："诗一变为词，词一变为曲。词，诗之余；曲，词之余也。近今梨园去古日远，市井所传，悦人耳目，既失之俚；士大夫所作欲务博雅，又失之文。求语句之工者，不协音律；图讴歌之适者，衬字太多，均非曲家正宗也。考之于古，唐名乐府，宋名戏曲，金名院本，至元大备，又有五花爨弄、焰段之号。金以前传者日少，元曲五百余种，唯臧晋叔所选百种尚行于世。余于吴竹间孝廉处见刻本，取而读之，其音节古雅，局度天成，如读史汉文，如对李杜诗。如食天人粮，淡然无味；如嚼橄榄，有味外味。取近今传奇读之，真成嚼蜡，则信乎曲家正宗古今人不相及也。卷帙浩繁，见者特罕。爰与孝廉约，就百种中择其通体完善、无懈笔者三十种，其余各种选取一二折，以存其精华，共得四十折，刻以行之，以广其传。"[①] 铁保是满族人，他对《元曲选》的肯定也说明了少数民族文人对元杂剧的接受情况以及对元杂剧文学价值的认识。

（三）《元曲选》是元杂剧文本传播的主要力量

《元曲选》选剧丰富，版式规范，校勘精细，印刷也很精美，这些都成为它在同类戏曲书籍市场上竞争的有利条件，也扩大了它的传播影响。《元曲选》自其成书以来就成为元杂剧文本传播的主要力量，甚至一度成为唯一性的力量。有些没有被选入《元曲选》的剧本，可能通过其他渠道本已被保存下来，但是由于《元曲选》的优势明显，这些剧本就很少为人所知，很可能还会继续佚失。在明代崇祯年间，孟称舜的《古今名剧合选序》中说："元曲自吴兴本外所见

[①] （清）铁保：《〈选元人百种曲〉序》，彭书麟、于乃昌、冯育柱主编：《中国少数民族文艺理论集成》，北京大学出版社2005年版，第584页。

百余种"①，说明除《元曲选》之外尚有一定数目的元杂剧流传。但到了清代的资料记载中，就很少有《元曲选》之外的材料出现了。陈栋的《北泾草堂曲论》中说："《太和正音谱》及《录鬼簿》载元剧千余本，陶九成《辍耕录》自云见元剧七百余本，而录中所列名目半不可解。今存者自臧晋叔元人《百种曲》外，寥寥无几。"② 李斗《扬州画舫录》卷十一《虹桥录下》也说："元人唱口，元气淋漓，直与唐诗宋词争衡；今惟臧晋叔编《百种》行于世，而晋叔所改《四梦》，是孟浪之举。"③ 说明在清代康、乾年间，《元曲选》就已成为元杂剧传播的唯一途径。《扬州画舫录》卷五还载有黄文旸《曲海》之序目，其"元人杂剧"目下所列杂剧一百种，便是来自《元曲选》的百部杂剧，只是将其重按作者顺序排列而已④。清代支丰宜做《曲目新编》，所列"元人杂剧"条全部来自《元曲选》，而且著录作者也全从《元曲选》⑤。《元曲选》所收的百种杂剧俨然已被等同为所有的元杂剧。

在海外传播方面，《元曲选》也发挥了巨大的作用。18、19世纪的欧洲汉学家对中国戏曲产生了浓厚的兴趣，做了很多的译介工作。法国汉学家安托万·皮埃尔·路易·巴赞在1850年出版的《元代：中国文学插图史——由元皇帝登基到明朝的兴立》中第一次完整地译介了《元曲选》中的100个剧目，除了介绍与评论之外，还对部分作品进行

---

① （明）孟称舜：《古今名剧合选序》，吴毓华编著：《中国古代戏曲序跋集》，中国戏剧出版社1990年版，第199页。

② （清）陈栋：《北泾草堂曲论》，俞为民、孙蓉蓉编：《历代曲话汇编：新编中国古典戏曲论著集成·清代编》（第三集），黄山书社2008年版，第535页。

③ （清）李斗：《扬州画舫录》，俞为民、孙蓉蓉编：《历代曲话汇编：新编中国古典戏曲论著集成·清代编》（第三集），黄山书社2008年版，第687页。

④ （清）李斗：《扬州画舫录》，俞为民、孙蓉蓉编：《历代曲话汇编：新编中国古典戏曲论著集成·清代编》（第三集），黄山书社2008年版，第644页。

⑤ （清）支丰宜：《曲目新编》，俞为民、孙蓉蓉编：《历代曲话汇编：新编中国古典戏曲论著集成·清代编》（第五集），黄山书社2008年版，第157—159页。

了节译与改编①。意大利神父晁德莅编写《中国文学教程》的"杂剧"部分时，选译的七部杂剧《杀狗劝夫》《东堂老》《潇湘雨》《来生债》《薛仁贵》《马陵道》《冤家债主》就全部来自《元曲选》，甚至排列顺序也与《元曲选》中完全一致②。其他以《元曲选》中剧本进行翻译、评介和改编的成果还有很多。伊维德先生在讨论元杂剧的版本问题时，也曾谈及西方汉学家对元杂剧的兴趣的由来："首先，可能是由于戏剧在西方文学传统上具有很崇高的地位。其次，是因为戏剧文本相对来说较易理解。《元曲选》印刷清晰、并配有精美的插图。尽管曲的部分译起来可能会较为麻烦（马若瑟在翻译《赵氏孤儿》时将曲词全部省略了），散文体的宾白却平直易懂。而且完整的情节可以加深对内容的理解。最后，尤为重要的是，戏剧描写的是平常人的遭遇，跟小说一样，都被看成是一扇了解中国习俗和道德的窗口。通过这个窗口读者可以了解到当时仍然是遥不可及的天朝大国的日常生活，而这个'中国'被看成是一成不变的。"③《元曲选》在西方世界传播中的受欢迎与其上乘的印刷质量有直接关系，而且对所谓"风俗与道德""日常生活"的了解，其实也与《元曲选》在选剧时的题材之丰富、呈现的元代社会生活范围之广有关。

当然，诸多前辈的研究也已经指出，《元曲选》中收入的元杂剧剧本其实已经经过了不止一次的改动，所以在元杂剧研究中过分依赖《元曲选》，就会造成对元杂剧认识的偏差。如焦循的《易余籥录》中有非常详细的元杂剧脚色行当论：

---

① 徐爽：《试论19世纪元杂剧〈庞居士误放来生债〉在海外的译介》，载《国际中华文化研究》（第2辑），2022年版，第80—81页。

② 徐爽：《试论19世纪元杂剧〈庞居士误放来生债〉在海外的译介》，载《国际中华文化研究》（第2辑），2022年版，第81页。

③ [荷]伊维德：《我们读到的是"元"杂剧吗——杂剧在明代宫廷的嬗变》，宋耕译，《文艺研究》2001年第3期。

生、旦、净、丑，元曲无生之称，末即生也。今人名刺或称晚生，或称晚末、眷末，或称眷生，然则生与末通称，为元人之遗兴。元曲有正末，又有冲末、副末、小末。《任风子》剧中冲末扮马丹阳，正末扮任屠，《碧桃花》冲末扮张珪，副末扮张道南，《货郎旦》冲末扮李彦和，小末扮李春郎是也。小末亦称小末尼，《东堂老》"正末同小末尼上"是也。冲末又称二末，《神奴儿》冲末扮李德义，后称李德义为二末是也。旦有正旦、老旦、大旦、小旦、贴旦、色旦、搽旦、外旦、旦儿诸名。《中秋切鲙》正旦扮谭记儿，旦儿扮白姑姑，《碧桃花》老旦扮张珪夫人，正旦扮碧桃，贴旦扮徐端夫人，《张天师夜断辰勾月》搽旦扮封姨，旦儿扮桃花仙，正旦扮桂花仙，《救风尘》外旦扮宋引章，《货郎旦》外旦扮张玉娥，《玉壶春》贴旦扮陈玉英，《神奴儿》大旦扮陈氏，《陈抟高卧》"郑恩引色旦上"，《误入桃源》"小旦上云：小妾是桃源仙子侍从的"是也。有单称旦者，《抱妆盒》正旦扮李美人，旦扮刘皇后，旦儿扮寇承御，《倩女离魂》旦扮夫人，正旦扮倩女是也。丑、净、外三色，名与今同。乃《碧桃花》外扮萨真人，外又扮马、赵、温、关天将，是同场有五外；《陈州粜米》外扮韩魏公、吕夷简，《争报恩》外扮赵通判，外又扮孤，《楚昭王疏者下船》外扮孙武子、伍子胥，《小尉迟认父归朝》外扮徐茂公、房元龄，皆同场有二外；《谢金吾诈拆清风府》外扮焦赞、孟良、岳胜，是同场有三外。《百花亭》"二净扮双解元、柳殿试闹上"，《举案齐眉》"二净扮张小员外、马舍上"，《杀狗劝夫》、《东堂老》并二净扮柳隆卿、胡子传，《合汗衫》净扮卜儿、净扮陈虎，《陈州粜米》净扮刘衙内，净扮小衙内，皆同场有二净。副净之名见《窦娥冤》之张驴儿。《墙头马上》"冲末扮裴尚书引老旦扮夫人上"，第二折"夫人同老旦嬷嬷上"，是同场有二老旦。《胡蝶梦》外引冲末扮王大、王二，《范张鸡黍》正末扮范巨卿，同冲末扮孔忠仙、张元伯，是当场有二冲末。《桃花女》小末扮石留住，又小末扮增福，第四折石留住、增福同场，是当场有二小末。《陈州粜米》丑扮杨金吾，又二丑扮二斗子，是同场有三丑。其末、旦、净、丑之外，又有孤、俫儿、孛老、邦老、卜儿等目。《货郎旦》冲末扮孤，《杀狗劝夫》外扮孤，《勘头巾》净扮孤，扮孤者无一定也。《金线池》搽旦扮卜儿，《秋胡戏妻》、《王粲登楼》并老旦扮卜儿，《合汗衫》净扮卜儿，是扮卜儿者无一定也。《货郎旦》净扮孛老，《潇湘》两外扮孛老，《薛仁贵荣归故里》正末扮孛老，《硃砂担》冲末扮孛老，是扮孛老者无一定也。盖孤者官也，卜儿者妇人之老者也，孛老者男子之老者也。俫儿多不言何色扮之，惟《货郎旦》李春郎前称俫儿，后称小末，则前以小末扮俫儿，盖俫儿者，扮为儿童状也。春郎前幼，当扮为儿童，故称俫儿；后已作官，则称小末耳。邦老之称，一为《合汗衫》之陈虎，一为《盆儿鬼》之盆罐赵，一为《硃砂担》之铁幡竿白正，皆杀人贼，皆以净扮之。然则邦老者，盖恶人之目也。邦老，即鲍老之转声。①

他将元杂剧中出现的脚色扮演情况一一列举出来，并特别注意到同场出现的脚色情况和孤、卜儿等脚色同时具有的某种类型化人物名称的特点，这是完全建立在《元曲选》提供的材料基础上的总结。也正因如此，他所总结的元杂剧脚色的丰富性和规范性很大程度上是经过臧懋循的编改整理才建立起来的，臧懋循将剧中原本不派入脚色的人物排入相应脚色，对已有的脚色则进行规范和细化，并且参考了当时盛行的传奇中的脚色体制，才有了这样的局面②。另外如支丰宜《曲目新编》中记载的元杂剧的情况，完全照搬了《元曲选》中的作者著录，而臧懋循《元曲选》中部分作者著录是出于个人的臆测，与《录鬼簿》、《太和正音谱》等书所载都不同，这样的错误就被支丰宜继续传播了下去。

---

① （清）焦循：《易余籥录》，俞为民、孙蓉蓉编：《历代曲话汇编：新编中国古典戏曲论著集成·清代编》（第三集），黄山书社2008年版，第488—490页。
② 解玉峰：《论臧懋循〈元曲选〉于元剧脚色之编改》，《文学遗产》2007年第3期。

尤其在剧本体制方面，因为《元曲选》已经经过臧懋循的整理，所以剧本的形式比较整齐划一，这使得人们忽略了在此之前的元杂剧剧本体制并不如此成熟的可能性。如焦循的《易余籥录》讨论元曲体制，说："元曲皆四折，或加楔子，惟《赵氏孤儿》五折，又有楔子。"① 这明显是从《元曲选》立论的。如果他能看到《古杂剧》，就会发现《古杂剧》本的《㑇梅香》其实也是五折，而且《古杂剧》的剧本其实是"折"跟"齣"混用的，《玉镜台》《青衫泪》《柳毅传书》《金钱记》《金线池》《潇湘雨》《梧桐叶》《汉宫秋》都会杂用"折"跟"齣"来表示每一折的单位。另外，在《金钱记》《潇湘雨》和《汉宫秋》中，楔子并不是作为一个独立的单元，而是被包括在第一折内的，剧本直接在"第一折"或者"第一齣"之后标注"楔子"。《改定元贤传奇》本的《青衫泪》不分折，《元曲选》本的《金钱记》没有楔子，元刊本的《赵氏孤儿》只有四折，各本间这种单位体制上的区别很多。也就是说，《元曲选》提供的元杂剧剧本形式规定被焦循认为是所有元杂剧的通例，由于没有其他选本提供参考，他不能认识到元杂剧剧本其实在流传过程中存在差异，其形式还有一个逐渐定型的过程。同样是在该书中，焦循说道："《庄岳委谈》云：'世谓秀才为措大，元人以秀才为细酸。《倩女离魂》首折末扮细酸王文举是也。'按元曲《倩女离魂》杂剧中，无'细酸'二字。"② 这又是《元曲选》造成的用词方面的误会。实际上，《古杂剧》本、古名家本的《倩女离魂》都有"末扮细酸上"，"细酸"一词还可见于《古杂剧》本、古名家本、《杂剧选》本的《两世姻缘》。金元时期已经有将迂腐的秀才称为"酸丁"的用法，并引出"细酸"这一名称。《庄岳委谈》的作者胡应麟是明末人，他所见的材料显然比焦循所见更符合实情。从以上例子可以看出，因为《元曲选》在改编中使得一些原本的元杂剧信

---

① （清）焦循：《易余籥录》，俞为民、孙蓉蓉编：《历代曲话汇编：新编中国古典戏曲论著集成·清代编》（第三集），黄山书社2008年版，第488页。
② （清）焦循：《易余籥录》，俞为民、孙蓉蓉编：《历代曲话汇编：新编中国古典戏曲论著集成·清代编》（第三集），黄山书社2008年版，第488页。

息消失了，在仅有《元曲选》为依据的情况下，反而会使得人们对其他资料中记载的状况产生怀疑。

还需要指出的是，《元曲选》虽然是在清代元杂剧传播中最为流行的选本，但并不是说《元曲选》之外其他任何元杂剧都不再流传。凌廷堪在《校礼堂诗集》卷二中收入一组论曲绝句，为《论曲绝句三十二首》，其第十四首为："《博望烧屯》亮葛才，《隔江斗智》玳宴开。至今委巷谈《三国》，都自元人曲子来。"①《博望烧屯》在《录鬼簿续编》和《太和正音谱》中都有著录，但不见于《元曲选》，我们今天看到的此剧只有元刊本和脉望馆抄本。虽然不知凌廷堪所论的是哪种《博望烧屯》，但既然是可以被街头巷尾的民众拿来做三国故事的谈资，应当是指故事完整的剧曲，而不是单出的曲牌或套数，可以据此推测《元曲选》之外的元杂剧作品仍然可以产生一定影响。虽然《博望烧屯》没能依附于某个成功的戏曲选本，但其内容属于三国故事，是民间十分受欢迎的题材，很有可能因其上演次数多而以其他方式继续流传，所以才会被街头巷尾的普通人所熟悉。

第二节 研究状况综述

戚世隽2009年发表的论文《〈元曲选〉研究之探讨》②已经对《元曲选》研究的既往成果及存在问题进行了系统论述。刘凤霞在《臧懋循研究》一书中，亦针对臧懋循的生平与家世研究、戏曲改编研究、诗文研究和刻书研究的情况进行了整理，其中不乏近十几年来的新的研究成果和方向的介绍。本节中将重点从戏剧史的角度对明清以来关于臧懋循及其戏曲活动的研究状况进行梳理，以期对前人已有的研究成果和

---

① （清）凌廷堪：《论曲绝句三十二首》，俞为民、孙蓉蓉编：《历代曲话汇编：新编中国古典戏曲论著集成·清代编》（第三集），黄山书社2008年版，第244页。

② 戚世隽：《〈元曲选〉研究之探讨》，载北京师范大学古籍与传统文化研究所编《中国传统文化与元代文献国际学术研讨会会议论文集》，中华书局2009年版，第366—375页。

本书选题的研究价值有更为全面的认识。

臧懋循平生没有写过戏曲理论专著，他曾改编过几本传奇作品，如《玉茗堂传奇》《昙花记》《古本荆钗记》等，但没有他原创的戏剧作品①。至于他的戏剧理论思想和创作主张，只在《元曲选》《玉茗堂传奇》和《荆钗记》的序言、引言及点评中有一些散见的论述。戏剧史上对臧懋循的批评主要是针对他两个方面的戏曲活动而展开：

首先是《元曲选》的编改。臧懋循在元杂剧文献资料保存方面的贡献得到了研究者们的一致肯定，但对其删改元杂剧的行为则有不同程度的批判。与臧懋循生活时代相近的明代曲论者因为尚有其他资料可供参考，比较明确地认识到他确实曾做出过删改，因此针对这一点提出的批评在明代较多。而清代曲论者受剧本资料的限制，很少有人能见到除《元曲选》之外其他的元杂剧，所以对这方面的问题只能表示不满，却未能有所深入。直至王国维先生的《宋元戏曲考》使得元杂剧成为近百年来戏曲史研究的热点话题，臧懋循删改元杂剧的问题又一次受到重视。由于《元刊杂剧三十种》等其他元杂剧选本资料的普及，一个明清曲论者没能深入探讨的问题终于有条件通过细致的比勘来说明，即《元曲选》中的剧本与别本究竟有哪些不同。郑骞、孙楷第、徐朔方、邓绍基、奚如谷、解玉峰、孙书磊、陈妙丹等人都从各个方面对《元曲选》与其他版本的异同进行比较分析，由此也引发了对元杂剧的文本流变与体制定型等问题的新的认识。另外，在近年来的研究中，除了研究者对臧懋循所作的改动方面的认识在不断深化，由于戏曲选本研究

---

① 陈建华先生在《元杂剧批评史论》（齐鲁书社2009年版）中附录《古代文人的元杂剧批评编年》，该表中记载万历四十八年臧懋循卒，"有杂剧六种"（见该书第372页），这是截至原论文写作时笔者见到唯一称臧懋循有杂剧作品著录的材料。陈先生在书中称该表格所使用文献包括王永宽、王刚《中国戏曲史编年》（中州古籍出版社1994年版），查该书中第457页原文为："臧懋循是明代文学家、戏曲学家，他与当时不少著名文士如王世贞、汤显祖、梅鼎祚等有较密切交往，与吴梦旸、吴稼澄、茅维都以诗名，被称为吴兴四子。其中茅维字孝若也是戏曲作家，著有杂剧《苏园翁》、《秦廷筑》、《金门戟》、《醉新丰》、《闹门神》、《双合欢》6种，今俱存于邹式金编《杂剧三集》中。"此条记载虽在有关臧懋循逝世的说明中，但提到有杂剧作品传世的是茅维，应是陈建华先生在参考此书时理解错误。

的发展,对《元曲选》的选本性质也有更进一步的阐述。

其次是臧懋循对南曲传奇作品的改编。汤显祖的"玉茗堂四梦"在当时产生了很大的影响,尤以《牡丹亭》为最,而这部作品的音律及文采问题在"临川派"与"吴江派"的论争中也成为一个焦点,沈璟、吕天成、冯梦龙等人都曾对其进行过改编,臧懋循也进行过删改和批点。臧懋循的改本没能取代汤氏原作的地位,而与原本共同成为比较与批评的对象。明清以来针对臧改本的批评说明汤显祖的原作确实在文学艺术上取得了成功,包括臧改本在内的改编本都试图弥补原本的某些缺陷,却不能真正改变人们对原作的肯定态度。而对臧改本的价值,研究者们则有不同认识,不同时期的研究者对臧改本的不同态度,也反映出批评出发点的改变,这也是戏剧史发展的一部分。

一 明清时期的研究

《元曲选》自成书之时起就受到戏曲研究者的关注,而对臧懋循删改元杂剧的批判在这一时期就已经存在,比较有代表性的意见如王骥德的《曲律》中说道:

> 近吴兴臧博士晋叔校刻元剧,上下部共百种。自有杂剧以来,选刻之富,无踰此。读其二序,自言搜选之勤,多从秘本中选出。至其雌黄评驳,兼及南词,于曲家俨任赏音;独其跻《拜月》于《琵琶》,故是何元朗一偏之说。又谓:"临川南曲,绝无才情。"夫临川所诎者,法耳,若才情,正是其胜场,此言亦非公论。其百种之中,诸上乘从来脍炙人口者,已十备七八;第期于满百,颇参中驷,不免鱼目、夜光之混。又句字多所窜易,稍失本来,即音调亦间有未叶,不无遗憾。晋叔故儁才,诗文并楚楚,乃津津曲学,而未见其一染指,岂亦不敢轻涉其藩耶?要之,此举搜奇萃涣,典刑斯备,厥勤居多,即时露疵缪,未称合作,功过自不相掩。若其妍媸差等,吾友吾郡毛允燧每种列为关目、曲、白三则,自一至十,

各以分数等之，功令犁然，锱铢毕析。其间全具足数者，十不得一，既严且确，不愧其家董狐。行当悬之国门，毋庸赘一辞矣。①

王骥德的基本看法是，《元曲选》的选刻之富，搜罗之勤，当然值得肯定。但是遗憾之处在于对原本多有改动，音律方面也有不恰当的地方，而且为了凑足百种之数未免有鱼目混珠之举，可见臧懋循在选取作品时把关不严。总的说来，《元曲选》的成就大概是功过相抵。不过王骥德提出可以更进一步，不仅选取作品，而且评出作品的优劣，作为一部选集来讲就更加完善。王骥德对臧懋循也提出了一些意见，他不赞成臧懋循对汤显祖作品毫无才情的说法，认为汤显祖所缺乏的是填词的法度，至于才情，反而是他所擅长的。

凌濛初的《谭曲杂札》中评论臧懋循说："吾湖臧晋叔，知律当行在沈伯英之上，惜不从事于谱。使其当笔订定，必有可观。晚年校刻元剧，补缺正讹之功，故自不少；而时出己见，改易处亦未免露出本相——识有余而才限之也。《荆钗》一记，自谓得元人秘本。信韵叶而调谐矣，然穿凿斧痕，岂皆岑鼎？如'草舍茅檐'一曲，本用监咸险韵，时本有一二犯别韵者，必是不知韵者讹之，固无可疑。而臧本韵韵皆严，诚为一洗；然'莫忘雌炊戾'一语，押则妙矣，句则奇矣，有以知其菲元人面目也、浥、淄之味，善尝者自别之。不可枚举。"②凌濛初对臧懋循在"知律当行"方面的造诣还是肯定的，但他觉得臧懋循才识有限，对元杂剧的改订就未必妥当了。至于对他编选的《元曲选》的看法，凌濛初也依然认为是功过参半，功在补缺正讹的剧本整理工作，过在自出己见改易原文，而且"识有余而才限之"，所改内容未必精当。另外，凌濛初还提出了对臧懋循出版的所谓元人秘本《荆

---

① （明）王骥德：《曲律》，中国戏曲研究院编：《中国古典戏曲论著集成》（四），中国戏剧出版社1959年版，第170页。

② （明）凌濛初：《谭曲杂札》，中国戏曲研究院编：《中国古典戏曲论著集成》（四），中国戏剧出版社1959年版，第260页。

钗记》真实性的怀疑，这种怀疑可能正是由臧懋循喜欢删改剧本的一贯做法引起的。

至于臧改本"玉茗堂四梦"，当时的戏曲批评者有不同意见。持肯定、赞赏态度的有徐复祚，他在《曲论》里表达了自己的看法："玉茗堂四传，临川汤若士显祖先生作也。其南柯、邯郸二传，本若士臧晋叔懋循先生所作元人弹词来①。晋叔既以弹词造其端，复为改正四传以订其讹，若士忠臣哉！"②徐复祚既然对臧懋循的改订持赞赏态度，前提必然是他认为汤显祖的剧作中确实有需要改正的错误。

与徐复祚的"忠臣"一说针锋相对的，是王思任的门人张弘毅的看法，他在《清晖阁批点玉茗堂还魂记》凡例第一则中说："是刻悉遵玉茗堂原本，间有删改，非音旁，则标额。虽属山阴解牛，亦为临川存羊。凡时本或疏于校雠，如柳浪馆；或谬为增减，如臧吴兴、郁蓝生二种，皆临川之仇也。"③臧懋循因为删减原作之罪竟至成为"临川之仇"，这是将臧懋循对《牡丹亭》的增删完全否定，可见张弘毅对臧改本反感之极。

同样是持反对意见，茅元仪在为其弟茅暎所刊的《牡丹亭》的序言中，比较敏锐地指出，臧懋循的修改恰恰失去了汤氏原作的精彩之处："雉城臧晋叔，以其为案头之书，而非场中之剧，乃删其采、锉其锋，使其合于庸工俗耳。读其言，苦其事怪而词平，词怪而调平，调怪而音节平。于作者之意，漫灭殆尽。并求其如世之词人俯仰抑扬之常局

---

① 徐复祚之意似指臧懋循在汤显祖之前有同题材的弹词创作，但臧懋循的著述中并无他曾创作弹词的记载。臧懋循曾刊刻《仙游录》《梦游录》《侠游录》三种书籍，他在《弹词小序》中说："近得无名氏《仙游》、《梦游》二录，皆取唐人传奇为之敷演，……或云杨廉夫避乱吴中时为之。"《南柯》《邯郸》二剧的题材皆来源于唐传奇，徐复祚所指或即这几种书。但杨维桢的《四游录》今已失传，无法确切得知其具体内容是否与汤显祖的创作有关。

② （明）徐复祚：《曲论》，中国戏曲研究院编：《中国古典戏曲论著集成》（四），中国戏剧出版社1959年版，第240页。

③ （明）张弘毅：《汤义仍先生还魂记凡例》，俞为民、孙蓉蓉编：《历代曲话汇编：新编中国古典戏曲论著集成·明代编》（第三集），黄山书社2009年版，第53页。

而不及。余尝与面质之，晋叔心未下也。夫晋叔岂好平乎哉？以为不如此，则不合于世也。合于世者必信乎世。如必人之信而后可，则其事之生而死，死而生，死者无端，死而生者更无端，安能必其世之尽信也？今其事出于才士之口，似可以不必信。然极天下之怪者，皆平也。临川有言：'第云理之所必无，安知情之所必有耶？'我以不特此也。凡意之所可至，必事之所已至也。则死生变幻，不足以言其怪。而词人之音响慧致，反必欲求其平，无谓也。"① 茅元仪认为臧懋循的编改特点是"持平"，而为了使作品"合于世"便进行改动是没有必要的，汤作的"锋""采"所在正在其作品中那种为情可以死、为情可以生的奇幻的魅力，臧懋循所改无疑是削其锋芒，丧失了原剧的价值。

　　鉴于臧懋循的改作与汤氏原作的差异极大，当时的很多刊刻者都选择将臧懋循的改本或评语与原作一同刊印，并指出两者各有优点，使读者自行斟酌比较。如天启元年闵光瑜刊朱墨套印本《邯郸梦纪》的凡例第二则指出："新刻臧本，止载晋叔所审，原词过半削焉，是有臧竟无汤也。兹以汤本为主，而臧改附傍，使作者本意与改者精工，一览并呈。"② 在总评中又说："刘放翁云：'临川曲正犹太白诗，不用沈约韵。'而晋叔苦束之音律，其不降心也固宜。中间如【夜雨打梧桐】、【大和佛】等曲，及夫人问外补、司户吊场等关目，亦自青过于蓝。"③ 还有茅暎刊刻的《牡丹亭》在凡例的第三、四则中也说："臧晋叔先生删削原本，以便登场，未免有截鹤续凫之叹。欲备案头完璧，用存玉茗全编。此亦临川本意，非仆臆见也。临川尺牍自可考"；"晋叔评语，当者亦多，故不敢一概抹杀，以瞑前辈风流。仆不足为临川知己，亦庶

---

① （明）茅元仪：《批点牡丹亭记序》，俞为民、孙蓉蓉编：《历代曲话汇编：新编中国古典戏曲论著集成·明代编》（第三集），黄山书社2009年版，第447页。

② （明）闵光瑜：《邯郸记凡例》，俞为民、孙蓉蓉编：《历代曲话汇编：新编中国古典戏曲论著集成·明代编》（第三集），黄山书社2009年版，第437—438页。

③ （明）闵光瑜：《邯郸记总评》，俞为民、孙蓉蓉编：《历代曲话汇编：新编中国古典戏曲论著集成·明代编》（第三集），黄山书社2009年版，第438—439页。

几晋叔功臣。"①

　　实际上，明代的这些评论者身处明代传奇创作的繁荣时代，对元杂剧的兴盛有追慕之心，并且也在积极探寻着元杂剧兴盛的原因及其艺术特点所在，他们对元杂剧的肯定多少有"厚古薄今"的倾向，当然不支持臧懋循的《元曲选》对元杂剧做出大量删改。在这种情况下，对臧懋循编选《元曲选》也就不能突破功过参半的简单认识。至于他们对改订《玉茗堂四梦》的看法，跟明代戏曲理论领域中"吴江派"与"临川派"的论争密切相关。邓绍基先生在《〈元曲选〉的历史命运》一文中评论晚明的臧懋循批评："涉及当时曲坛的若干历史背景，涉及著名曲家之间的观点相左，其间也包含有文人相轻的因素。"② 从认为臧晋叔是"忠臣"或"临川之仇"，再到自称为"晋叔功臣"，反映出批评对象的变化。在"玉茗堂四梦"尤其是《牡丹亭》取得巨大社会影响的时期，对臧改本的评价，是相对于对汤显祖的评价而建立的。对汤显祖的作品不合音律持批评态度的人，赞成臧晋叔的改订。而反对苛求音律的，则更欣赏汤显祖的才情，自然不认同改订本。再稍晚些的评论者，将原作与改本同时作为批评对象，更倾向于从比较公允的角度，肯定原作的精彩，同时也指出改本的可取之处。不得不承认的是，虽然当时的吴江派人士大肆指责汤显祖作品不协音律，并且纷纷尝试对其做出改订，但是作品内在的艺术魅力还是大大掩盖了形式上的不足，汤氏的原作也得到社会的承认并被流传下来。

　　这种倾向延续到清代，对臧改本的批判已成为主流。清初张大复的《寒山堂曲话》论及此事时说："临川曲，改作者极多，而《四梦》全部改作者，只有臧晋叔一人。晋叔精通律吕，妙解音声，尝梓《元人百种曲》，无一调不谐，无一字不叶，是诚元人功臣也哉！惜其长于律

---

① （明）茅暎：《牡丹亭记凡例》，俞为民、孙蓉蓉：《历代曲话汇编：新编中国古典戏曲论著集成·明代编》（第三集），黄山书社2009年版，第450页。

② 邓绍基：《〈元曲选〉的历史命运》，《社会科学战线》1998年第3期。

而短于才，所改《四梦》，大失原本神味，今亦不传。"① 张大复依然肯定臧晋叔《元曲选》编选方面的功绩，却否定他对《四梦》的编改。臧懋循虽以音律严谨而自傲，在后人看来其文采却始终稍逊汤显祖一筹，所以臧改本在清初就已经丧失影响力了。清乾隆五十年（1785）冰丝馆刊本《牡丹亭》，已经认为臧晋叔的改本是"师心改窜"已经是曲坛公认的事实②。叶堂的《纳书楹四梦全谱自序》也批判臧改本使得原作的旧貌不复得见："《邯郸》、《南柯》，遭臧晋叔窜改之厄，已失旧观；《牡丹亭》虽有《钮谱》，未云完善。惟《紫钗》无人点勘，居然和璧耳。"③ 经过臧懋循的改动便是遭遇了厄运，只有没被改动的才是完璧，叶堂对臧懋循的批判之意表现得十分明显。

清代曲论者基本也肯定臧懋循在保存元杂剧资料方面的成就，而对其删订《四梦》，则认为是他没有意识到自己才识有限的轻率举动。如上文张大复称赞臧懋循是"元人功臣"，李调元《雨村曲话》卷下也说"元一代之曲借以不坠，快事也"④，但是臧懋循在传奇改编方面受到的批判，使得他编选《元曲选》的眼光也受到了质疑，因为清代曲论者对《元曲选》的资料依赖性大大增强，《元曲选》的可信度如果不高，对他们来讲就是很大的遗憾。梁廷枏在《曲话》卷五中说："其所弃而不入者，不可得见，亦一恨事"⑤，因为《元曲选》中没有收录的元杂剧在清代已经很难见到，而梁廷枏认为既然臧懋循所选未必尽为上乘之

---

① （清）张大复：《寒山堂曲话》，俞为民、孙蓉蓉编：《历代曲话汇编：新编中国古典戏曲论著集成·清代编》（第一集），黄山书社2008年版，第15页。

② 参见（清）冰丝馆刊本《重刻清晖阁批点牡丹亭凡例》："是剧刻本极多，其师心改窜，自陷于庸妄，如臧晋叔辈，著坛已明斥之矣。"引自俞为民、孙蓉蓉编：《历代曲话汇编：新编中国古典戏曲论著集成·清代编》（第三集），黄山书社2008年版，第315页。

③ （清）叶堂：《纳书楹四梦全谱自序》，俞为民、孙蓉蓉编：《历代曲话汇编：新编中国古典戏曲论著集成·清代编》（第三集），黄山书社2008年版，第6页。

④ （清）李调元：《雨村曲话》，俞为民、孙蓉蓉编：《历代曲话汇编：新编中国古典戏曲论著集成·清代编》（第二集），黄山书社2008年版，第29页。

⑤ （清）梁廷枏：《曲话》，俞为民、孙蓉蓉编：《历代曲话汇编：新编中国古典戏曲论著集成·清代编》（第四集），黄山书社2008年版，第63页。

作,则其弃而不取者也就未必没有可取之处。杨恩寿在《词余丛话》卷二中也说:"《百种》乃臧晋叔所编。观所删改,直是孟浪。文律、曲律,皆非所知,不知埋没元人许多佳曲。"① 其实臧懋循在音律方面的严谨还是受到普遍肯定的,杨恩寿所谓的"皆非所知"恐怕是主观臆断。至于《四梦》,李斗在《扬州画舫录》中明确指责臧晋叔编改《四梦》是"孟浪之举"②。陈栋认为臧懋循的改窜之过难掩汇刻之功,"《百种曲》虽多点窜,要亦饫羊。盖杂剧卷帙不多,易于散失。藏书家又以无关经史,置不宝贵。苟非汇而刻之,风霜兵燹,日复一日,必至消灭净尽。晋叔之为功词坛,岂浅鲜哉?"但他认为在《四梦》的编改方面,便是臧懋循没有自知之明了,"臧晋叔删订《四梦》,诩诩然自命点金手,无奈识不称志,才不副笔。将原本佳处,反多淹没。昔贤不云乎:'鹤颈虽长,断之则死;凫颈虽短,续之则伤。'晋叔沉酣元曲,既于词坛不敢染指,乃复有此轻妄之举,自知之所以难也。"③

总之,在明清两代,臧懋循在元杂剧剧本的搜集整理方面的功绩,受到普遍肯定,后人以其为"大盟主"④。虽然他没有自创的戏剧作品传世,却也和关汉卿等人一样,被奉为"词学先贤"⑤,这种声望当然就是来自《元曲选》的成就。但其在具体创作实践方面的思想和作为,如传奇剧本的改订和对严守音律的坚持,明清两代的评论者从各自的不

---

① (清)杨恩寿:《词余丛话》,俞为民、孙蓉蓉编:《历代曲话汇编:新编中国古典戏曲论著集成·清代编》(第四集),黄山书社2008年版,第551页。

② (清)李斗:《扬州画舫录》,俞为民、孙蓉蓉编:《历代曲话汇编:新编中国古典戏曲论著集成·清代编》(第三集),黄山书社2008年版,第687页。

③ (清)陈栋:《北泾草堂曲论》,俞为民、孙蓉蓉编:《历代曲话汇编:新编中国古典戏曲论著集成·清代编》(第三集),黄山书社2008年版,第535页。

④ 参见(清)徐士俊:《盛明杂剧序》:"顾诸臧先生向为大盟主,未迨于兹。"引自俞为民、孙蓉蓉编:《历代曲话汇编:新编中国古典戏曲论著集成·清代编》(第一集),黄山书社2008年版,第112页。

⑤ 沈宠绥《度曲须知》之《词学先贤姓氏》一章,列臧懋循于其中,与关汉卿等元杂剧作者并列。引自俞为民、孙蓉蓉编:《历代曲话汇编:新编中国古典戏曲论著集成·明代编》(第二集),黄山书社2009年版,第612—613页。

同观念出发也是有褒有贬，意见不一，主要以批判居多。

二 近现代以来的研究

进入近代以后，首先是王国维肯定了臧懋循的编选工作和《元曲选》的价值：

> 世多病臧晋叔（懋循）刻《元曲选》，多所改窜；以余所见钱塘丁氏嘉惠堂所藏明初抄本郑廷玉《楚昭王疏者下船》杂剧，谬误拙劣，不及《元曲选》本远甚。盖元剧多遭伶人改窜，久失其真。晋叔所刊，出于黄州刘延伯所得御戏监本，其序已云，与今坊本不同。后人执坊本及《雍熙乐府》所选者而议之，宜其多所抵牾矣。
>
> 元人杂剧存于今者，只《元曲选》百种，此外如《元人杂剧选》、《古名家杂剧》所刻元曲，出于《元曲选》外者，不及十种。且此二书，亦已久佚，唯《雍熙乐府》中尚存丛残折数，然有曲无白，亦难了其意义矣。所存别本，亦只《疏者下船》一种，淡生堂、也是园所藏，竟无一本留于人世者。设无晋叔校刻，今人殆不能知元剧为何物矣。①

王国维先生这篇《录曲余谈》写作于宣统元年（1909），而元刊本本为私人藏书，进入研究者视野是在民国三年（1914）该书被覆刻并题为《覆元椠古今杂剧三十种》之后。王国维的《元刊杂剧三十种叙录》写作于1915年，也就是说，他在做出以上这段评论的时候，尚未见到元刊本。在这种情况下，他的元杂剧研究得力于《元曲选》不少，对臧懋循的功绩自然也持肯定态度。不过，当元刊本与其他选本成为被

---

① 王国维：《录曲余谈》，载《王国维戏曲论文集》，中国戏剧出版社1984年版，第229页。

普遍运用的资料之后，研究者们就越来越惊讶于《元曲选》与别本的差别之大，进而对臧懋循表示不满。孙楷第先生对臧懋循的批判是其中最有代表性的意见，他在《也是园古今杂剧考》中指出，臧懋循师心自用，改订太多，所以《元曲选》与元刊本及其他明代的选集或全集都不同："凡懋循所订与他一本不合者，校以其它诸本，皆不合。凡他一本所作与懋循本不合者，校以其它诸本，皆大致相合……此等明抄明刊虽不尽依原本，而去原本尚不甚远；大抵曲有节省，字有窜易，而不至大改原文：皆删润本也。至臧懋循编《元曲选》，孟称舜编《柳枝集》、《酹江集》，皆以是正文字为主，于原文无所爱惜：其书乃重订本也，凡删润之本，校以元刊本，大抵存原文十之七、八。懋循重订本，校以元刊本，其所存原文不过十之五、六或十之四、五……嗟乎！安得元本尽出，使世人得一一读原文论定其曲也。"①其他各种类似看法也很多，如吴梅《元剧研究》中称"元剧原本，被他盲删瞎改，弄得一塌糊涂。"②严敦易《元剧勘疑》中说："我们把元刊本杂剧，与臧晋叔《元曲选》中名目相同的杂剧，试加勘校，它的讹舛是很可惊的，全折的几于不尽相同，亦所恒有。"③孙楷第、吴梅、严敦易的意见都是以元刊本为标准来与《元曲选》进行对比，《元曲选》与元刊本的不同十分明显，这些不同就被归咎为臧懋循的个人过失。针对这些关于《元曲选》删改过多失去原貌的批评，也有人提出不同意见。如日本的吉川幸次郎先生，就在《元杂剧研究》一书中辨明此事：

> 不过，有部分文学史家认为《元曲选》经过臧氏的修改后，已经完全失去了本来面目，这种见解不是我所能苟同的。现在说明如下。

---

① 孙楷第：《也是园古今杂剧考》，上杂出版社1953年版，第151—153页。
② 吴梅：《元剧研究》，载《吴梅戏曲论文集》，中国戏剧出版社1983年版，第198页。
③ 严敦易：《元剧勘疑》，中华书局1960年版，第141页。

第一、关于最早的元刊本与《元曲选》之间的距离，或正德、嘉靖年间所刊《盛世新声》、《雍熙乐府》等书与《元曲选》之间的距离，我们姑且不论。至于与《元曲选》同时于万历年间刊行的本子，如息机子本、古名家杂剧本、顾曲斋本等，都与《元曲选》没有什么显著的差异。这是把息机子本的《玉壶春》、《渔樵记》，古名家杂剧本的《救风尘》、《金钱记》等，和《元曲选》实际比较所得的结论。当然不能说没有出入，但尽管有，也只是五十步与百步罢了。如此看来，即使《元曲选》已经失去原来的面目，也不能只怪《元曲选》；因为万历年间的本子，也都大体与《元曲选》相近，这样我们当然没有避开《元曲选》而去就他本的必要。而且，万历年间的各种刊本既都是五十步与百步的关系，那么我们宁可采取《元曲选》，为的《元曲选》是整理得比较完整的。

第二、臧晋叔的改订，并不是恣意而为的。虽然也有如上所举《汉宫秋》的"满庭芳"，不免任加臆改的地方，但并不太多。另一方面，《元曲选》虽与同时诸本不甚一致，但是与古本相合的并不是没有。例如，《金钱记》第一折"天下乐"之后是"那吒令"、"鹊踏枝"二曲，这是《元曲选》的形式。《古名家杂剧》无此二曲，但据《太和正音谱》及《雍熙乐府》，明初确是有此二曲的。除了这种比较大的异同外，在比较微细的地方，《元曲选》也有与同时刊本不同而与古本符合的例子。由此可见，臧氏的修改一定参考过不少古本，则他所说："予家藏杂剧多秘本，顷过黄，从刘延伯借得二百种，……因为参伍校订"的话，绝非虚言了。

第三、最古的元刊本及继其后的《雍熙乐府》等书，与《元曲选》之间有相当的距离，而前者保存的本来面目一定较多，这一点是可以断言的。但那些书存在于今天的，都极不完整，如只靠这些为研究的根据，事实上很难办到。而且，元刊本类多坊间所刻，当时仅供观剧者参考之用，免不了含有许多俳优恣意更改，或刊行者无智更改的地方。《雍熙乐府》之类的书，也是供给实际演唱之用的，自然也含有上述的缺点。因此，我们或许可以这样想：《元曲选》系统的本子，如息机子本等，可能更近于原来的形式。①

吉川幸次郎的反对依据，主要是从研究资料的完整程度方面来考虑。但是从文学价值的角度上来看，与元刊本相比，《元曲选》的确有将原本的曲辞改得不好的地方。而且《元曲选》等本的形式虽然更为完备，但这些选本中元杂剧的形态作为其原始形态是证据不足的。吉川先生这一论断也不是建立在所有元杂剧剧本的比勘基础上的，由部分剧作的情况概括整体的特点未免不够全面。

郑骞先生将臧懋循所做的编改工作总结为：

一、调整旧本对于剧情的处置，即所谓关目，或使之更为近情合理，或使之更为周详完整。在各剧第四折部分，臧氏所用此种工夫最多。前述元曲选较他本多出的二百二十二支曲子，其中有一百一十六支是属于第四折的，即是调整关目的缘故。

二、一般的润色文字，包括曲与白二者。

三、对仗。旧本曲文，有时应对而不对，或虽对而不十分工整，臧氏把他们都改成工整的对仗。有些可对可否的句子，臧氏也大都改成对句。

四、押韵。旧本曲文出韵或重韵的句子，臧氏大致都给改订过来。有些本可不必押韵的句子，臧氏也都改为押韵。

五、增添。在原作之外增添若干支曲子。

六、删除。删除若干支原有的曲子。②

---

① [日]吉川幸次郎：《元杂剧研究》，郑清茂译，台北：艺文出版社1977年版，第40—41页。

② 郑骞：《臧懋循改订元曲选平议》，《景午丛编》，台北：中华书局1972年版，第416页。

他仍然坚持对臧懋循功过两分的看法："元曲选好的特点，是臧氏编撰此书曾经校勘整理，使其成为极完善最方便的读本；坏的特点是臧氏曾经对于旧本原文，包括曲与白，大量改订，以致失去本来面目。"① 他针对戏曲剧本的流传特点，指出应以发展的眼光看待元杂剧的"原貌"问题。在他开拓的基础上，荷兰学者伊维德、美国学者奚如谷对这一问题都有更进一步的认识，在本书的引言部分已有介绍。

大陆方面，也有越来越多的学者承认应当将《元曲选》放在元杂剧整体的版本系统中客观分析，而不是一味对臧懋循删改元杂剧的行为进行批判。许多相关论文涉及如何看待《元曲选》中不同于其他版本的地方，比较典型的如徐扶明先生在《臧懋循与〈元曲选〉》一文中说："而《元曲选》与元刊本不同之处，有些还是前人改动的，并不是臧懋循一手造成的。至于臧懋循的参伍校订'以己意改之'。是改得好或改得糟，这就很难说，因目前还缺乏可靠的对证。"② 还有邓绍基先生也对孙楷第的"十之四五"说有所保留，他在《关于元杂剧版本探究》③一文中指出，只要发现《元曲选》本与元本或其它明本不同处，立即毫无保留毫无商量地断定是臧氏所改，绝不是慎重的态度。他在仔细比勘之后认为，戏剧剧本在流传过程中受到不断的改窜增饰，臧氏所参考的底本可能就已经受到明代演出的影响。杜海军的《〈元曲选〉增删元杂剧之说多臆断——〈元曲选〉与先期刊抄元杂剧作品比较研究》④ 一文从情节内容、人物角色、曲词和其他各

---

① 郑骞：《臧懋循改订元曲选平议》，《景午丛编》，台北：中华书局1972年版，第409页。
② 徐扶明：《臧懋循与〈元曲选〉》，载吴国钦、李静、张筱梅编《元杂剧研究》，湖北教育出版社2003年版。
③ 邓绍基：《关于元杂剧版本探究》，《中国社会科学院研究生院学报》2006年第1期。
④ 杜海军：《〈元曲选〉增删元杂剧之说多臆断——〈元曲选〉与先期刊抄元杂剧作品比较研究》，《广西师范大学学报》（哲学社会科学版）2008年第3期。

方面将《元曲选》与元刊本和明刊本分别比较之后，也得出结论认为与前者差异大、后者差异小，《元曲选》同元刊本的不同之处应当看作是明人的集体作为。解玉峰先生在《论臧懋循〈元曲选〉于元剧脚色之编改》一文中称，虽然《元曲选》存在编改元剧的基本事实，但后来人不应执着于是非古人，而应抱有"了解之同情"①，这才是比较宽容的看法。

本时期内的研究者极大地发挥了《元曲选》的文献价值，在元杂剧的异本比较中，通过分析《元曲选》本与别本的不同，来总结臧懋循的编改特点，并引发对元杂剧研究相关问题的思索。如郑骞先生对《元曲选》中除孤本外的八十五种杂剧的各种刊本进行了校勘②，《景午丛编》中收有《关汉卿窦娥冤杂剧异本比较》③一文，从曲词、关目、宾白、套式等方面对《窦娥冤》的几种异本比较甚为详细，常能从细节处论臧改之短长，但他的研究只侧重曲词与音律方面的问题。邓绍基亦有一系列元杂剧的校读文章，如《元杂剧〈金线池〉校读记》④，举例说明顾曲斋本、古名家本与《元曲选》本都各有优劣之处。例如：杜蕊娘在另外两本中的年龄为二十六、七岁，是年华老去的上厅行首，所以【金盏儿】曲中有"揾开汪泪眼，打拍老精神"之说。《元曲选》本将其年龄改为二十岁，与剧中人物唱词的心态不符。另外还有《元杂剧〈气英布〉校读散记》⑤《元杂剧〈魔合罗〉校读记》⑥《臧懋循

---

① 解玉峰：《论臧懋循〈元曲选〉于元剧脚色之编改》，《文学遗产》2007年第3期。
② 郑骞先生的此系列文章，包括：《元杂剧异本比较》（第一组），《"国立编译馆"馆刊》2卷2期，1973年；《元杂剧异本比较》（第二组），《"国立编译馆"馆刊》2卷3期，1973年；《元杂剧异本比较》（第三组），《"国立编译馆"馆刊》3卷2期，1974年；《元杂剧异本比较》（第四组），《"国立编译馆"馆刊》5卷1期，1976年；《元杂剧异本比较》（第五组），《"国立编译馆"馆刊》，5卷2期，1976年。
③ 郑骞：《关汉卿窦娥冤杂剧异本比较》，《景午丛编》，台北：中华书局1972年版。
④ 邓绍基：《元杂剧〈金线池〉校读记》，《戏剧艺术》1992年第3期。
⑤ 邓绍基：《元杂剧〈气英布〉校读散记》，《河北师院学报》（社会科学版）1992年第4期。
⑥ 邓绍基：《元杂剧〈魔合罗〉校读记》，《殷都学刊》1994年第1期。

"笔削"元剧小议——元杂剧校读记之一》①等文章,从各个方面说明了臧懋循改动的复杂性。徐朔方在《元曲选家臧懋循》②一书中,尽管对臧懋循的编改工作整体持肯定态度,但也实事求是地比较了臧改本在文学水平上的不足。奚如谷先生的《臧懋循改写〈窦娥冤〉研究》③,在比较文本的基础上,深入分析臧懋循的儒家正统价值观念如何影响了《元曲选》本中的人物行为和情节走向。还有本书引言中提到的解玉峰先生对《元曲选》如何整编元杂剧脚色体制的研究,等等。这些已有的版本比较方面的研究成果对臧懋循在《元曲选》中体现出的文笔特点、价值观念及受到的南曲传奇方面的影响都有详细的分析与归纳,对论证臧懋循在元杂剧文本的删改问题上究竟发挥了怎样的作用有很大贡献。

尽管对臧懋循的改订存在种种疑问,《元曲选》在元杂剧版本系统中的地位太过经典,很少有研究者能够在不涉及《元曲选》的情况下去研究元杂剧。在已经有大量的有关元杂剧的研究成果出现的基础上,似乎对《元曲选》的认识也就很难有进一步的突破。不过近些年来,还是有一些新的观点出现在对臧懋循及《元曲选》的研究中,例如对其戏曲选本性质的再认识。

所谓选本,即编选者以一定的文学批评理论为基础,在一定范围内对作家作品进行相应的取舍筛选而成的作品集。鲁迅曾说:"凡选本,往往能比所选各家的全集或选家自己的文集更流行,更有作用。册数不多,而包罗诸作,固然也是一个原因,但还在近则由选者的地位,远则凭古人之威灵,读者想从一个有名的选家,窥见许多有名的作品。"④

---

① 邓绍基:《臧懋循"笔削"元剧小议——元杂剧校读记之一》,《阴山学刊》(社会科学版)1998年第3期。
② 徐朔方:《元曲选家臧懋循》,中国戏剧出版社1985年版。
③ [美]奚如谷:《臧懋循改写〈窦娥冤〉研究》,《文学评论》1992年第2期。
④ 鲁迅:《集外集·选本》,《鲁迅全集》第七卷,人民文学出版社1981年版,第135页。

选家对某一时间段落文学发展的意见，可以影响到读者。而这些选家的意见，无疑也会受到当时的历史背景、文学政策、文化的影响，并且与个人的喜好与文学观念相关。所以，选本批评也是我国古代文学理论批评的重要形式之一。中国古代的文学选本有着悠久的历史，最早的选本应当是晋人杜预的《善文》五十卷，书名曰"善文"，就是好文章的汇编，但此书已佚。梁昭明太子萧统的《文选》，是流传至今的最早的具有文学意义的选本。其后，有大量文学选本在文学形式的代代嬗变中出现，有的偏重区别文体，有的偏重评述人物，有的探求某种时代风格，有的以鉴赏为主要目的，当然，也有兼具以上几种特点的选本。

由于戏曲文学的晚熟，戏曲选本的成熟也大大落后于诗文，直至元代，元杂剧作为一种成熟的戏剧形式出现，戏曲选本的出现才成为可能。作为一种特殊的文学现象，戏曲选本的形式、内容、选取理念和审美意识必然具有其特色，究竟如何定义"戏曲选本"，在过去的研究中受到的重视不够，因而也未能将《元曲选》与之联系起来。郑振铎先生较早关注戏曲选本的问题，并在《中国戏曲的选本》中定义："所谓'戏曲的选本'，便是指《纳书楹》、《缀白裘》一类选录一部戏曲的完全一出戏或一出以上之书本而言。像《雍熙乐府》，像《九宫大成谱》，像《太和正音谱》，那都是以一个曲调为单位而不是以一出为单位而选录的。"① 这种界定与清中晚期乃至近现代戏曲舞台盛行折子戏的表演实际相符，但考察中国古代戏曲的整体特征，戏曲选本的内涵应当更扩大一些。近几年来，朱崇志先生就以专著《中国古代戏曲选本研究》和《中国古代戏曲选本研究刍议》②、《论明清戏曲选本的戏曲特征观》③ 等多篇论文对戏曲选本这一概念进行新的阐发。他认为："戏曲

---

① 郑振铎：《中国戏曲的选本》，《郑振铎文集》第七卷，人民文学出版社1988年版，第240页。

② 朱崇志：《中国古代戏曲选本研究刍议》，《重庆工商大学学报》（社会科学版）2004年第3期。

③ 朱崇志：《论明清戏曲选本的戏曲特征观》，《中华戏曲》（第29辑），2003年。

的文学性质是叙事,属于叙事文学。它同小说一样,都是以叙述故事情节、塑造人物形象、描绘世态人情为基本意旨。因此,单剧与单篇小说具有同等意义,单篇小说的选集如《清平山堂话本》、《三言二拍》等均可视为小说选本且为主要的小说选本样式,单剧的汇集自然也应赋予同样的文学意味。所以,概凡《元曲选》、《六十种曲》之类非作家个人作品的结集而是由他人编选的合集皆应视为戏曲选本。"[①] 而且中国古代的戏曲表演有多种方式,《雍熙乐府》等书收录曲文以为御前承应之用,应当也视其为戏曲选本。鉴于此,朱崇志提出了新的定义:"……这里所谈及的戏曲选本,是指戏曲选家根据一定的意图、依据一定的编选原则和编选体例,在浩如烟海的古代戏曲作品中选择具有代表性的单剧、单出或单曲汇聚而成的作品集。在外在形式上,戏曲选本表现为剧选、出选、曲选三种形态;而在内在价值上,它则分别具有清读、清唱、表演的功能。"[②] 他认为戏曲选本所蕴含的思想,应分为戏曲发生观、戏曲特征观、戏曲功能观三个方面;而对戏曲选本的文献价值,也从辑佚、校勘两个方面加以讨论。由此看来,过去对《元曲选》的价值的评估主要集中在文献价值方面,而对其蕴含的戏剧思想显然还认识不够,以《元曲选》的编辑来分析臧懋循的戏剧思想尚有可为之处。

赵山林的《中国戏曲传播接受史》一书的第九、十四章也分别提到明、清戏曲选本的相关内容,书中将明代戏曲选本的发展划分了三个阶段:明初到正德年间,为沿袭阶段,大体上沿袭了元选本的体例,仅仅是一种简单的底本汇集,而没有明确的选录概念。嘉靖至隆庆年间,为推进阶段,在前一阶段的基础上有所改变;从万历开始,传奇这一戏曲形式在创作和表演体制方面都走向成熟,而戏曲选本经过百余年的酝酿、试验,在选目、编印、传播各方面都

---

① 朱崇志:《中国古代戏曲选本研究》,上海古籍出版社2004年版,第2页。
② 朱崇志:《中国古代戏曲选本研究》,上海古籍出版社2004年版,第3页。

已趋于稳定和多样化,因此从万历到明末属于戏曲选本的成熟阶段[①]。在明代戏曲选本中又有文人系统与民间系统的区别。参照这些划分标准来看,《元曲选》应属于戏曲选本成熟时期的文人选本。然而文人与民间的区别并不是绝对的,在编选戏曲选本的过程中,这两种人群间的价值观念也在相互影响。臧懋循文人兼书商的双重身份诞生在明代中后期的社会经济条件下,这就是一种文化史上的特例,而这也使得《元曲选》既具有文人选本的文学性,又具有民间选本的商业眼光,本书中将对这一点进行论述。

杜海军的论文《论戏曲选集在戏曲史研究中的独立价值》[②],提出戏曲选集除了保存和传播戏曲文献的功能外,还能反映戏曲史由雅向俗、由案头剧向场上剧进化的过程,以及戏剧体制的进化和观众审美观念的进化。本书认为《元曲选》这部选集的案头阅读属性并不能代表元杂剧的本来性质,而是实时性地反映元杂剧的文本经过长时期流传并被明代中晚期文人接受之后的特点,其中必然会受到明代改编者和明代戏曲演出习惯的影响。

除此之外,还有多篇论文注意到戏曲选本在戏曲史上的重要意义并将之与元杂剧研究联系起来,如李玉莲的《"网罗放佚"与"删汰繁芜"——元明清小说戏剧的选辑传播》[③],从传播学角度分析了元杂剧以选辑方式进行传播的内容、对象、媒介及其传播效果,肯定了《元曲选》在扩大元杂剧影响范围方面的价值。吴敢《〈赵氏孤儿〉剧目研究与中国古代戏曲选本》[④],提出正是中国古代戏曲选本的多样性造就了《赵氏孤儿》的剧目研究的价值。赵天为的《元杂剧选本研究

---

① 赵山林:《中国戏曲传播接受史》,上海人民出版社2008年版,第293—321页。
② 杜海军:《论戏曲选集在戏曲史研究中的独立价值》,《艺术百家》2009年第4期。
③ 李玉莲:《"网罗放佚"与"删汰繁芜"——元明清小说戏剧的选辑传播》,《齐鲁学刊》1998年第6期。
④ 吴敢:《〈赵氏孤儿〉剧目研究与中国古代戏曲选本》,《徐州教育学院学报》1999年第1期。

初探（上）——从选本看元杂剧的流变》①《元杂剧选本研究初探（下）——从选本看元杂剧理论的发展》②，已经将目光集中到元杂剧选本的问题，提出目前存在的众多元杂剧选本所反映的元杂剧本身的流变以及元杂剧批评观的发展问题。在这样的理论基础上，本书讨论《元曲选》作为一个戏曲选本的价值与意义才成为可能。

　　除了有关编选《元曲选》的评价外，针对臧懋循改编牡丹亭的批评在近年来的研究中也有一个认识上的发展过程。与清代曲论者的一味批判不同，后来的研究者们非常细致地分析了臧懋循对《牡丹亭》究竟进行了怎样的删改，进而思索其删改的意义。吴梅先生的评价就较为中肯，在"点金成铁"批评之外找到了臧懋循的长处在舞台性方面："晋叔所改，仅就曲律，于文字上一切不管。所谓场上之曲，非案头之曲也。且偶有将曲中一二语改易己作，而往往点金成铁者。……然布置排场，分配角色，调匀曲白，则又洵为玉茗之功臣也。"③邓瑞琼、吴敢的论文《论臧晋叔对〈牡丹亭〉的改编》④，就从"删""改"两方面来详细论述臧懋循的改编途径及其特点，认为他在戏剧剧本的改编方面为后人提供了宝贵经验和值得警惕的教训。朱恒夫的论文《论雕虫馆版臧懋循评改〈牡丹亭〉》⑤，介绍了美国加州伯克莱分校东亚图书馆藏的《雕虫馆校定玉茗堂新词四种》的基本情况，分析了臧懋循从删削、合并、正音、趋俗四方面进行的对《牡丹亭》的修订工作，评价认为：总的来说臧氏的删改是比较成功的。臧本的曲词符合曲律，便于伶工演唱；臧本的语言通俗易懂，便于观众接受；臧本的内容折数比汤本原作少，便于舞台搬演。但是，由于臧氏的才华所限，有些修改是

---

①　赵天为：《元杂剧选本研究初探（上）——从选本看元杂剧的流变》，《徐州教育学院学报》1999年第3期。
②　赵天为：《元杂剧选本研究初探（下）——从选本看元杂剧理论的发展》，《徐州教育学院学报》2000年第1期。
③　吴梅：《顾曲麈谈》，载《吴梅戏曲论文集》，中国戏剧出版社1983年版，第105页。
④　邓瑞琼、吴敢：《论臧晋叔对〈牡丹亭〉的改编》，《黄石师院学报》1984年第1期。
⑤　朱恒夫：《论雕虫馆版臧懋循评改〈牡丹亭〉》，《戏剧艺术》2006年第3期。

用朴素平易的曲白代替了原剧中彰显汤显祖语言风格的精彩之处，削弱了此剧的艺术魅力。陈富容的论文《臧懋循之戏曲当行论——以其批改〈玉茗堂四梦〉为例》①，通过对臧懋循改订的《玉茗堂四梦》的分析并结合他的其他相关文章，从语言、曲律、关目、人物、脚色、曲牌及其他舞台演出等各个层面全面分析他的戏曲"当行"论，对臧晋叔在戏曲理论方面的贡献予以充分肯定。赵天为有专著《牡丹亭改本研究》，其中涉及臧改本的部分也指出臧懋循的改动是着眼于搬演，"删订的原则是'事必丽情，音必谐曲'；目的则是使之成为与《西厢》并传的'场上之曲'。所谓'在竭俳优之力，以悦当筵之耳'（臧改本《紫钗记》总批）。"②臧懋循在编改《牡丹亭》的过程中是以适宜戏曲演出为标准的，这一点在研究者的论述中已经可以达成一致。

对《牡丹亭》臧改本的研究可以为《元曲选》的研究提供思路，无论传奇还是杂剧，臧懋循的改编活动中体现出来的戏剧思想应当具有一致性。如朱恒夫先生指出的臧改本的"删削、合并、正音、趋俗"，其立足点就是为了便于舞台搬演，这正体现出了在传奇改编上，臧懋循重视的是戏剧的舞台性特征。而元杂剧的实际演出情况在臧懋循编选《元曲选》之时已经没有资料可参考，不能片面地认为臧懋循的改编有脱离舞台的倾向。实际上，已有研究者注意到臧懋循对元杂剧的改编也是其"当行"理论的体现，如薛梅的论文《〈楚昭王疏者下船〉两种刊本比较——兼谈臧懋循"当行"理论在杂剧剧本改编中的体现》③，《疏者下船》的元明刊本差距之大，徐沁君、严敦易等人早已注意到，薛梅的论文进一步指出明刊本对元刊本曲文的改动是为了与其在情节上的改动相一致，使其适合演出，适宜观众的欣赏需求。但考虑到《疏

---

① 陈富容：《臧懋循之戏曲当行论——以其批改〈牡丹亭〉为例》，台湾《中央大学人文学报》第30期。
② 赵天为：《牡丹亭改本研究》，吉林人民出版社2007年版，第25页。
③ 薛梅：《〈楚昭王疏者下船〉两种刊本比较——兼谈臧懋循"当行"理论在杂剧剧本改编中的体现》，《齐齐哈尔大学学报》（哲学社会科学版）2009年第4期。

者下船》的元刊本不录宾白、科介提示，《元曲选》本从舞台演出的角度出发进行的改动其实无从比较起，所以这篇论文对"当行"特征的分析其实流于形式。本书较多从科介提示等内容来论述臧懋循的改编特征，这部分内容与舞台表演的实际联系更为紧密，对"当行"体现得更加明显。

本书的初稿论文写作过程中，看到戚世隽的论文《"看有什么人来"——试论元杂剧中的程式化用语》[①]，其研究方法给了笔者很大启示。"看有什么人来"是元杂剧中的一种提示语，虽然在元刊本中只有一见，但在《元曲选》等其他明代元杂剧选本中使用得非常普遍。不过这句提示语的使用在各选本中存在差异，尤其是在《元曲选》中对这句程式化用语作了不少修改。戚文中举例详细比较了这句话在《元曲选》中运用的合理与在其他选本中使用不当的情况，说明了臧懋循在这句话的使用上对元杂剧剧本的删改。但需要注意的是，因为这句话有很大的舞台提示功能，而臧懋循的改动目的是文学欣赏，文学语言与舞台语言分属不同的艺术系统，从这个角度上来考虑，臧懋循修改这一程式化的宾白，使其在阅读上符合情理，却是在一定程度上淹没了元杂剧本来的演出特色、表演特点，对后人研究元杂剧的表演形态是不利的。实际上，通过《元曲选》可以显示出来的元杂剧中的程式化用语还有很多，而且除程式化用语之外，剧本中的上下场提示、动作提示等许多方面都能反映出《元曲选》这样经过文人系统整理的剧本与早期仅为辅助演出或帮助观众理解剧情的初期文本有何不同。因此，本书希望在对这些内容的考察中，探寻以《元曲选》为典型成果的元杂剧文本的规范化运动，是如何完成将舞台语言转化为文学语言这一重要进程的。

在本书的修改过程中，陆续又参考了孙书磊《臧懋循〈元曲选〉

---

① 戚世隽：《"看有什么人来"——试论元杂剧中的程式化用语》，《中华戏曲》（第40辑），2009年。

的底本渊源及其文献价值》①、陈妙丹《论明代文人对元明北杂剧的校改——以剧本形态的演变为中心》②等近年来代表性的研究成果。孙文中在考证《元曲选》的底本渊源时,从曲词、宾白等方面对《元曲选》和其他明选本进行了细致比勘,其中就包括科介、宾白等细微之处的改动如何增强了舞台性,强化了舞台效果。陈文则论述文人编改如何使得北杂剧早期剧本的舞台性逐渐弱化,北杂剧的早期表演形态也无从考察,其中亦有建立在"背云""内白"等科介提示的细致比较之上的内容。但"增强舞台性"与"弱化舞台性"显然是相反的结论。本书的主要观点则倾向于臧懋循参考当时的南曲传奇等形式的戏曲表演实况,将对元杂剧的场景和动作设计固定在了完整而规范的剧本文字内容中,换言之就是"文学想象的舞台性"。他的主观目的并不是想要使得北杂剧远离舞台演出,而是在这种客观现象已经存在的情况下,在底本提供的基础与传奇演出的参照中重新规划了舞台演出。

特别需要学习的是康保成老师的《"虚下"与杂剧、传奇表演形态的演进》③ 这篇文章所使用的研究方法,是将对"虚下"这一看似不起眼的下场提示,作为包含不同动作指示的表演方式,检索元、明、清三代的戏剧文本,以考察其形态的演进。该提示在元刊本中就已出现,在明中晚期的剧本中使用越来越普遍,体现了舞台表演复杂化与程式化的统一,是传统戏曲戏剧化进程的一个重要标志。本书的前期论文中有关"虚下"的内容,亦是康文中参考的前期成果之一。但将研究范围仅限于元杂剧之内,未能在其他同时期的剧本中进行细致的横向比较,则是康老师为本书作者指出的缺点,在修书过程中将尽力弥补,亦将围绕"戏剧化"这个概念,重新认识《元曲选》的戏剧史价值。

---

① 孙书磊:《臧懋循〈元曲选〉的底本渊源及其文献价值》,《戏剧艺术》2011 年第 6 期。
② 陈妙丹:《论明代文人对元明北杂剧的校改——以剧本形态的演变为中心》,《戏曲艺术》2020 年第 2 期。
③ 康保成:《"虚下"与杂剧、传奇表演形态的演进》,《文艺研究》2016 年第 1 期。

本章小结：经过臧懋循改编的元杂剧剧本，是戏曲研究者从文学角度研究元杂剧的主要对象。早在明代《元曲选》成书之时，人们就已经认识到《元曲选》对元杂剧有所改动，但是由于研究资料的匮乏，对这一问题没有进行更为深入的探究。近百年来的研究中，因为元杂剧资料的丰富，《元曲选》与别本的不同之处就越来越受到关注。从片面地指责《元曲选》的改动失去了元杂剧的本来面目，到较为客观地看待元杂剧文本的流传过程中发生的种种变化，进而从传播学或者戏曲选本的研究角度来考察《元曲选》及臧懋循的戏剧改订，研究者们对《元曲选》及臧懋循的认识在不断地发生变化。而对臧改本《牡丹亭》编改规律的研究，也使得臧懋循戏剧思想中重视舞台性的特征更进一步地显现出来。通过前人的研究可以得出，与其比较《元曲选》与元刊本或其他版本的不同来考究元杂剧的"原貌"或者臧懋循究竟改动多少，不如以《元曲选》为研究对象，从戏剧史的角度来考察这些经过精心编改的剧本反映出元杂剧的文本进入明中后期之后发生了怎样的变化，其中又包含着改编者怎样的戏剧理念，这些理念与明代戏曲的发展状况又有怎样的关系。就是在这样的研究基础上，本书试图通过《元曲选》与其他元杂剧选集或全集的对比，从编选特点和文本特点两个方面入手，对其中体现的臧懋循的戏剧思想进行分析，从而对《元曲选》在戏剧史上的意义有更进一步的认识。

第二章 《元曲选》的成书背景

臧懋循字晋叔，浙江省长兴县人。因其家乡在太湖之滨，顾渚山之南，故号顾渚山人，他生于嘉靖二十九年（1550），逝于万历四十八年（1620），二十四岁时乡试中举，但是后来的两次春试都没有考取，直到三十一岁那年，以三甲第八十八名赐同进士出身，曾任荆州府学教授，夷陵（今湖北宜昌）知县，后调任南京国子监博士，不过两年后就被弹劾罢官。罢官之后，他一度生活比较优游，四处游历，晚年时以书籍出版为业。在他出版的所有书籍中，《元曲选》是影响最大，且最为成功的一部，臧懋循和他的《元曲选》也因此得以成为戏曲史的研究对象。本书以考察臧懋循的戏剧思想和编选理念为主，不对其生平经历做进一步的阐述。他的戏剧思想与明代中晚期戏曲理论界的基本观点具有一致性，但也表现出了鲜明的个人特征。这些特征集中反映在《元曲选》一书的编选和他对元杂剧剧本的改编上。本章对臧懋循戏剧思想的特征进行归纳，考察这些思想的产生与他的生平经历与性格特征、明代中后期的文化思潮及社会背景都有怎样的联系，并进一步分析《元曲选》一书的成书背景，将《元曲选》与明代戏剧史乃至整个文化史的发展联系起来。

第一节 臧懋循的戏剧思想

一 "当行"之说与作曲之"三难"

曾任国子监博士的臧懋循有很高的文学修养，王骥德称赞他是

"俊才"。臧懋循的抒情小诗写得很好,他因为文采出众与同郡友人吴稼澄、吴梦阳、茅维并称"吴兴四子"①。他的文学观很有个人特点。他的前辈王世贞在当时引领诗坛潮流,推崇的是复古主义,臧懋循在这一点上就不完全附和复古派的观点。而他提出的"盖诗之与禅通也,渊矣微矣,无所容吾言矣"②,则将诗学与禅宗进行贯通,无所容言,妙处尽在不言之中,也是很有见地的看法。唐代诗人杜甫的现实主义诗歌受到当时的诗坛推崇,而臧懋循则认为关注现实是必要的,但诗歌创作与真实历史的记录毕竟有所差别,不能因为关注现实的目的而丧失了诗歌的艺术特征。"夫诗之不可为史,犹史之不可为诗。世顾以此称少陵大家,此予所未解也。"③ 此说是从诗歌艺术的本质特征出发而言的,并不盲目追随文学潮流,足见臧懋循在诗学造诣方面的自信。在戏剧思想方面,臧懋循也有自己的独特认识,以下详述一二。

(一)"称曲上乘首曰当行"

臧懋循的戏剧思想中,曾有书面的明确表述且最具特点的当属"当行"之论。在《〈元曲选〉后集序》中,他提出了制曲有"名家"与"行家"之分,并且以"当行"为评价戏剧的最高标准:

> 总之,曲有名家、有行家。名家者,出于乐府,文采烂然,在淹通闳博之士,皆优为之。行家者,随所妆演,无不摹拟曲尽,宛若身当其处,而几忘其事之乌有;能使人快者掀髯,愤者扼腕,悲者掩泣,羡者色飞,是惟优孟衣冠,然后可与于此。故称曲上乘首

---

① 参见《明史》卷二八七《茅坤列传附子维列传》:"少子维,字孝若,能诗,与同郡臧懋循、吴稼澄、吴梦阳,并称四子",中华书局1974年版,第7375页。

② (明)臧懋循:《古诗所序》,《负苞堂集》卷三,古典文学出版社1958年版,第52页。

③ (明)臧懋循:《冒伯麟诗引》,《负苞堂集》卷三,古典文学出版社1958年版,第61页。

日当行。①

这种观点体现出了臧懋循对戏曲演出的实际效果的重视。快者掀髯、愤者扼腕、悲者掩泣、羡者色飞,实现这样的效果意味着演员的表演确实使观众得到深切的感动,参与到戏剧所创造的情境中去,与剧情产生呼应。名家与行家之分是从戏曲的本质特点来判断的,并不是说他们的文学水平有差距,而是说他们对戏曲的本质的认识不一样。名家所创作的戏曲作品,"出于乐府",依然以文采的华丽精深为主要追求,并没有注意到戏曲与其他文体的不同。而行家的创作就不同了,他们表现戏曲内容的手段是"妆演",通过演员的扮演来实现使观众完全进入到戏剧的情境之中,达到"几忘其事之乌有"的境地。臧懋循被称为是"沈璟曲论的热烈拥护者"②,其实他对沈璟的拥护更多体现在对戏曲严守音律的要求上。至于对"当行"这一问题的认识,臧懋循则超越了沈璟,将观众的反应也归入"当行"的效果之中,这种对戏曲与观众的交流作用的重视是难能可贵的。臧懋循清醒地意识到了戏剧意境的传达要通过表演的中间环节,不能在场上取得成功的戏曲作品是称不上"上乘"的,这就把他与当时仅把戏曲看作是另一种诗词创作的曲论者区别开来。

臧懋循对戏曲舞台演出效果的重视与他对戏曲演出的熟悉有很大关系。万历年间,在他所处的江南地区,观赏戏曲演出是文人的生活习惯。在这样的活动中,各位曲家之间的交流,又会对彼此的戏剧观点产生影响。就现有材料来看,臧懋循与当时另一位戏曲理论家潘之恒往来就十分密切。潘之恒《漪游草》卷二有四首诗提到了臧懋循,说明两人的来往状况:

---

① (明)臧懋循:《〈元曲选〉后集序》,《负苞堂集》卷三,古典文学出版社1958年版,第56—57页。

② 王运熙、顾易生主编:《中国文学批评史新编》(下册),复旦大学出版社2006年版,第96页。

《访臧晋叔》：

已叹离群久，况兼多病身。六年图一会，千古志难申。书检娜嬛秘，茶逢罗岕新。膝前星历落，堪以聚苟陈。

原注：余携儿时来，而公少子皆绕膝。

《顾渚山中再访臧晋叔》：

千古论交称奕世，百年两度喜升堂。吴兴故迹标清远，震泽余波接渺茫。旧业已降昭代望，新欢曾奉少年场。欲徵秘籍亲相授，半在名山二酉藏。《别晋叔》：

过君苕水上，宛似辋川庄。燕语为朋好，松花酿酒香。来因春未尽，别与夏俱长。数载相思梦，难将一宿尝。

《谷雨后一日尝岕茶，再柬晋叔》：
顾渚山中谷雨茶，过君刚及采新芽。
步兵乞得非关酒，韦曲看来不为花。
分汲慧泉千斛少，坐谈杼理百年赊。
不须更较幽栖事，与子风流自一家。①

这四首诗中说到的品酒、分茶，都是文人雅士日常生活中的爱好，诗中内容对臧懋循、潘之恒这些"处江湖之远"的文人们平时生活的状态作了说明。潘之恒诗作中还有《赠吴亦史》四首，其小序云："汤临川所撰《牡丹亭还魂记》初行，丹阳人吴太乙携一生来留都，名曰亦史，年方十三。邀至曲中，同允兆、晋叔诸人坐佳色亭观演此剧，唯亦史甚得柳梦梅恃才恃婿、沾沾得意、不肯屈服景状，后之生色极力模拟，皆不能及，酷令人思之。"第二首云："风流情事尽堪传，况是才人第一编。刚及秋宵宵渐永，出门犹恨未明天。"② 这是记述他与臧懋

---

① （明）潘之恒：《漪游草》卷二，汪效倚辑注：《潘之恒曲话》，中国戏剧出版社1988年版，第239—242页。

② （明）潘之恒：《鸾啸小品》卷三，汪效倚辑注：《潘之恒曲话》，中国戏剧出版社1988年版，第210页。

循等人一起观看《牡丹亭》演出的情形。潘之恒又曾在《虹台》一文中自叙于万历三十五年（1607），与臧懋循、吴梦旸（允兆）、程嘉燧（晋阳）等人饮酒宴集，品评指点名伎陈夜舒的演技：

> 丁未灯宵，夜舒乘轩初税，表裏成楼而居之。同社一再宴叙，恍登梦境，非雾非烟，疑秦青、绛树冉冉林端。曼脸修蛾，遗睇发媚。不知夜舒技何以至是？抑允兆、晋叔、孟阳之赏激，功焉可诬？而问琴、太宁、切叔、无雄之兼资，夫固知所取衷矣。①

这是同社文人夜游赏宴的情景。从潘之恒本人的生活习惯来看，他作为著名的戏曲表演理论家，对当时流行的戏曲，尤其是昆曲的声腔、音乐和表演方面都有自己的见解。而这些对戏曲的深入理解归功于他对戏曲表演的熟悉，他在生活中经常观赏戏曲，广泛接触演员。潘之恒的友人黄居中说他的生活以"宴游、征逐、征歌、选伎"为主要内容，而"品胜、品艳、品艺、品剧"为主要活动②。正是因为潘之恒整日与歌儿舞女混迹在一起，他才特别了解戏曲演出的艺术规律。这些有关潘之恒的材料可以从侧面说明臧懋循的生活状态，与友人一同观看戏剧演出，品评演员技巧的优劣，显然也是臧懋循的日常生活的一部分。与潘之恒等曲友的交流可以帮助臧懋循更好地掌握戏曲表演理论③。对"当行"之戏曲的特别推崇，也是由于他对戏曲的舞台表演的了解。他对陈夜舒的指点，能使其艺术功力有所进展，可见臧懋循的见解也是符合戏曲艺术表演规律的。

将戏曲的评价标准与舞台演出的效果联系起来，是臧懋循戏曲理论

---

① （明）潘之恒：《鸾啸小品》卷二，汪效倚辑注：《潘之恒曲话》，中国戏剧出版社1988年版，第64页。

② （明）潘之恒：《漪游草·潘鸎翁戊己新集叙》，汪效倚辑注：《潘之恒曲话》，中国戏剧出版社1988年版，第5页。

③ 据刘凤霞考证，臧懋循与冯梦祯、汤显祖、徐复祚、梅鼎祚、王稚登等曲家亦有交游。参见刘凤霞：《臧懋循研究》，贵州大学出版社2019年版，第78—88页。

的进步之处。因为戏曲具有不同于其他文学样式的特征，对戏曲的评价体系应当也是与诗文不一样的。不过，这一点较晚才被戏曲理论界意识到。在成熟的戏剧形式出现之前，中国的文学批评长久以来都是以诗文为评价对象的，对于戏曲这样的新兴文学样式，还没有找到恰当的角度来进行分析与评判。因此，当时很多的曲学家论曲的方法，与诗学论诗的方法几无二致。即使有燕南芝庵的《唱论》这样注重戏曲演唱性与音乐性的著作，也没有能将戏曲的演出与其在文学上的特点统一起来看待。也就是在明代中后期戏曲创作大为繁荣之后，曲论者才开始较为全面地注意到戏曲艺术各方面的特征。如王骥德在《曲律》中开始注意到戏剧的结构、宾白及科诨的特点，这就超出了"曲"的特征而更多对"剧"的特征的分析。臧懋循对舞台表演的重视，使得他认识到戏曲的创作不应当仅仅是文人墨客的书斋雅事，而是要以赢得观众的理解和认可为目的，所以他推崇"场上之曲"而不是"案头之曲"，形成了比较成熟的戏曲观。当时的戏曲创作已经出现堆砌典故与华丽辞藻的倾向，在这样的情况下直接指出舞台演出的重要，是臧懋循的特别之处。因此臧懋循树立元杂剧为当时的戏曲创作的榜样，希望元杂剧"当行本色"的传统被保持下去。

"行家者，随所妆演，无不摹拟曲尽，宛若身当其处，而几忘其事之乌有"，这个看似简单的叙述就包含着臧懋循对戏剧意境的简单认识。王国维先生在谈到元杂剧的特点的时候，特别推重的就是其意境的高妙："然元剧最佳之处，不在其思想结构，而在其文章。其文章之妙。亦一言以蔽之，曰：有意境而已矣。何以谓之有意境？曰：写情则沁人心脾，写景则在人耳目，述事则如其口出是也。古诗词之佳者，无不如是。元曲亦然。明以后其思想结构，尽有胜于前人者，唯意境则为元人所独擅。"[①] 然而王国维对元杂剧意境的认识，依然是以诗词的意

---

① 王国维：《宋元戏曲考·元剧之文章》，《王国维文学论著三种》，商务印书馆2001年版，第161页。

境创造为参照的，他所指的意境只是通过作者的书写来完成的，而臧懋循则注意到了"妆演"这种手段的重要性，他所期待的戏剧意境的构造是通过演员的表演才能实现的。所以他指出"是惟优孟衣冠，然后可与于此"，即只有具有舞台实践经验的创作者才能恰当地把握如何使戏曲在舞台观赏的过程中发挥艺术效果。这就使得臧懋循的"当行"之说在当时诸多对"当行本色"的阐释中凸显了戏曲作为"戏"的特征。

（二）作曲之"三难"

同样是在《〈元曲选〉后集序》中，臧懋循还针对当时的戏曲创作的实际情况，提出了作曲之"三难"：

> 词本诗而亦取材于诗，大都妙在夺胎而止矣；曲本词而不尽取材焉，如六经语，子史语，二藏语，稗官野乘语，无所不供其采掇；而要归断章取义，雅俗兼收，串合无痕，乃悦人耳。此则情词稳称之难。宇内贵贱妍媸幽明离合之故，奚啻千百其状，而填词者必须此则关目紧凑之难。北曲有十七宫调，而南止九宫，已少其半；至于一曲中有突增数十句者，一句中有衬贴数十字者，尤南所绝无，而北多以是见才。自非精审于字之阴阳，韵之平仄，鲜不劣调；而况以吴侬强效伧父喉吻，焉得不至河汉？此则音律谐叶之难。①

"三难"说可以说是进一步为臧懋循的"当行"之说提出三条标准：情词稳称、关目紧凑、音律谐协。臧懋循提出的"情词稳称"的要求是"断章取义，雅俗兼收，串合无痕"。断章取义，便指向了"六经语，子史语，二藏语，稗官野乘语，无所不供其采掇"，戏曲语言不

---

① （明）臧懋循：《〈元曲选〉后集序》，《负苞堂集》卷三，古典文学出版社1958年版，第56页。

仅要广泛取材，还要活学活用；雅俗兼收，既不能过于鄙俗，也不能失去文采，把握戏曲语言应有的本色；串合无痕，考虑语言的整体性和统一性，不应有穿凿的痕迹。这种对语言风格的把握显然与沈璟也有不同。王骥德批评沈璟的戏曲语言论的时候就说："曲以婉丽俏俊为上。词隐谱曲，于平仄合调处，曰'某句上去妙甚'。'某句去上妙甚'。是取其声，而不论其义可耳。至庸拙俚俗之曲，如《卧冰记》【古皂罗袍】'理合敬我哥哥'一曲，而曰'质古之极，可爱可爱'。《王焕》传奇【黄蔷薇】'三十哥央你不来'一引，而曰'大有元人遗意，可爱'。此皆打油之最者，而极口赞美，其认头路一差，所以已作诸曲，略堕此一劫，为后来之误甚矣，不得不为拈出。"① 这是在讽刺沈璟分不出语言的通俗与俚俗的区别。臧懋循提出戏曲的语言可以出入于各种材料之间，但必需经过巧妙地组织和串联，有深度而不晦涩，元杂剧的语言特色就是"不工而工，其精者采之乐府，而粗者杂以方言"②。因为戏曲演出面对的广大观众群体，既有文人雅士，也有市井凡夫，不能因为语言风格的差异造成沟通与接受上的障碍。这就比沈璟单纯地主张"俚俗"更具艺术价值。

"关目紧凑"是对安排戏剧情节结构的要求，臧懋循认为戏曲的创作者对人物的塑造和情节的安排都必须合情合理，符合人物性格及事物发展的一般规律。虽然戏剧上演的都是不同于普通日常生活的传奇故事，但是必须达到艺术上的真实，符合基本的生活逻辑，才能令人信服。如他批评《琵琶记》一剧的疏漏："《琵琶》诸曲颇为合调，而铺叙无当。如〈登程〉折、〈赐宴〉折，用末净、丑诸色，皆涉无谓；陈留洛阳相距不三舍，而动称万里关山，中郎寄书高堂，直为拐儿绐误，

---

① （明）王骥德：《曲律·杂论下》，中国戏曲研究院编：《中国古典戏曲论著集成》（四），中国戏剧出版社1959年版，第160页。
② （明）臧懋循：《〈元曲选〉序》，《负苞堂集》卷三，古典文学出版社1958年版，第55页。

何缪戾之甚也。"①《琵琶记》为了着力渲染男主人公的身不由己，制造变故，情节上的确有不合情理的地方。臧懋循在这方面的要求依然体现了他对戏曲本质特征的认识。"人习其方言，事肖其本色，境无旁溢，语无外假"，现实世界的情况千变万化，十分复杂。对于戏剧创作者来说，必须努力发掘现实世界中的内在真实，以剧中人之声口来叙说，以剧中事之情理来结构，这样才能不破坏使观众身临其境的效果。臧懋循这种对戏剧结构整体性的关注也是当时曲论者较少涉及的。

"音律谐协"是臧懋循曲论中与沈璟的理论最为切合的一种，对音律的严格要求表面看来与戏曲的本质属性联系并不明显。实际上，沈璟只是把戏曲看作是另一种形式的诗词创作，只是在对格律的要求上有宽严之别。而臧懋循从表演的角度来看音律，认识的出发点就有不同。戏曲不能脱离舞台表演，而演唱是当时戏曲表演的重要环节。不能严守音律，就会对演唱的效果造成影响，进而妨害到戏剧中情感的表达与意境的营造。臧懋循让人在他的墓志铭中将汤显祖列入交游之内，而且改编了汤显祖的《玉茗堂四梦》，可见对汤显祖有称许之意。但是从理论上来讲，他仍然对汤显祖的创作在音律上的不严谨有所挑剔。首先，他的改编就出于他对汤显祖的不满，希望务必使《玉茗堂四梦》"事必丽情，音必谐曲，使闻者快心，而观者忘倦"，这样才能与王实甫的《西厢记》这样的经典作品并传，汤显祖因为没有做到这一点而遭到他的批评，"今临川生不踏吴门，学未窥音律，艳往哲之声名，逞汗漫之词藻，局故乡之闻见，按亡节之弦歌，几何不为元人所笑乎。"② 相比之下，他在《〈元曲选〉后集序》中评价说当下的创作往往有"鄙""靡"之失，汤显祖在当时的戏曲作者中已经算是佼佼者，"豫章汤义仍，庶几近之，而识乏通方之见，学罕协律之功，所下句子，往往乖

---

① （明）臧懋循：《〈玉茗堂传奇〉引》，《负苞堂集》卷三，古典文学出版社1958年版，第62页。

② （明）臧懋循：《〈玉茗堂传奇〉引》，《负苞堂集》卷三，古典文学出版社1958年版，第62页。

谬，其失也疏"①，说明他仍然在某种程度上承认汤显祖的创作功力。臧懋循恐怕没有想到，在《牡丹亭》及其众多改本中，流传下来而且能与《西厢记》比肩的版本依然是汤显祖"不谐音律"的原作，他的改编没有收到预期的效果。不过从他的具体分析看来，他称赞汤显祖的词句，多用"此曲绝似元人"这样的评语，可见他正是将元曲的语言风味与艺术水准当作是一种审美判断的标准，以此来评价当时的戏曲创作。这说明他在元曲的鉴赏方面也确实有一定的水平，所以才能有信心完成《元曲选》这样庞大的编选工作。对汤显祖的批判，其原因是汤的作品不协音律，而更进一步的问题则是如果不协音律，就不方便在舞台上让演员演出。因此，臧懋循对汤显祖的作品进行改编的基本立足点，是《玉茗堂四梦》既然已经有了良好的构思和才情，必须成为"场上之曲"才能有存在的价值。他对汤显祖的批判其中可能有"文人相轻"式的知识分子自我认识方面的因素，但是对戏曲演出价值的重视还是值得肯定的。将语言风格、关目与音律在戏曲创作中的重要性并列而谈，说明臧懋循对戏曲的特性认识得比较全面，因此他所推崇的"当行"与沈璟等人相比更接近戏曲的本质特征。

　　臧懋循此段论述产生了很大的影响，甚至有后来的曲论者在有意模仿他的套路。清代的黄周星也曾提出"三难"："诗降而词，词降而曲，名为愈趋愈下，实则愈趋愈难。何也？诗律宽而词律严，若曲则倍严矣。按格填词，通身束缚。盖无一字不由凑拍，无一语不由扭捏而能成者。故愚谓曲之难有三：叶律，一也；合调，二也；字句天然，三也。尝为之语曰：三仄更须分上去，两平还要辨阴阳。诗与词曾有是乎？"② 黄周星与臧懋循提出的是相同的问题，但黄周星同样给

---

① （明）臧懋循：《〈元曲选〉后集序》，《负苞堂集》卷三，古典文学出版社1958年版，第57页。

② （清）黄周星：《制曲枝语》，俞为民、孙蓉蓉编：《历代曲话汇编：新编中国古典戏曲论著集成·清代编》（第一集），黄山书社2008年版，第223页。

出了曲有"三难"的答案，其侧重点却偏向音律方面的考虑。对黄周星而言，"诗——词——曲"这一变化过程只是使得音律的要求更为严格，他论述的"曲"并不包括有戏剧成分的内容。两相比较，可以看出臧懋循才是真正意识到了戏曲的本质特点，他的理论代表了一种比较成熟的戏曲观，其进步性甚至超过许多后来之人对戏曲的认识。

二 戏曲史上的"当行"与"本色"之争

臧懋循的"当行"之说也不是凭空建立起来的，他对这个观念的认识与当时的戏曲理论界对"当行"与"本色"这组概念的论争有密切的联系。明代隆庆、万历朝之际，传奇作品大量出现，尤其是臧懋循所生活的浙江及周边的江苏、江西等南方地区，出现了很多著名的传奇作家及作品，与之相伴随产生的是戏曲批评的兴盛。陈建华在《元杂剧批评史论》中这样描述传奇创作与元杂剧批评的状况："从地域分布上看，本时期的文人主要集中在江浙、江西一带的南方，恰是传奇的中心区域。明代中期尚有一些北方人，如李开先；但到了明代中后期，涉及元杂剧批评的万历批评群有沈璟、吕天成、王骥德、祁彪佳、臧懋循、潘之恒、陈与郊、胡应麟、徐渭、徐复祚、赵琦美、袁于令，天启、崇祯、康乾时期涉及元杂剧的文人批评群有孟称舜、凌濛初、冯梦龙、叶宪祖、李渔、金圣叹、张岱、钮少雅、李调元等，几乎都是清一色的南方人，且以江浙一带为主。此中意味是：明清时期的元杂剧批评者大多来自传奇流行中心，南曲传奇这一地域性戏曲是其戏曲文化的主导血脉，因此他们的戏曲眼光不可能像元旦文人那样具有全域性，其元杂剧批评不可能避开南曲传奇的强大影响。"① 南方文人基本掌握了明中后期戏曲批评的话语权，他们的创作是以南曲传奇为主，他们参照的舞台演出的实际经验也大多来自传奇的演出。在这样的情况下，尽管他们将元杂剧作为自己的批评对象，但其目的还是要与当时的传奇创作联系起来。

---

① 陈建华：《元杂剧批评史论》，齐鲁书社2009年版，第139页。

在此时的诸多戏曲家中，以汤显祖为首的"临川派"和以沈璟为首的"吴江派"成为最主要的两个戏剧流派，此两派不仅在创作上各有贡献，而且在戏曲理论方面也展开了激烈论争。这场论争是此时期戏曲批评史上最为重要的事件，持续了很长时间，几乎将当时所有著名戏曲理论家都牵涉其中，臧懋循当然也不能置身事外。"本色"与"当行"的概念在这两派的论争中被多次讨论，逐渐成为焦点问题之一。虽然臧懋循没有被明确地归入吴江派，但他对沈璟的支持和对汤显祖的批判使其被认为是吴江派的坚决支持者。实际上，将臧懋循的"当行"之说与其他人对这组概念的阐释进行比较，可以看出理论界所关注的对象和批评的层面发生了转移。

徐渭就曾在其戏曲理论中提倡"本色"："世事莫不有本色，有相色。本色犹言正身也，相色，替身也。替身者，即书评中婢作夫人终觉羞涩之谓也。婢作夫人者，欲涂抹成主母而多插带，反掩其素之谓也。故余于此本中贱相色，贵本色。众人喷喷者我哅哅也。岂惟剧者，凡作者莫不如此。"[①] 正是基于这种观点，他赞扬《琵琶记》中的《食糠》《尝药》《筑坟》《写真》等出要高于《庆寿》《成婚》等出，因为剧中将赵五娘对公婆的感情刻画得十分真实，是"从人心流出"[②]，确实具有打动人心的力量。而《庆寿》《成婚》等不过是陈陈相因的套数。高则诚的成就所在，正在于前者之感人，而不是后者之典雅。徐渭因此也要求戏曲语言的"家常自然"，而反对卖弄文辞典故的过于雕琢的语言。归结起来，徐渭的本色论是在探讨戏曲艺术创作的真实性的问题。李贽的"化工"与"画工"之说，其"化工"就是按照客观世界的本

---

① （明）徐渭：《西厢序》，《徐文长佚草》卷一，《徐渭集》第三册，中华书局1983年版，第1089页。

② 参见（明）徐渭：《南词叙录》："或言：'《琵琶记》高处在《庆寿》、《成婚》、《弹琴》、《赏月》诸大套。'此犹有规模可循。惟《食糠》、《尝药》、《筑坟》、《写真》诸作，从人心流出，严沧浪言'水中之月，空中之影'，最不可到。如《十八答》，句句是常言俗语，扭作曲子，点铁成金，信是妙手。"中国戏曲研究院编：《中国古典戏曲论著集成》（三），中国戏剧出版社1959年版，第243页。

来面目来刻画人物描写故事的意思，对"化工"的赞扬就是对自然本色的推崇，而他认为"化工"的代表作是《西厢记》《拜月亭》，而属于"画工"的则是《琵琶记》。也就是说，相对于元杂剧中的那种散漫的构成来说，《琵琶记》这样的作品虽然在关目、曲白上都十分工巧，但却比那些自然本色的作品要下一等了。

沈璟的"本色"针对的却是戏曲的语言风格，也就是提倡贴近民间生活本色的语言，而反对堆砌辞藻、晦涩难懂的语言。这种观点的背景，是明中后期文坛对俗文学的肯定和对其价值的发现。沈璟这种对民间语言的重视，其实跟嘉靖、隆庆年间李开先、何良俊等人的观点是一脉相承的。李开先在《西野春游词序》中说："国初如刘东生、王子一、李直夫诸名家，尚有金、元风格，乃后分而两之，用本色者为词人之词，否则为文人之词矣！"① 他赞扬元曲明白易懂，而当时的文人作品则因为过于雕琢而失去了本色。何良俊盛赞《拜月亭》传奇要高于《琵琶记》一等：

> 《拜月亭》是元人施君美所撰，《太和正音谱》"乐府群英姓氏"亦载此人。余谓其高出于《琵琶记》远甚。盖其才藻虽不及高，然终是当行。其"拜新月"二折，乃檃括关汉卿杂剧语。他如《走雨》、《错认》、《上路》、馆驿中相逢数折，彼此问答，皆不须宾白，而叙说情事，宛转详尽，全不费词，可谓妙绝。
>
> 《拜月亭》《赏春》【惜奴娇】如"香闺掩珠帘镇垂，不肯放燕双飞"，《走雨》内"绣鞋儿分不得帮底，一步步提，百忙里褪了根"，正词家所谓"本色语"。②

---

① （明）李开先：《西野春游词序》，俞为民、孙蓉蓉编：《历代曲话汇编：新编中国古典戏曲论著集成·明代编》（第一集），黄山书社2009年版，第412页。

② （明）何良俊：《四友斋丛说》卷三十七"词曲"部，俞为民、孙蓉蓉编：《历代曲话汇编：新编中国古典戏曲论著集成·明代编》（第一集），黄山书社2009年版，第470页。

他所提倡的"本色"的语言风格，其实就是质朴通俗的民间语言，不"费词"，但能明白婉转地说明事理。在嘉靖、隆庆间昆腔创作日趋典雅的情况下，这样的意见其实很有针对性。

沈璟对"本色"的理解与李开先、何良俊是一致的，但是，"本色"是否就是采用民间俗语、以呈现民间语言的真实状态为最终目的，对这一点的认识沈璟与何良俊不同。何良俊说："郑德辉《倩女离魂》【越调·圣药王】内'近蓼花，缆钓槎，有折蒲衰草绿兼葭。过水窟，傍浅沙，遥望见烟笼寒水月笼沙，我只见茅舍两三家。'如此等语，清丽流便，语入本色；然殊不秾郁，宜不谐于俗耳也。"① 也就是说，文人写出的本色语也可以是清新流丽的，这样的语言可能会"不谐于俗耳"，因为有着一定的文学底蕴，"本色"并不等同于原生态的民间语言。与此相反，沈璟推崇的本色，正如遭到王骥德批评的"理合敬我哥哥"之类，更偏向俚俗的方面。这个主张甚至没能得到吴江派内部人士的支持，也遭到后人的批评。凌濛初批评沈璟说："沈伯英审于律而短于才，亦知用故实、用套词之非宜，欲作当家本色俊语，却又不能，直以浅言俚句，掤拽牵凑，自谓独得其宗，号称'词隐'。"而他追随者受到他的影响，"以鄙俚可笑为不施脂粉，以生梗雉率为出之天然，较之套词、故实一派，反觉雅俗悬殊。使伯龙、禹金辈见之，益当千金自享家帚矣！"② 沈宠绥说他是"或不免逢迎白家老妪"③，唐时白居易诗以通俗易懂著称，据说其诗写成，老妪能解，沈宠绥此说是批评沈璟追求俚俗太过。戏曲创作毕竟要遵循艺术规律，为了不显得过于雕琢，就让戏曲的语言风格都向打油诗看齐，未免也有矫枉过正之嫌，沈

---

① （明）何良俊：《四友斋丛说》卷三十七"词曲"部，俞为民、孙蓉蓉编：《历代曲话汇编：新编中国古典戏曲论著集成·明代编》（第二集），黄山书社2009年版，第465页。

② （明）凌濛初：《谭曲杂札》，中国戏曲研究院编：《中国古典戏曲论著集成》（四），中国戏剧出版社1959年版，第254—255页。

③ （明）沈宠绥：《弦索辨讹序》，俞为民、孙蓉蓉编：《历代曲话汇编：新编中国古典戏曲论著集成·明代编》（第二集），黄山书社2009年版，第476页。

璟所提倡的本色语其实是用一个极端代替了另一个极端。就是沈璟自己的创作，也不可能做到既严守音律，又能采用具有浓厚市井风格的"本色"语。语言来自生活，但需有一定的艺术加工和提炼，否则就失去了审美价值。

吕天成就另外提出了一种对本色的理解："当行兼论作法，本色只指填词。当行不在组织饾饤学问，此中自有关节局概，一毫增损不得；若组织，正以蠹当行。本色不在摹勒家常语言，此中别有机神情趣，一毫妆点不来；若摹勒，正以蚀本色。今人不能融会此旨，传奇之派，遂判而为二：一则工藻缋少拟当行，一则袭朴淡以充本色；果其本色，则境态必是当行。"① 吕天成以为"本色"是需要的，但不能靠模拟世俗生活中的通俗语言来实现。"本色"其实"别有机神情趣"，既要符合剧情与人物性格，又要有感染力，"本色"与"当行"是紧紧联系在一起的。陈继儒以汤显祖的作品为"当行本色"的代表，《批点牡丹亭题词》中说："吾朝杨用修长于论词，而不娴于造曲。徐文长《四声猿》能排突元人，长于北而又不长于南。独汤临川最称当行本色。以《花间》、《兰畹》之余彩，创为《牡丹亭》，则翻空转换极矣！"② 以《花间》、《兰畹》做比，侧重的是明媚艳丽的文辞，这就与沈璟对"本色"的理解大异其趣。王骥德在《曲律》中说："问体孰近，曰：'……于本色一家，亦惟是奉常一人——其才情在浅深、浓淡、雅俗之间，为独得三昧。余则修绮而非垛则陈，尚质而非腐则俚矣。'"③ 他将戏曲本色的"三昧"定义为"在浅深、浓淡、雅俗之间"，这就更加偏向文人化的高雅、浓丽的艺术追求，而不再是通俗易懂了。

---

① （明）吕天成：《曲品》卷上，中国戏曲研究院编：《中国古典戏曲论著集成》（六），中国戏剧出版社1959年版，第211页。
② （明）陈继儒：《批点牡丹亭题词》，俞为民、孙蓉蓉编：《历代曲话汇编：新编中国古典戏曲论著集成·明代编》（第二集），黄山书社2009年版，第232页。
③ （明）王骥德：《曲律·杂论上》，中国戏曲研究院编：《中国古典戏曲论著集成》（四），中国戏剧出版社1959年版，第170—171页。

从整体情况看来，探讨"当行本色"是明代戏曲批评中相当常见的话题。"当行本色"由一种对元杂剧特点的认识发展到以此作为所有戏曲创作的批评标准，表现出明代戏曲家以元曲为典范来指导并评判明代戏曲创作的认识。正是由于明代曲论者对当时传奇创作中出现的雕饰文辞、引经据典等倾向不满，元杂剧自然本色的语言特点才尤其受到重视。而在这些讨论中反映出两个方面的问题：

首先，明代批评者普遍希望在戏曲创作中达到雅俗之间的平衡。如陈所闻所说的："凡曲忌陈腐，尤忌深晦；忌率易，尤忌牵涩。下里之歌，殊不驯雅。文士争奇炫博，益非当行。大都词欲藻，意欲纤，用事欲典，丰腴绵密，流丽清圆。令歌者不噎于喉，听者大快于耳，斯为上乘。"[①] 冯梦龙也指出："当行也，语或近于学究；本色也，腔或近于打油"[②]，想要达到既没有学究气也没有打油腔的程度是殊为不易的。"本色"的概念被讨论者不断完善，本来具有通俗易懂贴近生活的意义，又要与文人化的典雅融合在一起，反而使得其失去特点。实际上，元代与明代的戏曲创作存在审美趣味上的不同，戏曲创作者的社会地位与创作心态都发生了变化。所谓的"蒜酪""蛤蜊"风味是元人精神气质的体现，明代文人的社会地位和心态与元代相比发生了很大变化，而且明代的社会环境也缺乏元代多民族文化交流融汇的背景。尽管明代文人极力标榜元杂剧成就之高，并以此为纠正明代文人化戏曲创作萎弱之相的猛药，但实际上明代的传奇、杂剧创作是很难达到这样的境界的。元杂剧向明人展示出在"本色"状态下也可实现戏曲的审美价值，于是明人通过"当行本色"的讨论，反复探寻着达到这种雅俗平衡的标准。在这个过程中元杂剧就起着坐标式的作用，提醒当时的曲家以此为参照

---

① （明）陈所闻：《刻南宫词纪凡例》，俞为民、孙蓉蓉编：《历代曲话汇编：新编中国古典戏曲论著集成·明代编》（第二集），黄山书社2009年版，第393页。
② （明）冯梦龙：《太霞新奏序》，俞为民、孙蓉蓉编：《历代曲话汇编：新编中国古典戏曲论著集成·明代编》（第三集），黄山书社2009年版，第7页。

来完善南曲的体系。

其次,明代的戏曲研究者开始意识到,戏曲应当具有使其区别于诗词的本质特点。元明以来的文人已经能够将文体与时代结合起来,来讨论文学的发展规律。元时虞集就认为:"一代有一代之兴必有一代之绝艺,足称于后世者。汉之文章,唐之律诗,宋之道学,国朝之今乐府,亦开于气数音律之胜。其所谓杂剧者,虽曰本于梨园之戏,中间多以古史编成,包含讽谏,无中生有,有生深意焉,亦不失为美刺之一端也。"① 之后,明代文学家继承了这种文体代嬗的发展观,并且进一步讨论了这种发展对文人的意义及其规律。胡应麟认为,是文体的选择决定了作家的成就与地位:"自春秋以迄胜国,概一代而置之,无文弗可也。若夫汉之史,晋之书,唐之诗,宋之词,元之曲,则皆代专其至,运会所钟,无论后人踵作,不过绪余。即以马、班而造史于唐,李、杜而揿诗于宋,吾知有竭力而亡全能矣。"② 王世贞将文体的变化与不同时代接受者的不同选择联系在一起,来讨论这种文体变化的原因,他认为:"三百篇亡而后有骚、赋,骚、赋难入乐而后有古乐府,古乐府不入俗而后以唐绝句为乐府,绝句少宛转而后有词,词不快北耳而后有北曲,北曲不谐南耳而后有南曲。"③ 若是没有这种文学观念的推动,戏曲将始终被认为是与诗词歌赋等传统文体有品位高下之分的文体,就不会得到文学批评界的重视。

既然戏曲作为一种新兴的独立文体受到重视,也就必然会促使人们去挖掘其本质上的特点与重要意义,以证明其足以与其他文体区别开来,这种文体的嬗变才有依据。清代黄宗羲的《胡子藏院本序》曾说明这一观点:"诗降而为词,词降而为曲,非曲易于词,词易于诗也。

---

① (元)孔齐:《至正直记》卷三"虞邵庵论"条,中华书局1991年版,第67页。
② (明)胡应麟:《少室山房类稿》卷九八《欧阳修论》,文渊阁四库全书本。
③ (明)王世贞:《曲藻》,中国戏曲研究院编:《中国古典戏曲论著集成》(四),中国戏剧出版社1959年版,第27页。

其间各有本色，假借不得。"① 明代文人对戏曲的"当行"与"本色"的讨论，虽然其侧重点与对象有所差异，但究其本质都是在表达对戏曲特点的认识。这一讨论也反映出当时曲论者已经认识到戏曲的接受群体与诗文不同，所以需要以"当行本色"来争取得到理解。正如王骥德所说："当行本色之说，非始于元，亦非始于曲，盖本严沧浪之说诗……白乐天作诗，必令老妪听之。问曰'解否？'曰'解'，则录之；不解，则易。作剧戏，亦须令老妪解得，方入众耳，此即本色之说也。……世有不可解之诗，而不可令有不可解之曲。曲之不可解，非入方言，则用僻事之故也。"② 还说："大曲宜施文藻，然忌太深；小曲宜用本色，然忌太俚。须奏之场上，不论士人闺妇，以及村童野老，无不通晓，始称通方。"③ 因为戏曲的接受者不仅是读书人，而是包括了"士人闺妇""村童野老"等社会各个阶层的人们，所以必须要求其具有本色的特征。这是从接受角度来决定剧作家的创作必须有别于士人创作。清代的张大复在《寒山堂曲话》中也指出："曲始于胡元，大略贵当行，不贵藻丽。其当行者曰'本色'，盖自有一番材料，其修饰词章，填塞学问，了无干涉也。"④

在这样的理论背景下，臧懋循对"当行"与"本色"的阐发就有了一定的基础，同时也表现出他本人的文学思想的特点。在雅俗的平衡方面，臧懋循不像沈璟一样仅满足于将民间语言的实际状态照搬到文学作品中来。他提倡的"雅俗兼收，串合无痕"，是希望剧作者能够运用巧思，将各种语言素材融合在一起，对雅、俗两方面都不能生搬硬套。

---

① （清）黄宗羲：《胡子藏院本序》，俞为民、孙蓉蓉编：《历代曲话汇编：新编中国古典戏曲论著集成·清代编》（第一集），黄山书社2008年版，第217页。
② （明）王骥德：《曲律·杂论第三十九上》，中国戏曲研究院编：《中国古典戏曲论著集成》（四），中国戏剧出版社1959年版，第152—154页。
③ （明）王骥德：《曲律·论过曲第三十二》，中国戏曲研究院编：《中国古典戏曲论著集成》（四），中国戏剧出版社1959年版，第138—139页。
④ （清）张大复：《寒山堂曲话》，俞为民、孙蓉蓉编：《历代曲话汇编：新编中国古典戏曲论著集成·清代编》（第一集），黄山书社2008年版，第18页。

他认为元人的创作特点并不是俚俗，而是明白晓畅、通俗易懂，他在《弹词小序》中对弹词的一段解说就说明了他的看法："若有弹词，多鼓者以小鼓拍板说唱于九衢三市。亦有妇女以被弦索，盖变之最下者也。近得无名氏《仙游》、《梦游》二录，皆取唐人传奇为之敷演，深不甚文，谐不甚俚，能使骏儿少女无不少于耳而洞于心，自是元人伎俩。"① 与戏曲相比，弹词的性质更加偏向市井俚俗的欣赏趣味，臧懋循称其为"变之最下者"，说明他并不想过分抬高通俗文艺形式的地位，但对弹词能以通俗语言获得一般观众的理解十分赞赏，认为这就是"元人伎俩"。所以臧懋循对本色的理解就不仅是语言的表象，还包括对通俗语言在观众中的影响力的肯定。而明代曲论家将戏曲纳入诗歌系统的嬗变过程，最为直接的负面影响就是虽然提高了戏曲的地位，但不能将戏曲与诗词区别开来。臧懋循从戏曲的舞台演出中模糊地认识到这个问题，所以他希望通过对"当行"与"本色"的提倡，来突出戏曲与诗词的不同之处。《弹词小序》中说"自风雅变而为乐府，为词为曲，无不各臻其至，然其妙总在可解与不可解之间而已。"② 这其实有故弄玄虚之嫌。最能说明问题的还是他的"三难"之说，诗变为词，词变为曲，之所以越变越难，就是因为曲有"习其方言""肖其本色"的代言、妆演方面的要求。由此看来，臧懋循对"当行"的解释和"三难"的提出，是在当时理论背景下对戏曲本质认识的一种进步。

第二节　臧懋循的《元曲选》编选思想

一　臧懋循的个性特点与明代中晚期的时代思潮

戏曲选本反映的是编选者对戏曲价值的认识与评价，编选者本人的

---

① （明）臧懋循：《弹词小序》，《负苞堂集》卷三，古典文学出版社1958年版，第57—58页。

② （明）臧懋循：《弹词小序》，《负苞堂集》卷三，古典文学出版社1958年版，第57页。

人生观与价值观也必然在其中发挥了作用。总的看来，臧懋循具有明代文人典型的任性不羁、风流自赏的性格特点，其个性就决定了他并不是戏曲"风教观"的忠实拥护者，而他在《元曲选》的编选中也体现了这一点。

对中国古代读书人来说，"出世"还是"入世"的选择是一个传统命题，影响到他们的人生中各个方面，其作品自然也会表露出他们在这方面的态度。臧懋循虽然也曾参加科举考试，并一度进入仕途，但其志向并不在此。官场中自有其纲常法度，以万历年间的政治生态来说，也遍布各种潜规则的暗流漩涡。沉浮于官场的臧懋循心中郁结，在《与茅康伯书》中有看似不起眼的这样一段："允兆辈但见不佞里居时往往有豪举事，不知入官以来，其卑疵纤趋，胸臆约结，盖嗒焉尽丧吾故吾矣。"① "尽丧吾故吾"这几个字，如果用臧懋循的家乡话来读，充满低郁沉痛之感。而在他的人生中，用以对抗这种失去自我的空虚感的，就是谈诗弄文、游乐作曲的人生乐趣。章嘉祯所作的《南京国子监博士臧顾渚公暨配吴孺人合葬墓志铭》中有这样的记载："丁丑下第归，益驰志诗歌古文词，海内宗工，名流倾慕，愿交之。一时裙屐少年，谈骚问字者麇至。为击鲜酌醴，征歌选妓，六博格五，蹴鞠传奇之戏无虚日。而又周人之急，往往有待以举火者。人谓公清白吏子孙，安所从取给耶？赖吴孺人拮据内助多也。"② 长兴臧氏一族，家门兴旺，出过好几位进士，臧懋循的父亲臧继芳曾任工部主事并两任知府。身为这等读书人家的子孙，臧懋循又少有才名，落第之后，本应发奋图强、一雪前耻才是，可他却不以为意，继续谈风弄月的优游生活，可见他对科举功名不是十分在意，并不将个人价值的实现完全寄托在仕途上。

---

① （明）臧懋循：《与茅康伯书》，《负苞堂集》卷四，古典文学出版社1958年版，第71页。

② 据1934年甲戌重修《臧氏族谱》载，转引自徐朔方《晚明曲家年谱》第2卷，浙江古籍出版社1993年版，第449页。

臧懋循的生平经历中最能够说明这种风流态度的事件，就是他在万历十三年（1585）南京国子监博士任上因为行为有失检点而被弹劾罢官。此事的起因在诸多记载中都一致。沈德符《万历野获编》卷二十六"项四郎"条记载：

> 今上乙酉岁，有浙东人项四郎名一元者，挟赀游太学，年少美丰标。时吴兴臧顾渚懋循，为南监博士，与之狎。同里兵部郎吴涌澜仕诠，亦朝夕过从，欢谑无间。臧早登第负隽声，每入成均署，至悬球子于舆后，或时潜入曲中宴饮。时黄仪庭凤翔为祭酒，闻其事大怒，露章弹之，并及吴兵部。得旨俱外贬。又一年丁亥内计，俱坐不谨罢斥。南中人为之语曰："诱童亦不妨，但莫近项郎。一坏兵部吴，再废国博臧。"馀不能悉记。臧多才艺，为先人乡试同年，与屠礼部俱浙名流，同时因风流罪过，一弃不收。二公在林下与予修通门谊，其韵致固晋宋间人也。①

钱谦益《列朝诗集小传》中亦云，南国子监博士臧晋叔，"每出必以棋局、蹴球系于车后。又与所欢小史衣红衣，并马出凤台门，中白简罢官。"②《合葬铭》中也说："公亦益自发舒，高视轶步，任意不拘拘细节以自豪，而谤声起，为大司成所劾。"③汤显祖有诗《送臧晋叔谪归湖上，时唐仁卿以谈道贬，同日出关，并寄屠长卿江外》："君门如水亦如市，直为风烟能满纸。长卿曾误宋东邻，晋叔讵怜周小史。自古飞簪说俊游，一官难道减风流。深灯夜雨宜残局，浅草春风恣蹴毬。杨柳飞花还顾渚，箬酒苕鱼须判汝。兴剧书成舞

---

① （明）沈德符：《万历野获编》，中华书局1959年版，第676页。
② （清）钱谦益：《列朝诗集小传》，俞为民、孙蓉蓉编：《历代曲话汇编：新编中国古典戏曲论著集成·清代编》（第一集），黄山书社2008年版，第47—48页。
③ 据1934年甲戌重修《臧氏族谱》载，转引自徐朔方《晚明曲家年谱》第2卷，浙江古籍出版社1993年版，第456页。

笑人，狂来画出挑心女。仍闻宾从日纷纭，会自离披一送君。"① 这些记载都毫不避讳地指出臧懋循被罢官的原因是放荡不羁、不拘小节的生活态度问题。

从沈德符的行文看来，臧懋循因为与美少年交往而被弹劾，在当时人眼中，虽然是"罪过"，但是也"风流"。读书人常被称作"风流才子"，风流才子犯一点风流罪过自然是可以原谅的。汤显祖诗中说"一官难道减风流"，也是说即使为官也不应当在这样的自然天性上有所节制的意思。《万历野获编》与汤显祖的诗都同时提到屠隆被革职的事件，此事在当时大概与臧懋循的事都是著名的"风流"公案。屠隆于万历十年（1582）迁任礼部仪部司主事，在京与西宁侯宋世恩一家交往频繁，屠隆本人雅好戏曲，精通音律，宋世恩夫妇也喜爱戏曲，据说屠隆曾在宋世恩家中登场唱戏②。后来刑部主事俞显卿因与屠隆有隙，便以此为口实，弹劾屠隆淫乱，与宋夫人有私，一时舆论纷纷，屠隆与俞显卿皆被免职。在已经风流获罪的情况下，汤显祖都还希望臧晋叔、屠隆这样的朋友能做到"不减风流"，可见其对这种人生态度推崇之至。沈德符概括他们这些人的精神特点，说"其韵致固晋宋间人也"，所谓"晋宋间人"的代表人物就是"建安七子"，其理想人格是脱略行迹、意态萧远，有个体的自由精神，所以沈德符这种评价在明代中晚期文人的认识上来说是很高的褒扬。实际上，臧懋循的人生境界还远没有达到能和建安七子同调的地步，但是他不曾被拘束在为官从政的生活形式里，却是事实。

明代中晚期文人持这样的人生态度并不是偶然的事。弘治、正德年间，以思想家王守仁为主导的王学兴起，成为思想文化界突破程朱理学

---

① （明）汤显祖：《送臧晋叔谪归湖上，时唐仁卿以谈道贬，同日出关，并寄屠长卿江外》，徐朔方笺校：《汤显祖诗文集》卷七，上海古籍出版社1982年版，第204页。
② 参见（明）沈德符《万历野获编》卷二十五《昙花记》："西宁夫人有才色，工音律，屠亦能新声，颇以自炫，每剧场辄阑入群优中作伎。夫人从帘箔中见之，或劳以香茗，因以外传，至以通家往还亦有之，何至如俞疏云云也"，中华书局1959年版，第645页。

的僵化桎梏、逐渐活跃起来的重要契机。王学倡导致"良知",认为:"良知者,孟子所谓'是非之心,人皆有之'者也。是非之心,不待虑而知,不待学而能,是故谓之良知。"① 这种学说重视人在道德实践中的主观能动性,促进了人们的自我意识的觉醒。之后,王学流布天下,在嘉靖、万历年间形成了多种派别。其中有王学左派,即泰州学派,经过王艮、罗汝芳到何心隐、李贽等人的不断发展,离经叛道的倾向越来越明显。李贽说:"穿衣吃饭,即是人伦物理"②,黄宗羲总结泰州学派的主要精神是"平时只是率性所行,纯任自然,便谓之道。……凡儒先见闻,道理格式,皆足以障道。"③ 王学左派肯定人欲的合理要求,主张人的地位平等,追求个性的自然发展。在这样的思想倡导下,人们开始用批判的眼光去看待传统的思维方式和思想观念,掀起了复苏人性、张扬个性的新气氛。而对传统的反叛和人性的觉醒一旦被激发起来,对世俗情欲的张扬与追求也成为社会中的流行趋势。明中叶以后的文士往往以任情不羁放荡于名教之外而著称,正如《合葬铭》中所说,"不拘细节"是深可自豪的人生态度。作为生活在那个时代的文人,臧懋循也受到了这种风气的影响,而且他的行为很有代表性。须知明代北京、南京的国子监是明代南北两大最高学府,称为"北雍""南雍"。臧懋循身为南京国子监博士,也就是明代最高学府的教师,本该为人师表,最应当在为人处世方面起到表率作用,他却丝毫没有检点自己的行为,交游娈童,以至被弹劾罢官,把自己的仕途前程葬送在风流不羁的人生态度上。而当时的评论却仅以"风流罪过"这样的评语轻松地一笔带过,晚明时期的社会风气由此可见一斑。钱谦益在《列朝诗集小传》中甚至说臧懋循与唐伯元同日遭贬、并得汤显祖赠诗的事"艺林

---

① (明)王阳明:《大学问》,《王阳明全集》卷二十六,上海古籍出版社1992年版,第971页。

② (明)李贽:《焚书》卷一《答邓石阳》,《焚书·续焚书》,中华书局1975年版,第4页。

③ (清)黄宗羲:《明儒学案·泰州学案》,中华书局1985年版,第703页。

至今传为美谈"①，可见臧懋循这样的行事方式在文坛并没有成为批判的对象。

至于娈童一事，在臧懋循所处的时代背景下，可以从侧面说明他的个性特点和生活态度。晚明时期这样的男性之间的同性恋行为十分盛行，尤其是文人，很多人都多少犯过一点这种所谓"风流罪过"。袁中道《李温陵传》中称李贽"其人不可学者有五"，其一就是"不入季女之室，不登冶童之床"，而袁之所以认为李贽的为人处世方式在这一点上"不可学"，是因为袁中道自己就"不断情欲，未绝嬖宠"②。可见像他这样自认为不能"断情欲"的人，是既入季女之室，也登冶童之床的了。张岱记述他的朋友祁止祥，宠爱一个叫作阿宝的娈童："止祥精音律，咬钉嚼铁，一字百磨，口口亲授，阿宝辈皆能曲通主意。乙酉南都失守，止祥奔归，遇土贼，刀剑加颈，性命可倾，至宝是宝。丙戌以监军驻台州，乱民卤掠，止祥囊箧都尽，阿宝沿途唱曲以膳主人。及归刚半月，又挟之远去。止祥去妻子如脱躧耳，独以娈童崽子为性命，其癖如此。"对于这样的一个人，张岱的评价却是："人无癖不可与交，以其无深情也；人无疵不可与交，以其无真气也。"③他认为祁止祥恋阿宝如此，才称得上是深情的人，完全不以此为道德上的缺点。加拿大的卜正民在他的《纵乐的困惑》这样分析晚明的同性恋行为："……它具有完全不同的组合形式：更大的勇气、对旧有的性道德标准的厌恶、对自我修养和忠诚之理念的冷漠态度。或许在16世纪，生理性同性恋欲望的发泄不可避免地要腐蚀儒家的道德标准，但正是这些标准又反过来印证了同性恋是超乎大多数人情感体验之外的一种性时尚，也正因

---

① （清）钱谦益：《列朝诗集小传》，俞为民、孙蓉蓉编：《历代曲话汇编：新编中国古典戏曲论著集成·清代编》（第一集），黄山书社2008年版，第48页。
② （明）袁中道：《李温陵传》，《焚书·续焚书》，中华书局1975年版，第7页。
③ （明）张岱：《陶庵梦忆》卷四，马兴荣点校：《陶庵梦忆·西湖梦寻》，中华书局2007年版，第55—56页。

为如此，才使之取得了相当的社会知名度。"① 在当时的社会风气影响下，人们对金钱的极端崇拜和对穷奢极欲的享乐生活的追求，促使色情文化作为通俗文化发展的副产物在社会中盛行起来，色情小说成为市场上的流行货色。而晚明时期虽然各种新生事物与思想开始萌芽，社会的根本制度却依然凝滞不变。此时期的文人们追求个体解放，崇尚心性自由。受通俗文化影响，部分读书人关注的重心已从高高的庙堂下放到普通人的生活百态，情欲性爱是人的自然属性的一种，所以很多人并不耻谈床第之事；而文人追求个体解放的努力却未能突破传统的顽固势力，于是借助在两性关系乃至同性关系上的离经叛道，宣泄自己的不满情绪，这也是当时的知识阶级排遣抑郁、寻求解除封建道德束缚的手段之一。

　　在这里讨论臧懋循的生活方式并不是为了对他有所指摘，而是为了引出一个问题，即他的生活态度在哪些方面、何种程度上影响了他的戏曲批评和选本编选活动，尤其是《元曲选》。明代文人编选戏曲选本与诗文等正统文学的选本有很大的不同，其中很少有官方干预的痕迹。这就意味着选家在编选活动中能够反映出一定的个人意识。臧懋循在编选《元曲选》的时候，对入选题材表现得比较宽容，这与他的人生态度也有很大关系。此书共编选一百种元杂剧，远远超过之前的所有元杂剧选本，必然有能达到这种庞大体制的理由。臧懋循本人搜集的底本资料可能比别家多是一个原因，另一个原因是，他把别人不屑于选入的作品也选入了，这就反映出他对元杂剧价值的判断与其他的文人选家不同。

　　现存元杂剧选本保存的剧本数量少，除了能够流传到明代中叶的剧本数量本身就有限之外，在这有限的剧本中，选家也有一定的舍弃。臧懋循《寄谢在杭书》中说："还从麻城，于锦衣刘延伯家得抄本杂剧三百余种，世所称元人词尽是矣，其去取出汤义仍手。然止二十余种稍

---

① ［加］卜正民：《纵乐的困惑：明代的商业与文化》，方骏等译，生活·读书·新知三联书店 2004 年版，第 270—271 页。

佳，余甚鄙俚不足观，反不如坊间诸刻皆其最工者也。"① 三百种之中只有二十种稍佳，可见臧懋循的选取之严格。编选《阳春奏》的黄正位在他这部书的《凡例》中说："兹特取情思深远、词语精工、洎有关风教神仙拯脱者；如《萧淑兰情寄菩萨蛮》、《玉清庵错送鸳鸯被》，率皆淫奔可厌，故不入录。"② 可见对黄正位这样的选书者来说，只有有益于风教教化，或者以神仙度脱题材为内容的作品才值得编选结集，而刻画男女私情的"淫奔"则是不应当录入以免有不良影响的。息机子《刻〈杂剧选〉序》中也说："则夫理学之所不能喻，诗文之所不能训且戒者，词曲不独有收其功者乎，焉得小之，刻之以传可也。"③ 他也是希望戏曲可以起到理学、诗文都没有起到对普通民众的劝诫作用。嘉靖年间的李开先说起他编选戏曲的原因，也说是有感于从前的选本如《二段锦》《四段锦》《十段锦》《百段锦》《千家锦》之类"美恶兼蓄，杂乱无章"④，他深感不妥，于是刊刻《改定元贤传奇》，并称"今所选传奇，取其辞意高古，音调协和，与人心风教俱有激劝感移之功。尤以天分高而学力到，悟入深而体裁正者，为之本也。"⑤ 相比起来，臧懋循在选本时只提出了厌恶"鄙俚"，也就是语言、风格、趣味方面过于俚俗的作品，与他"雅俗兼收"的戏剧观一致；而其他选家看重的则是风教，于风教有碍的作品不会被选入。选家的取舍决定着被编选的对象在后人眼中所呈现的面貌。清代的吴伟业在《杂剧三集序》

---

① （明）臧懋循：《寄谢在杭书》，《负苞堂集》卷四，古典文学出版社1958年版，第91页。
② （明）黄正位：《〈阳春奏〉凡例》，吴毓华编著：《中国古代戏曲序跋集》，中国戏剧出版社1990年版，第101页。
③ （明）息机子：《刻〈杂剧选〉序》，吴毓华编著：《中国古代戏曲序跋集》，中国戏剧出版社1990年版，第100页。
④ （明）李开先：《〈改定元贤传奇〉序》，吴毓华编著：《中国古代戏曲序跋集》，中国戏剧出版社1990年版，第51页。
⑤ （明）李开先：《〈改定元贤传奇〉后序》，吴毓华编著：《中国古代戏曲序跋集》，中国戏剧出版社1990年版，第52页。

中说道："元词无论已，明兴，文章家颇尚杂剧，一集不足，继以二集。余尝阅之，大半多绮靡之语，心颇不然，以为此选家之过也。"①选家如尚绮靡之语，则会有更多的绮靡之音的杂剧被保存并传播，读者在阅读的时候也会受到更多这方面的影响，无怪吴伟业以此为选家的过错。由此看来，明代的这一批元杂剧选家从何种角度出发来选取剧本，对元杂剧在明代的传播和接受状况其实有着相当重要的影响。

经过从元至明的长期散佚和流失，明代的元杂剧选本成为保留元杂剧文献资料的重要契机，而当时的选家们对能够看到的各种底本显然还是有进行取舍的条件的。据说李开先的藏书甚富，他在《南北插科词序》说："予少时综理文翰之余，颇究心金、元词曲，凡《中原》、《燕山》、《琼林》、《务头》四韵书，《太和正音》、《词话》、《录鬼》、《十谱格》、《渔隐》、《太平》、《阳春白雪》、《诗酒余音》二十四散套；张可久、马致远、乔孟符、查德卿等八百三十二名家，《芙蓉》《双题》《多月》《倩女》等千七百五十余杂剧，靡不辨其品类，识其当行。"②"一千七百五十余"这个数字虽然没有指出基本单位，但足可证明李开先家藏杂剧资料之丰富。王寅的《乐府小序》自述寻访戏曲名家名著的经历时也说："予客生大江南之北，年弱冠而好说剑，乃遍游中原。闻缙绅先生有以乐府名家者，无不访而问焉。若韵书，若谱格，八百三十二名家，一千七百五十余杂剧，皆得领其大略矣。"③数目如此吻合，除非王寅正好是向李开先家借阅杂剧，或者是他假借李开先提到的数字来炫耀自己读书的广博，否则就可以说明在嘉靖前后可以看到的杂剧数目确实比较多，以至于可以达到有基本共识的"一千七百五十余"这

---

① （清）吴伟业：《杂剧三集序》，俞为民、孙蓉蓉编：《历代曲话汇编：新编中国古典戏曲论著集成·清代编》（第一集），黄山书社2008年版，第206页。

② （明）李开先：《南北插科词序》，俞为民、孙蓉蓉编：《历代曲话汇编：新编中国古典戏曲论著集成·明代编》（第一集），黄山书社2009年版，第407页。

③ （明）王寅：《乐府小序》，俞为民、孙蓉蓉编：《历代曲话汇编：新编中国古典戏曲论著集成·明代编》（第一集），黄山书社2009年版，第571页。

个数量。到了万历时期，臧晋叔除了有家藏的秘本杂剧外，从刘延伯家借到的杂剧也有二、三百种。何良俊也说"余所藏杂剧几三百种"①，可见当时的一般藏书家所藏杂剧数目也可以达到几百种之多。王骥德已经梳理过这种杂剧藏书数目上的递降："金、元杂剧甚多，《辍耕录》载七百余种，《录鬼簿》及《太和正音谱》载六百余种。康太史谓于馆阁中见几千百种，何元朗谓家藏三百种，今吾姚孙司马家藏亦三百种。余家旧藏，及见沈光禄、毛孝廉所，可二三百种。《辍耕录》所列，有其目而无其书；《正音谱》所列，今存者尚半，其余皆散逸湮没，不可复见，然尚得因诸书所载，略知梗概。"②息机子《古今杂剧选序》中说："余少时，见云间何氏藏元人杂剧千种，羡不及录也，因以为缺。"③尽管李开先自己也有杂剧选集刊行，但因为种种原因，李开先家藏及云间何氏所藏的千余杂剧都未能被保存下来。于是元杂剧剧本的数目，由嘉靖年间的一千多种，降而为万历前后平均所见的二三百种。到了崇祯年间，孟称舜的《古今名剧合选序》中说："元曲自吴兴本外所见百余种"④，则仅余二百多种。清代的刘廷玑《在园杂志》中称"元人杂剧二百五十种"⑤，与孟称舜提到的数目相近。即使是在比较重视戏剧文献保存的明中期之后，经过选家的代代筛选，所保存的元杂剧数目也在递减。《元曲选》所保存的元杂剧数目约占现存元杂剧的三分之二，能达到这样的规模，与臧懋循本人选剧眼光的开放有很大关系。从现有情况来看，如果臧懋循对戏剧作用的认识也被局限在"风教度

---

① （明）何良俊：《曲论》，中国戏曲研究院编：《中国古典戏曲论著集成》（四），中国戏剧出版社1959年版，第6页。

② （明）王骥德：《曲律》，中国戏曲研究院编：《中国古典戏曲论著集成》（四），中国戏剧出版社1959年版，第169页。

③ （明）息机子：《刻〈杂剧选〉序》，吴毓华编著：《中国古代戏曲序跋集》，中国戏剧出版社1990年版，第100页。

④ （明）孟称舜：《古今名剧合选序》，吴毓华编著：《中国古代戏曲序跋集》，中国戏剧出版社1990年版，第199页。

⑤ （清）刘廷玑：《在园杂志》"弹词"条，俞为民、孙蓉蓉编：《历代曲话汇编：新编中国古典戏曲论著集成·清代编》（第一集），黄山书社2008年版，第725页。

脱"之内，《元曲选》保存的剧本可能就达不到这样的数目，这对元杂剧研究者来说将会是极大的损失。

从另一个角度来看，"百种曲"这样的成书方式，就好像我们今天所说的"大全"一样，说明编选者对此书在资料的完备无缺、内容的丰富方面很有信心。作者借"一百"这个象征圆满且表示数量很多的数字，来说明自己已经将所有的北杂剧上乘之作一网打尽、收录无遗，这个成书方式本身就代表着一种自我的极度张扬。在《元曲选》之前的几种明代人编选的北杂剧选集，就现存的著录情况来看，都没有臧懋循这样的大手笔。在当时能够看到的元杂剧底本的基础上选其精品，还要选出百种之多，是有一定困难的。臧懋循自许能搜罗所有的元杂剧精华，体现出他的一种高度的自信力和张扬的个性。

如果关注一下明代中后期的各个领域的著述成就，就会发现，这样一种高调的以总结性的经典自命的修书方式，在当时也是普遍现象。比如同样是在万历时期，还出现了徐光启的《农政全书》、李时珍的《本草纲目》等等在中国古代科技史上占有重要地位的十分全面的理论著作，以至后人指出明代中晚期的科技理论著作多以总结面貌出现，阻碍了清代的科技创新思想云云。不过知识阶级的这种高度的自信力，显然在明初时期的高压政治下是不会存在的。元杂剧选集的高潮出现在明朝中后期而不是紧随元代的明初，这也是一个原因。为达到这样一个宏伟的目标，臧懋循的确进行了大量的搜集、甄别的工作，而且现在看来《元曲选》也确实基本收录了元人杂剧的大部分经典作品。但是客观来讲，《元曲选》中的作品的水准确实不统一，而且有明人作品也被选入其中，不能说《元曲选》中每一部都是元杂剧的精品。王骥德也批评说："第期于满百，颇参中驷，不免鱼目、夜光之混"[1]，对于自视甚高的臧懋循来说，他为了使《元曲选》名实相符，确实有勉强凑足一百种之数的嫌疑，这不得不说是一种遗憾。但是由于臧懋循本人的个性特

---

[1] （明）王骥德：《曲律》，中国戏曲研究院编：《中国古典戏曲论著集成》（四），中国戏剧出版社1959年版，第170页。

点，他将别人认为不应流传的元杂剧剧本也选入自己的戏曲选本中，后来的研究者将所谓的"鱼目""夜光珠"两相参看，才能对元杂剧的面貌有更详细的了解，从这个意义上来说，我们反而应当感谢臧懋循的自负个性。

再来看"风教观"对戏曲的影响。追溯起来，明初时统治阶级对文化实行高压政策，就已经注意到戏曲的风教作用。高明的《琵琶记》，因为其主题是忠孝节义，受到明太祖朱元璋的高度推崇："五经、四书，布、帛、菽、粟也，家家皆有；高明《琵琶记》，如山珍、海错，贵富家不可无。"① 据记载朱元璋在开国之初分封诸侯王的时候，"必以词曲一千七百本赐之"②，想以戏曲来教化各诸侯王，勉励他们对皇帝的忠义之心，从而维护中央集权统治。正因为认识到戏曲对普通群众的强大影响力，统治者对戏曲的政策限制也十分严酷。洪武三十年的《御制大明律》对戏曲内容的规定是：

> 凡乐人搬做杂剧戏文，不许妆扮历代帝王后妃、忠臣烈士、先贤先圣神像，违者杖一百；官民之家，容令妆扮者与同罪。其神仙道扮，及义夫节妇、孝子顺孙、劝人为善者，不在禁限。③

这是对戏曲内容的硬性规定，在后来的政策中还对此进行了巩固和加强。《客座赘语》卷十中有记载云：

> 一榜永乐九年七月初一日该刑科署都给事中曹润等奏：乞敕下

---

① （明）徐渭：《南词叙录》，中国戏曲研究院编：《中国古典戏曲论著集成》（三），中国戏剧出版社1959年版，第240页。
② （明）李开先：《张小山小令后序》，俞为民、孙蓉蓉编：《历代曲话汇编：新编中国古典戏曲论著集成·明代编》（第一集），黄山书社2009年版，第403页。
③ 《御制大明律》（洪武三十年五月刊本），转引自王利器《元明清三代禁毁小说戏曲史料》，上海古籍出版社1981年版，第13页。

法司，今后人民倡优装扮杂剧，除依律神仙道扮，义夫节妇，孝子顺孙，劝人为善，及欢乐太平者不禁外，但有亵渎帝王圣贤之词曲、驾头杂剧，非律所该载者，敢有收藏传诵、印卖，一时拿送法司究治。奉旨："但这等词曲，出榜后，限他五日，都要干净，将赴官烧毁了，敢有收藏的，全家杀了。"①

只有神仙道化题材与宣扬封建道德的戏曲不在官方禁止之列，我们能从中看出黄正位"风教神仙拯脱"之标准与这些明初的规定的一脉相承性。

而随着时代观念的变化，在集中出现这些元杂剧选本的万历时期，"风教观"已经不能完全统治戏曲的创作及批评思想了。明代新的思想潮流冲击社会生活的各个方面，当然也影响到戏曲领域。徐渭、李贽、汤显祖、袁宏道等人前后相继，形成了明代中叶以后文学上的浪漫主义运动。在此时的戏曲评论界，对"情"的高扬已经成为主导倾向之一，这与当时王学左派影响下的社会新思潮是相符的。

最有代表性的就是汤显祖的"主情说"。汤显祖在《耳伯麻姑游诗序》中说："世总为情，情生诗歌，而行于神。天下之声音笑貌大小生死，不出乎是。因以憺荡人意，欢乐舞蹈，悲壮哀感鬼神风雨鸟兽，动摇草木，洞裂金石。其诗之传者，神情合至，或一至焉；一无所至，而必曰传者，亦世所不许也。"② 也就是说，凡是能够流传久远的作品，必然有能够惊天地泣鬼神的情感力量，为了能达到这样的效果，"情"才是其创作的动力。在《牡丹亭记题词》中，他更进一步阐发"情"的具体内容："天下女子有情宁如杜丽娘者乎？梦其人即病，病即弥连，至手画形容传于世而后死。死三年矣，复

---

① （明）顾起元：《客座赘语》，中华书局1987年版，第347—348页。

② （明）汤显祖：《耳伯麻姑游诗序》，徐朔方笺校：《汤显祖诗文集》卷三十一，上海古籍出版社1982年版，第1150—1151页。

能溟莫中求得其所梦者而生。如丽娘者，乃可谓之有情人耳。情不知其所起，一往而深，生者可以死，死可以生。生而不可与死，死而不可复生者，皆非情之至也。梦中之情，何必非真。天下岂少梦中之人耶。必因荐枕而成亲，待挂冠而为密者，皆形骸之论也。"①《牡丹亭》中所写之杜丽娘，因为情之所至，甚至打破了生死界限，可见汤显祖对"情"倾注了浓厚的理想主义色彩。这种对理想的追求是礼教制约不了的，"第云理之所必无，安知情之所必有邪？"② 于是，汤显祖总结自己平生的戏曲活动，都是"为情做使"③。据说汤显祖的老师张位曾问他："以君之辩才，握尘而登皋比，何渠出濂、洛、关、闽下？而逗漏于碧箫红牙队间，将无为青青子衿所笑？"汤显祖说："某与吾师终日共讲学，而人不解也。师讲性，某讲情。"④汤显祖更多关注人的自然本性而不是程朱理学在"性理"观念下推崇的伦理纲常，这反映出汤显祖等一代文人与传统文化在价值取向方面的对立冲突。"情"与"理"分别代表着明中后期文人一心追求的个人主体价值与古代传统文化。从臧懋循的生平经历和个性特点来看，他的价值观与主流文化传统显然也不尽相同。表现在戏曲批评观念上，以"情"抗"理"的时代思潮就影响到了他的戏曲甄选标准。

同时还需要指出的是，戏曲观念的演变并不仅仅是受限于时代的问题。如李开先的戏曲选本已是出在嘉靖年间，属于明代的中后期了，他本人也曾收集以描写男女爱情为主的民间文学作品，并称赞其"语意

---

① （明）汤显祖《牡丹亭记题词》，俞为民、孙蓉蓉编：《历代曲话汇编：新编中国古典戏曲论著集成·明代编》（第一集），黄山书社2009年版，第601—602页。

② （明）汤显祖《牡丹亭记题词》，俞为民、孙蓉蓉编：《历代曲话汇编：新编中国古典戏曲论著集成·明代编》（第一集），第602页。

③ （明）汤显祖：《续栖贤莲社求友文》，徐朔方笺校：《汤显祖诗文集》卷三十六，上海古籍出版社1982年版，第1161页。

④ 参见（明）陈继儒：《批点牡丹亭题词》，俞为民、孙蓉蓉编：《历代曲话汇编：新编中国古典戏曲论著集成·明代编》（第二集），黄山书社2009年版，第232页。

则直出肺肝，不加雕刻，但男女相与之情，虽君臣友朋，亦多有托此者，以其情尤足感人也"[1]，说明他也承认感情只要出于真实就能感人至深，但他在戏曲选本方面仍然坚持风教作用的重要性。明代其他几个北杂剧选本也出现在万历前后，与《元曲选》相差不远，却也没有能摆脱传统教化观念的影响，可见这一观念在很长一段历史时期内一直有其支持者。对中国文学传统来说，把艺术与道德联系在一起，通过文学作品的感化作用来树立儒家经典中提倡的那种高度道德化的理想人格，是一种基本的美学思想。在戏曲创作指导与评价标准中，重视作品劝善惩恶的作用也一直占据比较重要的地位。所以讨论戏曲选本编选过程中的风教观，并不是说重视这些的戏曲编选者思想就比臧懋循落后。而是对于这些人来说，传统的文学观念对他们的影响依然很深刻，使他们不能摆脱"文以载道"的思考模式，他们对戏曲作品的艺术本质的认识，就比臧懋循多了一层隔膜。臧懋循在此方面的见解，由于《元曲选》的成功，还在一定程度上影响了后来的戏曲选家。其后的孟称舜在编选《古今名剧合选》的时候，选择的标准就是"辞足达情者为最"而"协律者次之"[2]，不再大谈风教了。可以说臧懋循代表着选家的一种转变，自此之后，戏曲的传情作用被更加充分地认识到，我们由此可以看出臧懋循的独特之处。

现在的《元曲选》中当然也有符合"仁义礼智""忠孝节义"的作品，作为主流价值观，仍然有强大的作者基础和观众需求。相比较而言，臧懋循没有因为"有碍风教"的原因就使得自己欣赏戏曲的眼光变得狭隘。从臧懋循在《元曲选》的序言中提到的对"当行"的认识看来，他所欣赏的是"宛若身当其处，而几忘其事之乌有"的演出境界、"能使人快者掀髯，愤者扼腕，悲者掩泣，羡者色飞"

---

[1] （明）李开先：《市井艳词序》，俞为民、孙蓉蓉编：《历代曲话汇编：新编中国古典戏曲论著集成·明代编》（第一集），黄山书社2009年版，第408页。

[2] 孟称舜：《〈古今名剧合选〉序》，吴毓华编著：《中国古代戏曲序跋集》，中国戏剧出版社1990年版，第200页。

的演出效果①。对于他来说，戏曲的可贵在于能使观众如身处其境一般地体会到剧中表现的情感，他并没有说因为戏剧表现的是有益"风教"的内容，所以才必须感人，这就是对戏剧的本质认识的一种进步。或许就是因为他本人在生活中也未曾有意遵循儒家传统的道德标准，与李开先、息机子、黄正位等人相比，他选取剧本的范围更广，而标准也更多是对戏曲艺术特点方面的考虑，不以有涉"淫奔"之类的缺点而摒弃《萧淑兰》《鸳鸯被》这一类作品。而且事实上，涉及风花雪月、悲欢离合的爱情婚姻题材占了传统戏曲的很大一个部分，在这个题材领域内也出现了很多杰出的作品，元杂剧编选者想要绕开这一领域是不可能的。就是那些赞同风教观的编选者，也不能因为无关劝惩，就抛弃那些反映男女之情的经典作品。这类题材作品虽然屡次受到官方限制，但却始终是戏曲创作的主潮之一，也经常在戏曲舞台上上演，说明其受欢迎程度之高。戏曲、小说等文学形式离不开表现男女爱情、风花雪月的题材，其中部分作品可能确实在对男女之情的表现上比较露骨和直白，不符合中国古典文学温和含蓄的审美传统。但是通俗文学的魅力也正在于此，在这些作品中，感情宣泄方式的直接与浅露更贴近普通人的实际生活状态，才能拉近人们与文学作品之间的距离感。明中叶的文化思潮在某种程度上反映出对人性与自然的回归，正是在这样的影响下，臧懋循的《元曲选》放宽了选择剧本的尺度，使得元杂剧中的原有的反映社会生活的宽度和广度体现得更加全面。

二 臧懋循的文化选择与明代的商业背景

（一）臧懋循的双重身份与《元曲选》的文化定位

明代后期商品经济的发展，促进了各项文化事业的繁荣。重商重利、浮华奢靡的社会环境中迅速壮大的商人阶级与社会中的其他群体发

---

① （明）臧懋循：《〈元曲选〉后集序》，《负苞堂集》卷三，古典文学出版社1958年版，第56页。

生了交流与融合,面对通俗文学市场的庞大需要,社会中出现了一些特殊的人群:写书的商人们与卖书的文人们。

写书的商人们,如熊大木、余象斗、熊龙峰等书坊主,他们是史书、方志中名不见经传的普通书商,但却是历史演义、神怪、公案等通俗小说方面的著名作者,对中国通俗小说的发展作出了卓越贡献。就拿熊大木来说,他是明嘉靖、万历年间福建建阳的一位书坊主,也是通俗历史演义小说的开拓者。他的《大宋演义中兴英烈传》《唐书志传通俗演义》《南北宋志传》《全汉志传》《杨家将演义》等,都是历史演义小说中的重要作品,在当时流传颇广。在嘉靖年间七种左右的新出作品中,他一个人就编写了其中四种。他还与余象斗合作编刻了《四游记》,也创作过一些公案小说①。熊大木其人虽然博览群书、涉猎诸史,却未能在科举考试中有所斩获。而在继承家传的出版业之后,他却在小说创作方面大有建树。与他的生平相类似,其他几位书坊主出身的作家们大都有早年业儒不就转而从商的经历。熊大木等人从事写作一开始可能只是为了顺应流行的趋势,为了商业需要而补文人创作之不足,而他们这样的身兼士商双重身份的文人的创作,有市场需要作为制约因素,就与以往单纯的文学艺术创作有所不同。如果他们的文艺作品一味风流自赏,就不一定能被大多数的读者接受,也就不会有市场价值。他们不能只把目光局限在风花雪月的诗意氛围中,而要投向那个更为广阔的有着儿女风月、英雄传奇、神鬼公案等等世俗因素的平凡而又多姿多彩的世界。这些具有一定文化水平的书商最了解读者对书籍的需求,也就最能把握通俗文化的风尚所在。他们的创作正反映了当时社会对文艺的需求,符合世俗的娱乐导向。因此,具有商品化特征的明代中后期文化,正是在这些书坊主们自觉或不自觉地推动下,迎来了通俗文学的极大发展。

---

① 刘永峰:《熊大木:亦儒亦商的出版人》,《时代教育(先锋国家历史)》2009 年第 9 期。

而文人以印刷业为谋生之道,是因为他们可以占有丰富的文献资料,且文化水平较高,在书籍印制的活动中比较容易取得成功。据赵红娟考证,晚明时期同处湖州的闵、凌、茅、臧四大望族都经营出版业,所刊有《西厢记》《拜月亭》《琵琶记》等戏曲经典,且刊刻质量较高,知道如何迎合消费者的爱好①。凌濛初、茅维、茅元仪、陆云龙、毛晋等著名文人都兼营印刷业,甚至自己刊刻自己的作品。臧氏家族中除了臧懋循,还有刊刻了《负苞堂诗选》与《负苞堂文选》的臧尔炳②。

关于臧懋循经营出版的文学书籍的情况,在徐朔方先生的《元曲选家臧懋循》一书中有详细列出:"有《古逸词》二十四卷、《古诗所》五十六卷、《唐诗所》四十七卷、《元曲选》一百卷、《校正古本荆钗记》、《玉茗堂四梦》、《改定昙花记》、《六博碎金》、弹词《仙游录》、《梦游录》、《侠游录》三种,总字数在三百万字以上。以诗和戏曲、弹词为主。"③《明史·艺文志》也载有臧懋循所辑的《古诗所》五十二卷,《唐诗所》四十七卷和《六博碎金》八卷④。他还曾计划编印上古到先秦的诸史汇刊,但因赞助人的调任而未能成书⑤。从戏剧传播的角度来看,臧懋循既是文人也是书商,他编选《元曲选》的出发点,一定会结合这两类人的特点。

一个像他一样出身于名门世家又曾经为官的读书人,为何会选择以

---

① 赵红娟:《晚明湖州四大望族的戏曲编刊活动及其特点》,《中国文学研究》(第28辑),2016年。
② 赵红娟:《晚明望族的编刊活动、编刊者身份心态及其人员聘雇——以湖州闵、凌、茅、臧四大望族为中心》,《古典文献研究》(第21辑上卷),2018年。
③ 徐朔方:《元曲选家臧懋循》,中国戏剧出版社1985年版,第37页。
④ 《明史》卷九八—卷九九,中华书局1974年版,第2447、2499页。
⑤ (明)臧懋循《与钱惟凝书》:"弟曩时亦有少志,谓两汉而后,已各有史,独盘古至秦史多遗佚。欲汇秦汉以来诸史,悉加裒集,以其雅驯者编为正史,而怪诞不经者详注其下,以俟宏博大儒更为删定,附之史乘之末。惟于纳言文若氏,曾许以开府时当为成此不朽,既而得关中,道里辽隔,未能远寻,今已化异物矣。",《负苞堂集》卷四,古典文学出版社1958年版,第91页。

印售书籍为事业呢？赵红娟文中指出，湖州四大望族中如此行事者一般有几种常见的情况：身居高位又雅好书籍的，可以借此推动家族的刻书事业；科举不得意的读书人，也可以此谋生，并慰藉心灵①。从臧懋循的晚年经历上来看，他选择从事这一行有经济上的原因。他在《寄姚通参书》中说："弟播弃以来，值岁之不时，更为婚嫁所累，先人遗产荡不复存。乃汗漫江湖，佣文自活。"② 在《复李中丞书》中也有类似的表达："仆废弃以来，艰难履尽，无能自存，不得已而浪迹江湖，卖文取给。"③ 的确在此时期，臧懋循的经济比较拮据，屡次在一些与友人的书信中提到这个问题。《与曹能始书》中说："弟入春来，为第四子娶妇。空囊本不能有所营办，而妇家又不见怜，往往求多，及至析骸决脑矣。屡谋入都，旋为债家所束。两月间怀抱恶甚。未可为知己道也。"④ 不过，从臧懋循的一贯的人生追求来看，这也是他的兴趣所致。他于仕途虽不甚在意，自言"州郡之职，徒劳人耳"⑤，却怀有传统读书人的伟大抱负之一，即以文章名垂千古："……不佞于文章家，本懵昧无所解，而心甚笃好之。每思男儿处世，不纵横万里，便当上下千秋，以垂不朽。纵尘念未能断绝，姑且鸡肋于无竞地，乘其暇图之。"⑥ 对他来说，不仅是传统意义上的著述，像《元曲选》这样经他的手编纂而成的书籍，也是可以藏之名山、传之后世的经典，可以视作他个人的功业。因此，臧懋循编选《元曲选》，也是对自己个人价值的肯定和

---

① 徐朔方：《元曲选家臧懋循》，中国戏剧出版社1985年版，第11页。

② （明）臧懋循：《寄姚通参书》，《负苞堂集》卷四，古典文学出版社1958年版，第87页。

③ （明）臧懋循：《复李中丞书》，《负苞堂集》卷四，古典文学出版社1958年版，第88页。

④ （明）臧懋循：《与曹能使书》，《负苞堂集》卷四，古典文学出版社1958年版，第87页。

⑤ （明）臧懋循：《与章元礼书》，《负苞堂集》卷四，古典文学出版社1958年版，第73页。

⑥ （明）臧懋循：《与吴允兆书》，《负苞堂集》卷四，古典文学出版社1958年版，第77页。

追求。

臧懋循是明代中后期出现的众多风流自赏、任性不拘的文人中的一个。他虽然也曾遵循传统文人的晋身之路，参加科举考试并获得官职，但是其个性与传统儒家道德的背离终于导致他被官场排除在外。他没有就此隐居山林而心忧庙堂，而是寄情山水流连风月。其实成为一个彻底的书商，本身就是文人的异数；编选《元曲选》，与同时期其他有大量戏曲理论著述或者戏曲创作的戏曲家相比，更是一种独特的戏曲观的表达。作为一个读书人，臧懋循对自己的刊书、卖书的活动并不讳言，反而屡屡向人谈及。他印书是为了谋利，而不是什么风雅的高尚目的，像他这样坦率是很少见的。《回李达亭启》："逆旅饔飧，聊假卖文以作活；穷年铅椠，敢希述古以为名。"①徐朔方先生指出臧懋循文集中收入的寿序、墓志铭之类的作品并不多，可见他所说的"卖文""佣文"应当不是指这些传统方式，而是翻刻与贩卖古书，以求有所收入②。《寄黄贞父书》："刻元剧本拟百种，而尚缺其半，蒐辑殊不易。乃先以五十种行之。且空囊无以偿梓人，姑藉此少资缓急。兹遣奴子赍售都门，亦先以一部呈览。幸为不佞吹嘘交游间，便不减伯乐之顾，可作买纸计矣。倘有所须，自当续致。不敢以此嗷丈也。"③《寄姚通参书》："敬以（《古诗所》、《唐诗所》）奉览。别遣奴子赍售都门。将收其值，以给中晚唐诗杀青资斧。幸丈留意，于长安贵人及计吏间多方借之吹嘘。"④这里就不仅是坦率，更要求友人代为吹嘘，是在为自己的书籍做广告了。由这两封书信可见，在这个时期，臧懋循出书是分期

---

① （明）臧懋循：《回李达亭启》，《负苞堂集》卷二，古典文学出版社1958年版，第23页。
② 徐朔方：《元曲选家臧懋循》，中国戏剧出版社1985年版，第38页。
③ （明）臧懋循：《寄黄贞父书》，《负苞堂集》卷四，古典文学出版社1958年版，第84—85页。
④ （明）臧懋循：《寄姚通参书》，《负苞堂集》卷四，古典文学出版社1958年版，第87页。

作业的，以前期回收的书款作为后期印刷的资金，他刻印书籍不是偶尔为之，而是有计划有目的的经营操作。他利用自己的地主身份，雇佣农民为自己工作而不改变他们的佃农身份，以此来降低生产成本，这也显示了臧懋循的商业头脑。在臧懋循身上，为我们呈现出晚明知识分子一种不同于以往读书人的面貌，而他集士大夫和书贩子于一身的身份，是当时资本主义萌芽促使士大夫向资产者转化的一个典型例证。

也正是文人与书商的双重身份，决定着《元曲选》的文化定位。从文人的身份来看，臧懋循对《元曲选》寄予了厚望，希望通过这部选集对他所提倡的元人戏曲创作"不工而工"的传统有充分的印证，以纠正当时传奇创作中的诸多弊病。这是他实现个人价值并使自己的戏剧主张发挥作用的最好时机。所以，《元曲选》从根本上来说依然是文人戏曲选本，臧懋循要在这部选集中体现他在元杂剧方面的文学鉴赏力，以期达到"藏之名山，而传之通都大邑"的目的。从书商的身份来看，臧懋循希望这部书在商业上也取得成功。为了在当时诸多的戏曲选本中博得一席之地，也为了在当时的曲论者中获得良好声誉，他必须使这部选集有非常突出的特点和收藏价值。戏曲选集面对的读者不仅仅是戏曲的专业研究者，还有一般文化水平的戏曲爱好者和普通市民。因此《元曲选》也要注意到市民阶级的欣赏兴趣与娱乐心态。总之，臧懋循的双重身份使得《元曲选》中所记载的元杂剧不仅可以作为研究资料，也可以顺应当时的通俗文学潮流成为良好的阅读文本，这就为《元曲选》赢得了多个社会阶层的读者，为这部戏曲选集的成功打下了基础。

（二）明代的商业背景对臧懋循的影响

《元曲选》编成于明代万历时期，与明初时的保守相比，此时的社会刚好进入另一个极端。明朝的开国皇帝朱元璋为了巩固皇权，更好地控制他的臣民，颇以古代简单而稳定的男耕女织式社会模式为理想，他曾亲自为《道德经》做注，从一个君主的角度来阐释老子无为而治的思想，不惜采取各种高压手段来贯彻他心目中的理想秩序①。《农政全书》卷三记载："上加意重本抑末，下令农民之家许穿绸纱绢布，商贾之家只许穿布。农民之家但有一人为商贾者，亦不许穿绸纱。"② 普通人家穿绸还是穿布，不仅仅是衣着的问题，而是其地位得到官方肯定的象征。洪武皇帝显然是要抬高农民的地位而打压商人阶级。他的铁腕手段固然促成了一时的思想文化的专制，不过历史的演进，尤其是经济发展的状况，即使是铁腕的朱元璋也无法控制。"重农抑商"政策意在恢复在元末明初的战争中被破坏的经济，而农业的复苏其实也在为工商业的顺利发展创造条件。此后，在中国这个庞大的农业帝国内部，商业社会迅速崛起，到了明代中后期已经相对成熟。而伴随而来的社会流动性的增强、思想的解放和消费主义引领下的物欲横流，对整个社会的道德风尚都造成了严重冲击。

一般认为早在万历之前，正德、嘉靖年间开始，在社会生活中占支配地位的传统道德观念就已经开始动摇，只不过在万历之后这种变化更加明显。所以在许多有关明季社会生活的记载中，明中叶就像是一道分界线。文人士大夫们敏锐地察觉到世态人心的变化，而纷纷表达自己对从前的淳朴风习的向往，对近世的奢靡浮华的批判。如顾起元的《客座赘语》卷一"正嘉以前醇厚"条：

> 有一长者言曰：正、嘉以前，南都风尚最为醇厚。荐绅以文章政事、行谊气节为常，求田问舍之事少，而营声利、畜伎乐者，百不一二见之。逢掖以呫哔帖括、授徒下帷为常，投贽干名之事少，

---

① 卜正民先生《纵乐的困惑》中称，《道德经》中朱元璋最喜爱的一章即为："小国寡民，使有什伯之器而不用；使民重死而不远徙；虽有舟舆，无所乘之；虽有甲兵，无所陈之。使人复结绳而用之。甘其食，美其服，安其居，乐其俗。邻国相望，鸡犬之声相闻，民至老死，不相往来。"参见［加］卜正民：《纵乐的困惑：明代的商业与文化》，方骏等译，生活·读书·新知三联书店2004年版，第1页。

② （明）徐光启：《农政全书》，上海：商务印书馆1930年版，第43页。

而挟倡优、耽博弈、交关士大夫陈说是非者、百不一二见之。军民以营生务本、畏长官、守朴陋为常，后饰帝服之事少，而买官鬻爵、服舍亡等、几与士大夫抗衡者、百不一二见之。妇女以深居不露面、治酒浆、土织纴为常，珠翠绮罗之事少，而拟饰倡妓、交结姏媼、出入施施无异男子者，百不一二见之。①

这种对现实状况的惶恐不安、愤愤不平和对明初时期理想化社会的赞誉与追思成为一种普遍的倾向，而正德、嘉靖时期就成为传统与非传统、几乎也就是道德与非道德的分水岭。关于这种文人士大夫的普遍心态，有人分析认为："士大夫们所关心的无非是文章、政事、行谊、气节，很少有人去关心田舍声利之事，更不用说去畜养妓乐了。没有取得功名的士人，授徒为生者更是常见之事，军民百姓则各守本分，敬畏官长，没有敢于服侍僭越而与士大夫抗衡者。所以人们一般都会感到，正、嘉以后社会的变化就现象而论，与前即有四大不同之处：一是逐利，二是纵欲，三是僭越，四是不守妇道。这实际上反映出了当时的社会特征，所谓逐利，便是商品经济的发展；纵欲则是对于传统禁欲主义的一种反叛；僭越说明传统的等级标志失去了旧有的价值，金钱开始发挥作用；妇女活动的增多，一定程度上也反映出了传统礼法的破坏。如此种种，其实都是传统社会开始发生转型的表现，并且从一个侧面反映了社会观念的进步，当然这种进步是极其有限的，而且伴随而来的还有许多复杂的社会问题。"② 士大夫们的愤愤不平说明整个社会正在向着传统封建道德难以认同的方向发展，而实际上，社会的变化才是大的趋势，这种变化改造着身处其中的人们，从中、晚明的情况看来，社会思潮转变的领军人物依然是文人士大夫阶层。张显清先生划分了这种社会变化的不同时期："依据马克思主义社会发展学说来考察中国古代社

---

① （明）顾起元：《客座赘语》，中华书局1987年版，第25—26页。
② 商传：《明代文化史》，东方出版中心2007年版，第26—27页。

会，可以看到，至明代中后期，古代封建社会业已高度成熟，在明成化、弘治与正德年间（15世纪中叶至16世纪初叶），向近代社会转型的苗头已经出现；明嘉靖年间至明末（16世纪中叶至17世纪初叶），新的近代社会因素更为普遍而显著地增长起来，向近代社会的转型开始启动。"[1] 在社会巨变的庞大背景中，有很多因素可以影响到戏曲选本的大量出现，以及《元曲选》这样一部选本的独特面貌，主要有以下两个方面：

1. 商业地位的提高及士人对商业的参与

由于商业的繁荣，商人在社会上的地位大大提高了，在社会生活中，商人与士人这两大集团也开始产生交集。从传统来说，中国封建社会的经济政策是重农抑商的。农业被看作是经济的基础，商业贸易带来的巨大利润及其流动性特征，可能会威胁到农业的经济基础地位，而统治者认为在全民总量恒定的情况下，从事商业的人越多，从事其他行业特别是农业的人就会越少，他们所推崇的那种"老死不相往来"的封闭性的社会结构也将因为农民从土地上流失而被打破，进而威胁到政权的稳定。因此，商业在封建社会中一向受到打压，"士农工商"社会地位排序就反映了传统社会对商人的贬低。但是在明代，政府对经济的控制日益松弛，无力遏制商品大潮的到来，商业的发展已经使得商人成为极有力量不可小视的社会集团。他们资本雄厚、声名显赫，常以同乡或同行的关系结成团伙，维护共同利益。其中尤以晋商和徽商最为闻名。"三晋富室，藏粟数百万石，皆窖而封之，及开则市者纷至，如赶集然，常有藏十数年不腐者。"[2] 明时长江下游一带已有谚曰"无徽不成镇"，就表明当时深入南方农村的乡

---

[1] 张显清先生解释这种中国古代封建社会向近代社会转型有着特定含义，"系指由自然经济向商品经济转化，由农业社会向工业社会转化，由古代传统政治、文化向近代社会政治、文化转化。"参见张显清：《晚明：中国早期近代化的开端》，《河北学刊》2008年第1期。

[2] （明）谢肇淛：《五杂俎》卷四，转引自傅衣凌《明清时代商人及商业资本》，人民出版社1956年版，第37页。

镇贸易多由徽商操纵。万历年间，河南一带徽州人开的当铺就有汪克等213家。扬州一带的大盐商，也以徽州人为多①。宋应星在"盐政议"中估计万历年间的盐商能有资本总额三千万两，每年获利九百万两②。尤其是在明中叶以后，手工业与商品贸易的繁荣几乎将全国都卷入到这蓬勃旺盛的商业市场中来，北京、佛山、苏州、汉口都是主要的商品集散地，而这几个坐标也反映出商品流通的广泛领域。除此之外，江南地区的芜湖、扬州、南京、杭州都是著名的繁华胜地，水路交通的便利，也使得荆州、樟树、芜湖、湖州、瓜州、临清、正阳等地成为天下闻名的码头。就算是过去被视为荒蛮落后之地的福建沿海地区，也在这庞大的商品流通系统中发挥着巨大的枢纽作用，"凡福之绸丝，漳之纱绢，泉之蓝，福延之铁，福漳之橘，福兴之荔枝，泉漳之糖，顺昌之纸，无日不走分水岭及蒲城小关，下吴越如流水。其航大海而去者，犹不可计。"③在这样的背景下，从事商品贸易的人数自然增多，读书人进入这一群体也就成为顺应时代潮流的选择。

在元末的战乱之后，由于长时期的休养生息与经济的逐渐繁荣，晚明时代的中国人口大大增加，相应地，读书人的数目也在增加，而且当时的社会文化教育也比较普及，官宦子弟与普通百姓有平等的文化习得的机会。因为科举制度在国家选才方面有着极其重要的作用，而科举必由学校，故而在当时学校极其普遍。且不管最后多少人可以榜上有名，这种教育的发达使得普通人接受教育的机会大大增加了。张岱说他所知的余姚风俗："……后生小子无不读书，及至二十无成，然后习为手艺。故凡百工贱业，其性理纲鉴，皆全部烂熟。偶问及一事，则人名、官爵、年号、地方，枚举之未尝少错。学问之富，真是两脚书橱，而其无益于文理考校，与彼目不识丁之人无以异也。"④ 王世贞亦曾感慨：

---

① 赵冈、陈钟毅：《中国经济制度史论》，新星出版社2006年版，第441页。
② 赵冈、陈钟毅：《中国经济制度史论》，新星出版社2006年版，第434页。
③ （明）王世懋：《闽部疏》，中华书局1985年版，第12页。
④ （明）张岱著，云告点校：《琅嬛文集》，岳麓书社1985年版，第49页。

"虽十家村落，亦有讽读之声。"① 虽然明代的科举制度与元代相比大幅度增加了读书人进入官僚统治阶级的机会，但与人口总量的增加还是不相称的。余英时就曾指出，"中国的人口从明初到十九世纪中叶增加了好几倍，而举人、进士的名额却并未相应增加，因此考中功名的机会自然越来越小。"② 那时社会上颇为流行的一种说法："士而成功也十之一，贾而成功也十之九"，便说明了这种现象。这虽不是精确的统计数据，但这种客观存在的情况确实使一部分士人放弃了举业，转而从商③。所以在明代的历史背景下，对于那些无法在科举考试中博得功名的人来说，经商其实是一个不错的选择。李维桢在《乡祭酒王公墓表》中说得很明确："四民之业，惟士为尊，然无成则不若农贾。"④ 另一方面，商人也参与到了科举考试中，他们在明代之前是没有这样的机会的。明代设有"商籍"，是"附籍"的一种，专为盐商子弟在本籍之外盐商营业之地报考生员而设置，并且特为保留名额，这就更加容易考录。除此之外，商人还可以通过"纳捐"的方式成为监生，补为低级官员。文人经商，商人参加科举，这种现象的普遍出现逐渐削弱着这两个集团之间的抵触情绪。

在此之前的文人们是不屑于从商的，作为孔孟之道的继承者，他们要为社会树立道德榜样，自矜身份，耻谈钱财，以免使自己沾染上铜臭气，竹林七贤之一的王戎就因贪财吝啬，《世说新语》中多有记载⑤，

---

① （明）王世贞：《弇州山人四部稿》卷六一《赠程君五十寿序》，转引自商传《明代文化史》，东方出版中心2007年版，第29页。

② 余英时：《士与中国文化》，上海人民出版社1987年版，第536页。

③ 余英时：《士与中国文化》，上海人民出版社1987年版，第536页。

④ （明）李维桢：《乡祭酒王公墓表》，《太泌山房集》卷106，转引自余英时《中国近世宗教伦理与商人精神》，台北：联经出版事业公司1987年版，第112页。

⑤ 《世说新语·俭啬》有与王戎有关的数条记载，如："王戎有好李，常卖之，恐人得其种，恒钻其核"；"司徒王戎既贵且富，区宅、僮牧、膏田、水碓之属，洛下无比。契疏鞅掌，每与夫人烛下散筹算计。"参见（南朝宋）刘义庆撰，（梁）刘孝标注，杨勇校笺：《世说新语》，中华书局2006年版，第780页。

阮籍对他的才华很赏识，但也讥讽他是"俗物"①。颜延之做《五君咏》称颂竹林七贤，就把他和官位较高的山涛排除出去②。俗语说"万般皆下品，唯有读书高"，文人不屑于从事生产，亲自经商就更不可能了。但是到了商品经济大行其道的明代中后期，在追求物质享受的整体氛围中，商人们俨然是社会风气的领潮者，他们可以拥有大量的白银和奢华精美的物品，让普通人艳羡不已，同时以不加掩饰地追求个人享受的行为洗刷着社会的道德观念。他们的喜好也逐渐成为人们模仿的对象，从而影响到整个社会文化。在重视享乐的社会氛围中，戏曲作为一种娱乐形式也有了很好的发展空间，明代四大声腔的发展、流传都与商品经济的繁荣有很大关系，戏曲就在这样由货币流通推动的流动社会中迅速发展壮大起来。而且在思想领域，心学思潮已经在传统社会中造成松动的缝隙，为读书人的思想解放提供了契机。于是明代中后期，士人与商业的关系也就越来越密切。对于商人来说，他们需要借助士人来提高自己的门庭地位，所以培养家中子弟读书或者招赘士子入门都是通行的做法。尤其在经济发达的江浙地区，士商关系更为紧密，许多明代著名文人，如何良俊、唐寅、屠隆等本就出身商家。而文人也不排斥接受商人的赞助，甚至以过去用来标榜风雅的文学来谋利。此时期的文人收取润笔而为他人写作墓志铭、寿序等文章是十分普遍的现象，"利与义、商与士并行不悖。或由士而商、或由商而士，士与商的身份转换常常发生在同一个人身上。归有光《白庵程翁八十寿序》说：'古者四民异业，至于后世，而士与农商常相混。'士商身份相混的现象在明代中后期相当普遍，身份相混会引发生活方式、思想意识的相混，士商相互

---

① 《世说新语·排调》："嵇、阮、山、刘在竹林酣饮，王戎后往，步兵曰：'俗物已复来败人意！'王笑曰：'卿辈意，亦复可败邪？'"参见（南朝宋）刘义庆撰，（梁）刘孝标注，杨勇校笺：《世说新语》，中华书局2006年版，第701页。

② 参见《宋书·颜延之传》："延之甚愤怨，乃作《五君咏》以述竹林七贤，山涛、王戎以贵显被黜。"《宋书》卷七三，中华书局1974年版，第1893页。

影响力度大大增强了。"① 有了这样的社会条件，文人才能以经商作为谋生手段，而他们所经营的，正是他们所熟悉的赖以实现自我价值的那些与文学相关的种种事物。可以说，文人以文学商品来参与商业社会，而文学的商品化在文人的参与下得以实现。从文学角度来讲，大概有格调不高的嫌疑。但从个人角度来看，却是一种个体自我意识的生成。

2. 出版业的发达与通俗文学的兴盛

此时期出版业的发达，使得通俗文学读物的产生成为可能。生活在这个时期的人们，已经可以把《三国》《水浒》这样的书当作消遣来看。这当然首先要感谢罗贯中、施耐庵这些原作者，却也要注意到只有这些书被大量印刷出来在市场上销售，才能进入普通人的精神视野。因为早在元末明初，《三国》《水浒》就已写成，但却并没有产生很大影响，直到嘉靖、万历年间，由于书籍出版领域的商业化，才得以广泛刊刻和流行。当然，书坊主们都是由利益驱动的，有市场存在才能促进生产。在当时的社会条件下，有余钱、有余裕、有读书消遣欲望的读者群的产生，才是通俗文学作品大量刊行的动力。通俗文学的盛行标志着人们的欣赏趣味的变化，这种变化不是由几个文人领袖振臂一呼就能做到的，而是社会变革带来的潜移默化的影响。于是在明中叶商品浪潮的推动下，文人的市民化以及市民化读者群的形成，逐渐促成了文学作品新面貌的形成。

书籍出版商业化的前提是出版业的发展，据清人所记：

前明书籍皆可私刻，刻工极廉。闻前辈何东海云："刻一部古注十三经费仅百余金，故刻稿者纷纷矣。尝闻王遵岩、唐荆川两先生相谓曰：'数十年读书人，能中一榜，必有一部刻稿；屠沽小儿，身衣饱暖，殁时必有一篇墓志。此等板籍，幸不久即灭，假使尽存，则虽以大地为架子，亦贮不下矣。'又闻遵岩谓荆川曰：

---

① 夏咸淳：《情与理的碰撞：明代士林心史》，河北大学出版社2001年版，第215页。

'近时之稿版，以祖龙手段施之，则南山柴炭必贱。'"①

能够如此大量地刊刻书籍，一方面出于社会发展的需求，另一方面也由于此时期刻工的低廉，据嘉靖三十三年（1554）闽沙谢鸾识、岭南张泰所刻《豫章罗先生文集》目录后，有"刻板捌拾叁片，上下二帙，壹佰陆拾壹叶，绣梓工资贰拾肆两"②的字样，以一板两页平均计算，每页合工资壹钱伍分有奇，其价甚廉。直到崇祯末年，江南刻工价尚依然如此。徐康《前尘梦影录》云："毛氏广招刻工，以十三经、十七史为主，其时银串每两不及七百文，三分银刻一百字，则每字仅二十文矣。"③刻工的低廉则是因为从事刻书业的人数众多。这里所说的毛氏，即著名的毛晋汲古阁，堪称明代民间抄刻书籍的代表者。明代对书籍的社会需要也很大，书籍除了承担文化教育的传统任务之外，还成为供人们闲暇时消遣的文化商品。明代的私人著述十分丰富，涉及社会生活的各个方面，通俗小说盛行，戏剧与说唱艺术作品也被刊印出来成为流行的读物。所以何良俊说："今小说杂家，无书不刻。"④吕坤也由衷感慨："古今载藉莫滥于今日。"⑤ 他将晚明书籍分为九类，其中"无用之书"与"败俗之书"占了很大部分，而小说、戏曲等书籍就被划分到这无用、败俗的类别里。在吕坤这样的传统文人看来，书籍就应该教人经世致用的学问，谈论忠孝节义的道理，而不能承载"消闲"这种功能。而商业的发展使得有眼光的出版者注意到市民阶级的文化诉求，于是大量通俗小说、戏曲读物的出现，开拓了读书人的视野，使得符合市民阶级审美趣味的通俗文化得以在更大的范围内传播，并进一步促进

---

① （清）叶德辉：《书林清话》卷七，中华书局1957年版，第185—186页。
② 参见商传：《明代文化史》，东方出版中心2007年版，第436页。
③ （清）徐康：《前尘梦影录》，中华书局1985年版，第36页。
④ （明）何良俊：《四友斋丛说》卷三"经三"，中华书局1959年版，第25页。
⑤ （明）吕坤著，王国轩、王秀梅注释：《呻吟语》卷六"物理"，学苑出版社1993年版，第346页。

通俗文学的发展。

通俗文学的发展与市民阶级的壮大也有很大关系。在明代中晚期，农村家庭手工业的升级以及商品交往的频繁带动了周边地区的村落乡镇向城市过渡，于是大批新兴城镇兴起；而为了适应资本主义萌芽所带来的商品经济的繁荣，以及协调乡村中大批崛起的新兴城镇的经济往来，那些历史悠久的通都大邑本身也发生了巨大的变化。城市人口大量增加，"北京在明孝宗时人口达到66万，及至万历朝便发展到百万左右。……据《苏州府志》卷二，明万历时苏州已有人口50万。"① 这些转变在社会生活中带来的影响之一，是"市井"一词的概念比先代有所扩大，而相应地，"市民"这个社群也在扩大，不仅在数量上增多，而且在结构上也特别复杂："一是大工商业者的绝对数量与相对比例都比前代猛增，资本拥有极其可观；二是雇工数量大大超过前代，分布于大大小小的城镇之中；三是文人学士与没落官宦大批落入市民社群，成为地地道道的市民；四是以各式杂业谋生的人数增长很快，谋生手段无奇不有。"② 当时的户籍制度中显示，"凡户三等：曰民，曰军，曰匠。民：有儒，有医，有阴阳；军：有校尉，有力士，弓铺兵；匠：有厨役，裁缝，马，船之类。濒海有盐灶，寺有僧，观有道士，毕以其业著籍。人户以籍为断，禁数姓合户附籍。漏口脱户许自实。"③ 这里所指的民、军、匠几乎都是市民。简单地说，商人、作坊主、手工业工人、自由手工业者、艺人、妓女、隶役、各类城市平民和一般的文人士子都应被包括在市民阶层中。市民社群独特的思想观念与价值心态，决定了他们在文化品位上的独特性。于是在明代市民社群大大扩大的情况下，文化的面貌发生改变是必然的事情。而且在各阶层之间的交

---

① 赵冈、陈钟毅：《中国经济制度史论》，新星出版社2006年版，第329页。
② 段玉明：《中国市井文化与传统曲艺》，吉林教育出版社1992年版，第252页。
③ （清）龙文彬：《明会要》卷五十，中华书局1956年版，第936页。

流与互动中,他们也影响到了文人乃至统治阶级的文化选择①,于是明代文人前所未有地显示出了对世俗生活的兴趣和对通俗、自然风格的文学语言的赞赏。

明代文人对世俗生活的关注在文学史上是有很大意义的,当《山歌》《挂枝儿》之类的民间小调引起正统文学殿堂的注意,被拿来与文人创作的诗词相比较的时候,终于给巍然肃穆的文学传统带来清新自然的空气。在文学作品中,当对世俗生活的关心成为一种倾向的时候,文学的题材领域就被扩大了。另外,通俗文学作品的语言风格也更加自然率真,繁缛骈俪的文字与高深典雅的典故很难让那些出身于市民阶层的读者产生审美的愉悦。最能说明问题的恐怕就是《金瓶梅词话》的出现,用通俗的语言真实地描写一个无赖商人淫乱的一生,明中叶之前的文坛恐怕不会容忍如此内容的作品。然而它却得到很多著名文人的推崇和称赞,认为这是一部能够寄意于世俗而对现实有所讽谏的文学作品。尚"俗"的趋向是对社会体制下压抑已久的人们的解脱,它强大到甚至当市井道德的普遍堕落成为一种倾向的时候,向来对社会的道德良心负有一定引导作用的士人君子们也无力挽救这种堕落,其中的一部分人甚至纷纷以酒色之溺为时尚。作为通俗文化发展的副产物,色情文学与色情文化的发展便是这种共同沉醉的表现。

总的看来,明代中后期商品经济的发展带给社会的种种影响,使得社会生活的许多方面和当时人的普遍心态都发生了变化。这种变化在臧懋循个人身上体现出来的时候,就表现为一种不同于传统文人的文化选择:商业的发展提高了商人阶级在社会上的地位,也削弱了文人对商业的心理隔阂,改变了社会对商人的认知和读书人的整体心态,在这样的条件下,臧懋循在脱离官场之后成为书商才成为可能。而书商这一身份又使得臧懋循与当时的通俗文化市场相联系,他必须

---

① 参见段玉明:《中国市井文化与传统曲艺》,吉林教育出版社1992年版,第3、232、234、237页。

考虑到市民阶级的欣赏习惯、审美趣味对一部戏曲选本作品的通行会产生怎样的影响。当其他选家还在犹豫是否应该把事涉"淫奔"、有损风教的元杂剧作品编入他们的选集中的时候，在《元曲选》的"百部"范围中已经几乎包括了元杂剧的全部题材范围，并且不乏文学欣赏性不高但在实际演出中极具表现力、注重剧场效果的作品，这一点在之后的章节中还要详细讨论。但是，臧懋循的文人身份在他对《元曲选》的编选和对元杂剧文本的改动中还是发挥着重要作用，他对词曲的编改虽然褒贬不一，但他的文字水平还是值得肯定的。他的编选目的以及编改倾向，也都带有鲜明的文人特色。所以，明代的社会变革造就了臧懋循文人兼书商的双重身份的产生，而这种身份决定了臧懋循在文化选择上的双面性，他既重视元杂剧作品表现社会生活范围的广泛，又重视元杂剧的文学语言传达戏剧意境的精巧，他对作品价值的判断突破了传统风教观的标准，又在作品的具体改动中表现出对封建道德与秩序的维护。这种独特的心态影响到了《元曲选》这部戏曲选本，使其具有不同于同时代其他元杂剧选本的特征，进而影响到了整个后世对元杂剧面貌的认识。

第三节　元杂剧在明代中后期的流传

一　北曲杂剧的演出状况

从戏剧史的角度来看，万历前后的戏曲演出无疑很繁盛。社会经济的发展，市民阶层的崛起，享乐之风的盛行，对于戏曲的发展都是绝好的时机。此时期也确实涌现出了汤显祖、王骥德、沈璟等一大批杰出的戏曲作家和戏曲理论家，以及《牡丹亭》等经典作品。意大利人利玛窦就是在这个时期来到了中国，他以一个外国传教士的眼光，对当时中国的戏班之盛表示了道德上的担忧：

>我相信这个民族是太爱好戏曲表演了。至少他们在这方面肯定

超过我们。这个国家有极大数目的年轻人从事这种活动。有些人组成旅行戏班,他们的旅程遍及全国各地,另有一些戏班则经常住在大城市,忙于公众或私家的演出。毫无疑问这是这个帝国的一大祸害,为患之烈甚至难于找到任何一种活动比它更加是罪恶的渊薮了。有时候戏班班主买来小孩子,强迫他们几乎是从幼年开始就参加合唱、跳舞以及参与表演和学戏。几乎他们所有的戏曲都起源于古老的历史或小说,直到现在也很少有新戏创作出来。凡盛大宴会都要雇用这些戏班,听到召唤他们就准备好上演普通剧目中的任何一出。通常是向宴会主人呈上一本戏目,他挑他喜欢的一出或几出。客人们一边吃喝一边看戏,并且十分惬意,以致宴会有时要长达十个小时,戏一出接一出也可连续演下去直到宴会结束。戏文一般都是唱的,很少是用日常声调来念的。①

传教士眼中罪恶的渊薮,就是明代戏曲兴盛的温床。在实际演出方面,明代文人范濂如此描述万历年间松江各乡镇演戏的热闹情况:

倭乱后,每年乡镇二三月间,迎神赛会。地方恶少喜事之人,先期聚众,扮演杂剧故事,如《曹大本收租》、《小秦王跳涧》之类,皆野史所载,俚鄙可笑者。然初犹仅学戏子装束,且以丰年举之,亦不甚害。至万历庚寅,各镇赁马二三百匹,演剧者皆穿鲜明蟒衣靴革,而幞头纱帽满缀金珠翠花,如扮状元游街,用珠鞭三条,价值百金有余。又增妓女三四十人,扮为《寡妇征西》、《昭君出塞》,色名华丽尤甚。其他彩亭、旗鼓、兵器,种种精奇,不能悉述。街道桥梁,皆用布幔,以防阴雨。郡中士庶争挈家往观,游船马船,拥塞河道,正所谓举国若狂也。每镇四日或五日乃止,

---

① [意]利玛窦、金尼阁:《利玛窦中国札记》,何高济、王遵仲、李申译,中华书局1983年版,第24页。

日费千金。①

由这段记载可知，当时乡镇一级水平的戏剧演出，尚且用到如此奢华的服饰道具，参演人数众多，而且受到极为热烈的欢迎。可见戏剧演出在这一时期的流行程度。但是，促成此时期戏剧繁荣的并不是北杂剧，而是南曲传奇。随着南曲的势力的不断扩大，北曲的舞台优势已经逐渐消失，只在宫廷演出中还有所保留。明代沈德符《万历野获编补遗》卷一"禁中演戏"条记载："内廷诸戏剧俱隶钟鼓司，皆习相传院本，沿金元之旧，以故其事多与教坊相通。至今上（神宗）始设诸剧于玉熙宫，以习外戏，如弋阳、海盐、昆山诸家俱有之。"② 现今可以见到的明代内府本杂剧资料，说明元杂剧这种戏剧的表演形式在入明之后直到万历年间都被保留在明代宫廷中，但是四大声腔等所谓"外戏"的设置说明宫廷演出的主要形式已经发生变化。刘若愚的《酌中志》也记录神宗朝宫中有"宫戏"及"外戏"的资料，如卷十六："神庙孝养圣母，设有四斋近侍二百余员，以习宫戏、外戏。……神庙又自设玉熙宫近侍三百余员，习宫戏、外戏，凡圣驾升座，则承应之。"③ "宫戏"与"外戏"并存，说明万历年间统治阶级的欣赏习惯已经有所转变，旧有的杂剧演出已经不能完全满足需要。至天启、崇祯年间，宫廷演出的剧目就大多是南曲传奇了。

宫廷之外，民间对戏曲的好尚也在向南曲传奇转移。王骥德《曲律·论曲源》中有云："始犹南北画地相角，迩年以来，燕、赵之歌童、舞女，咸弃其杆拨，尽效南声，而北词几废。何元朗谓：'更数世

---

① （明）范濂：《云间据目抄》卷二《记风俗》，转引自夏咸淳《情与理的碰撞：明代士林心史》，河北大学出版社2001年版，第220页。
② （明）沈德符：《万历野获编》，中华书局1959年版，第798页。
③ （明）刘若愚：《酌中志》，北京古籍出版社1994年版，第109页。

后，北曲必且失传'"①这段记载说明，戏曲演员选择的演出形式都已经发生了改变，南曲的势力已经扩张到了北方地区。张瀚《松窗梦语》卷七"风俗记"中说："东坡谓：'其民老死不识兵革，四时嬉游歌舞之声至今不衰。'夫古称吴歌，所从来久远，至今游惰之人乐为优俳。二三十年间，富贵家出金帛，制服饰、器具，列笙歌鼓吹，招至十余人为队，搬演传奇。好事者竞为淫丽之词，转相唱和。一郡城之内衣食于此者，不知几千人矣。人情以放荡为快，世风以侈靡相高，虽逾制犯禁，不知忌也。"②顾起元《客座赘语》卷九"戏剧"条说："南都万历以前，公侯与缙绅及富家，凡有宴会、小集多用散乐，或三四人，或多人，唱大套北曲，乐器用筝、纂、琵琶、三弦子、拍板。若大席，则用教坊打院本，乃北曲大四套者，中间错以撮垫圈、舞观音，或百丈旗，或跳队子。后乃变而尽用南唱，歌者只用一小拍板，或以扇子代之，间有用鼓板者，今则吴人益以洞箫及月琴，声调屡变，益为凄惋，听者殆欲坠泪矣。大会则用南戏，其始止二腔，一为弋阳，一为海盐。弋阳则错用乡语，四方士客喜阅之；海盐多官语，两京人用之。后则又有四平，乃稍变弋阳而令人可通者。今又有昆山，校海盐又为清柔而婉折，一字之长，延至数息，士大夫禀心房之精，靡然从好，见海盐等腔已白日欲睡，至院本北曲，不啻吹箎击缶，甚且厌而唾之矣。"③万历之前，上层阶级尚可以在宴会、小集之时欣赏北曲演出，之后随着流行趋势的转变，北曲就不再受到欢迎了。

南曲传奇成为世风所向，同时北曲杂剧在万历年间社会各阶层之间都失去地位。在这"北词几废"的北杂剧衰落期，却出现了元杂剧编选整理的高潮，其中的原因和所反映的文学思潮值得我们探讨。实际上到了万历年间，江南地区已经是南曲的天下，只有南京因为是留都的关

---

① （明）王骥德：《曲律》，中国戏曲研究院编：《中国古典戏曲论著集成》（四），中国戏剧出版社1959年版，第55—56页。

② （明）张瀚：《松窗梦语》，上海古籍出版社1986年版，第122—123页。

③ （明）顾起元：《客座赘语》，中华书局1987年版，第303页。

系，还保留北调，已经被文人们以《广陵散》视之：

> 自吴人重南曲，皆祖昆山魏良辅，而北调几废，今惟金陵存此调。然北派亦不同，有金陵、有汴梁、有云中，而吴中以北曲擅场者，仅见张野塘一人，故寿州产也，亦与金陵小有异同处。顷甲辰年马四娘以生平不识金阊为恨，因挈其家女郎十五六人来吴中，唱北《西厢》全本。其中有巧孙者，故马氏粗婢，貌奇丑而声遏云，于北词关捩窍妙处，备得真传，为一时独步。他姬曾不得其十一也。四娘还曲中即病亡，诸妓星散，巧孙亦去为市妪，不理歌谱矣。今南教坊有傅寿者，字灵修，工北曲，其亲生父家传，誓为教一人。寿亦豪爽，谈笑倾坐。若寿复嫁以去，北曲真如《广陵散》矣。①

由"广陵散"这一比喻可以推知此时期的文人们对北杂剧的态度。他们之所以尽量去保存乃至亲自创作用北曲演唱的杂剧，是因为在这些人心目中，北曲杂剧依然是代表官方艺术的"雅乐"。他们希望通过对北杂剧的鼓吹来挽救它的衰亡。文人们对北曲的迷信不仅仅是中国文化史上常见的崇古抑今心理的体现，在明代俗文学大大兴盛并与雅文学分庭抗礼的背景下，这也代表着文人对自身文化特异性的坚持。徐渭早就对这样的心理提出过不满："有人酷信北曲，至以伎女南歌为犯禁，愚哉是子！北曲岂诚唐、宋名家之遗？不过出于边鄙裔夷之伪造耳。夷、狄之音可唱，中国村坊之音独不可唱？原其意，欲强与知音之列，而不探其本，故大言以欺人也。"② 从徐渭的态度可以看出，自从南曲开始流行并逐渐受到欢迎之时起，维护北曲地位的尝试就在进行。南北曲被

---

① （明）沈德符：《万历野获编》卷二五《北词传授》，中华书局1959年版，第646—647页。

② （明）徐渭：《南词叙录》，中国戏曲研究院编：《中国古典戏曲论著集成》（三），中国戏剧出版社1959年版，第240页。

人为地划分出文化上的优劣,徐渭此说虽然有民族歧视心理作祟,但是也反映出此时的批评家对南北曲所持的不同态度。所以在万历年间宫廷剧场都开始向南曲示好的情况下,文人阶层却为维护杂剧地位进行了种种努力:在创作上,为了使僵化的现状有所改善,使得杂剧这种形式能继续生存下去,文人在各方面寻求对杂剧艺术形式的突破,于是出现了与北杂剧在各方面体制差异都较大的南杂剧;在戏曲批评上,元杂剧被奉为戏曲创作的典范,其语言风格等各个方面都成为明代戏曲创作学习的对象,杂剧界与此时的诗文领域一样充满了复古的热情,元杂剧选本的高潮期也就应运而生。

于是虽然北杂剧逐渐退出了民间的戏剧舞台,但是却被喜爱此道的文人们一厢情愿地保留在自己的书斋里、案头上。这也反映出此时期文人普遍的矛盾心理:一方面,作为社会中的个体,他们已经不可避免地打上了时代的烙印,在生活方式与人生态度等诸多方面都带有世俗化的倾向,他们放纵自己的欲望,享受着最新的通俗文化发展成果,关注治生营利之事,并不以贩售文化商品为耻;另一方面,他们出于对自我的身份认知,依然还会受到传统力量的诸多束缚,北杂剧虽然在消亡,但他们不肯放弃这一使得他们与只知道追赶潮流、欣赏传奇的市井愚民区别开来的艺术形式,力图通过他们的收集整理,维护元杂剧的高雅地位,这就是臧懋循所追求的"藏之名山,而传之通都大邑"[①]。

《元曲选》的出现多少就有这种为北杂剧挽救危亡的意思。只不过对于臧懋循等人来说,这种努力的结果并不尽如人意,明中叶以后杂剧进入书斋的"雅化"过程,作为一种本应以舞台表演来支持其艺术生命力的戏剧形式来说,无疑是消亡的征兆。但从另一个角度来说,作为文学读物的《元曲选》,却取得了传播学意义上的胜利。它的出现不仅取代了其他选本的地位,也在很长时期内几乎成为代表元杂剧的唯一性

---

① (明)臧懋循:《〈元曲选〉序》,《负苞堂集》卷三,古典文学出版社1958年版,第55页。

的材料。而且它成功地进入了人们的阅读视野，以"读本"的身份自诞生之日起长期流传至今。这不仅是臧懋循的成功，也是时代的必然选择。

二 其他元杂剧选本及选家

明代文人编选戏曲选本也是他们参加戏曲活动的一种方式，赵山林先生对此已有论述："文学史家、戏曲史家在研究明代前中期文学变迁时早已发现，明代中叶是文人摆脱自元代以来的附庸地位、努力争取文人阶层独立的关键时期，文人在学术文化、文学艺术、士风趋尚各方面都体现出不循旧制、刻意求新的特征。……随着文人对戏曲活动的热衷，戏曲选本顺理成章地进入了文人的视野。从现知嘉靖至万历间的戏曲选本来看，基本上都可称为出自广义上的文人之手。……唯有《杂剧十段锦》的选家没有明显证据可以确定其身份，但从其整饬的文本形式和典雅的剧目选择来看，十之八九也出于文人之手。因此，嘉靖、隆庆年间，文人显然对编选戏曲选本产生了极大兴趣，而文人的介入也使戏曲选本的面貌发生了明显变化。"[①]

除了臧懋循的《元曲选》，现在可见的其他比较重要的元杂剧总集和选集及其保存元杂剧剧本的情况如下：①元刊《古今杂剧》三十种；②《改定元贤传奇》，明李开先校订，刻于明嘉靖年间，现传世者仅有七种；③《古名家杂剧》，明陈与郊编，万历年间刊行，今有北京图书馆藏残本和《脉望馆钞校本古今杂剧》所收藏本共六十五种；④《元人杂剧选》，明息机子编，卷首有息机子万历二十六年（1598）戊戌序，今存有北京图书馆所藏残本和《脉望馆钞校本古今杂剧》所收共计二十六种；⑤《古杂剧》，明顾曲斋刊本，因序文后有"王伯良"（王骥德之字）及"白雪斋"印各一方，故也有人认为是王骥德选刊，今传杂剧二十种；⑥《脉望馆钞校本古今杂剧》，明赵琦美等录校，成

[①] 赵山林：《中国戏曲传播接受史》，上海人民出版社2008年版，第299—300页。

书于万历年间,今存二百四十二种,其中包括《息机子元人杂剧选》十五种,《古名家杂剧》残本五十四种,钞"内府本""于小谷"本一百七十三种;⑦《阳春奏》,明黄正位选刊,有万历三十七年(1609)于若瀛序的尊生馆校刊本,北图藏残本存13种;⑧《元明杂剧四种》,明□□辑,万历年间刊本,收《梧桐雨》《荐福碑》《扬州梦》《金童玉女》杂剧四种;⑨《陈氏元明杂剧四种》,明陈□辑,有明陈氏继志斋刊本,收《荐福碑》《金钱记》《金童玉女》《杜甫游春》四种;⑩《古今名剧合选》(包括《柳枝集》和《酹江集》),明孟称舜编选,有崇祯六年(1633)刊本,共收录元明杂剧五十六种。

我们可以看到,其中的明本都出现在明代的中后期,尤以万历年间最多。赵山林在《中国戏曲传播接受史》一书中,将万历时期划分为明代戏曲选本的成熟期:"成熟期的戏曲选本在数量上较推进期剧增,现存戏曲选本在六十部以上,几乎是前一时期的六倍,结合同一时期传奇刊刻的情况来看,当时戏曲选本的编选必定远远超过这一数字。同时,成熟期的戏曲选本的编刻在质量上也远非推进期所能相比:首先,编选理念更为明晰,将戏曲与散曲作为两种不同的文学形式已经成为社会共识,即便戏曲、散曲合选的曲文选本如《南音三籁》《乐府南音》《群音类选》之类也大多将戏曲、散曲明确分开而列;其次,文本内容力求精确,虽然仍有一些民间选本存在着错刻、漏刻的弊病,但大部分选本都比较注意选用较为精良的底本,有些以曲谱自居的选本如《南音三籁》《南北词广韵选》等还附有校勘,自觉将所用良本与市井流行、错误较多的坊本进行对勘;再次,选本外形更为整饬、美观,大部分选本都附有精美插图,雇佣坊间出名的刻手如黄子立、陈行甫等,追求外观上的美感。由此可见,无论是戏曲选家还是书坊主都已经将戏曲选本作为一种独立的事业进行了精心安排。另外,成熟期戏曲选本的编选分布较散,就现所能考知的选本来看,江浙一带自不必论,江西、福建、湖南、安徽等地都不约而同地进行过编选工作,可见其流布之广。"① 元杂剧选本的繁盛就是这戏曲选本高潮期的表现之一，在这一时期，人们不仅热衷于从当时的戏曲创作中甄选精品，对前代的戏曲作品也有了搜集和整理的意识。戏曲选本的发展无疑为《元曲选》的诞生创造了契机。

这些文人选家参与戏曲选本编选的活动与个人的际遇也有关。李开先（1502—1568），字伯华，号中麓，是嘉靖时期著名文学家，嘉靖八年（1529）中进士，在户部任职，后又任吏部考功司主事、稽勋司员外、文选司郎中、太常寺少卿，并曾提督四夷馆。后来因为抨击当时执政的夏言和严嵩，于嘉靖二十一年（1542）被削职回乡，闲居近三十年。李开先的文名颇著，与王慎中、唐顺之、陈束、赵时春、熊过、任瀚、吕高诸人齐名，号称"嘉靖八才子"。诗文之外，还精于词曲，能编写，能歌唱。而且李开先家中藏书十分丰富，词曲尤多，有"词山曲海"之称，这为他的戏曲整理编选工作也打下了一定的基础。回到老家山东章丘之后，他过着结社作曲、品茶弈棋、诗酒优游的生活，创作了传奇《宝剑记》《登坛记》。晚年他用金、元院本形式写成《园林午梦》《打哑禅》等六种，总名《一笑散》。他创作了《中麓小令》100首，与王九思和作100首合刻为《傍妆台百首》，还用民间流行的《山坡羊》小曲形式写成《市井艳词》一书。李开先本人的曲学造诣十分深厚，他家中有家班，时常观看演出，何良俊《四友斋丛说》卷十八中载："有客从山东来者，云李中麓家戏子几二三十人，女妓二人，女僮歌者数人。"② 在《南北插科词序》中李开先自称："予少时综理文翰之余，颇究心金、元词曲，凡《中原》、《燕山》、《琼林》、《务头》四韵书，《太和正音》、《词话》、《录鬼》、《十谱格》、《渔隐》、《太平》、《阳春白雪》、《诗酒余音》二十四散套；张可久、马致远、

---

① 赵山林：《中国戏曲传播接受史》，上海人民出版社2008年版，第311页。
② （明）何良俊：《四友斋丛说》，俞为民、孙蓉蓉编：《历代曲话汇编：新编中国古典戏曲论著集成·明代编》（第一集），黄山书社2009年版，第461页。

乔孟符、查德卿等八百三十二名家,《芙蓉》《双题》《多月》《倩女》等千七百五十余杂剧,靡不辨其品类,识其当行。音调合否,字面生熟,举目如辨素苍,开口如数一二。甚至歌者才一发声,则按而止之曰:'开端有误,不必歌竟矣!'坐客无不屈伏。"① 一般认为李开先的《改定元贤传奇》就是在他还乡之后辑成的,路工先生认为是嘉靖三十四年至隆庆元年之间(1555~1567)②。当然其中还有李开先的弟子等人的参与。李开先《改定元贤传奇后序》中提到:"同时编改者,更有高笔锋、弥少庵、张畏独三词客,而始终之者,乃诚庵也。"③

陈与郊(1544—1641),海宁人,万历二年(1574)进士。他是张居正之后的首辅申时行和大臣王锡爵的门生,曾累官至太常少卿,提督四夷馆。万历二十年(1592)他被御史参奏,上书乞归乡里,埋头著述。他创作有传奇《灵宝刀》《麒麟罽》《鹦鹉洲》《樱桃梦》四种,合称《诊痴符》,还有《昭君出塞》等杂剧创作。据徐朔方先生推测,《古名家杂剧》应当是选刊于他被参奏冠带闲住之后④。在这个时期,他因为自己的人生遭遇感到世态炎凉,于是纵情于诗词歌赋,"诗咏间作,其藻思播之歌欹,被管弦以自娱。"⑤ 除了《古名家杂剧》,他还辑有《古今乐

---

① (明)李开先:《南北插科词序》,俞为民、孙蓉蓉编:《历代曲话汇编:新编中国古典戏曲论著集成·明代编》(第一集),黄山书社2009年版,第407页。

② 路工:《李开先的生平及其著作》,转引自《李开先集》,中华书局1959年版,第1035页。

③ (明)李开先:《〈改定元贤传奇〉后序》,吴毓华编著:《中国古代戏曲序跋集》,中国戏剧出版社1990年版,第52页。

④ 徐朔方:《晚明曲家年谱》第2卷,浙江古籍出版社1993年版,第423页。陈与郊是否是《古名家杂剧》的编刊者,尚有疑问。该书实为《古名家杂剧》与《续古名家杂剧》二种合成,徐朔方认为《续古名家杂剧》未必是陈所辑。郑振铎在《跋〈脉望馆钞校古今杂剧〉》中也说:"诸家书目皆以《古名家杂剧选》为陈与郊编刊,今见《女状元》之末,有一牌子云:'万历戊子(十六年)夏五西山樵者校正,龙峰徐氏梓行',则知编刊者并非陈氏了。后世人均未见此牌子,故致有此误。"参见《郑振铎古典文学论文集》,上海古籍出版社1984年版,第968—969页。

⑤ 《金志·海宁州志稿卷二九》,转引自赵景深《明清曲谈》,古典文学出版社1957年版,第6页。

考》等十余种书籍。现存的被《古名家杂剧》收入的元杂剧有 41 种，包括：《玉镜台》《绯衣梦》《救风尘》《蝴蝶梦》《鲁斋郎》《窦娥冤》《金线池》《谢天香》《西华山陈希夷高卧》《青衫泪》《汉宫秋》《岳阳楼》《荐福碑》《黄粱梦》《还牢末》《倩女离魂》《王粲登楼》《两世姻缘》《金钱记》《扬州梦》《梧桐叶》《单鞭夺槊》《风光好》《后庭花》《酷寒亭》《梧桐雨》《墙头马上》《竹坞听琴》《红梨花》《刘行首》《丽春堂》《豫让吞炭》《度柳翠》《罗李郎》《勘头巾》《魔合罗》《蓝采和》《鸳鸯被》《锁魔镜》《野猿听经》《赤壁赋》①。

著有《曲律》的戏曲理论家王骥德也被认为是位元杂剧选集的编选者。虽然他也是当时的著名文人，但他不像李开先、陈与郊二人曾经仕途得意。关于王骥德在科举考试方面的情况，徐朔方先生说："有关文献没有留下他参加科举试的记载。可以认为他在多次秋试失利后就不再为此徒劳了。"② 有关《顾曲斋元人杂剧选》的编刊者问题一直存在争议，该书又名《古杂剧》，因序文后有"王伯良"（王骥德之字）及"白雪斋"印各一方，或以为即王骥德选编。原有玉阳仙史序，"玉阳仙史"乃王骥德与陈与郊所共有之号，然多以为是陈与郊所作，并以此论定此书刊于陈与郊卒前即万历三十八年（1610）年前，若以王骥德为准则需推后十二年（1623）。"③ 原书选入的种数不详，现存 20 种，其中包括元杂剧 16 种：《望江亭》《玉镜台》《绯衣梦》《金线池》《㑇梅香》《倩女离魂》《两世姻缘》《金钱记》《红梨花》《青衫泪》《汉宫秋》《柳毅传书》《曲江池》《潇湘雨》《梧桐雨》《竹坞听琴》。

值得一提的是《古杂剧》这本书每种杂剧还配有 4 幅插图，增强了这一戏曲选本的阅读趣味。在戏曲文本中加入插图，在当时已经成为一种比较普遍的做法。插图艺术在明朝中后期印刷业的繁荣和通俗文学

---

① 朱崇志：《中国古代戏曲选本研究》，上海古籍出版社 2004 年版，第 171 页。后文各选本具体情况均有参考此书。
② 徐朔方：《晚明曲家年谱》第 2 卷，浙江古籍出版社 1993 年版，第 239 页。
③ 朱崇志：《中国古代戏曲选本研究》，上海古籍出版社 2004 年版，第 191 页。

盛行的情况下，进入了一个非常兴盛的阶段，当时的出版物几乎达到无书不图的地步。但是用插图来再现戏曲情境与戏剧艺术的特点似乎有些违背，因为戏剧的时空很大程度上不是通过实物，而是通过演员的表演呈现出来。舞台只是一个空场子，而戏剧的时空则是在戏剧进行的过程中不断流动着的。而插图呈现的是一个固定的场景，它是建立在戏剧情节基础上的实景的想象，是把舞台上的虚拟时空实物化了。戏曲文本加入插图这一现象的出现充分说明了此时期戏曲文本独立于表演而作为一种文学读物存在的性质。在与读者就文本的内容进行交流的层面上，戏曲插图与小说等文学作品的插图其实并无二致。利用插图可以诠释文本内涵，同时促进该文本的传播。也就是说，为元杂剧选集配上插图，虽然可能无补于了解元杂剧演出的实际情况，但是对于激发读者的想象力，提高该选集的阅读价值、促进其通行却是大有好处的。后来的《元曲选》与《古今名剧合选》都配有插图，都是出于这方面的考虑。

　　同样进行杂剧的选本工作，却不是传统意义上的正统文人的，还有书坊主黄正位。黄正位，安徽歙县人。家中世业刻书，其刻坊名为"尊生馆"，故号"尊生馆主人"。尊生馆在明万历期间是校刻戏曲小说的名坊，尤以辑刻戏曲丛书《阳春奏》闻名当世。于若瀛《阳春奏序》云："黄叔博学而才高，其于纯成药勦，犹日孜孜不倦，兹箕踞北窗之下，潜心着刻，以嘉惠后人，其志盖有足多矣。"又说"兹复选名家杂剧付之剞劂，乃以杂剧之名为未雅也，而题之曰：《阳春奏》。夫阳春白雪和者素寡，黄叔以是命名，岂不为元时诸君子吐气乎？"① 可见黄正位书坊主人的文化素养很高，对元明北杂剧也有一定的鉴赏水平。

　　编选整理元杂剧的工作需要耗费很多的时间和心力。李开先和陈与郊都是在离开官场政治中心之后，才开始潜心编选戏曲选集的。这与戏曲在传统文学观中的定位以及文人从事戏曲选本编选的心态也有很大关

---

① （明）于若瀛：《阳春奏序》，吴毓华编著：《中国古代戏曲序跋集》，中国戏剧出版社1990年版，第123—124页。

系。古代文论中很早就有痛苦和不幸可以激发创作灵感的说法。司马迁认为在遭遇不幸的情况下，更容易激励作者的创作志向，即所谓"发愤著书"，《周易》《春秋》《离骚》《诗三百》等著作的作者们，都有这样的创作机缘。而对于后代的戏曲创作者来说，戏曲更多地被用来抒发在现实生活中感受到的种种困境，而很少用来在人生得意的时候锦上添花。李开先认为，元代戏曲繁荣的原因，是当时的作家们得不到统治者的重视，不能在政治上发挥他们的才能，于是"不平则鸣"，才有了一代元曲之盛："夫以是人而居卑秩，宜其歌曲多不平之鸣。然亦不但小山，如关汉卿乃太医院尹，马致远为江浙行省务官，郑德辉杭州路吏，宫大用钓台山长，其他屈在簿书、老于布素者，不可胜计。当时台省元臣、郡邑正官及雄要之职，尽其国人为之，中州人每每沉抑下僚，志不获展。此其说见于胡泉溪所著《真珠船》，因序小山词而节取之，以见元词所由盛、元治所由衰也。"[①] 王九思在《书宝剑记后》中说："音律之学，余未之能深知也。罢官后，间尝命笔，直以取快一时耳，非作家手也，乃对山康子持去刻诸梓云。"[②] 所谓"取快一时"，可见戏曲创作就是他在政治失意后宣泄感情的途径。

其实，这种创作冲动的发生也可以联系到戏曲选集的编纂上，明代的文人编选者对戏曲选集的编选都持比较严肃的态度，虽然这种选本并不符合传统意义上的经典概念，但他们都希望选本能够发挥一定的现实作用，或者可以指导当时的戏曲创作，或者可以有补于风教。总之，当时的选家已经可以用比较端正的态度来看待这一工作，而编选者的仕途失意正好可以成为他们转而进行这项工作的时机。因为在元代之前，戏剧的发展本身也不成熟。到了元杂剧产生之后，人们对戏剧的认识也还没有上升到能将对戏剧文本的整理看

[①] （明）李开先：《张小山小令序》，俞为民、孙蓉蓉编：《历代曲话汇编：新编中国古典戏曲论著集成·明代编》（第一集），黄山书社2009年版，第402页。

[②] （明）王九思：《书宝剑记后》，俞为民、孙蓉蓉编：《历代曲话汇编：新编中国古典戏曲论著集成·明代编》（第一集），黄山书社2009年版，第230页。

作是能够流传后世的事业的地步。明代开国，为恢复中国传统文化地位，知识分子受到重视，也无心于此，何良俊说："祖宗开国，尊崇儒术，士大夫耻留心辞曲，杂剧与旧戏文本皆不传。"① 直到明代中后期，这种情况才得到了改变，人们对戏曲的认识有所提高，有感于元代杂剧散佚之遗憾，兴起整理前代与当代戏曲文本的念头。在这样的社会环境下，当人们遭遇忧愁不幸，转而想要有所著述的时候，编刊戏曲选集就成为一种可能的选择。另一方面，整理戏曲文本需要一些必要条件。首先，或家藏或转抄，编选者手头的可作底本的资料必须丰富；其次，要有一定的戏曲鉴赏水平；再次，有进行这项工作的时间和精力。从心态和时间上来看，当编选者身在官场被种种事务所累的时候，是没有这样的余裕的。

而且戏曲选集的编辑并不是孤立的行为，它往往是与戏曲欣赏与创作伴随发生的。很多选家本身就是戏曲创作者，如李开先、陈与郊、孟称舜等人。明代的戏曲发展到了这个时期，文人对戏曲的参与包括了戏曲创作、戏曲批评以及戏曲选集的编辑等多个方面。在当时的政治条件下，在戏曲领域内谋求个人价值的实现也是文人们无可奈何的选择。明中晚期的政坛尤其黑暗，党争、宦官专权等重重阴云笼罩在文人阶层的政治理想之上。汤显祖在明代戏曲作家中是入世态度比较积极的了，万历十九年（1591）他在南京礼部祠祭司主事任上，上了著名的《论辅臣科臣疏》，弹劾当时的掌权首辅。汤显祖的一腔热血还是被现实的残酷冷却，他意识到："上有疾雷，下有崩湍，即不此去，能有几余？"② 万历二十六年（1598）时，他终于不满时政弃官归里。此后，戏曲活动就是他的主要精神寄托。他在《书瓢笠卷示沙弥修问三怀》一诗中写道："东归见耆宿，问我心何寄？经典欲无

---

① （明）何良俊：《四友斋丛说》，卷三十七《词曲》，中国戏曲研究院编：《中国古典戏曲论著集成》（四），中国戏剧出版社1959年版，第6页。
② （明）汤显祖：《答郭明龙》，徐朔方笺校：《汤显祖诗文集》卷四六，上海古籍出版社1982年版，第1300页。

学，歌舞时作技。"① 万历四十二年（1614）他还在《续栖贤莲社求友文》中还写道："岁之与我甲寅者再矣。吾犹在此为情作使，劼于伎剧。"② 徐子方先生在谈到明中后期文人剧作家的创作心态时也说："决定其创作动机的是强烈地追求尊重和自我实现的需求，他们迫切需要通过创作来排遣自己内心的郁闷。"③ 与元代知识分子怀才不遇的抑郁不同，明中后期文人大多是因为被科举制度的限制和政治现状的黑暗排斥在仕途官场之外，而需要在文学艺术的领域内实现自身的价值。因此，他们在各种戏曲活动中寄托自己的精神追求，从而使得此时期的戏曲发展在各方面都带上了鲜明的文人特色，这种态度也是此时期成为戏曲选本的成熟期的原因之一。

　　臧懋循编选《元曲选》，就是以树立元杂剧为典范来指导现实创作的方法，对戏曲进行典型的文人干预。《元曲选》编成于他的晚年，此时的臧懋循早已脱离官场政治，年轻时的放浪形骸已经成为过去，在现实生活的压力下，他开始以售卖文化商品为谋生的手段了。可是，文人的使命感使得他依然希望参与到戏曲创作的实践活动中去，并为之投注了极大的热情。他的《元曲选》采用了较为宽泛的选取眼光，表明他希望创造新的元杂剧价值观念，而对创造戏曲功业的期待与他的自负也多少影响到了这部选集的面目，使得他在是否忠实于元杂剧的实际情况的问题上饱受指责。

　　本章小结：本章的主要目的是介绍臧懋循已经在一些序言、评点等篇章中有过表述的戏剧思想的基本特点，在这些论述中已经显示出他对戏剧不同于其他艺术形式的特征的认识，他主张戏剧创作不应当脱离舞台演出，要在"场上"与观众的交流中传达作者想要表达的内容。另

---

　　① （明）汤显祖：《书瓢笠卷示沙弥修问三怀》，徐朔方笺校：《汤显祖诗文集》卷十七，上海古籍出版社1982年版，第665页。
　　② （明）汤显祖：《续栖贤莲社求友文》，徐朔方笺校：《汤显祖诗文集》卷三十六，上海古籍出版社1982年版，第1161页。
　　③ 徐子方：《明杂剧史》，中华书局2003年版，第11页。

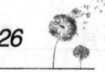

外，臧懋循编选戏曲选本的基本理念也受到他本人的个性特点、社会经济与文化思潮等多方面的影响。在产生《元曲选》的明代万历年间，北曲杂剧在戏曲舞台上的演出优势已经失去，文人阶层为了维护元杂剧的地位，对其进行了一系列的理论总结与经典再现，元杂剧选本的高潮期也由此诞生，而《元曲选》是其中最为成功且影响最大的一种。当臧懋循的基本戏曲主张及个性特点呈现在《元曲选》中时，就表现为入选作家作品的宽泛、作品主题与思想趣味的多元化、对剧本文学阅读价值的增强和对其舞台意义的重视等方面。以下各章中对这些问题还会有详细说明。

第三章 《元曲选》的编选特点

　　《元曲选》的内容有两个主要部分：一部分是臧懋循所作的两篇序言及所附的《天台陶九成论曲》《燕南芝庵论曲》《高安周挺斋论曲》《吴兴赵子昂论曲》《丹丘先生论曲》《涵虚子论曲》《元曲论》这七篇曲论。一般说来，在戏曲选本中附加戏曲批评内容，可以反映出编选者的戏曲鉴赏能力，是在文人选本中出现的普遍现象。《元曲选》中的这些曲论内容，可以说明这部书的编选目的和编选者本人的批评倾向，同时为臧懋循的剧本改订提供了理论支持。另一部分就是《元曲选》作为戏曲选本的主体内容——元杂剧的剧本。臧懋循以哪些作家、作品入选，既是他的个人选择，也可反映出明代中后期元杂剧的接受状况。从现存的元明两代元杂剧选集的存目情况来看，有部分剧作的重出率极高，表示选家们对这些元杂剧经典作品的评价是一致的。《元曲选》虽然在数量上超过了其他选集，但它并不是简单地包含了其他选集的入选剧目，而是各有编选的特点和侧重点。造成这样的状况，编选者依据的底本资料不同，是一个方面的原因；编选者因为编选思想的不同，主观上对剧作进行取舍，是另一个重要因素。因此，臧懋循如何选取并编排剧目，正反映出他的戏曲观念与他对元杂剧的价值评判眼光。

第一节 《元曲选》的序言及所附曲论

一 《元曲选》的序言及所附曲论的作用

(一) 作用之一：提高戏曲的地位

戏曲地位的提高是明代文人逐步掌握戏曲话语权的过程中做出的一项重大贡献。为了使这种新兴的文学样式能够与诗文分庭抗礼，曲论者们将戏曲也纳入文学的代嬗过程中，使其摆脱了"游戏小道"的地位而具有更为重要的意义。臧懋循提高戏曲地位的尝试，在《元曲选》的序言及所附的曲论篇章中都有体现。

1. 序言中"元以曲取士"问题的提出

《元曲选》的两篇序言比较集中地反映了臧懋循的戏剧思想及其编选《元曲选》的目的所在。其中"元以曲取士"这一问题的提出，更是在元杂剧研究者中产生了很大的影响。关于元代有"以曲取士"这一现象的说法，臧懋循的《元曲选》是主要来源之一。徐朔方先生对这一问题曾有所说明：

> 臧懋循提出"元以曲取士，设十有二科"(《元曲选后集序》)的说法，企图解释元代杂剧之所以繁荣发展的原因。他在《元曲选序》中说："或谓元取士有填词科，若今括帖然。取给风檐寸晷之下，故一时名士，虽马致远、乔梦符辈，至第四折往往强弩之末矣。或又谓主司所定题目外，正(止)曲名及韵耳，其宾白则演剧时伶人自为之，故多鄙俚蹈袭之语……此皆予所不辨。"他用"或谓"、"或又谓"、"此皆予所不辨"等词句表示存疑，然而他在《元曲选后集序》中接下去说："不然，元何必以十二科限天下士，而天下士亦何必各占一科以应之"，则又分明是肯定的话。不求甚解，信笔所之，正是那个时代戏曲评论者的通病，臧懋循在这

一点上并不例外。①

臧懋循提出"以曲取士"恐怕并不仅仅是"不求甚解"的问题，因为目前尚未发现他这种说法的来源。值得注意的是，臧懋循曾经补订过陈邦瞻的《元史纪事本末》，他的《负苞堂集》卷三中也收有《元史纪事本末序》。而《元史纪事本末》的卷八就是"科举考试之制"，其中记载元仁宗二年十一月皇帝下诏规定的科举考试程式为：

> 蒙古人色目人第一场经问五条，《大学》《论语》《孟子》《中庸》内设问，用朱氏章句集注。其义理精明、文词典雅者，为中选。第二场第一道，以时务出题，限五百字以上。汉人南人第一场明经、经疑二问，《大学》《论语》《孟子》《中庸》内出题，并用朱氏章句集注，复以己意结之，限三百字以上。经义一道，各治一经，《诗》以朱氏为主，《尚书》以蔡氏为主，《周易》以程式、朱氏为主，已上三经，兼用古注疏。《春秋》许用三传及胡氏传，《礼记》用古注疏，限五百字以上，不拘格。第二场古赋诏诰章表内科一道，古赋诏诰用古体，章表四六，参用古体。第三场策一道，经史时务内出题，不矜浮藻，惟务直述，限一千字以上。②

这条材料说明元代科举考试也以儒家经典为内容，而且重视程朱一派的学说，并没有提到以曲取士的问题。虽然该书的很多内容并非一手资料，而是多取材于《元史》《宋元通鉴》等书，但臧懋循既然校订过此书，对元代科举考试的章程应当是比较了解的。那么，在明知史书记

---

① 徐朔方：《元曲选家臧懋循》，中国戏剧出版社1985年版，第5页。
② （明）陈邦瞻原编，臧懋循补辑，张溥论正：《元史纪事本末》卷八，上海：商务印书馆1935年版，第5页。

载的元代科举实际情况的前提下，仍然偏向元代存在"以曲取士"的情况，其中必然有臧懋循自己的理由。

"以曲取士"说的另一来源也产生于明代这一时期，见于沈德符的《万历野获编》"杂剧院本"条："元人未灭南宋时，以此取士子优劣，每出一题任人填曲，如宋宣和画学，出唐诗一句，恣其渲染，选其得画外趣者登高第。于是宋画元曲，千古无匹。"① "宣和画学"，是指在宋徽宗时期，曾用命题作画的方法考校天下画工，合格者可入"翰林图画院"供职。宋徽宗本人喜画、擅画，所以这种办法主要是为迎合统治者的爱好，而另外开设一种考试项目。研究者们在无法从史料上证实"以曲取士"可信度的时候，便考虑词曲是否会是像"宣和画学"一样，在制度规定的科目之外另外进行考试的可能。清代的梁绍壬在《两般秋雨庵随笔》中写有"词曲取士"一条："相传元人以词曲取士，而考《选举志》及典章，皆无之。或另设一门，如今考天文算学一律，特以备梨园供奉耳。惟试录中一条云：'军民、僧尼、道客、官儒、回回、医匠、阴阳、写算、门厨、典雇、未完等户，愿试者以本户籍贯赴试。'僧道应试，已属可笑，拟亦赴考，更怪诞矣，此不可解。"② 梁绍壬觉得给僧道举办考试是荒诞的事，其实僧道考试是实际存在的，元代宋子贞《元故领中书省耶律公神道碑》中载："丁酉，汰三教，僧、道试经通者，给牒受戒，许居寺观；儒人中选者，则复其家。公初言僧、道中避役者多，合行选试，至是始行之。"③ 朝廷要求对僧道人等进行宗教经典方面的考试，是为了将其中出家目的不纯的投机分子清理出去，而对符合要求的人给予官方认证。如果说统治阶级的意向就能决定这类特殊考试的举办，

---

① （明）沈德符：《万历野获编》，中华书局1959年版，第648页。

② （清）梁绍壬：《两般秋雨庵随笔》卷三，俞为民、孙蓉蓉编：《历代曲话汇编：新编中国古典戏曲论著集成·清代编》（第三集），黄山书社2008年版，第752页。

③ （元）宋子贞：《元故领中书省耶律公神道碑》，任继愈主编：《中华传世文选》第七册，吉林人民出版社1998年版，第904页。

元朝时蒙古统治者的确是喜爱歌舞戏曲的。杨维桢《宫词》说："开国遗音乐府传，白翎飞上十三弦。大金优谏关卿在，伊尹扶汤进剧篇。"① 说明向统治者进献杂剧的情况也确实存在。但这是否就是元代朝廷以曲取士的契机或者"以曲取士"这一说法的来源，在现有材料中还无法得到证实。画学、僧道考试更像是某种行业的内部认证考试，如果元代真有词曲的考试，且与"宣和画学"一样是由朝廷专门举办的，其考试目的应该是让梨园子弟进行演出技巧等方面的测试，而不应使大量文人投身其中以谋求出身。梁绍壬猜测词曲考试的目的是备梨园供奉，目前已知的元杂剧作家中专为朝廷写作的也很少，而且从现有的元杂剧中来看，抨击社会现状、指斥当权者的杂剧作品也有很多，这部分作品就不可能是为顺应统治者需求而创作的了。

现存史料中没有见到更早有提出这一说法的记载，不过元代有"词科"的说法在地方志资料中也出现过。例如，朱建明先生《马致远生平材料新发现》② 一文中提到一则材料，清光绪十四年（1888年）刊印的《东光县志》卷十二（杂稽志·识余）中有关马致远碑文的著录为："先生于元季应词科取进士，由司教而县令，而部署。"另外，明嘉靖及清乾隆的《河间府志》，清雍正及同治《畿辅通志》，均有进士马致远的记载。朱先生考证此材料中所说的马致远即一般认为的元杂剧作家马致远。

臧懋循提出"以曲取士"说的意义在于，不管是否有根据，这一说法大大影响了后来人的认识，被多方转述，甚至在此基础上更有所发挥。程羽文《曲藻》中就继承这一说法："曲者词之变，自金、元入中国，所用胡乐，嘈杂凄紧，缓急之间，词不能按，乃更为新声以媚之。设有十二科，悬为令甲，以此取士，而诸名宿亦躬傅粉墨，身践排场，

---

① （元）杨维桢：《宫词》，（清）顾嗣立：《元诗选初集》，中华书局1987年版，第2003页。

② 朱建明：《马致远生平材料新发现》，《上海师范大学学报》（哲学社会科学版），1985年第1期。

遂擅一代之誉，碧箫红牙，增韵几许矣。"① 沈宠绥《度曲须知》的序言中说到"曲"的历史发展，"沿及胜国，遂以制科取士，格律惟严，情才咸集，用以笙簧一代，鼓吹千载，安得不于今为烈哉"②，也承认以曲取士是元曲发达的重要原因。他还在《度曲须知》的《曲运隆衰》篇中记载了所谓"填词科"的具体考试方法："自元人以填词制科，而科设十二，命题惟是韵脚以及平平仄仄谱式，又隐厥牌名，俾举子以意揣合，而敷平配仄，填满词章。折凡有四，如试牍然。合式则标甲榜，否则外孙山矣。"③ 这样详细的考试程式如果不是沈宠绥依据元杂剧的情况妄自揣度，就另外有其资料来源。毛奇龄说："（元）填词科，主司定题目由历。宫调韵脚外，士人填词，若宾白则照科抄入，不事雕饰。"④ 臧懋循说宾白是伶人自为之，毛奇龄说是士人"照科抄入"，这又是对此程式的另一种解说。

也有少数人对此说法提出异议。如梁廷枏《曲话》卷四云："元人百种，佳处恒在第一、二折，奇情壮采，如人意所欲出。至第四折，则了无意味矣。世遂谓：'元人以曲试士。百种杂剧，多出于场屋。第四折为强弩之末，故有工拙之分。'然考之《元史·选举志》，故无明文。或亦传闻之误也。（按：明沈德符撰《顾曲杂言》谓：'元人未灭南宋以前，以杂剧试士。'吴梅村序《广正谱》亦谓：'当时以此取士，皆傅粉墨而践排场，一代之人文，皆从此描眉、画颊、诙谐、调笑而出之，固宜其擅绝千古。'是二说者，固当有所本也。）雕虫馆《曲选》亦谓：'元取士有填词科，主司所定题目外，止曲名及韵。其宾白出于

---

① （明）程羽文：《曲藻》，俞为民、孙蓉蓉编：《历代曲话汇编：新编中国古典戏曲论著集成·明代编》（第三集），黄山书社2009年版，第414页。

② （明）沈宠绥：《度曲须知序言》，俞为民、孙蓉蓉编：《历代曲话汇编：新编中国古典戏曲论著集成·明代编》（第二集），黄山书社2009年版，第608页。

③ （明）沈宠绥：《度曲须知》，俞为民、孙蓉蓉编：《历代曲话汇编：新编中国古典戏曲论著集成·明代编》（第二集），黄山书社2009年版，第616页。

④ （清）毛奇龄：《毛西河论定〈西厢记〉》卷一夹批，转引自秦学人、侯作卿编著：《中国古典编剧理论资料汇辑》，中国戏剧出版社1984年版，第270页。

演剧伶人一时所为，故鄙俚蹈袭之语为多。'予谓：'此盖论百种杂剧然耳。若《西厢》等本，其白为曲人所自作，关目恰好，字句亦长短适中，迥不侔也。'"① 对于反对派来说，无法证明此问题的关键也在于史料的缺失，"当有所本"只是想当然的猜测。对于臧懋循从这一说法导出的推论，即元杂剧第四折往往为强弩之末，是因为科考对创作的时间和精力都有限制，梁廷枏也不能完全赞同。在这一问题上，也有人从剧本的具体情况出发提出反对。徐复祚在《南北词广韵选》的批语中，批评《梧桐雨》第四折的【正宫·端正好】"自从幸西川还京兆"一套说："……此《梧桐雨》第四折也。或谓元取士有填词科，若今括帖然，取给风檐寸晷之下，故一时名士，虽马致远、乔梦符辈，至第四折往往强弩之末。若此折越更陡健，何云弱乎？若下臧先生所以置不谓然也。"②

既然早有人持怀疑态度，那么，此种说法会被一再引用或者转述，究竟是出于什么原因呢？从明末孟称舜的论述中比较容易窥见文人的这种心态。孟称舜在《古今名剧合选序》中说："盖美生于所尚，元设十二科取士，其所习尚在此，故百年中作者云涌，至与唐诗宋词比类而工。而明之世相习为时文，三百年来，作曲者不过山人俗子之残渖，与纱帽肉食之鄙谈而已矣。间有一二才人偶为游戏，而终不足尽曲之妙，故美逊于元也。"③ 也就是说，戏曲这种文艺形式能否发展，关键在于是否成为当时的风尚。而能否确立这种风尚，关键在于得到统治阶级的肯定。从心理上来说，这些文人不相信元杂剧的繁荣会是由非官方的因素引起的。既然有元代的繁荣为先例，明代的戏曲成就如果逊于元代，

---

① （清）梁廷枏：《曲话》卷四，俞为民、孙蓉蓉编：《历代曲话汇编：新编中国古典戏曲论著集成·清代编》（第四集），黄山书社2008年版，第46—47页。

② （明）徐复祚：《南北词广韵选》批语，俞为民、孙蓉蓉编：《历代曲话汇编：新编中国古典戏曲论著集成·明代编》（第二集），黄山书社2009年版，第352—353页。

③ （明）孟称舜：《古今名剧合选序》，吴毓华编著：《中国古代戏曲序跋集》，中国戏剧出版社1990年版，第199—200页。

也就可以归因于统治者的不重视。这表明，虽然明代的文人积极参与各种戏曲活动，可在他们内心深处，仍在寻找一种得到官方肯定的主流文学的归属感。

这种将推动文体代嬗的力量全部寄托给官方支持的看法，李渔就曾提出反对，他将其文体的变换归因于文运的兴衰。李渔在《名词选胜序》中说："不知者曰：'唐以诗抡才而诗工，宋以文衡士而文胜，元以曲制举而曲精。'夫元实未尝以曲制举，是皆妄言妄听者耳。夫果如是，则三代以上未闻以作经举士，两汉之朝不见以编史制科，胡亦油然、勃然，自为兴起而莫之禁也？文运之气数验于此矣。"① 气数的说法未免有宿命论的嫌疑，但是李渔以夏商周和两汉的情况来反证是很有道理的，科举制度的选择并不是某种文学形式是否发达的唯一决定力量。即使是在相信元代曾以曲取士的人当中，这种说法也受到了怀疑。清代的吴伟业在《北词广正谱序》中就说："今之传奇，即古者歌舞之变也；然其感动人心，较昔之歌舞更显而畅矣。盖士之不遇者，郁积其无聊不平之概于胸中，舞所发抒，因借古人之歌呼笑骂，以陶写我之抑郁牢骚；而我之性情，爱借古人之性情，而盘旋于纸上，宛转于当场。……而元人传奇，又其最善者也。盖当时固尝以此取士，士皆傅粉墨而践排场。一代之人文，皆从此描眉画颊，诙谐调笑而出之，固宜其擅绝千古；而士之穷困不得志，无以奋发于事业功名者，往往遁迹于山巅水湄，亦恒借他人之酒杯，浇自己之块垒。其驰骋千古，才情跌宕，几不减屈子离忧、子长感愤，真可与汉文、唐诗、宋词连镳并辔。"② 吴伟业认为虽然以曲取士使得广大读书人亲身接触戏曲，推进戏曲发展。但是不得志的文人借戏曲来抒发自己的理想，由真实的感情激发作者的创作冲动并触发观者联系自身的感想，才是使戏曲能够感人至深的

---

① （清）李渔：《名词选胜序》，俞为民、孙蓉蓉编：《历代曲话汇编：新编中国古典戏曲论著集成·清代编》（第一集），黄山书社2008年版，第343页。

② （清）吴伟业：《北词广正谱序》，俞为民、孙蓉蓉编：《历代曲话汇编：新编中国古典戏曲论著集成·清代编》（第一集），黄山书社2008年版，第204—205页。

重要原因。

元杂剧的某些特点也使得后来的曲论家们对元代是否真的存在这种制度犹豫不定。如上文提到的，元杂剧第四折往往草草收尾，很难解释为什么追求完美的文人作家们都在第四折消退了创作热情。即使是对"以曲取士说"表示怀疑的梁廷枏，也因为元杂剧中另一种普遍现象的存在而产生了动摇。他在《曲话》卷中转录《元曲选》著录的元杂剧剧目之后说："同一故事，且同一正名，而人各一本，疑为当时主司所定题目。今传世者，即其科场之选本，若今之魁墨然。"① 一般文人创作都喜欢标新立异，显示独特的个人风格，以至于"语不惊人死不休"，而元杂剧却"故尚雷同"，连题目也是如此，这的确令后来人不解。阮葵生也认为，正是因为同名杂剧都是当时的科举题目，才造成戏曲作品集中敷演某一故事的倾向，并且影响到后来创作的题材："梨园所扮杂剧，大半蓝本元人，而增饰搬演，改易名目耳。如《秦太师东窗事犯》、《虎牢关三战吕布》、《萧何月夜追韩信》、《持汉节苏武还乡》、《李三娘麻地捧印》、《莽张飞大闹相府院》、《关大王三捉红衣怪》、《李亚仙诗酒曲江池》、《穷韩信拜将登坛》、《黑旋风乔断案》、《赵太祖镇凶宅》，此类甚多。皆元人试题，作者不一人，传者亦无多，皆今剧之所本也。词曲著名者北曲则关、郑、马、白，南曲则施、高、汤、沈，皆巨子矣。"②

在明清两代的戏曲研究者对元杂剧的这些现象普遍存疑的情况下，既然臧懋循提出了一种看似合理的解释，即使于史无据，人们也很难驳倒。臧懋循提出了元代设十二科以取士的这种说法，对他来说，可能是解释元杂剧的第四折平淡无味、宾白多鄙俚浅薄等现象的最好的理由，尽管其来源扑朔迷离。但是这种说法出现在《元曲选》的序言中，随

---

① （清）梁廷枏：《曲话》，俞为民、孙蓉蓉编：《历代曲话汇编：新编中国古典戏曲论著集成·清代编》（第四集），黄山书社2008年版，第21页。
② （清）阮葵生：《茶余客话》"元曲"条，俞为民、孙蓉蓉编：《历代曲话汇编：新编中国古典戏曲论著集成·清代编》（第二集），黄山书社2008年版，第173页。

着这一选本的传播而具有了极大的影响力。本来对元杂剧的这些现象也有疑问者，会以为找到了合理的解释。至于对此尚无概念者，更会受到先入为主的影响。总之，这种说法在文人的转述甚至添枝加叶中，几乎成为一种定论。

而且，不知是否与此说造成的心理认同感有关，明清文人经常将八股文与元杂剧进行比较，如焦循在《易余籥录》中借用《云麓漫钞》的话，认为唐人的"温卷"与后来的八股其实是相通的："此则唐人传奇小说乃用以为科举之媒。此金元曲剧之滥觞也。诗既变为词曲，遂以传奇小说谱而演之，是为乐府杂剧。又一变而为八股，舍小说而用经书，屏幽怪而谈理道，变曲牌而为排比，此文亦可备众体，史才诗笔议论。其破题、开讲，即引子也；提比、中比、后比，即曲之套数也；夹入、领题、出题、段落，即宾白也。习之既久，忘其由来，莫不自诩为圣贤立言，不知敷衍描摹，亦仍优孟之衣冠。至摹写阳货、王欢、太宰、司败之口吻，叙述庾斯抽矢、东郭乞余，曾何异传奇之局段邪？至庄老释氏之旨，文人藻绘之习，无不可入之。第借圣贤之口以出之耳。八股出于金元之曲剧，曲剧本于唐人之小说传奇，而唐人之小说传奇为士人求科第之温卷。缘迹而求，可知其本。"[①] 唐诗、唐传奇的兴盛确实与唐代的科举制度有很大关系，明清文人对八股科举出身之途又有很大的执念，于是在没有史料证据的前提下，元杂剧也被纳入官方科举系统，这在某种意义上也就提高了元杂剧的地位，相应地，戏曲创作的地位在人们的认识中也就提高了。

虽然学界一直存有疑问，但此种说法已经得到广泛承认，后人也并没有找到足够有说服力的证据来推翻它。清代姚燮的《今乐考证》，专列"元以词曲取士"条，也只是列举各家说法而没有形成一定结论[②]。

---

① （清）焦循：《易余籥录》，俞为民、孙蓉蓉编：《历代曲话汇编：新编中国古典戏曲论著集成·清代编》（第三集），黄山书社2008年版，第486页。
② （清）姚燮：《今乐考证》，俞为民、孙蓉蓉编：《历代曲话汇编：新编中国古典戏曲论著集成·清代编》（第四集），黄山书社2008年版，第100页。

现有材料中看到最明确的反对意见,是来自清代官修的《续通典》,以不容置疑的官方权威的语气,立场鲜明地反对这种说法:"邵远平曰:臧晋叔云元以曲取士,设十有二科。其说甚为无据。自至元八年设国学出策题试问,所对精通者为中选。皇庆二年制科举皆用经书、时务为题,并无词曲一项,此明证也。"① 需要指出的是,这里所说的皇庆二年(1313)制科举的材料,就是前文引述的《元史纪事本末》中提及的那本诏书,关于元代"以曲取士"的问题在这里似乎打了个回旋镖。虽然《续通典》的依据未必就是《元史纪事本末》,但是臧晋叔自己肯定也不会想到他曾校订过的材料,会被作为他自己提出的说法的最有力的反对证据。他本人的著述与他经手校订过的材料中存在两种互相矛盾的说法,这是很有趣的现象。

2. 对元杂剧渊源的追溯

在《元曲选》的序言及所附曲论中,臧懋循提高戏曲地位的努力,集中表现在对戏曲渊源的追溯上。强调诗词一源,本质就是明代曲论者通过文体代嬗的发展观,使戏曲与诗文等传统文学样式得到同等的重视。臧懋循继承这一说法,在《〈元曲选〉后集序》中说"所论诗变而词,词变而曲,其源本出于一,而变益下,工益难,何也?"② 甚至提出戏曲的创作比诗词更难,是立足于戏曲的本质特征,通过戏曲创作过程中的几大难点来显示戏曲的艺术价值。变益下、工益难,则元杂剧能够做到"不工而工",就显得尤为可贵。

在《元曲选》所附的曲论中,对元杂剧的渊源也进行了追溯。首先就是《天台陶九成论曲》中,有一段关于戏曲形式沿革的论述,试将《元曲选》中的文字与原书相比较如下:

---

① (清)嵇璜、刘墉等撰:《续通典》卷二十二"选举·杂议下",浙江古籍出版社1988年版,第251页。

② (明)臧懋循:《〈元曲选〉后集序》,《负苞堂集》卷三,古典文学出版社1958年版,第56页。

唐有传奇，宋有戏曲、唱诨、词说，金有院本、杂剧、诸宫调。院本、杂剧，其实一也。国朝院本、杂剧始厘而二之。院本则五人：一曰副净，古谓之参军；一曰副末，古谓之苍鹘，鹘能击禽鸟，末可打副净，故云；一曰引戏；一曰末泥；一曰孤装。又谓之"五花爨弄"。或曰："宋徽宗见爨国人来朝，衣装、鞍履、巾裹、傅粉墨、举动如此，使优人效之以为戏。"又有"焰段"，亦院本之意，但差简耳，取其如火焰易明而易灭也。其间副净有散说，有道念，有筋斗，有科汎。教坊色长魏、武、刘三人鼎新编辑。魏长于念诵，武长于筋斗，刘长于科汎。至今乐人皆宗之。偶得院本名目，用载于此，以资博识者之一览。（《南村辍耕录》）①

唐有传奇，宋有戏曲，金有院本杂剧，而元因之，然院本杂剧厘而为二矣。院本则五人：一曰副净，古谓之参军；一曰副末，古谓之苍鹘，鹘能击众禽，末可打副净故也；一曰引戏；一曰末泥；一曰孤装。又谓之"五花爨弄"。或云："宋徽宗见爨国人来朝，其衣装鞍履巾裹傅粉墨，举动可笑，使优人效之以为戏。"又有"焰段"，亦院本之意，但差简耳，取其如火焰易明而易灭也。其间副净有道念，有筋斗，有科汎。教坊色长魏、武、刘三人最著。魏长于念诵，武长于筋斗，刘长于科汎。至今乐人皆宗之。院本名目多不具载，然金章宗时有董解元所编《西厢记》，世代未远，尚罕解者，况今杂剧中曲调之冗乎？因取诸曲名，分调类编，以备好事稽古者之一览云。（《元曲选》）②

将此篇放在七篇曲论之首，讨论元杂剧的渊源由来，主要是为了先给杂剧"正名"，说明杂剧的产生自有其历史传统，并不完全由元代人独立创制，符合文化传统中的"述古"心理。此段原出于陶宗仪的

---

① （元）陶宗仪：《南村辍耕录》，中华书局1959年版，第306页。
② （明）臧懋循：《元曲选》第一册，中华书局1958年版，第9页。

《南村辍耕录》卷二十五"院本名目"条,只有最后一句话是该书卷二十七"杂剧曲名"条中为记述杂剧曲名而写下的引子。臧懋循在此段中的改动有两个主要的方面:第一,在讲述戏剧形式的历史沿革时,陶宗仪提到金有诸宫调,而臧懋循删去了这一说法。虽然他知道有《董西厢》这部书的存在,但是对《董西厢》的体制与形式还不完全了解,所以说明是"世代未远,尚罕解者",将《董西厢》的问题模糊带过。诸宫调这种形式在元代初期盛极一时,到了元杂剧兴起之后,就渐渐为人们所陌生。陶宗仪是元末明初时人,他身处的时代尚且少有了解诸宫调的人,就更不要说臧懋循了。龙建国先生的《诸宫调研究》中对明清两代人们为何对诸宫调如此陌生做了说明:"明清两代,人们已不知诸宫调为何物,以至于对《董西厢》的称呼纷纭杂乱。朱权称之为'北曲'(《太和正音谱》),胡应麟称之为'传奇'(《少室山房笔丛》),徐渭称之为'弹唱词'(《北本西厢记题记》),沈德符谓之'院本'(《顾曲杂言》),毛奇龄谓之'.弹词'(《西河词话》),梁廷枏谓之'弦索'(《曲话》)。可见,明清时人们对诸宫调已茫然不知。诸宫调徒存其名,而其实(作品实体)已被丢失。作品实体被丢失的原因主要在于诸宫调在元杂剧兴盛之后很快衰落下去,作品纷纷佚散。《董西厢》虽被完整地保存下来了,然而,由于钟嗣成的《录鬼簿》称之为'乐府',以至于后人不知道它为诸宫调作品。"① 可能正是因为诸宫调是臧懋循不了解的文艺形式,所以在转述《南村辍耕录》时回避了这一称呼。

第二,陶宗仪在《南村辍耕录》中记述杂剧曲名,是为了说明他对元杂剧将随着时代变迁、无人了解而湮没无闻的担忧②。臧懋循实际

---

① 龙建国:《诸宫调研究》,江西人民出版社2003年版,第2页。
② 《南村辍耕录》在"杂剧曲名"条下的原文为:"稗官废而传奇作,传奇作而戏曲继。金季国初,乐府犹宋人之流,传奇犹宋戏曲之变,世传谓之杂剧。金章宗时董解元所编《西厢记》,世代未远,尚罕有人能解之者,况今杂剧中曲之冗乎?因取诸曲名,分调类编,以备后来好事稽古者一览云。"陶宗仪引出对杂剧曲名的记载是顺理成章的,臧懋循将两段文字组合在一起就略显生硬了。参见(元)陶宗仪:《南村辍耕录》,中华书局1959年版,第332页。

上没有这方面的忧虑,他对元杂剧资料的掌握比陶宗仪要多出许多,所以直接引用"院本名目"条下的论述来阐述杂剧的历史,以示杂剧这种文学形式中用到的曲调名目因为他的整理而得以有完备记录,不再有湮没的危险。《天台陶九成论曲》这篇文章中提到的宫调和曲牌名,比《南村辍耕录》原书要多,如《南村辍耕录》不载越调曲牌,而《元曲选》有。且《南村辍耕录》仅有二百三十支曲牌,《元曲选》多达五百一十六支。王国维先生指出这部分其实是从《中原音韵》中抄录的,即使与《中原音韵》相参看,《元曲选》所载的曲牌中,以下这些也是原书中没有的:

黄钟宫:三煞、二煞、柳叶儿、山坡羊、随尾、随煞;

正宫:黄梅雨、锦庭芳、最高楼、灵寿歌、番马舞西风、三错煞、二错煞、满庭芳、怕春归、金殿喜重重、红绣鞋、上小楼、普天乐、四边静、喜春来、蔓菁菜、鲍老儿、耍孩儿、转调货郎儿、随煞尾;

仙吕宫:春归犯、醉雁儿、醉太平、塞鸿秋、满庭芳、怕春归、货郎儿、金殿喜重重、凤鸾吟、清江引、好观音、归塞北、青杏儿、后庭花煞、随煞;

中吕宫:货郎儿犯、古调石榴花、三转小梁州、麻婆子、急曲子、瑶台月、贺圣朝、塞鸿秋、醉太平、小梁州、脱布衫、伴读书、蛮姑儿、六幺遍、六幺序、六幺令、水仙子、乱柳叶、播梅令、古竹马、鬼三台、尾声、煞、卖花声煞、啄木儿煞、隔尾、净瓶儿煞;

南吕宫:神仗儿、虾蟆序、醉乡春、二煞、幺煞、转调货郎儿、侧砖儿、竹枝歌、一机锦、水仙子、神仗儿煞、收尾、煞尾;

双调:江儿水、天仙子、月儿弯、真个醉、动相思、朝元乐、海天晴、好精神、凤引雏、豆叶儿、枣卿调、珍珠马、一絪儿麻、三犯白苎歌、农乐歌兼破雁儿落、沙子儿摊破清江引、三煞、二煞、四边静、朝天子、耍孩儿、青哥儿、寄生草、玉娇枝、金字经、一机锦、玉抱肚、水调煞、转调煞、随煞;

商调:八宝妆、水红花、贤圣吉、满堂春、凉亭乐、满堂红、芭蕉延寿、鱼游春水、高过浪里来、应天长、贺圣朝、侍香金童、小梁州、村里迓古、元和令、上马娇、游四门、胜葫芦、赏花时、四季花、春闺怨、雁儿落、得胜令、大德歌、酒旗儿、浪里来煞；

越调：醉中天、三番玉楼人、随煞、收尾；

大石调：喜梧桐、常相会、灯月交辉、观音煞、带赚煞、净瓶儿煞。

《元曲选》的记载远多于陶宗仪本来的记录，其中除了《南村辍耕录》和《中原音韵》提供的曲牌名以外，还有臧懋循自己的补充。有些是同调异名或者与别调相出入的曲牌名，还有些则是明代才创格的曲牌，也被列入其中。这其实是臧懋循以陶宗仪的名义记录自己在宫调、曲牌名方面的知识，为了使其在前人已有的记载的基础上显得更为完备和丰富，甚至不惜以明代之曲牌混入其中。臧懋循显然没有要忠实于原材料的认识，为突出元杂剧的地位，他不惜明目张胆地忽略《南村辍耕录》中的事实。本来陶宗仪在"院本名目"条下就有院本名目的记载，臧懋循将此段论述转移到元杂剧上，却说"院本名目多不具载"，以显示院本名目的材料因为没有人整理记载而丢失了，但杂剧的情况不是这样。这是将陶宗仪记录院本名目的贡献完全忽略了。不过从另一方面来考虑，臧懋循的《元曲选》既然以元杂剧为编选对象，就要突出元杂剧的主体地位，不需要将院本名目的保存状况也记录在案，以免喧宾夺主。

由《天台陶九成论曲》一篇可以看出，臧懋循是有意申合改动了《南村辍耕录》中的相关记载，抹去了有关诸宫调的情况，将元杂剧的源头指向了唐传奇。其实这未必是准确的，唐代的传奇已有叙事文学的因素，但并不直接发展为后来的戏剧。但是臧懋循通过转引《南村辍耕录》中这种对戏剧形式的沿革的整理，赋予了元杂剧一定的历史传统，使其成为"于史有据"的艺术形式。

《涵虚子论曲》一篇中也有论述戏曲历史的部分，开篇第一句："戏曲至隋始盛，在隋谓之'康衢戏'，唐谓之'梨园乐'，宋谓之

'华林戏'，元谓之'升平乐'。"①在《太和正音谱》原文中其实是这样说的："良家之子，有通于音律者，又生当太平之盛，乐雍熙之治，欲返古感今，以饰太平。所扮者，隋谓之'康衢戏'，唐谓之'梨园乐'，宋谓之'华林戏'，元谓之'升平乐'。"②《太和正音谱》中此段论述是附在赵子昂、关汉卿所说"良家子弟"与"娼优"扮演的杂剧的区别之后的，以示良家子弟从事戏曲表演的渊源由来。臧懋循将其改为"戏曲至隋始盛"，就存在理解上的问题。首先，"至隋始盛"，臧懋循并没有给出这种说法的相关证据。"戏曲"这一观念在当时人的意识中并不与我们现在对传统戏曲的认识相同。从《太和正音谱》所记载的"康衢戏""梨园乐""华林戏""升平乐"这几个名称来看，此段所谓的"戏曲"更多偏向歌舞类的表演。臧懋循脱离了《太和正音谱》的论述背景，用这种方式转引朱权的观点，就会给读者留下这样的印象：戏曲是兴盛于隋朝，并且经历了"康衢戏""梨园乐""华林戏""升平乐"这几个发展阶段。然而这非但不是朱权的本意，与戏曲发展的实际情况恐怕也有差距。

其次，"康衢戏""梨园乐""华林戏""升平乐"这几个名称，是不是确实分别为隋、唐、宋、元几个朝代对戏曲的称谓呢？查齐森华、陈多、叶长海主编的《中国曲学大辞典》，会发现这几个名词除了《太和正音谱》之外罕见于他书，未知朱权所据。辞典中列出了几种猜测：康衢戏，"相传尧时有童谣《康衢谣》，春秋时齐国宁戚有《康衢歌》，皆以吟于康衢而得名，则'康衢戏'或亦系因隋时每岁'于端门外、建国门内绵亘八里，列为戏场，百官起棚夹路，从昏达旦以纵观之'（《隋书·音乐志》），戏剧多演出于四通八达的大路广场而有此名。"③华林戏，"东汉皇宫禁苑'芳林园'于三国魏齐王芳时改名'华林园'，

---

① （明）臧懋循：《元曲选》第一册卷首"涵虚子论曲"，中华书局1958年版，第21页。
② （明）朱权：《太和正音谱》"杂剧十二科"部分，中国戏曲研究院编：《中国古典戏曲论著集成》（三），中国戏剧出版社1959年版，第25页。
③ 齐森华、陈多、叶长海主编：《中国曲学大辞典》，浙江教育出版社1997年版，第31页。

后六朝宫苑多有用此名者。'华林园'中当亦有演艺活动,'华林戏'之得名或与此有关"①升平乐,"《宋史·乐志十七》:'教坊都知李德升……乾德元年又作《万岁升平》乐曲';宋周密《武林旧事》卷一《圣节》记'天圣基节排当乐次','第三盏,笙起《升平乐慢》',未知与此'升平乐'之得名有关否。"②梨园乐,虽然没有此名词的专门解释,但是唐有"梨园"一说,"唐玄宗时教练宫廷歌舞艺人的地方,开元二年(714)设立,地点一在长安(今陕西西安)光化门北禁苑中,见《旧唐书·中宗本纪》。一在蓬莱宫侧宜春院,其中分设男女二部,见《旧唐书·音乐志》。唐玄宗曾选坐部伎弟子三百人和宫女数百人,亲自教习于梨园,称为'皇帝梨园弟子'。后人称戏班为梨园,戏曲演员为梨园弟子,源出于此。"③梨园乐的名称应该就是据此而来。从这几种推测中可以看出,这四个名词的由来都与皇宫内苑有关,应当是适应统治阶级观赏需要的文艺表演,朱权是明皇室成员,对这四个名词的由来可能有他自己的资料来源。而这段话在《涵虚子论曲》中经过臧懋循的改编,使得"康衢戏""梨园乐""华林戏""升平乐"这几个名称,分别成为隋、唐、宋、元几个朝代的戏曲代称,未免有失严谨。但是从臧懋循的改编角度看来,这是以涵虚子的名义对戏曲来源的又一种考察,所以也列在《元曲选》之前以示戏曲这种艺术的历史悠久。

(二)作用之二:为《元曲选》中的改动提供理论支持

臧懋循为《元曲选》题写的两篇序言和所附曲论的另一项重要作用,就是为他自己的改编工作提供理论支持。不管后世如何褒贬,臧懋循自己明确承认过他曾对入选的元杂剧剧本进行过改动。《〈元曲选〉序》中说"若曰妄加笔削,自附元人功臣,则吾岂敢",这并不是说他不敢改,而是表示他不敢以元人功臣自居,其实是自谦之词。臧懋循的

---

① 齐森华、陈多、叶长海主编:《中国曲学大辞典》,浙江教育出版社1997年版,第38页。
② 齐森华、陈多、叶长海主编:《中国曲学大辞典》,浙江教育出版社1997年版,第21页。
③ 齐森华、陈多、叶长海主编:《中国曲学大辞典》,浙江教育出版社1997年版,第35页。

改动实际体现在很多方面，而在序言及曲论中的某些相关内容里，已经可以发现他为自己的改动提供的合理性。

1. 对戏曲艺人剧本创作能力的否定

在臧懋循等人的理解中，元杂剧的创作并不是一个完整的艺术创作的过程。他的"以曲取士"说导出的另一推论便是元杂剧的宾白与曲词的作者不同，宾白是演剧时伶人所作，所以"多鄙俚蹈袭之语"。持此种观点的并不只是臧懋循一人。王骥德《曲律》中也说："元人诸剧，为曲皆佳，而白则猥鄙俚亵，不似文人口吻。盖由当时皆教坊乐工先撰成间架说白，却命供奉词臣作曲，谓之'填词'。凡乐工所撰，士流耻为更改，故事款多悖理，词句多不同。不似今作曲者尽出一手，要不得为诸君子疵也。"[①] 臧懋循所说是先有曲词后有宾白，王骥德认为是先有宾白后有曲词，创作的先后顺序不同，但一致认为元杂剧的宾白是教坊乐工、伶人之类的演出人员所为。这种观点反映出将元杂剧的曲与白的创作分离的观点。在后来的研究者看来，好的元杂剧作品必须"曲白相生"，否则便会造成曲与白的艺术水平不统一，甚至发生矛盾。而臧懋循、王骥德等人却看到了元杂剧部分作品中确实存在的宾白的蹈袭、鄙俚的问题，便以此来判断元杂剧的创作并不是由剧作家单独完成的。

陈建华先生认为对这种观点不能做简单否定："首先，从音乐等方面将散曲作为元杂剧的组成单位没有错误。一旦在演唱和创作上熟练驾驭了散曲，对进军剧曲创作自然大有裨益。至今戏剧舞台上培养新手也是从只曲和小唱入手，道理一样。其次，我们不能忽视阐发这种言论者，无论臧懋循还是王骥德，无不是当时的曲学大家，无不有着充足的实践经验，其理论必然在现实和逻辑上大有根据。"[②] 其实臧懋循与王骥德等人看到的元杂剧文本已经经过了长期的流传与改动，特别是臧懋

[①] （明）王骥德：《曲律·杂论上》，中国戏曲研究院编：《中国古典戏曲论著集成》（四），中国戏剧出版社1959年版，第148页。

[②] 陈建华：《元杂剧批评史论》，齐鲁书社2009年版，第332页。

循承认曾参考明代宫廷中传出的内府本，根据《脉望馆钞校本古今杂剧》中所收的内府本的情况来看，为了适应统治者的欣赏要求，与元刊本相比，内府本的形式已较为整齐统一，其中便有明代宫廷戏曲艺人的整理、改动痕迹。臧懋循看到了这些元杂剧剧本中曲、白水平不统一的问题，便直接将其归因为文人与伶人文化水准的差距，其中不免带有知识阶层对戏曲艺人的偏见。臧懋循这种观点起码可以说明两个方面的问题：第一，臧懋循对元杂剧中的宾白部分有所不满，认为宾白水平的低下是由于其创作者不是文人，而是演出戏剧的演员。这就说明了文人在戏剧创作中的重要作用，进而保留了臧懋循本人以文人身份对元杂剧文本进行修改的可能性。第二，既然元杂剧的创作不是一蹴而就，而是由剧作者和表演者分阶段共同完成的，后来的编选者对所谓原本的尊重程度自然也就降低，甚至也可以参与到这个创作过程中去。现有材料说明不仅是宾白部分，臧懋循在曲词部分也是有改动的。按照臧懋循等人的观点，既然原作的曲词与宾白的水平都不统一，他们这些文人雅士动手删改部分文字，将曲与白的文字水平统一起来也是可以理解的事情。

不仅序言如此，臧懋循在《元曲选》中选入的几篇曲论虽然是他人所作，但以这几篇作品入选，除了炫耀自己在曲学方面的见识广博以外，对其观点也有继承并发扬的意味。其中就有贬低戏曲艺人及其创作能力的部分内容。如《高安周挺斋论曲》，是节选自元代周德清的《中原音韵》。《中原音韵》的原书很长，本篇臧懋循没有摘录其中影响较大的韵谱部分，而是从"正语作词起例"部分中选取了几条。具体到文词字句上，变动也有很多。试举例说明：

  凡作乐府，古人云："有文章者谓之乐府"。如无文饰者谓之俚歌，不可与乐府共论也。又云："作乐府，切忌有伤于音律"。且如女真《风流体》等乐章，皆以女真人音乐歌之，虽字有舛讹，不伤于音律者，不为害也。大抵先要明腔，后要识谱，审其音而作

之，庶无劣调之失。(《中原音韵》)①

  凡作乐府，切忌有伤于音律。如女真《风流体》等乐章，皆以女真人音乐歌之，虽字有差讹，不伤音律，不为害也。大抵先要明腔，后要识谱，审其音而为之，庶不忝于先辈。至如词中字多难唱处，横放杰出，皆是才人拴缚不住之气，自非老于文学者，即为劣调矣。(《元曲选》)②

  臧懋循添加了对自恃才气有伤音律的文人创作的评论。周德清的原意只是强调作曲要审音识律，而臧懋循却多少将元曲的创作拔高到只有"老于文学"的人才能掌握的高度。

  《吴兴赵子昂论曲》一篇，是摘录《太和正音谱》中"杂剧十二科"和"群英所编杂剧"两部分中部分文字扭合而成的。《太和正音谱》中所载两段原文如下：

  子昂赵先生曰："良家子弟所扮杂剧，谓之'行家生活'，娼优所扮者，谓之'戾家把戏'。良人贵其耻，故扮者寡，今少矣，反以娼优扮者谓之'行家'，失之远也。"或问其何故哉？则应之曰："杂剧出于鸿儒硕士、骚人墨客所作，皆良人也。若非我辈所作，娼优岂能扮乎？推其本而明其理，故以为'戾家'也。"关汉卿曰："非是他当行本事，我家生活，他不过为奴隶之役，供笑献勤，以奉我辈耳。子弟所扮，是我一家风月。"虽是戏言，亦合于理，故取之③。

---

  ① 参见（元）周德清：《中原音韵》"正语作词起例"部分，中国戏曲研究院编：《中国古典戏曲论著集成》（一），中国戏剧出版社1959年版，第231页。
  ② 参见（明）臧懋循：《元曲选》卷首"高安周挺斋论曲"，中华书局1958年版，第19页。
  ③ 参见（明）朱权：《太和正音谱》"杂剧十二科"部分，中国戏曲研究院编：《中国古典戏曲论著集成》（三），中国戏剧出版社1959年版，第24—25页。

子昂赵先生曰:"娼夫之词,名曰'绿巾词'。其词虽有切者,亦不可以乐府称也,故入于娼夫之列。"……娼夫自春秋之世有之。异类托姓,有名无字,赵明镜讹传赵文敬,非也;张酷贫讹传张国宾,非也。自古娼夫,如黄番绰镜新磨雷海青之辈,皆古之名娼也,止以乐名称之耳;亘世无字。[①]

与元曲选中的文字相较,词语的使用、句子的顺序都有一些不同,不过内容是基本一样的。赵子昂是元代著名画家、书法家,擅金石,通音律。这两段论述本来散见于《太和正音谱》,而臧懋循将其整理之后冠以"吴兴赵子昂论曲"的题目,显得更加系统化一些。其实《太和正音谱》中这几段文字,包含着极为明显地对戏曲艺人的贬低甚至人格侮辱。钟嗣成《录鬼簿》尚且将赵文殷、张国宾、红字李二等艺人作家列入"前辈已死名公才人,有所编传奇行于世者"[②],到了朱权那里,就口口声声称其"娼夫",指其为"异类"了。相对而言,元代作家跟戏曲艺人的关系还是比较贴近的。而朱权从统治阶级的立场出发,轻蔑、贬低戏曲艺人,这是他的认识问题。《元曲选》特意从《太和正音谱》中摘录这样两段文字形成一篇曲论,如果说这就意味着臧懋循对这种看法的认同,那么他对戏曲艺人和戏曲艺人的作品也持轻蔑态度。明中叶文人的实际地位及自我意识与元代相比已经大大提高,不复有元代时那种与社会底层人民的紧密联系。臧懋循很有可能就存在这种对戏曲艺人的偏见。

《丹丘先生论曲》一篇中,有引用朱权《太和正音谱》中论述杂剧脚色名目由来的部分:

[①] 参见(明)朱权:《太和正音谱》"群英所编杂剧"部分,中国戏曲研究院编:《中国古典戏曲论著集成》(三),中国戏剧出版社1959年版,第44页。

[②] (元)钟嗣成:《录鬼簿》,引自中国戏曲研究院编:《中国古典戏曲论著集成》(二),中国戏剧出版社1959年版,第113页。

杂剧有正末、副末、狙、狐、靓、鸨、猱、捷讥、引戏九色之名。正末者，当场男子能指事者也，俗谓之末泥。副末执磕瓜以扑靓，即古所谓苍鹘者也。当场之妓曰狙，狙猿之雌者也，其性好淫，今俗讹为旦。狐当场粧官者是也，今俗讹为孤。靓傅粉墨，献笑供诣者也，粉白黛绿，古称靓粧，故谓之粧靓色，今俗讹为净。妓女之老者曰鸨，鸨似雁而大，无后趾，虎文，喜淫而无厌，诸鸟求之即就，世呼独豹者也。凡妓女总称曰猱，猱亦猿属，喜食虎肝脑，虎见而爱之，辄负于背，猱乃取虱遗虎首，虎即死，取其肝脑食焉。以喻少年爱色者，亦如遇猱然，不至丧身不止也。捷讥古谓之滑稽，杂剧中取其便捷讥谑，故云。引戏即院本中之狙也。[1]

《元曲选》此段文字与《太和正音谱》的出入不大。值得注意的是，《太和正音谱》中对杂剧脚色各名目的解释有浓厚的歧视意味，朱权费尽心机地将种种脚色名目与各种禽兽的行为联系起来，非但在生物学上毫无依据，在戏剧学角度也是没有说服力的。臧懋循在此篇中将这些说法都继承下来，与前一篇"吴兴赵子昂论曲"所持态度可谓一脉相承，都表现出对戏曲艺人的歧视。他对戏曲艺人的轻蔑态度，使得他对杂剧创作中艺人的作用也不甚重视，进而影响到他对元杂剧创作过程的认识。

从臧懋循对汤显祖传奇的改订情况来看，他将汤氏的原作中很多文采斐然但并不晓畅易懂的宾白都改得较为通顺，可见他对宾白的作用还是十分重视的。但是明代南曲传奇的创作情况与元杂剧的情况是不一样的。对传奇来说，文人的创作是先于戏曲表演的，可以指导戏曲艺人的演出实践，在创作方面自然有优越感。而明代文人对元杂剧的文本整理相对元杂剧的演出是滞后的，此时，演员们的演出实践其实已经对元杂剧文本的面貌发生了影响，编选者如果不能认识到这种影响力，就会对

---

[1] 参见（明）臧懋循：《元曲选》第一册卷首"丹丘先生论曲"，中华书局1958年版，第20页。

元杂剧中这方面的体现产生疑问。从本文之后的论述中可以看出，臧懋循对很多杂剧文本中伎艺性很强或者与舞台演出的实际情况有关的部分都做了修改，这部分内容很有可能就是伶人在演出过程中添加到文本中去的，而臧懋循的改动恰恰忽略了这些内容的舞台指导意义。

2. 对作家作品著录情况进行改动

在《元曲选》所附的七篇曲论中，《元曲论》是节录《太和正音谱》的"音律宫调""群英所编杂剧""善歌之士"这三章而成的。到本篇为止，《太和正音谱》中除北曲曲谱的部分外，其余内容几乎全被他分别摘录引用过。与前几篇注重论述的特点相比，这一篇最重要的目的是著录。不过，臧懋循在这一部分也被指出做了许多篡改和臆测，与《太和正音谱》所载是有不同的。仅列举赵景深先生主编、邵曾祺编著的《元明北杂剧总目考略》中指出的就有：

《万花堂》：《太和正音谱》在关汉卿名下有《万花堂》一剧，而《元曲选》卷首所载在关汉卿名下则是《黄花峪》，注云"一云《万花堂》"。《考略》指出应是臧晋叔见有《黄花峪》杂剧，又因万（旧写作"萬"）与黄笔画相近，因此附会而改，又伪加注释以圆己说。其实《黄花峪》是水浒故事，与梁山英雄中的李逵、鲁智深相关。而臧懋循又在吴昌龄名下的《赏黄花》一剧注云"一作《黄花峪》"，就更不相干了[1]。

《张天师》：《元曲选》所收杂剧有《张天师断风花雪月》，简名作《张天师》，将其归到吴昌龄名下，并在卷首著录的吴昌龄作品下列出《张天师》，下注"一作《辰钩月》"。其实《正音谱》著录在吴昌龄名下的只有《辰钩月》，应指《张天师夜祭辰钩月》。而《张天师断风花雪月》在脉望馆抄本中被归入古今无名氏作品。所以，此处应当也是臧懋循的改动[2]。

---

[1] 赵景深主编，邵曾祺编著：《元明北杂剧总目考略》，中州古籍出版社1985年版，第32、141、550—552页。

[2] 赵景深主编，邵曾祺编著：《元明北杂剧总目考略》，中州古籍出版社1985年版，第141页。

《提头鬼》:《录鬼簿》《正音谱》均有著录,在武汉臣名下。本剧全名曹本《录鬼簿》作《四哥哥神助》,天一本作《四歌神助提头鬼》,均误,《永乐大典》杂剧名目作《四哥哥神助提头鬼》可为证。《元曲选》将《包待制智赚生金阁》归入武汉臣名下,并在卷首著录的武汉臣作品中加入《生金阁》,并加注"一云《提头鬼》"。《考略》认为是臧懋循见到《生金阁》剧情中有提头鬼的故事,便以为这是武汉臣所作,并且在著录部分加以改动①。

《玉堂春》:《正音谱》著录武汉臣名下有《郑琼娥梅雪玉堂春》一剧,简名作《玉堂春》。但《元曲选》将《李素兰风月玉壶春》杂剧归入武汉臣名下,并在卷首武汉臣名下著录《玉壶春》,并加注"一云《玉堂春》"。《玉堂春》现无存本,《考略》认为臧懋循臆测"壶"与"堂"是形似之误,所以又伪造这一证据②。

《误元宵》:《正音谱》在曾瑞名下有《才子佳人误元宵》一剧,简名作《误元宵》。《元曲选》以为《王月英月夜留鞋记》即是此剧,因为《留鞋记》中的郭王二人是在元宵相会,所以用《留鞋记》代替原目中的《误元宵》,并加注"一云《才子佳人误元宵》"。《考略》指出其实未必,何况天一本《录鬼簿》明将《误元宵》与《留鞋记》分为两剧,《元人杂剧选》也将《留鞋记》作为佚名作者的作品,可以为反证③。

《破家子弟》:秦简夫名下之《东堂老劝破家子弟》,在《正音谱》中简名为《破家子弟》,而《元曲选》录其简名为《东堂老》,并在卷首秦简夫作品下改为:"《东堂老》,一作《破家子弟》"④。

---

① 赵景深主编,邵曾祺编著:《元明北杂剧总目考略》,中州古籍出版社1985年版,第149、548页。

② 赵景深主编,邵曾祺编著:《元明北杂剧总目考略》,中州古籍出版社1985年版,第148页。

③ 赵景深主编,邵曾祺编著:《元明北杂剧总目考略》,中州古籍出版社1985年版,第325、504页。

④ 赵景深主编,邵曾祺编著:《元明北杂剧总目考略》,中州古籍出版社1985年版,第363页。

《私下三关》：曹本《录鬼簿》著录为王仲元所作，而《录鬼簿续编》与《正音谱》均列入佚名作者类。因为其剧情所演故事与《谢金吾诈拆清风府》大略相同，《元曲选》即认为《谢金吾》即《私下三关》，在卷首无名氏作品下著录《谢金吾》，注云"一云《私下三关》"①。

《硃砂担》：《正音谱》中著录作者佚名的有《滴水浮沤记》，即见于《元曲选》的《硃砂担》，另外又有《硃砂记》一剧。而《元曲选》本将《硃砂记》改为《硃砂担》，并注云"一云《硃砂记》"，以示其本为一剧。《考略》指出《硃砂记》可能指货物中的硃砂，也有可能指人皮肤上的硃砂印记，则当为别一故事②。

《罗李郎》：《正音谱》本著录有《大闹相国寺》，在佚名作者目下。而《元曲选》本则将其从佚名作者目下删去，而增出张国瑢（宝）作有《罗李郎》，注云"一云《大闹相国寺》"，当属臧懋循的杜撰③。

《还牢末》：此剧作者在《正音谱》中列入无名氏，《古名家杂剧》中题为马致远作，而《元曲选》则题为李致远。估计臧懋循知道《古名家杂剧》误题，但因为知道元代作家有李致远，所以做此改动，且又在卷首的著录中增入李致远作《还牢末》一条，而在原无名氏名下删去此剧④。

《单鞭夺槊》：此剧未见著录，但《元曲选》将此剧归入尚仲贤名下，于是便在卷首著录的尚仲贤作品中改《三夺槊》为《单鞭夺槊》，并加注"一云《三夺槊》"。其实尚仲贤的《尉迟恭三夺槊》今另有存本⑤。

---

① 赵景深主编，邵曾祺编著：《元明北杂剧总目考略》，中州古籍出版社1985年版，第391、557—558页。
② 赵景深主编，邵曾祺编著：《元明北杂剧总目考略》，中州古籍出版社1985年版，第503、526页。
③ 赵景深主编，邵曾祺编著：《元明北杂剧总目考略》，中州古籍出版社1985年版，第597页。
④ 赵景深主编，邵曾祺编著：《元明北杂剧总目考略》，中州古籍出版社1985年版，第513页。
⑤ 赵景深主编，邵曾祺编著：《元明北杂剧总目考略》，中州古籍出版社1985年版，第562页。

郑骞先生在《元杂剧的记录》一文中也指出臧懋循的一个错误，他把《太和正音谱》在剧本下注的"二本"一词，理解为此剧有两本，分为八折，导致他所统计的元杂剧数目要多出许多，而且错中还有错："臧氏说'元群英所撰杂剧共五百四十九本'，即使照他的误解来算，有名的只有四百九十三本，有名无名合计是五百九十八本，怎样算也不是五百四十九。"①

早在清代，梁廷枏就对这篇曲论中著录的元人杂剧名目与他所搜集的资料进行过详细比较，并且在《曲话》卷一中记录下来："臧晋叔《元曲选》，首列元人杂剧，与予所考，多不同，且有较予为多者，今并录之。"② 鉴于臧晋叔本来也是节录自《太和正音谱》，可以说其实是《太和正音谱》的著录在明清文人的记载中被不断传递，并与后来的元杂剧剧目研究状况相参考。梁廷枏在转录这些元杂剧名目后感叹："所刻多至五百九十余本。惜其选刻止于百种，故所遗者今不传。然以予论之，元人之曲，如今之制义，当时作者累万盈千，不可数计，此五百余种，大抵皆名噪一时，所以能传之明代。观晋叔所选之百种，不必其尽为绝唱，悬知所遗而不刻者，亦未必尽属巴词也。盖传与否，固有幸有不幸矣。"③ 身处更加缺乏元杂剧资料的清代，梁廷枏对臧懋循能看到几百种杂剧剧本而只选录一百种传世万分遗憾，他在《曲话》卷五中也说："其所弃而不入者，不可得见，亦一恨事。"④ 臧晋叔这篇多有篡改的曲论被附入《元曲选》，从某种意义上来说，就是在呈现元杂剧剧本的存亡状况。而他并没有提醒后人还有在他的选集之外的剧本传世，对被自己弃之不用的"鄙俚"的剧本也毫不可惜。梁廷枏敏锐地指出

---

① 郑骞：《元杂剧的记录》，《景午丛编》，台北：中华书局1972年版，第185页。
② （清）梁廷枏：《曲话》，俞为民、孙蓉蓉编：《历代曲话汇编：新编中国古典戏曲论著集成·清代编》（第四集），黄山书社2008年版，第15页。
③ （清）梁廷枏：《曲话》，俞为民、孙蓉蓉编：《历代曲话汇编：新编中国古典戏曲论著集成·清代编》（第四集），黄山书社2008年版，第21页。
④ （清）梁廷枏：《曲话》，俞为民、孙蓉蓉编：《历代曲话汇编：新编中国古典戏曲论著集成·清代编》（第四集），黄山书社2008年版，第63页。

即使是臧所选也有良莠不齐的问题，被臧懋循舍弃的剧本就难说没有珠玉在内，但也已经无法弥补了。

臧懋循的《元曲选》中对部分作家作品的著录与其他资料都不同，就连他转录的《太和正音谱》中的相关部分的记载也发生了变化，这就使得他难逃有意修改《太和正音谱》而为自己在《元曲选》中的著录提供依据的嫌疑。这种改动虽然脱离了朱权原作中记载的事实，误导了后人对相关问题的认识，但也说明了臧懋循为提高《元曲选》的价值所做的努力和他对自己在曲学造诣方面的信心。

二 《元曲选》所附曲论体现的思想意识

（一）体现臧懋循的文人心态

戏曲选本附有曲论，是附录的一种形式。如孟称舜《古今名剧合选》附录的《录鬼簿》，甚至成为该书的重要版本之一。一般说来，只有文人选本才会以种种附录来附带说明自己的选曲目的、戏曲理论等内容，这是文人主体精神的一种体现①。《元曲选》所附的这七篇曲论，就可以反映出臧懋循这位编选者的文人心态。这几篇文章并没有明显的编选顺序，从其基本内容来看，涉及元杂剧的起源、宫调曲牌、音乐与演唱特点、题材论、风格论、创作论、作家作品论等多个方面，论述的顺序是由"曲"的特点到"戏"的特点。通过与原文的对比可知，臧懋循的转录几乎没有与原本完全相同的，多少都有点被改动了的内容，充分体现了他"自负尚奇"的心理。

如《燕南芝庵论曲》一篇，是出自燕南芝庵所著的《唱论》。这是一部金元时期论述声乐的专著，作者的真实姓名和生平事迹均不可考。此书现存最早的本子，是元代杨朝英所编的《乐府新编阳春白雪》卷首的附录本。将《元曲选》所载与《阳春白雪》附录本对比②，可以

---

① 赵山林：《中国戏曲传播接受史》，上海人民出版社2008年，第321页。
② （元）杨朝英编，许金榜注：《阳春白雪》，中州古籍出版社1991年版，第1—9页。

发现《元曲选》记载的内容比《阳春白雪》本所载的少，《阳春白雪》本有三十一条，《元曲选》本仅有二十二条；各条记载的顺序有很大不同，如"词山曲海，千生万熟。三千小令，四十大曲"这一条，《阳春白雪》所载在最后，而《元曲选》所载为第二条；具体字句上也有很多变化，如《元曲选》本载："古善歌者五人：秦青、薛谭、韩秦娥、沈古之、李存符"，而《阳春白雪》本此条为"古之善歌者三人"，没有秦青、薛谭，"李存符"为"石存符"。查《太和正音谱》所载"古之善歌者"，为秦青、薛谭、韩秦娥、沈古之、石存符[①]，《元曲选》与《阳春白雪》的差异可能有多方面的原因。字句方面，因为原书不存，燕南芝庵的文句又写得很简约，用了很多宋元方言和专门术语，后人不易理解，传抄过程中发生变化、产生异文是有可能的。但是打乱前后次序这一问题，考察《唱论》今可见的《阳春白雪》本与《南村辍耕录》本，均与《元曲选》本不同。这应当是臧懋循不愿直接抄录原书，故意变换顺序以显示其独树一帜的特点。这篇在《元曲选》中紧随《天台陶九成论曲》之后，讨论的是元杂剧的演唱特点，也反映出臧懋循对戏曲音乐性特征的关注。

《丹丘先生论曲》同样摘录自朱权的《太和正音谱》，是取"词林须知"中论杂剧脚色名称、鬼门道的由来，以及所收乐府名中"名同音律不同者，一十六章"和"句字不拘，可以增损者，一十四章"这两个部分[②]。《太和正音谱》在论杂剧脚色名称一段前有"丹丘先生曰"字样，臧懋循因此用"丹丘先生论曲"的名目摘录一篇独立的文字，这与"吴兴赵子昂论曲"一章的命名方式是一样的。其中论述杂剧脚色名称和"鬼门道"的由来的两段文字，与《太和正音谱》的内容相同，只是叙述文字上略有差异。名同而音律不同的十六个曲牌名，

[①] （明）朱权：《太和正音谱》，中国戏曲研究院编：《中国古典戏曲论著集成》（三），中国戏剧出版社1959年版，第49页。

[②] （明）朱权：《太和正音谱》，中国戏曲研究院编：《中国古典戏曲论著集成》（三），中国戏剧出版社1959年版，第53—63页。

《元曲选》与《太和正音谱》所载一样。但是句字不拘可以增损的十四个曲牌名中,《太和正音谱》所载双调四种为【新水令】、【折桂令】、【梅花酒】、【尾声】,而《元曲选》则易【尾声】为【川拨棹】。【川拨棹】曲牌确实可增句,臧懋循在这里做出改动,与他在《天台陶九成论曲》一章中对著录的杂剧曲牌名的改动相似,都是基于他个人在曲牌方面的知识。

《涵虚子论曲》篇是将《太和正音谱》中"杂剧十二科"、"古今群英乐府格势"删改杂糅而成的①。其中"古今乐府群英格势"部分,臧懋循也做出许多改动。一是在《太和正音谱》中,对于元代的马致远、张小山等十二人以及明朝的王子一、谷子敬等四人,除了一般的四字评语之外,还稍加解说。如评马致远,"马东篱之词,如朝阳鸣凤",后又有"其词典雅清丽,可与《灵光》《景福》而相颉颃。有振鬣长鸣,万马齐喑之意。又若神凤飞鸣于九霄,岂可与凡鸟共语哉?宜列群英之上"②,算是对"朝阳鸣凤"之说的解释说明。但是《元曲选》仅载人名和四字评语,没有解说语。其实《太和正音谱》这种品评作家作品的方法,在我国古代文学批评中很常见,没有给出具体的评价标准,只有一个含义模糊的评语。这其实是一种诗化的批评方式,具有高度的启发性和形象性,但是无法做到精确,如评"徐甜斋之词,如桂林秋月";"胡紫山之词,如秋潭孤月";"杨显之之词,如瑶台夜月";"吴仁卿之词,如山间明月"。"桂林秋月""秋潭孤月""瑶台夜月""山间明月"这些情景,同样以月亮为喻体,如同背景不同的水墨画。如果细细品味,是有不一样的意境,然而这样的意境如何跟具体的作家风格对应起来,就只能凭借读者的理解与想象了。原书中的解说词其实有助于理解对作家的评语,臧懋循将解说词删去,只能增加这种论述的神秘性。

---

① (明)朱权:《太和正音谱》,中国戏曲研究院编:《中国古典戏曲论著集成》(三),中国戏剧出版社1959年版,第16—25页。

② (明)朱权:《太和正音谱》,中国戏曲研究院编:《中国古典戏曲论著集成》(三),中国戏剧出版社1959年版,第16页。

《元曲选》做出的另外一个改动是作家的排列顺序。《太和正音谱》中所收作家是分为"元"与"国朝"两个部分的,其中"元一百八十七人",各人均有评语,体例为"某人之词如××××"。其后又有"已下一百五十人,俱是杰作,尤有胜于前列者。其词势非笔舌可能拟,真词林之英杰也,"没有个人的评语。明代一十六人皆有个人评语。而《元曲选》将有评语的人集中在前,没有评语的在后,评语体例为"某如××××",且不注明时代。

还要注意到的是,《太和正音谱》所谓"元一百八十七人"的统计数字是由几个部分组成的。据《中国古典戏曲论著集成》所载的《太和正音谱提要》和《太和正音谱校勘记》指出,《太和正音谱》最早的宁藩原刻本今已失传,现在所流传的有几种版本,《集成》所用的是根据《涵芬楼秘笈》内所存最早的影钞明初洪武间原刻本,重为校印。并且选用明万历四十七年(1619)刻本《啸余谱》辑印改题为《北曲谱》的本子,互为勘校①。《集成》所收的《太和正音谱》在"古今乐府群英格势"这一章的"元一百八十七人"之下,记载有马东篱等既有品题又有解说的作家十二人,贯酸斋等有品题而无解说的作家七十人,既无品题也无解说的作家即"已下一百五十人"部分其实只有一百零五人,这样才刚好凑足一百八十七之数。而《元曲选》中明示了数字的统计方法,以已有题目和没有题目来划分,元代的八十二人再加上明代的十六人,共九十八人。《元曲选》中说"前九十八人人,已经题目",可见没有被《太和正音谱》的统计数字误导。但是《元曲选》抄录这些作家名目的时候有遗漏,《太和正音谱》原作"石子章之词,如蓬莱瑶草。盍西村之词,如清风爽籁。"而《元曲选》为"石子章如清风爽籁",遗漏了盍西村而将他的评语误作石子章的评语了。明代部分,《太和正音谱》在"王子一"之后尚有"刘东生"一人,而《元

---

① (明)朱权:《太和正音谱》,中国戏曲研究院编:《中国古典戏曲论著集成》(三),中国戏剧出版社1959年版,第4、198页。

曲选》失载此人。所以说《元曲选》中有评语的实为九十六人。

查《录鬼簿》无"盍西村"而有"盍志学",天一阁本《录鬼簿》作"盍士常",位在"前辈已死名公,有乐府行于世者"之中,并称其为"学士",或以为系一人①。其散曲作品现存小令17首,套数一套。他的散曲多写景之作,歌颂隐逸生活,风格清新自然,朱权称赞其为"清风爽籁"是有可能的。而石子章的作品现存杂剧《竹坞听琴》一种及《黄桂娘秋夜竹窗雨》残曲,另有散曲若干。从风格上来看,还是以"清风爽籁"评盍西村为是。刘东生,查《元明北杂剧总目考略》生平介绍:"《录鬼簿续编》有小传云:'刘东生,名兑,作《月下老定世间配偶》四套,极为骈丽,传诵人口。'另据丘汝乘《娇红记》序,说刘是越人,与丘为忘年交,宣德时尚在,则是较《录鬼簿续编》作者晚一辈的人了。所作杂剧今知有《娇红记》一种,存。另有《月下老定世间配偶》,仅存曲词四套,是否杂剧,尚待研究。另存散曲若干。"②王世贞《艺苑卮言》中也有引用《太和正音谱》相同部分,"涵虚子记元词一百八十七人"和"国初十有六人"③,对石子章、盍西村的评语皆同原书,且有刘东生姓名。

清代的姚燮已经注意到对《太和正音谱》的转录不一的问题,他在《今乐考证》中说:"陈氏引涵虚子之论,谓'盍西村如清风爽籁'。今所传本俱作石子章,似所论已为后人窜改,非原本矣。"④姚燮所说的陈氏所引之论即陈所闻在《北宫词纪》中所引的朱权此段作家风格论,陈所闻字荩卿,明嘉靖、万历间人。其《新镌古今大雅南北宫词纪》今

---

① (元)钟嗣成:《录鬼簿》,中国戏曲研究院编:《中国古典戏曲论著集成》(二),中国戏剧出版社1959年版,第103页。

② 赵景深主编,邵曾祺编著:《元明北杂剧总目考略》,中州古籍出版社1985年版,第441页。

③ (明)王世贞:《艺苑卮言》,俞为民、孙蓉蓉编:《历代曲话汇编:新编中国古典戏曲论著集成·明代编》(第一集),黄山书社2009年版,第516页。

④ (清)姚燮:《今乐考证》,俞为民、孙蓉蓉编:《历代曲话汇编:新编中国古典戏曲论著集成·清代编》(第四集),黄山书社2008年版,第241页。

尚有继志斋万历三十二、三十三年（1604、1605）刊本，早于《元曲选》的成书时间，可见以"清风爽籁"评盍西村的正确版本在略早于臧懋循编《元曲选》的时候还存在，至于臧懋循的《元曲选》是不是就是造成姚燮所说的"今所传本俱作石子章"的始作俑者，还尚待考察。

如果从文人的普遍心态上去考察，在自己的曲论著作中附录他人的曲论，以示尊重前贤，但又凭借自己的主张对其进行删改，臧懋循也不是孤例。就拿《太和正音谱》来说，除了臧懋循在《元曲选》卷首附录的这个支离破碎的版本之外，还在元末陶宗仪辑、明陶珽《重较说郛》中收录有一个删节本。书名标作《词品》，实际上只摘取了《太和正音谱》中"古今乐府群英格势"中评论元代作家的部分，但又根据节录者的判断将这些作家分为三等，这是原著中所没有的。这就说明，不只是臧懋循，在当时这种对前人戏曲论著进行重新删改编排，甚至重新命名的批评方法，其实是继承前人戏曲理论的一种方式，在继承中又有所发扬，从而借以表达自己的观点。凭一己之意删改前人论著，又以"古本"的名义为其创造舆论价值，这是当时的一种常见做法。

（二）体现臧懋循的书商意识

臧懋循在《元曲选》中所附的这几篇曲论，确有以前人的理论经验为参照的意思，但是其中存在的种种窜改痕迹，又有贪他人之功为己有的嫌疑。如果说出自文人之手的戏曲选本的共同属性体现在附录曲论这一点上，《元曲选》的这种附录方式还体现了臧懋循的书商意识。

《元曲选》的主体是剧选，不是曲论，这意味着臧懋循在附录的这几篇曲论中进行的删改其实是有点冒险的行为。如果是继承性的发扬，需"继承"在前，自己的"发扬"在后，才有意义。假设臧本的曲论与他本的不同之处不是因为他所依据的原始材料的原因，那么大段引述他人理论的同时暗暗改动一点文字，显然并不是阐明自己的戏剧主张的好方法。再者《南村辍耕录》《中原音韵》与《太和正音谱》对明代曲家们来说都是曲学方面常见的名著，在当时各种曲论著作中都时常被引用，臧懋循对这些书中的文字的串合与删改很容易被看出来，未免也会遭到这些戏曲行家的非议。

　　这可能正是身为书商的他从商业角度考虑，为了给《元曲选》扩大影响、制造销路而想出的办法。现在看来臧懋循的做法确有剽窃和故弄玄虚的嫌疑。例如陶宗仪的《南村辍耕录》卷二十七其实有"杂剧曲名"条，但是与臧懋循引自《中原音韵》的那部分有很大差别，臧懋循所列的曲牌数目远多于《南村辍耕录》所载，说明他在这方面的研究已经有所成就，本来没有引述他人材料的必要。他明明从"院本名目"条下引述了陶宗仪的部分论述，却非要说"院本名目多不具载"，转而截取这段话为记录杂剧曲名张本，这种将原文串合到一起的方法虽然在行文上很巧妙，但是有投机取巧之嫌。涵虚子、丹丘先生都是朱权的号，朱权的《太和正音谱》被臧懋循删改杂糅截取出数篇不说，还分别冠名以"丹丘先生论曲"和"涵虚子论曲"之名。明明是一家之言，偏分作两人之说。对戏曲论著有了解的内行人当然一看即知，但是对不了解的人来说，看到《元曲选》卷首载了"数位"名家"数种"论曲之言，可能就会觉得元曲之学问果然深奥，肃穆感顿生，无形中提高了《元曲选》的价值。别人的论述自然不能和自己的观点和目的完全吻合，所以臧懋循动手进行了删改，易其文字，变其顺序，使之更加"合理化"，甚至不惜篡改事实。例如上文所列的臧懋循篡改《太和正音谱》的作家作品著录，是为了给自己对某些作品著者的附会改动伪造证据，所以与别本《太和正音谱》都不同。还有对选本中作家作品的时代问题，因为《元曲选》中选入了元末明初人作品，为了不影响"元曲"这一限定带给本书的价值，臧懋循在转录《太和正音谱》的时候有意模糊了剧作者的生活时代这一问题。

　　其实，明代出版业中的托名标榜手段是比较盛行的，明代书商假托别人名目写书、做评点其实是从商业利益考虑的一种普遍的行为。例如李贽的小说评点声名极著，就出现很多署名李卓吾评点的通俗长篇小说，最著名的冒名者就是叶昼。钱希言《戏瑕》中指出："比来盛行温陵李贽书，则有梁溪人叶阳开名昼者，刻画摹仿，次第勒成，托于温陵之名以行。……于是有李宏甫批点《水浒传》、《三国志》、《西游记》、《红拂》、《明珠》、《玉合》数种传奇及《皇明英烈传》,并出叶笔,何关于李?"[①]另外还有"徐文长批评""玉茗堂批评""陈眉公批评"等,都是当时戏曲评点中常见的名号,但并非都真的出自这些作者之手。相比起来臧懋循虽然故弄玄虚,起码还没有伪托他人;虽然对别人的论著删改粘合了许多地方,起码都还保有原书论点的基础。这也是兼有书商和曲家身份的臧懋循的一种个人特点。也许这正符合了当时某些戏曲家对臧懋循的评价,认为他在曲学方面"才识有限";但从另一个方面来看,这说明他作为商人有一定的眼光,借各路曲家的名声为《元曲选》增值。至于删改的部分,还有一种可能是臧懋循虽然附录了数篇曲论,但是如果将被引用著作的全文都照搬上去是不合适的,因为原文的长度会增加刊刻的成本。以臧懋循当时用出售《元曲选》前集的钱来印制后集的行为方式来看,经济原因恐怕也是他不得不如此的理由。

第二节 《元曲选》的选剧特点及其戏剧史意义

一 《元曲选》入选的作家作品

综合看来,《元曲选》的选剧之功,在孤本,在全本,也在广泛传播的权威之本。在《元曲选》所收的一百种杂剧中,《灰阑记》《陈州粜米》《虎头牌》《谢金吾》《冻苏秦》《昊天塔》《救孝子》《伍员吹箫》《东坡梦》《秋胡戏妻》《抱妆盒》《神奴儿》《争报恩》《冯玉兰》《来生债》这十五种是孤本,《元曲选》保存这些剧作的功绩无疑是值得肯定的。此外《薛仁贵》《竹叶舟》《赵氏孤儿》《老生儿》《气英布》和《铁拐李》这六种,在《元曲选》之前只存元刊本,而元刊本科白不全,因此非《元曲选》无以得知这六部剧的全貌。有的虽然现在看来不是孤本,如在《元曲选》之后,《赵氏孤儿》《老生儿》《铁拐李》《李逵

---

① (明)钱希言:《戏瑕》卷三《赝籍》,中华书局1985年版,第52页。

负荆》和《隔江斗智》仅见于《酹江集》,《张生煮海》仅见于《柳枝集》。其实现在从诸多证据中可以看出,孟称舜在编选《酹江集》和《柳枝集》的时候,《元曲选》就是他的重要参考资料,因此《元曲选》对这六种剧本的保存和传播也有重要作用。此外,对于那些《元曲选》之外还在其他元杂剧选集中出现的剧目来说,《元曲选》也提供了可供校勘的材料。有的剧目《元曲选》本与元刊本差异极大,如《赵氏孤儿》和《楚昭公》,不仅表现在文字、曲词的差异上,连剧情都有所不同。《元曲选》所收录的这些剧目即使不是孤本,也在其版本系统中提供了一个剧情完整、体制完备的善本,有很重要的存在意义。

《元曲选》较此前的其他元杂剧选集更为通行,就促进了其中所收的这一百部杂剧作品的传播。比如《古名家杂剧》,同样也是在万历年间刊行。其编著者陈与郊于1611年去世,《古名家杂剧》出现的时间应当早于《元曲选》。即使按照郑振铎先生的说法,该书非陈所刊,但根据《女状元》一剧所附的"万历戊子(十六年)夏五西山樵者校正,龙峰徐氏梓行"① 这一信息,其刊行时间也早于《元曲选》。《鲁斋郎》一剧,在《元曲选》之前就有古名家本,但是当时的戏曲名家沈璟还需向王骥德借看②,可见《古名家杂剧》的通行程度还远远不够。所以,《元曲选》因其制作精良而广受欢迎,即使选入曾在别的选集中入选的作品,对这部分元杂剧的保存和传播依然发挥了相当大的作用。

《元曲选》这一百部作品所涉及的杂剧作家③及作品数目为:马致远(7种)、乔吉(3种)、关汉卿(8种)、张国宾(2种)、吴昌龄(2种)、秦简夫(2种)、李文蔚(1种)、杨显之(2种)、石君宝(2

---

① 郑振铎:《跋〈脉望馆钞校古今杂剧〉》,载《郑振铎古典文学论文集》,上海古籍出版社1984年版,第969页。

② 参见沈璟《答王骥德之二》:"邺架有《鲁斋郎》剧,敢借一录,不敢失污也。"录自明万历四十二年刻本《新校注古本西厢记》卷六,俞为民、孙蓉蓉编:《历代曲话汇编:新编中国古典戏曲论著集成·明代》(第一集),黄山书社2009年版,第730页。

③ 前文已经述及,有个别作品的作者著录情况与其他资料不一致,有的是臧懋循附会。此处仅讨论《元曲选》著录的情况。

种)、郑廷玉(4种)、白朴(2种)、武汉臣(3种)、李直夫(1种)、杨文奎(1种)、岳伯川(1种)、戴善甫(1种)、李寿卿(2种)、孙仲章(1种)、高文秀(2种)、郑光祖(3种)、王仲文(1种)、王实甫(1种)、宫天挺(1种)、范子安(1种)、张寿卿(1种)、贾仲名(3种)、李行道(1种)、尚仲贤(3种)、谷子敬(1种)、杨景贤(1种)、王子一(1种)、孟汉卿(1种)、石子章(1种)、纪君祥(1种)、康进之(1种)、李致远(1种)、李好古(1种)、张国宝(1种)。共涉及37位作家。还有无名氏作品28种。

《元曲选》收入百种杂剧,从元杂剧的总数来说似乎是一小部分。清人李调元就说:"元人剧本,见于《百种曲》仅十分之一。"① 参考其他的数据,如今已知在《录鬼簿》中共收入作家152人,杂剧名目四百多种;《录鬼簿续编》收入作家71人,杂剧名目78种。这样看来,似乎《元曲选》收入的作家和作品数目在总数上都不算多。但是《录鬼簿》和《录鬼簿续编》的作者提到的那些元曲作家,是将剧作家和散曲家都包括在内的。而且就传世元杂剧作品的数量来看,《元曲选》收入的其实是大多数②。而且,我们今天能见到的那些著名作家的代表作品几乎都收入在《元曲选》内。试列表如下(表3-1):

表3-1 《元曲选》收入作家作品与其传世作品数目对照表③

作家	历史时期	作品共计	今有传本	见于《元曲选》
马致远	前期	16	7	7

---

① (清)李调元《剧话》,中国戏曲研究院编:《中国古典戏曲论著集成》(八),中国戏剧出版社1960年版,第43页。

② 现在对传世元杂剧作品的总数说法不一,按照李修生先生《元曲大辞典》所说,元杂剧现在可知的剧目736种,留存于今者150余种。由此看来,在数量上,《元曲选》所收的剧目就占现存元人杂剧的近三分之二。

③ 本表中数据是根据傅惜华《元代杂剧全目》《明代杂剧全目》整理而成,作家分期亦参考此二书。其中除明代作家标明属"明朝"之外,元代作家一律按所处时代分别标出属"前期"、"中期"或"后期",不再标明是"元朝"。

续表

作家	历史时期	作品共计	今有传本	见于《元曲选》
乔吉	中期	11	3	3
关汉卿	前期	67	17	8
张国宾	前期	5	3	2
吴昌龄	前期	12	2	2
秦简夫	后期	5	3	2
李文蔚	前期	11	3	1
杨显之	前期	9	2	2
石君宝	前期	10	3	2
郑廷玉	前期	23	6	5
白朴	前期	16	3	2
武汉臣	前期	12	3	3
李直夫	前期	12	1	1
杨文奎	明朝	4	1	1
岳伯川	前期	2	1	1
戴善甫	前期	5	1	1
李寿卿	前期	10	2	2
孙仲章	前期	3	1	1
高文秀	前期	34	5	2
郑光祖	中期	18	8	3
王仲文	前期	10	1	1
王实甫	前期	14	3	1
宫天挺	中期	6	2	1
范子安	中期	2	1	1
张寿卿	前期	1	1	1
贾仲名	明朝	17	4	3
李行道	前期	1	1	1
尚仲贤	前期	11	4	3
谷子敬	明朝	5	1	1
杨景贤	明朝	18	2	1
王子一	后期①	3	1	1

---

① 王子一为元末明初作家，一般将其杂剧如《误入桃源》列为明代作品。

续表

作家	历史时期	作品共计	今有传本	见于《元曲选》
孟汉卿	前期	1	1	1
石子章	前期	2	1	1
纪君祥	前期	6	1	1
康进之	前期	2	1	1
李致远	前期	1	1	1
李好古	前期	3	1	1
张国宝[①]	后期	1	1	1

对照此表可以看出，马致远、乔吉、吴昌龄、杨显之、武汉臣、李直夫、杨文奎、岳伯川、戴善甫、李寿卿、孙仲章、王仲文、范子安、张寿卿、李行道、谷子敬、王子一、孟汉卿、石子章、纪君祥、康进之、李致远、李好古等人所有现在可见全本的杂剧作品，都收入在《元曲选》内。其中，因为李行道的《灰阑记》、李直夫的《虎头牌》和王仲文的《救孝子》是孤本，而这三位作家又都仅有一部剧传世，所以他们的作品面貌、个人风格等等，全赖《元曲选》才得以保存。而没有被收入《元曲选》的作品，如白朴剧作今尚可见《东墙记》一种，有万历四十三年脉望馆钞校于小谷藏本。《东墙记》从剧情设置上可以说完全蹈袭《西厢记》的模式，全无新意，曲词上也没有特别突出的地方，所以在白朴作品中远称不上是佳作，甚至有人怀疑其为托名作品。虽然现有材料不能证明臧懋循是在见到了《东墙记》的剧本的情况下而没有把它选入《元曲选》的，因为《东墙记》在同时期其他元明杂剧选集中也没有见到，可能这部剧的剧本很少见。但《元曲选》选入的白朴作品是《梧桐雨》和《墙头马上》，《元曲选》在挑选作家作品方面还是有一定质量的。

[①] 《元曲选》将《罗李郎》归入张国宝名下实为杜撰，故此条实无参考意义。

除著名作家作品之外，元代无名氏杂剧作品见于著录的共有50种，今有全本可见的31种，其中见于《元曲选》的就有15种；元明之间的无名氏作品见于著录的共有187种，今有全本可见的78种，见于《元曲选》的也有8种①。元杂剧作品中的无名氏作品水平良莠不齐，虽然可能在曲词与才情方面比不上那些大家之作，但却另有可贵之处，其中公案、历史、英雄传奇等方面的题材较多，是研究元杂剧整体面貌时不可忽视的一部分。臧懋循选入的无名氏作品说明了他的选剧眼光是比较开放的，并不仅看重作家的声望。而且《元曲选》的无名氏作品中《陈州粜米》《谢金吾》《冻苏秦》《昊天塔》《抱妆盒》《神奴儿》《争报恩》《冯玉兰》《来生债》还是孤本，就更加有意义。如《谢金吾》《昊天塔》都是以杨家将故事为剧情内容的，这一题材在我国的小说、戏剧、说唱艺术等民间文艺作品中可以构成一个庞大的体系，而《元曲选》的选入保存了其元杂剧分支。《陈州粜米》《神奴儿》都是元杂剧公案剧中的代表性作品，公案剧除了以剧情曲折离奇吸引观众之外，还能反映当时社会生活的内容。这两部剧中都还有鬼魂形象出现，也是元杂剧世俗趣味的一种体现。总之，《元曲选》所收的百部作品，虽然不能说全是元杂剧中的上乘之作，可是在总体上还是能够反映元杂剧在中国戏剧史上所达到的艺术高度的。无论在保存作品的数量上还是质量上，《元曲选》都达到了当时的北杂剧选集的最高水平。

二 《元曲选》与其他元杂剧选集的对比

为比较《元曲选》和其他选集的入选情况，现将《元曲选》所收杂剧与其他选集存目情况并列如下表（表3-2）。

---

① 该数据亦根据傅惜华《元代杂剧全目》《明代杂剧全目》整理而成。

表3-2　　《元曲选》所收剧目在其它选本中入选情况表①

元曲选	元刊杂剧	四段锦	改定元贤传奇	古名家杂剧	元人杂剧选	阳春奏	顾曲斋元人杂剧选	元明杂剧四种	陈氏元明杂剧四种	柳枝集	酹江集	童云野刻杂剧	合计	题材	作家
汉宫秋				√		√	√				√	√	6	爱情婚姻	马致远

---

① 列表说明：1. 此表所列为《元曲选》所收的百种元明杂剧在其它元明两代的元杂剧选集中出现的情况，未收入《元曲选》而可见于其它选集或全集的剧目不列入内。

2. 统计数目时以目录为据，存佚、残缺的情况不予以考虑。因此《四段锦》《童云野刻杂剧》等选本虽然已佚，但尚有目录可考，故列入表中。而《脉望馆钞校本古今杂剧》由多种来源的剧本组成，情况较复杂，与《元曲选》等选本的性质不同，故不入表。

3. 元杂剧的题材分类标准各家说法不同，如朱权在《太和正音谱》中划分的"杂剧十二科"，实际在内容上存在交叉。本表大致将其划分为爱情婚姻剧、历史剧、公案剧、英雄传奇剧、家庭问题剧和神仙道化剧。

4. "原书总计"指该选本所收的元明杂剧总数，"重出"指与《元曲选》重出的数目，"合计"为同一剧目在包括《元曲选》在内的所有选本中一共出现的次数。

5. "作者"一栏各本著录情况不同，如《玉壶春》《生金阁》的作者《元人杂剧选》一书中均作无名氏，本表依《元曲选》所载。

6. 以笔者写作论文时所见，有学者已经做过类似的整理工作。如徐朔方先生的《元曲选家臧懋循》一书后就附有《元代杂剧现存版本一览表》，对元代杂剧的现存状况加以整理，与笔者所列有两点不同：一、从范围上来说，徐表是以《元曲选》和《元曲选外编》收入的元代杂剧作品为准，不列入明初人的作品。而笔者研究的对象是《元曲选》，考察《元曲选》的入选情况应当参考当时的实际状况，以明初人作品入元杂剧选集是当时普遍存在的现象，故对明初作品也予以保留。二、从存佚情况上来说，徐表所考察的是元代杂剧的现存状况，而笔者认为存目依然可以说明剧作的流行程度与被接受的状况，故不计存佚。且徐表在细节处略有错误，如误列《抱妆盒》有元刊本而《赵氏孤儿》无。还有朱崇志先生的《中国古代戏曲选本研究》第二章中有《元代杂剧入选戏曲选本频率表》，朱表与笔者所列也有两点不同：一、朱表的研究范围是所有的戏曲选本，故将单出曲文选本也列入其中。而笔者认为曲选与剧选在选择标准上不尽相同，本文主要关注的是元杂剧的戏剧特点，故本表不参考《盛世新声》《雍熙乐府》等书的入选情况。二、朱表所列为入选频率在3次及以上的元杂剧作品统计，笔者认为重出较多者固然可以说明戏剧的流行状况，重出较少的也可见编选者的独到之处，故列《元曲选》全部剧目在内。且朱表在细节处也略有错误，如《㑳梅香》见于《童云野刻杂剧》目录，而朱表中未列入；《玉镜台》一剧重出多次但没有列入表中。但是朱崇志先生的这一方法对笔者大有启发。之后其他学者的整理情况不再作为参考。

续表

元曲选	元刊杂剧	四段锦	改定元贤传奇	古名家杂剧	元人杂剧选	阳春奏	顾曲斋元人杂剧选	元明杂剧四种	陈氏元明杂剧四种	柳枝集	酹江集	童云野刻杂剧	合计	题材	作家
金钱记				√			√	√	√			√	6	爱情婚姻	乔吉
陈州粜米													1	公案剧	无名氏
鸳鸯被				√	√								3	爱情婚姻	无名氏
赚蒯通													1	历史剧	无名氏
玉镜台				√		√	√			√			5	爱情婚姻	关汉卿
杀狗劝夫													1	家庭问题	无名氏
合汗衫	√												2	家庭问题	张国宾
谢天香				√	√								3	爱情婚姻	关汉卿
争报恩													1	英雄传奇	无名氏
张天师													1	神仙道化	吴昌龄
救风尘				√							√		3	爱情婚姻	关汉卿
东堂老					√						√		3	家庭问题	秦简夫

续表

元曲选	元刊杂剧	四段锦	改定元贤传奇	古名家杂剧	元人杂剧选	阳春奏	顾曲斋元人杂剧选	元明杂剧四种	陈氏元明杂剧四种	柳枝集	酹江集	童云野刻杂剧	合计	题材	作家
燕青博鱼											√		2	英雄传奇	李文蔚
潇湘雨							√			√			3	爱情婚姻	杨显之
曲江池							√						2	爱情婚姻	石君宝
楚昭公	√												2	历史剧	郑廷玉
来生债													1	神仙道化	无名氏
薛仁贵	√												2	历史剧	张国宾
墙头马上				√						√		√	4	爱情婚姻	白朴
梧桐雨			√	√		√	√			√	√		8	爱情婚姻	白朴
老生儿	√			√						√			4	家庭问题	武汉臣
朱砂担													1	公案剧	无名氏
虎头牌													1	家庭问题	李直夫
合同文字					√								2	公案剧	无名氏

续表

元曲选	元刊杂剧	四段锦	改定元贤传奇	古名家杂剧	元人杂剧选	阳春奏	顾曲斋元人杂剧选	元明杂剧四种	陈氏元明杂剧四种	柳枝集	酹江集	童云野刻杂剧	合计	题材	作家
冻苏秦													1	历史剧	无名氏
儿女团圆				✓									2	家庭问题	杨文奎
玉壶春				✓									2	爱情婚姻	武汉臣
铁拐李	✓									✓			3	神仙道化	岳伯川
小尉迟													1	英雄传奇	无名氏
风光好				✓	✓								3	爱情婚姻	戴善甫
秋胡戏妻				✓									2	爱情婚姻	石君宝
神奴儿													1	公案剧	无名氏
荐福碑				✓	✓	✓	✓			✓			6	历史剧	马致远
谢金吾													1	英雄传奇	无名氏
岳阳楼				✓	✓								3	神仙道化	马致远
蝴蝶梦				✓	✓								3	公案剧	关汉卿

续表

元曲选	元刊杂剧	四段锦	改定元贤传奇	古名家杂剧	元人杂剧选	阳春奏	顾曲斋元人杂剧选	元明杂剧四种	陈氏元明杂剧四种	柳枝集	酹江集	童云野刻杂剧	合计	题材	作家
伍员吹箫													1	历史剧	李寿卿
勘头巾				√								√	3	公案剧	孙仲章
黑旋风													1	英雄传奇	高文秀
倩女离魂				√	√		√					√	6	爱情婚姻	郑光祖
陈抟高卧	√		√	√	√								6	神仙道化	马致远
马陵道													1	历史剧	无名氏
救孝子													1	公案剧	王仲文
黄粱梦				√									2	神仙道化	马致远
扬州梦			√	√		√	√		√				6	爱情婚姻	乔吉
王粲登楼		√		√							√		4	历史剧	郑光祖
昊天塔													1	英雄传奇	无名氏
鲁斋郎				√									2	公案剧	关汉卿

续表

元曲选	元刊杂剧	四段锦	改定元贤传奇	古名家杂剧	元人杂剧选	阳春奏	顾曲斋元人杂剧选	元明杂剧四种	陈氏元明杂剧四种	柳枝集	酹江集	童云野刻杂剧	合计	题材	作家
渔樵记					√								2	历史剧	无名氏
青衫泪			√	√		√	√			√			6	爱情婚姻	马致远
丽春堂				√							√		3	历史剧	王实甫
举案齐眉													1	爱情婚姻	无名氏
后庭花				√									2	公案剧	郑廷玉
范张鸡黍	√	√			√					√	√		6	历史剧	宫天挺
两世姻缘		√	√	√	√	√				√			8	爱情婚姻	乔吉
赵礼让肥				√									2	历史剧	秦简夫
酷寒亭			√		√								3	公案剧	杨显之
桃花女													1	神仙道化	无名氏
竹叶舟	√												2	神仙道化	范子安
忍字记				√									2	神仙道化	郑廷玉

续表

元曲选	元刊杂剧	四段锦	改定元贤传奇	古名家杂剧	元人杂剧选	阳春奏	顾曲斋元人杂剧选	元明杂剧四种	陈氏元明杂剧四种	柳枝集	酹江集	童云野刻杂剧	合计	题材	作家
红梨花			√		√	√				√		√	6	爱情婚姻	张寿卿
金安寿													1	神仙道化	贾仲名
灰阑记													1	公案剧	李行道
冤家债主													1	神仙道化	无名氏
㑳梅香	√			√	√					√		√	6	爱情婚姻	郑光祖
单鞭夺槊				√									2	英雄传奇	尚仲贤
城南柳				√						√		√	5	神仙道化	谷子敬
谇范叔					√						√		3	历史剧	高文秀
梧桐叶				√		√						√	4	爱情婚姻	无名氏
东坡梦													1	神仙道化	吴昌龄
金线池				√		√	√			√			5	爱情婚姻	关汉卿
留鞋记					√							√	3	爱情婚姻	无名氏

第三章 《元曲选》的编选特点 173

续表

元曲选	元刊杂剧	四段锦	改定元贤传奇	古名家杂剧	元人杂剧选	阳春奏	顾曲斋元人杂剧选	元明杂剧四种	陈氏元明杂剧四种	柳枝集	酹江集	童云野刻杂剧	合计	题材	作家
气英布	√												2	历史剧	尚仲贤
隔江斗智											√		2	历史剧	无名氏
刘行首				√									2	神仙道化	杨景贤
度柳翠				√	√			√			√		5	神仙道化	李寿卿
误入桃源			√	√				√					5	神仙道化	王子一
魔合罗	√			√						√			4	公案剧	孟汉卿
盆儿鬼													1	公案剧	无名氏
对玉梳				√	√	√		√		√			6	爱情婚姻	贾仲名
百花亭													1	爱情婚姻	无名氏
竹坞听琴				√	√	√		√					6	爱情婚姻	石子章
抱妆盒													1	历史剧	无名氏
赵氏孤儿	√									√			3	历史剧	纪君祥

续表

元曲选	元刊杂剧	四段锦	改定元贤传奇	古名家杂剧	元人杂剧选	阳春奏	顾曲斋元人杂剧选	元明杂剧四种	陈氏元明杂剧四种	柳枝集	酹江集	童云野刻杂剧	合计	题材	作家
窦娥冤			√		√						√		4	公案剧	关汉卿
李逵负荆										√	√		3	英雄传奇	康进之
萧淑兰				√		√				√			4	爱情婚姻	贾仲名
连环计					√								2	历史剧	无名氏
罗李郎				√									2	家庭问题	张国宝
看钱奴	√				√								3	家庭问题	郑廷玉
还牢末				√									2	英雄传奇	李致远
柳毅传书							√			√	√		4	神仙道化	尚仲贤
货郎旦													1	家庭问题	无名氏
望江亭					√	√							3	爱情婚姻	关汉卿
任风子	√										√		3	神仙道化	马致远
碧桃花					√						√		3	神仙道化	无名氏

续表

元曲选	元刊杂剧	四段锦	改定元贤传奇	古名家杂剧	元人杂剧选	阳春奏	顾曲斋元人杂剧选	元明杂剧四种	陈氏元明杂剧四种	柳枝集	酹江集	童云野刻杂剧	合计	题材	作家
张生煮海										√			2	神仙道化	李好古
生金阁					√								2	公案剧	武汉臣
冯玉兰													1	公案剧	无名氏
原书总计	30	4	16	65	30	39	20	4	4	26	30	20			
重出	13	4	6	39	26	18	18	3	2	19	17	18			

《元曲选》在选入作家作品的时候，臧懋循有自己的选取标准。以上列表试将《元曲选》所收录的作品与元明两代现有目录可查的杂剧的单剧选本做一对比，看看臧氏的选取标准与诸家有哪些相合之处，又有哪些是他独有的艺术眼光。

从入选的频率来看，《梧桐雨》与《两世姻缘》最高，都是8次。其次是《汉宫秋》《金钱记》《荐福碑》《倩女离魂》《陈抟高卧》《扬州梦》《青衫泪》《范张鸡黍》《红梨花》《㑇梅香》《对玉梳》《竹坞听琴》这12部杂剧，都是6次。接下来是《玉镜台》《城南柳》《金线池》《误入桃源》《度柳翠》，被选入5次。还有《墙头马上》《老生儿》《王粲登楼》《梧桐叶》《魔合罗》《窦娥冤》《萧淑兰》《柳毅传书》被选入4次，也是比较多的了。朱崇志先生的《中国古代戏曲选本研究》中对元杂剧各选本选剧状况的基本信息有所分析，总结出四个基本特点：一、元杂剧选本所收剧目具有趋同性；二、元杂剧选本所收剧目之题材既具有广泛性又带有集中性；三、元杂剧选本所收剧目的作家分布、时期分布均有相对集中的特点；四、元杂剧选本确能将元杂剧的精华一网打尽[①]。本文为了方便说明《元曲选》的选剧特点，再制一简表（表3-3）：

表3-3　　　　　　　　各选集中重出率较高的剧目

剧目	引用次数	题材类型	作者
梧桐雨	8	爱情婚姻	白朴
两世姻缘	8	爱情婚姻	乔吉
汉宫秋	6	爱情婚姻	马致远
金钱记	6	爱情婚姻	乔吉
荐福碑	6	历史剧	马致远
倩女离魂	6	爱情婚姻	郑光祖
陈抟高卧	6	神仙道化	马致远
扬州梦	6	爱情婚姻	乔吉
青衫泪	6	爱情婚姻	马致远
范张鸡黍	6	历史剧	宫天挺
红梨花	6	爱情婚姻	张寿卿
㑳梅香	6	爱情婚姻	郑光祖
对玉梳	6	爱情婚姻	贾仲名
竹坞听琴	6	爱情婚姻	石子章
玉镜台	5	爱情婚姻	关汉卿
城南柳	5	神仙道化	谷子敬
金线池	5	爱情婚姻	关汉卿
误入桃源	5	神仙道化	王子一
度柳翠	5	神仙道化	李寿卿

---

① 朱崇志：《中国古代戏曲选本研究》，上海古籍出版社2004年版，第35—39页。

第三章 《元曲选》的编选特点　177

续表

剧目	引用次数	题材类型	作者
墙头马上	4	爱情婚姻	白朴
老生儿	4	家庭问题	武汉臣
王粲登楼	4	历史剧	郑光祖
梧桐叶	4	爱情婚姻	无名氏
魔合罗	4	公案剧	孟汉卿
窦娥冤	4	公案剧	关汉卿
萧淑兰	4	爱情婚姻	贾仲名
柳毅传书	4	神仙道化	尚仲贤

参考上表，从题材的情况来看：在元杂剧选集中入选频率最高的无疑是表现爱情婚姻的剧作。重出最多的《梧桐雨》与《两世姻缘》都属于这一题材，而且从整体来看，在各选本中出现四次以上（包括四次）的这 27 部作品里，这一题材就有 16 部，约占 59%。其它依次是神仙道化剧 5 部，约 19%；历史剧 3 部，约 11%；公案剧 2 部，约 7%；家庭问题剧 1 部，约 4%。诚然，由于元杂剧资料的缺乏，后出的选本对先出选本的内容有所继承，这种现象是存在的，这也可以解释为何早于《元曲选》的《古名家杂剧》《元人杂剧选》等本之间的重出剧目差异较小。但是，重出率的高低也可以说明当时的元杂剧选本在题材范围上的普遍风尚。从上表提供的重出情况可以看出，爱情婚姻剧的优势十分明显，神仙道化剧与历史剧也占有一定比例，但公案剧与家庭问题剧就不那么常见，英雄传奇剧中甚至没有一部作品能同时出现在四本以上的选本中。

再看《元曲选》全集的状况：爱情婚姻剧 28 部，神仙道化剧 20 部，历史剧 18 部，公案剧 16 部，家庭问题剧 9 部，英雄传奇剧 9 部。从整体比重来看，是爱情婚姻剧最多，家庭问题剧与英雄传奇剧最少，神仙道化剧、历史剧与公案剧在数量上差不多。再参考元明时期各杂剧选本中入选的元杂剧作品的题材状况，便可看出臧懋循对入选剧目的题材选择与当时的流行风尚既有遵从，也有些不一样的考虑。详见下表（表3-4）。

表3-4　元明时期杂剧选本所收元杂剧剧本的题材对比表[①]

选本	爱情婚姻剧	神仙道化剧	历史剧	公案剧	英雄传奇剧	家庭问题剧	总计
元刊本	3	6	15	3	2	1	30
四段锦	2	0	2	0	0	0	4
改定元贤传奇	4	1	0	0	0	0	5
古名家杂剧	17	7	5	9	2	1	41
元人杂剧选	8	4	4	2	1	1	24
阳春奏	11	5	1	3	0	0	20
顾曲斋元人杂剧选	14	1	0	1	0	0	16
元明杂剧四种	2	0	1	0	0	0	3
陈氏元明杂剧四种	1	0	1	0	0	0	2
元曲选	24	15	18	16	9	8	90
柳枝集	12	4	0	0	0	0	16
酹江集	2	3	7	2	1	2	17
童云野刻杂剧	9	3	1	1	1	0	15

元杂剧中的爱情婚姻剧在创作数量上本身就很多，据幺书仪统计，"元人爱情剧或以爱情为主要情节的剧作有三十多种，约占现存元人杂剧的五分之一。"[②] 各元杂剧选本对表现风月爱情的剧作情有独钟，是有原因的。首先，无论是传奇、话本还是杂剧，此类以故事为主体的创

[①] 统计参考存目情况。因为各选本都出现了选入明杂剧的状况，而学界对元末明初部分杂剧的划分存在争议。为便于统计，本表依照朱崇志《中国古代戏曲选本研究》一书中对各选本中元、明杂剧的划分，只讨论元杂剧部分的情况。

[②] 幺书仪：《元人杂剧与元代社会》，北京大学出版社1997年版，第38页。

作中"才子佳人"一向是一个重要的主题。传奇创作中就有"传奇十部九相思"①的说法,创作上的偏爱对选家的眼光肯定会产生影响。而且元杂剧大团圆结局的习惯性处理,对解决明代中晚期文人的矛盾心理也是一种很好的途径:"既要'情思深远',又要'有关风教',反映了明后期文人面对人性自由的思想解放与人欲横流的社会效应之间无所适从的尴尬心态,一句'风流节义难兼擅'道出了其间的矛盾②,而元杂剧爱情题材中情与理的处理则是在某种程度上为当时文人提供了一个视角,元杂剧并非没有一见钟情、私订终身这种'书生小姐后花园'的例子,但其结局又往往是'奉旨完婚大团圆'的理性安排,最明显的是《倩女离魂》,张倩女可以离魂私奔、千里追郎,但当魂归肉身之后,却又大讲'父母之命、媒妁之言',较理智地处理了情感追求与社会规范的关系,在明代富有忧患意识的文人看来实为典范之作。"③虽然明代各选本都大量选取了该题材的作品,但在剧目的选取上有区别。所以,凡是符合风教标准的爱情剧经典作品,其他选家就会加以青眼。而前文在讨论臧懋循的心态时已经讨论过,在这样的思想背景下不以风教为主要取舍依据的臧懋循,在此类题材的保存上也超过别的选家,且不排斥对爱情的表现较为露骨的作品,最起码在保存元杂剧剧本的多样性上就做出了贡献。

神仙道化剧在元杂剧创作中本身就是一大类,在选本中多见也就不足为奇。幺书仪在《元人杂剧与元代社会》中,以"度脱剧"为名对涉及佛、道,度脱成仙的作品进行统计说:"仅从钟嗣成《录鬼簿》记载的四百余本杂剧中,考其题目、正名,可以断定与佛、道有关的作品,至少有近五十种,约占总数的八分之一。今存的这类作品,就收在《元曲选》和《元曲选外编》中的剧本统计,也有二十种之多,恰恰也

---

① 李渔《怜香伴》传奇卷末收场诗,清康熙世德堂刊本,转引自朱崇志《中国古代戏曲选本研究》,上海古籍出版社2004年版,第36页。
② 原注:周履靖《锦笺记》第四十出【尾】,《古本戏曲丛刊》二集影印明继志斋本。
③ 朱崇志:《中国古代戏曲选本研究》,上海古籍出版社2004年版,第36—37页。

占了现存元人杂剧的八分之一。"① 神仙道化剧的思想倾向，与前文论述的各位脱离仕途的选家的心态也有相合之处，此类作品容易引起他们的共鸣。而且擅长此类作品的代表作家如马致远，文采出众，从曲词的文学欣赏价值出发来甄选，其作品也是必选的经典。神仙道化剧演仙佛、鬼神之事，是折射现实世界的幻想领域，在构思上就占了一个"奇"字，这也是打动观众与读者的关键要素之一。虽然发展到后来有些作品有蹈袭严重、一味求奇的缺点，但在很长时间内，这一题材无论是在作家创作中还是选家编选时都占有一席之地。

历史传说是中国古代文学作品的重要题材来源。人们在历史中寻找可以借鉴来指导现实生活的经验，也在不断丰富的历史传说中寻找乐趣。按照幺书仪的统计，元杂剧中的历史剧流传至今的有四十余种，占现存元人杂剧作品的四分之一②。元人杂剧的题材对此前的戏剧艺术和其他通俗文学形式题材多有继承，受这样的渊源影响，历史剧就成为其中一大部分。吉川幸次郎先生在《元杂剧研究》一书中提到很多元杂剧作品的题材都来自"讲史"："《楚昭公》、《秋胡戏妻》、《伍员吹箫》、《冻苏秦》、《马陵道》、《谇范叔》、《赵氏孤儿》七种，取材于《东周列国志》前身的七国讲史；《连环计》、《隔江斗智》二种，取材于《三国演义》前身的三国讲史；《赚蒯通》、《气英布》二种，取材于《两汉演义》前身的两汉讲史；《薛仁贵》、《小尉迟》、《单鞭夺槊》三种，取材于《说唐全传》前身的隋唐讲史；以宋太祖为主角的《陈抟高卧》，取材于《飞龙全传》前身的五代宋讲史；《谢金吾》、《昊天塔》二种，取材于《杨家府演义》、《杨家将传北宋志传》前身的杨家将故事。"③ 所以历史题材不仅是在作品的重出率上领先，在元杂剧创作中历史剧也是常见题材。

---

① 幺书仪：《元人杂剧与元代社会》，北京大学出版社 1997 年版，第 3 页。
② 幺书仪：《元人杂剧与元代社会》，北京大学出版社 1997 年版，第 53 页。
③ [日] 吉川幸次郎：《元杂剧研究》，郑清茂译，台北：艺文印书馆 1987 年版，第 180 页。

至于那些在元杂剧选集中不被看好的作品题材，分析当时的社会现实与选家的立场，多少都能找出一点线索。当然，这种判断的前提是所有选家可供选择的元杂剧作品的数量与题材范围都差不多。其实由于明代中后期时许多元杂剧作品就已经散佚，各位选家在第一手材料来之不易的情况下，先出的影响后出的，各选本之间相互借鉴，也是事实。但选剧的标准，在各选本的对照中还是可以推断一二的。

首先，英雄传奇剧在当时似乎并不受到广泛肯定，这一点很好理解。在明代统治者看来，梁山好汉都是反贼，绿林英雄都是杀人越货的强盗。虽然像《李逵负荆》之类的剧作无论在文辞上还是戏剧结构上都不失为佳作，但此类题材中的高水平作品其实很少。除了《元曲选》这样以广博为特点的选集，其他选家都不愿对此类剧目过多关注。而且此类剧作被称为"脱膊杂剧"，从名称上推断，大概在演员的动作表演上比较精彩，而一般不在唱词上多做讲究，这不符合明代曲论中多数人仍然十分看重戏剧中唱词的主体地位的审美标准。

其次，公案剧与家庭问题剧的流行程度也不高。此类剧作的重心大多都在关目安排的巧妙与情节的引人入胜，也不易在辞采上有过人之处。而且公案剧中的指斥邪恶、申冤诉屈，有时矛头直指统治者，难免有影射现实的嫌疑。

从各个选集入选剧目的总数来看，除《元曲选》之外的其他选本，几乎都有半数以上的作品与《元曲选》重出，而在这些选本中涉及的题材范围显然就没有《元曲选》那么全面。元杂剧的体制本来就很短小，作为一种长度、结构都受到限制的叙事文学，在有限的时间里表现曲折的剧情才能引人入胜，而元杂剧作家在这一方面其实很有建树。从我们今天看到的元杂剧作品和存目情况来看，元杂剧的题材其实涉及上述各个题材领域，而且其中不乏戏剧性、舞台性都很强的作品。而《元曲选》之前的诸多选本却未免把人们对元杂剧的认识引向较为狭隘的方向，固然其中可能有底本资料搜集方面的原因，但对元杂剧艺术特点的展现却未免不够全面。

考虑到明代戏曲的发展状况，臧懋循在《元曲选》中扩大选取元杂剧作品的范围与当时的戏曲欣赏习惯也有一定的联系。盛行于明代的传奇篇幅一般都很长，在演出时要花费很多的时间。在明代中晚期，为了适应堂会演出的需要，已经出现了将一部戏中较受欢迎的几折戏单独上演以娱乐观众的现象。随着时间的推移，这种折子戏的演出逐渐受到普遍欢迎，而随之而来的就是戏曲欣赏习惯的变化。因为是整出戏中的片段，被挑选出来的折子中往往不会有特别复杂而完整的情节，观众主要是被演员的演出技巧所吸引，因此演员的舞台技艺也越发地精益求精。这种审美兴趣的转移对中国戏曲的发展产生了深远影响，戏曲创作的主旨由创造精美的诗性的曲词转向了突出精彩的舞台表演伎艺，明代文人剧作者赋予戏曲的高雅面貌也逐渐被世俗性、趣味性所取代。在这样的情况下，臧懋循独具慧眼地对元杂剧中的英雄传奇剧、公案剧与家庭问题剧投入较多关注，《元曲选》中涉及烟花风月、英雄好汉、公案故事、家长里短的内容就更贴近世俗的审美趣味，而元杂剧的舞台性、戏剧性特点也会更多地显现出来。他的选剧眼光就更加符合这一时期戏曲的整体发展趋势。

从作家的情况来看：我们今天所说的元剧的"四大家"：关汉卿、王实甫、马致远、白朴，在元明清三代其实有不同提法。如周德清认为是"关、郑、白、马"（《中原音韵》）[1]，何良俊认为是"马、郑、关、白"（《四友斋丛说》）[2]，王骥德认为是"王、关、马、白"（《曲

---

[1] 见（元）周德清《中原音韵序》："乐府之盛，之备，之难，莫如时今。其盛，则……。其备，则自关、郑、白、马一新制作，韵共守自然之音，字能通天下之语，字畅语俊，韵促音调；观其所述，曰忠，曰孝，有补于世。……"中国戏曲研究院编：《中国古典戏曲论著集成》（一），中国戏剧出版社1959年版，第175页。

[2] 见（明）何良俊《四友斋丛说》卷三十七："元人乐府称马东篱、郑德辉、关汉卿、白仁甫为四大家。"中国戏曲研究院编：《中国古典戏曲论著集成》（四），中国戏剧出版社1959年版，第6页。

律》)①，徐复祚认为是"马、关、王、郑"(《曲论》)②。以上说法中，被认为是"四大家"的，关汉卿、马致远、白朴三个人稳居榜上，只是对郑光祖和王实甫有所争议。当然这些对四家的品评，有时是包括对他们在散曲方面的成就的评价在内的。而且在评价剧作的时候，当时的评论家与现今的戏剧评论立足点不同。明清两代对元杂剧作品的品评，常见的是某人某剧某曲写得如何好，这是经典的"曲本位"的看法。

近代的元杂剧研究，尤其是1949年之后的元杂剧研究，对作家作品的批评角度会更加全面。比如关汉卿剧作受到推崇，其戏剧作品本身的出色之外，剧作中反映的思想内容更被重视。不过，从明代各选本看来，最受选家欢迎的剧作家无疑是马致远。表3-3所列的入选频率较高的26部作品里，马致远就占了4部，且重出6次以上。以下依次是乔吉、郑光祖、关汉卿各3部，白朴2部，宫天挺等10位作家各1部，无名氏作者1部。其实就戏剧成就来说，乔吉的作品从思想上、题材范围上还是戏剧技巧上都与关汉卿有一定差距，但其作品重出率却远比关汉卿高。这说明受明代曲论的影响，选家对戏曲辞采的关注程度，还是使得他们没能充分认识到关汉卿的价值。《㑇梅香》从人物设置到情节安排对《西厢记》都多有蹈袭之处，不能称之为佳作，却被多个选本选入，与才子佳人题材的风行与作家本人的名声和文采也有很大关系。而王实甫虽然以《西厢记》闻名，但《西厢记》的结构与一般元杂剧

---

① 见（明）王骥德《曲律·杂论》："胜国诸贤，盖气数一时之盛。王、关、马、白，皆大都人也，今求其乡，不能措一语矣。"中国戏曲研究院编：《中国古典戏曲论著集成》（四），中国戏剧出版社1959年版，第146页。王骥德还在其他著述中提过四家之说。如在《新校注古本西厢记》的评语中说："元人称'关、郑、白、马'，要非定论，四人则汉卿稍杀一等。第之，当曰'王、马、郑、白'，有幸有不幸耳。"可见他认为关汉卿其实不能与其他三家并提。见《新校注古本西厢记评语》，俞为民、孙蓉蓉编：《历代曲话汇编：新编中国古典戏曲论著集成·明代编》（第二集），黄山书社2009年版，第162页。

② 见（明）徐复祚《曲论·附录》："试观元人马、关、王、郑诸公杂剧，有是病否？"，中国戏曲研究院编：《中国古典戏曲论著集成》（四），中国戏剧出版社1959年版，第246页。

作品不同，没有受到以全剧为单位编选选本的选家的重视，倒是在单折曲文选本中很常见。对于这种现象，祁彪佳在《远山堂曲品》中给出的解释是："品中皆南词，而《西厢》、《西游》、《凌云》三北曲何以入品？盖以全记故也。全记皆入品，无论南北也。"① 所谓"全记"，根据祁彪佳的表述，其特点是：一，篇幅须长；二，须有前因后果的详细铺叙；三，须尽量敷衍情节，不能一带而过②。也就是说，判断的标准在于叙事的长度和故事情节的完整性，而不是音乐结构等特点。虽然今人所说的传奇相对于杂剧来说篇幅都比较长，几乎都可归入"全记"之中，但是像《西厢记》这样的长篇杂剧，在当时选家看来却同南曲传奇差不多。所以以明中后期这些杂剧选家的眼光来看，真正的元杂剧大家是马致远、关汉卿、郑光祖、白朴、乔吉、尚仲贤这些人，这些作家的元杂剧作品也是流行程度比较高的。臧懋循的《元曲选》不仅将这些元杂剧大家的经典作品几乎一网打尽，并且选入很多在关目安排、冲突构成等方面很有特点的无名氏作品，这也是《元曲选》后来成为研究元杂剧者离不开的重要资料的原因。

试将《元曲选》与较早于它出现《阳春奏》及晚出的《古今名剧合选》对比来看，就可看出编选者的不同倾向及《元曲选》的重要性：

《阳春奏》北图藏本今存13种，原书所收的39种元明杂剧中有18种与《元曲选》重出，它们是：《汉宫秋》《玉镜台》《谢天香》《梧桐雨》《风光好》《荐福碑》《岳阳楼》《蝴蝶梦》《陈抟高卧》《扬州梦》《青衫泪》《两世姻缘》《酷寒亭》《红梨花》《金线池》《对玉梳》《竹坞听琴》《窦娥冤》，其中有12部都是爱情婚姻类题材的作品，3部公案剧，2部神仙道化剧，只有1部历史剧。而这几部剧的剧作者包括了关汉卿、马致远、白朴、乔吉这4位在当时受到普遍推崇的元杂剧作

---

① （明）祁彪佳：《远山堂曲品·凡例》，中国戏曲研究院编：《中国古典戏曲论著集成》（六），中国戏剧出版社1959年版，第7页。

② 转引自朱崇志：《中国古代戏曲选本研究》，上海古籍出版社2004年版，第107页。

家，另有戴善甫、杨显之、张寿卿、贾仲名、石子章各1部作品入选。《阳春奏》明显表现出了与当时选家普遍一致地对关、马、白、乔四人的喜爱，却不知出于什么原因对郑光祖作品并不看好。郑光祖作品中《倩女离魂》《王粲登楼》《㑇梅香》在别的选本中重出率都很高，而且当时的戏曲界对郑光祖评价也很高，他是位居"四大家"而较少争议的一个，黄正位不大可能连一部郑光祖作品的底本资料都没有见到，因此《阳春奏》不收入郑的作品只能是选家有个人考虑。

而《阳春奏》中不见于《元曲选》的剧目里，只有《蓝采和》《野猿听经》与《醉射锁魔镜》这3部属于元人作品。这3部作品的《阳春奏》本都不存，但尚有别本可见。它们都是无名氏所作，不见于《录鬼簿》等资料的著录。从文学水平上来看，这三部也不是元代无名氏杂剧中的杰出者。《蓝采和》是一般的神仙道化剧，其中对戏曲艺人生活的记录和对元杂剧演出相关资料的保存倒是有一定的价值。《野猿听经》也是神仙道化题材，该剧的曲词平平，结构也较为松散，剧情的前后照应上有很多并不严谨的地方，如其中的猿猴精第一折时就变作樵夫余舜夫，第三折又改为樵夫侯玄，侯玄之名大概是为了暗示其本来面目，但是前后这两者之间全无联系，并不知这一变化有何意义。《醉射锁魔镜》演二郎神故事，有众多神仙人物出场并且有战斗场面，情节比较热闹，大概在演出的时候会有很好的效果，不过并没有很高的文学鉴赏价值。

由《阳春奏》的编选倾向就可以看出，黄正位尽管宣称他的选取标准是"情思深远""词语精工"且与"风教拯脱"有关的题材，但实际上他偏爱爱情婚姻题材的元杂剧作品，神仙道化类他的选本中只有马致远的2部作品还较有代表性。若论"词语精工"，《野猿听经》与《醉射锁魔镜》显然都不符合这一标准。而且在他的选本中占很大比例的爱情婚姻剧是如何能兼顾"情思深远"，又有益于风教的，他并没有做出解释，从剧本的实际情况来看也有矛盾之处。也就是说，黄正位虽然提出了一个剧本的选择标准，但在他的选本中并没有完全实现，这就显示出了黄正位在文学鉴赏的眼光方面与臧懋循的差距。

设想一下，如果得到广泛流传并深刻影响后来元杂剧研究的选本是《阳春奏》，人们对元杂剧的认识与实际的情况就会有很大的偏差。在元杂剧创作中历史剧的优势，在这部选本中完全没有体现出来。元杂剧反映当时社会中的家长里短、人情冷暖的现实内容，如《老生儿》《合同文字》那样将亲缘关系与家庭财产分割联系起来的剧作也被《阳春奏》忽略。如李逵一般的梁山好汉，像尉迟恭一样的隋唐英雄，在《阳春奏》里更是难觅踪迹。元杂剧作品中大量存在的无名氏作品，虽然在文学价值上并不突出，但有的诙谐风趣，有的场面热闹，也能反映出创作者的通俗审美情趣及创作目的中重视舞台效果的方面，《阳春奏》中仅有的3部元代无名氏作品并不能全面体现这样的特点。

黄正位是有一定文化水平的书坊主，从文学鉴赏的眼光来说，他应该比不上国子监博士出身且颇有诗名的臧懋循。但是黄正位的戏曲选本并没有体现出对世俗趣味的偏爱，而更多选择在各选本中重出率较高的马致远、关汉卿、乔吉等人的作品。《阳春奏》并没有显示出编选者有何独特的选剧眼光，而《元曲选》就不是这样。臧懋循的选本对元杂剧创作的各个题材领域都有涉及，除了曲词精美、广受好评的名家名作之外，他也把作者名不见经传、曲词平平但关目精巧、表演动作丰富、趣味性强的作品选入其中，从而较为全面地反映了元杂剧的艺术特色。《元曲选》的成就不仅是入选数目多，其保存元杂剧样本的多样性也是值得称道的。臧懋循本人对元杂剧的价值判断标准超越了一般选家对曲辞精美、事关风教的要求，在这种选剧思想的影响下，《元曲选》才能反映出元杂剧艺术的基本面貌。

再来看《古今名剧合选》，从理论上来说，孟称舜此书编成于崇祯年间，有臧懋循的《元曲选》和其他明代杂剧作品作为参考，理应能够整理出一个更好的选本。但是孟称舜可能是没能找到比臧懋循更多的元杂剧底本资料，他的《古今名剧合选》的元杂剧部分其实是在之前选本基础上的再次编选。虽然他在评点中对吴兴本的批判反映出他也曾参考《元曲选》之外的底本，但实际上还是《元曲选》对他影响最大。《酹江集》30种中17种是元杂剧，全部与《元曲选》重出；《柳枝集》26种，有20种应当属于元杂剧或者元末明初杂剧，其中19种与《元曲选》重出。《柳枝集》唯一多出的一种是《猪八戒》，这其实是杨景贤《西游记》一剧的第四本。《西厢记》《西游记》这种破除了元杂剧基本体制的长篇作品一般不被选入元杂剧的选本，但是由于《西游记》的六本故事其实也可以独立演出，孟称舜可能是看到了第四本的单行本材料，因此把它当作一个独立的剧目收入。

从孟称舜的编选倾向来看，既然以"名家"杂剧为名，从根本上就排斥无名氏作品。因此，在《柳枝集》中只有《度柳翠》、《酹江集》中只有《隔江斗智》和《真傀儡》是无名氏作品。在作家作品的选择方面，每位作家不论传世作品的数目多少，孟称舜都只选取一到四种（他自己的作品与周宪王的作品都选了四种，这是他对朱有燉的推崇和他本人的自夸之意），显示出对选取数量和质量的刻意要求。而且在剧本的选择上，孟称舜也表现出了一定的文人思想，如他选马致远作品中的《青衫泪》与《荐福碑》，而不是重出率很高的《岳阳楼》与《陈抟高卧》，显然他对《青衫泪》《荐福碑》两剧中表现出来的失意文人心境更为认可。除了"关、马、郑、白"四大家之外，孟称舜的选本还较为广泛地涉及了王实甫、宫天挺、纪君祥、李文蔚、康进之、高文秀、武汉臣等元杂剧名家，而且他所选择的元杂剧作品普遍质量较高。在题材方面，有《元曲选》的开拓在前，《古今名剧合选》对历史剧、公案剧、家庭问题剧、英雄传奇剧等题材都有涉及，而且在《元曲选》等书提供的材料基础上有一定取舍。如同样是梁山故事，他所选的《李逵负荆》与《燕青博鱼》就比他未选的《争报恩》在文学水平上略高一些。

如果说臧懋循的《元曲选》还只是满足于将他认为较好的元杂剧作品尽量多地收入选本，那么孟称舜的编选显然是更高水平上的对名家名作的精挑细选。但是孟称舜的成就很大程度上是建立在臧懋循的工作基础之上的，这从他的选本中的元杂剧部分几乎全部与《元曲选》重出就可以看出来。臧懋循的戏剧编选思想对孟称舜有很大影响，但他对名家名作的执着，却使他的选本同样忽略了无名氏作品在元杂剧中的意义。再假设一次，如果是《古今名剧合选》取代了《元曲选》的传播地位，起码在无名氏作品方面，就将成为元杂剧研究者的重要损失。

经过这样的对比，对臧懋循在他自己的戏剧思想影响下编选的《元曲选》的意义就可以有更为深入的认识。《元曲选》选入一百部元明杂剧，涉及所有元杂剧创作的题材领域，不仅将当时有全本传世的名家名作都尽量囊括在其中，还拣选了部分非知名作家的作品和无名氏作品。可见他对元杂剧艺术价值的判断不仅局限于从曲词上来领略的诗性意境的营造，还重视结合宾白、科介等全部内容才能显现出来的作者结构剧情的能力和舞台表现能力。作品中有精彩的动作表演可以引起观众的兴趣，或者剧情曲折而又圆满合理，都被他视作是可取之处。因此，《元曲选》的阅读价值与选本价值都被大大增加了，成为被广泛接受并产生持续影响的元杂剧选本。明代中晚期的戏曲创作和鉴赏已经比较注意戏曲的舞台性和戏剧性特征，而黄正位的《阳春奏》虽然只比《元曲选》早出几年，却没有显示出对元杂剧这方面特点的重视。孟称舜虽然对《元曲选》多有继承，但对元杂剧中的无名氏作品依然比较排斥，没有沿着臧懋循对元杂剧选本内容的开拓继续下去。从这个意义上来说，后来者应当感谢眼界广泛而不受风教观念束缚的臧懋循，由他编选的《元曲选》是影响最为广泛传播效力最大的元杂剧选本，这才使得大半传世元杂剧作品的题材、内容与艺术特点没有被限制在狭小的范围内，并兼顾着名作家与无名氏作者等不同创作群体的作品，较为全面地反映出元杂剧的总体特征。这可能是一种历史的必然选择，也可能就是一种幸运。

第三节 《元曲选》编选中的两个问题

一 《元曲选》为什么会选入明杂剧？

《元曲选》中收入了少数明人作品，似乎超出了"元曲"这一称谓给这部书的时代定位。这究竟是臧懋循的疏漏还是他的刻意安排，他这么做的目的又是什么呢？

现在看来，这肯定是臧懋循有意为之，但这是不是《元曲选》的缺点，却值得商榷。书中收录的明代作家，如王子一、谷子敬、贾仲名、杨文奎等人，他们的名字在朱权的《太和正音谱》中被列在"国朝一十六人"之中①，如上文所说，臧懋循《元曲选》中所附曲论摘录了《太和正音谱》的相关部分，但是他的摘录却没有将这些作家属于"国朝"这一信息包括进去，从而模糊了该书所选作家的时代问题。《古名家杂剧》收录王子一的《刘晨阮肇误入天台》，就标明时代为"国初"，可见对于王子一的生活及创作时间有比较明确的概念。臧懋循不可能摘录时偏偏漏看时代信息。

实际上，将元明两代北杂剧作品合编在当时是一个普遍现象。从现在可以看到的这些北杂剧选集的情况来看，明代出现的这些杂剧单剧选集中很多都选入了明代作品。《改定元贤传奇》虽然全目不详，但仅就今可见其收入《误入天台》1种来说，就未必全部都是元人作品。《古名家杂剧》有明杂剧24种，《元人杂剧选》有明杂剧6种，《阳春奏》有明杂剧19种，《古杂剧》有明杂剧4种，《古今名剧合选》共有明杂剧23种。相对全书的比例来说，《古名家杂剧》现存65种，明杂剧就占约三分之一；《元人杂剧选》原书选30种，明杂剧是五分之一；《阳春奏》原书收39种，一半是明杂剧，《古杂剧》现存的20种里明杂剧

---

① （明）朱权《太和正音谱》，中国戏曲研究院编：《中国古典戏曲论著集成》（三），中国戏剧出版社1959年版，第22—23页。

也要占去五分之一。《古今名剧合选》本身就有选入明杂剧的目的，所以元明杂剧的比例差不多是各占一半。相对而言，《元曲选》的十分之一是明杂剧，已经是选入明代作品比例最小的一部了。

而且试比较各选集入选明杂剧作品的时间下限，可以发现，包括《元曲选》在内的以元人作品为招牌的这些选集的误差其实并不很远。各选集涉及明代作家的情况如下：

《改定元贤传奇》：王子一；

《古名家杂剧》：王子一、贾仲名、罗贯中、朱有燉、陈沂、徐渭、杨慎、叶宪祖、程士廉；

《元人杂剧选》（《古今杂剧选》）：王子一、罗贯中、谷子敬、高茂卿、朱有燉[①]；

《阳春奏》：贾仲名、罗贯中、朱有燉、徐渭、汪道昆、许潮；

《古杂剧》（《顾曲斋元人杂剧选》）：罗贯中、贾仲名、李唐宾；

《元曲选》：王子一、贾仲名、谷子敬、杨文奎；

《古今名剧合选》：王子一、罗贯中、贾仲名、谷子敬、朱有燉、徐渭、王九思、康海、冯惟敏、梅鼎祚、梁辰鱼、王衡、沈自徵、陈继儒、孟称舜。

在以"元"这一时代来自我标榜的选集中，涉及的明代作家基本都是元末明初人，如王子一、罗贯中、谷子敬、贾仲名等。其中《元人杂剧选》所收朱有燉已经是该书中年辈较晚的作者了。而没有这样的时代限制的选集，如《阳春奏》选入的徐渭、汪道昆等，就是距离刊行选集的时间较近的嘉靖至万历朝人。最晚出的《古今名剧合选》在时间上跨度最大，甚至连编选者自己及同时代的沈自徵、陈继儒等人的作品也在其中。若说最为名实不符的其实是《古名家杂剧》，《古名家杂剧》应选刊于万历年间，有万历十七年（1589）徐氏覆刻本，则陈氏选刊时间应当在此之前。而有作品选入的叶宪祖、程士廉当时还在

[①] 《元人杂剧选》所收《玉壶春》署"无名氏"，所以不包括贾仲名。

世，实在不能算是"古名家"。

不妨从这些杂剧选集的名字入手来看看这些选家的时代意识。总的看来，在这些选集的命名中，"古"这个字的出现频率和"元"字的出现频率差不多。视元代为古，自然就将范围限制在元代。可是这些选集的出现，最早的也是在嘉靖时期，属于明朝的中后期了。对于此时的选家们来说，在此之前的时间都为"古"，在这段时间内出现的北杂剧作家，都可以"前贤"视之。实际上，这些杂剧选集对于"元代"这一时间范畴都没有严格遵守。有的选集直书"古今"二字，如《古今杂剧选》；有的写明所选为"元明"杂剧，如《元明杂剧四种》，都已经表明对于明代作品也有选入。而且，出现在元、明交替之际的一些作品本来就难以用朝代兴亡的时间标准来划分，这些北杂剧作品形式上与元杂剧保持一致，作品风格上也是元人杂剧的余绪，如《古杂剧》收入贾仲名的《对玉梳》《菩萨蛮》两剧和罗贯中的《风云会》，都直接标明时代为"元"，说明编选者就认为贾仲名与罗贯中是元代人。而《古名家杂剧》收入王子一的《误入天台》，则标明时代是"国初"。《古本戏曲丛刊》（第四集）影印的明万历年间刊本《元明杂剧四种》，注明《金童玉女》的作者贾仲名是明朝人。对于选家来说，只要是"前贤"作品，都有可入选的资格，时代其实不是主要的标准。而且臧懋循编辑《元曲选》所针对的主要批判对象，如其序言中所说，是"今之南曲"。那么与此相对，《元曲选》意图呈现的就是"古之北曲"的精妙之处。对于身处万历年间的臧懋循来说，明代前期的北杂剧作品显然也是属于"古之北曲"的。身处明代中晚期的选家们怀有对前贤的追慕和对"我明"的称颂之情，在选集的断代意识上对元、明之分别可能没有那么泾渭分明。

而且，臧懋循的书商意识在这个问题上很有可能也产生了一定影响。臧懋循有意模糊了剧本的时代问题，而希望读者认为这些剧本既然被他选在《元曲选》里，就应当是元代作品。臧懋循对杂剧作品的甄选还是很严格的，从麻城刘延伯家借得抄本杂剧三百余种，"然止二十余种稍佳,余甚鄙俚不足观"①。沈德符的《万历野获编》"杂剧院本"条也指出:"涵虚子所记杂剧名家,凡五百余本,通行人间者不及百种,然更不止此。今教坊杂剧,约有千本,然率多俚浅,其可阅者十之三耳。"② 说明可供选拣的杂剧总数实在有限。他没有能够从元代作品里选出整整一百部的经典作品,又不能放弃"百部"这一宏伟规划,于是小心地没有将时间的下限拖得太远,只以一小部分元末明初作品来凑够百种之数,以免降低这部选集"尽元曲之妙"的号召力,以求在商业上达到成功,这种行为也是可以理解的。

以其影响而论,恐怕也没有因为臧懋循将这些杂剧都收入了《元曲选》,就会使得后人误以为这些剧作真的是元人作品。孟称舜编《古今名剧合选》,在《三度城南柳》一剧的评点中说道:"谷子敬、王子一、贾仲名,皆国初人,或误收元剧中,今悉改正。"③ 他明确指出臧懋循为误收,并为之改正。止云居士编选戏曲选集《万壑清音》,在《凡例》第一条中说:"今则元人所作,多不选入,大都取我国朝名家最善者辑而刻之,使后世亦知国朝文人之盛,不徒仅以制义已也。"第十条又说:"北曲吴兴臧先生有《元人百种》之刻,已专美于前矣。兹所选者,悉不敢蹈袭,然其中若一卷《渔樵闲话》四折,则又大同而小异,若拷问承玉,略稍相同,余皆迥别矣。"④ 既已说明以明朝北调作品为编选范围,又特别指出《元曲选》已选的不再重复,则编选者知道《元曲选》有明代作品无疑。止云居士对《元曲选》的认识,看重的是"北曲"而不是"元曲"。可见,臧懋循的《元曲选》虽然选入了明代作品,但入选的明代作品在时间上距离元朝不远,而且全书也

---

① (明)臧懋循:《寄谢在杭书》,《负苞堂集》卷四,古典文学出版社1958年版,第91页。
② (明)沈德符:《万历野获编》,中华书局1959年版,第648页。
③ (明)孟称舜:《古今名剧合选》评点,俞为民、孙蓉蓉编:《历代曲话汇编:新编中国古典戏曲论著集成·明代编》(第三集),黄山书社2009年版,第485页。
④ (明)止云居士:《北调万壑清音凡例》,俞为民、孙蓉蓉编:《历代曲话汇编:新编中国古典戏曲论著集成·明代编》(第二集),黄山书社2009年版,第467—469页。

因所选皆为"前贤"之北曲名篇而被当时人所接受。至于以明初作品入选的行为，可能是对作家作品的时代认识不甚清晰，也可能是有意的滥竽充数。但这既是当时通例，也没有造成很大的不良影响。现在的研究者固然惋惜这百部之中本应包括更多的元代作品，但也不可苛求臧懋循太过。

二 《元曲选》的编选有顺序吗？

《元曲选》所收的百种杂剧，到底有没有内在的编选顺序，这个问题在之前的研究中也没有得到明确的解释。戏曲选本的排序往往能够说明编选者的选曲观念。即使没有水平高下的品评，编选者也会用分门别类的方式来说明他编辑材料的依据。根据赵山林对明代戏曲选本的分期来看，成熟期的戏曲选本有很多是注明了其文本类别的[1]，举例如下：

《古名家杂剧》正集分为金、石、土、革、丝、木、匏、竹八集，续集分宫、商、角、徵、羽五集；

《群音类选》分为官腔、诸腔、北腔、清腔四部分；

《乐府红珊》分为庆寿、伉俪、诞育、训诲、激励、分别、思忆、捷报、访询、游赏、宴会、邂逅、风情、忠孝节义、阴德、荣会十六类，每类一卷；

《摘锦奇音》戏曲部分分乾、坤二帙，次分以卷、层、剧、出；

《吴歈萃雅》分元、亨、利、贞四辑，元亨二辑为散曲，利贞二辑为戏曲，戏曲每套又往往标出名目，如"寿宴"、"忆别"、"游赏"之类；

《月露音》分庄、骚、愤、乐四卷；

《南音三籁》分天籁、地籁、人籁三种；

《词林逸响》分风、花、雪、月四卷，风、花收散曲，雪、月收戏曲；

---

[1] 赵山林：《中国戏曲传播接受史》，上海人民出版社2008年版，第312—317页。

《古今名剧合选》分为《柳枝集》和《酹江集》；

《怡春锦》分为"幽期写照礼集""南音独步乐集""名流清剧射集""弦索元音御集""新词清赏书集""弋阳雅调数集"六集；

《玄雪谱》分"词胜于情""情胜于词""情词双美"三类；

《增订珊珊集》分文、行、忠、信四卷，文、行卷收散曲，忠、信卷收戏曲；

《乐府南音》分日、月二集，日集收戏曲，月集收散曲；

《南北词广韵选》按《中原音韵》十九韵目分为十九卷；《乐府歌舞台》分风、花、雪、月四集。

这些已经有分类的选本又有不同情况：《群音类选》是曲选，所以腔调归属为类。《乐府红珊》明显是以情节内容为类。《月露音》是曲选，所谓庄、骚、愤、乐是指风格情感而言，《月露音凡例》中自有解释："《庄》取其正大，《骚》取其潇洒，《愤》以写《庄》、《骚》哀切之情，《乐》以摹《庄》、《骚》欢畅之会。犹之兴、观之有群、怨也。"[①]《南音三籁》的分类是编选者自己的品评意见，凌濛初在《南音三籁》凡例中说明其划分标准为："曲分三籁，其古质自然，行家本色为天；其俊逸有思。时露质地者为地。若但粉饰藻缋，沿袭靡词者，虽名重词流，声传里耳，概谓之人籁而已。"[②]《玄雪谱》划分的"词胜于情""情胜于词""情词双美"也是体现编选者的评价标准。孟称舜在《古今名剧合选》的序言中说："取元曲之工者，分其类为二，而以我明之曲继之，一名《柳枝集》，一名《酹江集》，即取〔雨淋铃〕'杨柳岸'，及'大江东去，一樽还酹江月'之句也"[③]，这里其

---

① （明）李郁尔：《月露音凡例》，俞为民、孙蓉蓉编：《历代曲话汇编：新编中国古典戏曲论著集成·明代编》（第二集），黄山书社2009年版，第454页。

② （明）凌濛初：《南音三籁凡例》，俞为民、孙蓉蓉编：《历代曲话汇编：新编中国古典戏曲论著集成·明代编》（第三集），黄山书社2009年版，第200页。

③ （明）孟称舜：《古今名剧合选序》，吴毓华：《中国古代戏曲序跋集》，中国戏剧出版社1990年版，第199页。

实就暗含着以风格分类的意思。

但是有的分类实际参考意义并不大。《古名家杂剧》正集分类用的金、石、土、革、丝、木、匏、竹，是古代的"八音"，是一种按乐器制作的材料分类的方法，续集的宫、商、角、徵、羽称为"五声"或"五音"，是我国古代的五声音阶。这种分类可能意味着戏曲与音乐有着密切的关系，但是《古名家杂剧》是剧选，不是按照伴奏乐器的种类或者演唱音乐的调式来分别结集的，这种分类只是借用了八音、五声的名称。《吴歈萃雅》所用的元、亨、利、贞，是周易卦辞记事的总符号，《增订珊珊集》所用的文、行、忠、信出自《论语·述而》："子以四教：文、行、忠、信"，是儒家要求的做人的基本准则，这些名称都跟选本所收的戏曲内容没有直接的联系，只是读书人熟用的一些基础性的名词被用以为选本排序。至于风花雪月之类更是常用套语。《怡春锦》的分集方式表现为一种复合的形式：礼、乐、射、御、书、数是所谓"六艺"，即古代儒家要求学生掌握的六种基本技能，这部分是没有实际意义的。至于前半部分，"幽期写照"是针对题材内容而言，"南音独步""弦索元音""弋阳雅调"是根据戏剧种类而言，"名流清剧"又是根据作者审美趣味而言的了。至于"新词清赏"是散曲，跟其他五个戏曲单出的集子又不一样。根据赵山林先生所说，成熟期的文人选本与民间选本有着显著区别，其一就是文人选本大多有明确的选曲观念，将其分门别类以示区别，借以标榜个人特色，突出主体性[①]。而其中那些没有实际意义的分集方法，大概也就是文人标榜身份习惯性炫耀知识的流露而已。

值得注意的是，一般来说能够标明文本分类的，以曲选和出选为多。剧选中虽然《古名家杂剧》有分集名目，但是没有实际意义，《古今名剧合选》也只是比照词之豪放、婉约模糊地分为两种风格而已。在这样的情况下，《元曲选》只是简单地以甲乙丙丁天干排序分为十集

---

① 赵山林：《中国戏曲传播接受史》，上海人民出版社2008年版，第319页。

就不足为怪了。虽然剧选也属于文人选本，但是剧选的编排目的与曲选、出选不甚相同。在当时欣赏戏曲中个别曲子的清唱已经成为一种流行的欣赏方式，《群音类选》之类的曲选按腔调归属分类自然有助于清唱。以情节、风格和情感等选家主观判断分类的，除去表示选家自己的审美评判之外，可能也与应用场合有关："……陶奭龄《小柴桑喃喃录》曾以独特的方式将戏曲与《诗经》相对照：'余尝欲第院本作四等，如《四喜》《百顺》之类，颂也，有庆喜之事则演之；《五伦》《四德》《香囊》《还带》等，大雅也，《八义》《葛衣》等，小雅也，寻常家庭宴会则演之；《拜月》《绣襦》等，风也，闲亭别馆、朋友小集则演之；至于《昙花》《长生》《邯郸》《南柯》之类，谓之逸品，在四诗之外，禅林道观皆可搬演，以代道场斋醮之事……①'主观型分类方式除审美类外很可能尚有此种隐喻功能，以作为不同场合之选择……"②《吴歈萃雅》每套曲子之前都用两字标出名目，如寿宴、游赏之类，可能也是出于此种考虑。剧选所选文本为全剧，但其具体内容可以供阅读、念诵、演唱，也可供全剧搬演之用，选家对其并没有限制，就没有如此细致的划分方式。从元杂剧选本的状况来看，虽然在题材上，有朱权"杂剧十二科"式的分类依据可以参考；在作家作品上，也有很多为人称道的名家名作。但是流传到此时的元杂剧剧本受到诸多限制，数量有限，且有很多作品不知作家名姓。从题材上看，"杂剧十二科"的分类其实也有交叉、模糊的地方，以此作为分类依据也是有难度的。所以不仅是臧懋循，这一时期的元杂剧选家们基本都是继承最初的戏曲选本成书方式，仅仅是汇集成编，而不加以分门别类，只是在底本的选择上有所用心。这与元杂剧的基本情况，以及戏剧选集中剧选的功能多样性都是有关系的。

① 原注：陶奭龄《喃喃录》卷上，转引自王利器：《元明清三代戏曲小说禁毁史料》，上海古籍出版社1981年版，第268页。
② 赵山林：《中国戏曲传播接受史》，上海人民出版社2008年版，第319—320页。

《元曲选》汇集剧本的无序性表现在各个方面，从任何角度试图找到其规律都很难下手。试将其所收杂剧情况按顺序列表如下（表3-5）：

表3-5　　　　《元曲选》十集所收剧本的基本情况①

剧目	分集	作家	时代分期	题材	备注
汉宫秋	甲	马致远	元前期	爱情婚姻	《酹江集》
金钱记	甲	乔吉	元中期	爱情婚姻	《柳枝集》
陈州粜米	甲	无名氏	元末明初	公案剧	
鸳鸯被	甲	无名氏	元朝	爱情婚姻	
赚蒯通	甲	无名氏	元末明初	历史剧	
玉镜台	甲	关汉卿	元前期	爱情婚姻	《柳枝集》
杀狗劝夫	甲	无名氏	元前期	家庭问题	
合汗衫	甲	张国宾	元前期	家庭问题	
谢天香	甲	关汉卿	元前期	爱情婚姻	
争报恩	甲	无名氏	元末明初	英雄传奇	
张天师	乙	吴昌龄	元前期	神仙道化	
救风尘	乙	关汉卿	元前期	爱情婚姻	
东堂老	乙	秦简夫	元后期	家庭问题	《酹江集》
燕青博鱼	乙	李文蔚	元前期	英雄传奇	《酹江集》
潇湘雨	乙	杨显之	元前期	爱情剧婚姻	《柳枝集》
曲江池	乙	石君宝	元前期	爱情婚姻	
楚昭公	乙	郑廷玉	元前期	历史剧	
来生债	乙	无名氏	元末明初	神仙道化	
薛仁贵	乙	张国宾	元前期	历史剧	
墙头马上	乙	白朴	元前期	爱情婚姻	《柳枝集》

---

① 表中所列作家依《元曲选》著录，相应作家分期及无名氏作品分期参考傅惜华《元代杂剧全目》《明代杂剧全目》及赵景深主编、邵曾祺编著《元明北杂剧总目考略》。"备注"栏中列出与孟称舜在《古今名剧合选》中将其分类的情况，以作为其基本风格的参考。

续表

剧目	分集	作家	时代分期	题材	备注
梧桐雨	丙	白朴	元前期	爱情婚姻	《酹江集》
老生儿	丙	武汉臣	元前期	家庭问题	《酹江集》
朱砂担	丙	无名氏	元末明初	公案剧	
虎头牌	丙	李直夫	元前期	家庭问题	
合同文字	丙	无名氏	元末明初	公案剧	
冻苏秦	丙	无名氏	元末明初	历史剧	
儿女团圆	丙	杨文奎	明朝	家庭问题	
玉壶春	丙	武汉臣	元前期	爱情婚姻	
铁拐李	丙	岳伯川	元前期	神仙道化	《酹江集》
小尉迟	丙	无名氏	元末明初	英雄传奇	
风光好	丁	戴善甫	元前期	爱情婚姻	
秋胡戏妻	丁	石君宝	元前期	爱情婚姻	
神奴儿	丁	无名氏	元末明初	公案剧	
荐福碑	丁	马致远	元前期	历史剧	《酹江集》
谢金吾	丁	无名氏	元末明初	英雄传奇	
岳阳楼	丁	马致远	元前期	神仙道化	
蝴蝶梦	丁	关汉卿	元前期	公案剧	
伍员吹箫	丁	李寿卿	元前期	历史剧	
勘头巾	丁	孙仲章	元前期	公案剧	
黑旋风	丁	高文秀	元前期	英雄传奇	
倩女离魂	戊	郑光祖	元中期	爱情婚姻	《柳枝集》
陈抟高卧	戊	马致远	元前期	神仙道化	
马陵道	戊	无名氏	元末明初	历史剧	
救孝子	戊	王仲文	元前期	公案剧	
黄粱梦	戊	马致远	元前期	神仙道化	
扬州梦	戊	乔吉	元中期	爱情婚姻	《柳枝集》
王粲登楼	戊	郑光祖	元中期	历史剧	《酹江集》
昊天塔	戊	无名氏	元后期	英雄传奇	

续表

剧目	分集	作家	时代分期	题材	备注
鲁斋郎	戊	关汉卿	元前期	公案剧	
渔樵记	戊	无名氏	元末明初	历史剧	
青衫泪	己	马致远	元前期	爱情婚姻	《柳枝集》
丽春堂	己	王实甫	元前期	爱情婚姻	《酹江集》
举案齐眉	己	无名氏	元朝	爱情婚姻	
后庭花	己	郑廷玉	元前期	公案剧	
范张鸡黍	己	宫天挺	元中期	历史剧	《酹江集》
两世姻缘	己	乔吉	元中期	爱情婚姻	《柳枝集》
赵礼让肥	己	秦简夫	元后期	历史剧	
酷寒亭	己	杨显之	元前期	公案剧	
桃花女	己	无名氏	元后期	神仙道化	
竹叶舟	己	范子安	元中期	神仙道化	
忍字记	庚	郑廷玉	元前期	神仙道化	
红梨花	庚	张寿卿	元前期	爱情婚姻	《柳枝集》
金安寿	庚	贾仲名	明朝	神仙道化	
灰阑记	庚	李行道	元前期	公案剧	
冤家债主	庚	无名氏	元末明初	神仙道化	
㑇梅香	庚	郑光祖	元中期	爱情婚姻	《柳枝集》
单鞭夺槊	庚	尚仲贤	元前期	英雄传奇	
城南柳	庚	谷子敬	明朝	神仙道化	《柳枝集》
㑇范叔	庚	高文秀	元前期	历史剧	《酹江集》
梧桐叶	庚	无名氏	元末明初	爱情婚姻	
东坡梦	辛	吴昌龄	元前期	神仙道化	
金线池	辛	关汉卿	元前期	爱情婚姻	《柳枝集》
留鞋记	辛	无名氏	元末明初	爱情婚姻	
气英布	辛	尚仲贤	元前期	历史剧	
隔江斗智	辛	无名氏	元末明初	历史剧	《酹江集》
刘行首	辛	杨景贤	明朝	神仙道化	

续表

剧目	分集	作家	时代分期	题材	备注
度柳翠	辛	李寿卿	元前期	神仙道化	《柳枝集》
误入桃源	辛	王子一	明朝	神仙道化	《柳枝集》
魔合罗	辛	孟汉卿	元前期	公案剧	《酹江集》
盆儿鬼	辛	无名氏	元末明初	公案剧	
对玉梳	壬	贾仲名	明朝	爱情婚姻	《柳枝集》
百花亭	壬	无名氏	元末明初	爱情婚姻	
竹坞听琴	壬	石子章	元前期	爱情婚姻	《柳枝集》
抱妆盒	壬	无名氏	元朝	历史剧	
赵氏孤儿	壬	纪君祥	元前期	历史剧	《酹江集》
窦娥冤	壬	关汉卿	元前期	公案剧	《酹江集》
李逵负荆	壬	康进之	元前期	英雄传奇	《酹江集》
萧淑兰	壬	贾仲名	明朝	爱情婚姻	《柳枝集》
连环计	壬	无名氏	元末明初	历史剧	
罗李郎	壬	张国宝	元末明初	家庭问题	
看钱奴	癸	郑廷玉	元前期	家庭问题	
还牢末	癸	李致远	元前期	英雄传奇	
柳毅传书	癸	尚仲贤	元前期	神仙道化	《柳枝集》
货郎旦	癸	无名氏	元末明初	家庭问题	
望江亭	癸	关汉卿	元前期	爱情婚姻	
任风子	癸	马致远	元前期	神仙道化	《酹江集》
碧桃花	癸	无名氏	元末明初	神仙道化	
张生煮海	癸	李好古	元前期	神仙道化	《柳枝集》
生金阁	癸	武汉臣	元前期	公案剧	
冯玉兰	癸	无名氏	元末明初	公案剧	

从以上列表的情况可以看出，从现在所能想到的各种选集的排列顺序来判断，全书各集的排序都是十分分散的。十集中的任何一集都没有出现所选作品在时代、题材或者风格方面有集中的倾向。就《元曲选》

所提供的作家姓名来看，也没有出现将同一位作家的作品集中的情况。马致远、关汉卿等人的入选作品虽多，却被分散在了各集中。从各集的情况来看，丁集中有两部马致远作品，戊集中有马致远、郑光祖各两部作品，壬集中有两部贾仲名作品，同一集中同一位作家的作品被错开来排列。除了名家名作之外，每一集都收录有若干无名氏作品，而不是采取将这些作品另外集中的方式。出现在甲集中的作家有马致远、关汉卿、乔吉和张国宾，"关马郑白"四大家已有两位，而白朴在乙集也随即出现，郑光祖出现在戊集。这些作家都有很多作品传世，其名作在当时各选本中都有选入，即使不依靠内府本之类的稀见资源也可以得到，但臧懋循并没有将其集中，而是尽量分散在各集里。所以，《元曲选》能够实现这样的无序性，与其说是将所选作家作品随机排列的结果，不如说是编选者有意为之，也就是说，无序性就是它的编排顺序。这其实也是某种选本思想的体现。

戏曲选本，经常以"锦"命名。检阅一下我国明清以来的戏曲选本，就可发现如《风月（全家）锦囊》《百二十种南戏文全锦》《八能奏锦》《摘锦奇音》《怡春锦》《万锦娇丽》《千家合锦》《万家合锦》《摘锦录》等书名。李开先在《改定元贤传奇序》中所说："选者如《二段锦》、《四段锦》、《十段锦》、《百段锦》、《千家锦》，美恶兼蓄，杂乱无章。其选小令和套词者，亦多类此。"① 以锦为名是曾是元杂剧选集的常见命名方式。《四段锦》今可见明代高儒的《百川书志·外史》著录，其书收四种杂剧：《翰林风月》《两世姻缘》《范张鸡黍》《王粲登楼》。另外明杂剧选集中亦有《杂剧十段锦》，收《义勇辞金》《曲江池》《八仙庆寿》《死后团圆》《仗义疏财》《继母大贤》《豹子和尚》《烟花梦》《善知识苦海回头》《汉相如献赋题桥》十种明代杂剧。从这两种选本中的剧作看来，也没有表现出明显的逻辑顺序或者选

---

① （明）李开先：《改定元贤传奇序》，吴毓华编著：《中国古代戏曲序跋集》，中国戏剧出版社1990年版，第51页。

录理由。那么，为什么以"锦"字为戏曲选集命名如此常见呢？明代张禄在《南北小令引》中有这样一段话："乐府有套数，有小令，譬之机中文锦，全端匹者，固为粲然夺目，赏玩不穷矣。其剪割畸零，亦自可人意。"① 这就说出了以锦喻曲的原因。锦是有彩色花纹的丝织品，它是用染好颜色的彩色经纬线，经提花、织造工艺织出图案的。而锦虽然以全匹织出，在使用时也是可以分割开的，分割开的锦依然保存有精巧的花纹可供欣赏。汉语中有"集锦"一词，就是将各种精彩的图片、书画、诗文等汇编起来。对于选家来说，将他认为是好的戏曲片段或剧目汇编起来，就是一种对精彩内容的呈现。明代李郁尔在《月露音凡例》第六则也大概说明了选家与作者这两种心态的不同："乐府选者与作者不同。作者欲联其事，脉络状若人心，情果能曲畅其真，常言最称绝妙。至于入选，苟非剪水裁云，雕龙绣虎，何敢混入？幸无以台上之观律部中之录。"② 戏曲选家的主要目的是选取精品，而较少有如诗文品评领域那样继续划分优劣的认识。王骥德就曾认识到这个问题："余欲于暇中，仿《辍耕》、《正音》二书例，尽籍记今之戏曲，且甄别美恶，次为甲乙，以传示将来，恨未能悉见所有。"③ 由《南村辍耕录》《太和正音谱》等书开创的戏曲批评路线，是重视资料性质大过品评性质的。王骥德等人即使认识到这一点，也尚未能扭转这种局势。所以，《元曲选》没有表现出类别方面的区分和品评方面的顺序，仅仅将其错杂排列，如同集锦一般使得各集中收录的剧目都很丰富多彩，这与当时的戏曲选本思想发展程度一致。

不过，还是有人认为《元曲选》中有品评优劣的意识，只是没有

---

① （明）张禄：《南北小令引》，俞为民、孙蓉蓉编：《历代曲话汇编：新编中国古典戏曲论著集成·明代编》（第一集），黄山书社2009年版，第240页。

② （明）李郁尔：《月露音凡例》，俞为民、孙蓉蓉编：《历代曲话汇编：新编中国古典戏曲论著集成·明代编》（第二集），黄山书社2009年版，第454页。

③ （明）王骥德：《曲律》，中国戏曲研究院编：《中国古典戏曲论著集成》（四），中国戏剧出版社1959年版，第169页。

明言。清代焦循《剧说》卷五："王昭君事，见《汉书》。《西京杂记》有诛画工事。元、明以来，作昭君杂剧者有四家。马东篱《汉宫秋》一剧，可称绝调；臧晋叔《元曲选》取为第一，良非虚美。"① 因为《汉宫秋》排在《元曲选》第一部，所以焦循认为这是臧懋循以此为最好的意思。但若照此类推，四大家的作品并不全在靠前位置，被当时选家普遍看好、重出率很高的《梧桐雨》《两世姻缘》《倩女离魂》都在后几集才出现，而甲集中却包括了孤本的《陈州粜米》、艺术价值不甚高的《鸳鸯被》以及表现水浒英雄不被其他选家看好的《争报恩》。如果这是臧懋循的品评顺序，未免与当时的基本看法与杂剧的真实水平相差太大。而仅以《汉宫秋》为第一，余者均无品评的话，未免也失之潦草。给焦循造成这种印象，与《元曲选》在整体上表现出来的某种倾向有关。如果纵观《元曲选》的作品排列顺序，可以看出名家名作虽然分散，但首次出现位置比较靠前的作家，基本《元曲选》中都收录了他们不止一部作品。其中享有盛名且传世作品较多的马致远和关汉卿的位置尤其靠前。如此看来，将著名作家作品前置应当是他的考虑之一。《寄黄贞父书》中说："刻元剧本拟百种，而尚缺其半，蒐辑殊不易。乃先以五十种行之。且空囊无以偿梓人，姑藉此少资缓急。兹遣奴子赍售都门，亦先以一部呈览。幸为不佞吹嘘交游间，便不减伯乐之顾，可作买纸计矣。倘有所须，自当续致。不敢以此嗷丈也。"② 大概就是因为全书既不能一次出版，势必分出先后，这些剧作比较常见，而且有较多别本可供参考，整理起来比较容易，所以作为先期出版的作品，也可以为《元曲选》赢得一定的声誉。《汉宫秋》作为百剧之首也因此显得突出一些。在此基础上，每集实际上都会包括一部分的无名氏作品和在其他选本中少见的或者成就不高的作品。再加上有意将入选作

---

① （清）焦循：《剧说》，俞为民、孙蓉蓉编：《历代曲话汇编：新编中国古典戏曲论著集成·清代编》（第三集），黄山书社2008年版，第443页。
② （明）臧懋循：《寄黄贞父书》，《负苞堂集》卷四，古典文学出版社1958年版，第84—85页。

品较多的作家的作品分散排列，于是形成每集都有名家名作，但也有一般作品或少见作品的格局。所以说，与其说《元曲选》中有臧懋循以文人身份角度做出的品评顺序，不如说是他从书商角度出发进行的商业衡量。《元曲选》的发行是分集的，若是将名家名作集中，就势必会出现各集之间水平不统一的问题。将各集之间的力量均衡，也会使其整体面目比较整齐，不会因为将所有名家名作放在前面而使得全书有虎头蛇尾的嫌疑。总的说来，《元曲选》并没有在作品的编排顺序上表现出以作家或作品题材集中的倾向，也并不是以创作年代的先后或者作品水平的高低来排列这一百种杂剧的。作为书商，臧懋循其实更重视《元曲选》各集的商品价值，而没有对其中作品进行品评的意图。

　　本章小结：综合本章论述，臧懋循《元曲选》的编选特点，既有与同时代的元杂剧选家相同的地方，也有他个人的特色。与其他选家相比，他选取元杂剧的标准更为宽泛，没有受到戏曲风教观的过多影响。当时的戏曲选本都集中在爱情婚姻、神仙道化和历史剧这几种题材领域中，而臧懋循的《元曲选》对公案剧、英雄传奇剧和家庭问题剧都有一定数量的选入。在《元曲选》中不仅有关、马、郑、白等名家的作品，也有大量的无名氏作品。这部分作品虽然在文学价值上并不出众，但是其中不乏以生动传神的戏剧场面或者活泼有趣的动作表演来吸引观众的剧作，将此类作品也选入《元曲选》中，扩展了人们对元杂剧的鉴赏范围。《元曲选》的出现扭转了之前的元杂剧选本在甄选作品的标准上体现出的偏狭倾向，使得这部戏曲选本具有更多的世俗性和趣味性。与此同时，臧懋循个人自负张扬的个性特点也体现在这部选集中，他为了提高元杂剧的地位，证明自己的戏曲理论，对前人的曲论其实也有改动的痕迹。他的文人意识与书商心态，在这部选集的编选中有多方面的体现。《元曲选》这部戏曲选本的成功，正是因为臧懋循的戏曲选本编选思想在时代的普遍特征之上又有自己的独特眼光。

第四章 《元曲选》中的上下场

臧懋循在《元曲选》中提供了经过他修订整理的元杂剧剧本的完整体制。其中曲词、宾白部分与现存其他元杂剧版本的异本比较，前辈学者已有诸多成果。本书的关注重点在元杂剧剧本的"科"的部分。徐扶明先生在《元代杂剧艺术》一书中指出，元杂剧的"科"大概包括五个方面：一、做工，元代称为"做手儿"，着重在表情动作，后世戏曲称为"身段"；二、武功，有毯子功和把子功之分；三、剧中穿插的歌舞；四、元杂剧演出的效果；五、检场。从元杂剧剧本所标明的舞台指示看来，主要的是做工与武功两个方面[①]。在"唱什么"与"说什么"之外，这部分内容直接指向"怎么演"，与戏剧的舞台性特征的联系更加紧密。本章首先关注的是上下场的问题。

元杂剧中的上下场提示一直以来并没有引起足够的关注。一般认为上下场提示既没有叙事功能，也没有抒情意味，似乎只是用以提示人物的上场和下场，是简单的即时性的动作。实际上，上下场提示在元杂剧剧本中是不可缺少的部分。首先，剧中人物的上下场，是元杂剧的场次安排的明确标识。人们熟知的元杂剧的结构是"一本四折一楔子"，其实这个结构更多与音乐属性相关，每一折是同一个宫调的一个套曲，自然形成音乐的不同段落。在剧情上，虽然"折"的确可以划分情节的发展，但并不受时间和地点的限制。每一折可以是一场戏，也可以是好

---

① 徐扶明：《元代杂剧艺术》，上海文艺出版社1981年版，第219—221页。

几场戏。所以，剧作者通过设计人物的上下场来控制戏剧的场次安排，把握戏剧的节奏，推动情节的发展，上下场的设计是结构剧情的必要安排。齐如山先生曾撰文论述中国传统戏剧艺术中的上下场之重要："中国剧向来分场不分幕，每换一场，无幕可开，无幕可闭，且开戏之后须一场连一场，台上不许空场。因为这个原故，所以剧中对于上场下场之情形，均有极特别精密美术之组织。"[①] 这种由人物上下场控制的场次安排，在中国古代戏剧传统中被传承下来。经臧懋循整理之后整齐可观的上下场提示，为这种传统提供了明中晚期的清晰范本。

其次，从《元曲选》中看到的元杂剧剧本中的上下场提示，除了简单的"上""下"之外，还有许多是附加了动作或者状态提示的，这就涉及具体的表演形式，是最基本的表、导演艺术手段的体现。从多种元杂剧选集和全集的比较中就可以看出，《元曲选》中的剧本在上下场提示方面显得尤为丰富和严谨。这并不仅仅是由于《元曲选》所选的剧本数量大大超过别的选集，也是因为臧懋循在参考明代中晚期舞台表演技艺的基础上，对剧本中涉及的上下场方式的特点、用法都比较了解。作为完整的文学剧本，应该能够为读者提供能够在脑海中复现剧中场景的意象，创作者对不同情境下的上下场动作应该如何与剧情的发展相适应、反映人物的性格与心理、与观众达成交流等情况，也必须有所考虑。对这些上下场提示的整理和规范，更多代表着臧懋循对上下场动作以及以这些上下场串联的整场戏表演方式的设计。然后将它们记录在剧本中，读者在阅读时就可以通过对这些不同上下场动作的理解，构建想象中的戏剧场景，从而获得更多审美上的愉悦。通过《元曲选》的文本传播，臧懋循在上下场方面的表导演思想，对人们对元杂剧的认识和戏剧的表演实践方面也会产生更大范围的影响。

---

① 齐如山：《上下场》，梁燕主编：《齐如山文集》（第一卷），河北教育出版社2010年版，第217页。

第一节 《元曲选》中的上下场提示及其异本比较

有关元杂剧的上下场，以往的研究中关注的大多是剧中人物上下场时所念的白与诗的问题。如刘晓明、张庆的《元杂剧与南戏中人物上下场的表演按语》①，讨论了元杂剧与南戏如何继承古代伎艺人开场表演时"开呵"的熟例，成为人物上场时自我表白的按语，并加以一定的改造，又发展出了剧中的"按呵"与剧末的"收呵"。武汉大学长松纯子的硕士论文《元杂剧上下场诗之研究》②，通过对元杂剧宾白中的上场诗和下场诗的数量、格律、类型的调查，来分析其特点，探求其源流，考察它们在戏曲中的作用。该论文对元杂剧上下场诗的调查十分详尽，并举出了大量已经被类型化的上下场诗句，但对元杂剧上下场的动作和其他方面的特点没有进行考察。郑莉的《论明代宫廷杂剧上下场的处理》③，通过对《脉望馆钞校本古今杂剧》中宫廷杂剧上下场处理的具体分析，来论证明代宫廷杂剧程式化的典型特征。虽然论述的对象是明代宫廷杂剧，但明代宫廷杂剧其实是继承了元杂剧的创作传统，又加以一定的整饬和精炼。明代中后期出现的杂剧选本如《元曲选》，对元杂剧剧本进行的整理受到内府本很大影响，所以这一针对明代宫廷杂剧上下场处理的研究对研究《元曲选》中所收剧本的上下场处理也有借鉴意义。

另外，在部分研究元杂剧表演艺术的论著中，也会比较具体地关注上下场提示问题。如徐扶明先生的《元代杂剧艺术》，专列"场子"一章，来论述元杂剧的连场形式如何形成、特点以及如何安排等问题。徐

---

① 刘晓明、张庆：《元杂剧与南戏中人物上下场的表演按语》，《广州大学学报》（社会科学版）2006年第10期。
② ［日］长松纯子：《元杂剧上下场诗之研究》，硕士学位论文，武汉大学，2005年。
③ 郑莉：《论明代宫廷杂剧上下场的处理》，《湖北民族学院学报》（哲学社会科学版）2007年第5期。

先生还特别在此章的注释中,对元杂剧剧本中具体规定的上下场提示进行了分类归纳:"归纳起来,大致可以分为八类。(1)两人或两人以上一道上下场,有同上、同下、并下、共下、俱下。(2)以一人为首的两人或两人以上的上下场,有引上、领上、随上、随下。(3)情况紧急或突然的上下场,有慌上、慌下、闯上、冲上、撞上、赶上、跑下、追下、闪上、闪下。(4)无声上下场,有暗上、溜下。(5)下场之后,接着又上场,有暂上、再上、重上。(6)实际仍在场上的虚下。(7)属于特殊的,有死尸的抬上、抬下,病人的扶上、扶下,身体残废的扒上、趓下,官吏的排衙上、喝科下,犯人的押上、押下,探子的打抢背上,花面脚色的打哨子下,鬼魂的旋下。(8)此外,还有哭上、哭下、战下、打下、拖下、蹯马儿上,等等。"① 徐先生的归纳总结已经十分详尽,本书在论述的时候,则引入上下场提示在元杂剧剧本中的异本比较这一层面,通过比较来观察不同的上下场提示在元杂剧文本的写定过程中是怎样发展并被规范下来的,从而考察其丰富的舞台意义。

从中国古代的剧本体制来看,上下场提示,在剧本的科介提示中较为多见,且出现较早,有一个逐渐发展并不断丰富的过程。不仅如此,在剧本的流传过程中,上下场提示由于种种原因也经常发生改变。在早期的南戏剧本如《张协状元》中,虽然也有"上""下"这样的提示,但对人物的上场更多用"出",如"外作公出""丑作强人出""末作李大公出""外妆夫人出""生扮状元出",等等,主要是为了说明上场的脚色及所扮的人物,"出"这一提示本身的动作意义并不丰富。有少数提示说明了上场时所持的道具,如"生挑查裹出""净挈鞋出""贴执鞭出",等等。也有同时说明身份与道具的,如"丑作小二挑担出"。在上场提示中说明人物动作关系的更少,如有"净扶贴出",有时仅为说明是两人一起上场的情况,如"末、丑双出"。下场提示的种类更少,每出结尾处如果是多人下场,用"并下";如果不是在结尾处有多

---

① 徐扶明:《元代杂剧艺术》,上海文艺出版社1981年版,第126页。

人下场，仅说明下场脚色，如"末、净、丑下"；其余全作"下"。《张协状元》里唯一有动作性的下场提示是第三十二出中的"净扶贴下"。而在《小孙屠》和《错立身》中，"出"这个提示就不再用了，最普遍的还是"上""下"以及"并下"。另外也出现了一些表示动作或者其他状态的提示，如"先下""走下""打旋上""担枷上"，不过这部分提示的数量还是很少。到了"荆、刘、拜、杀"这四大南戏中，上下场的方式就更为丰富一些，如《荆钗记》中有"哭下"，《白兔记》中有"舞下""暗听上"，《拜月亭》中有"虚下"，等等。无论南戏还是元杂剧，上下场提示的种类是在不断发展的，早期的戏剧文本对这一方面并不重视，而越是晚出的剧本上下场提示的种类就越丰富，戏剧的舞台性特点也就体现得更为明显。

元杂剧的元刊本中也已经有一定数量的上下场提示，但是种类并不多。而且元刊本并不是体制十分完备的剧本，并不是剧中所有人物的上下场都会被标注出来。从元刊本到明代的各种选本和抄本，上下场提示明显得到了规范和丰富，尤以《元曲选》为最。徐扶明先生所举出的元杂剧上下场提示并非都可见于元刊本，而更多是从《元曲选》等明刊元杂剧选本中总结出来的。《元曲选》中提供的这些上下场提示，为读者创造了很多表演上的细节，帮助读者更准确地理解剧中构建的情境。但这些提示的具体情况经历了文本流传过程中长期的积累与演变，并且经过选本编选者的规范与整理，并不是元代杂剧艺术的真实反映，而是臧懋循结合明代戏曲演出伎艺的发展状况对剧本进行的改造。

一 《元曲选》中的上场提示

徐扶明先生对上下场提示的归纳与总结，是将上下场提示合在一起而进行分类的。本书将上场提示与下场提示分开论述，一是为更具体地说明问题，二是因为上下场提示之间虽然有一定的关联，但整体看来，并没有严格的对应关系，即没有怎样的上场方式一定要搭配怎样的下场方式的规定。仅就上场提示而言，《元曲选》中的上场提示种类很多，其舞台意义也很丰富。按照上场的人物关系和上场时的具体动作来分，大概可以分为以下几类：多人上场且人物之间存在从属或互动关系；以某种特殊动作或者在某种特殊状态下上场；以某种妆扮或者持特定道具上场；非第一次上场；为剧情需要特殊设计的上场，等等。当然，也有不使用上场提示的情况。这些上场提示并不都是由《元曲选》创造的，在之前的元杂剧文本中也有出现，但《元曲选》中的大量剧本为考察这些上场提示的特点提供了最好的说明。

1. 多人上场且有从属或互动关系

两人或两人以上同时上场，而且上场人物之间存在从属或互动关系的，在《元曲选》中有许多种，以下分别列举说明。

（1）引上

以一人为主，他人为从的，可用"引上"，提示一般为"某某引某某上"。前者为主，后者为从，具体在剧本中，就是帝王引文武大臣上、后妃引宫女上、官员引随从上、将领引军校上、父母引子女上、丈夫引妻子上、小姐引梅香上、公子引书童上，等等。"引上"这种提示，可以反映出引导者的主导作用，起到突出人物身份和地位的效果，在具体动作上可能也是引导者在前，余者在后。

目前可以肯定在元刊本中就已经在大量使用的、且唯一用来表示上场人物之间有一定从属关系的就是"引上"。除《元曲选》外，其他明代选本与抄本所载元杂剧也都大量用到"引上"。这种上场方式简单且易于理解，所以体现在文本的记录中，对这一提示应该如何使用，较早就取得了共识。

（2）领上

"领上"的用法与引上相似，一般写作"某某领某某上"，同样是前者为主、后者为从的从属关系。"引上"与"领上"在使用上没有太大区别，若以《元曲选》中所收剧本来看，"领上"用在表示将领与部从、官员与随从之间这类存在上下级关系的人物上场时多一点，用在家庭成员中相对较少，可见"领上"有较强的表示率领、领导的意义。

但也有混用的情况，如《楚昭公》第四折有"旦儿领俫儿上"，这是在母子关系之间用"领上"；《梧桐雨》的楔子开场是"冲末扮张守珪引卒子上"，这是在将领与部从之间用"引上"，说明对这两者不同的使用倾向可能只是从不同写定者对字面意义的理解出发，并没有实际上的明显区别。

"领上"不见于元刊本，这可能是因为元刊本的简陋所致；或者是此种上场提示仅在明代剧本写定过程中，详细注明上下场提示成为一种习惯后才出现。齐如山先生《上下场》一文中说后世京剧等戏曲样式中的"领上"是"凡被人引领而上，都是蒙救的性质，或被风吹至一处，或被水冲至一处，都是用风旗或水旗引上。如《落花园》的陈杏元、《鸿鸾禧》的金玉奴等等，都有此种上场。"① 此说是否准确尚待考证，但今见《元曲选》中的元杂剧剧本对"领上"的使用没有表现出这种特性，"领上"可能是在后世的戏曲表演发展进程中才演化出如此有针对性的专门用法。

（3）同上

"同上"一般写作"某某同某某上"或"某某、某某同上"，也可以用来表示如小姐与梅香、父母同子女、官员同侍从之类的主从关系，与"引上"和"领上"相似。但是，"同上"更多用来表示多人而无从属关系的上场。如《金钱记》第四折有"正末同贺知章上"，《冻苏秦》楔子中有"正末扮苏秦同张仪上"，上场人物之间是朋友关系，无从属之分。《救风尘》第三折"周舍同店小二上"，店小二的社会地位虽然较低，但不是直接从属于周舍的仆人，所以只用"同上"。《陈州粜米》第一折有"杂扮粜米百姓三人同上"，《救孝子》第二折有"丑扮牧童同伴哥上"，所提示人物作为同时上场的剧中的配角、次要人物，也不存在从属关系。

---

① 齐如山：《上下场》，梁燕主编：《齐如山文集》（第一卷），河北教育出版社2010年版，第230页。

还有一种情况可以看出在剧本的上下场提示中，"同上"指示的是并列的关系。就是在两个以上的人物出场的时候，有时会将"同上"与"引上"或"领上"联用，以区分不同的人物关系层次。如《潇湘雨》的楔子中提示"末扮张天觉同正旦翠鸾领兴儿上"，这里张天觉和女儿是主人，兴儿是仆人，主人与主人之间是并列关系，主人与仆人之间是从属关系，其实就是"同上"联用"领上"。《冻苏秦》第四折"孛老同卜儿领苏大、大旦、二旦上"，孛老同卜儿是夫妻，但相对于儿子儿媳来说是父母，所以夫妻之间是并列关系，父母与子女之间是从属关系。《蝴蝶梦》楔子中的"外扮孛老同正旦引冲末扮王大、王二、丑扮王三上"，也与此类似，用以区分众多家庭成员上场时的人物关系。

元刊本中已经出现了"同上"，如《看钱奴》第二折①有提示正末"同旦儿、㑇儿上""净同外旦上了"。与之相似的，元刊本中还有"共上""并上""一齐上"等几种上场提示。如《博望烧屯》第二折有"末扮军师共刘备上"；《追韩信》第一折有"旦并外上"；《贬夜郎》第四折有"水底龙王一齐上"，等等，可见在此时期，这类情况下的上场提示还较为随意，没有得到统一。可是在明刊本中就几乎统一为"同上"了。"共上"与"一齐上"在所有的明刊元杂剧剧本中都没有再出现过。"并上"仅出现了几个个例，如《古杂剧》本《曲江池》第一折有"孤引末并张千上"；《古杂剧》本、古名家本、《元明杂剧》本、《古今名剧合选》本《梧桐雨》第三折有"正末扮驾引旦及杨国忠、高士并小驾、郭子仪、李光弼上"；《元明杂剧》本《金童玉女》第一折有"歌儿引细乐并五花童子挑心舞上"。在这些上场提示中，"并"的出现都是在有多个人物上场时，与"引上"之类的上场提示联用。《元曲选》中也没有"并上"单独使用的例子。

---

① 为方便与其他版本的比较，文中涉及的元刊杂剧均依宁希元先生的《元刊杂剧三十种新校》标出折数。

这个从多种提示到普遍使用"同上"的变化，表现出明代的元杂剧剧本编选者对这类提示是经过规范整理的。同上、并上、共上、一齐上这几种上场提示，在表达的意义与动作上都没有区别，也就没有同时存在的必要。

（4）拥上、捧上

"拥上"一般提示为"某某拥某某上"。如《汉宫秋》第三折有"番使拥旦上"，又有"番王引部落拥昭君上"；《金钱记》第四折有"梅香拥旦上行礼交杯科"；《玉镜台》第三折提示"梅香同官媒拥旦上"，等等。《东坡梦》第三折"东坡拥四友上"，这是以前者为主，后者为从的，不过这样的用法仅见此一例，也不排除《东坡梦》中这一提示有误的可能。从一般的使用情境和"拥"这个动作来看，"拥上"所显示的状态，应当是多人簇拥、围绕或跟随某个人物。《东坡梦》中的"四友"由四个演员扮演，由东坡一个人来"拥上"恐怕不太实际。

另外，"拥上"这一提示更多在女性角色上场时使用，表示其使用情境与女性的关联程度更强。考虑到《玉镜台》和《金钱记》中女主角登场时的身份是新娘，《汉宫秋》中的王昭君要与番王和亲，从服饰和装扮上来讲，此时的旦角演员应该都盛加装饰，用"拥上"有众星捧月一般地突出该演员的身份和装扮意味。

在《梧桐雨》第二折中，还出现"捧上"这种上场提示，剧本中作"正末引高力士、郑观音抱琵琶、宁王吹笛、花奴打羯鼓、黄翻绰执板捧旦上"。这个上场提示其实可以分两个层次来看，前一层次即为"引上"，唐明皇引郑观音、宁王、花奴、黄翻绰等一干人等上场。后一层次便是"捧上"，从"捧"这个动作来说，在其他人都要兼顾演奏乐器的情况下，不可能真是将旦角"捧"上场来。但是从表演方面来考虑，其他人演奏乐器而旦角所饰的杨贵妃跳舞，此处的意义应也指众人簇拥贵妃上场，可见"捧上"应与"拥上"的意义相近。不过"捧上"在元杂剧剧本里用得非常少，《元曲选》里仅此一见。

"拥上"与"捧上"也不见于元刊本，而只在明刊本中使用。"捧上"如果参考别本,可能是存在两种情况的。一种是与《元曲选》本《梧桐雨》一致,类似于"拥上"的上场。如脉望馆抄本《郑月莲秋夜云窗梦》,有"梅香捧贴旦上",此处贴旦所扮为小姐,身份尊贵,梅香跟随其上场突出小姐的地位,与"拥上"的意义相似。另一种应当考虑有类似于"抬上"的"捧上"存在的可能。如果对比《改定元贤传奇》《古杂剧》《古名家杂剧》与《元明杂剧四种》所收的《梧桐雨》,在同一处上场提示中都比《元曲选》本多"十美人"三字,如果真有十人之多,也有可能此处的"捧"是动作性的将旦角"捧"上台来,就与"抬上"相近了。除此类上场提示之外,其他的元杂剧剧本中的"捧上"多指捧上某种道具,对象是人的只有这一处。在《古今名剧合选》所收的明杂剧《三度小桃红》中,第二折有一提示是"扮二揭地神上捧出和尚介",可见将演员捧起来的表演动作在当时也是存在的。

(5)随上

"随上"这种上场方式是相对"引上""领上""同上"而言用得比较少的。一般来说,若提示为"某某随某某上",就表示上场时是后者引领前者的。比如《黄粱梦》第三折开头,"洞宾带枷引二俅随解子上",吕洞宾是主角,在多人上场的时候本应处于核心位置。但此时是在吕犯罪被发配的路上,所以他要受到解差的管制。若提示为"某某随上",则表明此人物是被引领者。如《还牢末》第一折中有"刘唐拏锁条、史进随上",刘唐同李孔目有仇,所以主动承担去锁拿李孔目的任务,显得很积极。而史进与李孔目有交情,他虽不愿意去,但不能违抗官长命令,又担心李孔目的安危,所以也得跟去,动作上的被动表现出史进心态上的不同。脉望馆抄本《还牢末》此处为"刘唐、史进同上",就不能表现出此时二人上场时的不同状态。还有像《抱妆盒》第三折里有"楚王领小末扮太子二校尉随上",第四折有"太子扮仁宗引二宫女四内官随上",这里的校尉、内官没有什么演唱或动作的表演,只要跟随在主要演员后面就行。另外,如《魔合罗》第二折中的"旦随慌上",并不表示跟随某人。此处是旦角下场之后紧接着再上场,所以此处的"随"是随即又上场的意思。

"随上"在元刊本中已经出现,有《诈妮子调风月》第三折的"旦随上",《汗衫记》第四折的"正末引卜儿随外上",可见元代的元杂剧剧本里已经有了表示跟随的上场提示,并在明代各选本中继续存在。如果参考其他明代选本,还可以看到一种叫"随定"的提示方式。《古杂剧》《杂剧选》《阳春奏》和《古名家杂剧》中的《宋太祖龙虎风云会》,开场不久后①都有"二卒捧段币盔甲上随定潘美"的提示。从其提示意义来分析,"随定"与"随上"并不相同。此时的潘美已经在场上,因为石守信派遣潘美为使去邀请赵匡胤,二小卒拿上场的是要带给赵的礼物。所以,此处的上场动作是指二小卒上场后就捧着礼物站在潘美身后,这里的"随定"其实是对演员站位的提示。而《古今名剧合选》本此处为"二卒捧段币盔甲上",删去了有关"随定潘美"的动作信息。《风云会》应作于元末明初,在明代各元杂剧选本中的重出率很高,但《元曲选》不知何故并没有选取,不能在此提示上作为参考。目前推测,其他各本在底本来源上有一致性,所以都保存了此提示,而孟称舜的《古今名剧合选》出现较晚,仅保留非常明确且规范的上场提示"捧××(道具)上",而将之后的动作信息删去了。

(6) 勾上

有的表示动作关系的上场提示,因为其动作有执行者,也有施行的对象,所以自然也是多人上场的情况下使用的。如"勾上"。"勾上"一般写作"勾某某上",在《元曲选》中是见于《张天师》第三折,为了查出陈世英的病是因何而来,张天师派遣直符使者将荷花、梅花、菊花、桃花、封神、雪姨、桂花等一干仙子"勾上"审问。"勾"本有勾取、捉拿、逮捕之意。元刊本的《好酒赵元遇上皇》第四折,有提

---

① 《古杂剧》本、《阳春奏》本、《古名家杂剧》本此提示的位置是在第一折,但《杂剧选》本与《古今名剧合选》本此提示所在部分是楔子。

示为"等勾净、旦一行上",其意义应当与"押上"、"拿上"等类似。在具体的表演方式上,应当有特殊动作,或者锁链、枷锁一类的道具,在上场的时候使用。

《张天师》一剧受到符箓派道教很大影响,对道教的仪式也多有表现。张天师利用符咒来招鬼驱神,所以才有差遣神将审问这些仙子的权力和能力。这里的"勾上"体现出一定的宗教仪式性质。剧本中这样写道:"(直符勾菊花上科云)菊花仙当面。"之后并没有另外的菊花仙子等人的上场提示。可见这一动作的实际意义,应该是直符使者押仙子一同上场,然后向天师报告,如同公案剧中传唤犯人,捕快向审理的官员表示人已经带到。但是除了《元曲选》本的《张天师》之外,明代的元杂剧选本中所收杂剧及脉望馆钞校的内府本,都不见"勾上"。《张天师》另有脉望馆抄来历不明本,不是用"勾上",而是由天师下令,直符使者呼唤,被点到名的各位仙子自己上场。只是在最后罪魁祸首桂花仙子上场的时候,才由马、赵、关、温四位神将"押上"。《遇上皇》另有脉望馆抄本,此处提示为"做拿孛老小儿(应为卜儿)茶旦净跪科",没有"勾上"这个提示。

综上可知,"勾上"在元代杂剧剧本中就可用于强迫性质的类似押上、拿上的情形,《元曲选》本的《张天师》证明此种上场还可以用在具有宗教仪式意味的情境中,但其他元杂剧选本没有保留这个信息。如果这种上场对如何表现"勾取"没有特定表演方式,那很容易在之后的剧本规范化的发展中被"押上"等使用频率更高的相近提示代替。

(7) 拿上、锁上、扭上、押上、解上、拖上、扯上

拿(有时作拏)上、锁上、扭上、押上、解上、拖上、扯上,都是表示动作上的强迫关系的上场,在剧本中没有明显区别,只是可能"锁上"、"解上"时有辅助的道具,如锁链、枷之类。锁拿犯人,押解囚犯,本来应是公门中人的责任,元杂剧剧本中此类提示也确实多用在公案剧或者审案场面中。但也有例外,如《潇湘雨》第四折,张翠鸾终于在父亲的帮助下向负心的崔甸士复仇,提示为"正旦押崔甸士、

搽旦上"。虽然张翠鸾是普通女子，但父亲张天觉此时已为天下提刑廉访使，要为女儿出气。而剧中经过之前对崔甸士的负心导致张翠鸾的悲惨经历的铺垫，此时从读者的心理考虑，也应当给张翠鸾一个扬眉吐气的机会，所以安排张翠鸾将丈夫及其后妻押上场。《还牢末》第四折，在梁山好汉帮助下，李孔目抓住了陷害自己的萧娥和赵令史，回梁山见宋江，提示为"正末同李、阮、刘、史拿赵令史、搽旦、俫儿上"。宋江等梁山英雄在统治者看来是"反贼"，没有官职，更不会有审案拿人的权力。但是此剧中的梁山好汉是在替天行道行使正义，宋江俨然就是最高审判者，所以依然可以对萧娥和赵令史进行惩治。李孔目将仇人"拿上"去见宋江，名正言顺地为自己报仇。《留鞋记》第三折，有"琴童扭和尚上"，此时琴童怀疑和尚正是害死自己主人的凶手，因此到包拯的衙门中去告状。和尚是嫌疑犯，琴童向官府检举嫌疑犯，便也采用的是强迫性的上场方式，"扭上"应是扭打上场的意思。《窦娥冤》第二折"张驴儿拖正旦卜儿上"，也是强迫性的上场，只是更多表现张驴儿的无赖和对诬告的胸有成竹。还有《后庭花》第三折的"卜儿扯刘天义上"，《灰阑记》第二折的"搽旦扯正旦、俫儿上"，都是表示强迫性地上场，上场人物之间存在争执，要求别人判断，或者去衙门告状，所以采用此类上场。

元刊本中已经出现的此类提示，有勾上、拿上和押上三种，其他上述上场动作则多见于明代各选本或抄本中。但是在具体如何使用上，还是显得混乱。如果对其具体的使用场景进行比较可以看出，《元曲选》本的上场动作一般较为经得起推敲。

如《还牢末》第四折，刘唐、史进、阮小五救出了狱中的李孔目，准备逃上梁山。《元曲选》本的上场提示是"扶末、阮随上科"，"扶"的动作说明李孔目在狱中遭受了拷打折磨，须由刘唐扶着才能行动，阮小五在后面跟着。这个动作既切合剧情，又能形象地说明每个人上场时的状态。但是古名家本、脉望馆抄本的《还牢末》，却在此处提示为"刘唐、史进扯正末上"，用了表示强迫性的"扯上"。此时几人一同逃亡上梁山，彼此之间是兄弟、伙伴的关系，而且李孔目有伤在身，刘唐、史进扯着他上场就太勉强了。《元曲选》本中有李孔目接唱【中吕·粉蝶儿】云："躲难逃灾，行行里两步一惊，行不动东倒西歪。"① 与众人上场时的动作正好互相照应，表现李孔目逃亡途中惊恐不安，又因为遭受折磨行动不便的状态。如果按照另两本的处理，就成了刘唐、史进不体谅他的身体状况，强行拖着他逃亡才导致他步履不稳的了，这会造成读者在理解上的误会。同样是《还牢末》第四折，众人擒住陷害李孔目的萧娥、赵令史，一同上梁山见宋江。《元曲选》本提示为"正末同李、阮、刘、史拿赵令史、搽旦、俫儿上""见宋江科"，用"拿上"清楚地说明了人物间的关系，古名家本与脉抄本却处理为"同上"，没有了"拿上"这个动作，报仇的意味也消减了。该用则用，不该用的场景则不误用，《元曲选》在如何使用这些表示强迫性动作的上场提示时，显得比其他的版本要高明一些。

（8）扶上

"扶上"多用在病人上场的时候，因为其身体虚弱，所以需要别人的搀扶。汉语中有"扶病"一词，以示支撑病体，勉强行动。被人"扶上"，其实是"扶病"的形体表演。元杂剧中不乏对人的生老病死的表现，尤其在爱情戏中，暗恋或者失恋的一方往往是"多愁多病身"，所以"扶上"的使用很多见。公子或小姐被自己的小厮或丫鬟扶上场来，病恹恹地诉说相思之苦，这是爱情剧里十分常见的情景。

元刊本的《拜月亭》第二折中便有"扶末上"，此时蒋世隆在客店中病倒，所以需别人搀扶。可见用这种上场表现病人的虚弱在元杂剧表演中早就存在，明代各元杂剧选本或抄本中也可见到很多使用此上场提示的例子。

（9）抬上

"抬上"的情况多出现在上场的诸人中有人无法行动或者行动不便

---

① （明）臧懋循：《元曲选》第四册，中华书局1958年版，第1621页。

的时候，未必尽如徐扶明先生书中所说与死尸有关。如《赵礼让肥》第一折，"冲末扮赵孝正末赵礼抬老旦卜儿上"。剧中设置的时代背景是汉末乱世，赵氏兄弟俩都是孝子，带着母亲逃难。母亲年老行走不便，所以用"抬上"。可以说，此剧一开场，就已经用这种上场方式来体现此剧"孝悌"的主题。《留鞋记》第四折，有"杂当做抬郭华上科"，此时郭华已经假死，被当做尸体来处理。虽然之后的剧情有让他复活的安排，但在此处自然不能让已死的人自己走上台去。有时，"抬上"也是借助道具来使演员上场时必须采取的措施。如《隔江斗智》一剧中，第二折有"卒子抬正旦车同甘宁、凌统、梅香佩刀上"，楔子中又有"卒子抬旦车子上"，可见此剧中的孙安小姐是乘车上场的，所以有"抬上"的动作。

"抬上"这种提示元刊本中未见，不过在明代各本中还是时有见到的，只是文字表述方式不一样。如息机子本《赵礼让肥》同样的位置上场提示作"冲末卜儿赵孝正末轿儿抬上"，虽然也是兄弟俩抬着老母上场的意思，但是对比之下，《元曲选》本不仅是在提示，也是对情景的描述。而息机子本的提示不是准确的描述性的语句，轿子"抬上"的对象应该是卜儿，但没有确指。脉抄本的《赵礼让肥》在此提示上与息机子本相同。臧懋循在编选《元曲选》的时候，可能对剧本的文字进行了整理，使其阅读起来显得通顺，即使是剧本中的上下场提示也很少有让人难以理解的情况，有些记录性质的提示因此变为了叙述性较强的文学语言，使读者在阅读过程中就能想象其具体动作。

在具体的表演方式上，"抬上"这一上场其实存在两种可能性。一是与某种道具有关，如轿子、车子。《留鞋记》里的抬"尸"上场，可能也是将郭华放在某种道具上抬上来的。脉抄本《状元堂陈母教子》第四折，也有"大末、二末、三末、王拱辰抬正旦上"，需要四个男子将正旦抬上场，也存在使用道具的可能。从人数上还可以推测，《赵礼让肥》用二人抬轿，是表现逃荒途中的不易；《陈母教子》中家中出了四个状元，因此用四人抬轿来表现对其地位的尊崇。第二种可能就是虚拟表演。参考后世的京剧表演，"抬轿""抬车"都已经有了程式化的表演身段，二人、四人皆可，并不需要实物。不过在现有的元杂剧各版本中，无法判断当时的戏曲表演的虚拟性、程式性是否已经发展到了这种水平。

（10）抱上

"抱上"一般用在有儿童角色上场的时候。如《神奴儿》第二折"李德义抱俫儿上"，李德义抱着自己的侄子神奴儿上场。一般来说元杂剧中出现的"俫儿"都是年幼的儿童，如剧中人的子女之类。而且既然在《神奴儿》中俫儿可以抱起来，应当也是由儿童演员来扮演的。元代的家庭戏班中，戏班演员的子女在年幼时应当就能充当这类角色。《蓝采和》一剧中，蓝采和的儿子小采和，也在戏班之中，而且从其名字来看，也一定会继承父亲的衣钵，这就属于这样的情况。但是《神奴儿》中的俫儿是有表演的，而有的剧中出现的俫儿仅仅被抱上场的提示，却没有其他的任何表演。如《伍员吹箫》前三折中出现的公子芈建的儿子芈胜，都是被芈建或者伍子胥抱着上场的，但除此之外没有任何的语言动作。只有第四折出现"芈胜上"，才有这一人物的演出。而且第二折的上场提示为"正末抱芈胜策马上"，如果真由儿童演员来扮演，那么伍子胥抱着他还要完成"策马"这一戏剧动作就比较难了。所以从剧本提供的情况有理由认为，元杂剧中出现的俫儿，有时由真人扮演，有时只是婴儿形状的道具。《抱妆盒》中出现的太子，《赵氏孤儿》中出现的孤儿，可以被藏在别的道具中，不太可能是真人，《赵氏孤儿》中的屠岸贾为了杀死孤儿，甚至还有"摔科"，应当都是使用道具。所以这些提示所指的"抱上"，应该是说抱着道具上场。

后代京剧班社中有所谓"彩娃子""喜神"，是一个木偶，放置在大衣箱中，可以在戏中被当作婴儿使用，但在后台被当作神来崇拜。如果同时需要用到两个婴儿道具，则另一个用椅帔裹卷云肩来代替[1]。元

---

[1] 吴同宾：《京剧知识手册》，天津教育出版社2001年版，第281页。

杂剧中以道具来充当的"俫儿"应与此相似。脉望馆抄本《五侯宴》，前两折都有正旦抱俫儿上的情形。该剧本将"抱二俫"也列入正旦的"穿关"之中，而非登场人物，可见此处确实是在使用道具。

元刊本的《博望烧屯》中刘备的儿子刘禅全剧都是以婴儿的形象出现的，所以都用"抱上"。除《五侯宴》之外，明代各本中可以见到"抱上"的还有脉望馆抄本的《伊尹耕莘》，剧中被"抱上"的俫儿也是没有任何表演的。这些上场提示中的"抱上"所指都有可能是抱道具娃娃上场。

2. 特殊状态或特殊动作上场

单人或多人以特殊状态或特殊动作上场，有醉上、哭上、笑上、慌上、撞上、冲上、闪上、暗上、闹上、赶上、打抢背上，等等。

(1) 醉上、哭上、笑上

"醉上"或作"带醉上""带酒上"，这种上场提示以及"哭上"（或作"做哭科上"）、"笑上"（或作"做笑科上"）等意义都比较明显，就是表现出相应的醉酒、哭、笑等动作就行。这几种动作一般都是用在单人上场的时候。

元刊本的《遇上皇》第一折，就有"正末扮醉上"，应与在其他剧本中的"带醉上""带酒上"等意义相同。所谓"扮"，在此处即装作之意。同样是此剧第二折又有"正末扮冒风雪上"，刮风下雪是舞台上不能实际重现的情景，只能凭借演员的表演，做出顶风冒雪、艰难行进的样子。可见元刊杂剧剧本中"扮"这个术语不仅是扮作某人之意，也可以指通过动作表演来表现人物状态。这种对"扮"用法在《元曲选》这样的明代版本中没有见到。参考明代较早的杂剧剧本，如现存的朱有燉杂剧中，也都是"扮"[①]与人物联系起来，如"末扮细酸上""旦扮嫦娥上"，而不与科介联系起来。

《诈妮子》第二折有"正末带酒上"，《贬夜郎》第三折也有"正

[①] 朱有燉杂剧中用"辦"字。

末扮带酒上",都表示相同意义。另外,元刊本《周公摄政》第二折已有"众哭上"。"笑上"未见于元刊本,事实上,鉴于在现有明代版本的元杂剧中,也仅在《元曲选》本《桃花女》楔子中有"彭大做笑科上","笑上"的使用其实非常少,这应当是视剧情而异的情况,并不能证明元杂剧就是笑比哭少的。《古今名剧合选》所收孟称舜的《花前一笑》第三折,有"两女笑上",但这已属于明杂剧了。总之,在元刊本中,就已经会在上场提示中说明人物的醉酒、哭、笑等情况。明代各选本或抄本中也有这样的上场提示,以简单说明人物状态。

(2) 慌上

"慌上"显示出人物上场时惊慌的状态,在元杂剧中是比较常见的上场方式,有时也作"慌走上"。剧中人在着急、害怕、心虚、匆忙的情况下,都会以"慌上"上场。如《魔合罗》第二折,听闻李德昌在城外庙中病重,李文道得到消息前往,意欲在他人发现之前谋害哥哥的性命。因为心怀鬼胎,做贼心虚,他上场时就用"慌上"。而李德昌被李文道下毒,回家之后七窍流血死了,妻子刘玉娘感到害怕,去找小叔李文道商议办法,此时她的上场也用"慌上",表现她作为一个妇道人家遇上这种大事时的慌乱无措。《赵氏孤儿》第五折,程婴不知程勃擒拿屠岸贾的事情是否顺利,赶去接应,用"程婴慌上",此处的"慌上"表现出程婴的着急、担忧。

"慌上"直接展示了上场人物惊慌的状态,在剧情的进展中可以为剧作者省略一些笔墨。如《争报恩》第二折,花荣刚一上场,就用"慌上",而且还说:"休赶休赶,一个来,一个死;两个来,一双亡。"[①] 这表明花荣是在被人追赶,慌不择路,所以有跳墙之举,至于为什么被追赶,追赶的人是谁,都不用再说明。元杂剧的体制短小,应着力突出主线,接下来的安排就直接进入了花荣与李千娇相遇的情节,简洁明了。

---

① (明)臧懋循:《元曲选》第一册,中华书局1958年版,第162页。

从剧情进展的节奏上来说,"慌上"也可以利用这一上场动作的紧张感作为一种节奏的调节。《青衫泪》第三折,裴兴奴已经嫁作商人妇,却与白居易意外相遇,述说前事,百感交集,剧中甚至安排了念诵白居易的长诗《琵琶行》,戏剧的节奏可以说非常缓慢了。正在此时,被裴兴奴派去放哨的梅香"慌上",报告说员外回来了,白居易与元微之赶紧离开,这里剧情才紧张起来。之后的一系列行为,如裴兴奴趁着茶商刘员外醉酒与白居易一同离开,刘酒醒后追赶却被地方捉拿起来,都是在紧张的氛围中完成的。所以说,梅香的"慌上"正是此一折剧情发展的转折处。

"慌上"已经见于元刊本,如《汗衫记》第二折有"正末慌上"。另外,在元刊本中某些提示可能与"慌上"意义相同,但还没有统一规范为"慌上"这个提示。如《拜月亭》第一折有"旦共夫人相逐慌走,上了";《晋文公火烧介子推》第四折有"扮樵夫上,慌放"。因为现今可见的元刊本的剧本形式与明刊本不同,这些提示在当时应当都表示惊慌、慌忙地上场,只是因为没有经过规范化的写定,所以记录方式并不统一。但是与元刊本相比,明代各本所收剧本的内容更详细、更具体,在文字上表现戏剧情境的要求更强烈,因此也较多用到此类提示来表现人物。如上述的《魔合罗》中不仅在《元曲选》本用到"慌上",古名家本与《酹江集》本也都用这一提示,而元刊本仅用一般的上场来表示,使用"慌上"的明代各本在表现人物方面显然更加生动。

(3)撞上

"撞上"是突然性的上场动作,出人意料,突然发生。如《勘头巾》第二折,就有一个很有戏剧性的场面:刘员外的妻子与太清庵的王知观通奸,合谋杀死了刘员外,栽赃给与刘员外有过节的王小二。令史审问此案时追问头巾、环子两样物证的下落,王小二被拷打不过,胡乱招认说在萧林城外癞刘家菜园里井口旁边石板底下。令史命令衙役张千去取这两样物证,而王知观也得到了这个消息,为了将王小二的罪名坐实,他要赶在张千之前去把这两样东西放在石板下。在这段戏中,癞刘家菜园成为一个关键的场景。剧中此段是这样写的：

> （净慌上云）这里便是瘸刘家菜园，我跳过去。（张千撞上）（净下科）（张千云）原来是个牛鼻子，我不是官身，忙赶上打他一顿。这是瘸刘家菜园。（做跳墙科云）这是井口边。（做石板下取巾环跳出科云）赃物有了也，王小二，我倒替你愁哩！（下）①

虽然在剧本中没有明白显示演出时应当怎样处理，不过从上下文可以推断，王知观刚刚把东西放好，张千就来了，王知观只能匆忙逃走，张千只模糊看到他的装扮，知道他是个道士，但没有看到是谁，也不知道他做了什么，自己按上官吩咐拿到了赃物，自然认为王小二就是凶手。《㑇梅香》第三折，白敏中与小蛮在樊素帮助下相会，不料却被夫人撞见，提示为"夫人撞上咳嗽众做慌科"，正好说明三人因为出乎意料而慌乱。《还牢末》第四折，阮小五拿着宋江的书信邀请史进上梁山，刘唐"撞上"扭住他们不放，这也是表示阮小五与史进的行动意外地被刘唐发现。总的说来，"撞上"这种上场于场上已有的人物来说是意外，对上场人物来说，此时看见其他人也不是出于本意，一般是出现在巧合、意外的场景。

"撞上"不见于元刊本。其他如息机子本和《柳枝集》本的《㑇梅香》，古名家本和脉抄本的《还牢末》，古名家本的《勘头巾》，在"撞上"的用法上都和《元曲选》相同。在明代其他选本中也有使用了"撞上"而不见于《元曲选》的例子，如《古杂剧》本、古名家本、息机子本和《柳枝集》本《两世姻缘》第一折，有梓潼帝君"撞上"而撞破了金童玉女的私情。《元曲选》本在剧情上有一个较大的改动，取消了男女主角为金童玉女转世的俗套情节，此段表演当然也就被取消了。总体说来，"撞上"在包括《元曲选》在内的明代各本中使用时比

---

① （明）臧懋循：《元曲选》第二册，中华书局1958年版，第672页。

较一致的，此时对于此种上场方式应该已有一定的共识。

（4）冲上

"冲上"这种上场方式，在元杂剧剧本中的运用也相当普遍，它应当也表示上场动作的突然与迅速，说明情况的紧急。不过这种上场与"撞上"相比，它的特点是上场一方具有一定的主动性。如《连环计》第二折的"正末冲上"，王允故意将貂蝉引见给吕布，就是为了让两人产生感情。在此之前他先"虚下"，留吕布与貂蝉独处，躲起来观察两人反应，看情况差不多又再次"冲上"，装作撞破两人的私情的样子。这里的"冲上"完全是王允自导自演的结果。《杀狗劝夫》第四折，衙门审理孙大与孙二的案件，因为此案其实是孙大的妻子为使两兄弟和睦相处并且让孙大认清柳隆卿、胡子传的真面目而设计的，所以她赶往衙门去说明情况，用到"冲上"。这里的上场也是登场人物自己主动的结果。《争报恩》第三折有"关胜、徐宁、花荣冲上劫法场科"，劫法场当然也是他们的主动行为了。与"撞上"不同，"冲上"虽然也是突然性地上场，但一般都出于人物的主观意愿，而且对于引起的后果、上场后会看到怎样的情形也早有预料。

从《元曲选》中的现有剧本来观察，"冲上"经常用在反面人物或者性格粗豪的人物上场时，可以借此上场动作的迅猛来反映人物的凶恶或莽撞。如《合汗衫》第一折，陈虎跟张孝友结拜为兄弟，就开始作威作福瞧不起穷人。赵兴孙从张员外那里收到十两银子、一件绵团袄，刚要离开，陈虎便"冲上"，先嘲弄他一番，看见他得了钱财又心有不满，要占为己有。"冲上"在这里就可以体现出净角饰演的陈虎那种蛮横、不讲理的状态。《薛仁贵》中的张士贵是个抢夺战功的无赖，在第二折薛仁贵的梦中，回家与父母团聚的美好场景，被张士贵领卒子"冲上"捉拿他而打断，这里用冲上是反映梦中张士贵的穷凶极恶。《救孝子》第二折中也有"净扮孤同丑令史张千李万冲上"，昏庸无能的官员、衙役集体上场，都用"冲上"，便是在上场方式中便已蕴含了对其身份的批判意义。《伍员吹箫》中的鱄诸出场，第三折时是"醉冲上",楔子中是"冲上",鱄诸是古代有名的勇士,性格也是比较粗豪鲁莽的,所以用这样的上场方式来表现其性格特点。《赵礼让肥》第二折有"马武领喽罗冲上",此剧中的马武虽然是占山为王夺财害命的强盗,但他最终被赵礼一家的孝悌之心感动。他并不是本剧中被批判的人物,此处的"冲上"只是表现其绿林强盗的做派。

"冲上"也属于上场提示中较早在元杂剧剧本里出现的一种,元刊本的《合汗衫》第四折,就有提示说"净待下、外净冲上、拿住",而且此剧的这一处上场提示在之后的版本中都得到继承,《元曲选》本此处是"赵兴孙领弓兵冲上",脉抄本第四折此处是"赵兴孙冲上拏住科",对剧情进展中的这一上场处理一致。

"冲上"还有一个需要引起注意的用法是当其用在剧末的时候,与一般在戏剧进行过程中的用法有所不同。元杂剧在剧末结束时,大多会有一个人物上场对全剧进行总结,即剧中所谓"下断",念诵一段总结性的陈词。一般此时全剧的剧情进展差不多也就停止了,没有在情势上说明是紧急情况的必要,所以"冲上"这一动作显然不是从剧情出发的。但是这个人物的上场用"冲上"的很多。《元曲选》中出现的此类"冲上"有如《燕青博鱼》第四折末"宋江领偻儸冲上";《蝴蝶梦》第四折末"包待制冲上";《昊天塔》第四折末"外扮寇莱公冲上";《鲁斋郎》第四折末"包待制冲上";《还牢末》第四折末"宋江一行冲上";《望江亭》第四折末"外扮李秉忠冲上"等等。元杂剧剧末的下断语,也属于元杂剧中以剧外人身份所作的表白的一种。在元刊杂剧中就已有这部分内容,如《东窗事犯》第四折的"断出了"、《霍光鬼谏》第四折的"驾断了"、《辅成王周公摄政》第四折的"断出",只是元刊本没有记录其内容。刘晓明、张庆在《元杂剧与南戏中人物上下场的表演按语》[①]一文中指出,元杂剧与南戏是在继承古代伎艺人开

---

① 刘晓明、张庆:《元杂剧与南戏中人物上下场的表演按语》,《广州大学学报》(社会科学版),2006年第10期。

场时的"开呵"的基础上,又发展出剧中的"按呵"与剧末的"收呵"的。从使用"冲上"的这几种元杂剧剧本的情况来看,在这个人物上场之后,起码还有一点身为剧中人的任务要完成。如《燕青博鱼》中的宋江要接应燕青等人,《蝴蝶梦》中的包拯还要解释用赵顽驴替代王三的事情,然后才是下断。所以,"冲上"的另一种普遍用法,便是用在剧末,使得人物以剧中人的身份上场之后,再过渡到其剧末收束的功能性的身份。

但是这种对"冲上"的特殊用法,在各本中显示出来的特点也不一样。从这种上场方式的特点来看,上场动作应该是突然、快速的,才能与一般的上场方式区别开来。在最后一折的剧情进行过程中,戏剧的进展节奏突然发生变化,最后的登场人物"冲上"然后"下断",可以预示观众这部剧就要结束了。所以,这个人物的"冲上",便显得与之前的人物登场有所不同。如《燕青博鱼》一剧,虽然都是在第四折终结所有冲突,走向了善有善报、恶有恶报的圆满结局,但是《元曲选》本《燕青博鱼》第四折,虽然剧情曲折,人物上下场的次数很多,但本折里只有最后宋江的这一次"冲上"。《酹江集》本《燕青博鱼》的上下场基本跟《元曲选》本一致。而脉抄本的《燕青博鱼》在此折内,却另有"正末冲上","燕二冲上"两次"冲上"。也就是说,脉抄本并没有在最后一折内,突出这个"冲上"作为最后一次为下断语服务的上场动作的特点与地位,淡化了其特殊性。同样的情况还见于《望江亭》第四折,《元曲选》本的"外扮李秉忠冲上",这是本折内唯一出现的"冲上",而《古杂剧》本和息机子本《望江亭》在本折正旦谭记儿上场状告杨衙内的时候,也用"冲上",与《元曲选》本的一般上场不同。

对各选本及抄本中重出的元杂剧剧本中的"冲上"进行对比可以发现,各本间有时完全一致,有时有所不同。这说明是否采用这种上场方式,可能也是剧作者、编选者及传抄者可以灵活掌握的。而在诸本之中,《元曲选》所表现出来的是对使用"冲上"的审慎态度。从整体上来看，《元曲选》中出现的"冲上"，大部分与他本中一致。《元曲选》中有而他本无的"冲上"，有时其实是非常恰当的用例。如《荐福碑》第三折，张镐走投无路要寻短见，范仲淹赶来制止，《元曲选》本范的上场用"冲上"，针对此时的情况是很有必要的。古名家本与《元明杂剧四种》本都不用"冲上"，而是在上场后接着提示有范仲淹拖住张镐的科介提示。这是对上场之后的表演动作的说明，为了制止张镐自尽，范仲淹的上场必然要快而出其不意，上场后也要有一定的行动来表示自己的目的。《酹江集》本在此处提示为"范仲淹冲上拖末"，作为各选本中最晚出的选本，这个提示的改动真正是博采众长。

反观他本有而《元曲选》本无的"冲上"，也有非常契合剧情而且能描摹情态的情况，不知《元曲选》弃之不用，是底本不同的缘故，还是臧懋循另有考虑。如《赵礼让肥》第三折，赵礼同意山大王马武的要求，自动上山去送死。他的母亲与哥哥得知情况后，也都上山去找马武，情愿用自己来代替赵礼。息机子本与脉抄本将他二人的上场都提示为"冲上"，此时的上场是为了去解救亲人的危难，这种着急、惊慌的状态当然适合用"冲上"来表现，但是《元曲选》本只用一般上场。当然，有时他本对"冲上"的也有无谓的使用，如《生金阁》第三折中，包拯问众衙役中该谁当直，于是当直的娄青上场。息机子本此处用"冲上"，而《元曲选》本此处只用一般上场。试看此时娄青上场，十分悠闲，还先与张千客套寒暄几句，然后才到包拯面前应答，没有丝毫的紧张气氛，显然是不该用"冲上"的。

而且"冲上"用在最后下断语的人物上场这一情况，也是在他本中更加多见。如脉抄本《硃砂担》第四折的"太尉同鬼力冲上"、脉抄本《双献功》第四折的"宋江冲上"、古名家本《黄粱梦》第四折的"东华帝君领群仙冲上"、息机子本《忍字记》第四折的"布袋和尚冲上"，其《元曲选》重出本都以一般上场代替。而且在他本中还有这样在《元曲选》中未见的情况，即下断语人物的上场并不是本折内的最后一次上场，但仍然用"冲上"，如《古杂剧》本《潇湘雨》第四折的"张天觉冲上"、息机子本《留鞋记》第四折的"包待制冲上",都是这样的用例。

总结所有的"冲上"用例之后可以推测,与其他各本相比,《元曲选》对"冲上"的使用是比较谨慎且更加有规律的。"冲上"表示的两种意义中,表动作之迅速、人物内心之情感状态的"冲上",因为可以帮助读者了解剧情进展的紧张形势,所以《元曲选》本保留较多。而用于最后下断语人物的"冲上",其使用更多可能是现实中的表演惯例,《元曲选》中的使用就较少了。而且《元曲选》注意到了这种上场方式的特殊性,在最后一折中尽量不让其他人与下断语的人物的上场方式重复。其他各本没有体现出这一点。

（5）暗上

从《元曲选》提供的剧本实例来看,"暗（或作闇）上"一般表示悄悄地上场,希望不被其他人发现。如《谢天香》第三折中的"钱大尹把拄杖暗上",此时在场上的除了谢天香之外,还有钱家的其他姬妾,但她们都看到了钱大尹所以"惊下",只有谢天香没有看到他,还在场上停留。钱大尹也知道谢天香没有看到自己,所以从背后把拄杖搭在她肩头跟她开玩笑。后面这段戏就是以谢天香没有发现钱大尹的上场为前提条件的。《举案齐眉》第二折,孟府尹为了侦查女儿是否背着他去见梁鸿,所以有"暗上"。孟府尹此处的上场诗云:"隔墙须有耳,窗外岂无人",也说明这一动作是不让别人发现他已经上场的意思。《忍字记》第二折,刘均佐的妻子与他的兄弟刘均佑有染,刘均佐来捉奸,本来是要杀了奸夫淫妇的。但这是布袋和尚对刘均佐能否坚持"忍"的原则的考验,所以有"布袋暗上",刘均佑与刘均佐的妻子也都先后下场,布袋和尚故意在帐幔里发出声音,让刘均佐以为奸夫就躲在帐幔里。因为有帐幔的遮挡,而且既然可以引起刘均佐的误会,可见布袋和尚的上场是没有被刘均佐发现的。《盆儿鬼》第一折,正末扮演的杨国用梦中在花园饮酒插花,"邦老闇上做扳正末科"。此时的场面是杨国用坐着（前有提示"做坐下唱"）,邦老上场而他没有发现,直到邦老走到身边伸手去扳他,并问"这花敢有主么",他才吓了一跳并回头看,所以紧接着有提示"正末做惊科"。这里正末吃惊的表现也与"闇上"这一提示相互照应。

"暗上"的使用在明代各本中也存在差异。脉望馆抄本《盆儿鬼》第一折杨国用的梦中,邦老的上场不是"暗上",而是"冲上"。这与剧情的要求是不相符的。上文已述,"冲上"这种上场方式表现人物登场的突然、莽撞,对场上的角色来说,往往因事出意外而惊慌失措。但是"冲上"不适宜用来表现不让场上其他人物发现的上场,其他的元杂剧剧本中的"冲上"也从来没有在这样的情况下使用过。如果用"冲上",固然可以表现出邦老的凶恶,但是他莽撞而急匆匆的上场动作却没有被场上的正末发现,是不太可能的,之后正末再做出各种惊慌的表现也就没有说服力了。脉抄本用"冲上"显然没有《元曲选》本用"暗上"显得合理。

后世戏曲中亦保留了"暗上"这个上场方式。1936年出版的《京戏杂志》中对"暗上暗下"的解释是:"剧中各脚,上下场时,皆有一定之姿势,一定之音乐。而暗上暗下,则皆不必有姿势,更无音乐。以其非正式之舞式上下也,故名暗上暗下。如员外在场上说白时,家院于其正说话之时,随便上下等等情形,皆是。"① 吴同宾主编的《京剧知识词典》中对"暗上"这一术语的解释是:"指在一出戏中有的次要角色在其他角色舞台表演的同时,在不引起观众审美注意的情况下登场。"② 吴新雷先生主编的《中国昆剧大辞典》中对"暗上"的解释与此类似,其特点为:首先,其使用者为非主、配角的"杂行角色";其次,不作任何交待而悄然进行,故而没有锣鼓经伴奏,也没有唱念及身段表演;再次,一般都是在主角的表演中悄然进行的③。徐扶明先生在

---

① 《动作(动作即古之舞):暗上暗下》,《京戏杂志》1936年第8期。
② 吴同宾、周亚勋主编:《京剧知识词典》,天津人民出版社1990年版,第369页。
③ 吴新雷主编:《中国昆剧大辞典》,南京大学出版社2002年版,第652页。

论述元杂剧艺术的时候，参考这些后世戏曲中的经验，认为元杂剧中的"暗上"的特点是"无声的"，应即没有伴奏之意。虽然现在无法得知元杂剧演出具体的伴奏情况，但人物之上场既然没有场上的其他人发现，动作上轻手轻脚，不表白自己的身份，在演出时没有锣鼓伴奏，都是可以想象的。

但对比元杂剧剧本中的"暗上"，跟后世的戏曲中也有明显不同。如上文所述，《谢天香》中的钱大尹、《举案齐眉》中的孟府尹等角色，在剧中应该属于配角，而不是"杂行角色"。如果从剧本中提供的情况来看，"暗上"的人物不引起场上其他角色的注意是肯定的，这样才符合剧情要求；因为无伴奏、无身段就不引起观众的注意则不太可能，毕竟舞台上是多了一个人，而且这个人紧接着就会参与到剧情的进展过程中。考察"暗上"这个上场提示的使用，在元刊本中就已出现。元刊本《竹叶舟》第二折有提示："外末暗上科"，《元曲选》本第二折中却没有"暗上"的提示，只提示"陈季卿上"。如果从《元曲选》提供的用例来看，"暗上"之人之所以想要隐藏形迹，一般都是出于某种目的，不想被场上之人发现。从此处的剧情上看，陈季卿因为引动思乡之念，上了竹叶幻化的小舟，这时的上场正是在他归乡途中迷失路径的时候。因为没有料到会在这里遇见正末率领的意图点化他的众神仙，元刊本、《元曲选》本都提示他有表示吃惊的"惊云""惊科"等动作。既然吃惊，陈季卿就不会是主动要隐藏形迹的。所以，如果元刊本此处用例无误的话，此处的"暗上"可能更贴近后世戏曲中的用法，在正末表演的过程中悄然上场，以符合迷失路径时的茫然之态。

关于"暗上"这个提示需要引起注意的是，后世戏曲中对其的使用，更多凸显的是从演出角度考虑的实用性。剧中主人公正在唱念之时，仆从上场汇报、请示一件什么事，不能打断现有表演，所以在不引起观众注意的情况下用最朴素的方式上场。但《元曲选》等明代选本所提供的"暗上"，体现的却是从文本阅读的角度理解剧情的必要性，便于读者想象一方不知另一方已登场的情形。

(6) 闪上

"闪上"仅见于《元曲选》本《硃砂担》第一折,"净扮邦老闪上做意科",王文用在客店中休息,梦见自己被净脚扮演的"铁旛竿"白正所杀。在这个梦境里,净脚是没有念白的,只有动作表演,在表演上可能有特殊的动作来显示梦境与现实的区别。此处的"闪上",应当就是闪身上场,徐扶明先生将其亦列入表示紧急或突然的上场的一种。这种上场方式难以总结其规律,在于《元曲选》中仅见这一处,脉抄本《硃砂担》此处提示为"邦老上立定做意儿科"。剧中的白正是个地曹判官也害怕的恶人,此处的梦境又是个阴森恐怖的场景,大致推测"闪上"除了迅速之外,应当也有动作性较强地展现人物性格的一面。

(7) 闹上

"闹上"仅见于《元曲选》本《百花亭》第二折,两个净角扮演双解元与柳殿试两个秀才,为了争一个妓女而吵闹,提示为"二净闹上"。元杂剧中的净脚常有在剧中插科打诨的任务,此剧中的双、柳两秀才从名字到行为都可以说明他们是被讽刺和嘲弄的对象,不仅"闹上",而且"打闹下"。从实际演出的状态考虑,此处便是用两秀才的打闹来插科打诨活跃气氛的,"闹上"应当还伴随很多打闹的动作,只是在剧本提示中无法表现出来。脉抄本《百花亭》这一处上下场提示为"同闹上"与"闹打下",虽然文字上略有不同,但所指的上下场动作上应当是一致的。虽然这个上场提示仅见一例,但是这种滑稽打闹与戏曲传统的表演方式有很大关系,在本章之后的相关内容中将有详细论述。

(8) 赶上

"赶上"在元杂剧剧本中多写作"某某赶上"或者"赶某某上",是追逐上场,表现紧张的态势。元杂剧中常有追逐场面,就会有这种上场提示。如《救风尘》第四折,周舍发现被骗,追赶赵盼儿与宋引章;《荐福碑》第二折,曳剌被人蒙骗,追赶张镐;《伍员吹箫》第二折,养由基领人追赶伍子胥,都是用"赶上"这个上场来表现情况的紧迫。

在战争场面中也可以用追逐场面来表现交战之激烈，如《单鞭夺槊》第三折有"单雄信赶上"。

"赶上"不见于元刊本，在明代各选本与抄本中的使用情况也不尽相同，有时是基于不同情况对上场动作的不同设计，有时则不是恰当的用例。如脉抄本《合汗衫》第四折出现"赵兴孙赶正末、卜儿上"，在这个版本中，曾受到张家恩惠的赵兴孙做了拦路抢劫的强盗，他与张员外夫妇的重遇是因为抢劫，用"赶上"表现他做强盗的凶恶。而《元曲选》本《合汗衫》这一处上场为"弓兵拿正末、卜儿上"，此本中赵兴孙是做了巡检，代表官方，所以用"拿上"这种有强迫性的上场。而《窦娥冤》第一折，赛卢医想要谋害蔡婆婆却被张驴儿父子撞破，张驴儿父子的出现《元曲选》本与《酹江集》本都做"冲上"，而古名家本却做"赶上"。张驴儿父子其实也是无赖，救蔡婆婆一事纯粹是碰巧，"冲上"这一上场上文已经说过，可以表现突然性，与意外救人的情况相符。如果用"赶上"，好像张驴儿父子是有意为之，这就显得不妥了。《元曲选》对"赶上"的使用基本还是比较合理的。

（9）打抢背上

"打抢背上"是一种伴随特殊表演动作的上场。《元曲选》中仅见于《气英布》第四折的"正末扮探子执旗打抢背上"。后世的京剧表演中也有"抢背"，演员身体向前斜扑，以肩着地并就势翻滚，"是翻滚型的软毯子功项目，在京剧里应用范围很广。根据不同行当、不同剧情、不同场合的运用及动作幅度的大小，可分软抢背与硬抢背两类。"[1]元杂剧剧本中已经出现该名词，很有可能其动作与后来的"抢背"相近，是一种展现演员基本功的动作表演。而《气英布》中的探子是由正末改扮上场的，可见当时对主要演员的唱功和做功要求都很高。元刊本《气英布》虽然没有提示"打抢背上"的动作，但提示为"正末拿砌末扮探子上"，可见这个剧本中的探子上场亦执旗。此剧在元刊本后

---

[1] 吴同宾：《京剧知识手册》，天津教育出版社2001年版，第339页。

就是《元曲选》本,《元曲选》保留的"打抢背上"为探索中国戏曲表演艺术的发展史提供了材料。

3. 持道具上场与装扮上场

元杂剧中在不同剧情要求之下,也会有单人或多人上场时有所装扮,或带有道具上场,这些情况都会反映在上场提示中。《元曲选》本所提供的关于元杂剧的道具、装扮的信息虽然很少,但也有一些痕迹可寻。不过,《元曲选》本所保留的这些有关道具、装扮的信息,更多表现出的是一种类型化的特点,针对特定剧情的特殊装扮是比较少的。

在现有的元杂剧剧本文献中,在服装、道具等方面记载最丰富最有价值的是《脉望馆钞校本古今杂剧》。"值得注意的是,在这批元明杂剧作品中,有赵琦美注明钞自'内本'或据'内本'校过的一百二十种杂剧附有'穿关'。'穿关'详列了每折戏的登场人物及其应穿戴的衣冠、髯口、应执的砌末等。其记载的主要冠服名目有二百余种,经过搭配所形成的装束样式近三百种。此外还记载了假发和髯口三十多种,面具和形儿四十多种,刀枪把子及其它砌末近百种。因钞自明代内府演出本,这些'穿关'的设计有明代的影响,但它毕竟保留了前代的东西,如一些元杂剧剧本'穿关'规定的服饰与剧中人物的装扮完全吻合,这即说明元剧作家许多人确实熟悉舞台演出,因而剧本的要求也符合场上实际。"[①]《脉望馆钞校本古今杂剧》所记录的"穿关",是针对不同剧目的具体情况而设计的,这些信息很可能是来自演出人员而不是剧本原作,为了作为宫廷演出的参考才被记录下来。而在其他选本中,剧本记载的服饰与道具没有这么多。就拿《元曲选》来说,《元曲选》收录杂剧百部之多,自然其中会涉及很多道具与装扮的信息。除了个别在剧中特别使用的道具之外,很多服装、道具的信息都是出现在上场提示中的,但仅仅是一种简单的符号化的象征,用以表明人物的身份或状

[①] 宁宗一、陆林、田桂民编著:《元杂剧研究概述》,天津教育出版社1987年版,第330页。

态，而较少有针对该剧的人物、剧情进行特别设计。

例如，元杂剧中为表明登场人物是穷困潦倒、沿街乞讨的乞丐，就用"薄蓝（或作篮）上"。《合汗衫》第三折中的正末同卜儿、《争报恩》第一折里的徐宁、《东堂老》第三折中的扬州奴同旦儿，都做如此打扮。不过此提示究竟是指服装还是道具而言，从不同剧本中看来有些分歧。《合汗衫》与《争报恩》中都作"薄蓝"，《东堂老》中却作"扬州奴同旦儿携薄篮上"，有研究者已指出"携"字为衍文[1]。对比不同元杂剧版本对这一提示的运用，可以对为何出现这个衍文有更清楚的认识。《元曲选》本《东堂老》是以"蓝"为"篮"的异写，则"薄篮"是一种篮子道具，可能是用来装讨饭用的瓦罐之类。元杂剧道具中也有各种篮子的名目，如《秋胡戏妻》中罗梅英提的"桑篮"、《岳阳楼》中吕洞宾提的"墨篮"。但是查脉收息机子本《东堂老》，在此提示处为"扬州奴同旦儿薄篮上"，无"携"字。该版本附有"穿关"，其中并没有提示有这种道具。再看息机子本《忍字记》的楔子中，有"二末薄褴上"，以此看来，"篮"字与"蓝"字都应当是"褴"字的异写，以示衣衫褴褛之意。《东堂老》的"穿关"中，载第三折刚上场时扬州奴的服饰为"毡帽、补纳直身、绦儿"，旦儿的服饰为"手帕、补纳袄、补纳裙、布袜、鞋"，确实是贫苦人的穿着，与衣衫褴褛之意义相合。息机子本的《谇范叔》第三折，也有"正末薄褴上"。可见"薄褴上"这一提示，就息机子《元人杂剧选》所提供的情况来看，起初是指服饰方面而言的。元刊本的《看钱奴买冤家债主》，第二折有提示为"正末褴扮，同旦儿、俫儿上"，可以与"薄褴上"的提示联系起来，说明为表示人物的穷困，确实在服装上会有特别的扮相。而在剧本传播过程中，取同音字而将这个提示写成了"薄篮"或者"薄蓝"，从"篮"字出发而产生道具方面的联想。《元曲选》本的《东堂老》中作"携薄篮上"，则是真的以为此提示为道具方面的信息。

---

[1] 袁世硕主编：《元曲百科辞典》，山东教育出版社1989年版，第16页。

而《元曲选》本之后的《酹江集》本也作"携薄篮上",是受到其影响。《元曲选》本的《东堂老》在这个提示上提供了容易引起误会的错误信息。

另外,古名家本《黄粱梦》第三折,提示为"吕末孛蓝带山枷引二俫随解子上"。"孛蓝"二字《元曲选》本无,也不见于其他的元杂剧剧本提示中。考虑到此时吕洞宾是出于因罪被流放的途中,其服饰装扮应当显示出流徒的身份,"孛蓝"应与"薄蓝"同。①

做买卖的行脚商人、货郎,常有"挑担上"。如《燕青博鱼》第二折,燕青兼做博鱼与卖鱼的生意,上场时提示为"挑鱼担上"。《硃砂担》第一折中的王文用,要前往泗州去做买卖,提示为"挑担儿上"。另外还有《魔合罗》第一折中的"正末挑担上""外扮高山挑担子上",《盆儿鬼》第一折中的"正末挑担儿上",都是利用担子这一道具,在人物一出场时就说明他们的小商人身份。《留鞋记》第三折,张千本是个衙役,奉包拯之命假扮货郎挑着绣鞋去探查情况,提示为"张千扮货郎挑担上",可见货郎身份的伪装只需加上"担子"这个符号就可以完成。元刊本的上场提示信息虽少,但《魔合罗》第一折已有"正末挑砌末上"。

"拿(或持)拄杖上"表示该角色为老年人,如《谢天香》第三折,有"钱大尹把拄杖暗上",剧中钱大尹自称"老夫",该人物即为老年人。还有《薛仁贵》第二折"正末扮孛老挈拄杖上",此处的正末扮演的是薛仁贵的父亲薛大伯;《小尉迟》第一折,"正末扮宇文庆挈拄杖上",宇文庆是刘无敌的养父,这都是老年男子的角色。需要注意的是,元杂剧中出现的老年人角色也很多,但并不都需要在上场时持有

---

① 本书修改期间,见到王锳、曾明德编《诗词曲语辞集释》中收入边新灿《元明戏曲语词释义十三则》一文,文中集元剧中"薄蓝""薄篮""薄褴""跋蓝"之例,认为应非传统解释的乞丐所持之篾篮,而是衣衫褴褛、穷困潦倒之意,与本书所持观点"衣衫褴褛之上场"相合。边新灿:《元明戏曲语词释义十三则》,《杭州大学学报》1981年第4期,转引自王锳、曾明德编:《诗词曲语辞集释》,语文出版社1991年版,第36—38页。

"拄杖"这个道具。而持有该道具的，多半都因为"拄杖"还会在剧中发挥别的作用。如《谢天香》第三折钱大尹上场后，从背后将拄杖放在谢天香的肩上逗她做耍；《薛仁贵》第二折中薛大伯责备薛仁贵撇下父母，投军去十余年不曾回家，举起拄杖要打他。此种作用最为明显的是《伍员吹箫》第三折，鱄诸醉酒闹事，他妻子穿上鱄诸母亲的衣服用拄杖打了他三十下作为惩戒，提示有"旦儿换卜儿衣服拏拄杖上"。对这个行为剧中在鱄诸的道白中自有解释："我平生性子躁暴，路见不平，便与人厮打，常惹下事来。有母亲临亡时遗言，我但惹事呵，着我这浑家身穿母亲衣服，手拏着拄杖。我若见了这两桩儿，便是见我母亲一般，我因此上害怕。"① 鱄诸的妻子是没有资格管教丈夫的，但是凭借鱄诸母亲的遗言，她通过身穿鱄诸母亲的衣服、手拿他母亲的拄杖来象征性地"扮演"鱄诸之母，就可以管教他不许惹是生非。这些例子可以说明，"拿拄杖上"这一提示不仅是说明老年人身体不便，更是老年人权威与地位的象征，所以剧本中对持这一道具上场才特别提示。

"愚鼓（或作渔鼓）简板（或作简子）上"是道教人物的上场方式。如《岳阳楼》第三、第四折，都有正末吕洞宾"愚鼓简子上"的提示。《竹叶舟》第四折"列御寇引张子房、葛仙翁执愚鼓简板上"，《城南柳》第四折"正末背剑打渔鼓简子，孤、公人各改扮众仙上"，都是如此。这不仅是用在吕洞宾、列御寇等道教神仙的上场，也适用于一般的修道者。《鲁斋郎》第四折，张珪被鲁斋郎迫害，妻离子散，出家修道，上场时便作"愚鼓简板上"。渔鼓，又称道筒，竹琴；简板，又称简子，都是乐器名。这两种乐器在戏曲表演中使用的历史十分悠久，而且与道教也有很深的渊源。据说唐代的"道情"，就是道士们用打渔鼓、唱道歌的方式，在传道、化募过程中演说道教故事。后来"道情"成为民间曲艺，其演唱的宗教内容逐渐淡化，逐渐加入了民间故事与神话传说的内容，但依然以渔鼓和简板为伴奏乐器。直至清代的

---

① （明）臧懋循：《元曲选》第二册，中华书局1958年版，第658页。

民间戏曲中，都保有道教神仙或与道教相关的人物出场时演唱道情这一方式。在《元曲选》的剧本中，手持渔鼓简板上场已经是此类人物上场的象征性标志。有时被简化为"打渔鼓上"，如《刘行首》第四折，马丹阳上场，就作"正末打渔鼓上"。因为渔鼓、简板都是乐器，所以这一上场很有可能同时也伴随着演员的伴奏。

翻检《元曲选》中的剧本，此类上场提示还包括用"带枷上"或"带杻上"作为犯人的标志，用"负荆上"来表示该人物主动请罪的目的，用"持扫帚上"表示下人的身份，等等。

其他元杂剧上场提示中的服饰信息则更为简略，一般并不具体说明人物的穿着，只笼统说明属于盛装还是便服。盛装，男性盛装用"冠带上"，武官用"戎装上"，女性用"冠帔上"。

如《曲江池》第四折中的郑元和、《秋胡戏妻》第三折中的秋胡、《鲁斋郎》第四折中张珪同李四的儿子、《举案齐眉》第四折的梁鸿、《冤家债主》第二折的崔子玉、《㑇梅香》第四折的白敏中、《㑇范叔》第四折的范雎、《对玉梳》第三折的荆楚臣、《窦娥冤》第四折的窦天章、《货郎旦》第四折的李春郎，都是冠带上场。从中可以发现，这些人在剧中都有中举、为官等成功经历，"冠带上"这一提示意味着人物身份的改变与社会地位的提高。而且由于元杂剧的团圆情节一般出现在剧末，此种上场一般也出现在剧中较晚的时候，标志着剧情走向最后的圆满。有个别提示不是笼统的"冠带"，而是提到了具体的服装，如《抱妆盒》楔子中的"外扮楚王引官校锦衣花帽上"，楚王赵德芳是皇亲，其服饰比一般官员的"冠带"更高级一点。

戎装是武将身份的象征，如《两世姻缘》第三折的韦皋，本来是读书人，《古杂剧》本、古名家本、《杂剧选》本都称扮演韦皋的脚色为"酸"，但是此时的剧情中却已是有军权的人物，所以上场时"戎装引卒子上"。《连环计》第四折的李肃，在此折中奉董卓之命率兵捉拿吕布，所以也要着戎装。戎装上场一般也标志着会有比较激烈的冲突或者打斗场面的出现。

女性人物的盛装上场多见于剧末,"冠帔上"同样是由于剧中人身份地位的提高。末、旦团圆的一般套路都是末中举而旦受封。不过同"冠带"之多见相比,对女性盛装的上场提示在《元曲选》中却很少。"冠帔上"见于《青衫泪》第四折,裴兴奴与白居易的夫妻关系得到皇帝认可,所以换了盛装的服饰。

至于便装,是相对盛装而言的,一般是指剧中人曾有盛装的情况下又改换便装,才会特别在上场提示中提出。如《风光好》第二折中的陶谷,上场提示为"便衣上"。此前第一折时,陶谷是宋朝派往南唐游说李主降宋的使臣,身份特殊,同韩熙载等人饮宴,自然穿着要正式。第二折的场景却是在驿馆内,所以身着便装。此剧中陶谷的着装也可以与剧情相呼应,酒宴上陶谷见到歌伎秦弱兰,便做道貌岸然状,疾言厉色地声称不近女色。换了便装之后,却与秦弱兰有私情。服装的改变正好陪衬陶谷两种截然不同的态度。《秋胡戏妻》第三折也有"秋胡换便衣上",因为此前秋胡第一次上场时是"冠带上",有改装所以特别说明。另外,《古杂剧》《杂剧选》《阳春奏》《古今名剧合选》都收有的《风云会》第三折,都有"正末纱帽常服上",这是相对于剧中前一折宋太祖的皇帝服饰而言,此时他为了微服私访而特意改换了服饰。

有时上场提示中的服装信息简略到仅表现其特点。如"整扮上""道扮上"之类。"整扮上"如《王粲登楼》的元刊本第四折有"正末整扮元帅上"。还有《萧淑兰》第一折及第四折正旦出场的时候,古名家本与《古杂剧》本都做"整扮上",而《元曲选》本、《柳枝集》本为一般上场。"整扮"应该也是盛装的意思,如《王粲登楼》中王粲贵为元帅,应当有符合武将身份的特殊装扮。《萧淑兰》中的萧淑兰第四折时是新娘,装束当然要隆重,至于第一折的装束大概是因为女主角首次出场必须光彩夺目。"整扮"不见于《元曲选》。

"道扮上"即道教人物妆扮,元杂剧中的道士、道姑上场都可以使用,此提示除了说明道士、道姑的身份外,不能提供任何具体的服装信息,尽管元杂剧中尤其神仙道化剧中修道人物众多,这个提示使用却不算多见。如《陈抟高卧》第一折陈抟上场时，就是"道扮上"，而且各本此处都一致。《鲁斋郎》第四折张珪的妻子上场，也是"道扮上"，《元曲选》本与古名家本也都一致。《城南柳》第一折吕洞宾"道扮上"，古名家本、息机子本、《柳枝集》本都一致，但《元曲选》本不载。脉抄本《任风子》第四折任屠上场的时候为"道扮上"，但是《元曲选》本、《酹江集》本都为一般上场。

如果说"冠带上"起码还能说明服饰的范围，有冠有带，"便衣上"就只是笼统的说明，"整扮上"就更加不能说明服装细节了。还有时元杂剧上场提示中并不提出服饰上的信息，但明显是有特殊妆扮的需要。如《赚蒯通》第三折提到的"正末妆风子上"，《马陵道》第三折提到"正末装疯扒上"，为了表现疯子的特点，服饰、妆扮上肯定会有所变动。《东坡梦》第三折有"正末扮松神持笏上"，《柳毅传书》第二折"正旦改扮电母两手持镜上"，松神、电母肯定也得有一定的扮相，有符合其神性的服装，但剧本均无详载。元杂剧在实际演出中的服饰定然不是《元曲选》等选本所表现得如此简略的。参考宋俊华《中国古代戏剧服饰研究》[①] 中记载，从脉抄本记录的"穿关"来看，当时的世俗武将的戎服就有64套，世俗文职官吏的服装也有33套，其中头服、体服、脚服各有不同，普通将领、统帅、滑稽将领、绿林、绿林将领、番将等各有不同的戎服；诸侯王、高级官员、低级官员、一般地方官吏、军师、状元等各有不同的文职官吏服装。这些繁复的服装细节在以《元曲选》为代表的选本中都没有显示出来，选家的主要考量是剧本的文学表达，在上场提示中被保留的部分服饰与道具信息，仅作为象征性的符号，提示人物的身份或剧情发展变化的契机。元杂剧作为一种戏剧艺术，服饰问题应当属于舞台表演过程中的直观内容，从文学角度来看是无须进行详尽描述的。《元曲选》等选本作为主要供阅读欣赏的

---

① 宋俊华：《中国古代戏剧服饰研究》，广东高等教育出版社2003年版，第345、352页。

元杂剧文本，就没有在服饰、装扮问题上面面俱到的必要。服饰、装扮类的上场提示，虽然在各本间也有存在异文的情况，但差异较小。这与选本的编订者对此类提示的不重视也有关。

4. 非第一次上场

元杂剧中上下场是比较频繁的，每个人物即使是在同一折中也有多次上下场的可能，对于这一情况一般并不特别说明。然而在元杂剧剧本中，还是出现了少量的"重上""再上"这样的提示。考虑到这种提示出现的频率远低于剧本中实际出现的某一人物多次上场的频率，对非第一次上场进行提示并不是种普遍的做法。记录非第一次上场，说明元杂剧剧本的编订者有非常清晰的文本记录意识。因为在元杂剧实际演出中上下场的次数非常频繁，上场时记录其上场的次数是没有意义的，唯有在文字记录中才有其意义。

（1）重上

《张天师》第一折，正末扮演的陈世英与冲末扮演的陈太守一同下场之后，陈世英又上场，提示为"陈世英重上"，这是下场后紧接着又返回场上，"重上"是为了说明这种连续性。《冯玉兰》第四折，巡江官屠世雄要抢夺冯太守的夫人，持刀将夫人劫持到自己的船上之后，又返回偷听冯太守家人有何对策，此时的提示也为"重上"。可见，"重上"是用在某个人物下场后紧接着又上场，中间没有其他人物的表演的时候所用的提示。这个提示在现有元杂剧剧本中的使用很少，《元曲选》中仅见这两例。其他剧本中，遇到同一人物下场之后紧接着又上场的情况，也没有用"重上"，可见其在当时使用并不普遍。元刊本中没有这一提示，在其他明代元杂剧选本或抄本中也未见。《张天师》一剧另有脉抄本，此处提示也仅为"陈世英上"。由此看来，"重上"只出现在《元曲选》中。

（2）再上

"再上"的意义与"重上"类似，但是"再上"之前可以穿插其他人物的表演。《来生债》第四折，灵兆度脱了丹霞长老之后，先行下场。禅师给她留下一百文钱，也下场了。之后，灵兆第二次上场发现这一百文钱，此时提示为"灵兆再上"。柳毅传书第二折，钱塘龙君追逐泾河小龙下场，再上场时的提示先有"小龙慌上"，念白之后，才有"钱塘君再上"。《生金阁》第一折，郭成夫妇与庞衙内一同下场，之后小二念诗下场，再上场时提示为"衙内同随从再上"，此时上场之后，故事发生的地点已经由小酒店转到恶少庞衙内的家中。同是该剧的第三折中，郭成的鬼魂惊散了看灯的众人，衙内先下场，然后其他人也被鬼魂追逐下场，之后才又有"衙内再上""魂子再上赶科"。可见除了表示同一个人物的第二次上场之外，"再上"还可以显示出上下场的交错频繁，在追逐场面中表现紧张气氛。

《元曲选》中的"再上"有时还在"虚下"之后，表示在"虚下"这种虚拟的下场动作之后再回到场上。关于"虚下"的意义下文中会有详细讨论，大体说来，因为"虚下"并不是真正的下场，所以此时的"再上"其实是表示演员再次回到表演的中心区域，并不是实际上的上场动作。如《伍员吹箫》第二折，闾丘亮"虚下"去为伍子胥取食物，不久后又"再上"。《东堂老》第三折也有扬州奴"虚下再上"的提示。

"再上"不见于元刊本，但在其他明代元杂剧选本中存在，至少说明其在明代元杂剧文本的写定过程中，对这种写法是得到承认的。不过就其用法来看，其他选本并没有《元曲选》表现得那么明确。如息机子本《东堂老》第三折，三次出现这一提示："扬州奴再上""扬州奴再上""净扬州奴同旦儿再上"，而这三次上场都是紧随在人物下场之后的第二次上场。也就是说，息机子本《东堂老》对"再上"的使用是与《元曲选》中的"重上"的用法一致的，表示下场之后即上场，中间没有穿插其他的表演内容。"重上"与"再上"这类提示，在元杂剧文本的写定过程中应当也有一个被规范的过程。

5. 个别特殊上场

《元曲选》所收的剧本里有几处上场提示表现出了极强的针对性，

即为剧情需要而特别设计的上场，并不是类型化的一般上场。即使是这样的提示，在不同的选本或抄本中的面貌也未必一致，说明在元杂剧文本的流传过程中，各种因素引起的编改变化是可以具体到细节的。如《梧桐雨》第二折的"正末引高力士、郑观音抱琵琶、宁王吹笛、花奴打羯鼓、黄翻绰执板捧旦上"。元杂剧中很少有这样长的上场提示，除非是特殊人物群像，已经在人们心目中形成固定的群体，才会在上场提示中将其列举出来。举例来说，八仙的形象就经常在元杂剧中集体出现，《竹叶舟》第四折中就有"冲末扮东华帝君执符节引张果、汉钟离、铁拐、徐神翁、蓝采和、韩湘子、何仙姑上"。而且从《梧桐雨》的剧情来看，除了末、旦、高力士有表演之外，其他人很可能只是为旦角表演舞蹈配乐的演奏人员，此处提示若改为"正末同旦引众人上"，对理解剧情其实毫无影响，那么在提示里不厌烦琐地说明某人持某乐器有何意义？而且此则提示在各选本中有相当大的一致性，《改定元贤传奇》本此处为"正末扮驾引高力士、郑观音抱琵琶、宁王吹笛、花奴打羯鼓、黄翻绰执板、十美人捧正旦上"，《古杂剧》本、《元明杂剧四种》本、古名家本与《改定元贤传奇》相同，《古今名剧合选》与《元曲选》相同，区别仅是多加"十美人"而已。为何所有的元杂剧选本都认同此处提示的繁复呢？

郑观音、宁王、花奴、黄翻绰都是在各种历史笔记、小说等史料中与唐明皇相关的人物。郑观音是宫廷乐工，以善弹琵琶而闻名。宁王李宪是唐睿宗长子，唐玄宗之兄，史载其善吹玉笛。《新唐书》卷二十二《礼乐志》云："帝又好羯鼓，而宁王善吹横笛，达官大臣慕之，皆喜言音律。"[1] 花奴是汝南王李琎小字，因其善击羯鼓，为唐明皇所宠爱。唐代南卓《羯鼓录》有记载："汝南王李琎，宁王长子也。姿容妍审，秀出藩邸，玄宗特钟爱焉，自传授之。又以其聪悟敏慧，妙达音旨，每随游幸，顷刻不舍。琎常戴砑绢帽打曲，上自摘红槿花一朵，置于帽上

---

[1] 《新唐书》卷二十二，中华书局1975年版，第476页。

笪处，二物皆极滑，久之方安。遂奏《舞山香》一曲，而花不坠落。上大喜笑，赐琎金器一爵，因夸曰：'真花奴，资质明莹，肌发光细，非人间人，必神仙谪坠也。'"① 黄幡绰是明皇朝著名优伶，《新唐书》《因话录》《酉阳杂俎》等书都有记载他的事迹。唐明皇喜爱音乐是很有名的，而在各种故事中将这些人与唐明皇的音乐活动联系在一起成为一种惯例。洪昇的《长生殿》中就有郑观音、谢阿蛮。小说方面，《警世通言》之《崔衙内白鹞招妖》中有："其时四方贡献不绝：西夏国进月样琵琶，南越国进玉笛，西凉州进葡萄酒，新罗国进白鹞子。这葡萄酒供进御前；琵琶赐与郑观音；玉笛赐与御弟宁王；新罗白鹞赐与崔丞相。"②《隋唐演义》第八十二回"李谪仙应诏答番书，高力士进谗议雅调"一章也有："便命李龟年与梨园子弟，立将此词谱出新声，着李暮吹羌笛，花奴击羯鼓，贺怀智击方响，郑观音拨琵琶，张野狐垂臂栗，黄幡绰按拍板，一齐儿和将来，果然好听。"③ 从这些情况可以推断，《梧桐雨》中的这个上场提示，是在掌握一定的历史掌故的基础上，将多位与唐明皇的音乐活动有关的人物，整合到杨玉环跳霓裳羽衣舞这样一个时空中来，借以烘托这一舞蹈场面的氛围。另三种选本多添加"十旦上"，更显出这个场景的盛大，与此剧之后唐明皇的凄凉处境形成鲜明对比。各本都完整记录郑观音等人物姓名，表现出高度的统一性，这表现出剧本中这一提示的写定者在文学语言的描述上具有很强的文人情趣。还有一种可能是在《梧桐雨》出现之前，这组人物群像已经在其他与戏曲艺术相关的表演形式中成为一种类似"八仙"的固定成员，元杂剧剧本编撰时顺势利用了这组群像。这当然还有待考证。

此外，这个上场提示还反映出一些元杂剧戏班人数方面的问题。清代李调元在《剧话》中说："宋杂剧每一甲有八人者，有五人者。

---

① （唐）南卓：《羯鼓录》，中华书局1985年版，第6—7页。
② （明）冯梦龙：《警世通言》，人民文学出版社1956年版，第249页。
③ （清）褚人获：《隋唐演义》，上海古籍出版社1981年版，第629页。

'甲',犹'班'也。五人,盖院本之制。八人为班,明汤显祖撰《牡丹亭》犹然,多至十人,乃近时所增益。"① 这是对戏班人数的保守估计,仅从脚色行当方面来统计,而没有考虑到戏班中的其他情况。其实元代杂剧戏班的人数有限,是因为当时的演员被视为贱业,政府规定其身份世袭家传,所以民间戏班一般都是家庭性质的,一个家庭的成员不会太多,《蓝采和》中的家庭戏班就有 6 人:蓝采和夫妻、蓝的儿子儿媳、蓝的姑舅兄弟王把色,两姨兄弟李簿头。"元杂剧戏班的人数不会多。冯沅君先生曾经作过一个分析:'《元曲选》载剧百种,每剧四折(唯《赵氏孤儿》五折),加楔子得四百七十个单位。每个单位假定为一场,那边是四百七十场。在这四百七十场中,每场二人的是三七场,每场三人的是一〇九场,每场四人的是一三六场,每场五人的是七七场,四者合计得三百五十九场,约当全数的四分之三。每场十人、十一人,及十二人的都只占全数四百七十分之一。换句话说,这三类都只一见。②' 这样数量的演员,再加上乐器伴奏者,一个戏班有十来个人也就够了。在这个问题上,戏曲文物也可以提供证明。山西省洪洞县霍山明应王殿壁画里的忠都秀戏班,见于画面的共 11 个人,其中 4 人为伴奏人员(后排左起第二人虽击杖鼓,但也戴假髯、画浓眉,可见是角色和乐队两兼)。山西省运城市西里庄元墓壁画里的戏班也是 11 人,其中 5 人操纵乐器。山西省右玉县宝宁寺水陆画中一幅元代戏班图也是 11 人③。"④《梧桐雨》中这一上场提示中提到的郑观音、宁王、花奴、黄幡绰等人,就完全可以用杂剧戏班中演奏乐器的人员来充任,不超出戏班人数的限制。但是《古杂剧》等三种选本多添出的"十旦",就不

---

① (清)李调元:《剧话》,中国戏曲研究院编:《中国古典戏曲论著集成》(八),中国戏剧出版社 1960 年版,第 39 页。
② 原注:冯沅君:《古剧说汇》,作家出版社 1956 年版,第 53—54 页。
③ 原注:参见廖奔、刘彦君《中国戏曲发展史》第二卷,山西教育出版社 2000 年版,第 133—136 页。
④ 赵山林:《中国戏曲传播接受史》,上海人民出版社 2008 年版,第 139 页。

是一般的元杂剧戏班能够完成的了，这可能是该杂剧在明代宫廷这样能提供大量演员的场所演出之后，才在剧本的上场提示中添加上去的。元杂剧中出现这种多人上场且分别注明其姓名、特点的上场提示，还有《风云会》，只是《元曲选》未录。仅从剧本中看，《风云会》在上场提示中明确提到的登场人物就有石守信、王全斌、潘美、赵匡胤、赵普、郑恩、曹彬、楚昭辅、苗光裔、太后、幼主、陶谷、李处耘、吴越王、吴程、南唐李主、徐铉、蜀主孟昶、王昭远、南汉主刘𨮁、袭澄枢、赵普夫人、张千、二小卒，共25人，且没有剧中人改扮的迹象，更何况此剧有表现战争的场面，不知在实际演出时是否需要有兵卒等小人物上场作为陪衬。《录鬼簿续编》著录此剧为罗贯中所作，罗的生平事迹众说纷纭，应大抵在元明之间。但此剧的上场人物总数与每场上场人物都大大超过元杂剧一般惯例，绝对不是元代以家庭为基本单位的戏班可以上演的，与一般元杂剧的性质不同。综合以上情况，元杂剧剧本上场提示的基本原则就是简略，《梧桐雨》这一处将没有科白、唱词或其他动作的登场人物情况也标出的提示实属特例，乃是该提示的写定者从文学情趣出发的特殊考虑。

《度柳翠》楔子中的"正末扮月明和尚挑月儿上"，也是一处很有趣的上场提示。所谓"月儿"，当是为此剧特别设计的道具。剧中的行者这样说："正是个风魔和尚，挑着这个，不知是甚么东西，恰似个烧饼的晃子，你家又不卖饼，要他怎的？不如打破了罢。"[①] 可见此道具应当形如满月，如果行者的"打破科"不是虚拟动作的话，此道具可能是容易打碎且造价低廉的纸张之类做成的。月明和尚的唱词中也有"一拳打破了广寒宫"之语，此处的动作与唱词是相互配合的。在息机子本与《柳枝集》本《度柳翠》中，此处提示为"正末扮月明和尚拿柳枝挑月儿上"，多出"拿柳枝"这一设计，是为了暗示柳翠的身份，这种上场设计更有象征意味。

[①] （明）臧懋循：《元曲选》第四册，中华书局1958年版，第1336页。

《马陵道》第三折的"正末装疯扒上"与《诹范叔》第四折的"须贾做膝行肘步上",是结合剧情而设计的特别上场动作。《马陵道》中的孙膑被庞涓陷害挖去膝盖骨,成为残疾人,是不能采用一般上场动作的。在脉抄本《马陵道》中也有这一提示。《诹范叔》中的须贾是为了向范雎请罪,膝行肘步,以示卑微,此故事出处见《史记·范雎蔡泽列传》,文中提到"须贾大惊,自知见卖,乃肉袒膝行,因门下人谢罪"①,元杂剧的剧情中忠实地还原了这一细节,因此,在息机子本与《酹江集》本中也有这一提示。

此种个别上场虽然少见,但仍可说明,在上下场提示这种剧本编撰的细枝末节处,仍有为贴合剧情进行特殊设计的必要。在一般的元杂剧剧本中见到的上场表演虽以类型化居多,但剧作者的创作思维也可以细化到个例。

6. 不使用上场提示

当然,上下场提示其实在元杂剧剧本中并不十分严谨,不是每一个人物的每一次上下场都能在剧本中标示出来。但是通过《元曲选》中所载的剧本,对元杂剧在人物上场时不标注上场提示的情况也可以找出一定的规律。官府以传唤证人或犯人的方式,将某人传来或让衙役将某人押来,并不都提示为"某某上"。皇帝宣召某人进见,主将请某位部下或者其他官员来见,总之先上场的地位较高的人召唤地位较低的人上场时,被宣召或者被邀请的某人的上场提示有时会被省略。

《元曲选》中此类的例子很多,一种情况是发生在衙门、公门之中,如《陈州粜米》的第四折,包拯审案时,相关涉案人物的上场都不是用"某某上"的提示,而是由包拯身边的衙役张千"做拏刘衙内杨金吾并二斗子跪见科""做拏王粉莲跪科""做拏小懒古跪科"。《鸳鸯被》第四折,李府尹断案,李玉英、张瑞卿、刘员外三人之前已有

---

① 《史记》卷七九《范雎蔡泽列传》,中华书局1959年版,第2414页。

明确提示下场,而此时又需上场听李府尹的审判结果,提示仅用"跪科",实际动作肯定是先上场再下跪。《蝴蝶梦》第二折有"祗侯押犯人跪科",《伍员吹箫》第四折"卒子拿费无忌见科",《小尉迟》第四折"卒子做拏刘季真跪见科"、《魔合罗》第四折"旦跪科"都是这样的情况。其实参考别的剧本可以发现,此提示的完全形式应当是"拿(或押)某某上跪见科",被押上场、跪下参见应当是一套连续的动作,但以简略为宗旨的上场提示有时对"拿(或押)"、"上"、"跪"这三个动词有选择性地省略。

另一种情况则是彻底不提示上场动作的,如《单鞭夺槊》第二折,李元吉与段志贤要见尉迟恭,令小卒去唤他来,之后便是:

(卒子云)尉迟恭安在?(尉迟云)某尉迟恭,自从降了唐,有三将军元吉呼唤,不知甚事,须索走一遭去。(卒子报科云)敬德来了也。(元吉云)着他过来。①

从剧本中可以推测,此段演出时便是随着卒子的呼唤,尉迟恭便上场的,但是提示里并没有"某某上"的一般形式。这种将某人呼唤、传召上场是元杂剧里比较常见的,《诪范叔》第二折,魏齐与须贾召唤范雎上场;《抱妆盒》第三折刘皇后召唤陈琳上场;《李逵负荆》第一折王林叫女儿满堂娇上场,都是采用这种方式。其实从舞台表演上来说,这样的方式便是先上场人物将后来上场的人引出来,将观众的注意力吸引到后来者的身上,如范雎、陈琳是都是剧中的主唱人物;尉迟恭虽然并不主唱,也是贯穿全剧的主要人物;满堂娇的上场会引发之后的一系列事件,也是十分关键的。在这种情况下,因为之前已有叫某某上场的铺垫,剧本中便可以不标明上场,而直接说明该人物上场后的台词。这是结合表演的直观感受的特点而在剧本上下场提示方面做出的

---

① (明)臧懋循:《元曲选》第三册,中华书局1958年版,第1176页。

省略。

　　此种出场在元代剧本中的情况未明，但在明代出现的元杂剧剧本中显然已经取得了共识，因为这种不使用上场提示的写法没有出现异本。《鸳鸯被》的息机子本与古名家本；《蝴蝶梦》的古名家本；《单鞭夺槊》的古名家本与脉抄本；《谇范叔》的息机子本，在同种情况下不使用"某某上"的方式都是一样的。

　　在梅香跟随小姐、书童跟随公子或仆役跟随官员等情况下，此类随从角色的上场提示有时会被忽略掉。在剧本中并没有提示他们上场，但是在随后的剧情中他们却又有念白或者动作，于是可知在小姐、公子或官员即他们的主人上场的时候他们实际上也跟随上场。

　　从《元刊杂剧三十种》所记载的剧本材料就可以发现，杂剧的早期文本记录有一种倾向就是对主角的重视。主角是要将元杂剧作家创作最精华的部分——曲词——演唱出来的重要人物，元刊本的宾白、提示等等有时完全不录；有时部分有记录，但只详细记录主角的念白与涉及主角的动作提示，对其他人的记录就很简略。这种现象在明代的元杂剧选本中已经得到改善。明代选本所收的剧本相对比较完整，几乎将所有上场人物的动作、宾白都呈现出来，但还是有省略之处。究其原因，《元曲选》等书所提供的元杂剧剧本更多具有的是阅读方面的功能，很多在演出中可以灵活处理或者凭借直观欣赏而理解的部分，在剧本中不会显示出来。在元杂剧剧本中的丫鬟、书童、随从这类脚色，往往是象征性的类型化人物，没有个人性格。他们跟随剧中的主要人物上场，帮助主要人物与他人联络，拿道具，听从吩咐做事等等，所以元杂剧剧本中对他们的上下场提示并没有严谨地说明。

　　后世的戏曲如京剧表演有"龙套"一说，是指戏曲舞台上那些以"一"代"众"的角色。如在将军后面跟着四个龙套演员，这四个人就代表千军万马。所以龙套的单位不是"人"，而是"堂"，京剧中以四人为一堂。但是"龙套"又不同于戏曲舞台上的"零碎儿"，"凡是有名有姓（或有具体身份的）以一个演员演一个角色出现的，如：家人、报子、老军、更夫等都不在龙套之列。"[1] 元杂剧中的登场人物除主要角色外，其他人也有如"零碎儿"与"龙套"一般的区别。如丫鬟、衙役、书童这样的人物，虽然不受重视，但还有一定的作用。爱情剧里，丫鬟要帮着小姐传情递简；公案剧里，衙役要听上司吩咐明察暗访，所以他们的重要性比"龙套"要强一些。表现在上下场提示上，虽然不是所有剧本都会严谨地提示他们的上下场，但疏漏的情况是时有发生，而不是全部省略其提示信息。但是像跟随将军的卒子、跟随官员的祇候这类角色，上下场提示就要更为粗糙一些，如同后世戏曲所谓"龙套"，在剧本的人物设置中是最不受重视的，因此在上下场提示中被忽略的情况也更加严重。

这类省略在《元曲选》及其他选本和抄本中都存在，且极为普遍，相比较而言，《元曲选》还略显严谨一些。不过，如果剧作者过分忽略这些随从人员的上场安排，有时也是会引起问题的。举个例子，一般在剧中会差遣随从去取道具上场，脉抄本的《小尉迟》第一折，正末所扮的宇文庆向刘无敌说明他的身世，原来刘无敌不是刘季真的儿子，而是尉迟恭的儿子。为了证明自己所说的话，有一件重要的证物，就是尉迟恭留下的衣甲。脉抄本此处采取的是取道具的一般惯例，用"番卒子取衣甲上"，而对比《元曲选》本，此处却是"正末取衣甲上"。这两种处理方式的区别不仅仅是谁去取衣甲的问题，而是剧情是否严谨的问题。看剧本中的安排就可以发现，此时刘季真与尉迟敬德是处在敌对阵营，因此刘无敌的身世是十分机密的，宇文庆在告诉刘无敌这件事的时候，特别要他命令身边的小校们回避。这一细节在《元曲选》本与脉抄本中都有体现，脉抄本的漏洞也就出现了，既然身边小校都已回避，宇文庆又怎么能够差遣他们去拿衣甲？而且宇文庆保守刘无敌的身世秘密已经很多年了，这套衣甲

---

[1] 叶仰曦、鲁田：《戏曲龙套艺术》，中国戏剧出版社1983年版，第1页。

作为重要物证他自然要妥善收藏，随便差遣身边的军校去取，那岂不是说宇文庆对此事毫无保密的意识，所有人都知道他把衣甲放在什么地方了。所以《元曲选》本让正末亲自去取衣甲，看似简单，其实是与剧中的情况紧密相关的，在这样的细节问题上可以看出剧本编订者的水平高下。

二 《元曲选》中的下场提示

下场提示的类型相对上场提示来说较少。首先，下场提示中一般不需要说明服饰、道具的情况；其次，表示下场人物之间的从属或互动关系的用词很少，而且较少有区分身份地位等状况的意味，多数情况下仅表示动作上的跟随；再次，下场动作的说明也相对较少。不过，《元曲选》中的下场提示相对于元刊本而言丰富了许多，以下分别列举说明：

1. 多人下场且有从属或互动关系

（1）"同下"及其他无从属关系的共同下场

两人或两人以上同时下场，一般即提示为"同下"，有少数剧本作"并下"，《气英布》一剧中出现"共下"，《竹叶舟》一剧中出现"俱下"，《连环计》一剧中出现"众下"。另外，有些剧本是不特别标出多人下场的情况的。这些下场提示中都几乎没有对从属关系的说明。

在多人下场时，提示为"同下"或者"并下"并没有明显的区别。从《元曲选》的情况来看，大部分剧作标为"同下"。《陈抟高卧》《王粲登楼》《两世姻缘》《赵礼让肥》《桃花女》《竹叶舟》《忍字记》《误入桃源》《抱妆盒》《看钱奴》中出现了"并下"。有些剧本中作"同众下"，如《老生儿》第三折末尾处，但该剧其他几折中多人下场均为"同下"。"同下"这一提示有时也作"同某下"，此提示出现在哪个人物的唱词或者念白之后，就表示此人物跟提示中提到的某人一起下场。有时此种提示会省略"同某下"中的"某"，如《曲江池》第一折末，剧本中作："（净云）你看，郑舍随着姨姨去了也，我和你明日将着些酒礼,与他作贺去来。(外旦同下)"①,就是指外旦同净下。《桃花女》第三折还出现"同众散下",媒婆等人见周公与桃花女在婚礼上斗法却弄出人命,怕受连累吃官司,纷纷溜走,这个提示是为了特别说明其纷乱的状态。有些剧本虽也使用"同下",但并不是将所有多人下场的情况都标示出来。如《东堂老》,剧中多处出现"同下"的提示,但是第二折从"扬州奴、柳隆卿、胡子传上"开始,是转到另一个场面的,以元杂剧的惯例来说,这就表明之前一个场面的所有演员已经全部下场,只留一个空场子,然后新一场戏才开始。但是剧本中的上一场戏在场的有正末、卜儿、小末、旦儿四个脚色,下场提示却仅为"下",可见此处本应是"同下"而没有标示出来。还有的剧本表现得非常明显,如《汉宫秋》,所有多人下场的提示都只标出"下",而没有任何其他说明。"同下""并下"与只标出"下"的多人下场都没有表明下场人物之间的从属关系,只有"同某下"才略有从动作上提示跟随某人下场的意味。

"共下"仅见于《气英布》第三折,汉王与一干臣子共同下场,提示为"共下",当与"同下""并下"同义。"俱下"仅见于《竹叶舟》第三折,陈员外一家人上场时的提示为"外扮孛老引老旦卜儿、旦儿、俫儿上",可见上场人物有四个;而这组人物下场时的提示仅为"孛老俱下",其实就是孛老等人同下的意思。这两种下场提示的使用都较为少见,可以看出直至明代这些元杂剧选集出现的时候,对剧本中此类意义相同的下场提示的规范并没有十分彻底,这也是剧本的编写者对下场提示不如上场提示重视的表现之一。参考作于宣德六年的朱有燉的《桃源景》,同一作者所作的同一剧中,表示多人同时下场,既有"并下",也有"皆下",其使用场景并无区别②。

---

① (明)臧懋循:《元曲选》第一册,中华书局1958年版,第266页。
② (明)朱有燉:《新编美姻缘风月桃源景》,廖立、廖奔校注:《朱有燉杂剧集校注》(上册),黄山书社2017年版,第410—448页。

元刊本中所载的下场提示较少，而且参考上场提示的安排来看，当时的剧本中并没有把每一次上场相对应的下场都提示出来。元刊本将舞台语言转化为文字语言的程度还不高，在表演中可以实际传达的，在文字记录中就很少见到。所以，元刊本绝少在下场提示上显示下场方式的特点。在元刊本仅有的几种下场提示中，对共同下场还是有所表示的，如"一行下""一行都下""都下"之类。由于此时的下场提示还没有在明代各本中看到的那么规范，元刊剧本中出现的"散场"，应当也可以看作是对演员一起下场的提示信息。

"同下"还可以写作"仝下"，"仝"是"同"的异体字，应该是同音假借的关系。不过，目前可见的元杂剧剧本中，所有的"仝下"都出现在《古今名剧合选》中，如《酹江集》中的《老生儿》《铁拐李》《王粲登楼》《赵氏孤儿》《任风子》《范张鸡黍》《魔合罗》；《柳枝集》中的《金线池》《度柳翠》《对玉梳》。在《元曲选》里，曾在《来生债》中将"同上"写作"仝上"，但属于个别现象。

还有一个同类的下场提示是"合下"，但是不见于《元曲选》，仅出现在《酹江集》的《东堂老》第四折和《隔江斗智》第四折。"仝下"与"合下"说明《古今名剧合选》下场提示的用词方面体现出了与之前的选本和抄本都略显不同的编写习惯[①]，此书出现最晚，受到同时期戏曲剧本编撰习惯的影响与前人不同，其中应当也有编订者孟称舜的个人习惯的问题。

（2）"随下""引下"等有从属关系的同时下场

有少数剧本使用"随下"来表示多人下场，而且下场人物之间存在从属关系，这种从属仅表现在动作上，而没有社会地位或人物身份上的区别。如《杀狗劝夫》第一折，有"柳胡扶科旦随下"，是指柳隆卿、胡子传扶着喝醉的孙大下场，而孙大的妻子也跟着下场。《曲江

---

① 还有剧本中的科介提示，《元曲选》等同时代的选本、抄本一般使用"科"，但《古今名剧合选》中经常出现"介"。

池》第一折有"末、梅香、张千随下",是指郑元和、张千、梅香等人随着李亚仙一同下场。《风光好》第一折"众随下",是众妓女跟随正旦秦弱兰下场。《蝴蝶梦》第三折有"王大王二随下"、"张千随下",分别表示王大、王二随正旦下场,张千随王三下场。还有《虎头牌》《青衫泪》《竹叶舟》《红梨花》《㑇梅香》《盆儿鬼》《抱妆盒》《酷寒亭》等剧中都有"随下"出现。"随下"亦不见于元刊本,而是在明代各本中才见使用的。

此类下场还有"引下",即引领下场的意思,如《气英布》第二折的"正末引卒子下",就是正末扮演的英布带领着自己的兵卒下场。《梧桐雨》第三折,高力士奉命带杨贵妃去自尽,有"高力士引旦下"。此时杨贵妃虽然被迫赴死,从身份上来讲,她仍然是高力士的妃主,不适宜用"拿下""押下"之类的强迫性的动作。杨贵妃自尽的场面并没有在剧中直接表现出来,而是在高力士将其引下场之后,复又"持旦衣上",向唐玄宗回复她已自尽。这种含蓄的表现手法,可以更好地映衬此时的悲伤气氛。唐玄宗睹衣思人,悲从中来,而不是直接抚尸痛哭,这种表达情绪的处理办法也更加符合人物的身份。《冤家债主》第四折,阎神为张善友解说他一家人的因果报应,两个儿子福僧、乞僧下场时,用"鬼力引福僧乞僧下",这就与卜儿下场时的"鬼力押卜儿哭下"形成对比。因为两个儿子不管养家也好、败家也好,都是前生业报,没有对错之分。但是卜儿赖了别人银子,是在地狱受罚。"引下"与"押下"的不同动作就代表着立足于因果报应思想的不同态度。元刊本《看钱奴》第二折,陈德甫带周荣祖一家人去见贾员外,有"外末引正末三人下了",这是最早见到的对"引下"的提示。

另外,参照"拥上",元杂剧中也有"拥下",其动作亦有从属意味,但仅见于《曲江池》第三折末尾,李亚仙"拥末下",将"拥"这种有保护意味的动作用在了男性角色的身上。此时的郑元和落魄无依、冻饿交加,全凭李亚仙主张与鸨母决裂之事,从剧情和人物的气势上来说,确实还是郑元和被李亚仙"拥下"比较合理。

(3) 拿下、押下、拖下、枷下

与上场方式中的"拿上"、"押上"、"拖上"相参照，下场方式中也有表示强迫关系的"拿（或作拏）下"、"押下"、"拖下"、"枷下"。

"拿下"如《汉宫秋》第四折，汉元帝梦见王昭君从北地逃回，与他相见，却被番兵追赶上，"做拏旦下"。本来以昭君的身份应当是番兵的主人，用"拏下"这样粗暴的动作，正显出汉元帝梦中番兵穷凶极恶的样子。这是以帝王之尊仍不能保全心爱妃子的汉元帝对塞外强敌恐惧、愤恨的心理在梦境中的曲折投射。还有《小尉迟》第四折的"卒子拏刘季真下"，这里是将刘季真推下斩首，所以也在动作上表现得比较强硬。元刊本中已经存在这一提示，见于《薛仁贵》第二折，"拿外末下了"。不过诸种有强迫意味的下场提示中，元刊本中仅见这一种。

"押下"如《梧桐雨》楔子中，张守珪因为不能擅自决定是否要饶恕安禄山的死罪，要将他押往京城听皇帝裁决，用到"押下"。另外还有《蝴蝶梦》第二折中的"张千推旦科押三人下"、《勘头巾》第二折的"张千押王小二下"、《黄粱梦》第二折的"解子押洞宾并俫下"、《后庭花》第三折中张千"押王庆下""押卜儿下"，都是表现官府捉拿或者押解犯人的下场。

"拖下"是强行拖拽下场，从动作上便可显示出对方不愿意离开。如《争报恩》第三折，"王腊梅拖俫儿下"，是王腊梅想要在法场趁乱将李千娇的孩子抢走。《曲江池》第二折，郑元和被父亲打成重伤，李亚仙不忍离开他，却被老鸨强行带走，提示为"卜儿拖正旦下"。《留鞋记》第二折有琴童"拖和尚下"，此时琴童认为和尚是杀人凶手，所以强行拉他去见官。《魔合罗》第二折中李文道"拖旦下"，《窦娥冤》第二折"张驴儿拖正旦、卜儿下"，都是剧中人被拉去见官的情景。

"枷下"如《合同文字》第四折，"张千做枷正末下"，便是指张千给刘安住带上枷，将其押下场。上场方式中的"带枷上"，是在初一上场时便指明其人的犯人身份；而"枷下"，则是针对本折中才被定罪的人才有的行为。元刊本中不见这一下场提示，很可能是由于在元代的元杂剧文本中，并不一定要将给某人戴上枷锁的动作附加到下场提示上。如元刊本《魔合罗》第二折，有"孤省会一行了，且吃枷了"这样的提示。此时已经是本折的最末，李德昌的妻子被李文道设计陷害，官府将谋害亲夫的罪名安在了她身上，所以此时应该有旦被戴上枷锁拿下场的安排。但是元代的文本并没有将这一动作提炼为一种独立的下场提示。

（4）扶下

多人下场且有依附关系的下场还有"扶下"，用在剧中人因某种原因行动不便的时候。如《碧桃花》第二折，张道南生病身体虚弱，便由"兴儿扶下"；《隔江斗智》楔子中周瑜被气得箭疮发作，便有"甘宁凌统扶周瑜下"；《连环计》第三折，董卓被吕布打倒在地，浑身疼痛，于是貂蝉"做扶下"；《气英布》第三折，汉王刘邦喝醉了酒，有"随何扶汉王下"。下文论述中还会提到，有时剧中人物死亡，但考虑到戏曲表演的虚拟特性，下场时也被处理为"扶下"。

2. 特殊动作或特殊状态下场

元杂剧剧本中用特殊动作下场的，有走下、慌下、惊下、战下、打下、赶下、打哨子下、喝科下、旋下、闪下，等等；表示特殊状态下场的，有先下、暂下，等等。

（1）走下

"走下"并不是一般的走路下场，而是指为了某种目的疾走下场，这里的"走"是类似跑动的意思，一般在比较紧急的事态下使用。如《小尉迟》第三折，刘无敌与亲生父亲尉迟恭交战，为了找到机会与父亲相认，故意诈败逃走，引父亲来追赶，提示为"刘无敌做走下"。战争场面中的相互追赶，当然不会是慢慢地走下场的。之后正末尉迟恭"做追科"，也证明刘无敌的下场动作不是一般走路。《勘头巾》第二折，王知观为了栽赃给王小二，听说官府要往瘸刘家菜园去勘察，赶去抢在衙役之前把赃物放在菜园里。此处王知观得到消息时，有"净听走下科"，之后赶到菜园时，有"净慌上"。从剧中的情况便可推知，为了抢占先机，王知观此时的上下场一定都是表现得很匆忙的，可见"走下"不是一般地走下场。《后庭花》第三折的"旦应科走下"，是表现翠鸾鬼魂下场时的飘忽不定。《城南柳》第一折，柳树精、桃树精被砍伤后都作"走下"，也是表现妖精受伤逃窜的狼狈。这些例子都说明下场提示中的"走下"并不是走路下场的意思。元刊本中已有这一提示，《晋文公火烧介子推》一剧第二折，有提示说"旦与申生祭食，药死神獒了，重耳走下"，联系上下文推断，此处元刊本所载不像一般剧本提示中是瞬间的动作提示，而是一整段的剧情演出。所以此处的"走下"，其实应该包括重耳发现阴谋之后逃走的整个过程。但既然用来表现在紧急情况下逃走，"走下"的使用倾向应该是一样的。《元曲选》不载此剧，无从对比，从其他元杂剧选集与全集中所载剧本的情况来看，对"走下"的使用都没有这么复杂。这是因为在明代各本中，已经有大量的宾白及动作提示来分担叙事的任务，不需要把与主唱脚色无关的情节全都压缩到短小的提示中。所以明代各本中"走下"就只表现瞬间动作了。

（2）慌下、惊下

"慌下"表示因惊慌、害怕而快速下场，见于《生金阁》第三折，因为鬼魂突然出现惊扰了正在过元宵节的众人，老人、里正、社火、鼓乐等人"慌下"。"惊下"与之类似，见于《谢天香》第三折，钱大尹家的姬妾本来正在安慰谢天香，突然发现家主来了，于是"惊下"。古名家本《谢天香》此处仅仅用"下"，并不能表现出家中地位低下的姬妾对家长的敬畏感。这两种提示都不见于元刊本，是在明代各本中才见到使用的。

（3）战下

"战下"出现得也很少，仅见于《伍员吹箫》第二折，伍子胥与养由基交战，养由基有意放他逃脱，射出的箭都没有箭头，伍子胥发现他的用意，趁势"冲开阵面，杀一条血路而走"，于是"战下"。此时的下场应当是做出虚拟的战斗动作之后快速地下场。

(4) 打下

"打下"多数是指剧中人物厮打、打闹下场。如《张天师》楔子中，张千与净扮演的太医"打下"。剧中的太医其实是个不懂医理的庸医，元杂剧中常有以庸医来插科打诨的剧情安排，或承院本"双斗医"而来。此处下场用"打下"，便是插科打诨的喜剧气氛的余绪。《曲江池》第三折，郑元和与净扮演的赵牛筋已经穷得一文不名，李亚仙款待他们，被老鸨发现，发作起来，有"卜儿打赵下"。此处用"打下"的动作一是为了显示老鸨的势利与凶恶，二来可以制造打闹的喜剧气氛。《古杂剧》本《曲江池》没有这一动作，对人物特征的表现力就没有那么强。《马陵道》第三折中孙膑装疯，受到小孩子戏弄，卒子上场后将小孩子赶下场，"做打俫儿下科"，这里的表演其实也有调笑的意味。《百花亭》第二折《元曲选》本有二净"打闹下"，脉抄本作"闹打下"，与"打下"同义，也是两个净角的插科打诨。"打下"也有单纯表示在战争场面中打斗下场的意思，如"单鞭夺槊"第三折，"尉迟打雄信下"。此剧中的单雄信由外角扮演，是具备文韬武略的大将，尉迟恭将其打下是在战斗中将其打败，这里没有打闹的滑稽成分。此提示也不见于元刊本。

(5) 赶下

"赶下"如《赚蒯通》第三折，蒯通装疯，俫儿顽皮捉弄他，剧中有提示"赶俫儿下"，其实也是蒯通追逐俫儿将俫儿驱赶下场的意思。这是为了体现疯子的行为方式的动作，也有调笑的意味。《东坡梦》第四折也有"松神赶四友下"，剧中的花间四友其实是佛印禅师为了点化苏东坡而设的魔障，将其赶下就表示对魔障的驱逐。

"赶下"在元刊本中已经出现，《合汗衫》第四折有"等孤赶净下"，《气英布》第四折有提示正末所扮的英布"赶霸王出"，应该也就是通过交战将霸王赶下场的意思。

(6) 打哨子下

"打哨子下"见《元曲选》本《燕青博鱼》第二折，燕青痛打了为非作歹的杨衙内一顿，"杨衙内做怕打哨子下"。此剧的杨衙内是净角扮演的恶霸、无赖形象，燕青痛打杨衙内这场戏中，净角有很多的动作表演，如"打筋斗科""做叹气科""舒身科""做嘴脸调旦科"，而以"做怕打哨子下"结束。齐森华《中国曲学大辞典》释"打哨子"："似是吹口哨、吹嗖哨类轻薄无赖状，今存宋元戏曲砖雕中多有此形象，或以为系指'打筋斗'、'抢背'之类的武技动作。"① 结合剧情来看，这一系列动作都是有滑稽成分在内的特殊动作表演，不管是吹口哨还是打筋斗，这应是当时的舞台演出的艺术手法之一。徐扶明先生特别指出此下场应用于花面脚色，可见这种表演方式与后世戏曲的表演方式还有一定联系。此剧的脉抄本也有这一提示，说明这个下场是因为此段净脚的特殊表演被固定在文本中的。宋金杂剧、院本中类似吹口哨的表演并不鲜见，伴随着下场动作的仅有这一处，别的剧本中尚未见到这种下场。②

(7) 喝科下

"喝科下"用在官府审案场面中，通过左右随从人员的威吓命其下场，以显示气势威严。见于《元曲选》本《曲江池》第四折，老鸨已经穷到沿街叫化的地步，见到此时已经是县君夫人的李亚仙，居然还说出"女儿，我想来，你也尚青春年少，只是仍旧与我觅钱才好"的话来，可见其贪财本性不改。所以被"左右喝科下"，这是在剧末安排这一人物如此狼狈的下场来表达讽刺、否定的意味。此提示在《古杂剧》

---

① 齐森华，陈多，叶长海主编：《中国曲学大辞典》，浙江教育出版社1997年版，第821页。

② 本书修改时参考张应斌《啸文学简史》，书中讨论元明杂剧中口哨的用法，提出口哨有时为反面人物的"轻薄无赖状"；有时是副净或副末的逗乐表演，但不一定是"轻薄无赖状"；有时是正面人物的抒情音乐，完全不属于"轻薄无赖状"。联系上下文，此处剧本中仍应以"轻薄无赖状"为主。张应斌：《啸文学简史》，暨南大学出版社2012年版，第116—119页。

本《曲江池》中没有见到。

（8）旋下

"旋下"如《神奴儿》第四折，神奴儿的鬼魂在包拯的马前弄旋风鸣冤。这种下场是鬼魂的特殊动作表演，上场时为"扮魂子上打拦路马前转科"，下场时为"旋下"，可见扮演神奴儿的演员是用旋转的动作来表示鬼魂伴随旋风出现的怪异景象的。此剧的题目就叫"包龙图单见黑旋风"，鬼魂鸣冤是剧中的重要关目，"旋下"正是渲染这种诡异气氛的表演方式。《后庭花》第三折翠鸾的鬼魂下场时有"旋风下"，与此类似。元刊本中没有这一提示。中国戏曲中有多种艺术手法来塑造鬼魂的形象，"旋下"是其中一种。下文中有详细论述。

（9）闪下

"闪下"在元杂剧中应亦属于突然的下场。对"闪下"的运用呈现出两种趋势：①用在普通人的下场动作中，表示动作很快。最早见到的"闪下"是在元刊本中。元刊本所载下场提示很少，但已经出现"闪下"，是在《拜月亭》一剧中，夫人与女儿失散之后的夫人下场，推测是用来表现人物的内心焦急，所以下场很快。《古杂剧》《古名家杂剧》《古今名剧合选》所收的《青衫泪》第三折，白乐天、元微之的下场也有"外、末闪下"，但《元曲选》本此处用"虚下"。②用在与仙术、鬼魂等较为奇异的场景中出现的下场，应该伴随某些特殊的表演动作，不仅表现动作的迅速，也要能烘托氛围的神异。如《元曲选》本《后庭花》第三折，翠鸾的鬼魂将鬓边的碧桃花给刘天义做信物，随即"闪下"，这应当就是用极快的下场来显示鬼魂行事的诡异。在其他明代杂剧剧本中，也可以找到"闪下"的用例。年代略早的有朱有燉的《常椿寿》，紫阳真人为度化春郎，将一枝牡丹花幻化为女子与他成亲，又要牡丹现出本相。剧本中提示："且闪下，就幻牡丹花一树"[①]。为了

[①] （明）朱有燉：《新编紫阳仙三度常椿寿》，廖立、廖奔校注：《朱有燉杂剧集校注》（下册），黄山书社2017年版，第656页。

体现仙术之神奇,此处的旦角下场必然是非常快的,至于幻化为牡丹花的表演应如何在虚拟表演体系中实现还无法考证,在表演动作上可能也有特殊技巧。与臧懋循同时代的茅维有杂剧《云鬟寻盟》,写两家人携手游仙之事。其中一段写他们游山时遇到和合二仙,两位仙人让他们回头看,说山顶有白云一缕,黄雀一只,蹁跹下来,"众皆仰望,二仙拂袖闪下介"。之后生有念白:"怪事,一阵清风,二仙不知何往……"①。此处"闪下"还伴随有非常明确的动作"拂袖",可证明其下场表演动作之特殊。

  从今见金元以来戏曲剧本的情况来看,"闪下"与"虚下"的部分用法有重合。举例来说,元刊杂剧《东窗事犯》楔子,正末扮演的虞侯在念过上场白之后,剧本提示"闪下,等卖卦先生上",联系上下文剧情判断,此处的闪下有出于某种原因暂时躲避,等待其他人上场后再出现的意味。而翻看《元曲选》等明中叶之后剧本就会发现,这是当时"虚下"更为普遍的用法之一。下文中将有详述。在朱有燉的杂剧《新编瑶池会八仙庆寿》中,甚至见到了"虚闪下"。剧本提示为:"末将钱一撒,随即虚闪下""俫抢拾了钱,抬头看不见蓝采和科"②。联系上下文判断,其动作依然有表示神异的意味。之后蓝采和很快又上场,可见此提示实行的是表神异的"闪下"和留在场上非实际下场的"虚下"的结合。清代传奇名作《长生殿》,《冥追》一出中杨贵妃的鬼魂一路追赶唐明皇的车驾,几次时空的转换,都需要有下场来实现场子的接续。按照前文所述,既然是鬼魂缥缈之事,似可用"闪下",但其实剧本中都用"虚下"。考虑到《元曲选》本《后庭花》等剧本对"闪下"的呈现,"虚下"与"闪下"在中国戏曲表演技巧的发展过程中,可能在某些情境下确实存在通用的情况,《长生殿》中的这种用法恐怕

---

  ① 赵红娟、何等:《新发现的明代戏曲家茅维杂剧两种》,《戏曲与俗文学研究》(第4辑),2017年。
  ② (明)朱有燉:《新编瑶池会八仙庆寿》,廖立、廖奔校注:《朱有燉杂剧集校注》(上册),黄山书社2017年版,第454页。

不是独创。

(10) 先下

元杂剧的下场虽然是有先后区别的,但是下场提示是针对独立的每个或者每组人物而言的,所以通常没有关联性。但有的剧本也有例外。《梧桐叶》第三折有卜儿"先下"的提示,所谓"先",便是针对之后下场的人而言。《薛仁贵》楔子有薛仁贵"先下",《连环计》第四折也有"李肃同吕布先下"。元刊本就已有"先下"这一提示,有《汗衫记》第一折中的"等解子、外净先下",第二折中的"等外末一行辞了,先下",第三折中的"等净吩咐了,先下",《追韩信》第二折中的"渔夫先下"。这一提示有较强的从文本记录角度出发的舞台指示意味,尤其是元刊本中"等某某先下"这种提法,所谓"等",说明它是从仍在台上的演员的角度进行的下场提示。之后如《元曲选》中的剧本继承这一提示时去掉了"等",舞台指示意义就变弱了。

(11) 暂下

"暂下"这种提示可以将其理解为暂且下场、暂时下场,意味着之后还会再上场。如《竹叶舟》第三折,吕洞宾显神通送陈季卿回家,提示为正末吕洞宾"同陈季卿暂下",之后陈的家人上场,吕洞宾与陈季卿再上场,就表示已经到了陈的家中。《留鞋记》第三折,包拯吩咐张千去访拿犯人,包拯自己"暂下"。等到包拯再上场,就是张千已经将王月英捉拿来见的时候了。《窦娥冤》第四折有"魂旦暂下",《柳毅传书》第二折有"夜叉同柳毅暂下",《生金阁》第三折有娄青"暂下",《桃花女》第一折有正旦"暂下",之后在本折中都会再次上场,"暂下"与再次上场之间的间隔时间不会很长。"暂下"这种下场提示是出于一种全局性的视角,因为预先知道该人物还会上场,所以才说明其下场是暂时性的。但是以元杂剧的一般规律来说,每一折内会发生一次或多次的人物上下场,只要该人物还有表演没有完成,下场之后都会再上场。仅仅因为还要再上场而专门设"暂下"提示一种,是没有足够清晰的特征的,除非在表演上此种下场与其他下场有很明显的区别,但现有材料无法证实这一点。张月中主编的《中国古代戏剧辞典》,将元杂剧下场提示中的"虚下"解释为"在这一折里下场了还要再上场"①。其实元杂剧的"虚下"另有特点,下文中将专门论述。此定义实际上与"暂下"的意义更为接近,概念的模糊也可看出"暂下"这种提示的特征之薄弱,在某些情况下可以被"虚下"等更为通行的下场提示所取代。

值得注意的是"暂下"与"虚下"都曾被用来表示短暂离场去拿某种道具。参考后代的戏曲表演习俗,将舞台以堂桌为界分为内、外场,有时会将外场需要用到的道具放在内场的地板上,演员可以从外场直接来内场取。因为内场也在舞台上,所以取道具的行动不需要走到下场门之后的后台就能完成。虽然不知道元杂剧是否就有类似这样的表演方式,不过可以据此猜测,可能"虚下"与"暂下"所谓的下场并不是一般意义上的走出表演区回到后台那么远的下场,而是仍在表演区的范围之内,观众可以看到,所以能与其他下场区别开。"暂下"这种提示不见于元刊本。

3. 与道具有关的下场

按照情理来说,元杂剧中的人物上场时如果持有某种道具,除非剧情里对此道具有特殊安排,下场时一定还是拿着它的,并不一定需要特别说明。但是,元杂剧的下场提示有时还是会说明所持道具的情况,这是因为该道具与此时的下场有一定的关系,或者是之后的剧情的重要线索。在下场提示中将其标注出来,有利于帮助读者对此处的具体情况的了解。

如《梧桐雨》的楔子中有"宫娥拿金钱下",杨贵妃要认安禄山做义子,办洗儿会,唐玄宗命宫娥拿着金钱去做贺礼。旧时民间有习俗,婴儿生下来三天或者满月之时亲朋好友会为其庆贺,届时将为婴儿洗身,叫作"洗儿会"。参加洗儿会的亲朋要将钱撒在洗澡盆中,称为

---

① 张月中主编:《中国古代戏剧辞典》,黑龙江人民出版社1993年版,第401页。

"添盆",所以唐玄宗会以金钱作为贺礼。安禄山已经是成年男子,却以"义子"的身份在内宫与杨贵妃厮混,这本来是不合规矩的,唐玄宗对此事的态度却是派人拿金钱去凑趣。唐玄宗对安禄山的纵容成为后来的隐患,此处的这一细节是十分必要的。

有时元杂剧中还会特别注明遗留某种道具后下场,此时该道具往往有着重要意义,将其留在场上给别人看到,便是引起之后剧情的线索。如《隔江斗智》第三折,刘玄德"做掉锦囊科下"。刘备的锦囊是诸葛亮特意差遣刘封送来的,里面有书信写着曹操要率百万大军来雪赤壁之恨,诸葛亮要刘备留在东吴勿归,好借婚姻关系向吴王借兵。这其实是诸葛亮的计策,他要刘封叮嘱刘备借酒装醉,故意留下这封书信让吴王看见,吴王一来不愿借兵助刘攻曹,二来想借曹操之手杀刘备,于是不再扣留刘备,将其放归。此处刘备是依计而行,这一下场动作于剧情有十分重要的作用,故在剧本中特别提出。还有《赵氏孤儿》第四折中的程婴"做遗手卷虚下",手卷上画的是赵氏一门的遭遇与孤儿的身世,赵氏孤儿程勃在不知情的情况下被抚养长大,程婴希望以此来引起程勃对图上所绘故事的好奇,从而借机向他说明赵氏一族与屠岸贾的深仇大恨。所以,他留下手卷的目的就是要程勃看到,这个道具也具有十分重要的作用。

4. 没有明确下场提示的下场

元杂剧的剧本毕竟不能与实际的表演形态等同起来,有的时候从剧本中完全看不出此时的下场在动作上是怎样表现的。如《柳毅传书》第二折,钱塘龙君与泾河小龙争斗,泾河小龙变做小蛇躲在淤泥中,被钱塘龙君一口吞进腹中了。这个情节在元杂剧舞台上应该怎样展现,用怎样的动作来表现泾河小龙被钱塘龙君吞掉呢?在下场提示中并没有说明。《元曲选》本这段戏的记录是:

(小龙慌上云)三十六计,走为上计。我近不的他,我如今走那里去,只得变做个小蛇儿,往这淤泥里躲了罢。

（钱塘君再上云）赶到这里，可怎生不见了。（做看科云）元来这厮害怕，变做个小蛇儿，躲在这淤泥里，便待干罢。我且拿起来，只一口将他吞于腹中，看道可还有本事为非作歹哩。我如今收兵奏凯，回俺哥哥话去了。（下）①

泾河小龙如何变化、如何被吞，都没有任何动作方面的提示，而在钱塘君的描述中加以呈现。但考虑舞台上场面的实际情况，最后的下场提示不是"同下"，可见仅为钱塘君而设，则之前泾河小龙应该已经下场，但也不见针对他的下场提示。变作小蛇然后被吞，究竟是以某种虚拟性的表演达成的，还是直接下场然后让观众凭借另一位演员的描述去想象，现在不得而知。当然，这也有可能仅仅是剧本的疏漏。但对比此剧的其他版本，《古杂剧》本与《柳枝集》本都没有"同下"的提示或其他动作说明，可见各本在此处的处理应当是一致的。所以，对此处的表演细节就只能停留在想象中，剧本文学并没能提供任何资料。但是在文学的表达上，读者却明白地理解了泾河小龙已经被钱塘龙君吞掉了，对于这一动作如何呈现、泾河小龙如何下场的疑问，不影响文本的阅读。

还有《度柳翠》第四折，柳翠被月明尊者度脱之后，在现实世界中坐化，然后得道归空。柳翠被度脱、坐化归空一节，是发生在她向月明和尚问禅之后，《元曲选》本中是这样的：

（旦儿云）我柳翠且归林下，明日再来问禅。（下）
（长老云）上告我师和尚，柳翠在东廊下坐化了也。
（正末云）老僧引着柳翠，驾起祥云，见俺世尊去来。（下）
（行者做惊科云）好是奇怪，难道这香积厨下风魔和尚，倒是个活佛不成。我如今不吃斋了，也学他吃酒吃肉，寻个柳翠来度

---

① （明）臧懋循：《元曲选》第四册，中华书局1958年版，第1630页。

他去。

（长老云）谁想圣僧罗汉，度脱柳翠归空去了。（偈云）真僧出世下人天，指引迷人度有缘。眼看一片祥云里，知是天花堕那边。（下）①

柳翠的坐化场景，是在长老向月明和尚报告时补叙出来的，柳翠在此之前已经下场。而息机子本与《柳枝集》本在此段提示的细节上都有差异，在旦儿"且归林下"之后，都没有注明有下场。所以从这两本看来，更像是柳翠在"坐化"之后，与月明一同下场，以示被引度归空。从剧中人的语言描述来看，这段戏在下场时也很有可能是有动作表演的，但是在剧本中并没有提示。"坐化"这一动作，读者也只需从一般的宗教常识出发了解其意义即可，对舞台上如何表现这一动作也不需深究。由此可见，即使是《元曲选》这样有丰富上下场提示种类的选本，也不能将所有可供表演的下场方式都呈现出来。剧本中存在多种下场提示的意义是通过提供对瞬间下场动作的描述，来辅助读者理解和想象剧本构建的情境。而从文字的表述中可以理解的动作行为，如被吞掉、坐化等情况，就不再特别用下场提示提出了。

元杂剧剧本中省略下场提示的情况要比省略上场提示多见，如梅香、书童、祗候、兵卒等人物常常只见其上场而并不知其下场。即使是有名有姓的剧中比较重要的人物，其下场提示有时也会被忽略。究其原因，剧作者及编选者的省略、刊刻者的错漏等都有可能，没有明显规律可循。

三 《元曲选》的整理对元杂剧上下场提示的影响和意义

（一）《元曲选》的整理对元杂剧上下场提示的影响

对比可以发现，在现有的元杂剧元明各本中，上下场提示的情况存

---

① （明）臧懋循：《元曲选》第四册，中华书局1958年版，第1351—1352页。

在一些差异。综合各本的情况来看,《元曲选》的改动是造成差异的主要原因之一。

例如,"冲上"提示在元杂剧剧本中是比较多见的,将《元曲选》所收的剧本与其他版本进行比较整理,情况如下表(表4-1):

表4-1 "冲上"提示在不同版本中的使用情况对照表

剧名	《元曲选》本	其他版本
杀狗劝夫	第四折:旦冲上	脉抄本:无
合汗衫	第一折:邦老冲上 第四折:赵兴孙领弓兵冲上	元刊本第四折:外净冲上脉抄本头折:同《元曲选》 第四折:小末冲上、赵兴孙冲上挈住科
争报恩	第三折:关胜徐宁花荣冲上劫法场科	
张天师	第三折:陈世英冲上做见正旦科	脉抄本:同《元曲选》
救风尘	无	古名家本第一折:(正旦)做出门科安冲上
东堂老	第二折:正末冲上	息机子本:同《元曲选》 《酹江集》本:同《元曲选》
燕青博鱼	第一折:燕二冲上 第二折:杨衙内冲上 第三折:杨衙内领随从冲上 第四折:宋江领喽罗冲上	脉抄本第一折:净杨衙内珊马冲上、燕二冲上 第二折:净杨衙内冲上做撞正末科 第三折:衙内领祗候冲上 第四折:正末冲上、燕二冲上、宋江领喽罗冲上 《酹江集》本:同《元曲选》
潇湘雨	无	《古杂剧》本第四折:张天觉冲上 《柳枝集》本:无
薛仁贵	第二折:张士贵领卒子冲上	元刊本:无
碌砂担	无	脉抄本第四折:太尉同鬼力冲上
冻苏秦	第三折:陈用冲上	
玉壶春	第二折:卜儿冲上	息机子本:同《元曲选》
铁拐李	楔子:吕洞宾冲上 第四折:吕洞宾冲上	元刊本:无《酹江集》本:同《元曲选》

续表

剧名	《元曲选》本	其他版本
神奴儿	楔子：净扮何正冲上做撞李德义科	
荐福碑	第二折：宋公序引随从冲上 第三折：范仲淹冲上	古名家本第二折：宋公序冲上《元明杂剧四种》本、同古名家本《酹江集》本第二折：宋公序引随从冲上第三折：范仲淹冲上拖末
岳阳楼	楔子：正末冲上 第四折：郭马儿冲上	古名家本第三折：正末冲上
蝴蝶梦	第四折：包待制冲上	古名家本：同《元曲选》
伍员吹箫	第三折：外扮鱄诸醉冲上、旦儿冲上 楔子：鱄诸冲上	
勘头巾	第三折：丑冲上	古名家本：同《元曲选》
黑旋风	无	脉抄本第四折：宋江冲上
救孝子	第二折：净扮孤同丑令史张千李万冲上 第四折：赛卢医冲上、李万冲上	
黄粱梦	无	古名家本第四折：东华帝君领群仙冲上
昊天塔	第四折：外扮寇莱公冲上	
鲁斋郎	第三折：正末冲上见科 第四折：包待制冲上	古名家本：同《元曲选》
渔樵记	第一折：正末同孝先冲上	息机子本：无
赵礼让肥	第二折：马武领喽罗冲上科	息机子本第二折：马武领喽罗冲上科第三折：赵孝冲上、卜儿冲上 脉抄本：同息机子本
桃花女	第四折：正旦冲上	脉抄本：同《元曲选》
忍字记	第一折：布袋冲上	息机子本第一折：布袋冲见云第四折：布袋和尚冲上
淬范叔	第二折：外扮院公冲上 第四折：院公冲上	息机子本第二折：外扮院公冲上 《酹江集》本：同《元曲选》
留鞋记	无	息机子本第四折：包待制冲上
盆儿鬼	第一折：孤冲上扳住邦老科	脉抄本第一折：孤冲上扳住邦老科、包待制冲上

续表

剧名	《元曲选》本	其他版本
抱妆盒	第二折：刘皇后引宫女冲上	
窦娥冤	第一折：孛老同副净张驴儿冲上	古名家本：无《酹江集》本：同《元曲选》
李逵负荆	第四折：王林冲上叫科	《酹江集》本：同《元曲选》
连环计	第一折：董卓领卒子冲上第二折：正末冲上 第四折：吕布冲上	息机子本：同《元曲选》
还牢末	第四折：外扮阮小五冲上、李逵冲上、宋江一行冲上	古名家本第四折：邦冲上 脉抄本：同古名家本
望江亭	第四折：外扮李秉忠冲上	《古杂剧》本第四折：旦冲上、李秉忠冲上息机子本：同《古杂剧》本
碧桃花	第四折：萨真人冲上	息机子本：无
生金阁	第三折：魂子提头冲上	息机子本第三折：衙内领祗候冲上、魂子冲上打科、娄青冲上

从上表中可以看出，《元曲选》在是否使用这一提示的问题上发挥了重要作用。各本间使用"冲上"当然也有一致的时候，但若诸本之间存在差异，一般都表现为古名家本、息机子本、《古杂剧》本及脉抄本与《元曲选》本、《柳枝集》本、《酹江集》本不同；而古名家本、息机子本、《古杂剧》本及脉抄本之间相同，《元曲选》本与《柳枝集》本、《酹江集》本之间相同。在涉及"冲上"的这些剧目中，仅在《荐福碑》一剧中《酹江集》本与《元曲选》本有微小差异。由此可见，臧懋循在改订整理时的选择，极大地影响了剧本中"冲上"的使用情况。之前的论述中提到元杂剧中的"冲上"既能够在戏剧的场面安排上为最后负责总结、概括剧情的人物特有的上场方式，又可以体现人物性格、发挥其戏剧性作用。《元曲选》本对"冲上"的不同使用，对这两方面的意义都有体现。与其他各本相比，《元曲选》中虽然也在剧末下断语的人物上场时使用"冲上"，但仅在该人物为最后登场人物时使用，

而且有这样的人物用"冲上"登场时,第四折内其他人物上场就不再使用"冲上",以保证其独特性。这种情况显然是经过了臧懋循的规范和整理。

再如,"虚下"也是元杂剧剧本中比较常见的下场提示。从有异本可供比较的元杂剧的情况来看,各本间在使用"虚下"的问题上能否一致,也主要取决于《元曲选》。《古杂剧》与《古名家杂剧》基本相同,而《古今名剧合选》多从《元曲选》,仅在《青衫泪》一剧上有不同。将其情况整理如下表(表4-2):

表4-2　　"虚下"提示在不同版本中的使用情况对照表

剧名	《元曲选》本	其他版本
玉镜台	第二折:(温峤)① 虚下将砌末上	《古杂剧》本:末下将砌末上科 古名家本:同《古杂剧》 《柳枝集》本:同《元曲选》
争报恩	第一折:(丁都管)同搽旦虚下	
东堂老	第三折:(扬州奴)虚下再上云、虚下再上叫云	息机子本:下、再上 《酹江集》本:同《元曲选》
曲江池	第二折:(李亚仙)虚下	《古杂剧》本:(杂当上云)唤官身里!(同下)
老生儿	第二折:卜儿做虚下科	《酹江集》本:卜虚下
铁拐李	第二折:(李氏)虚下	
伍员吹箫	第二折:(闾丘亮)虚下	
勘头巾	第三折:(张千)虚下复上云	古名家本:同《元曲选》
马陵道	第二折:(庞涓)虚下、复上科	脉望馆抄本:无
青衫泪	第三折:白元虚下	《改定元贤传奇》本:外、末闪下 《古杂剧》本:同《改定元贤传奇》古名家本:同《改定元贤传奇》; 《柳枝集》本:同《改定元贤传奇》
举案齐眉	第三折:嬷嬷虚下取砌末上	脉望馆抄本:无

① 括号内人物姓名原剧本中省略,根据上下文补入,下同。

续表

剧名	《元曲选》本	其他版本
两世姻缘	第二折：（卜儿）虚下	《改定元贤传奇》本：同《元曲选》 《古杂剧》本：同《元曲选》 古名家本：同《元曲选》 息机子本：同《元曲选》 《柳枝集》本：同《元曲选》
桃花女	第三折：（桃花女）虚下	脉望馆抄本：同《元曲选》
金安寿	第三折：（铁拐李）引旦虚下	
冤家债主	第四折：（崔子玉）虚下	脉望馆抄本：下
梧桐叶	第一折：（李云英同老夫人）虚下	《古杂剧》本：（到寺门科）（旦云）老夫人先行 古名家本：同《古杂剧》
度柳翠	第二折：（月明和尚）虚下；第三折：正末虚下	《古杂剧》本：同《元曲选》 《柳枝集》本：同《元曲选》
赵氏孤儿	第四折：（程婴）做遗手卷虚下	《酹江集》本：同《元曲选》
窦娥冤	第四折：魂旦虚下	古名家本：同《元曲选》 《酹江集》本：同《元曲选》
连环计	第二折：（王允）虚下；第三折：（吕布）虚下	息机子本：第二折处同为"虚下"，第三折处为"下"
张生煮海	第二折：（张生）虚下	《柳枝集》本：同《元曲选》

从表中可以看出，虽然"虚下"的使用也存在各本都一致的情况，但《元曲选》还是显示出了对"虚下"这一提示的增补和改动。这种改动是建立在臧懋循如何认识"虚下"这一提示的基础之上的，下文中将有详述。

仅从上下场提示的种类来看，除去与服饰、装扮、道具等有关的涉及剧本具体内容的上下场提示外，从元刊本到《元曲选》，提示的种类明显增多了。将其情况整理如下表（表4–3）：

表 4-3　元刊本与《元曲选》的上场提示比较①

	引上	领上	同上	拥上	捧上	随上	勾上	拿上	押上	锁上	扭上	扯上	解上	拖上	扶上	拾上	抱上	醉上	哭上	笑上	慌上	撞上	冲上	喑上	闪上	闹上	赶上	打抢背上	重上	再上
元刊本	√	×	√	√	×	√	√	√	√	×	×	×	×	×	√	×	×	√	√	×	√	×	√	√	×	×	×	×	×	×
元曲选	√	√	√	√	√	√	√	√	√	√	√	√	√	√	√	√	√	√	√	√	√	√	√	√	○	√	√	○	○	√

① 表中分别用"√"、"×"符号表示是否有该提示，而"○"表示仅见于此本中的提示。表 4-4 的符号意义与此相同。

上表列出的30种上场提示中，有16种是元刊本中没有的，而有3种仅见于《元曲选》。而从上文中"冲上"这样的例子可以看出，即使是在元刊本及明代其他各本中可以见到的上场提示，《元曲选》也对其在舞台场面中发挥的作用有较为明确的认识，从而规范了这一提示在剧本中的具体用法。在下场提示中也是如此，将其情况整理如下表（表4-4）。

在表4-4中列出的26种下场提示中，有17种是元刊本中没有的，而有5种仅见于《元曲选》。上文中"虚下"的例子同样可以说明，即使是在元刊本及明代其他各本中可以见到的下场提示，《元曲选》也对其进行了规范和整理。

从《元曲选》中上下场提示的整体情况来看，有的提示在元刊本中就已经存在，并且在其他的元杂剧选本和抄本中的使用情况也趋向一致，说明该提示所代表的上下场动作及其舞台意义在当时已经取得了共识。有的提示仅在少数剧本或者仅在某一剧的某一版本中可见，这就涉及诸多因素，剧作家的创作个性、编改者的舞台认知、剧本流传过程中可能出现的变化或误写都有可能影响到上下场方式上的差异。如果对比其他版本，在相同的地方使用的是其他上下场方式，这也说明对该提示如何使用的共识程度还不够。从元至明，早期元杂剧剧本中的上下场提示种类远不如《元曲选》中丰富，一方面是受到元刊本数量和剧本性质的限制，一方面也说明，杂剧与传奇在戏曲舞台上各领风骚，促进了戏曲表演艺术的交流与发展，在这样的现实背景下，创作者对如何表现不同情境下的上下场动作已经积累了诸多经验。而在上下场方式的增多之外，《元曲选》中提供的大量剧本也显示出创作者对不同上下场方式的特征的认识越来越清晰，对其具体的使用方式越来越明显，逐渐有规律可循。臧懋循的《元曲选》在上下场提示方面不仅继承了前代的遗产，而且现有材料可以证明，它也是元杂剧文本流传过程中上下场的变化的主要原因，决定了之后进入研究者视野的元杂剧在上下场提示方面的基本面貌。

表4-4 元刊本与《元曲选》的下场提示比较

	同下	俱下	并下	共下	随下	引下	拥下	拿下	押下	拖下	栅下	扶下	走下	慌下	惊下	战下	打下	赶下	打嘴子下	喝科下	旋下	闪下	先下	暂下	虚下
元刊本	✓	×	✓	×	×	✓	×	✓	×	×	×	×	✓	×	×	×	×	✓	×	×	×	✓	✓	×	✓
元曲选	✓	○	✓	○	✓	✓	○	✓	✓	✓	✓	✓	✓	✓	✓	○	✓	✓	✓	○	✓	✓	✓	✓	✓

(二)《元曲选》改订上下场提示的意义

《元曲选》中出现的上下场提示不仅种类最为繁多，将其与元杂剧的其他版本对比之后也会发现，《元曲选》在这些提示的使用上也是较为准确的。这固然与《元曲选》的入选剧目多有关，但参考《脉望馆钞校本古今杂剧》，虽然搜集的剧本很多，但在文本规范和整理方面的工作不像《元曲选》那样具有系统性。通过对不同上下场提示的精确运用，可以调节舞台表演的场面安排，使演出在一定的法则之下有序进行；可以更加准确地表现人物的行动趋势和心理状态，使剧中人物的性格特征更加鲜明；还可以在剧本有限的动作描写中描摹人物情态，使读者可以通过文学意象的传达激发想象，更加深入地了解剧情。将《元曲选》及其他选集重出的剧目，在上下场提示方面进行比较，可对这些意义有更清晰的认识。

就以《曲江池》一剧为例。《曲江池》的《元曲选》本，与《古杂剧》本相比，在上下场提示的种类上要丰富许多。将其情况整理如下表（表4-5）：

表4-5　　　两种版本的《曲江池》的上下场提示比较

《元曲选》	《古杂剧》
上场：引上、同上、唱挽歌上、领上、冠带上；	上场：并上、同上、引上、唱挽歌上；
下场：同下、随下、虚下、拖下、打下、拥下、左右喝科下。	下场：同下、众下。

进一步将这两个版本的《曲江池》中的人物上下场动作进行对比，可以对这些上下场动作的出现时机看得更加清楚。

《元曲选》本：

楔子

外扮郑府尹引末郑元和张千上……（郑元和）同张千下……下

第一折

净同外旦上……正旦扮李亚仙引梅香上……（净）下……末做骑马同张千上……净上……末梅香张千随（正旦）下……外旦同（净）下

第二折

郑府尹上……张千上……下（应为同下）……正旦引梅香上……卜儿上……末净唱挽歌上……（正旦）虚下……郑府尹领张千上……下（应为同下）……净上……卜儿上……卜儿拖正旦下……下

第三折

正旦引梅香上……末净上梅见科……卜儿上……卜儿打赵下……（正旦）拥末下……（卜儿）下

第四折

郑府尹领张千上……末扮冠带领祗从上……（末）下……（府尹、张千）下……末同正旦领祗从梅香上……净上……（净）下……卜儿上……左右喝科下……郑府尹上

《古杂剧》本：

第一折

孤引末并张千上……（末同张千）下……（孤）下……净同外旦上……正旦上……

（净）下……末做骑马同张千上……（净）上……（旦）下……（末）下……（净）下

第二折

孤扮郑府尹上……张千上……下（应为同下）……旦引梅香

上……卜上……末净唱挽歌上……杂当上……同下……孤引张千上……下……净上……旦上见科……卜上……众下

第三折

旦引梅香上……末净上梅见科……卜上……下

第四折

孤上……末扮官人引祗候上……（末）下……（孤）下……末旦上……净上……孤上……卜上

除了《元曲选》本有楔子而《古杂剧》本无，两本在场次安排的设置上基本是一致的，剧中人物上下场的次数和时机也都基本相同。但若对比上下场的具体动作和情态方面，就有很多不同之处。

首先，《元曲选》本对上下场的人物记录得比较全面。如第一折中跟随李亚仙的梅香和跟随郑元和的张千，这两个随从人物的上下场在《元曲选》本中都得到记录，但在《古杂剧》本的提示中却没有。还有，第一折中登场的李亚仙的金兰姐妹、与赵大户交好的刘桃花，由外旦扮演，她的下场据《元曲选》本是与赵大户一起，但在《古杂剧》本中就没有提示。

其次，《元曲选》本所记录的下场提示更富有动作性和表现力。比如在第二折中，李亚仙不忍离开重伤的郑元和，但是狠心的老鸨硬是将二人分开，《元曲选》本提示为"卜儿拖正旦下"，表现出了李亚仙和郑元和依依不舍、被迫分离的情态，《古杂剧》本则没有这一提示。《元曲选》本还通过安排正旦"虚下"来错开李亚仙看郑元和唱挽歌与郑元和被父亲毒打这两个场景，在场面的转换上自然而贴切。《古杂剧》本则安排杂当上场，告知李亚仙被唤官身，在剧情中显得突兀。在第三折中，李亚仙为爱情与老鸨抗争，《元曲选》本有几个相关的下场动作设计："卜儿打赵下"，赵大户也曾在刘桃花身上花费大笔银两，现在落魄了，老鸨对他的态度就变得十分凶恶，甚至于打骂，这体现了行院人家重钱不重人的势利本性。正旦"拥末下"，表现李亚仙对郑元和的爱护，以及为坚守与郑元和的爱情与老鸨抗争的坚定态度。李亚仙拥着郑元和先行离开，弃老鸨于不顾，于是老鸨在这一折内最后离场，口内犹自愤愤不平。卜儿的下场诗云："公然不想觅铜钱，只恋无端恶少年。多敢爱他歌唱好，双双携手入卑田。"① 李亚仙的背弃并没有使老鸨醒悟，表现出了她冥顽不灵的个性特点。《古杂剧》本对以上这些下场的处理都只有一个普通的下场提示，在表现力上就远不如《元曲选》本。第四折《元曲选》本还安排有老鸨流落街头乞讨，仍妄想要李亚仙以风尘生意挣钱养活她的情节，前后文对这个人物的性格刻画就显得一致。《元曲选》本用"左右喝科下"来体现对老鸨的嘲弄与否定，而《古杂剧》本甚至没有这个情节。

从《曲江池》的上下场处理对比就可以看出，《元曲选》本在上下场提示方面更加丰富，首先是使得场面的安排更加严谨，对场上人物上下场的照应更加全面。元杂剧的剧本和演出形态不能画上等号。可以想象，在戏剧实际上演的时候，对人物的上下场可以视情况做出安排，不必照着剧本一板一眼地进行，剧本中省略了下场提示的人物未必就不下场了。但作为文学剧本，严谨的场面安排便于读者想象中的场次组织，在阅读文本的时候不会对那些次要人物的去向产生疑问。其次，那些《元曲选》本增添的上下场提示，对刻画人物性格、推动剧情发展很有帮助，其指向的上下场动作是有表演意义的。如剧本中提示是"卜儿拖正旦下"，卜儿怎样拖拽，正旦怎样挣扎，怎样与郑元和依依不舍，这都是演员需要凭借自身的表演功底去体现的。当然，《古杂剧》本不做出提示，也不表示所有演员就得毫无表演地下场。但剧本之外的实际演出与观众的直观感受，在文本中很难体现。正因为《元曲选》是阅读文本，对其动作表现力需要在文本中有直接的表现。使元杂剧剧本真正呈现出舞台性的特点，这正是《元曲选》中对上下场提示进行改订的最重要的意义。

---

① （明）臧懋循：《元曲选》第一册，中华书局1958年版，第273页。

臧懋循的《元曲选》对上下场提示的规范和丰富，与其戏剧思想中重视舞台表演、提倡"当行"的倾向是一致的。从元杂剧剧本中反映的情况来看，杂剧演出中的动作表演在全剧表演中所占比例并不大，而上下场动作又占其中很大一部分。周贻白先生在《中国剧场史》中曾论及上下场门及其实际功用的问题，其中提到，吴梅先生认为元杂剧的演出应当与传奇大不相同，"歌者自歌，白者自白，一人居中，专司歌唱；其余宾白诸人，环伺左右。先是司宾白者出场，使两旁分立，徐待一折中人登场齐集，然后正末登场，引吭高歌。众人或和歌，或介白。"周认为此说很难使人见信，即令《元曲选》有所增改，元刊本中也是载有上下场提示的，元杂剧演出中应当已有脚色随着剧情进展从上下场门出入的安排①。不过，《元曲选》所记载的上下场提示，跟元代的杂剧演出中实际的上下场情况可能确实存在差距。金元杂剧脱胎于诸宫调等说唱艺术，依然表现出了部分"曲本位"的特征，虽然不至于仅存"立唱"，但确实对"唱"的重视超出了"做"的部分，早期元刊本中的上下场提示种类就较为匮乏。到了明中叶后元杂剧选本集中出现的时期，传统戏曲的表演艺术已经经历了宫廷杂剧演出、传奇演出等多重历练，可借鉴的表演经验已经十分丰富。上场方式之所以重要，是因为元杂剧人物的身份、性格等特征很少有在剧情进展中慢慢体现出来的，往往在刚登场的时候就伴随其动作、情态、服装和道具直接展示给观众看。而要完整地表现一个戏剧的场面，演员的表演就要一直持续到下场离开表演区域之后为止，有时甚至在下场之后也不能停止（《黄粱梦》第二折，吕洞宾下场之后，为表现其渐行渐远，正末所扮的老院公在场上呼唤他，吕洞宾还有"内应科"、"远应科"来配合，猜测演员在进入下场门之后外有回应）。所以，对下场方式的处理也不能敷衍了之。臧懋循在进行元杂剧文本的整理工作的时候，从大量的剧本中了解不同上下场方式的特点和作用，因此可以对原本中不恰当的地方进行

---

① 周贻白：《中国剧场史（外二种）》，中国戏剧出版社2016年版，第17—18页。

修改，对原本中没有给出的上下场方式进行添补。《元曲选》中对部分上下场方式的规范与整理，表示当时的戏曲界对某些上下场表演的内容及其特征的共识正在形成之中，甚至已经出现了"程式"的端倪。这些整改也表现出臧懋循对元杂剧本质特征的重视，他通过对上下场瞬间动作的完善，增强了剧本的舞台性特征，使得元杂剧文本成为了更加完整的剧本文学。

第二节 《元曲选》中部分上下场提示分析

将《元曲选》中部分有代表性的上下场提示进行分析，可以对其在剧本中发挥的作用及其舞台表演形式有更加清晰的认识。通过这些上下场提示可以推测戏曲的表演形态在当时的诸多可能性，也可以通过《元曲选》中的剧本与其他版本的不同，体会臧懋循对戏剧艺术的认识的独特之处。

一 对戏剧的虚拟性与真实性的认识——"死科下"及用于剧中人死亡时的"扶下""抬下"

元杂剧表现了广阔的社会生活，当然也包含人的生老病死，剧中人死亡是常见情节。在舞台上死亡的脚色该如何下场，这个问题表面上看起来很简单，实际上却包含着东西方不同的戏剧表演体系的艺术特征问题。在以"幕"分场的西方戏剧中，这个问题不难处理，死者倒在台上不动，此一幕结束，幕布拉上，刚才"死亡"的演员便可以趁机下台了。在追求写实性的西方戏剧舞台上，这种处理不会打破观众之前被成功引入剧情之后构建的真实"幻觉"。中国传统戏曲是没有拉幕这样的习惯的，古代剧场的形制，在相当长的历史时期内也没有拉幕的条件。在这种情况下，元杂剧怎么安排剧情中死去的脚色下场呢？

最典型的安排就是"死科下"。《元曲选》里出现的"死科下"有：《谢金吾》第三折，"梅香做死科下"；《蝴蝶梦》第一折，孛老

"死科下";《范张鸡黍》第二折,张元伯"做死科下";《两世姻缘》第二折,玉箫"做死科下";《酷寒亭》第一折,萧氏"做死科下";《抱妆盒》第三折,寇承御"做撞阶死科下";《赵氏孤儿》楔子,赵朔"死科下";《货郎旦》第一折,正旦刘氏"死科下"。但其实"死科下"并不是一个独立的下场动作,而是先做出死亡动作的表演,然后再下场,剧本的舞台提示只是将其处理为一个连续的动作。《货郎旦》第三折中的拈各千户病死时便有"死科"、"下",这两个提示是分开的。

有时提示里用的不是"死科",而是具体说出死亡方式,与"死科下"实质意义相似。如《伍员吹箫》第二折,浣纱女为了保守伍子胥去向的秘密投江而亡,剧本中作"做投水科下";《赵氏孤儿》第一折韩厥的"自刎下";《神奴儿》第一折中的李德仁"作气死下","投水""自刎""气死"都是单独的动作,只是与下场动作连起来而已。

还有的时候在提示中并没有说明死亡,只是根据剧情得知此处的下场就是死亡之后的下场。如《陈州粜米》中的张憋古被小衙内等人打死,只提示"下"。《铁拐李》第二折中岳孔目的死亡,也是直接用正末下场的行动来表示。《神奴儿》第二折,神奴儿被李德义夫妇害死后,提示有"埋俫儿科"。此折之后又有"俫儿扮魂子上",既然俫儿改扮上场,之前被埋之后必有下场。还有时在剧中人物死亡后,剧本并没有下场的提示,但是之后该角色再无表演,应当是剧本忽略了这个人物的下场提示。如《汉宫秋》第三折,王昭君投江而死,提示只作"做跳江科"。其实昭君在此处应即下场,因为其后番王对昭君之死有一番表白叹息,这不会是在旦角仍在场上的时候进行的。

以上这些"死科下"及其类似的下场表现出一种共同的特点,即剧中人物在死亡之后,便可以直接下场,不需要为了表现死亡的真实便在场上一动不动做尸体状。虽然以现今的眼光看来,这未免有些奇怪,即使这个动作被演员处理为迅速下场,难道不会引起"为什么死人还能动"这样的怀疑?尤其是在比较悲壮的死亡情景中,刚刚倒地身亡的人突然爬起来下场，恐怕会破坏苦心营造的悲剧气氛。不过，大多数元杂剧都采用这样的方法。甚至有的剧中人死亡之后，不仅有动作，还会有念白。《赵氏孤儿》第一折，公主的死亡场景是："（旦儿云）罢罢罢，程婴，我教你去的放心。（诗云）程婴心下且休慌，听吾说罢泪千行。他父亲身在刀头死，（做拏裙带缢死科云）罢罢罢，为母的也相随一命亡。（下）"①这个例子的特殊性就在于"死科"这一动作并不代表表演就此结束。公主的下场诗共有四句，念了前三句之后，便做出了用裙带上吊的动作，再念出最后一句，便下场。虽然现在很难验证这个下场在当时的舞台上如何处理，但据情理推测，自缢的动作之后还有念白，这个动作只能是以某种虚拟性的原则进行的。之后演员下场，才默认这个人物死亡。

从这些下场提示的情况看来，元杂剧中此类的死亡之后随即下场，虽然与剧场形制的限制有关，但更多体现出中国传统戏剧审美中一种圆融的智慧，即可以在剧中人的身份与剧外人的身份之间灵活转换，跳入跳出，观演双方都对此接受良好。例如元杂剧中的开呵、收呵与按呵，都会有介绍、评价、提示等介入现实时空的成分，不是纯粹的"扮演"。剧中在插科打诨时也会有跳出剧情暴露自己演员身份的做法，成为一种引发观众共鸣的造笑手段。因此，此类"死科下"其实是大家默认演员虚拟性地表演了死亡动作之后，剧中人便已经死亡，之后下场的就不再是剧中人，而是演员本人。这样，已经适应了传统戏曲表演方式的观众，便不会对"死亡"之后再下场产生理解上的问题。

当然，还是有少数作品里表现出了对死亡角色下场处理的慎重考虑。《合同文字》第一折，刘天瑞的妻子张氏死后是用"抬下"。《后庭花》第三折，翠鸾被店小二杀死，所用提示是"扶旦下"。《冤家债主》第二折，张善友的妻子同长子都死了，剧中的提示是张善友命令下人将尸首扶在一边找棺椁埋葬，便有杂当上场将这两人"扶下"。《盆儿鬼》

---

① （明）臧懋循：《元曲选》第一册，中华书局1958年版，第266页。

第一折，盆罐赵同撇枝秀谋害杨国用之后，"做抬正末丢下科"，表示二人将杨国用的尸首扔在窑里烧了。《灰阑记》第一折的马员外被大夫人下毒害死，剧中安排是"做家僮上抬员外下科"。《窦娥冤》第三折窦娥被斩首之后，众人"抬尸下"。也就是说，在这些剧作里，剧中人死去之后，并没有通过直接下场这样的脱离戏剧情境的方式来处理，而是仍在戏剧情境中，由场上的其他人来安排怎样处理"遗体"。不过即使是在这些剧作中，对所谓"遗体"的处理也不是彻底地模仿人类死亡之后的僵直状态。《后庭花》与《冤家债主》中，都是将死去的剧中人物"扶下"，如果扮演翠鸾与张善友妻子、儿子的演员都完全不动，这一动作很难完成。从实际情况来考虑，一个演员也很难将完全不动的另一个演员扶到场下去。所以，提示为"扶下"之处，已经"死去"的人物应在被扶下场时，在一定程度上还有所配合。这样的处理很大程度上是基于现实因素的考虑，元杂剧戏班演出的人数有限，以至于往往要身兼多职。在相应的戏剧场面中，随着剧情的进展，到有人物死亡需要下场之时，场上的人数也受到诸多限制。《冤家债主》使用杂当上场来将死去的人扶下场，已经是权宜之计。《后庭花》中翠鸾被害的时候，场上只有店小二一个人在场，就不能为了照顾表演的真实性而将翠鸾"抬下"。还有一部分的原因应当是从剧情出发的，如《灰阑记》中的马员外是地主，家中理应仆从众多，在其死后安排家僮将其"抬下"，尚在剧情允许的合理范围内。《陈州粜米》中的张憨古，是需要官府救济的普通百姓，若再安排有家人仆从之类将其"抬下"便说不过去了。要是安排与剧情无关的戏班其他人员上场将其抬下，恐怕比让演员自己下场还要破坏戏剧气氛。也就是说，与其纠结"死亡"这一动作在细节上是否真实，不如将重点放在场子的接续性上。有人物死亡，不管是在本场戏的中段还是结尾时发生的，都不能打断戏剧的节奏，不能发生不必要的停顿，也不能在场上有不合理的人物停留。

　　再进一步考虑，金元杂剧的剧场演出条件，也影响了观演双方的这种通达观念的形成。从戏曲文物提供的材料来看，我国最早的戏曲表演场所是广场式的，四面都可以看。后来经过发展，有了比较简陋的戏台，演员在较高的台子上表演，远处的观众也可以看到。最初的这种戏台是可以从四面观赏的，随着剧场建筑的发展，四面的观赏角度变成了三面。如廖奔先生在《中国古代剧场史》中指出，宋元的勾栏戏台，在戏台的后部有戏房，而观众看戏的腰棚则对着戏台的前部而形成三面环绕的形式。从山西洪洞县霍山明应王殿杂剧壁画来看，元代在神庙演戏的时候，会用一副神帏来分隔开前后台，后台的艺人需要上台的时候，便挑开神帏的一角而入①。这是较为简陋的剧场条件下的安排，而后台的部分依然不属于观众的观赏区。此种形式所形成的特点之一，就是戏剧的表演区域是面对观众的方向而向外突出。比较晚近的表演区向后缩进、并且左右有边幕的舞台，是受西方剧场影响才产生的。因此，传统戏曲舞台的观赏效果之一就是观众可以从三面都看到整个表演区，演员在出上场门到进下场门之间的所有活动都在观众的直接注视之下，而不会有幕布之类为其遮掩。所以，演员在舞台上将非关剧情而又不得不为之的动作也展示给观众，是受到长久以来的开放式观赏习俗影响的结果。无论演员还是观众，都可以接受这种暂时在"戏"与"非戏"之间游走的状况，并不影响其表演的进行与观赏的兴趣。

不仅是元杂剧，南戏也是如此通达地处理剧中人物死亡后下场的。据廖奔、刘彦君著《中国戏曲发展史》，明代南戏舞台艺术也已经积累起了许多成功的技巧范式，其中就包括多种处理人物死亡下场的方法，如《浣纱记》里伍员自刎后是"丢剑下场"，《博笑记·义虎》里净扮船家将生扮的穷人打死后，由"杂抬生下"，而船家被老虎咬死后，则用了一个晃眼调包手法："净急下介。衣裹假人在地，虎衔下。"② 明代的南戏与杂剧都在发展与交流过程中不断积累着演出的技巧和经验。

---

① 廖奔：《中国古代剧场史》，中州古籍出版社1997年版，第49—50页。
② 廖奔、刘彦君：《中国戏曲发展史》第三卷，山西教育出版社2000年版，第141页。

这种审美传统随着中国戏剧的发展一直延续了下去。从资料记载来看，旧时的京剧就不会回避将与戏剧内容无关的铺垫、辅助的动作展示给观众看。如过去的舞台上有"饮场"，即由检场人员递送茶水，演员当场饮用。检场人员隶属京剧"七科"[①]之"剧通科"，"负责在演出中搬置桌椅、拿递道具、喷撒火彩，以及协助演员穿、卸服装"[②]，"检场"这类习惯后来才被革除，可见当时的观众对于戏剧舞台上出现与剧情表演无关的人员并不排斥。传统戏曲舞台分内、外场，以舞台上所摆的堂桌为界，堂桌以内是"内场"，堂桌以外是"外场"，检场人员多在内场活动，必要时才到外场去。"有时外场用的道具（茶具、笔砚、板子）都事先放在内场地板上，演员可以从外场到内场来取，内场好象表演区的'公开的后台'，但又和守旧后面的后台不一样，它还是在观众看得见的舞台区。一出戏的主要表演都在外场。有时，戏中的坐帐、审案时，演员就是在内场表演，但外场一定有将官、犯人的配合，演员溜上溜下，可在内场活动。内场是公开的后台，这种舞台处理是和上下场的形式统一的。"[③]甚至到了现代京剧中，有时还会回归传统，以这种方式作为新的与现场观众进行直接交流的手段。2000年北京京剧院演出《宰相刘罗锅》，剧中被乾隆打死的恶霸石敬虎一直躺在台上，等到负责换景的新"检场人"上场，拍拍他的肩，他却翻身坐起，灰溜溜地下台去了。每演到此时，台下都会响起观众了然的笑声。可见剧中的人物虽然死了，但演员的下场依然可以带来轻松滑稽的剧场效果。这正是《元曲选》中"死科下"之类舞台表演的遗影。

---

① 七行七科：京剧戏班的组织系统。舞台表演人员分为七行：老生行、小生行、占行（即旦行）、净行、丑行、武行、流行。后台服务人员及舞台和后台协作人员分为七科：经励科、交通科、剧装科、容装科、盔箱科、音乐科、剧通科。参见吴同宾：《京剧知识手册》，天津教育出版社2001年版，第356页。

② 吴同宾：《京剧知识手册》，天津教育出版社2001年版，第357页。

③ 叶仰曦、鲁田：《戏曲龙套艺术》，中国戏剧出版社1983年版，第14—15页。

在《元曲选》提供的元杂剧剧本中可以同时见到考虑真实性的"抬下"和认同虚拟性的"死科下",反映出中国戏剧发展至此时期,在这个问题上已经有了各种认识。在对各种死亡方式的处理上,《元曲选》本与别本基本是一致的,但《元曲选》本对人物死去之后是否下场显示得更为严谨。如《合同文字》第一折,刘天瑞夫妇相继去世,剧中张氏死亡之后,还在场上停留了相当长的一段时间。因为刘天瑞无钱发送自己的浑家,直到张秉彝来帮忙,才能将张氏的"遗体"抬下埋葬。所以,《元曲选》本中的张氏先是"做死状科",之后才会被"抬下"。而息机子本《合同文字》安排张氏"死科下",之后又有"抬下",如果之前演员已经下场,则又有"抬下"就不合理了。对比可知,《元曲选》能够比较严格地区分死亡动作是否应当与下场动作相接续,这是臧懋循处理下场方式的严谨之处。

二 鬼魂的特殊表演——"闪下""提头上下""旋风上下""暂下""附体下"

鬼魂是超脱于现实的存在,但无论怎样,鬼魂在戏剧中都是由人来扮演的。为了能够被现实环境中的观众理解和认同,传统戏剧表演中创造了一定的艺术手法,使得已经变为鬼魂的人物能够在舞台上显示出其形象特性。许祥麟曾在其专著《中国鬼戏》中谈到,戏曲中的鬼魂形象无非是无形之鬼和有形之鬼。无形之鬼,多用同场其他人物的言行来表明其"无形",如在表演和道白中都表明看不到场上的鬼魂的行动。古代还有"魂气"之说,所谓"魂气",不可捉摸,飘忽不定,其状态如旋风、云雾,但又能凝聚成人的形象。戏曲在表现"魂气"时采用的是"以实证虚",依然是通过演员的表演来激发关于"魂气"的想象。有形之鬼的塑造则更为简单,鬼魂形象毕竟取形于人,在人的形体之上加以改造就行了[1]。为了能够在形象上加以区别,戏曲中还会为

---

[1] 许祥麟:《中国鬼戏》,天津教育出版社1997年版,第155—160页。

"魂子""魂旦"一类的脚色加上象征性的符号。如过去京剧中的魂子或是头蒙黑纱，或是在耳际垂挂白纸穗（称为"鬼发"）①，在装扮上就与一般人有区别。

元杂剧中的鬼魂形象十分多见，从剧本反映的情况来看，为了形象化地说明其"无形"，在上下场的动作设计上往往会有所不同。鬼魂既然是摆脱了肉体的沉重负担的无形之体，一般认为其动作应当是轻灵、缥缈、诡异而难以捉摸的，所以在上下场方式上，应当有迅捷、快速，与一般人不同的动作，以示其神异。如上文提到的《碧桃花》中翠鸾的鬼魂下场有用"闪下"。究竟如何神异，仅从剧本资料中很难推断，除非有精巧的暗道机关设计，演员能原地消失的可能性不大。所以"闪下"的神异效果可能依然是通过场上其他人的配合而体现的。"闪下"也不是鬼魂专用。元刊本中已经多有"闪下"提示，并且是为一般人下场时而设置。《古杂剧》《古名家杂剧》《古今名剧合选》所收的《青衫泪》第三折，白乐天、元微之的下场也有"外、末闪下"。

有形之鬼的代表性表演是提头上下，以身首分离的恐怖形态，来达成特殊的艺术效果。《元曲选》最后的两部杂剧《生金阁》与《冯玉兰》都出现了鬼魂提头上下的上下场提示，《生金阁》第二折的"郭成做倒地复起来跑下"，第三折的"魂子提头冲上""魂子做提头上扶起娄青科"，《冯玉兰》第三折的"冯太守同俫儿、家童、梅香、梢公魂子提头上"，都是此种表演。而且在《元曲选》的所有鬼魂戏里，出现此种表演的也只有这两部，不知是否是臧懋循注意到了这点，才将这两部并列到了全书的最后。虽然元杂剧中涉及鬼魂的表演方式有很多种，不过此二剧中因为有"提头"这一表演，颇具艺术效果。《生金阁》中此种表演从第二折郭成被杀就开始，剧本中提示"郭成做倒地复起来跑下"之后，随从与衙内的对白描述了刚才发生

---

① 吴同宾：《京剧知识手册》，天津教育出版社2001年版，第377页。

的这一恐怖情景：

> （随从做惊科见衙内云）爷，怪事怪事。只见日月交食，不曾见辘轴退皮。爷着小厮每把郭成拿在那马房里，对着他浑家面前，他便按着头，我便提起铜鐁来，可叉一下，刀过头落，那郭成提着墙，跳过头去了。
> （衙内云）嗯!怎么提着墙，倒跳过头去了？
> （小厮云）呸！是提着头跳过墙去了。①

这里其实还有一点插科打诨的意味，但也可以从剧情方面去理解，小厮被提着头的鬼魂的出现吓得语无伦次了。可见郭成在这里下场时已经就是特殊的"提头"表演了。从实际角度来考虑，这一动作应该是在倒地之后很快完成的，所谓的"头"用砌末充当就可以，演员可以在倒地后用戏服蒙住头或者用缩脖子之类的动作来表示头部已经被砍掉。砍头这种动作不可能真的在舞台上呈现，观众应该也可以接受这种程度上的虚拟表演。元杂剧的砌末中应当已包括充当尸体的道具，如《蝴蝶梦》第四折提示"王三背赵顽驴尸上伏定""王大王二背尸上"，用专门的砌末来表示人头也不是不可能的。后世的京剧道具中有"人头"，"临时简制小道具。用红门旗包裹一纱帽胎。如系老年'人头'，则挂髯口"②。而且在《生金阁》中可以看出，对这种提头表演的反复运用是伴随着观众的心理接受过程的。第一次出现即在第二折末，郭成被砍头，他的"尸体"提头跑下，作为一种比较少见的特殊表演方式，这足可引起观众的惊异、感叹。第二次出现，是第三折开头，魂子提头上场，破坏了原本的节日喜庆气氛，将场上众人惊得四散奔逃，突出"无头鬼"这种形象的恐怖。第三次还是在本折内，在观众已经熟悉了

---

① （明）臧懋循《元曲选》第四册，中华书局1958年版，第1725页。
② 吴同宾：《京剧知识手册》，天津教育出版社2001年版，第280页。

这个形象之后，魂子再次提头上场，因为包拯差遣捕快娄青去城隍庙，勾拿无头鬼到案。娄青在剧中是一个喜剧人物，他先在包拯面前夸下海口，称自己号称"催动坑"，连地上的坑都能催动，没有他拿不到的人。后来听说包拯要他去勾无头鬼，又十分害怕，不得不硬着头皮上阵。到了城隍庙，又有一系列的动作表演，表现娄青因为害怕而疑神疑鬼的状态。等到他因为害怕从凳子上摔下来的时候，真正的无头鬼上场去扶他起来，此时的观众心态已经由恐惧转为期待，期待看到娄青被无头鬼吓到的场面。在《生金阁》这部公案剧中，其实案情本身无甚复杂之处，而能够破案的关键也不是办案人员的智慧，而是鬼魂诉冤的结果。所以全剧最为突出的表现的就是鬼魂的行为。此剧在《元曲选》中所载题目为"李幼奴挞伤似玉颜"，正名是"包待制智赚生金阁"，其实题目所载的李幼奴守贞不屈根本没有在剧本里得到强调，而《录鬼簿续编》所载的题目"庞衙内打点没头鬼"才说出了本剧的重点。按照现代意义来理解的话，这部剧的"卖点"就是无头鬼的表演。《冯玉兰》中冯太守家人的提头上场，也是为了增添鬼魂诉冤场面的恐怖悲苦的气氛，此处多人上场均伴随"提头"这一动作，也说明这种表演并不需要复杂的技巧。

  元杂剧中这种以无头鬼魂的形象来吸引人的剧目应当还有一些。如贾仲名《录鬼簿续编》中"诸公传奇失载名氏并附于此"下有著录《鬼擘口》，其题目正名为"王员外身死错安头，张小屠智赚鬼擘口"；《闹法场》，其题目正名为"双不孝逆子遭刑宪，四颗头任千闹法场"；《孝任贵救□闹法场》一作《任贵五颗头》，其中很可能也有类似表演①。《元曲选》本所载《生金阁》作者为武汉臣，其实据《录鬼簿》和《太和正音谱》著录，武汉臣另著有《四哥哥神助提头鬼》，应当也是一部与"提头"这种特殊表演相关的杂剧。

---

  ① （明）贾仲名：《录鬼簿续编》，中国戏曲研究院编：《中国古典戏曲论著集成》（二），中国戏剧出版社1959年版，第294、295页。

特别要指出的是，《冯玉兰》仅见于《元曲选》本，而《生金阁》虽然有息机子本，但该本第二折末只有随从表示惊怕的表演，而无魂子下场的表演，"提着头跳过墙"这一动作也只是由随从叙述出来，并没有实际的动作提示；第三折魂子第一次上场为"魂子冲上打科"，娄青勾拿魂子处的表演处理为"魂子上住、娄青做昏迷慢挣起身科"，也就是说，除了《元曲选》，其他选本中没有保留元杂剧有"提头上场"这一上场动作表演。而且息机子本《生金阁》的题目为"依条律赏罚断分明"，虽然剧中也称其为"无头鬼"，但是剧本提示中没有针对这一称谓的特殊表演的任何说明。从《录鬼簿续编》所存的题目正名的情况来看，对"无头鬼"这一形象的强调应当是原剧本中就有的特点。《元曲选》其实是在上下场提示中保留了这种表现"有形之鬼"的特殊表演的唯一证明。

而"无形之鬼"的特殊表演，体现在元杂剧中较为常见的将鬼魂的上下场与旋风或者旋转一类的动作联系在一起。如《生金阁》第三折的"魂子上做转科"与"魂子趱下"，《神奴儿》第四折的"扮魂子上打拦路马前转科"与"旋下"，《后庭花》第三折的"旦魂子上旋风科"与"旋风下"。其中"趱下"较难理解，趱，亦有折回、旋转之意。趱下应当与"旋下"相似，这是在同类提示没有取得普遍共识时的不同写法。

"旋风"在中国古代的戏曲、小说中，可以被看作是将"无形之鬼"外化的一种符号性象征。你看不到鬼魂的出现，但可以凭借旋风感知到它的到来。《青衫泪》第二折中裴兴奴以为白居易死了，为其烧纸，有"做化纸起旋风科"，裴兴奴云："这一阵旋风，兀的不是侍郎来了也。"[①]《罗李郎》第二折罗李郎以为儿子汤哥儿死了，也有"做烧纸起旋风科"，于是正末在【梧桐树】曲子中有这样两句唱词：

---

① （明）臧懋循：《元曲选》第三册，中华书局1958年版，第889页。

"见一个旋风儿足律律将人绕，莫不是作念的你汤哥闹。"① 之后侯兴诈作被汤哥的鬼魂上身，也是由此而来。脉望馆抄本《施仁义刘弘嫁婢》一剧中，楔子里太白星变化成算命先生，告诉刘弘他还有五年的寿命，并且无子嗣，除非行善积德才可能改变这命运，之后便消失不见。对于这种神通该如何表现，剧本中对太白星的安排就是让其"疾下"，而通过正末刘弘的表演显示出太白星是在一阵风中突然不见的，正末道："可怎生连他也不见了也？青天白日，知他是神也那、是鬼也呵？"，并唱道："却怎生平地下起一阵家这迅风"，便是此意。在通俗文学作品如小说、评书、戏剧等样式中，常有神仙、鬼魂或猛兽等物伴随疾风、旋风出现的描写，是用来渲染气氛的常用手段。如《水浒传》第二十二回写武松打虎，老虎出现前，先有一阵大风。因此，鬼魂伴随旋风出现，可以说在文艺作品中成为一种常见的套路。

　　元杂剧中的鬼魂戏，往往在剧情中会涉及生前遭受迫害的小人物在死后如何利用鬼魂的神秘力量为自己报仇鸣冤，这种从平凡到神通的转变依赖于人们对超自然力量的向往。人们普遍认为活着的时候不能办到的事情，死后变成鬼魂就能办到。所以，剧中的鬼魂上下场时伴随有旋风出现，既是对其特性在舞台表演中的外化显现，也是对其特殊能力的暗示，普通人是不能掌握"风"这种自然现象的。这种表演方式在传统戏曲中也成为一种传统。至于这种上下场具体的表演方式，同样可以参考其他剧本中的提示记录。明代周朝俊的《红梅记》中，李慧娘死后即有"舞起旋风科"，说明此类动作可以用舞蹈的形式模拟"旋风"的意象。《气英布》第四折有"打旋风科"，很容易使人联想到后世戏曲表演伎艺中的"打旋子"。"旋子"是武生、武丑、武净的基本功之一，其形式为："演员双腿分开站立，间距稍宽于两肩，二目平视。两臂自左向右晃摆，眼随手走，上身随之向右倾斜，重心亦移到右腿，当双臂转到右方时，上身俯伏到腰的高度，双臂扬起向左后方用力拧转。

---

① （明）臧懋循：《元曲选》第四册，中华书局1958年版，第1574页。

这时突然扬头、挺胸、挑腰，头部亦随之向左后方拧转。右膀从右向左带劲，举到头部上方。左膀伸与肩平，并随右臂方向往后带劲。与此同时，双腿绷直甩动，从右向左，先甩右腿，再甩左腿，尽量抬头，挑腰，把双腿甩高。最后，右腿先落地，左腿后落地。左腿落地时，稍微向后，就可以拧成圆圈。这是单旋子走法。第一个旋子落地时，随腿落地的惯性，双臂展开，自左至右绕成圆圈，成为第二个旋子的起范儿动作，拧成第二个旋子。"① 因此可以推测，元杂剧中鬼魂旋风上下的动作，可能与此相似。

另外还有"附体下"，在此类提示中是一个比较特殊的存在。因为附体的是生者的魂魄，而不是死后的鬼魂。这是为《倩女离魂》的特殊剧情而产生的。《倩女离魂》第四折，魂旦所扮演的跟王文举私奔的张倩女之生魂与正旦扮演的卧病在家的张倩女本体相见，因为倩女的魂魄要回归本体，台上的两个倩女只能剩下一个。剧本中的处理方式，是正旦昏睡，而"魂旦附正旦体科下"，之后正旦醒来，就表示倩女已经回魂。舞台上的表演，应当就是魂旦做出附体的动作之后下场，只留正旦在场上。一般剧中的"魂子""魂旦"都由原来的演员改扮，徐扶明先生在《元代杂剧艺术》中曾说明后世戏曲中对鬼魂形象的处理："后世戏曲演出，扮魂旦的演员，在头上戴'魂帕'，表示是鬼魂。如《长生殿》第三十七出《尸解》，有'引旦去魂帕上'。因为，自第二十七出《冥追》起，用魂旦扮死亡的杨贵妃，到第三十七出《尸解》，杨贵妃复归仙班，便用'旦仙扮'，也就除去魂帕，表示不再是鬼魂。《牡丹亭》第二十七出《魂游》，用魂旦扮杜丽娘，则标有'魂旦作鬼声掩袖上'，'作鬼声下'。上下场都要发出鬼声，表示是鬼，不是人。"②同一位演员通过戴"魂帕"、作"鬼声"等方式，来表示此时已经是鬼魂。而《倩女离魂》因为需要生魂与本人同时在场，才会有这样特殊

---

① 吴同宾编：《京剧知识手册》，天津教育出版社2001年版，第332页。
② 徐扶明：《元代杂剧艺术》，上海文艺出版社1981年版，第306页。

的设计。虽然魂旦在附体动作之后立刻下场，从欣赏角度来看仍有勉强之处。但以当时的元杂剧演出设计水平，能为此剧的特殊剧情如此处理已属不易。不知这种表演方式是由传统表演中继承而来还是为此剧特别创制，如果是创制，可以说是一种贡献了。

　　元杂剧中这几种与鬼魂有关的上下场方式，显示出当时的戏剧表演艺术对此类特殊表演技巧的打磨研究。梁廷枏《曲话》卷二中提到元杂剧中存在雷同问题，他说："《灰阑记》《留鞋记》《蝴蝶梦》《神奴儿》《生金阁》等剧，皆演宋包待制开封府公案故事，宾白大半从同；而《神奴儿》《生金阁》两种，第四折魂子上场，依样葫芦，略无差别。相传谓扮演者临时添造，信然。"① 在梁廷枏看来鬼魂戏在情节、关目上的雷同，从另一个方面来考虑，其实说明当时的戏剧在涉及鬼魂形象的表演上已经出现了某种可承袭的模式。此类模式的出现依然是传统戏曲"程式"诞生的必经阶段。《元曲选》通过大量收入剧本对此类剧目的保存，使得元杂剧中虽然有"依样葫芦"的关目蹈袭之嫌、但可以凭借鬼魂形象的惊人动作表演吸引观众的这部分剧目，得以流传下来，臧懋循并没有因为这些剧目文学趣味的薄弱而放弃。而正是由于臧懋循的《元曲选》中对诸如提头上下场的特殊提示的保存，此类表演的舞台意义和剧场效果才会得到相应的重视，使得元杂剧动作性、世俗性的一面也得以展现出来。

三　古代戏剧中的笑闹传统——"闹上""打闹下""打下"

　　在中国传统戏剧的萌芽时期，以滑稽调笑为主旨的打闹逗趣就是一种主要的表演形式。打斗、笑闹不需要语言的辅助理解，其喜剧效果直接诉诸身体表演，非常受观众欢迎。在早期戏剧史的相关史料中，经常能见到"打闹"这种行为存在的影子。如"许胡克伐"，《三国志·蜀

---

① （清）梁廷枏：《曲话》，俞为民、孙蓉蓉编：《历代曲话汇编：新编中国古典戏曲论著集成·清代编》（第四集），黄山书社2008年版，第28页。

书·许慈传》中有记载:"先主定蜀,……慈、潜并为学士,……值庶事草创,动多疑议,慈、潜更相克伐,谤讟忿争,形于声色,书籍有无,不相通借,时寻楚挞,以相震撼。其矜己妒彼,乃至于此。先主愍其若斯,群僚大会,使倡家假为二子之容,效其讼阋之状,酒酣乐作,以为嬉戏,初以辞义相难,终以刀杖相屈,用感切之。"① 刘备最初令优人模拟许慈、胡潜二人的争斗作为一个节目演出的时候,表演中的一部分就是"刀杖相屈",即二人的打斗。

"踏摇娘"也是如此。按照唐代杜佑的《通典》所说:"踏摇娘生于隋末。河内有人貌丑而好酒,常自号郎中,醉归必殴其妻。妻美色善自歌,乃歌为怨苦之词。河朔演其曲而被之管弦,因写其夫妻之容。妻悲诉,每摇其身,故号'踏摇'云。近代优人颇改其制度,非旧制也。"② 则其主要表演手段还是歌舞。但看《教坊记》,则又不同:"北齐有人姓苏,齁鼻,实不仕,而自号为郎中,嗜饮酗酒,每醉辄殴其妻。妻衔悲,诉于邻里。时人弄之。丈夫着妇人衣,徐行入场。行歌,每一叠,傍人齐声和之云:'踏谣和来,踏谣娘苦和来!'以其且步且歌,故谓之'踏谣';以其称冤,故言苦。及其夫至,则作殴斗之状,以为笑乐。今则妇人为之,遂不呼郎中,但云'阿叔子'。调弄又加典库,全失旧旨。或呼为'谈容娘',又非。"③ 这里所说的"踏谣娘"又添加了调笑、殴斗等喜剧性的表演因素。宋曾慥《类说》卷七所引《教坊记》中称"极斗闹之状,以为笑乐"④,改"殴斗"为"斗闹",更加说明其诙谐表演的性质。

《辍耕录》记金院本的"部色"时称:"院本,一人曰'副净',

---

① 《三国志·蜀书·许慈传》,中华书局1959年版,第1023页。
② 《通典》卷一四六,中华书局1988年版,第3729—3730页。
③ (唐)崔令钦:《教坊记》,中国戏曲研究院编:《中国古典戏曲论著集成》(一),中国戏剧出版社1959年版,第18页。
④ (宋)曾慥:《类说》卷七,《四库全书·子部·杂剧类》,台湾商务印书馆影印本,第873册,第125页。

为'参军';一曰'副末',谓之'苍鹘'——鹘能击禽鸟,末可打副净,故云;一曰引戏;一曰末泥;一曰装孤。"① 此处解释"副净"与"副末"的脚来源于"参军戏"中的参军与苍鹘,而参军与苍鹘的打闹调笑显然这两个脚色其最具特点的表演形式之一。

到了南戏这种较为成熟的戏剧形式中,依然可以看到很多此类滑稽打闹的表演痕迹。《张协状元》中的插科打诨的表演类别很多,其中就有以打闹为主要内容的。如第八出,张协过五矶山前,同路的"净""丑"演出了一段名为"闹夹棒"的科诨,表面看起来是舞拳弄棒,实际上仍是继承自宋杂剧的笑闹表演。

从元杂剧剧本为我们提供的信息来看,歌唱之外的其他表演,要么记载极为简单,要么只留下了蛛丝马迹的痕迹。在这一问题上,可参考朱有燉杂剧中的剧本提示。朱有燉杂剧在剧本体制上其实保存了不少与元杂剧剧本的初始面貌相同的地方,例如元刊本杂剧和《诚斋杂剧》的提示中都常见"一折了"这种写法。此处的"一折",并非后来常说的元杂剧的结构"一本四折"中的"一折",而是预示场景或场次的变化,或者是标注一幕或一遍的动作情境搬演②。《复落娼》一剧中,楚五向高父询问自己的浑家刘金儿的下落,此处提示"相闹扯告官,打闹一折了,下"③。楚五是正净扮演,高父是老外扮演,两人言语不合争斗起来以至于告官,应当是一段有一定长度的表演,而且有可能有科诨性质。这里的"打闹一折了"应即表演一遍此种情境下的打闹动作,接下来就可以下场。到了明中晚期这批以《元曲选》为代表的明刊元杂剧剧本中,指向性较为模糊的"一折了"就被更为明确的科介提示取代,而"闹上""打闹下""打下"等上下场动作,就是继承"打闹一折了"并接续上下场动作的契机。

---

① (元)陶宗仪:《南村辍耕录》,中华书局1959年版,第306页。
② 此说参见蔡欣欣:《〈诚斋杂剧〉艺术之探讨》,《中华戏曲》(第25辑),2001年。
③ (明)朱有燉:《新编宣平巷刘金儿复落娼》,廖立、廖奔校注:《朱有燉杂剧集校注》(下册),黄山书社2017年版,第505页。

最具代表性的例子就是《百花亭》第二折中的两个净角的上下场，上场时为"闹上"，下场时为"打闹下"。他们所扮演的双解元、柳殿试在此剧中是喜剧性的配角，剧中插入这一段两人为一妓女相争的情节，并不是为了推动剧情，而是充分发挥净角插科打诨的作用。二人自称是"太学中同斋朋友"，有着读书人的身份，却为妓女相争以至于拳脚相向，本身就有讽刺意味，就连二净的命名"解元""殿试"也是为了与其可笑行径构成对比而突出其反讽效果的。由此可以推测，在较晚出现的元杂剧剧本中仅仅显示为"闹上""打闹下""打下"之类的简单动作，在舞台表演的实际进行中却很有可能是能够充分活跃气氛并且引起观众兴趣的喜剧场面。

在现有的保存这几种提示的元杂剧版本中，只有脉抄本与《元曲选》本表现出了对此类有笑闹效果的上下场方式的重视。如《单鞭夺槊》一剧的"打下"，是在战争场面中运用的，并没有滑稽调笑的意思，在此剧的古名家本与脉抄本中都有保留。而《曲江池》的"打下"是有活跃气氛的作用的，《古杂剧》本就没有这一提示。另外，《张天师》《马陵道》《百花亭》三剧中的此类提示都能达成喜剧气氛，而此三剧都只留有《元曲选》本和脉抄本。脉抄本的来源是宫廷演出时的底本，对表演细节比较重视。而《元曲选》本作为文人选本，依然选取这些剧目并保留这类上下场提示，仍可算作是《元曲选》的编选者臧懋循重视戏剧舞台效果的又一证明。

四 对与观众的交流作用的重视——"暗上""虚下"[①]

元杂剧上下场提示中有"暗上""虚下"，其舞台意义有相似之处。"暗上"是演员实际已经上场，而场上其他人要假装并没有发

[①] 本节中关于"虚下"的部分，曾以《臧懋循〈元曲选〉中"虚下"提示的使用特点》为题发表于《文化遗产》2011年第2期，在参考康保成老师发表于《文艺研究》2016年第1期的《"虚下"与杂剧、传奇表演形态的演进》一文后，又进行了部分修改。

现;"虚下"是演员装作下场,而场上其他人也要假装此人已经不在场上。两者的共同点就是"假装",在几乎没有大型道具在台上辅助遮蔽视线的元代舞台,这是对演员演技的考验。同时,由于观众是全知视角,对其动作的性质是"假装"应当是十分清楚的,在观看此种表演的审美过程中,就发挥了剧场艺术最为宝贵的特性:现场与观众的双向交流。"暗上"前文中已有述及。"虚下"是元杂剧中很常见的下场提示,这种提示的存在几乎贯穿了有剧本形成以来的中国戏剧史。这里针对《元曲选》中对这一提示的整理和规范,试做具体分析。

所谓"虚下",顾名思义,就不是真正的下场。至于其具体形态究竟如何,研究者们根据后世戏曲表演中"虚下"的演出方式和其它材料,曾提出很多说看法。蓝凡先生在《传统戏曲的"虚下"表演》①一文中指出"虚下"也称"假下",主要有两种形式:一种是演员有下场势而不下场,只是走到下场门一边站着,用来转换舞台的时间和空间。另一种是指演员在舞台上背对着观众,一动不动地站着,使场上的其他角色与台下的观众把他当作已经下场,以有为无,视若无睹。这样做可以突出剧中的主要表演,集中观众的注意力。蓝凡先生还指出后一种在现代京剧舞台表演中还经常使用。徐扶明先生在《元代杂剧艺术》也曾提到:"所谓'虚下',实际上,剧中人物并未真正下场。如《元曲选》本《望江亭》第一折,白士中躲往壁衣后头的虚下②。后世戏曲亦有虚下,其艺术处理是:前台分为内外场,以台中长方桌为标准,桌子朝台口一方为外场,向内一方为内场,桌子等于一道墙壁,可以起着空间的隔离作用。凡'虚下'的脚色,就是由外场转入内场,向桌子右侧一站,以背部对着观众,好象躲避在

---

① 蓝凡:《传统戏曲的"虚下"表演》,《戏文》1983 年第 3 期。
② 查《元曲选》此处实为"下",而顾曲斋本与脉望馆收息机子本方为"虚下"。

墙壁或者屏风后头，表示这个脚色当时并未在场上。元杂剧的虚下，是否如此具体处理，不得而知。"① 虽然现在无法重现元杂剧的演出现场，但是从现有文献中，可以推测出"虚下"的舞台表演的情境。通过对元明时期诸种元杂剧选本中的"虚下"使用情况进行比较，可以发现，《元曲选》对"虚下"的使用，能够很好地说明这个下场提示在戏剧场面的安排和配合剧情的发展这两方面的意义，是如何伴随着戏剧史的发展而不断演化的。

1. 元刊本中的"虚下"

最早在元刊本中已经出现了"虚下"。翻检《元刊杂剧三十种》，在《泰华山陈抟高卧》《李太白贬夜郎》《辅成王周公摄政》《诈妮子调风月》这几部剧中都有"虚下"这一提示出现。但是由于元刊本所收剧本形式并不完备，后三种剧本又只有元刊本、没有别本可以参考，所以只能大体推测如下：

《李太白贬夜郎》之"虚下"出现在第四折，在末虚下之后，是龙王上场，演出李白在龙宫受龙王款待的情形。据说李白是泛舟江上时掬月而亡，之后的剧情又是游历龙宫，此处的"虚下"应该是发生在两种时空的转换之间。按照前文"闪下"部分所述，"虚下"与"闪下"可能存在部分功能重合的时期，此处又很有可能在表现"掬月而亡"之后的李太白的魂魄，所以在场面转换的功能之外，这个下场还可能有一定的舞台意义。

《辅成王周公摄政》的"虚下"出现在第一折，周公本在太庙卜卦，因为皇帝宣召，赶往见驾，"虚下"之后紧接着提示"驾上，云住"，表示此时周公到了皇宫中。《诈妮子调风月》的"虚下"出现在第三折，燕燕受老夫人之命前去说亲，"虚下"之后提示"外孤上"，表示燕燕已经到莺莺家中。此二处的"虚下"，也是刚好在时空的转换

---

① 徐扶明：《元代杂剧艺术》，上海文艺出版社1981年版，第115—116页。

时发生的。

《泰华山陈抟高卧》之中，第二折开始处有提示："使上，云了，虚下"，这里的"虚下"由于宾白不全，不能准确推断其意义。不过此剧是有别本可以参考的，古名家本《陈抟高卧》在每一折的第一次人物上下场都以"虚下"为下场方式：

第一折：（冲末扮赵大舍引郑恩上开）……（虚下）……
第二折：（外扮使臣引卒子砌末上）……（虚下）……
第三折：（扮驾引侍臣上）……（虚下）……
第四折：（净扮郑恩衣冠引色旦上）……（净虚下）……

《改定元贤传奇》本、息机子本和《阳春奏》本所收该剧的上下场提示在这个"虚下"的位置上也是一致的，照此看来，元刊本的"虚下"也出现在第二折开始处，是使臣上场之后使用的下场。虽然如此，《陈抟高卧》此剧如此使用"虚下"的意义却不容易理解。对比一下《元曲选》本《陈抟高卧》，四折开场部分的上下场方式如下：

第一折：（冲末扮赵大舍引净扮郑恩上）……（下）……
第二折：（外扮使臣引卒子捧砌末上）……（下）……
第三折：（赵改扮驾引使臣上）……（使臣领旨科下）……
第四折：（郑恩扮汝南王引色旦上）……（同下）……

可以看出，《元曲选》本就取消了"虚下"，代之以一般的下场，并没有影响剧情的进展，则元刊本《陈抟高卧》中"虚下"的意义可能更多是舞台调度的需要，而不具备剧情方面的意义。是哪方面的调度需要呢？

如蓝凡文中所说的"虚下"的两种形式中，前一种"用来转换舞台的时间和空间",其实颇值得怀疑,因为从现有的剧本中提供的例子来看,即使将"虚下"变实下,舞台的时空也能顺利转换,并不只依靠"虚下"这种方法。因此,可以考虑使用"虚下"实际上可以发挥的作用。康保成先生文中提出,元刊本反映的元代杂剧的"虚下"主要是为了避免场上脚色在同一折中下场,尤其是主唱脚色,在演唱同一个套曲时不会中途下场[1]。参考其他版本较为详细的剧情可知,《陈抟高卧》第二折,"虚下"的并不是主唱脚色,而是外扮演的使臣党继恩。他奉命去请陈抟,他下场之后,才是正末上场。虽不主唱,但这段表演只有几句念白,其实非常短小,而且正末上场之后不久党继恩需再次上场。所以"虚下"在这里的主要作用其实是节省时间,方便调度,避免同一人物短时间内多次上下场。

总之,元刊本由于剧本体制的不完善,对"虚下"这种下场方式的使用情境只有模糊的呈现。据元刊本提供的材料只能推测,此时期的"虚下"更多发挥的是场面调度方面的作用,避免不必要的上下场拖延或打断主唱脚色的演唱。尽管是"虚下",但仍然可同其他正式的下场一样,在这个动作之后将剧情引入另一个时空之中。

2. 朱有燉杂剧中的"虚下"

朱有燉是明代前期戏剧创作的代表作家,他的杂剧作品在形式上虽然已经显现出了时代的新特征,但毕竟去元未远,所以他的剧本中也保存了许多元代杂剧形式方面的资料。"虚下"在他的剧本中很常见,从中可以看出朱有燉对在这个提示的使用上,有所继承,也有所创新。这些变化并不一定是他的创制,但可以说明,明初戏剧舞台艺术在"虚下"这个下场提示的使用方法上已经产生了某些变化。试将其使用情况统计如下(表4-6):

---

[1] 康保成:《"虚下"与杂剧、传奇表演形态的演进》,《文艺研究》2016年第1期。

表4-6　　　　　朱有燉杂剧中"虚下"的使用情况①

剧名	主唱	位置是否在同一套曲中间	提示	情况说明
辰钩月	旦扮桃花精	是	旦惊，虚下	桃花精正与陈世英私会，陈世英的妳母找来，桃花精受惊躲避，陈世英被妳母扯走
	旦扮妳母	是	旦、末皆虚下	陈世英思念成疾，妳母派六儿去请郎中。之后便是郎中上场
	正旦扮嫦娥	是	旦同外旦、众虚下	嫦娥被桃花精假冒身份与陈世英私会，十分生气，率众要去张天师面前折证。之后的剧情是去见天师的路上与其他仙子相遇
	旦扮嫦娥	是	外同旦一行人虚下	天师派神将去查证此事，告状即成，一行人退场。之后的剧情是桃花精与陈世英在一起时被神将捉走
庆朔堂	正旦扮甄月娥	是	外旦扶正净虚下	众人宴饮，柳子安、洪叶儿酒醉先下场
	正旦扮甄月娥	是	孤虚下	范仲淹要下属魏介之试探甄月娥是否能守志不移，为给二人创造机会，自己在酒宴上装醉先下场
	正旦扮甄月娥	是	孤、正净、外净虚下	范仲淹调任，带领门下赴任，离开饶州
	正旦扮甄月娥	是	（外净）虚下	魏介之中途回来与洪叶儿私会，被同样中途回来见洪叶儿的柳子安撞破，甄月娥来看隔壁何事吵闹，魏介之羞愧暂时躲避
	正旦扮甄月娥	是	正旦虚下	甄月娥不堪妈妈逼迫，谎称要去卜卦，实则在屋中寻死，接着小丫鬟慌忙上场求救
	正旦扮甄月娥	是	正旦同众虚下	魏介之按范仲淹的安排将一干人等发往润州

① 本表所用剧本均参考廖立、廖奔校注的《朱有燉杂剧集校注》，该书整理校注时遵循原刊本不分折之体例，故统计时亦不考虑分折情况。

续表

剧名	主唱	位置是否在同一套曲中间	提示	情况说明
小桃红	末扮惠禅师	是	净、末虚下	惠禅师为度脱刘员外，要借梦境让他醒悟。以下是梦境的展开
曲江池	末扮郑元和	是	末、贴、外净虚下	郑元和同众乞丐街头乞讨，讨得一碗面，趁着郑与其他几人下场的时候，正净扮演的赵牛筋把面偷吃了
义勇辞金	末扮关云长	是	末、旦、俫虚下	关羽带着嫂嫂、侄儿去寻找刘备，将曹操所赠悉数封存之后径直离开。之后再上场时，末骑竹马，旦、俫坐车
义勇辞金	末扮关云长	是	（末）虚下	关羽将调戏刘夫人的酒店主打了一顿，报上了自己的姓名，先行下场
义勇辞金	末扮关云长	是	（净）虚下	店主怀恨，要去告发关羽
蟠桃会	末扮南极老人星	否	打净虚下	净扮东方朔，变成灵龟偷吃蟠桃被仙女发现赶走。之后又变为仙鹤前来偷桃
桃源景	旦扮桃源景	是	净虚下	净扮罗铤儿，假说要帮桃源景去官府疏通，骗了些财物之后离开。之后很快又上场来讹诈桃源景
桃源景	旦扮桃源景	是	旦虚下	听说有御史到来，桃源景先去察院告李家强逼婚姻
桃源景	旦扮桃源景	是	旦虚下	桃源景听说李钏被充军口北，要追随他而去。下次上场时便改扮男子
桃源景	旦扮桃源景	是	净虚下	桃源景投宿客店，因为行女子拜礼，引起店主人疑心，躲在一边观察之后发现果为女扮男装，遂强抱调戏桃源景
桃源景	旦扮桃源景	是	净虚下	桃源景与李钏开小酒店，有两个胡人来讨酒吃，一番歌舞表演之后"虚下"，之后是酒醉后的科诨表演

续表

剧名	主唱	位置是否在同一套曲中间	提示	情况说明
八仙庆寿	末扮蓝采和	否	（众俫儿）虚下	众小儿街头唱歌，想到要去寻找蓝采和，去向他讨钱作耍。之后便是蓝采和上场
踏雪寻梅	正末扮孟浩然	是	外同旦虚下	外扮李白，同旦扮歌妓秦娥在酒宴上生情，暂时离席
踏雪寻梅	正末扮孟浩然	是	净虚下，请外、旦同上	净扮贾岛，将李白、秦娥请回席上
踏雪寻梅	正末扮孟浩然	是	末虚下	孟浩然同贾岛、罗隐道别，前去踏雪寻梅。之后贾、罗二人也会下场
踏雪寻梅	正末扮孟浩然	否	（二净）做与外相见了，云约去饮酒科，虚下	正末上场之前其他三人见面，相约喝酒
复落娼	正旦扮卜儿	是	皆虚下	行院女子刘金儿随徐福到江西，徐福母亲观她不似良家女子，因此吵闹，徐父让他们暂去安歇。之后便是演在徐家的生活
复落娼	正旦扮卜儿	是	皆虚下	刘金儿不安于室，要与徐福离异，去官府诬告徐福拐骗妇女。之后上场是去按察司告状的场景
复落娼	正旦扮茶三婆	是	（正净）做与正旦相见了，做请科，虚下	正净扮刘金儿的本夫楚五，因为刘金儿犯罪被解回本院，楚五请为人正派的茶三婆商议怎么发落她。之后便是刘金儿上场

续表

剧名	主唱	位置是否在同一套曲中间	提示	情况说明
团圆梦	正旦扮赵官保	否	（正净）虚下	赵官保的丈夫钱锁儿从军去了，正净扮片舍谋娶赵官保，去找媒婆商议，之后便是媒婆上场
团圆梦	正旦扮赵官保	否	（卜、旦）虚下	闻听丈夫去世，同乡军人带回他的骨殖，赵官保把婆婆先送到邻居家照顾，再去迎亡夫
团圆梦	正旦扮赵官保	否	赵虚下，急走上	赵官保殉夫自缢，邻居赵婆婆去叫她时才发现，急忙来喊人救命
香囊怨	正旦扮刘盼春	否	卜虚下就上	刘盼春与周恭相爱，不愿接客，不堪逼迫自缢身亡，被妈妈发现
继母大贤	卜扮李氏	是	虚下	李氏听闻儿子惹上官司，急忙前往莒城县看望
神仙会	末扮吕洞宾	是	旦虚下	吕洞宾要度脱张珍成仙，张珍先下去安排香果款待吕洞宾
灵芝庆寿	末扮紫芝仙	是	皆虚下	紫芝仙等人去参拜东华君
乔断鬼	末扮判官	是	末先虚下；二鬼引净调躯老，虚下	判官引小鬼捉拿忤逆不孝的封聚，之后再上场便是判官断案
烟花梦	旦扮兰红叶	是	旦、卜虚下	兰红叶与姑姑商议要去城隍庙卜卦，之后是庙中卜卦的情节
烟花梦	旦扮兰红叶	是	旦虚下	兰红叶梦醒，之后转入郑仁为兰红叶徐翔断案团圆的情节

翻检朱有燉的所有杂剧创作，竟然有四十处"虚下"的使用，除

非朱有燉个人对这一下场的使用特别偏爱，否则就可以说明，尽管元刊本中的记载很少，实际上在明初的杂剧演出中，对"虚下"的使用已经较为纯熟。

此时期的"虚下"依然跟元代一样主要发挥场面调度的功能，多数时候场上人物"虚下"之后即转入另一个时空的场景。至于"虚下"而非真实下场的必要性，如康文所说，可以避免主唱脚色在演唱同一套曲的中途下场，朱有燉杂剧中也确实没有打破这个规律。当然，由于朱有燉杂剧提供的实例较多，也可以观察到一些比较细致的情况：

"虚下"一般的确发生在主唱脚色在演唱同一套曲中途需要转换时空的时候。上表的例子中，有14例都属于这样的情况。另外如《团圆梦》中的第二例，主唱的正旦在全部套曲的演唱开始之前，就已经为了顺应改换时空的需要而"虚下"一次，说明"虚下"不仅为演唱考虑，避免演员在同一折内反复上下场，也可以使得整体的表演比较连贯。

在转换时空的同时，"虚下"还可以在舞台实际演出中发挥一些比较实际的作用，比如《义勇辞金》关羽带着嫂嫂、侄儿下场之后，中间穿插曹操得知他离开后吩咐大臣的过场戏，再上场的时候，关羽骑着竹马，嫂嫂和侄儿乘车。可见主唱"虚下"之后，过场戏创造的时间，也是演员下场去拿道具的机会。《桃源景》中桃源景"虚下"之后即改扮男子，这是主唱趁着"虚下"的时候改换装扮。虽然现在不知道当时的"虚下"的具体的操作方式，但这些例子说明"虚下"去往的场所是可以拿道具、换服装的。

"虚下"有的时候还意味着"先下"，上表中《庆朔堂》《义勇辞金》《桃源景》《踏雪寻梅》等剧中都有类似用法。同场在场的所有演员中，有人先"虚下"，其他人之后其实也会下场，此种安排应当是为了先行"虚下"的那个脚色的需要而设置的，虽然其原因还不甚明晰。

另外，从各种情况都可以推测，既然是"虚下"，就比真实地下场再从上场门上场的用时要短,所以"虚下"另一个用法就是表示暂离。如《神仙会》中的张珍下场去拿果品,很快就会再上场。《踏雪寻梅》第二例,贾岛将李白、秦娥请回堂上,"虚下"之后紧接着便是"同上"。《香囊怨》与《团圆梦》第三例,"虚下"之后因为发生了特殊情况,所以又都急忙上场,可见其动作之急促。

如果参考那些没有主唱脚色参与的"虚下",会发现这些人的"虚下"安排对戏剧场面和整体演出效果的考虑会更多。如《踏雪寻梅》最后一处"虚下",跟元刊本《陈抟高卧》党继恩的"虚下"是一致的,是在主唱脚色上场之前对其他人的调度安排,避免短时间内这三人的反复上下场。《八仙庆寿》中众俫儿在街头歌唱玩耍,想到要去寻蓝采和讨钱,便"虚下",之后便蓝采和上场。其实,此处的众俫儿完全可以不下场,只要等待蓝采和到来便可。但从剧本可知,前面这段其实就是多人的歌舞表演,在《八仙庆寿》这样的剧目里,无非起到热闹场面、烘托气氛的作用。之后上场的蓝采和才是主唱的末脚,为了不喧宾夺主,给他足够的表演空间,所以"虚下"暂时把主要的表演区域空出来,等待他的演唱。因为是"虚下",所以蓝采和上场之后他们又能很快上场围绕在他身边,在接下来的表演中继续制造欢乐的气氛。《桃源景》第五例"虚下"由两个净脚扮演的胡人完成,他们为了向李钊、桃源景夫妇讨几杯酒吃,先来了一段充满异域风情的歌舞表演;吃了几杯酒醉了之后,胡言胡语地调戏桃源景,可以理解为一段科诨表演。而"虚下"被安排在这两段表演之间,就是为了在不同性质的表演之间暂停,给净脚一定的缓冲时间。

尤其值得注意的是,"虚下"在朱有燉杂剧中明显开始发挥情节方面的作用。如《辰钩月》第一折,桃花精与陈世英私会被发现,桃花精受惊躲避,所以"虚下",之后又会重新回到场上。"虚下"的时机正好发生了躲避的行为。《香囊怨》与《团圆梦》第三例,女主人公自缢被人发现,都采用发现者"虚下"之后赶快上场呼救的处理。观众借此得以想象,在场上看不到的地方发生了自缢的事件,而在刚才那个短暂的"虚下"动作之间,这个人去往惨剧发生的房间,看到了那个场景,惊慌之下回来喊人。因此,这个下场动作是有实际剧情意义的。《庆朔堂》第二例,范仲淹安排下属魏介之试探甄月娥,自己假借酒醉"虚下"离开。虽然剧本没有明示,但既然是试探,很难想象范仲淹对试探的过程和结果毫不关心。此处"虚下"的假装下场的意味很浓。

最能说明问题的是《桃源景》的第四例,店主人之前就疑心桃源景是女子,借"虚下"之机观察。之后因为看到桃源景解手的时候是女子的姿势,他验证了自己的猜想,于是上前强抱求欢。在净脚的"虚下"之后,他的表演并没有停止,而是在"虚下"的那个表演区域之间偷偷观察,如剧本所示"瞧科",这样才能看到场上的旦脚的行为。而之后的动作提示是"向前抱住",甚至没有任何其他"上"的标注。也就是说,此时已经"虚下"的净脚和旦脚离得很近,以至于净脚可以直接向前抱住旦脚。这更说明相对于直接下场,"虚下"的表演区域和中心表演区域更近,很多动作的处理上可以更加灵活。

在之后的明代元杂剧选本中,表示偷偷躲起来观察成为"虚下"的常见用法。朱有燉杂剧中的"虚下"在场面调度意义之外出现了明显的剧情意义,在剧本所反映的表演形态的演进过程中,比元刊本又进了一步。

3.《元曲选》和明代其他元杂剧版本中的"虚下"

在元杂剧的明代版本中,"虚下"这一下场提示的使用有所发展,不过各本之间互有差异。总的说来,《元曲选》中出现的"虚下"提示较其他各本为多,这固然与《元曲选》所收剧本总数较多有关,但即使是《元曲选》与其他选集或全集都收入的剧本,《元曲选》本用"虚下"的情况也较多。具体情况如上文(表4-2)所示。

比较《元曲选》与其他明代版本可知,对"虚下"的使用有时各本趋向一致。如《窦娥冤》第四折,各本都用"虚下"来表示窦娥的鬼魂在躲起来观察父亲的反应；《勘头巾》第三折，《元曲选》与《古名家杂剧》都用"虚下"来表示张千对卖草的庄家的欺骗；《两世姻缘》第二折，各本都用"虚下"来表示老鸨暂时离开去为玉箫拿药，等等。

也有的时候，各本间存在较大差异，如在用来转换时空的时候，其他版本使用"虚下"的情况没有《元曲选》中多。比如《青衫泪》第三折中，白乐天与元微之离开裴兴奴的船，《改定元贤传奇》本、《古名家杂剧》本、《古杂剧》本与《柳枝集》本均为"外、末闪下"，《元曲选》本为"白元虚下"；《梧桐叶》第一折，李云英与老夫人前往佛寺烧香，《古名家杂剧》本与《古杂剧》本均用"到寺门科"这一动作来表示她们走到了佛寺门口，而《元曲选》本是安排李云英与老夫人"虚下"。

将这些版本与《元曲选》比较看来，更多的是《元曲选》因使用了"虚下"而比其他版本显得合理的例子：

例1《元曲选》本《玉镜台》第二折：

> （云）温峤与那学士说成，择定日子同来。（夫人云）多劳学士用心。（正末做出门笑科云）温峤，你早则人生三事皆全了也。（虚下将砌末上科）（做见夫人科云）告的姑娘得知，适才侄儿径去与那学士说了，今日是吉日良辰，将这玉镜台权为定物，别使官媒人来通信，央您侄儿替那学士谢了亲者。①

顾曲斋本《玉镜台》此处的文字为：

> （末云）温峤与那学士说成，择定日子同来。（夫人）多劳哥哥用心。（末做出门笑科）温峤，你早则人生三事皆全了也。（末

---

① （明）臧懋循：《元曲选》第一册，中华书局1958年版，第90页。

下将砌末上科、做见夫人科）告的姑娘得知，您侄儿径去与那学士说了，今日是吉日良辰，将这玉镜台权为定物，别使官媒人来通信，央您侄儿替那学士谢了亲者。

比较可知，这两段文字几乎全部相同，只是在顾曲斋本中，是用一般的"下"来处理温峤的下场的。古名家本《玉镜台》与顾曲斋本一致。而晚于《元曲选》的《古今名剧合选》中所收的此剧剧本，则是和《元曲选》一样用"虚下"。从观众理解欣赏的角度来看，是否使用"虚下"，就是是否将这一动作的欺骗意味明白地提示给观众知道，其收到的效果是不一样的。虽然在温峤之前的行为中，已经体现了他要诈娶表妹的目的。但是演员的表白只是作者的意图的表达，而剧本中使用"虚下"，是希望在进行表演的时候，观众能够意识到此动作的虚假。也就是说，决定使用"虚下"，是对观众理解此处剧情的能力有所期待。

例2《元曲选》本《马陵道》第二折使用了"虚下"：

（庞涓云）哥哥，我如今公子根前说去。救的你也休欢喜，救不的也休烦恼。刽子，你且慢者，待我见了公子转来呵，另有区处。（背云）我若救了他的性命，倘若不写天书，悄悄的溜了去，我那里寻他。我如今也不要他死，也不放他走。则等着写了天书，方才处置他，未为迟也。（虚下）（复上科云）我如今诈传公子的命，免他项上一刀，只刖了他二足。哥哥，您兄弟来了也。①

而在脉望馆抄本中是这样处理的：

（庞涓云）哥哥，我如今去公子跟前说去。救得你也，休欢

---

① （明）臧懋循：《元曲选》第二册，中华书局1958年版，第744页。

喜；救不得，休烦恼。且留人者！且慢者，见了公子说了呵，多少不饶了他。我若救了他性命，倘若不写天书呵，那里寻他。我如今也不要他死，也不要他走了，则着他写天书。则除是这般，我如今诈传公子的命，免他项上一刀，可刖了他二足。（做背科云）且留人者！

"做背科云"，如同后世戏曲的"打背拱"，是表白内心秘密的一种方法，演员此时的念白其实是人物的心理活动。从语言上判断，这段话中从"且慢者"到"可刖了他二足"其实就是庞涓的阴谋所在，他当然不会对孙膑当面说这些话，"做背科云"所说的应该是上面那一段内心独白，抄本可能弄错了这一提示的位置。不过我们也可以由此看出，此处采用内心独白，说明的确有向观众提示庞涓所为是阴谋的必要性。《元曲选》本的处理顺序是先说出庞涓的阴谋，他自己拿定了主意之后，再完成"虚下"、"复上"的动作，可见他所说的去替孙膑求情的事情是假的无疑了。通过"虚下"这一动作提示可以揭示庞涓的虚伪，其使用者充分认识到"虚下"这一下场方式在舞台实际效果上，对观众是有提示作用的。

例3《元曲选》本《曲江池》第二折，嬷嬷让李亚仙去看出殡，其实就是要让她看到郑元和此时多么落魄，但李亚仙不为所动。其中有这样一段：

（卜儿云）兀的不就是那郑元和。是谁家死了人，要郑元和在那里啼哭。……（卜儿云）他与人家唱挽歌儿哩。（正旦唱）唱挽歌也是他一遭一运。（卜儿云）他举着神楼儿哩。（正旦唱）他面前称大汉，只待背后立高门。送殡呵须是件作风流种，唱挽呵也则歌吟诗赋人。（虚下）[1]

---

[1] （明）臧懋循：《元曲选》第二册，中华书局1958年版，第268—269页。

而在顾曲斋本中此段略有不同：

（卜云）谁家死了人，元和在那里啼哭。……（卜）他与人家唱挽歌里。（旦唱）唱挽歌也是他一遭一运。（卜）他举着影神楼里。（旦唱）面前称大汉，他则待背了儿立高门。打木子他须是件作风流种，送死人他须是看百诗文字人。（杂当上云）唤官身里。（同下）

此处李亚仙的下场，《元曲选》本用"虚下"，而顾曲斋本的处理方法是杂当上场，以唤官身的名义把李亚仙和老鸨叫走。为了展开之后郑元和与父亲的冲突，使观众的注意力从李亚仙身上转移开，是要采取一定的手段。但是用"唤官身"的方式让李亚仙下场，却不合情理。古时艺人被"唤官身"受到很多限制，《刘行首》中刘行首被马丹阳缠住，怕误了官府的传唤，说"去的迟了，官人每怪我也"；《蓝采和》中描写艺人生活，误了官身，是要受责挨打、灾难临头的。如果李亚仙真的被唤官身，此时应当正在表演，又如何能被告知郑元和被打，还能马上回来查看他的伤势？其实此时李亚仙究竟去做什么，同戏剧的发展是没有关系的，不一定非要指实不可。这里用"虚下"比较适宜，是因为这样李亚仙在场上既不会"抢戏"，也不会十分脱离戏剧的当前情境。是比较顾及戏剧场面的流畅及剧情进展的合理性的方法。

由以上分析可知，明代元杂剧选本中"虚下"提示已经多有出现，但其使用情况并不一致。各选本都表现出"虚下"可以表现躲避、欺骗或者暂离的情境，但舞台意义没有在《元曲选》中那么丰富。

《元曲选》所收的一百个剧本中，出现了二十四处"虚下"，归纳起来，在以下几种情况下会使用到这一提示语：

第一、表示剧中人物说要去做某事而实际上并没有去。这种行为有时是为了达到欺骗的目的，在"虚下"之后紧接着再上场，就将这种时间上的不真实展示给观众，使观众明白剧中人物并没有完成他所宣称的目标。如《勘头巾》第三折：

（正末云）你真个不曾说甚么，不曾见人？（丑云）道我不曾说，也不曾见人。（正末努嘴张打科）（正末云）张千，休打孩儿。（丑云）你休努你那嘴波。
（张千云）我下合酪去。（虚下复上云）没了合酪也。①

这里正末张鼎与张千是在做戏骗取供词，剧中有意以此打诨，所以才有"你休努你那嘴波"之说。所谓去下合酪其实是哄人的，此处的"虚下复上"就与剧情中安排的插科打诨相配合，说明张千对丑扮演的那位卖草的庄稼人的欺骗。

有时，采用这个提示仅仅是为了省略不必要在舞台上演出的过程，正如朱有燉杂剧《香囊怨》中省略正旦自缢的过程，在别人的"虚下就上"之后补叙出来，至于具体的情形，观众可以自行想象。《东堂老》第三折中扬州奴向东堂老的夫人说自己要借钱去卖炭、卖菜，两次用到"虚下再上"。实际上卖炭、卖菜的情形都是在接下来的念白中补叙出来的，这里的"虚下再上"就是希望和观众达成这样的共识——他已经去卖过炭、卖过菜了，至于具体过程因为与剧情无甚关碍，则不再占用舞台空间进行表演。

第二，表示剧中人物因为某种需要躲避起来观察或者暂时回避。如在《赵氏孤儿》第四折中：

（程婴云）程勃，你在书房中看书，我往后堂中去去再来。（做遗手卷虚下）
（正末云）哦，原来遗下一个手卷在此，可是甚的文书？待我

---

① （明）臧懋循：《元曲选》第二册，中华书局1958年版，第680页。

展开看咱。①

程婴留下手卷就是希望给孤儿程勃看到,从而对图上所绘的赵家的遭遇产生疑问,勾起往事,所以他躲起来观察程勃的反应。这里的"虚下"就和后面程婴所说的"程勃,我久听多时了也"相互照应。《老生儿》第二折中卜儿的"虚下"、《铁拐李》第二折铁拐李娘子的"虚下"和《连环计》第二折中王允的"虚下"都出现在剧中人物要偷听别人的谈话的时候。这种"虚下"是在空间位置上达到欺骗剧中人的效果,剧中人不知道该角色还在场上,他们此时的言语、动作就会被躲起来的人所了解。同样,观众是被演员的动作行为告知了的,对本来是瞒着剧中人的行为被拆穿的结果就会有所预见,从而期待着下一步的进展。

第三,表示在剧中人物完成此"虚下"动作后,戏剧的情境转换到一个相对非真实的环境。戏剧所表现的是虚拟的时空,而在这样的时空中,又往往会有对梦境或者其他幻境的表现。尤其是在神仙道化剧中,梦境或幻境是神仙高人点化剧中人的必备手段之一。他们用法力创造出这种境界,使被度脱者沉溺其中,或者尽享荣华富贵,或者遭遇千辛万苦,然后再点醒被度脱者,使他们意识到人生的无常。这些度脱者虽然在虚下之后暂时没有表演活动,但最终都会重新上场来进行点拨或者"当头棒喝"。如《冤家债主》第四折:

（正末云）哎哟,一阵昏沉,我且暂睡咱。(做睡科)（崔子玉云）此人睡了也,我着他这一番似梦非梦,直到森罗殿前,便见端的。(虚下)②

---

① （明）臧懋循:《元曲选》第四册,中华书局1958年版,第1491页。
② （明）臧懋循:《元曲选》第三册,中华书局1958年版,第1143页。

以下展开的情节就是崔子玉引张善友至森罗殿告知前因后果。还有《金安寿》《度柳翠》中出现的"虚下"都属于这种情况,表明度脱者没有真正离开,而是在对被度脱者进行监督,而观众知晓了这一情况,对被度脱者在人生各种欲望的诱惑下、在艰难苦痛的逼迫下会做出何种选择就会尤为关注。

第四,表示时空的转换。这是最为传统的"虚下"场面调度的功能。如《连环计》第三折:

> (吕布云)叵奈这老贼无礼,强夺了我貂蝉,更待干罢。如今直到后堂中,寻那老贼去。(虚下)(董卓领旦儿、女使上云)我好快活也!专房,抬上果桌来,等夫人与我递一杯酒,吃个烂醉,也好助些春兴。①

此处吕布听说貂蝉被董卓带走,气愤地前往董卓府中后堂寻找。"虚下"表明虽然同在一个舞台上,吕布正在去往后堂,董卓与貂蝉在后堂之中,他们身处的位置不同。与此类似,《梧桐叶》第一折中李云英与老夫人的"虚下"表示她们正在去往佛殿烧香的路上,而李云英失散的丈夫已经在佛寺里了。直到李云英再上场,才表示她与丈夫同样处在佛寺中。这里的"虚下"意味着此时此人物已经不与场上其他人物处于同一空间,而观众在欣赏的时候也默认这种位置关系。

第五,表示人物因为剧情需要而暂离表演的中心区域。这里的"虚下"仅仅是一种权宜的安排,如剧中人物去取某种道具。《伍员吹箫》第二折:

> (闾丘亮云)我家中取酒饭去。(虚下)(再上云)芦中人。(正末云)信有之。(闾丘亮云)一壶浊酒,一瓯鱼羹,一盂大米

---

① (明)臧懋循:《元曲选》第四册,中华书局1958年版,第1650页。

饭，权且充饥咱。①

由剧情可知，闾丘亮的"虚下"正是为了去取酒取饭，不管有没有真实道具，需要有暂时离开的动作来配合。《两世姻缘》第二折中老鸨"虚下"去为玉箫拿药，与此类似。

4."虚下"的发展及其意义

臧懋循的《元曲选》，是可供阅读欣赏的戏剧文本，与《元刊杂剧三十种》的性质是不同的。他对元杂剧剧本进行了整理，但在他的时代，元杂剧的具体表演形式已无从得知。所以，他的改订其实是一种剧本文学层面的再创造。仅从"虚下"这个例子看来，臧懋循是从自己的主观意识出发，将人物在特定情况下的下场情况修改得更加符合情理，而且他充分意识到了与观众的交流作用。他在《元曲选后集序》中所推崇的"当行"的戏剧应当能使"快者掀髯、愤者扼腕、悲者掩泣、羡者色飞"，实现这样的效果意味着演员的表演确实使观众得到深切的感动，参与到戏剧所创造的情境中去，与剧情产生呼应。臧懋循清楚地认识到好的戏剧，必能得到观众的回应。这种对跟观众的交流作用的重视也是戏剧意境实现的必要条件。

意境并不是诗词的专利。成功的艺术家总是会巧妙地调动接受者再创作的积极性，与自己的创作积极性结合起来，创造出具有审美意义的意境。戏曲艺术家也要进行这样的尝试，他们通过设计一部戏剧从情节发展到上下场、演员动作等所有细节，想要将观众带入这出剧构建的意境中。这种带入要求的不是3D电影那样的视觉、听觉上的真实，而是主观情感的真实参与。这样的参与并不仅仅是剧中人喜则喜，剧中人悲则悲，还要以旁观者身份时刻审视剧情的进展，当生疑时则生疑，当期待时则期待。同诗词创作者创造的意境一样，戏曲创作者并不仅仅是将自己用文字构筑的戏剧呈现给观众，而是在与观众的交流与互动中完成

---

① （明）臧懋循：《元曲选》第二册，中华书局1958年版，第654页。

一个戏剧作品,这才是对戏剧意境的更高追求。而对于明代的选家来说,他们对元杂剧剧本的改订使其文本最终定型,成为符合情理、形式整齐、有着巧妙戏剧情境构建的作品,才能被读者所接受。

《元曲选》多见"虚下"提示这一现象,代表的就是这样一种较高程度的戏曲艺术的发展。因为"虚下"提示所传达出的作者的意图,一般来说就是要与观众达成共识。明明演员还在场上,但观众可以一致认为他不在场上的情境里;明明演员此时应当是在躲起来偷听,观众都可以看到他,却丝毫不怀疑场上的其他演员是看不到他的。这就是演员与观众在表演过程中形成的一种独特的"约定俗成的真实"。臧懋循的《元曲选》对元杂剧剧本中"虚下"提示的暗示作用与交流意义表现得最为丰富,即使并不完全出于他对剧本的改动,也能说明他对这种与观众之间的互动交流的重视。

从"虚下"的多重意义来考虑,如保证主唱脚色不下场的情况下实现时空转换、暂时下场去取道具等作用,是从舞台场面调度的角度出发的,这层意义更多表现元杂剧的舞台艺术的特点。《元曲选》对这方面的意义更多是起保留作用。而表示躲起来观察、假装下场等用法,是可以从戏剧的情节作用的角度上来理解的,在读者的阅读过程中,就可以通过对这一动作的虚拟性的认识,了解作者构建这一情境的意图。《元曲选》在这方面则做了更多的发展。从元至明,伴随着戏剧表演艺术的发展和人们对戏剧艺术舞台特征认识的深入,仅仅是"虚下"这样一个简单的提示,都在文本层面显示出了表演形态的进步。

第三节 《元曲选》对主唱脚色上下场的安排

将剧中所有人物的上下场联系起来看,还需注意到由不同人物的上下场所推动的戏剧场面的流动。在对这些人物的出场顺序的安排上,《元曲选》也显示出了一定的特点。本节试讨论元杂剧中对主唱脚色出场顺序的安排。从《元曲选》等元杂剧选本来看，对主唱脚色出场顺序的安排有一定的规律性。但是元杂剧文本中体现出的这种规律性是否就是杂剧的实际演出情况的反映，尚需加以分析。

一 《元曲选》安排主唱脚色"先下后上"的规律性

从《元曲选》所反映出的情况来看，比较明显的一个规律就是对主唱脚色的安排是"先下后上"。具体表现为在每一折或者楔子中，主唱脚色出场之前一般会有其他人物先上场来作为铺垫。而到了下场的时候，如果不是"同下"，则主唱脚色往往会先下场。所以，《元曲选》中的剧本里很少出现主唱的正旦或正末会单独先上场或单独留在最后下场的现象。对《元曲选》所收的一百部杂剧进行统计之后可以发现，此类现象出现的比例是很小的，试列表说明（表4-7）：

表4-7　　　《元曲选》中主唱脚色的上下场安排①

剧名	主唱	结构	单独首先上场	单独最后下场	备注
汉宫秋	正末	四折一楔子	无	无	
金钱记	正末	四折	无	无	
陈州粜米	正末	四折一楔子	无	无	
鸳鸯被	正旦	四折一楔子	无	无	
赚蒯通	正末	四折	无	无	
玉镜台	正末	四折	无	无	
杀狗劝夫	正末	四折一楔子	第四折	第一折	
合汗衫	正末	四折	无	无	
谢天香	正旦	四折一楔子	第三折	第三折	
争报恩	正旦	四折一楔子	无	无	

---

① 此表中"主唱"即指全剧中多数情况而言，有时剧中除正旦或正末外别的脚色也有唱，如《货郎旦》第一折为正旦唱，而另三折则全由副旦唱，以时间长度上来说，当以副旦为主。故如果其他脚色有单独首先上场或最后下场，则在"备注"栏中注明，否则不述及。

续表

剧名	主唱	结构	单独首先上场	单独最后下场	备注
张天师	正旦	四折一楔子	无	无	楔子为正末唱，正末最后下场
救风尘	正旦	四折	无	无	
东堂老	正末	四折一楔子	无	无	
燕青博鱼	正末	四折一楔子	无	无	
潇湘雨	正旦	四折一楔子	无	无	
曲江池	正旦	四折一楔子	无	无	
楚昭公	正末	四折	无	无	
来生债	正末	四折一楔子	无	无	
薛仁贵	正末	四折一楔子	无	无	
墙头马上	正旦	四折	无	无	
梧桐雨	正末	四折一楔子	无	无	
老生儿	正末	四折一楔子	无	无	
硃砂担	正末	四折一楔子	无	无	
虎头牌	正末	四折	无	无	
合同文字	正末	四折一楔子	无	第二折	
冻苏秦	正末	四折一楔子	无	无	
儿女团圆	正末	四折一楔子	无	无	
玉壶春	正末	四折一楔子	无	无	
铁拐李	正末	四折一楔子	无	第三折	
小尉迟	正末	四折	无	无	
风光好	正旦	四折	无	无	
秋胡戏妻	正旦	四折	无	无	
神奴儿	正末	四折一楔子	无	无	
荐福碑	正末	四折一楔子	无	无	
谢金吾	正旦	四折一楔子	无	无	
岳阳楼	正末	四折一楔子	第四折	无	
蝴蝶梦	正旦	四折一楔子	无	无	

续表

剧名	主唱	结构	单独首先上场	单独最后下场	备注
伍员吹箫	正末	四折一楔子	无	第二折①	
勘头巾	正末	四折一楔子	无	无	
黑旋风	正末	四折一楔子	第二折	无	
倩女离魂	正旦	四折一楔子	无	无	
陈抟高卧	正末	四折	无	无	
马陵道	正末	四折二楔子	无	无	
救孝子	正旦	四折一楔子	第二折	无	
黄粱梦	正末	四折一楔子	无	第二折	
扬州梦	正末	四折一楔子	无	无	
王粲登楼	正末	四折一楔子	无	第二折	
昊天塔	正末	四折	无	无	
鲁斋郎	正末	四折一楔子	无	第二折	
渔樵记	正末	四折一楔子	无	无	
青衫泪	正旦	四折一楔子	无	无	
丽春堂	正末	四折	无	无	
举案齐眉	正旦	四折	无	无	
后庭花	正末	四折	第四折	无	
范张鸡黍	正末	四折一楔子	无	无	
两世姻缘	正旦	四折	无	无	
赵礼让肥	正末	四折	无	无	
酷寒亭	正末	四折一楔子	无	无	
桃花女	正旦	四折一楔子	无	无	
竹叶舟	正末	四折一楔子	无	无	
忍字记	正末	四折一楔子	第二折	无	
红梨花	正旦	四折	无	无	

① 《伍员吹箫》中第二折最后正末伍子胥下场时，应当还抱着芊胜。但是此折中的芊胜没有表演，是抱在怀里的小婴孩，在表演时应当是用道具代替的，所以严格来说正末还是单独最后下场。

续表

剧名	主唱	结构	单独首先上场	单独最后下场	备注
金安寿	正末	四折	无	无	
灰阑记	正旦	四折一楔子	无	无	
冤家债主	正末	四折一楔子	第四折	无	
㑳梅香	正旦	四折一楔子	无	无	
单鞭夺槊	正末	四折一楔子	无	无	
城南柳	正末	四折一楔子	第二、三、四折及楔子	无	
谇范叔	正末	四折一楔子	无	无	
梧桐叶	正旦	四折一楔子	无	无	
东坡梦	正末	四折	第三折	无	
金线池	正旦	四折一楔子	无	无	
留鞋记	正旦	四折一楔子	无	无	
气英布	正末	四折	无	无	
隔江斗智	正旦	四折一楔子	无	无	
刘行首	正末	四折	第一折	第二折	
度柳翠	正末	四折一楔子	无	无	
误入桃源	正末	四折一楔子	无	无	
魔合罗	正末	四折一楔子	第四折	无	
盆儿鬼	正末	四折一楔子	第三折	无	
对玉梳	正旦	四折一楔子	无	无	
百花亭	正末	四折一楔子	无	无	
竹坞听琴	正旦	四折一楔子	无	无	
抱妆盒	正末	四折二楔子	无	第一、二、三折	
赵氏孤儿	正末	五折一楔子	无	无	
窦娥冤	正旦	四折一楔子	无	无	
李逵负荆	正末	四折	无	无	
萧淑兰	正旦	四折	无	无	

续表

剧名	主唱	结构	单独首先上场	单独最后下场	备注
连环计	正末	四折	无	无	
罗李郎	正末	四折二楔子	无	无	
看钱奴	正末	四折一楔子	无	无	
还牢末	正末	四折一楔子	无	无	
柳毅传书	正旦	四折一楔子	无	楔子	
货郎旦	副旦	四折	无	无	
望江亭	正旦	四折	无	无	
任风子	正末	四折	第四折	无	
碧桃花	正旦	四折一楔子	无	无	
张生煮海	正旦	四折	无	无	
生金阁	正末	四折一楔子	无	无	
冯玉兰	正旦	四折	无	第二折	

根据上表所列《元曲选》的主唱脚色有无单独最先或最后下场的情况可以得知：《元曲选》所收共100部杂剧，其中四折而没有楔子的有31部，四折并有一个楔子的有66部，四折并有两个楔子的2部，五折而有一个楔子的1部。而若以每一折或每一楔子为一个独立的结构单位，这100部杂剧共有472个基本单位，其中出现主唱人物单独先上场的有17个，仅占约3.6%；出现主场人物单独最后下场的有15个，仅占约3.2%。

这充分说明元杂剧在考虑人物的上下场顺序的时候，会注意到尽量形成对主唱的正旦或正末的突出和烘托效果。主唱脚色的上下场，在每一折或每一楔子中一般都处于居中位置，最起码也是和其他人一起上下场，从而形成了该脚色总是有陪衬或铺垫的局面。元杂剧中的"唱"在全剧的表演中占中心地位，今见元刊本唯有曲辞齐全，即使是在体制完备的明代刊本或抄本中，曲辞也占剧本的绝大部分内容。曲能抒情，能达意，能激发想象引起时空变换，能描述动作推动剧情发展。因此，在元杂剧中最受观众期待的，应当是演员的演唱，主唱演员的登场就显得尤为重要。剧作者在设计人物登场的时候也是顺应观众心理的，让他们在等待和期盼中见到正旦或者正末上场。即使是上表所列出的主唱脚色单独先上场或者单独后下场的情况，也存在一定的特殊理由，是为了营造一定的戏剧氛围或者突出人物的某种特点才设计的。

先说上场。人物的上场预示着剧情的开始，而每一次新的登场都是一个新的开端。如果由主唱的人物首先登场，就会有一种非常直接的预示性。试看《元曲选》中的用例，《刘行首》中第一折首先出场的王重阳，并不是全剧的主角，对刘行首的度脱其实是正末后来所扮的马丹阳来完成的。但王重阳在这里首先出场，对全真教的渊源进行一番演述，并且为后来的剧情说明缘由，所以才由正末扮演。其实度脱剧在剧情上多有因袭之处，情节并不是重点，借以宣扬超脱俗世的宗教思想才是其目的。所以王重阳首先出场，便是从一开始就奠定全剧的基调，并且对接下来的剧情发展进行说明。其他题材的元杂剧为了使剧情更加引人入胜，需要巧妙地安排关目，才会激发观众的兴趣。度脱剧往往不考虑这一点，几乎所有的度脱剧一开始就阐明其剧情走向及前因后果，而且绝对没有度化不成功的情况存在，所以其结果也是可以预料的。在这样的前提条件下，度脱剧也往往就不注意对主角的陪衬或者烘托作用。度脱者一般都是有神奇法力的神仙高人，被度脱者则要努力脱离与现实世界的联系，所以安排这样的人物单独先上场，通过独来独往的行为方式更能突出其超凡脱俗、不同寻常的特点。另外如《城南柳》中多次安排正末所扮演的吕岩先上场，正是因为其身为度脱者身份特殊，他先上场之后的念白，是在向观众预示他对被度脱者命运走向的掌握。《岳阳楼》第四折的吕洞宾先上场也是如此。《任风子》第四折首先上场的正末，扮演的是被点化出家修行期间的任屠，正因为摆脱了世俗中的种种困扰，他才能以一个单独的修行者的身份出现，与之前的任屠以丈夫、父亲、屠夫行中老大的身份出现时，总有家人、朋友陪伴上场的情况就会形成鲜明的对比。《忍字记》第二折刘均佐先出场，也是在刘均佐被布袋和尚点化安排其在家修行的期间，将原本作为一个家庭中家长的刘均佐设置在一个孤独超脱的环境里，观众就能在对比中有一个直观的感受。

由以上例子可以看出，度脱剧往往会打破主唱脚色"后上"的规律，安排他们在众人之前单独先上场。这是为了顺应度脱剧所宣扬的宗教思想，在场上制造出一定的氛围，来显示出度脱者指点、摆布、点评他人人生的权威，以及衬托修道中人断绝尘缘、不同凡俗的身份。

还有一种让主唱脚色先上场的情况，是为了表现人物的心理活动。如《魔合罗》第四折首先出场的张鼎，他是剧中这桩公案最终能够真相大白的重要促成者。他为了给刘玉娘洗刷冤情，冒着自己替她偿命的巨大风险，毅然翻案重新查证，这是非常有勇气的行为。然而作者却在这里安排了正末张鼎先上场之后的独白："张鼎，这是你的不是了也"，表现出了他内心的挣扎，他做这样的决定也不是毫无顾虑的。这里不像一般审案场面那样安排用衙役来陪衬张鼎的上场，就是为了给他的内心独白留出空间，从而使这个人物的形象更加丰满。《谢天香》第三折让正旦先上场，也是为了说明谢天香到了钱大尹家之后的心理活动。钱大尹以娶妾的名义将谢天香接到自己府中，却又丝毫不与她亲近，谢天香难免会感到惶恐。正旦此时上场唱的头两支曲子【端正好】与【滚绣球】都是她这种情绪的表白。由此可见，没有他人在场正可以突出个体，适宜表现此时人物的微妙心理。部分剧作安排主唱脚色单独先上场，便是为该人物安排了一个特殊的情境，借机对其心理活动进行一番自我表白，使人物形象更加丰满。

不过，从《元曲选》中剧本提供的比例来看，大多数元杂剧会安排主唱人物延后出场或者在别人的陪衬下出场，表示元杂剧对主唱演员的出场效果的重视仍然是其主流倾向。即使是主唱的角色先上场，也不是一上场开口就唱的，而要先用几句念白来稍加铺垫。为主唱脚色的开唱多加铺垫、陪衬，可以从心理上吸引观众，最大程度地集中观众的注意力，这是为最好地实现曲词部分的演出效果而采取的办法。明代就一直有曲论家认为元杂剧的曲词才是剧作者创作的,而宾白架构则是伶工演出时自行为之的。这种对"曲"的重视也可以从另一方面说明在元杂剧演出中对演唱环节如此重视的原因。

再说下场。演员的下场意味着对当前戏剧中时空的脱离,当场上人物逐渐下场时,就意味着一场戏趋于结束,气氛趋于平缓。如果说主唱的正末或者正旦的上场就标志戏剧高潮的到来,他们的下场就意味着高潮的结束。所以全剧的冲突最为激烈或者情绪最为强烈的时候往往就是主唱的正旦或者正末在场的时候,而下场时元杂剧中一般会安排其他人物在他们之后下场,从而在一定的余韵中结束这场戏,或者至少安排主唱的角色在其他人的陪衬下下场。如果特别安排主唱的这一人物最后单独下场,也是在制造一个孤独的环境,在该人物的内心表白下走向结束。比如《杀狗劝夫》第一折,孙二悲叹哥哥不顾兄弟情义;《谢天香》第三折,谢天香感慨钱大尹心思的不可捉摸;《张天师》楔子,陈世英埋怨仙子让自己相思成疾;《合同文字》第二折,刘安住述说自己归乡的急切;《铁拐李》第三折,岳孔目发现自己借尸还魂之后的复杂情绪;《伍员吹箫》第二折,伍子胥对渔父闾丘亮自刎的悲痛;《黄粱梦》第二折,老院公目送吕洞宾父子被押解上路的悲哀;《王粲登楼》第二折,王粲抒发自己怀才不遇还要受到小人羞辱的愤慨;《鲁斋郎》第二折,张珪对鲁斋郎强夺自己妻子的愤恨无奈;《刘行首》第二折,正末马丹阳见刘行首不肯出家对修道生活的褒扬;《抱妆盒》第一折,陈琳对李美人的夸赞,第二、三折中对凶险形势的后怕;《柳毅传书》楔子,龙女对自己遭受夫家迫害的悲哀;《冯玉兰》第二折,冯玉兰对全家突遭血光之灾的悲苦,都是在这样的情境下表达出人物情绪的。所以,主唱脚色的最后单独下场就是在该戏剧单元结束时主角情绪的宣泄。

这种惯例使得有的剧本为了坚持让主唱先下场而显得不合情理。如在送别的场景中,往往有被送的人还没有离开,而送行的人却先行下场了的。《秋胡戏妻》第一折,秋胡与妻子罗梅英刚新婚,就被勾去从军,众人为他送别。正旦罗梅英的演唱一结束,就与媒婆一起下场了。此时不但秋胡还没有出发,秋胡的母亲与罗梅英自己的父母都还在场上。作为秋胡的新婚妻子,罗梅英与秋胡此时自然应当是难舍难分,而且有长辈在场,罗梅英身为女儿、儿媳要照顾、顺应长辈,于情于理都不应该最先下场,但是剧本还是按照一般惯例来处理的。《冻苏秦》的楔子,苏秦与张仪是一同读书的朋友,决定要一起去上朝考取功名,正末所扮的苏秦是本折主唱,所以唱完一曲【赏花时】之后就直接下场了,紧接着张仪说一句"收拾琴剑书箱,上朝进取功名走一遭去",也跟着下场了。其实在之前的剧情已经交代二人要结伴去考试,张仪的这句念白没有多大的实际意义。而且既然是结伴去考试,就应该一同下场,而不应该先后下场。剧本中只是为了保证正末的先下场,所以安排这样的下场顺序,使得张仪的下场比主唱的正末推迟一句话的时间。

二 "先下后上"在其他选集中的表现及可能的由来

元刊本虽然没有提供很多可供参考的上下场提示,不过从现有情况看,元刊本还是倾向于让主唱脚色的上场置后而下场提前的。但是元刊本也有一个特别的例子,《老生儿》楔子最终下场时,提示为正末"等一行人下了、下"。"等……了"的模式在元刊杂剧中表动作的提示里常用,如果此类提示就意味着等对方完成某一套动作后,再进行接下来的表演,那此处就是指正末在一行人都下场之后再下场。参考《老生儿》一剧的其他版本,《元曲选》本与《酹江集》本此处都处理为同下,正末的角色是封建家庭中的家长,上下场时都是引导家人一同上下场的。元刊本如果安排其最后单独下场可能有某种实际需要,但现有材料还不足以证明。

《元曲选》中出现的主唱演员单独先上场或者单独最后下场的剧目,参考别的选本或抄本的重出情况来看,有的剧本在这些选本或抄本中对这一问题的处理方式与《元曲选》是一样的,但还有一些剧本在别的选本或抄本中的处理不同:

上场方面，脉望馆抄本《冤家债主》中有一个《元曲选》本中没有的人物武仙，虽然这个人物在剧中的意义并不大，但是他被安排首先上场，就为之后正末做了铺垫。脉抄本的《盆儿鬼》第三折，是邦老和旦儿先上场，而不是正末张憿古先上场；脉抄本的《任风子》第四折，是马丹阳先上场而不是正末任屠先上场。

特别要指出的是，脉抄本的《杀狗劝夫》从剧本中看来，似乎是楔子、第二折、第三折、第四折都是正末单独先上场的，其实这与抄本的剧本体制并不十分整齐有关。首先，抄本中不是将"楔子"标注在剧本的开头，而是在外末、旦儿、二净都已经上场之后，从而使得之前的这部分形成了一段并没有被包括在任何基本结构单位里的表演，这从元杂剧的体制来说是不应该存在的，可能是剧本标注时的错误。这样看来，正末就不是在楔子中最先出场的了。其次，在抄本的头折结束之后，剧情进展到外末扮演的孙大醉酒，被柳隆卿、胡子传这两个无赖丢弃在雪地里，柳、胡二净下场之后，本折就结束了。直到第二折正末上场，发现了醉倒在雪地里的哥哥，才把孙大送回家去。也就是说，其实在这两折之间，外末都没有下场，而是在场上做醉倒状，实际上正末也不是单独先上场的。元杂剧的一般习惯是当场上所有人物都下场，形成一个空场之后，就转换到下一个场子。每一折或者楔子都有可能包括一个或者几个场子，到这一折或楔子结束时该场戏也都结束，所以也不应该发生在折与折之间还有人没有下场的情况。再次，《元曲选》本第三折前半部分的剧情，在脉抄本中都被并入第二折，脉抄本第三折开始时剧情的进度与《元曲选》本也不一样。由此看来，脉抄本《杀狗劝夫》在各基本单位的划分上存在问题，并不能作为脉抄本主唱脚色单独先上场的情况多于《元曲选》本的依据。

下场方面，古名家本的《谢天香》第三折，最后下场的是钱大尹，而不是正旦谢天香；脉望馆抄本《张天师》没有楔子，也就不存在楔子中主唱的张世英最后下场的问题；古名家本《王粲登楼》第二折没有二净先下的提示，从剧本提供的情况来看，本折结束时应当是正末与二净同下，就不是正末最后单独下场了。

也就是说，《元曲选》所收的这百部杂剧中，少数对主唱脚色的上下场时机不按照"先下后上"惯例处理的剧目，在其他版本中还是有按照惯例处理的情况。以此看来，是《元曲选》的改动打破了惯例。而在这个问题上，《元曲选》之后的《古今名剧合选》则与《元曲选》保持一致。从编选传抄者的立场来看，臧懋循与孟称舜等文人编选者并不像宫廷内府本的传抄者那样守旧。再看《元曲选》中没有选入的元杂剧，出现主唱脚色单独先上场或者单独最后下场的情况也非常的少，而且部分脉抄本杂剧是不分折的，虽然可以根据宫调判断出大致的分折，但是具体的上下场时机还是不好判断。在其余的元杂剧剧本中只有极个别的违反这一规律的剧目，如脉望馆抄本的《张子房圯桥进履》前两折，正末都是最后单独下场的；脉望馆抄本《施仁义刘弘嫁婢》的楔子，最后下场的是正末。

考虑到元杂剧舞台表演的需要，安排主唱脚色上场置后和下场提前可能有其现实原因。比如主唱的一般都是该剧的主角，在服饰上应该是比较突出的，可能需要比较多的准备时间。而且有的剧中主唱的角色还需在不同的折中改扮不同人物，先下场与后上场之间的时间差可能是为了进行改扮的需要。况且观众对戏剧的观赏也具有随意性，有的观众可能到场比较晚，一开始就让挑大梁的主角出场则会使那些晚到的人错过剧中最精彩的部分。元杂剧中有时会不厌其烦地对之前的剧情进行回顾，其中就有照顾观众的考虑，对上场顺序的安排可能也是如此。至于下场，最关键的演员先下场，可能也可以给部分只注重听唱的观众一个休息的机会。而在文本的记录中，受这样的演出习惯的影响，在主唱脚色上场之前和下场之后会有意安排一些内容，来造成相应的时间差。

还有一个可能的影响因素就是元杂剧"杂"的艺术特征。黄天骥老师在《元剧的"杂"及其审美特征》一文中，就《单刀会》《汉宫秋》《薛仁贵》《蒋神灵应》等剧中插入的与剧情无关的内容的状况，

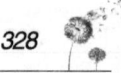

讨论元杂剧的形态特征:"上述诸例,说明元杂剧在演出时,折与折之间是有爨弄、队舞、吹打之类的片断作为穿插的。当然,《元曲选》中的许多剧本,已经懂得把间场的伎艺作为剧情发展的一个环节,在套曲结束,主唱者下场以后,戏剧的矛盾,由次要角色通过对白或科泛继续推动。但这些宾白科泛,备受重视的往往是它的伎艺性,像夏庭芝在《青楼集》中说天锡秀'足甚小,而步武甚壮',侯副净'筋斗最高',国玉第'尤善谈谑',便是光从伎艺方面作出对演员的评论。总之,在元剧表演中,穿插于套曲之间的宾白科泛,与宋杂剧表演'有散说,有道念,有筋斗,有科泛'同出一脉。在这个意义上,人们仍称元剧为'杂剧',自然是可以理解的。"① 元杂剧主唱演员在上下场顺序上表现出来的时间差,很有可能与剧中折与折之间需要插入这样的伎艺性表演也有关。此类表演在戏剧的叙事功能方面作用很小,所以不安排在有主唱演员在场上时的主要的情节段落中,而是贯穿在折与折之间。而在文本写定的过程中,对这些伎艺性部分没有保存得很完整,就呈现为将主唱脚色硬性地集中在每折的中间部分上下场了。

明代的杂剧创作对元杂剧的体例多有突破,如元杂剧中这般对主唱脚色出场的烘托、陪衬,在明杂剧里也没有继续下去。如《酹江集》所收的明代王九思的《沽酒游春》,楔子中只有正末扮演的杜子美一个人的上下场,没有任何陪衬可言。具有文人化、案头化倾向的明杂剧,对于这种更多考虑舞台现实需要的"先下后上"的规律就逐渐忽略了。臧懋循编选《元曲选》的时候,作为可供阅读的戏剧文学合集,他也非常看重戏剧的意境营造。与以往通行的规律不同,那些突兀地先行上场或最后下场的主角们,在相对空旷的场子上表露着内心的真实想法和隐秘的情绪,这是无论从演出还是阅读角度都很打动人的场景,在他对元杂剧的改订中也得到了更多体现。

---

① 黄天骥:《元剧的"杂"及其审美特征》,《黄天骥自选集》,广东人民出版社2007年版,第11页。

本章小结：上下场虽然简单，但是元杂剧中的人物上下场促成时空的转换，推动戏剧场面的接续和流转，对于脱胎于说唱文学、初步确立戏剧性质的元杂剧来说，合理安排剧中的上下场是明确其舞台性的重要标志。元刊本收录的上下场提示并不丰富，但到了臧懋循的《元曲选》，情况就出现了很大变化。从元刊本到《元曲选》，是杂剧、传奇等戏剧艺术逐步发展，相互交流，在舞台表演的具体形态上有了一定进步的时期。上下场提示的种类越来越多，对不同上下场方式的区分也越来越细致。臧懋循在进行剧本改订的时候，通过对多种上下场提示的规范性使用，使得《元曲选》中的剧本对剧中上下场时瞬间动作的表现更加准确，希望读者在上下场动作的细节意味上有更深入的理解，从而对戏剧意境的构建有所帮助。对主唱脚色上下场顺序的安排在元杂剧剧本中已有一定的规律可循，但打破这一规律有助于人物的形象塑造，所以臧懋循在《元曲选》中对这种安排也做出了改动。当时的曲家已经认识到在编撰剧本之时就应当注意到剧本的舞台性和戏剧性，臧懋循的规范和整理，是将元杂剧作为剧本文学，从文学语言的层面上对元杂剧的上下场安排进行了精心设计，其中有继承自底本材料的内容，也有他结合个人的认识对剧中的上下场方式进行的调整。经过他的改订，《元曲选》中的剧本可以通过上下场提示提供给读者更为丰富的文学意象，其舞台性特征也更为明显，使得元杂剧的剧本不再是戏剧表演的副产物，而是有独立欣赏价值的戏剧文学作品。

第五章 《元曲选》中的程式化片段及用语

何谓"程式"？"程式"何来？这是自"程式化"被概括为中国戏曲的特色以来，一直在不断讨论的问题。按照焦菊隐先生所说，戏曲程式是戏曲区别于其他艺术形式的独特标志。程式的构成方法需要受众的共同承认，创作者按照和受众约定俗成的方法来创作，受众也自觉按照不同艺术的法则来欣赏。程式可以体现在戏曲艺术的各个层面，在戏曲整体的艺术方法体系中，有着丰富的程式单元。采用其中某些适于表现某一特定剧本内容的单元，交错拼联，就构成特定剧本的形式[1]。戏曲中的程式是在中国戏剧的漫长历史发展中积累下来的，《元曲选》中提供的一百部元明杂剧剧本，既是对前代元杂剧底本的继承，也有明代中晚期戏剧发展和编选者的个人意识促成的改动，可以从文本层面反映某些程式单元的形成过程。

戚世隽老师的论文《"看有什么人来"——试论元杂剧中的程式化用语》[2]，已经以"看有什么人来"为例，探讨了元杂剧中经常出现的程式化用语的问题，指出臧懋循的改订虽然使得这些语言的运用在剧本中看来更加符合情理，但在一定程度上湮没了元杂剧本来的表演特点。

---

[1] 焦菊隐：《焦菊隐戏剧论文集》，上海文艺出版社1979年版，第252页。
[2] 戚世隽：《"看有什么人来"——试论元杂剧中的程式化用语》，《中华戏曲》（第40辑），2009年。

其实除了"看有什么人来"之外,《元曲选》收录的大量元杂剧剧本中,还反映出了很多程式化用语及由此构成的程式化表演内容。其中的部分内容至今还在戏曲中使用。这些程式化用语及表演内容的形成,与杂剧的演出实践及文本的长期流传过程有关,未必是出自戏剧的原作者之手。由于《元曲选》所收剧本的反复呈现,这些内容的程式化特点才更明显地体现出来。臧懋循对元杂剧文本的规范,对这些程式的定型也起到了一定的作用。当然,对这些内容的具体形式及使用情境,他也有做出改动的地方,这就使得元杂剧的剧本面貌发生了一定的变化。

第一节 《元曲选》中常见的程式化片段

一 通报相见的程式

1. 形式及特点

元杂剧中两人经通报而见面时,往往会有一个程式化的过程。这个程式在不同情况下有几个变体:

当某人派遣侍从或者祗候去邀请或者传唤某人来见时,这一过程表现为:

> 邀请者/传唤者:"左右人,请将某某(被邀请者/被传唤者)来者。"左右人:"理会得。某某安在?"

或者预先说明了与某人有约或者已经派人去请某人来见,之后:

> 邀请者/传唤者:"怎么这早晚还不见来?令人门口觑着,若来时报复我知道。"左右:"理会得。"

此时被邀请或者被召唤的一方上场:

被邀请者／被传唤者："某某（邀请者／传唤者）派人来请／召见，不知有甚事，须索走一遭去。……今来到某某（邀请者／传唤者）门首也，左右报复去，道有某某（自称）在于门首。"

左右人："理会得。喏，报的大人得知，有某某（被邀请者／被传唤者）来了也。"

邀请者／传唤者："道有请／着他过来。"左右人："理会得，有请。"

如果这次会面是由一方主动拜访而没有事先邀请或者传唤的，则为：

被拜访者："今日无事，闲坐一会。令人门首看着，但有事报复我知道。"左右人："理会得。"

拜访者："今来到某某（被拜访者）门首也。左右报复去，道有某某（自称）在于门首。"

左右人："理会得。喏，报的大人得知，有某某（拜访者）来了也。"

被拜访者："道有请／着他过来。"左右人："理会得，有请。"

如果会面时没有居中通报的下人，则为：

邀请者／传唤者："已曾着人请某某（被邀请者／被传唤者）去了，这早晚敢待来也。"

被邀请者／被传唤者："某某（邀请者／传唤者）着人相请／来唤，不知有甚事，须索走一遭去。"

另一方主动拜访且无人通报时：

被拜访者："今日无事，闲坐一会，看有什么人来。"

拜访者："今来到某某（被拜访者）门首也。无人报复，我自过去。"

此程式在剧中出现时，视剧中人身份、地位之不同文字上略有不同，"今来到门首也"有时也作"可早来到也"，但套路大抵如此。该程式运用之广泛，在元杂剧中随处可见。但是，目前可见的元刊本中是没有这一程式出现的。因为元刊本所收的剧目有的完全不载宾白，有宾白的也仅围绕主角而记录，其他人只有简单提示，像这段表演中至少涉及两方对话的宾白，在元刊本中就没有见到。元刊本中《诸葛亮博望烧屯》一剧第一折有"道童报两次了"，刘备拜访诸葛亮，既然有道童通报，可能这里有来回通报的过程，但不知是否与明代选本中所见的经通报而见面的程式一样。另外，《李太白贬夜郎》中有"见驾了"，《辅成王周公摄政》中有"见驾科""见驾了"，可能当时有一定的参见皇帝时见驾的固定套路，但其具体形式不可考，也不知是否会形成固定的参见程式。而且从各种明刊本所提供的情况来看，参见帝王与一般的二人见面的形式是不一样的。所以，目前所见的这种两人经通报才相见的程式全部来自元杂剧的明刊本，其中就很可能有明代人根据当时表演习惯的创造和完善。

由于这个过程中的对话大多雷同，《元曲选》所收的剧本中有时就不将这一套固定说白都完整表达一遍，如《两世姻缘》第三折，韦皋见张延赏，剧本中提示仅为"卒子报科"，就将卒子来回通报的过程都省略了。《㑇梅香》中白敏中见裴夫人，用"院公报科"，没有来往过程，也是此意。

《元曲选》所收的百种杂剧中，没有此类程式出现的有《杀狗劝夫》《合汗衫》《救风尘》《燕青博鱼》《曲江池》《㪍砂担》《合同文字》《岳阳楼》《蝴蝶梦》《陈抟高卧》《救孝子》《黄粱梦》《渔樵记》《桃花女》《忍字记》《金安寿》《灰阑记》《冤家债主》《城南柳》《梧桐叶》《留鞋记》《刘行首》《度柳翠》《误入桃源》《魔合罗》《盆儿鬼》《对玉梳》《窦娥冤》《萧淑兰》《看钱奴》《生金阁》《冯玉兰》32种,其余68种都有,有时一剧中使用还不止一次,可见使用这种通报相见程式的是多数。就是那些没有使用这一程式的杂剧,有的也是因为剧情中不需要这样的场景,而且有几种情况下的二人相见其实是对通报相见程式的变体,因为某些原因,不宜直接沿用已有的固定套路。其中包括:

(1)父母召唤女儿相见。元杂剧中的小姐上场,往往是父母上场在前,然后吩咐下人请小姐出来。试举一例:

（夫人云）梅香,绣房中叫小姐来拜见学士咱。

（梅香云）小姐有请。

（旦扮倩英上云）妾身倩英,正在房中习针指。梅香说母亲在前厅呼唤,不知有甚事,须索走一遭去。（做见科云）母亲,叫孩儿有甚事?①

出自《玉镜台》第一折。母亲要见女儿,吩咐梅香传唤,其实这种见面的形式是一样的。当然也有不用梅香居中传话的情况,如:

（冲末扮王府尹领张千上）……老夫叫将女孩儿出来,分付他明日去九龙池赏杨家一捻红。孩儿那里?

（旦同梅香上云）妾身是王府尹的女儿,小字柳眉,正在绣房中做女工。父亲呼唤,不知有甚事。

（梅香云）老相公在前厅呼唤哩。

（旦云）咱见父亲去来。（见科云）父亲,叫你女孩儿,有何

---

① （明）臧懋循:《元曲选》第一册,中华书局1958年版,第85页。

分付?①

出自《金钱记》第一折。还有《倩女离魂》楔子中夫人叫出张倩女,《举案齐眉》第一折中孟府尹同夫人叫出孟光,《隔江斗智》第一折中孙夫人叫出孙安小姐,都是用这种方式。《㑳梅香》楔子中为了突出家教严格,将这种召唤改为夫人传小姐背书,其实还是按照这个套路安排旦角出场。《柳毅传书》的楔子泾河龙王身为公公,传见媳妇洞庭龙女,这个过程其实也是一样的,只是态度上十分凶恶,与父母召唤女儿完全不同。

其实这种相见也具有通报式相见的三个要素:传唤者、被传唤者、居中传唤的中间人。不过元杂剧里的小姐上场,一般不用"来到门首"这一套说辞。这与封建家庭中的女子地位有关,尤其是大家闺秀,轻易不出房门,她与父母相见肯定是发生在自己的家中,所以不需要"来到门首",也不需要吩咐梅香去通报给父母知道,女儿与父母之间的相处方式不会如此生疏。不过家中的儿子似乎不能沿用此例。如《冻苏秦》楔子中,苏秦与友人张仪要去考取功名,辞别父母,有苏秦的哥哥苏大从中通报父母,也使用通报相见的模式。《柳毅传书》第四折柳毅回家见母亲,也说"早到俺家门首,无人报复,径自过去"。剧中的苏家是庄农人家,柳家也并不富裕,并不会有家仆、梅香之类的侍从来担任通传的工作。苏秦尚且有哥哥,柳毅则是明知自己家中只有母亲在家,也要如此表白一番,这与他们的家境是不相符的。可见对这一套程式化用语的使用,完全是演出习惯所致,不考虑是否要符合剧中的实际情况。只是在女性角色特别是大家闺秀上场时,因为社会地位的不同,要进行一番变化。

(2)官府排衙、传见的场面。元杂剧中的排衙场面其实也具有三方要素,但是因为其体现的是政府机关的行事方式,因此也不袭用

---

① (明)臧懋循:《元曲选》第一册,中华书局1958年版,第14页。

"来到门首"的说辞。试举一例：

> （冲末扮李府尹引张千上）（诗云）……小官李公弼是也，官拜郑州府尹之职。今日升厅，坐起早衙。张千，说与那六房司吏，有事禀复，无事转厅。
>
> （张千云）理会得。六房司吏，老爷分付：有事禀复，无事转厅！
>
> （外扮郑孔目上诗云）……小生姓郑名嵩，嫡亲的四口儿家属，浑家萧县君，一双儿女：僧住、赛娘。我在这衙门中做着个把笔司吏，今日相公升厅坐衙，有几桩禀复的事，须索走一遭去。①

以上出自《酷寒亭》楔子。在这个片段中，其实也具有了传唤者（李府尹）、被传唤者（郑孔目）和剧中传唤的中间人（张千），但是排衙场面在元杂剧中被提炼为另一种单独的程式化场面，所以有其自身的一套文字表达方式。因此，也可以将排衙场面中召唤某人上场的段落看作在特殊情况下变化了的通报相见程式。

还有如《铁拐李》第二折开始时，有"皂隶人众排衙科"，韩魏公上场后命人将孙福唤来，左右人众云："孙福安在"，之后孙福即上场。排衙场面中呼唤某人上场，其实也是运用程式化的行为，对人物的上场进行预告，只是因为此时的剧情发生在官府中，需要突出场面的特殊性，所以不使用一般情况下的套语。

不管采用何种方式，这一程式的特点就是对人物的出场进行铺垫。在元杂剧的实际表演中，无论是用邀请或传唤的方式叫某人出场，还是用"看有什么人来"的暗示性语句暗示某人即将出场，都使得剧中接下来的人物上场事先被观众所了解或预料到，而不显得突兀。前有铺垫，后有人物上场时的自报家门，前后照应之下对上场人物的印象就会

---

① （明）臧懋循：《元曲选》第三册，中华书局1958年版，第1001页。

比较深刻。从观众方面考虑，在欣赏一出戏剧的时候，对登场人物的认识都是在戏剧的进行中才建立起来的。虽然可以凭借妆扮的不同来区别场上的人物，但是随着剧情的进展，人物的服装会变化，演员也可能改扮别的人物，所以场上其他人物的介绍及该人物本人的表白是帮助观众认识剧中人的重要手段。现实生活中可能有种种意外情况，戏剧中也许会设置偶遇之类的较突然的见面方式，但是元杂剧中这种相见程式则是完全按部就班，从来不会有邀请或传唤的是某甲，某甲没有上场而某乙却上场的情况出现，因为会给观众造成认识上的混乱。这样一来，元杂剧中大部分的人物上场就都是顺理成章的，这对剧本的编撰者安排人物的出场其实是一种方便。

考察元杂剧的整体创作情况，这一程式几乎是部分剧作中除演唱之外仅有的表演性的内容。如《赚蒯通》一剧，若仔细考察其剧情进展与冲突安排，就会发现，该剧几乎没有设置多少空间的转移或剧中人物的活动。第一折，萧何请樊哙和张良来商量如何对付韩信的事，本折内所有登场人物，都只上下场一次；第二折，韩信请蒯通来商议要如何应对萧何遣使送来的诏书，所有登场人物也只上下场一次；第三折，萧何派随何去侦察蒯通是否真的疯了，这一折的剧情涉及两个场子，所有登场人物中只有随何是需要上下场两次的；第四折，萧何等人欲治蒯通之罪，反被蒯通历数韩信功劳，讽刺朝廷鸟尽弓藏，连萧何也被打动，本折内人物也只上下场一次，除了第三折以外，这部戏的其余几折的剧情都是在同一个空间中发生的。在有限的人物行动之中，相见程式在这四折中都有出现，几乎成为演员的动作表演的基本构成要素。因此这四折里除了第三折蒯通装疯的情节略需表演外，其他的剧情进展都是在简单的对话中完成的，很少涉及动作、舞美等其他因素。换句话说，本剧的作者只着力在曲词的部分，通过曲词的抒情效果来感染别人，这部剧在舞台上表现出来的时候，其特色与水平也只体现在"唱"的部分。本剧的戏剧意境的营造，并不是靠有戏剧性的冲突，而是蒯通的情绪渲染。所以，此类程式的存在，也可以为重"曲"不重"戏"的剧作者节约戏剧创作上的精力。

　　参考其他剧本，此程式的运用有时到了泛滥的地步。如脉望馆抄本《虎牢关三战吕布》，此剧演所谓十八路诸侯大战吕布的故事，于是头折中十八路诸侯分六组上场参见袁绍，再加上曹操、孙坚，这个通报参见的程式仅在这个点将场景中就要重复8次。而且之后的上场也多采用此种方式，整部《虎牢关三战吕布》共用此程式25次。如果仅从剧本的角度看来，这是非常无效率而且死板的重复，但这种对相见程式的大量重复并不仅是在这一部剧中可见。尤其是历史题材的剧作出现"点将"或者类似的场面中，似乎剧作者都不厌其烦地袭用此程式安排人物登场，宁肯花费笔墨在这些几乎相同的语句上来完成点将场面，也不肯将战斗场面本身设计得精致一些，仅仅用"战科"敷衍了事。另外，如脉望馆抄本《敬德不伏老》第一折，房玄龄奉命主持宴席宴请所谓"唐家天下十路总管"，也重复此程式5次，安排十路总管上场。元杂剧中出现这样多次简单重复的，一般是在有多名同类型人物出场的时候，如武将、大臣等，而有多名同类型人物出现的剧作，又多见于脉抄本，可见上场演员众多应当是宫廷演出的特点。考虑到元代一般杂剧戏班的状况，是不大会有同时提供十数个演员来扮演武将、大臣的条件的。因此，有多名同类型人物上场的元杂剧，应当是与宫廷演出或者有能力提供多名演员的大戏班的演出联系在一起的，而这样的多人上场可以使得场面显得热闹，再加上不同人物需要不同的扮相、服装，舞台上陈列出这样的景象其实也是戏班实力的一种说明。而从文学性的角度来看，这类简单重复是无意义的。不仅是《元曲选》，现在见到的明代其他选集中，都没有此类剧作入选，这与万历时期的元杂剧选本多由文人参与、重视剧本的文学效果也有关系。

　　由此也可以推测，元杂剧剧本中对相见程式的简单重复的这一现象，很有可能是出自教坊伶工的手笔。此类对话完全是按既定套路进行，只要熟悉此程式就能完成，而根本不用考虑剧情或者相关人物性格如何，这类宾白在创作中已经具有相当的稳定性。在实际演出中，这些宾白其实是有现实意义的，设想如《虎牢关三战吕布》这部杂剧，十八路诸侯上场，如果不一一说明其姓名来历，观众只看到满场都是战将打来打去，根本不可能了解谁是哪方的战将，也不能看清其敌对形式如何。而在阅读剧本的时候，这一部分却显得冗长而多余，使读者失去耐心。由此可见，此程式的舞台提示功能要远大于其在阅读中帮助理解的功能，今存的许多内府本在这个缺陷上表现得尤为突出，就是因为内府本的保留目的是服务宫廷戏剧演出，详细记录此程式有助于演出参考，而并不重视剧本的阅读效果如何。

而臧晋叔虽然参考了内府本，他在《元曲选》里对这一程式的使用明显有所收敛。首先，在《元曲选》所收的剧本中没有像《虎牢关三战吕布》那样将此程式应用到泛滥的情况。其次，即使是已经使用这一程式的剧本，也体现出简化的倾向。比较脉望馆收的抄本《楚昭公疏者下船》与《元曲选》本，就会发现：

《楚昭公》第一折开始时，吴王请孙武子、伍子胥与伯嚭三人商议向楚国讨还湛卢宝剑的事情。脉抄本是用此见面程式三次，分别将三人唤上场，而《元曲选》本只用了两次，在吴王唤伍子胥来见的时候，伍子胥与伯嚭一同上场。而且《元曲选》本为了解释召唤甲但甲乙都上场的少见情况，还特别加了一段话来说明伍子胥与伯嚭的关系："某姓伍名员，字子胥，现为吴相国。这是伯嚭，皆楚人也。某因费无忌谮谮，害我父兄，不得已弃楚投吴，思图报复。恰遇伯嚭，也来投吴，一者为同是乡里，二者又为同是避讐，以此举荐于朝，为太宰之职。今日主公呼唤，不知有甚事，须索走一遭去。令人报复去，道有伍员伯嚭都来了也。"① 这样一来，《元曲选》本就避免了在戏剧的开头处就给人以冗余、重复的感觉，对登场人物的说明更加清晰，它的阅读价值也就增加了。

---

① （明）臧懋循：《元曲选》第一册，中华书局1958年版，第277页。

2. 舞台意义

戚文中认为"看有什么人来"这类独白通过对时空的说明，使得虚拟的场景变得真实起来。如果从实际演出的角度考虑，可能元杂剧剧本中也比较重视位置信息的说明。从元杂剧剧本中透露出的表演信息判断，其表演的区域往往会有两个集中点。这种立足于两个基本点而又时刻转移于两点间的表演方式，在部分剧作里表现得很明显。如《谢天香》第一折，柳永要去进取功名，托付钱大尹照顾谢天香，因为不放心，往来多次。此时的舞台上，应是钱大尹在一个位置，谢天香在另一个位置，表示他们分别身处衙门内外，而柳永反复往来于其间。剧本中的宾白也多次强调"过去"这个动作：

（做见旦科云）大姐，你参了官也，我过去见他。……（出见旦科云）柳永，你为甚么来？则为大姐，怎就忘了。我再过去。……（柳云）怕你不放心，我再过去。（正旦云）耆卿，你休过去。……（柳云）大姐，你也忒心多，怕你放不下，我再过去。……（柳云）怕你不放心，待我再去与他说过。①

柳永的纠缠不清惹得钱大尹发怒，他不断强调自己与钱大尹关系很好，所以反复为这件小事去打扰钱大尹是不要紧的，实际上这种行为使得钱大尹觉得他胸无大志，这也是本折中用以调笑、活跃气氛的一个手段。因此，在实际演出的时候，柳永反复往来于这两人之间的动作，对表现这个场景的喜剧性很有帮助。如果谢天香与钱大尹的位置关系不是明显地分别居于两个不同的位置点，那么柳永往来其间这一动作的表现性就没有那么强烈了。

《救风尘》的第一折，其实也是需要有两个表演集中点的。在这一折的上场人物中，周舍、宋引章与卜儿是一组，周舍与卜儿都下场之

---

① （明）臧懋循：《元曲选》第一册，中华书局1958年版，第143—144页。

后，在外旦扮演的宋引章还在场上的情况下，正旦扮赵盼儿与安秀实上场，安秀实请求赵盼儿帮忙之后下场，之后正旦与外旦才会面，讨论宋引章嫁人的问题。在实际表演中，宋引章虽然在场上，但是其实与正旦与安秀实不在同一地点，所以并没有参与他们的谈话，外旦此时只需在场上站着就行了，外旦此时所站的位置，正是刚才与周舍、卜儿进行表演的位置，与后来正旦与安秀实正在表演的位置肯定会有一定距离，这就是两个表演集中点。

还有如《桃花女》的楔子中，桃花女教给石婆婆解救儿子石留住的解禳之法，于是有：

（小末扮石留住上诗云）……自家石留住的便是，春间辞别了母亲，出来做一场买卖，谢天地利增十倍。今日回家来到这里，争奈天色已晚，又遇着风雨，前不巴村，后不着店，怎生是好。（做看科云）兀的不是一座破瓦窑，权躲在窑内，捱过一夜，明早回见母亲去。我入得这窑来，且歇息些儿咱。（做睡科）

（卜儿上云）这早晚是时候了，待我披开头发，倒坐在门限上，把马勺儿敲三敲，叫三声石留住待。（做敲三科下）

（石留住做三应科云）是那个叫我？出得这窑来，又不见个什么人。（做惊科云）呀！我石留住好险也。我才出得这窑来，这窑忽的倒了，争些儿把我压死在窑底下哩。①

这一段戏中，虽然石婆婆和石留住同时在场上，但是两人身处的是不同的地方，石婆婆在家中，石留住在回家途中的破瓦窑里，由于桃花女的神通，石留住才能够听见石婆婆的叫喊。为了表现这样的剧情，虽然两人同时在场上，必须分开两处进行表演，方能为观众所了解。如果相隔太远，就分散了观众的注意力，太近则不能表现出是分处两个

---

① （明）臧懋循：《元曲选》第三册，中华书局1958年版，第1017页。

空间。

　　《谢天香》中的两个位置点，代表的是衙门里与衙门外这两个位置，钱大尹在衙门里，谢天香在衙门外；《救风尘》的两个位置点，可能是在宋引章与赵盼儿同在的青楼，两组人物的讨论显然不是在同一地点发生的，所以分属两个不同位置；《桃花女》的两个位置点，代表的是相距较远两个地方，也在同一个舞台空间里呈现。正是因为戏曲舞台可以呈现如此丰富的空间位置关系，在元杂剧舞台上有两个主要的表演位置点，这是必要的也是必需的。而当演员要在这两点间转移时，就会以某种形式进行强调。所以，同样是处在舞台上的两点，相距的时空是远如《桃花女》中那样绝无直接见面的可能，还是近如《谢天香》中那样可以通过走一小段路就见面，就看演员如何通过表演来传达。

　　通报相见程式其实就是为适应这样的舞台习惯而设置的，所谓的"门首"和召唤者／邀请者或者被拜访者所在的位置就是这两个点，两点之间在位置关系上有内外之别，所以即使没有可以传达的中间人，也要说明"无人报复，我自过去"，对位置的转移进行强调，从而使观众建立对当前舞台环境的空间感。这一程式对空间的表现并不是写实性的。比如，《赚蒯通》第二折，韩信命卒子请蒯通来议事，卒子的通传只用了一句话："蒯文通，元帅有请"，没有任何其他动作提示。也就是说，剧中并没有真的表现这个去传唤的过程。参考后代戏曲的表演方式就可以知道，这时只需扮演小校或随从的演员站在台上一声呼唤，被传唤的人物就会随之登场，表示他已经被叫来了。按照剧中所设置的情境，此时的召唤者与被召唤者之间的距离可能会很远，但是在表演的时候并不考虑小校的呼唤是否能传到那么远的问题。可是，仅仅是从门外到门里的这个很短的距离，却要通过通报传见或者自言自语来进行强调。这就是元杂剧对空间问题的处理方式。蒯通到底是从什么地方听见召唤而到来的，与当前的舞台空间并无关系，而当他上场之后，这个空间就是当前这场戏要展示给观众看的时空了。此时韩信在内，蒯通在外，军中辩士见主帅不可随意直闯入门就相见，而须通传，所以有这样的程式。因为舞台上此时没有布景或砌末来显示何处为营帐、何处为门，才通过演员的述说，来告诉观众前一位置是门，后一位置便是韩信的军帐内，在通传觇通之前站在门外，之后便进入了帐内。这样，通过几句简单的念白，使得空无一物的舞台顿时有了空间感，给观众的印象也就更加立体。由此可以看出，这种元杂剧程式化套语的使用是与舞台表演习惯相联系的，而不是由剧情决定的。演员对自己的位置转移进行强调，是一种表演习惯，所以即使是贫穷人家母子相见，也要说明是"无人报复，我自过去"，与"看有什么人来"的作用类似，这是对接下来将要发生的表演动作的提示，帮助观众形成一个虚拟的概念上的空间，与剧情和剧中人的具体心态都没有太大关系。

之所以说有的剧本对这一程式的滥用并不恰当，是因为每次有人物出场都用这一程式，在前几次出场时已经建立起了空间感，却被一再强调，并不会使得空间感增强，反而会因为罗列人物而冲淡了对戏剧空间的认识。在多人反复上场并反复通报的情况下，剧作者更着力表现的是上场人物众多的热闹，而对虚拟空间的表现力削弱了。但从另一方面看来，在实际表演中，戏剧的欣赏者对不同题材的戏剧的期待不同，人物众多、场面宏大的剧作也会受到观众欢迎，但这些特质如果是在元杂剧的剧本中写出来供人阅读的时候，却显得拖沓、烦琐甚至索然无味。在戏曲的实际表演中吸引了观众注意的服装的绚丽、武打场面的精彩等特点，是不能通过书面化的语言体系表现出来的。臧懋循的《元曲选》中所选剧本并没有出现对这一程式使用过当的情况，正是因为《元曲选》的编选是从案头欣赏的角度出发的。在阅读时，通报相见的程式并不能对剧本的欣赏性发挥很大的作用。因此，臧懋循极有可能见到过部分大量使用这一程式、阅读性较差而实际演出效果很好的剧本，但在编选《元曲选》的时候弃之不用。

二 男女私会的暗号程式

元杂剧中奸夫淫妇的形象也很多。如何表现男女通奸、私下相会的场面,却是一个需要作者认真把握尺度的问题。过分直白,有伤风化;过于隐晦,难以理解,也会失去趣味。元杂剧表现这类场面时,不止一次出现了以"赤赤赤"为暗号的一套程式。《元曲选》中的《货郎旦》《罗李郎》,未见于《元曲选》的《绯衣梦》《村乐堂》,乃至著名的《西厢记》,都有这套程式出现。对"赤赤赤"的由来,前辈学者也早有解释:赤赤赤,有时亦做赫赫赤赤,哧哧,是打口哨的声音,在元剧中多用作男女私会的暗号。顾学颉、王学奇的《元曲释词》,王季思先生注《西厢记》,都做此解。如果仅仅把"赤赤赤"当成一种口哨声,可能还很难上升到程式的层面。但是,比较《元曲选》本与脉抄本的《燕青博鱼》,还是可以看到一些微妙的信息。

《燕青博鱼》第三折,搽旦扮王腊梅与净扮杨衙内在私会,因为天黑,要避人耳目又怕失散,所以王腊梅对杨衙内说:"衙内,咱两个往那黑地里走,休往月亮处,着人瞧见,要说短说长的。咱两个打着个暗号,赤赤赤。"于是两人以此为暗号,不料却被燕青发现。将搽旦与净的对白、动作整理一下,就可看出这一暗号是如何发生作用的:

> (杨衙内、搽旦做跳过正末身科)……(搽旦云)赤赤赤。(杨衙内云)赤赤赤。……(搽旦又杨衙内行科云)赤赤赤。……(搽旦云)穿的那衣服,拖天扫地的,一脚踹着,不险些儿绊倒了。攞起衣服来,走走走。赤赤赤。(杨衙内云)赤赤赤。……(搽旦云)把脚抬的轻着些儿,不要走得响了,着人听见又捏舌也。……(杨衙内扯搽旦科)(搽旦云)折了你那手爪子,走便走,这么扯扯拽拽的做什么。……(杨衙内云)赤赤赤。(搽旦云)赤赤赤。[1]

这是《元曲选》本的文字,《酹江集》本与之基本一致。而脉抄本

---

[1] (明)臧懋循:《元曲选》第一册,中华书局1958年版,第240—241页。

略有不同，在搽旦与衙内约定时，就指出"咱两个打着赤赤赤走"，强调"赤赤赤"的暗号是与动作相伴随的。在动作提示中也比较突出这一点：

>（杨衙内、搽旦做跳过正末身科）……（杨衙内、搽旦做走着打赤赤科）（搽旦云）赤赤赤。（杨衙内云）赤赤赤。……（杨衙内、搽旦又打赤赤科）……（搽旦云）穿的那衣服，拖天扫地的，一脚踹着，险不绊倒了。搂起衣服来，走走走。赤赤赤。（杨衙内云）赤赤赤。……（搽旦云）把脚抬的轻着些儿，不要走得响了，着人听见又捏舌也。……（杨衙内扯搽旦科）（搽旦云）折了你那手爪子，走便走，这么扯扯拽拽的做是么。……（杨衙内云）赤赤赤。（搽旦云）赤赤赤。

脉抄本的"咱两个打着赤赤赤走"与"做走着打赤赤科""又打赤赤科"，结合之后的大段的动作表演，可以推测"赤赤赤"不是单纯的打口哨，而是伴随着口哨声的有调戏、轻薄意味的系列动作和表情。刘瑞明先生甚至直言，"赤赤赤"就是性交的隐语①。但刘先生认为此语称不上是暗号，因为两人事先并没有约定过暗号的内容，无法对证。其实"赤赤赤"与其说是剧中的偷情的二人的约定，不如说是戏剧的创作者与观众的暗号，即形成程式所需要的双方的共同承认。大家都承认这个口哨声只出现在固定的男女通奸的行为中，虽然此时期的舞台上不太可能会有露骨淫秽的表演，但通过演员在"打赤赤科"的时候的表情、动作，会让人产生丰富的联想，达成需要的效果。因此观众可以理解，"赤赤赤"即有关男女之情。

《元曲选》所收的《争报恩》第一折，王腊梅与丁都管暗中勾搭，也以"赤赤赤"为暗号。在此剧中，使用这一暗号的过程要简略许多：

---

① 刘瑞明：《刘瑞明文史述林》（上），甘肃人民出版社2012年版，第177—179页。

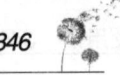

（丁都管云）小妳妳，你这里不是说话的所在，俺去稍房里说话。小妳妳，休大惊小怪的，我有个口号儿，赤赤赤。

（搽旦云）好丁都管，你跟的我稍房里去来。赤赤赤。①

此后直到第一折末搽旦与丁都管最后下场，才又提到一句暗号："（搽旦云）好造化也。恰好两处都吃不成酒，只不如靠着壁上，做些勾当，也消遣了这场儿高兴。去来，赤赤赤。"到第三折时，梁山好汉劫了法场，搽旦在逃命时仍然对此暗号念念不忘："不知怎么，这一会儿心惊肉战，这一双好小脚儿，再也走不动了。丁都管，你来扶着我走，赤赤赤。"此时的王腊梅已经狼狈之极，断不会再有什么旖旎的心思，此处的"赤赤赤"形成某种讽刺效果，即"到此地步还不忘这种事"，是利用大家对"赤赤赤"的熟悉程度来打诨。从逻辑上说，必然是先形成一定的程式，然后才会以此种程式为打诨的形式，类似于当今网络用语中的"梗"。虽然其具体的表演动作已不可知，但结合其使用场景，该动作应当有较强的舞台表现力。《元曲选》本与《酹江集》本没有"走着打赤赤"这一信息，这一程式的实际表演特点就被削弱，而成为一种语言层面的程式化内容了。

三 高低声验鬼的程式

古人信鬼，自然也会疑神疑鬼。元杂剧中常有这样的片段出现，当某个被认为已死的人出现时，往往会让别人又惊又怕，怀疑他是人是鬼。而剧中表现这一情节也是具有程式化特征的，就是通过应答声音的高低，来检验对方的身份。

例如，《合汗衫》第四折，正末张义意外遇到了以为早已死去的儿子张孝友，惊疑不定之下，正末向张孝友提出一个办法：

---

① （明）臧懋循：《元曲选》第一册，中华书局1958年版，第159页。

（云）你若是人呵，我叫你三声，你一声高一声；你若是鬼呵，我叫你三声，你一声低似一声。（张孝友云）你叫，我答应。（正末云）张孝友儿也！（张孝友云）哎！（正末云）是人是人。张孝友儿也！（张孝友云）哎！（正末云）是人是人。张孝友儿也！（张孝友云）偏生的堵了一口气儿。（做低应科云）哎。（正末云）有鬼也！①

这种验证身份的办法看来似乎没有根据，但是在元杂剧里很常见。它还出现在《桃花女》的楔子里。因为周公已经预言了石留住的死亡，石婆婆对眼前归家的儿子到底是人是鬼也就产生了怀疑，因此也有这样一段：

（卜儿云）你是人也是鬼？（石留住云）您孩儿怎么是鬼？（卜儿云）你若是人，我叫你一声，你应我一声高似一声；若是鬼呵，一声低似一声。（卜儿做叫科云）石留住待！（石留住做应科云）哎！（卜儿再叫科云）石留住待！（石留住再应科云）哎！（卜儿三叫科云）石留住待！（石留住云）我哄母亲咱。（做低应科云）哎。（卜儿做怕科云）是鬼！是鬼！②

有趣的是，这种办法虽然是用来辨认人鬼，但是元杂剧中这一情节出现的时候，被试者从来不是用一声高似一声的应答来顺利证明自己是人，从而皆大欢喜；而是总在第三次应答的时候低声应答，引起别人的惊疑。也就是说，虽然出现在剧中的人物的身份都是人非鬼，但这种证明方法从没有奏效过。如剧本中提到张孝友是因为突然堵了一口气，石

---

① （明）臧懋循：《元曲选》第一册，中华书局1958年版，第138页。
② （明）臧懋循：《元曲选》第三册，中华书局1958年版，第1017—1018页。

留住是为了与母亲玩笑,第三次应答的时候都是低声应答的,以至于引起父亲、母亲的惊慌。该程式的使用在剧中其实与现在的相声小品中所谓"包袱"相似,包袱总需要三翻三抖,通过抖第三次没能高声应答的包袱来调笑打诨,调节气氛,制造喜剧效果。

该情节程式还见于《货郎旦》第三折和《罗李郎》第三折。《货郎旦》一剧中,张三姑遇见李彦和,以为他是鬼,于是又用这个办法,《元曲选》中没有详尽记录三次应答的过程,而是提示为"李彦和做应科""三唤""做低应科",张三姑果然以为他是鬼,李彦和才说实话,"我逗你耍来"。《货郎旦》剧本省略三次应答的过程,只用简单提示,可以说明当时此段表演的方式已经被人所熟悉,不必详述,演员也可自行演出。其实从剧情来推断,故人相逢,尚有许多疑问亟待解决,绝不会有心情先开玩笑。李彦和此说显然是沿袭演出惯例,而与剧情无关。《罗李郎》对这一情节的运用,甚至连为什么第三次应答的时候会把声音放低都没有交代,就是因为程式如此,便如此运用,不需要有理由。场上的人物被因各种理由而发生的第三次低声应答吓到,观众是知道实情的,看到戏中的人被愚弄而惊怕不已,便会觉得有趣。更何况,剧中如若出现原先被认为已经死去的人还活着的情况,其中必然涉及一段悲欢离合的情节背景,要是此程式的作用真的是顺利辨出身份,与元杂剧的一般特征也不相符。元杂剧中,即使是悲剧也可以加入插科打诨,以避免整体的戏剧气氛太过悲痛。剧中出现这一情节时,双方真正的相认都发生在这个用高低声来验鬼的程式之后。也就是说,设计这种"死"后复生剧情片段的一般惯例,就是在意外相遇与陈述前因这两个环节之间,用这个程式来略加调笑。否则剧中人一被追问是人是鬼,就将前因后果尽数相告,会显得沉闷,缺少戏剧性。虽然有时这种调笑会略显多余,但是从剧作者对整体戏剧气氛的把握来看,是出于一种均衡的考虑。

徐朔方先生《莎士比亚和中国戏曲》一文中,以这种套路的出现为一例,和其他元杂剧创作中的蹈袭、因袭现象放在一起,说明书会才人创作元杂剧的方式和传统的文人学士的创作方式不同①。其实在现有文献中,不能证明这种高低声验鬼的表演在元代杂剧中就已经存在。而且明清传奇中也有这种套路,《牡丹亭》第四十八出《遇母》就有这样的安排。并且,凡有此程式出现的元杂剧,在今存各版本中对这一程式的使用都是完全一致的,说明这一程式的具体内容在明代这些戏剧选本出现之前已经被固定下来了,并且已经形成了固定的表演和审美习惯。只要剧中涉及"死"后复生的情节,就可以使用这样的片段。这可能是受到某种类似宋杂剧的源头的影响,也可能与民俗有一定的关系。作为一个已经被固定使用的"包袱",这段表演的滑稽氛围及其给观众带来的期待感,其实很有趣味,得到包括臧懋循在内的剧本编选者普遍承认也是可以理解的。

四 休书程式

元杂剧中的女性形象,除关汉卿等巨匠塑造出如《救风尘》中的赵盼儿、《窦娥冤》中的窦娥等少数有鲜明个性特点的女子外,多半都是类型化的,大抵就是贤妇与恶妇两类,其中恶妇尤多。风尘女子嫁为人妇,往往不守妇道,搅得全家不宁,甚至家破人亡;贪财势利的女子嫁给穷书生,便心有不甘,经常寻事吵闹要改嫁。于是元杂剧里经常有被迫写休书的情节出现,这一情节在剧中的表现也是程式化的。封建家庭中休妻本是丈夫对妻子的处置,但是因为元杂剧中出现这种情况都是丈夫被妻子所迫,所以反而是女方主动的行为。一般丈夫都会以没有笔墨纸砚的理由来推拒,而去意已决的妻子都会提供自己做针线时使用的"剪鞋样的纸、描花的笔"来写休书。还有的情况是这种不良的妇人逼迫男子写休书休掉别人,也采用这种方式。封建社会中的女子很少接受文化教育,所以不掌握文具,没有写休书的工具是可以理解的。不过元杂剧剧本中的休书都是这样写法,这种安排就有了程式化的特征。

---

① 徐朔方:《莎士比亚和中国戏曲》,《戏曲研究》(第24辑),1987年。

从具体的剧本中来看,《儿女团圆》第一折中,韩弘道的妻子逼迫他休了小妾春梅,就是这样的典型情况。韩弘道被逼无奈,答应写休书,却说"只少着纸墨笔砚"。妻子立即表示:"兀的不是剪鞋样的纸、描花的笔,你快写!"息机子本《儿女团圆》作:"剪鞋样的纸,兀的笔,你快写!"虽然息机子本少了"描花的"这一特征,但大致内容是一样的。

有的剧本中出现这一情节时,除了笔墨纸砚,对其他写休书需要的条件也尽量满足。如《渔樵记》第二折,刘家女嫌弃朱买臣是个穷儒,又不会营生,跟着他没有好日子过,向他索要休书。朱买臣便用种种理由推脱:

(云)刘家女那,纸墨笔砚俱无,着我将甚么写?
(旦儿云)有有有。我三日前预准备下了落鞋样儿的纸、描花儿的笔,都在此。你快写,你快写。
(正末云)刘家女,也须的要个桌儿来。
(旦儿云)兀的不是桌儿。①

《后庭花》第二折,正末所扮的李顺因为妻子张氏与王庆有私,被二人设计陷害,王庆与张氏威逼李顺写休书:

(正末云)小人要写休书,争奈无笔。
(搽旦云)我这里有描花儿的笔。
(正末云)无纸。
(搽旦云)有剪鞋样儿的纸。
(正末云)无砚瓦。
(搽旦云)便碟儿也磨得墨。

---

① (明)臧懋循:《元曲选》第三册,中华书局1958年版,第868页。

（正末云）他可早准备下了也，罢罢罢。①

除了纸笔，连桌子、砚台的问题都解决了。还有《神奴儿》第一折，李德义在妻子的挑唆下，为了分家产，胁迫哥哥李德仁休了嫂嫂，李德仁也想以这种借口来推脱，李德义夫妻却不肯放过他：

（李德义云）二嫂，喒哥哥说无纸笔。
（搽旦云）我这里有剪鞋样儿的纸，描花儿的笔，都预备下了。
（李德义云）哥哥，纸墨笔砚都有了也。
（正末云）兄弟也，我选个好日子休你嫂嫂。
（搽旦云）子丑寅卯，今日正好。则今日是大好日辰，写了罢，写了罢。②

连写休书的日子都是本日正好，李德仁终于被他们这种明目张胆的胁迫行为气死，李德义夫妇独霸家产的目的就能够达到。

休书程式的目的在于，通过用现成的工具写休书这一行为的特异来表现得到休书的心情迫切。为了达到离异的目的，不惜用非正式的笔墨纸砚来书写。而且虽然写休书这一情节在剧中看来是随着人们之间矛盾的激化而发生的，其实那些心怀鬼胎的妇女们"早预备下了"写休书用的东西，就揭露了她们故意挑起矛盾的目的。写休书之所以成为一种程式，是因为元杂剧对此类女性人物形象的描写就是类型化的。而用这一程式来表现的人物，其特点也就更加突出，达到程式化的一大目的——典型性。舞台表现的手段不妨重复，只要有用就行。这一程式在多个元杂剧剧本中都有出现，《元曲选》对这些剧本的收录，使得用

---

① （明）臧懋循：《元曲选》第三册，中华书局1958年版，第937页。
② （明）臧懋循：《元曲选》第二册，中华书局1958年版，第560页。

"剪鞋样的纸、描花的笔"写休书的程式化特点更加凸显。

五 旦末相见的夸赞程式

元杂剧中的爱情剧数量较多,其中也涌现出了不少优秀作品。很多被后人称道的元杂剧名篇,如《西厢记》《汉宫秋》《倩女离魂》等,都是此类代表。但在这个题材领域的作品虽多,因袭、模仿的现象也比较常见,尤其体现在情节和关目等方面。

比如剧中男女主人公的爱情发生,都是一见钟情的模式。诚然,一般元杂剧四折一楔子的短小体制中,也没有像《西厢记》那样的篇幅去表现感情的发展过程。于是在很多的爱情剧中,旦末初次相见,就因为郎才女貌彼此吸引,私订终身。这个男女初见的用语也是程式化的,如《金钱记》第一折,韩飞卿初见柳眉儿:

(正末见旦科云)一个好女子也。生得十分大有颜色,使小生魂不附体。……
(旦云)你看那边一个好秀才也。①

"一个好女子也"与"一个好秀才也"就是为了表现二人对彼此的惊叹。还有如《墙头马上》第一折,裴少俊见到花园中的李千金,也有:

(做见旦惊科云)一所花园。呀,一个好姐姐。
(正旦见末科云)呀,一个好秀才也。②

还有如《竹坞听琴》第一折,郑彩鸾听到秦脩然的琴声,二人相

---

① (明)臧懋循:《元曲选》第一册,中华书局1958年版,第16页。
② (明)臧懋循:《元曲选》第一册,中华书局1958年版,第334页。

见，也有：

  （见末科云）一个好秀才也。
  （秦脩然云）呀，一个好姑姑也。[1]

  男女之间形容别人品貌出众的方法很多，但这个句式中单单用一个"好"字，表达心中的无限感慨，千言万语尽在其中，其程式性就体现得比较明显了。爱情剧中男女青年初次相见时彼此倾心的原因，无非就是青春年少，男才女貌，剧作者在这方面就不作过多的铺垫。此句式一出，就代表双方已经互有好感，之后就可以展开悲欢离合、追求与被追求等种种相关剧情。当时的创作者对这种句式的运用已经有所认知，所以在剧本中，我们不仅可以见到对这一句式的运用，还能见到利用这一句式形成的打诨。《玉壶春》第一折，李素兰与李斌在郊外散心的时候相遇：

  （正末云）好一个小娘子也。
  （旦云）好一个俊秀才也。
  （梅香云）好一个傻琴童也。
  （琴童云）好一个丑梅香也。
  （梅香云）你也不俊。[2]

  此处末与旦的句式是沿用程式的，梅香与琴童对这种程式的套用却以"傻""丑"来互相形容，后面就已演变为打诨。既然这种句式可以成为一种插科打诨的方式，自然要先有此程式的过多使用给人们留下比较深刻的印象，然后对其进行扭曲，将本来的赞美变为嘲笑，才会有幽

---

[1] （明）臧懋循：《元曲选》第四册，中华书局1958年版，第1445页。
[2] （明）臧懋循：《元曲选》第二册，中华书局1958年版，第475页。

默的效果。此剧的作者《元曲选》本题为武汉臣，实际应为贾仲名，武汉臣所作应为《郑琼娥梅雪玉堂春》，则《玉壶春》的创作年代应在元明之间。这一时期已有的元杂剧创作的积累，应该已经可以为概括并运用这一程式打下基础。《元曲选》及其他选集对这一程式的处理也是基本一致的。

六 店小二骗人出门的程式

元杂剧中还有一个常见的情节，即店小二用计将已经住进店里又没钱付房费的客人赶出去。如《元曲选》本《合汗衫》第一折：

> （丑扮店小二上诗云）……我这店里下着一个大汉，房宿饭钱都少欠下不曾与我。如今大主人家怪我，我唤他出来，赶将他出去，有何不可。（做叫科云）兀那大汉你出来！（净邦老扮陈虎上云）哥也，叫我做什么，我知道少下你些房宿饭钱不曾还哩。（店小二云）没事也不叫你，门前有个亲眷寻你哩。（邦老云）休斗小人耍。（店小二云）我不斗你耍，我开开这门。（邦老云）是真个？在哪里？（店小二做推科云）你出去关上这门。大风大雪里冻杀饿杀，不干我事。①

类似的内容还见于《燕青博鱼》第一折，店小二将盲眼的燕青骗出门去。在大风雪的天气里，将没钱付账的客人赶到外面去，死活不论，可见世态炎凉。从内容上来说，这种骗人出门的方法其实反映出一种狡黠的智慧，有一定的喜剧效果。《渔樵记》中刘家女胁迫朱买臣写了休书之后，不能让他继续在自己家住宿，所以也谎称有王安道在门首，将朱买臣骗出门去，有异曲同工之处。

在《合汗衫》与《燕青博鱼》中出现的这一情节片段，人物的念

---

① （明）臧懋循：《元曲选》第一册，中华书局1958年版，第118—119页。

白、行为方式几乎完全一致，这就表现出运用这一片段的程式化特征。对剧中人来说，没钱付账已经是走投无路的状态，被赶出门更是雪上加霜，这个片段可以突出表现人物落魄到极点的境遇，引发观众的同情与义愤。此外，俗语说"否极泰来"，这个程式的出现也是剧情扭转的一个引子，《合汗衫》中陈虎被赶出来，遇见张员外一家，《燕青博鱼》中燕青遇到燕二，知恩报恩的戏码就可以由此展开了。《合汗衫》的元刊本虽然没有保留相关的内容，但脉抄本的《合汗衫》与《燕青博鱼》中都有这一程式出现。

第二节 《元曲选》中的程式化用语

许金榜先生在《元杂剧概论》一书中，曾谈到元杂剧语言中存在"习用语"的现象："元杂剧习用语，指的是既非民间常用的俗语，又非凝炼的成语，也不是前人诗文成句，而是在元杂剧中彼此相沿，惯于使用的习用语。如《千里独行》中的：'叔叔你是那擎天白玉柱，架海的紫金梁。'《赤壁赋》中的'这的是主人开宴出红妆，列金钗十二行。'《荐福碑》中的'不想俺那月明千里故人来。''况兼今日十谒朱门九不开。'《倩女离魂》中的'则好拨尽寒炉一夜灰。'这类例子很多，它们都被元杂剧经常运用。元杂剧中各类人物的上场诗也经常被套用，很少有什么变化。还有些宾白，如准备赴约用的：'须索走一遭去。'准备接客用的：'××门首觑着，××来时，报复知道。'准备打仗用的：'我这一去，必然取胜，量他到的那里！'夸官用的：'摆开头踏，慢慢的行。'行奸计者用的：'凭着俺这等好心，天也与俺半碗饭吃。'等待结果用的：'眼望旌捷旗，耳听好消息。'写休书用的：'我这里有剪鞋样儿的纸，描花的笔，都预备下了。'都彼此相同，几无例外。元杂剧中这些习用语在日常生活中或元杂剧以外的作品中，并不被作为固定形式被袭用，但在元杂剧中，它们却作为基本不变的形式被不断套用，实际上具有固定的现成词组的性质。"① 元杂剧与宋元讲唱文学有一定的渊源关系，因此具有很多俗文学特点。经典的文学创作重视独创性，而俗文学在口头流传中，是以加入并巧妙运用大量现成习语为特点的。但是，许金榜提到的这些"习用语"不能一概而论。"拨尽寒炉一夜灰"之类的沿用，在文学上的表现力更强。而"眼望旌捷旗，耳听好消息"等语，在剧中相应的使用情境和表演方法也随着这句话固定下来，成为一种程式单元。在早期的元刊本中这方面的记录并不多，在当时的杂剧表演中，这些用语如何使用也未必已经定型。但《元曲选》等选本对这些用语的集中呈现，是其程式化进程的一种证明。

一 "休推睡里梦里"

"休推睡里梦里"是元杂剧的梦境中经常使用的一句程式化用语，但并不是在所有有关梦境的情节中都会用到这句话。元杂剧表现梦境、幻境之类的虚幻世界十分多见，前人已有以其为研究对象的专门论述，但并不是说元杂剧中表现梦境的手法是程式化的，只是针对这句话而言，表现出了一些程式化倾向。《元曲选》中可见的有以下的例子：

《薛仁贵》第二折：（张士贵做推薛仁贵科云）你休推睡里梦里。（下）

《昊天塔》第一折：（七郎云）俺父子去也，哥哥休推睡里梦里。（同下）

《范张鸡黍》第二折：（张元伯推末科云）哥哥，休推睡里梦里。（下）

《神奴儿》第二折：（俫儿推正末科云）老院公，你休推睡里梦里。（下）

《冤家债主》第四折：（崔子玉云）张善友，休推睡里梦里。

---

① 许金榜：《元杂剧概论》，齐鲁书社1986年版，第228页。

《度柳翠》第二折：（阎神云）柳翠的罪过，饶他不的。鬼力快下手者，疾！休推睡里梦里。

《萧淑兰》第三折：（张世英推旦科云）您休推睡里梦里。（下）

由这句话在剧中出现的位置可知，它的作用就是在梦境结束时，由梦中之人来点醒做梦者，使其梦醒而回到现实中。一般说来，剧中人说完这句话即下场。所以，这句话的出现，其舞台提示意义要大于剧本中的文学意义，就是要提醒观众，梦境已经结束，做梦者要由梦中醒来了。元杂剧对梦境的表现也全凭演员的虚拟表演，所以为与观众达成共识，对由虚入实的时空变化有清晰认知，这样一个句子的存在是很有必要的。《冤家债主》中的崔子玉没有下场，是因为该剧为突出其神秘色彩，崔子玉其人具有人、神的双重身份。他在人间是饱学的学者，也因为正直无私，奉上帝旨意判断阴间之事。在本剧中他为张善友剖明前因后果，使其在睡梦中得见阎君，"我著他这一番似梦非梦，直到森罗殿前，便见端的。"① 所谓"似梦非梦"，就是指虽然面见阎君的情节是发生在梦中，但是崔子玉本人也进入了这个梦境里，并且亲自将张善友唤醒。所以，这里从崔子玉的上场就已经是在宣告梦境的结束。

元杂剧中的梦境一般都以做梦者突然被打断或惊醒而结束，但"休推睡里梦里"并不是结束梦境的唯一方法，试看《汉宫秋》第四折，汉元帝梦见王昭君从北地逃回，却被番兵追上，"做拏旦下"，惊醒了汉元帝的梦。王昭君被番兵捉拿回去，这种结束梦境的方法对汉元帝而言是十分沉痛的，这与他被迫献出昭君的心理相吻合。由此可知，梦的发生与结束最好是能与剧情有所联系，这样穿插在剧中的梦境就能对剧情的发展及反映人物心理有一定作用。但是元杂剧中多见的鬼魂诉冤之梦、度脱点化之梦等梦境，只是此类题材剧作的惯用套路，所以在这样的梦境里，"休推睡里梦里"就比较常见。

正因为这句话的作用是程式化地提示梦境的结束，与剧情的联系并

---

① （明）臧懋循：《元曲选》第三册，中华书局1958年版，第1143页。

不紧密，所以剧本的写定者对这句话的处理也有不一致情况。如《萧淑兰》第三折，萧淑兰因为对张世英的思慕之情而在梦里见到他，《元曲选》本作张世英推醒正旦，说"您休推睡里梦里"。而《古杂剧》本、古名家本与《柳枝集》本均作旦说此句。相比较而言，《元曲选》本坚持了使用这句程式化用语的通例，即由梦中人来惊醒做梦者，做梦的人自己提醒自己显然是不合情理的。但是《元曲选》本造成一种表演方式的缺失。此剧并不像一般的爱情剧那样是男女双方互相倾心的，萧淑兰虽然有意于张世英，但却遭到张世英的拒绝。所以在萧淑兰的梦里，虽然她表明了对张的倾慕，但"张做不语科"，并没有回应她的感情。《古杂剧》等本让萧淑兰自己说这句话，这样的安排就可以使得张世英在这个梦境中出现时并无语言，只有动作。这与剧中此时二人的感情状态就吻合了。这种梦境在元杂剧中也不是仅此一例。《碌砂担》第一折中王文用在客店里睡觉梦到自己被白正杀害的情景，这个梦境有某种预知的意义。而在这个梦里，净扮的白正从上场到下场都没有一句念白，只有动作表演："净扮邦老闪上做意科""邦老靠正末科""邦老做揪住正末科""做杀正末打推下①"。元杂剧用这样完全不说话的表演方式来说明梦境或者幻境的不真实，以与现实环境中的表演形成对比。《忍字记》第三折中有"布袋同旦儿、俫儿上转一遭下"，这次上下场也没有任何念白，布袋和尚只是为了让刘均佐看见，激起他的怒气进而磨练他的脾性，刘均佐果然中计：

　　（正末见科云）师父，才来的那个，不是俺老师父？（首座云）是俺师父。（正末云）那两个夫人是谁？（首座云）是俺大师父娘、二师父娘。（正末云）那两个小的是谁？（首座云）是师父一双儿女。（正末怒科云）好和尚也！他着我休了妻、弃了子、抛了我铜斗儿家私，跟他出家。兀的不气杀我也！师父，休怪休怪，我也不

----

① （明）臧懋循：《元曲选》第一册，中华书局1958年版，第387—388页。

出家了，我还我家中去了也。①

刘均佐刚刚与妻儿忍痛分别，转眼就看见布袋自己原来也带着家小，如何能不生气？其实布袋哪里会有家小，这是他为了点化刘均佐而故意幻化出来的场景。这类表演的长度都很短，《忍字记》中只是在场上转一遭就下场，《硃砂担》与《萧淑兰》中，夹杂在邦老、张世英的动作之间的王文用、萧淑兰的唱词也只有一两句，不可能占用很长的时间。但这就说明了元杂剧在除了唱、念这两种主要表演手段之外，还有仅以动作为手段的表演。而且这种表演是与主唱脚色的唱相互配合的，唱词对另一人物的无声表演可以起到说明作用。所以，此类无声的上下场是在一个短暂的时间内，在一部剧的进行之中插入的另一段小的戏剧片段，而且仅以动作表演为手段，这是很有特点的一种现象。

综合以上情况推测看来，《萧淑兰》一剧，如以《古杂剧》等本的情况来看，张世英的表演也是无声的片段，在这样的情境中，"休推睡里梦里"这句话本可以不用，但用这句话来结束梦境既然已经成为一种程式，所以《古杂剧》等本依然保留，移为正旦的念白，反而显得多余而不合情理。《元曲选》为使对这句念白的安排在情理上说得通，就改变了原来这句话的固定位置。

二 "眼望旌捷旗，耳听好消息"

元杂剧中出现的"眼望旌捷旗，耳听好消息"，显示出元杂剧与说唱文学的密切关系。仅在《元曲选》中可以看到的例子就有：

《合汗衫》第三折：（旦儿云）眼观旌节旗，耳听好消息。（下）

《曲江池》楔子：（郑府尹云）孩儿去了也，我眼观旌捷旗，耳听好消息。（下）

《冻苏秦》楔子：（李老诗云）眼观旌节旗，耳听好消息。（下）

---

① （明）臧懋循：《元曲选》第三册，中华书局1958年版，第1075页。

《王粲登楼》楔子：（卜儿云）孩儿去了也，我掩上这门儿。正是眼望旌捷旗，耳听好消息。（下）

《渔樵记》第二折：（王安道云）买臣兄弟去了也。他此一去必得成名，我眼望旌捷旗。（杨孝先云）耳听好消息。（同下）

《举案齐眉》第二折：（孟云）嬷嬷去了也。正是眼观旌捷旗，耳听好消息。（下）

《柳毅传书》第一折：（卜儿云）孩儿去了也，眼望旌旗捷，耳听好消息。（下）

在《元曲选》之外的元杂剧中对其也有使用，文字上稍有变动但大体一致。从字面上来理解，这个句子表示对胜利的好消息的盼望。如《合汗衫》是期望能够得到张员外夫妇的消息，《曲江池》是盼望郑元和能够考中科举，等等。在元杂剧中，这个句子实际被用为下场诗，而且不仅表示某一人物下场，该人物往往也是某一场戏中最后一个下场的。也就是说，这句话的出现就代表一段戏已经结束。于是，这句话在元杂剧中被作为某种程式化的结尾用句，因此而体现出元杂剧对早期话本或词话演述方式的继承。

此句在小说、话本中十分常见。较早的《清平山堂话本·风月瑞仙亭》中就有："文君曰：'爹爹跟前不敢隐讳。孩儿见他文章绝代，才貌双全，必有荣华之日，因此上嫁了他。'卓员外云：'如今且喜朝廷征召，正称孩儿之心。'卓员外住下，待司马长卿音信。正是：眼观旌节旗，耳听好消息。"[1] 在话本中出现这样的句子时，往往是在故事进行到一定阶段之后，以说书人的口吻来表示这一情节结束，以下是另一阶段的开始。其中往往蕴含着对上一段情节的总结，或者对之后的情节有所暗示。此句虽然成为一种常见词组被袭用，但这种表示收束、结尾的意义并不是被所有文学形式继承的。《金瓶梅》第四回中王婆帮助西门庆与潘金莲相会，西门庆许给王婆银子，王婆便说："眼望旌捷

---

[1]（明）洪楩编：《清平山堂话本》，古典文学出版社1957年版，第44页。

旗，耳听好消息。不要交老身棺材出了，讨挽歌郎钱。"① 便是将此句当作一般习语，暗示西门庆不要赖账。虽然明传奇中此句也多被作为下场诗，但也有例外。试看沈自晋的《望湖亭》第十出《自嗟》：

（小生）嗳，尤少梅又不肯去，只得自去覆他。来时多意兴，回去没风光。已到家了，大官人，（净上）来了。眼望旌捷旗，耳听好消息。尤大官呢？（小生）回来了。②

这里"眼望旌捷旗，耳听好消息"就不是下场诗，而是在上场时表示期盼而使用了。元杂剧与讲唱文学有着十分密切的关系，在一定程度上也继承其演述方式，因此将"眼望旌捷旗，耳听好消息"作为一段戏结束时的下场诗来使用。而且不仅限于一个人的下场使用，也可以像《渔樵记》中那样分两人讲出。这也是元杂剧在表演中丰富了这种有结束意义的程式化用语的形态。

三 陈词段落的程式化用语

元杂剧中有大量的以"词云""诉词云""断云"等方式进行大段的陈述性表演的例子，这也是词话等说唱艺术表现在元杂剧中的一种遗存。这种段落对之前的剧情进行复述和概括，有助于帮助观众进行记忆，同时也可以通过这样的整体回忆对剧情进行渲染。《元曲选》中可见的陈词段落的程式化用语有：

《杀狗劝夫》第四折：（旦冲上云）相公停嗔息怒，暂罢虎狼之威。

《合同文字》第三折：（社长词云）告大人停嗔息怒，听小人从头剖诉。

---

① （明）兰陵笑笑生著，（清）张竹坡批评，王汝梅、李昭恂、于凤树校点：《张竹坡批评金瓶梅》，齐鲁书社1987年版，第82页。

② （明）沈自晋著，张树英点校：《沈自晋集》，中华书局2004年版，第109页。

《小尉迟》第四折：（小尉迟诉词云）告军师停嗔息怒，听小将从头分诉。

《神奴儿》第四折：（大旦云）告大人息雷霆之怒，罢虎狼之威。……（魂子诉词云）告大人停嗔息怒，听孩儿细说缘故。

《荐福碑》第二折：（正末云）哥哥，你停嗔息怒，听小生从头至尾，告诉得来。

《勘头巾》第三折：（王小二云）告孔目停嗔息怒，听小人慢慢的说一遍。

《救孝子》第一折：（正旦云）告大人暂息雷霆之怒，略罢虎狼之威。……第四折：（杨谢祖诉词云）告大人停嗔息怒，听小人细说缘故。

《王粲登楼》第四折：（曹学士云）老丞相休慌。元帅请暂息雷霆之怒，略罢虎狼之威。

《举案齐眉》第四折：（嬷嬷云）告大人暂息雷霆之怒，略罢虎狼之威。

《魔合罗》第三折：（旦诉词云）哥哥停嗔息怒，听妾身从头分诉。

《盆儿鬼》第四折：（正末云）望大人停嗔息怒，暂罢狼虎之威。

《百花亭》第四折：（旦云）老爷暂息雷霆之怒，略罢狼虎之威。

《赵氏孤儿》第一折：（程婴词云）告大人停嗔息怒，听小人从头分诉。……第三折：（程婴云）告元帅暂息雷霆之怒，略罢虎狼之威。

《窦娥冤》第四折：（魂旦云）父亲停嗔息怒，暂罢狼虎之威。

《连环计》第二折：（貂蝉跪云）望老爷停嗔息怒，暂罢虎狼之威。

这几种惯用语的区别在于：以"暂息雷霆之怒，略罢虎狼之威"开头的陈词段落一般是散文的叙述，而以"停嗔息怒，从头分诉"或"细说缘故"开头的陈词段落是韵语的陈词，以七字句为主（除《救孝子》不是字数工整的韵语），且都因"怒""诉""故"字而押"遇"部韵。叙述性的总结，对之前的剧情是一个简明扼要的复述，需将主要的故事进展线索提炼出来。而韵语的陈词原本有演唱的可能，而在元杂剧中作为陈述性的语句念诵出来，也会给人朗朗上口的感觉。因此，当元杂剧中出现上述几种程式性用语的时候，观众便会知道陈述性的表演开始了。其实"虎狼之威"这样的词语，形容官员、将军的威势可以使用，形容自己的父亲未免就不太合理了。因为这种程式化用语已经具有相对的稳定性，不管面对什么人做陈述，都如此开头，与剧中人物的实际身份无关。

  元杂剧中多有蹈袭之处的问题，早已引起研究者的注意。梁廷枏《曲话》卷二中就说道："《灰阑记》《留鞋记》《蝴蝶梦》《神奴儿》《生金阁》等剧，皆演宋包待制开封府公案故事，宾白大半从同；而《神奴儿》《生金阁》两种，第四折魂子上场，依样葫芦，略无差别。相传谓扮演者临时添造，信然。《渔樵记》剧刘二公之于朱买臣，《王粲登楼》剧蔡邕之于王粲，《举案齐眉》剧孟从叔之于梁鸿，《冻苏秦》剧张仪之于苏秦，皆先故待以不情，而暗中假手他人以资助之，使其锐意进取；及至贵显，不肯相认，然后旁观者为说明就里。不特剧中宾白同一板印，即曲文命意遣词，亦几如合掌，此又作曲者之故尚雷同，而非独扮演者之临时取办也。"[①] 同样是蹈袭，梁廷枏认定宾白部分的蹈袭就是扮演者所为，曲词部分的相合就是作者的"故尚雷同"，这未免缺乏依据。梁廷枏所举的《灰阑记》《留鞋记》《蝴蝶梦》《神奴儿》《生金阁》等剧都是公案剧，公案剧的排衙、审案等场面已经形成一定的程式，不独包拯审案如此，所有的审案场面都是这样处理的。至于鬼魂上场，多有动作及科诨表演，不同剧作中的动作表演其实各有特点。《生金阁》第四折之魂子上场，有与娄青的一段很长的打诨表演，和《神奴儿》相同的只有被门神户尉挡住不得进门这一件事。这一细节也与中国民间对门神的信仰有关，怎么能说是"略无差异"。实际上，对造成元杂剧中的相似性的原因应该从多方面来考虑。情节上的相似，是

[①] （清）梁廷枏：《曲话》，俞为民、孙蓉蓉编：《历代曲话汇编：新编中国古典戏曲论著集成·清代编》（第四集），黄山书社2008年版，第28—29页。

剧作者在创作之初就参照其他剧作而拟定好的。而有的程式化用语就是伴随既定的情节套路才出现。如若要采用先冷淡待人，再假借旁人之手激励主人公上进这一情节，在宾白中就必然会出现"则被你瞒杀我也"之固定句式。而第三者为其解释事实真相的时候，也很有可能以"暂息雷霆之怒，略罢虎狼之威"来作为叙述的引子，并且以"人不说不知，木不钻不透，冰不揭不寒，胆不尝不苦"来开头，这样看来其宾白当然相似。有的情节片段本身就可以在不同的剧作中都运用，其内容也就被固定为一种程式。如剧中人有曾被怀疑死亡的经历，就可以用到高低声验鬼的程式；为表现剧中人的潦倒落魄，就可以让他们被店小二赶出门。有的程式与类型化的人物性格相关，如逼写休书、与人通奸，都是不良妇人才有的行为，元杂剧中为表现人物的性格特点，就多采用一样的方式。元杂剧作者在创作中完全可以在架构了大致的剧情之后，就将这些程式都采纳进去。这样，作者的主要才华和精力就可以都集中在曲词的部分，而不必为填补宾白而伤神。但是，剧作水平的高低，作者驾驭全局的能力高下，往往也就是在这些地方体现出来。现有元杂剧作品中普遍评价较高的剧作，都没有表现出对各种程式的依赖。反之如《渔樵记》一剧，在大的情节关目上，袭用激励某人上进的程式。在具体的表演细节中，袭用了写休书的程式、店小二骗没钱的客人出门的程式。即使是在语言上，也有"眼望旌捷旗，耳听好消息"的程式化套语。而观其曲词，抒发读书人不得志的感怀，在元杂剧中也很常见，此剧的曲词并无特别突出之处。《渔樵记》的整体水平在现有元杂剧中就不属于上乘之作。所以，元杂剧创作中的程式固然为剧作者提供方便，但在某种程度上也束缚了创新的思维。元杂剧的创作在其后期失去活力，这也是其中一个原因。

至于通报相见的程式与"看有什么人来"等程式化内容的出现，更多与元杂剧的表演习惯相关。元杂剧的初始创作者们未必会在这些内容上有如此高的一致性。只是随着戏剧艺术的发展，演员在舞台上强调自己的位置转移、在别的演员上场前用"看有什么人来"作为提示等习惯，在文本中被固定下来，并被整理为统一的格式。这些内容有其自身的舞台提示意义，在剧本中设置这些内容的创作者更多是从编剧的角度去考虑剧本的舞台效果，而不是以诗人的角度去遣词造句的。

臧懋循对元杂剧的编改特点之一，就是为使剧情更为合理，删去了一些故事俗套，回避了原本在故事情节上的蹈袭内容。如《两世姻缘》一剧，别本都保留有韦皋与玉箫是天上的金童玉女下凡这一情节。神仙下凡转世是元杂剧中常见的套路，《两世姻缘》中剧情设计最有特点的地方，就是相隔两世的玉箫相貌相同，前世因情而亡，今生又同样遇见并爱上了韦皋。若沿用套路，命中注定的思想就削弱了爱情的感染力，因此《元曲选》本就将其删去了。《桃花女》一剧，脉抄本也有安排让真武大帝出场，说明周公与桃花女是金童玉女转世云云。金童玉女转世多为爱情关系，此剧放在周公与桃花女身上，落入俗套且没有多大意义，《元曲选》本也不见此说。但是对细节上的程式化内容与剧中的程式化用语，《元曲选》并没有做出删除的迹象，只是有所整理。如《元曲选》虽然没有选入大量使用通报相见程式的剧作，但《元曲选》内的剧作对这一程式还是有所保留，如果像《楚昭公》那样在同一部剧作里此程式多次出现，臧懋循就会对其进行精简。休书程式、验鬼程式、赚人出门程式等有舞台表现力的片段，都被完整地保留下来。至于"看有什么人来""休推睡里梦里"之类的程式化用语，臧懋循有时会对它们在剧中的位置进行调整，以使其运用更加合乎情理，但并没有用其他语句来代替这些套语的情况。臧懋循对程式化内容的整理多从情理出发，从目的上来说，就是使其在文学语言的层面上能符合逻辑。如《元曲选》本的《争报恩》第三折，有卖粥的店小二与众人打诨的表演：

（关胜上云）有粥么？（店小二云）老叔，有粥有粥。（徐宁上云）有稀粥么？（店小二云）老叔，有的是稀粥。（花荣上云）有粥么？（店小二云）老叔，有粥有粥。（关胜蓦粥科云）青天可表，陆地方知，整粥落地，愿我那千娇姐姐，早出网罗之灾。（徐宁云）一点粥落地，愿的俺千娇姐姐早脱网罗之灾。（店小二云）喏，报报报。（众云）怎的。（店小二云）大家耍子。①

因为关胜、徐宁、花荣三人接连上场要粥，店小二以其频繁程度来打诨。此种方式在元杂剧中也是一种程式。脉抄本《燕青博鱼》第四折，燕大、燕二与燕青重新聚首，几人也是连续上场，于是也有：

（燕二冲上云）接应燕青哥哥走一遭去。来者何人？（正末云）我行不更名，坐不改姓，则我是浪子燕青也。（燕二云）谁是燕青？（正末云）则我便是。（燕二云）你认得的我么？（正末云）你是谁？（燕二云）兄弟也，则我便是燕二，我来接应你来也。（正末同燕大做打报科）（燕大云）报报报，喏。（燕二云）怎的。（燕大云）大家耍一会。

这个安排在《元曲选》本中是不一样的：

（燕二云）我趁着这月色微明，连夜赶到汴梁，救拔我那燕青兄弟去也。（正末上做撞见科）（喝云）咄！那里来的是什么人？（燕二云）你说你是那个？（正末云）则我梁山好汉燕青的便是。（燕二云）兄弟，我便是卷毛虎燕顺。（燕大云）喏，报报报。（燕二云）怎的？（燕大云）元来是我兄弟燕二，大家耍一会。②

两本比较看来，脉抄本还是立足于实际演出的角度来组织这场戏的。"行不更名坐不改姓"等语，本是好汉人物的俗套，"你是谁"，

---

① （明）臧懋循：《元曲选》第一册，中华书局1958年版，第168页。
② （明）臧懋循：《元曲选》第一册，中华书局1958年版，第243—244页。

"你认得我么"之类的问答，也有很明显的口语特点。燕青与燕顺本来是认识的，脉抄本这一处理显得二人好像陌生人一样，再加上燕大以打报程式的打诨，这段兄弟见面不相识的表演就有了一定的戏剧效果，但是脉抄本在情理上是说不通的，燕顺与燕青相识比燕大还早，没道理说出"你认得我么"这样的话来。而《元曲选》本的处理就强调了原因：月色微明，大家在黑暗中看不清彼此的相貌。《元曲选》本的对话方式，也显示出他们是在说明身份而不是相互介绍。但是在这样的有情有理的铺垫下，打报程式的打诨效果就被削弱了。

  本章小结：戏曲中的程式体现在戏剧艺术体系的各个方面，包括表演身段、音乐唱腔、脚色行当、剧本形式等。在元杂剧剧本中存在很多程式化的片段和程式化用语，它们不仅是固定的文本组成单元，实际上也代表相对稳定的舞台表演方法和戏剧结构方式。这些内容是否在元代已经成型还有待考证，但在明代中晚期的元杂剧剧本中，其程式化特点已经开始显现出来。经过臧懋循的规范整理工作，《元曲选》中的剧本对很多程式化片段及程式化用语都有体现。臧懋循对其有一定的调整，使它们从阅读角度看来更通顺合理。臧懋循的《元曲选》虽然是提供给读者阅读的文本，但对剧本的舞台性特征依然十分重视。这些内容在戏剧的舞台表演中都有其意义，不能一味否定。

第六章 《元曲选》中的动作提示及其他

　　《元曲选》对元杂剧文本的编改还体现在剧本中的动作提示及其他一些细节内容上。在将元杂剧的剧本从舞台语言向文学语言转化之时，元杂剧文本的改编者们必须面对的问题是，用文学语言呈现的元杂剧，如何能够把原本诉诸舞台表演的场景呈现给读者。从读者阅读的角度来衡量，戏剧文学的叙事手段与小说等文体有很大的区别，不能直接用语言的叙述来串联故事情节的发展，而是需要借助组织戏剧场面来架构剧情，通过唱词、宾白、科介各个部分的合作，来构成一个完整的审美对象，从而给读者带来愉悦与感动。现在可见的元刊本杂剧不能完全实现戏剧文学的叙事目的，而《元曲选》等明代元杂剧选集或全集中保存的元杂剧在这方面就有了许多进步。《元曲选》作为其中文学价值较高的选本，对元杂剧在这方面做出的改编也是起到了关键作用的。鉴于前人对《元曲选》在曲词、宾白等方面的改编及其意义已经多有阐述，本章试从以往关注较少的动作提示及其他方面展开讨论，来看臧懋循对这部分内容的整理和改订有何意义。

第一节 《元曲选》中的动作提示

　　元杂剧剧本中的动作提示，在上下场动作之外，就是在戏剧进行过程中穿插的动作。上下场动作之前已有论述，这个部分在元杂剧剧本有限的动作提示里占很大部分。有的剧本除了上下场之外，就很少有其他的动作提示了。元杂剧的创作与欣赏一直都有重"曲"的倾向，此类少有动作提示的剧作，就会将其重点放在曲词的创作与感情的抒发上。另一类在戏剧进行过程中穿插的动作提示，是比较多样化的，歌唱、舞蹈、杂技、武打、行走、坐卧、做表情等都属于此类。在元杂剧舞台上对空间的表现，也需要依赖动作的表演，通过演员的进门、关门等动作，在空无一物的舞台上虚拟出屋里、屋外两个空间来。有时剧中会以一组连续性的动作提示来完整地表现一个行为过程，从而使其显得更为真实。如《杀狗劝夫》第三折，孙大在夜里酒醉归家，被妻子故意放置在门外的狗尸绊倒，剧中连用"做绊倒科""做看科""做推科""将手抹科""做看惊科"等动作，形象地表现出孙大被绊倒后，因为天黑看不清，以为地上是个醉酒的人，抹了一手血之后细看才发现是尸体的过程，这些动作增强了这段戏的表现力。还有一些特殊的动作，在剧中穿插可以达到调节戏剧气氛的作用，如净脚、丑脚往往有此类插科打诨的表演。如《燕青博鱼》第二折，燕青将杨衙内打了一顿，杨衙内便躺下装死。剧本中此时杨衙内的动作有"杨衙内打筋斗科""杨衙内做叹气科""杨衙内舒身科""杨衙内做嘴脸调旦科""杨衙内做怕打哨子下"。如果真的装死就该一动不动，杨衙内还有叹气、舒身，甚至调戏旦角的动作，此时的动作表演明显就不是为了剧情需要，而是通过一些特殊的动作来达到滑稽调笑的效果。另外如《争报恩》第三折中的店小二，有"一手拿一碗，口里一碗递科"的动作，这个动作与杂技表演的动作有相似性，显示出其他伎艺在元杂剧表演中的遗存。

  《元曲选》所收剧本的动作提示与其他选本或刊本所收有的是一致的，当然也存在差异。这种差异并不仅仅是由剧本的记载详尽与否的原因造成的，而是反映出编选者由于剧本写定的目的不同而有一定的侧重倾向。元杂剧剧本发展至《元曲选》，其文学性已大大增强，表现在动作提示上，就是通过较多的动作描述增强了剧中戏剧场面的表现力，而对实际演出的依赖性有所削弱。

一 《元曲选》中的动作提示对描述性的增强

演员在场上的表演动作,观众可以在看戏的时候有直观感受。但是在《元曲选》这样阅读性的文本中,剧中设计的动作就必须有文学表现力,以使读者在阅读时就可凭借文字对其行动进行想象。所以,跟其他版本相比,《元曲选》本的动作提示往往更加生动、详细,有画面感,注重文字上对细节动作的描述。

例1.《盆儿鬼》第三折中,有一场戏是张憋古从盆罐赵家取了盆,杨国用的鬼魂就一路跟随他回到家中。此段有很多的动作提示:

> (正末上云)老汉问盆罐赵讨了一个盆儿,天色渐晚,只索赶回家去。适才盆罐赵说小路上有鬼,谁不知道,俺是不怕鬼的张憋古,俺的性儿撮盐入水。呀,天色晚了,俺也要行动些。……(做惊科云)背后是什么人走响。(做回头喝科云)嗯!那个?……(正末做跌科)(魂子上打正末科)(正末起喝云)打鬼打鬼!(做细看科唱)……(云)呸,被这棘针科抓住,倒绊了我一交。(做行科)(魂子做随哭科云)老的也。(正末做惊科云)那里这般哭。(魂子云)老的也。(正末做听科云)元来不是哭声,有人叫老的老的。我想起来了,敢是那放牛的牧童,清早晨间出来,赶着三五只牛儿,到晚来不见了一只。你便道老的你可见我那牛儿来么。小弟子孩儿,你不见了牛呵,干俺屁事。……(魂子做哭科)(正末云)兀的不是哭声。……(魂子做哭科)(正末听科云)又不是雁声,是那个哭哩。①

张憋古自称胆大,但也还是在回家的路上疑神疑鬼。遭到鬼魂的戏弄后,却又强自镇定,给自己找理由安慰自己。这一系列的动作表演,

---

① (明)臧懋循:《元曲选》第四册,中华书局1958年版,第1400—1401页。

对表现张㦤古的性格特点很有帮助，且显得十分生动。但参考脉抄本《盆儿鬼》，会发现在这一系列动作提示中，脉抄本只提到了"魂子上打正末科""正末做惊科"和"魂子做哭科"这三种。

仔细比较后就会发现，《元曲选》本此段中的动作提示与正末的道白联系起来，就可以比较完整地描述此时场上演员的动作，读者可以凭借文字想象，鬼魂怎样跟着他，因为他看不见鬼魂的存在而怎样吓唬他等等，是一个戏剧性很强的场景。而脉抄本因为没有这些动作提示，其间的具体情况就只能通过唱词与念白去推断。脉抄本没有这些动作提示，并不表示演出的时候就一定没有这些动作。比较贯穿于这些动作表演中正末所唱的【天净沙】曲子，虽然文字上略有差异，但其内容却是相同的：

《元曲选》本：【天净沙】俺急煎煎向前路奔驰，是那个磕扑扑在背后追随。这扯住我的不知是谁，莫不是山精鬼魅。呀，却原来是棘针科抓住衣袂。

脉抄本：【天净沙】我丕丕的向前奔驰，是谁人磕扑扑背后跟随。扯住我这衣袂是谁，莫不是山精鬼魅。原来是棘针科抓住衣袂。

根据曲词来看，此段都要表现张㦤古被路旁的荆棘植物勾住衣角，却以为是被鬼抓住的情形。《元曲选》本因为有很多具体的动作提示而显得十分生动：张㦤古因为听到背后有声音而回头急喝，表现出他心里的恐惧；被勾住衣角摔倒后赶紧起身，仔细查看之后又归咎于路旁的植物而强自镇定；魂子跟着他边走边哭，他仔细辨听那时有时无的声音的来源，这些情景都可以从比较详细的动作提示中呈现出来。由此可以得出，《元曲选》本因为有较多描述性的动作提示而增强了对某个具体场景的表现力，读者也可以从这样的场景中体会到戏剧的舞台性特征。

例2.《连环计》第二折，有一段太白金星上场点化董卓的安排，太白金星在一匹布上两头写两个口字，中间写上"千里草青青，卜曰十长生"，对董卓将要死于吕布之手的命运有所暗示。在《元曲选》本中，太白此段的上下场分别为"外扮太白星官抱布上""做掷布科下"。而息机子本为"外扮太白上"，根本没有太白的下场提示。另外董卓还有"做取看科"的动作，在息机子本中也没有提到。

"抱布"和"掷布"的动作，在这段戏里应当是存在的，因为布上所写文字的暗示性在剧中具有很重要的意义，这匹布就成为一个重要的道具。且《元曲选》本太白下场之后董卓有云："哎哟，打杀我也。他怎生不见了？且看打我的是什么物件。"[①] 说明董卓被太白掷出的布打到。而息机子本虽然没有提到与"布"有关的动作，但董卓也有这句念白，说明确实有"掷布"这一动作存在，只是息机子本没有在提示中显示出来。于是可以看出，《元曲选》本在动作提示中就描述了抱布、掷布、取布来看的动作，而息机子本从保存的曲词、念白来看，并不排除有这种动作的可能，但剧本里并没有记录。

《元曲选》中的剧本还有许多在细节动作描写上的提示较为丰富的情况，不能只将其理解为剧本流传过程中产生的差异。如"看科""听科"这样的小动作，演员演出的时候很容易做到，而且怎样去做，在什么时机去做，都是可以灵活掌握的。若只是做掌记性质的记录，就没有必要记下来。而臧懋循的整理本作为阅读性的文本，要将原本诉诸舞台表演的动作在剧本中体现出来，多一些描述性的动作是很有必要的。只有增强剧本中动作提示的描述性，才能将这一场景具体地表现出来，进而指导读者的想象，加深对戏剧的理解。这样一来，剧本的文学阅读价值也就增强了。

二 《元曲选》中的动作提示对演出依赖性的削弱

《元曲选》所收的剧本在描述性较强的动作提示方面较为详细，而

[①] （明）臧懋循：《元曲选》第四册，中华书局1958年版，第1547页。

从另一方面来看，有的动作提示比较能反映舞台演出的相关信息，《元曲选》本对这类提示的记录却往往不如别本详细。从剧本文学欣赏的角度来看，这部分提示过于依赖实际的演出方式，表现在剧本中时，也不能给阅读带来什么趣味，《元曲选》的省略可以使得文字更为简洁易懂。如《看钱奴》第三折，贾仁的鬼魂上场，让周荣祖父子相认。《元曲选》本有这样的安排：

（贾仁扮魂子上云）自家贾仁的便是，那正主儿来了，俺今日着他父子团圆，双手交还了罢。（做叹科云）那小的那里知道是他的老子，这老的那里知道是他的儿子，我与他说知。兀那老子，那个不是你的儿子。（正末做认科云）俺那长寿儿也！（小末打科）（贾仁又上云）兀那小的，那个不是你的老子。（小末做叫科云）父亲！父亲！（正末应云）哎哎哎。①

贾仁的鬼魂为父子二人指明关系，但因为没有别的依据，贾长寿显然还没有意识到眼前这个乞讨的老者就是自己的生身父亲，反而觉得自己被占了便宜，因此打了周荣祖。贾仁的鬼魂上场并没有真正解开这个身份之谜。在息机子本《看钱奴》中，在小末叫父亲之前，还多一处贾仁的动作提示是"三科了下"。"三科"是元杂剧中很常见的表演方式，即将同一个动作或者同一句话重复三次，一般来说可以起到强调的作用，增强戏剧的表现力。类似的表现手法在现今的戏曲、曲艺舞台上也可以见到。但此时的贾仁为周荣祖指明儿子，为贾长寿指出父亲，他的目的就已达到。如果将这个过程重复三次，在实际演出中可能会有很好的效果，但从阅读欣赏的角度来看并没有很大的意义，《元曲选》本中便没有这样的安排。

在有的剧本中，臧懋循的这种改动并没有明显提升其文学价值，只

---

① （明）臧懋循：《元曲选》第四册，中华书局1958年版，第1601页。

戏剧史视野下的《元曲选》与臧懋循

是显示出他与其他的剧本写定者侧重点不同而已。但是在另外部分剧本中，臧懋循整理这类提示的时候，没能意识到此类提示所代表的动作在全剧中的作用，删改之后，也没能在上下文中做出相应的妥善安排。因此没有这些动作表演的记录，读者对作品的意趣就不能全面理解，也会影响到对元杂剧表演形态的认识，这是不能为臧懋循讳言的。试举例来看：

例1.《桃花女》第四折中，桃花女与周公最后一次斗法。桃花女叫彭大拿着桃枝在门限上敲，敲一下，周公家死一口人。《元曲选》本这段剧情是这样的：

　　（彭大云）这老弟子孩儿好狠也。我是敲咱。（做取桃枝敲科）（腊梅倒科）（周公惊云）呀！怎么女孩儿也死了。（再敲增福倒科）（周公云）呀！怎么孩儿也死了，你莫不为没了媳妇那？我另娶一个好的与你。（三敲周公倒科）（云）真个周公也死了也。（做连敲科云）你看一伙随邪的弟子孩儿都死了也。①

此处的表演，每次随着彭大的敲打就有人倒下，可以想见在实际演出中是有喜剧性的滑稽意味的，而绝不是死亡的悲剧气氛，从周公说儿子是为了没媳妇寻死也可看出，此段的目的是调笑，而并不是为了表现周公失去家人有多么悲伤。但是从观众的欣赏心理上与烘托气氛的需要上来说，既然前三次敲的时候都有人倒下，最后彭大接连敲打的时候应该有更多人倒下，才能使调笑的气氛达到高潮。而且既然周公家的人之前都已经倒下了，那么彭大再接连敲打一阵还有什么作用？他所说的"一伙随邪的弟子孩儿"又是谁呢？

查阅脉望馆抄本《桃花女》就能解决这个问题，原来此处应还有一提示"连古门道人都倒了科"，随着彭祖的敲打，在古门道内的与剧

---

① （明）臧懋循：《元曲选》第三册，中华书局1958年版，第1037—1038页。

情无关的戏班人员也都倒下，才使得这段不断有人倒下的滑稽表演达到高潮。所谓"随邪"，即放荡、放肆之意，也是指本戏班子弟而言。这是元杂剧中常见的跳出剧情而以演出人员来打诨的安排，《元曲选》本没有这个提示，就没有形成逐渐高涨的喜剧气氛，之后彭大的说辞也就说不通了。脉抄本的这一提示表现出剧作者可以巧妙地将不在表演区域内的戏班人员也加入戏剧的表演中去，但是《元曲选》本《桃花女》就没有体现出这一情况。

例2.《窦娥冤》第三折演出窦娥被处斩时的情景，其中有对刽子手、监斩官、窦娥以及内场人员等人的动作提示来表现行刑的过程。从《元曲选》本中摘录出相关的动作提示有：开始时有"净扮公人鼓三通锣三下科""刽子磨旗提刀押正旦带枷上"；斩首的时辰到了，有"正旦跪科""刽子开枷科"；窦娥第一次发愿时有"刽子做取席站科、又取白练挂旗上科"；窦娥再次发愿时有"刽子做磨旗科""内做风科"；开刀时是"刽子做开刀正旦倒科"；最后有"众应科抬尸下"[①]。

与古名家本相比较，会发现有些不同，《古名家杂剧》此折内相关的动作提示有："丑发鼓三通打锣三下科""刽子磨刀科""刽子磨旗科""定头通锣鼓科""正旦带枷上"；时辰到了是"旦跪下科""刽子开枷科"；后有"刽子磨旗科"；天阴下雪了，有"刽子搊雪天发愿科""磨旗刽子遮住科"；行刑时是"行刃刽子开刀刽头、副净撺尸"；最后有"众和下抬尸下"。

所有这些动作提示，至少反映出这两个版本间存在三处不同：第一，锣鼓伴奏不同。两个版本在开始时都有"鼓三通""锣三下"，在锣鼓响后，刽子手方才押着窦娥上场。但是《古名家杂剧》之后又有"定头通锣鼓科"，既然说"头通"，可见之后还有，否则就不用指出是第一通了。这就说明锣鼓的伴奏不仅仅是鼓三通锣三下，而是伴随在整个行刑过程中的。虽然古名家本中也没有之后还有几通锣鼓的记录，但很有可能刽

---

① （明）臧懋循：《元曲选》第四册，中华书局1958年版，第1509—1511页。

子手就是跟着锣鼓的节奏来掌握行刑的时辰的。而《元曲选》本没有"头通锣鼓"的记录，也就没有保存下来这样的锣鼓伴奏方式。

《元曲选》本相对较少保存锣鼓伴奏方面的细节提示，《窦娥冤》并不是唯一的一例。《连环计》一剧，第四折吕布与李肃擒住董卓之后，息机子本有提示说："众打得胜鼓科"，而《元曲选》本没有这个提示。从这个提示来看，首先，用鼓来伴奏的时机，是在董卓被擒之时。这就说明在元杂剧中，在战斗取得胜利之时，是可以有打鼓伴奏的。虽然不能以此推定所有这样的场面都有锣鼓伴奏，但是可以由此看出当时的锣鼓伴奏已经是与剧情相联系的，可以随着剧情的发展而帮助渲染气氛。其次，这通鼓叫作"得胜鼓"，已有专门的名称，可见当时的戏剧伴奏音乐已经达到一定的水平。这一信息在《元曲选》本的《连环计》中没有得到保存。

第二，两个刽子手的分工明细不同。其实《元曲选》本没有明显地表现出来，但是从提示的情况来看，其中提到的刽子手的动作显然不是一个演员就能全部完成的。如"磨旗"，即挥舞旗帜之意。一名刽子手若要同时完成挥舞旗帜、提刀并且押正旦上场这些动作，难免会给观众留下手忙脚乱的印象。而古名家本的提示就很明显了，两个刽子手一人掌旗，一人掌刀，掌旗的挥舞旗帜，掌刀的负责行刑。

第三，表现窦娥的誓愿实现的方式不同。《窦娥冤》中窦娥的三桩誓愿：血溅白练、天降大雪、亢旱三年，前两件是在刑场就应验了的，第三件在之后窦天章与魂旦的对话中补叙出来。"血溅白练"一项，《元曲选》本有提示刽子手取白练挂在旗上，行刑之后刽子手有云："我也道平日杀人满地都是鲜血，这个窦娥的血，都飞在那丈二白练上，并无半点落地，委实奇怪。"便是交代这件事已经发生。而古名家本只有"刽子遮科"这一项提示，可能该本的设计是用动作来表现鲜血如何飞上白练的。"天降大雪"一项，《元曲选》本前有刽子手云："怎么这一会儿天色阴了也"，后台人员配合地"做风科"，刽子手又说："好冷风也"。后又有监斩官"惊云"："呀！真个下雪了，有这等异事!"通过前后的照应来说明天阴下雪的过程。而古名家本中刽子手只说:"天色阴了,呀,下雪了",并且做出"搲雪"的动作,来表现雪下得很大。也就是说,《元曲选》本在人物的对话中说明当时风雪大作的情形,而古名家本则更倾向于用动作来表现。从《元曲选》本中很容易看出三桩誓愿的头两项都已经实现,而古名家本从书面表达上来看没有这样的信息,只能通过舞台表演来实际展现,这就不利于读者的阅读理解。

仅从这场戏看来,《元曲选》本所记录的动作提示与古名家本相比,对于锣鼓伴奏、演员分工及动作表演的细节问题的处理都更倾向于文学的表达方式。锣鼓伴奏、演员分工这样的提示信息,因为从文学角度来看并无多大意义,所以被臧懋循忽略。至于对动作表演的处理,《元曲选》本结合演员的念白与相应的动作提示,将三桩誓愿的实现都清楚地表达出来,因此在叙事上比较圆满。而古名家本的动作提示还保留着对舞台演出的依赖,不结合演员的表演不能了解该动作到底有怎样的意义。此剧还有《酹江集》本,动作提示方面全从《元曲选》。

例3.《生金阁》第三折,捕快娄青奉包拯之命去勾拿郭成的鬼魂,娄青十分害怕又不能违命,只得硬着头皮来到城隍庙中,烧牒文勾鬼。不想郭成之魂果然被勾来:

(内响科)(做怕科云)有鬼!有鬼!(做倒科)(魂子做提头上扶起娄青科)(娄青云)这扶我的是谁?(魂子云)我是没头鬼。(娄青看科云)好怕人,当真是没头鬼。(魂子做应科云)是。(娄青云)你这没头鬼,包待制勾你哩,你跟我去来。(魂子应科同下)[1]

在息机子本《生金阁》中,此段描写有所不同:

---

[1] (明)臧懋循:《元曲选》第四册,中华书局1958年版,第1731页。

（爆杖响科）（做怕科云）有鬼也！（做跌倒科）（魂子上住）（娄青做昏迷慢挣起身科云）未知有也无。我唤他一声，没头鬼哥哥！（魂子云）哎。（娄青云）有鬼也。（做倒科）（魂子做扶起娄青科）（娄青云）哎，你是谁？（魂子云）① 我是没头鬼。（娄青云）你来做甚么？（魂子云）我来扶你来。（娄青云）你扶甚么大腿，包待制爷爷勾你哩，你同我去来。（同魂子下）

在第四章论述上下场提示的时候已经提到，除《元曲选》外，其他元杂剧选本或抄本对"提头"这一鬼魂表演动作都没有表现。所以此段中《元曲选》本动作提示的特点，就是对"没头鬼"这一形象的强调。但是息机子本此段更能表现出舞台表演的一些特点：在娄青第一次惊呼"有鬼"的时候，魂子就已经上场。之后娄青受到惊吓昏迷过去，又慢慢醒转起身，但此时他并没有看到台上的魂子，因此还需要呼唤一声，来确定没头鬼是否已经被勾到。魂子应答，他这才知道真的有鬼，第二次被吓得跌倒，被魂子上前扶起。息机子本这样的安排，使得舞台上就有一段虽然演员都在场上，但"对面不相识"的状况。在有鬼魂出场的情境中，这样的表演可以增加神秘气氛。娄青的"昏迷慢挣起身科"也是一个动作表现力很强的细节。《元曲选》本没有这样的特点，对于这部剧作吸引观众的重要因素之一"没头鬼"的形象，就只有在文字叙述中反复强调，以达到突出其神秘性的目的。相对而言息机子本的安排更具有剧场性，演出的实际效果可能更好，而《元曲选》本则是完全依赖于动作描述的。

例4.《燕青博鱼》第二折，杨衙内装死的一段动作表演，在脉抄本的记录中比《元曲选》本要多出许多，该本中有"杨衙内做倒科""杨衙内做叹气科""杨衙内做舒身科""杨衙内起身做嘴脸调旦科""正末做搬杨衙内科""杨衙内做怕科""正末做降科""杨衙内做嘴脸

---

① 原本此处无"魂子云"三字，应为原本脱漏。

发科""打哨子下"这些提示。

从这些提示中可以看出，脉抄本的提示比《元曲选》本要多一个场景，在杨衙内起身做嘴脸调戏搽旦的时候，燕青扳过他的肩膀，他转身一看，燕青做出威胁他的表示，他感到害怕，这才下场。其中的"降科"与"做嘴脸发科"应当不是单纯地表示威胁和害怕，而是指特殊动作的，只是现在从字面上看来并不能了解其所指。《元曲选》本没有这样的提示可能就是因为其舞台指示意义比较强，但阅读时并不易理解。《酹江集》本此处的动作提示也是与《元曲选》本相同的。

另外特别需要指出的一点是，《元曲选》本的动作提示中往往不载"发科"，这并不是指一个动作，而应是指特有的插科打诨的动作表演，"发科打诨"即"插科打诨"。正因为不是专指，所以此动作的随意性较大，演员可自行掌握，《元曲选》本不录。如古名家本《勘头巾》第二折，令史与张鼎就案件进行一番争辩后，令史为"随意发科下"，即此处可交由演员随意发挥一段喜剧性内容的意思，而《元曲选》本仅为一般下场。正是因为"随意发科"这样的文字描述不能从文学语言的角度上表现瞬间表演的细节，读者不能随意理解，所以被臧懋循所不取。

从《元曲选》中动作提示这方面的特点可以看出，臧懋循虽然重视元杂剧剧本的舞台性特征，但是他将对戏剧场面的具体设置、人物动作的规划都在文字上表现出来，这样可以使读者直接从阅读中去理解动作的具体意义及其与剧情之间的联系。这是经过改编者整理之后对一个戏剧场面该如何在舞台上进行表演的规划，但有些剧本中保存下来的戏剧演出的实际信息就被忽略了。

第二节 《元曲选》在细节上的文学性倾向

《元曲选》的编选者臧懋循从戏剧文学的角度出发对元杂剧剧本进行改编和整理，在文本的系统化方面自然有可取之处。但是，改订剧本的出发点不同，表现在剧本中的侧重点也不同。在《元曲选》这部戏曲选本中更加侧重于文学语言的叙述，表现出臧懋循对剧本文学价值的重视，而如脉抄内府本的表现力则更多依赖戏剧场面的实际效果。《元曲选》中的剧本与其他版本间的某些细节差异，可以从这样的角度去进行解释。

一 《元曲选》对剧本文学性的完善

《元曲选》提高剧本文学性的努力表现在很多方面。在目前的研究中，已知臧懋循的《元曲选》中很多剧本比别本的曲牌要多，尤其是在剧本的第四折，增添曲牌的现象比较明显。既然有曲牌的增添，相应地也会有宾白的添补。从整体上看来，臧懋循似乎是为了使得每剧中四折的长度比较均衡。不过，为什么有必要达成这样的均衡呢？其实，包括第四折的增添情况在内，臧懋循的很多改动是为了从文学的角度出发，使元杂剧剧本成为一个具有完整性的审美对象，从叙事的成分上来说，使得剧情收束得更加圆满；从抒情的成分上来说，可以使得剧中抒发的情感有一定的余韵。最明显的例子就是《元曲选》中五折的《赵氏孤儿》，才真正完成了"报仇"这个环节。除了这样明显的情节上的不同，《元曲选》的剧本在很多细节的完善上也有特点。

例如，《燕青博鱼》的第四折，在燕氏兄弟、燕青与杨衙内、王腊梅两组人物的相互追逐中，全剧的冲突趋于结束。《元曲选》本对追逐的结束是这样处理的：

> （杨衙内同搽旦引弓兵上云）黑洞洞的不知那个死囚那里躲了，大姐，我们且结果了那个绑的去，与你拔了这眼中的钉子哩。（正末喝云）兀的不是奸夫淫妇，你往那里走！（做拏住科）（众弓兵云）不好了，我每走了罢。将军不下马，各自奔前程。（下）（杨衙内云）我要拏他，倒被他拏了我也。（搽旦云）元来是我两个叔叔，我道你是好人那。（正末云）将这两个贼男女都执缚定

了，押回山寨，见我宋江哥哥去来。①

这个结尾的处理并不是有什么精彩之处，只是将各方人物的下落都交代了而已。不过，对比脉抄本《燕青博鱼》，就会发现明显的不同，脉抄本用几句话就把这个环节完成了：

（外打住排棒科）（拏杨衙内搭旦上科）（燕二云）拏住奸夫奸妇了也。

从情节上来讲，这个结尾就近乎儿戏，之前激烈展开的一场追逐戏，顷刻之间就被结束了。此剧中的燕大为冲末扮，燕青为正末扮，所谓"外"角当指燕二，那么，之前三兄弟聚首，明明说要"同共拿奸夫去来"，到底在什么情况下又遇上了杨衙内二人，为什么又是燕二一个人拿住了他们，这些问题全都不能在脉抄本中找到答案。从提示的情况来看，脉抄本很可能只是提供了一个表示净、搭旦被捉拿的场面，要依赖舞台的表演才能对其中的过程有所了解的。而《元曲选》本不是这样，它的结尾作用起码有这几个方面：①说明了这两组人物再次相遇的契机，杨衙内和王腊梅找不到燕青，回头准备先把刚才被他们抓住、捆绑起来的燕大结果了，这就与之前的剧情相呼应。②表现了燕青的英雄气概与武功高强，他抓住了杨衙内二人，惊走了众弓兵。③为这部剧作增添了最后的一点诙谐气氛，王腊梅死到临头，还妄想脱身，说两个叔叔是好人。④严谨地补叙了龙套人物的下场，被杨衙内领来捉拿燕大与燕青的弓兵，因为见势不妙即作鸟兽散了。⑤坚定了燕氏兄弟上梁山的最终决心，奸夫淫妇已经被抓获，燕青为救燕大劫牢，违反了国家法度，他们已经没有别的去处了。正因为如此，才有燕青接唱的这一曲【离亭宴带歇指煞】："半合儿歇息在牛王庙，一直的走到梁山泊。若见

---

① （明）臧懋循：《元曲选》第一册，中华书局1958年版，第244页。

俺公明太保,还了俺这石榴色茜红巾,柳叶砌乌油甲,荷叶样烟毡帽,百炼钢打就的长朴刀,五色绒刺下的香绵袄。(带云)便是俺大哥也。(唱)一齐的去那皖子城中送老。上稍里不眠花,下场头少不得落一会草。"[1] 脉抄本则将这支曲子放在了杨衙内、王腊梅被抓获之前,情理上不合适,在情感的铺垫上也不充分。

进而通观整个第四折的情况,脉抄本的兄弟相聚,全是对白,几句话就说明了。《元曲选》本增添了【乔木查】、【甜水令】、【折桂令】三支曲,加上宾白,让燕二向燕大与燕青补叙出他下梁山接应兄弟的过程,在叙事上就更加完整。同时在这三支曲中,燕青也表达了他们三人在这样的情况下再次相遇的惊喜,对杨衙内二人的切齿痛恨,以及对燕二想用金银打通关节、救兄长出狱的想法的不满,说明世道黑暗,想要报仇,只有靠自己。因此,接下来的报仇与上梁山的事就变得顺理成章。

此剧前三折《元曲选》本与脉抄本的差异都远没有第四折这么多。总的看来,在脉抄本中,第四折全剧的收尾处显得十分草率,而《元曲选》本则在剧情上有面面俱到的安排,在情感的铺垫上完整地显示出剧中人最终决定上梁山的过程。从戏剧文学的角度看来,显然是《元曲选》本的改动,才使得这部剧作成为一个浑然一体的审美对象。脉抄本在结尾处显示出的对戏剧演出实际情况的依赖,是在用文学语言来构建戏剧场面的过程中不能被接受的。臧懋循将元杂剧剧本作为可以被阅读理解的文学作品提供给读者,就必须要考虑到读者对戏剧的接受完全来源于文学语言的表达,因此必须削弱读者在阅读时产生的与实际演出的距离感,对剧本内容做出改动是必要的。然而这种改动不能使元杂剧失去它作为戏剧文学的特征,因此臧懋循仍然是以"当行"的思想为指导来进行元杂剧的编改工作。

需要指出的是,在舞台语言向文学语言的转化过程中,由于剧本的

---

[1] (明)臧懋循:《元曲选》第一册,中华书局1958年版,第244—245页。

写定者更多考虑如何从文字上对戏剧的整体内容进行安排,有时会出现细节上的差异。这种差异并不因为改订本的文学性更强就水平更高。例如,《青衫泪》一剧第二折,有一个情节上的细节就很不合理。老鸨与茶商刘一郎为了欺骗裴兴奴,伪造了书信说白居易已死,于是就有丑扮演的寄书人给裴兴奴送信。裴兴奴看信之后,剧中这样写众人的反应:

(旦悲科云)兀的不痛杀我也,闪杀我也。(卜儿云)孩儿,白侍郎已死了,夫人也做不得了,再不必说。你如今可嫁刘员外去罢。(净云)小子可等着了。(丑云)小人去罢。(正旦云)吃了饭去。(丑云)不必了。(下)①

裴兴奴刚刚接到噩耗说心上人死了,临终前还遭她别嫁,心中定然十分悲痛。这段对话之后正旦唱的【叨叨令】曲,就是对她的悲痛心境的体现。在这样的情况下,她居然亲自留寄书人吃饭,这是极为不合情理的。但是,这一细节不仅是《元曲选》本,《古杂剧》本、《古名家杂剧》本和《柳枝集》本都如此记载。翻检《改定元贤传奇》本,就会发现这种安排并不是一定的,《改定元贤传奇》本只在正旦唱【叨叨令】之前有"下"这一提示,从剧中可以看出此后正旦、老鸨与刘一郎都还在场上,所以这个下场只能是提示寄书人的,《改定元贤传奇》本并没有留寄书人吃饭的安排。

这一细微不同反映出剧本编订者的不同考虑:《改定元贤传奇》的年代较早,在这个选本中还存在剧本不分折等元杂剧文本较为原始的状态。这个选本中的《青衫泪》对这一细节并没有过多安排,寄书人任务完成就下场了。《古杂剧》《古名家杂剧》《元曲选》等万历年间的选本对剧中人上下场的安排已经比较细致了,尤其是《元曲选》,一般说来,人物的下场都发生在该人物的演唱、念白或者动作之后,于是在

---

① (明)臧懋循:《元曲选》第三册,中华书局1958年版,第888页。

提示中注明"某某下"或者仅注明"下",都说明下场的就是这一人物,不会发生理解上的错误。如果下场的人物与之前进行演唱、念白或者动作的不是同一人,则会严谨地注明是"某某下"。像《改定元贤传奇》那样在别人的谈话中不加注明地安排寄书人下场,会显得突兀,而且也不易理解,是不能被接受的。于是寄书人的戏份增加,在他和正旦的对话之后安排他下场,在下场的时机方面就比较顺理成章。古代的邮政通讯并不发达,送信也是辛苦的工作,所以留寄信人吃饭,可能是戏曲表演中基于生活经验的一种习惯套路。如《望江亭》中白士中接到家中母亲的来信,便安排送信的老院公去吃饭休息。但是让裴兴奴出面留寄书人吃饭,没有考虑到此时剧中人的心情,这并不是什么巧妙的安排。可惜的是从《古名家杂剧》到《元曲选》都没能改变这一点,这可能与它们继承的底本来源一致也有关。最晚出的《柳枝集》很大程度上受到《元曲选》影响,于是也没能避免这一问题。单纯从表演上来看,这样的小人物直接下场对全剧并没有多大影响,可是后来的改本过多要求文学语言上的通达,就有了这样的安排。

二 《元曲选》对表演细节问题的忽略

(一) 倒扮

"倒扮"应是元杂剧表演艺术的术语之一,这个词不见于《元曲选》,而是出现在脉抄本《硃砂担》第三折,有"净店小二倒扮地曹引鬼力上"。在之前的剧情中已经出现三次"净扮店小二上",这三次上场涉及三家店,应有三个不同的店小二。第三折提到的由店小二倒扮地曹,说明至少有一个之前的店小二改扮为地曹这一角色。对比《元曲选》本的《硃砂担》,之前出场的三个店小二分别以丑、净、丑来扮演,第三折出现的"地曹"提示为净脚扮演,所以从《元曲选》本中没有关于地曹与店小二是由一个演员来扮演的提示。

脉抄本保存了"倒扮"这一信息,至少说明两个问题。第一,说明这种由同一演员扮演不同角色的现象叫作"倒扮";第二,元杂剧的实际演出中，因为戏班中的人员有限，为了节省演员，同一演员可以分饰不同角色。关于"倒扮"，元杂剧一般是在主唱脚色身上比较多见，这一点前人已有论述并研究其规律。如徐扶明先生在《元代杂剧艺术》一书中已经指出：

元杂剧一人主唱的艺术形式，除了一个人物从头唱到底之外（如《窦娥冤》中的窦娥），还有脚色不变，主唱人物可换。这叫作"改扮"，或者叫作"倒扮"。在《元曲选》所选的一百种杂剧剧本中，这类剧本有三十八种，约占三分之一强。换两个人物的，有二十八种，……换三个人物的，有十种，……换四个人物的，即一折换一个，一般是没有的。唯有极个别的元代晚期杂剧作品，出现了这种情况。如朱凯的《黄鹤楼》，……这种变换主唱人物，并不是任意的，而是可以从这类剧作中找出一些基本规则。

第一，由于脚色不变，所以变换主唱人物，男（正末）与女（正旦）不能交换，只能男换男，女换女。……（有极个别的例外可以正末与正旦变换，如《张生煮海》、《生金阁》）

第二，变换主唱人物，不论正末或者正旦，必须在这一折里，原主唱人物不登场。……（有些公案剧不是这样，这就可能是魂子是要换人演的）

第三，变换主唱人物，不论是换两个或三个，必须有一个居于主要的地位，主唱两折或三折的套曲，所以一般没有四折换四个的。

应该承认，元杂剧变换主唱人物，在艺术形式上确实是一种突破。但也应该看到，这又往往形成种种套子。（吕洞宾——渔翁；正旦——嬷嬷；正末——探子）①

---

① 徐扶明：《元代杂剧艺术》，上海文艺出版社1981年版，第169—171页。

脉抄本说明主唱人物之外的脚色也是可以倒扮的。虽然目前只在脉抄本《硃砂担》中明确提示了配角的倒扮信息，但是可以推测这绝不是偶然现象。因为正旦或正末的一般要求是唱功要好。有的剧作中正末扮演武将，有战斗场面，正末改扮的探子还可以"打抢背"，说明其武打功力也很好。爱情剧中出现的公子、小姐，扮相上肯定也要美丽，才能吸引人。个别剧本还体现出对主角有某种要求，如《谢金吾》中的正旦分别扮演佘太君与皇姑。佘太君是著名的女英雄，皇姑虽然出身皇家，在本剧中还有劫法场的情节安排，可见这部剧中要求正旦扮演的都是比较英武的老年女性形象。如果剧中出现正旦或者正末改扮的情况，说明对他们的表演功力的要求也很高，有时改扮前后的人物形象反差很大。如《红梨花》一剧，正旦扮谢金莲，第三折改扮卖花三婆，前者是美丽的年轻小姐，后者是以小生意营生的老年女子，这就需要有一定的改变。《后庭花》前两折正末扮演的是酒鬼李顺，后两折则扮演包龙图，形象、做派上的差距也是很大的。要求如此之高的脚色都可以改扮不同人物，其他的脚色受限制较少，更可以一人分饰多角来充任剧中不同人物。其他元杂剧剧本中虽然没有"倒扮"一词出现，但是从人物设置上就可以看出端倪。

如脉抄本《降桑葚蔡顺奉母》一剧，除了蔡顺一家人外，本剧涉及的其他相关人物也很多。第一折，蔡员外请一众富贵长者来家中赏雪饮酒，来人有刘普能、周景和、夏德润、仇彦达、王伴哥、白斯赖六人，其中前四人都是年高有德的长者，王伴哥和白斯赖则是无赖，在本折中主要起到插科打诨的作用。第二折里，蔡顺的母亲生病，增福神召见蔡家的家宅六神：门神、户尉、土地、井神、灶神、厕神，其中厕神也是用来插科打诨的人物。第三折，蔡顺去采桑葚，得到众神的帮助，其中有桑树神、风伯、雪神、雨师、雷公、电母，又是六个人。此剧出场神仙众多，是其特色之一。但是如果这三组人物是由不同演员来扮演的，则本剧这三组人物就需要有十八位演员，再加上蔡家众人等角色，演出这部剧的戏班起码得有演员近三十人，这是非常庞大的体制，一般戏班很难达到。所以，可以推测这部剧中应当也存在非主唱演员的改扮现象，这种六人一组的配角多次出现的情况应当是作者有意为之。

在本剧的穿关中记载，第三折桑树神的扮相"同厕神"。从职能上来分析，桑树神与厕神没有什么相似性，没有理由呈现一样的形象。之所以采用相同的扮相，只能是因为桑树神在第三折开始时就登场，这个人物是由第二折中的厕神改扮的，而厕神在第二折下场也比较晚，没有改变服装、化妆的时间。这部剧其他人物的"穿关"虽然并没有显示出这样的继承性，也不能说他们没有改扮的可能。还有一个需要引起注意的问题是，前三折都出现的六人一组的配角，第四折中没有，第五折才又有刘普能等六人登场。如果这六人一直在改扮，从第一折到第三折是由凡人到神仙的转变，神仙在服装、化妆等方面都比较繁复，第五折又需回到凡人的装束打扮，这个改扮所需的时间可能比较长。第四折除蔡家人之外少有其他配角登场，就可以给演员的改扮提供充足的时间。

由此可见，元杂剧中不仅主唱演员可以倒扮，其他演员更可以视情况改扮不同角色。由脉抄本《硃砂担》的这一处倒扮，可以进一步思索元杂剧中普遍存在的倒扮现象。

（二）用语言的重复来表示强调

元杂剧中有时会不断重复某一句话来起到强调的作用。最为明显的例子就是《合汗衫》一剧里，张家父母觉得陈虎长相凶恶，而张孝友却反复强调"我眼里偏识这等好人"。最后张孝友果然被陈虎所害，被反复强调的这句话就有了讽刺意味。其实除了句子的重复之外，元杂剧艺术手段中还包括对单字的强调。

《元曲选》本《东堂老》第三折，扬州奴落魄之后，曾反复感叹自己的处境，在他的道白中前后三次有所感叹："天也，兀的不穷杀我也"；"天也，兀的不穷杀我也"；"婶子，穷杀我也"。而对比息机子本《东堂老》，这三处感叹略有不同："天也，兀的不穷穷穷杀我也"、"天也，兀的不穷穷杀我也"、"婶子也，穷杀我也"。第一次有三个"穷"字，第二次两个，第三次一个，这种有规律的递减应当不是刊刻或者传抄者的笔误凑巧，而是有所依据的。从语言习惯上来说，当然《元曲选》本是正常语序。但是专门在"穷"字上做文章，在戏剧的实际表演中，可能有特别的念法或者腔调来使得对"穷"字的反复念诵显得突出，从而更强烈地渲染扬州奴的处境。在反复强调的语句中，对同一字又加强调，这在书面语言看来意义不大，但在现实演出时很可能会形成特殊效果。在这一问题上，与息机子本相比，《元曲选》本并没有显示出这样的特点。

这种对同一字的反复强调在别的剧本中也有体现。脉抄本《刘夫人智赏五侯宴》一剧第三折，赵大公临死也要教给儿子如何压迫王嫂的办法，净扮演的赵脖揪得知自己小时候王嫂给他喂奶不如给自己的儿子喂奶精心，云："爹爹你不说呵，我怎么知道。兀的不痛痛痛痛杀我也！""兀的不痛杀我也"这句话，元杂剧中常用，表现人物的悲痛心情。但是此处不是这个意思。赵大公告诉儿子的这件事，本来就是大公污蔑王嫂的。而且当年赵大公以此事来威逼王嫂丢掉自己的孩子，这是十分残忍的做法。赵脖揪本来也不是什么良善之人，这件事即使是真的，也远不值得如此悲痛。本剧中的赵脖揪又是净脚扮演的，因此这句话并不是用来表现悲痛，而是用反讽的手法来表现赵家父子的残酷的。这个套语在正常使用的时候，并不在"痛"字上多加强调，而本剧中做讽刺用，就特别重复"痛"字，以突出其效果。

由此可以看出，元杂剧通过单字的重复来起到强调作用这种语言特色，在《元曲选》所收的剧本中并没有明显地体现出来。因为语言上的效果较多依赖于演员的表演，而在元杂剧的文本中不能表现出相应的效果。

（三）度脱剧中的特殊表演

度脱剧总要涉及一些神通广大的人物，如道教的吕洞宾、马丹阳，佛教的布袋和尚之类。这些人为了度脱他人，总要显示出一点常人没有的法力、神通，来创造一个特殊的环境或者给别人带来离奇的遭遇，使得被度脱者大彻大悟，真心敬服。

《元曲选》所收的度脱剧并没有在表演方面显出特点，而从其他选本或抄本中可以看出，这些剧中可能也会有一些特殊动作或其他表演方式。如《蓝采和》，这是《古名家杂剧》才有收录的剧作，蒋星煜先生在讨论杂技与中国戏曲的关系时，就认为在这样的度脱剧里，度脱者很有可能有串演杂技的机会："今存元杂剧刊本固然也没有明确作了敷演杂技的舞台指示，也不能由此提出元杂剧不串演带有杂技性质的动作的结论。因为有的本子只存了唱词，宾白只留下空白，留给演员自己去发挥，不能认为元杂剧只唱无道白也。元杂剧分末本和旦本，在一般情况之下，末和旦串演杂技的可能不多，但末和旦以外的角色，既没有唱的任务，串演杂技的机会就多些。《蓝采和》一剧是例外，剧中人许坚拍板踏歌等活动都有，而且生活在勾栏之中。度他的钟离权既是神仙下凡，在表演上更可不受拘束，耍一点花样，以示大有来历。"①

现在可以在元杂剧的不同版本中找到的材料是，元杂剧里应当有在度脱者显示神通之时的特殊动作，但是否可以与杂技表演联系起来，这些书面材料中还不能提供支持。如《金安寿》一剧，铁拐李去度脱金安寿夫妇二人，《元曲选》本每逢有显示神通的动作时，都有"疾"字作为一种咒语，表示他已经在施行法力。如第二折最后铁拐李下场前有云："金安寿，你见我手中铁拐么？我轻轻摇动，化道金光去也。疾！"虽然之后只有最普通的下场提示，但这个下场一定是伴随某种特殊动作的。第三折铁拐李幻化出婴儿姹女、心猿意马去追赶金安寿，也有道白说："将他本身婴儿姹女、心猿意马，现形点化，较省些气力。疾！"这种点化应当也是有动作的，只是《元曲选》本没有记载。查《元明杂剧四种》本《金安寿》，在"疾"字之前有"作用介"，虽然不知"作用"具体指怎样的动作，但可见这句咒语是伴随特殊动作来实现的。《古名家杂剧》为"作用科"，也是此意。特殊的表演动作有助于表现度脱者的神通广大，也可以增加度脱剧的趣味性，营造神秘气氛。

---

① 蒋星煜：《杂技与中国戏曲》，载蒋星煜《中国戏曲史钩沉》，上海人民出版社2010年版，第15页。

《误入桃源》一剧第四折，刘晨、阮肇惊觉仙凡有异，想要回到桃源洞，又迷失路径。二人心灰意冷，欲投崖自尽，太白金星急忙出现阻止，《元曲选》本此处有提示为"太白现像急喝云"，"现像"一词如何理解？第四折的上下场顺序是太白先上场，之后刘晨、阮肇上场时，太白并没有下场。按照这一安排来理解，在刘晨、阮肇表述无法找到桃源洞的种种迷茫痛苦的时候，太白金星就是场上的没有表演的人物。这在元杂剧中是也是常见的现象，在场上而没有表演的人物可能仅仅是在台上一边站立而已。直至刘阮二人想要投崖自尽，太白才"现像"，根据《元曲选》来推测，这应当是使太白重新引起观众注意的一种舞台表演，可能是一种重新的亮相之类。而《改定元贤传奇》本、息机子本、古名家本及《柳枝集》本的《误入桃源》，在刘、阮上场之前，太白金星已经下场，然后在二人投崖的时候，才"现像急喝"。这样一来，"现像"就应当是一种上场并且亮相的表演。从全剧的整体安排来看，此时的上场急喝，意在向刘、阮二人说明真相，应当在舞台上制造一种出其不意的特殊效果。所以，"现像"一词应当是一种有意外效果且很具有形象性的登场。《元曲选》本很可能遗漏了之前太白金星的下场，这就会造成对"现像"这种表演方式的理解的偏差。

　　另外需要注意，《金安寿》与《误入桃源》都是年代较晚的剧作，而早期的度脱剧如马致远的作品中，各本都没有这方面的特殊动作提示。早期度脱剧往往以意境、情趣取胜，而当后期度脱剧成为一种套路之后，可能在表演动作方面就会更加在意。脉抄本的《老庄周一枕蝴蝶梦》，也有很多特殊动作提示，太白金星为度脱庄周，也显示了一些特殊本领。如种花、结果的表演，剧本中提示"六次科"，在须臾之间就能开花结果并且连续六次，这很有可能与传统的幻术表演有某种联系。另外有"末骑鹤上升科"，从剧本中提示的上下场来看，此处的末应当下场。至于"骑鹤上升"究竟是怎样一种表演方式来下场，就不得而知了。本剧的剧情荒诞而氛围神秘，这些表演使得这部剧的内容更显得变幻莫测，也说明以神仙道化为主题的杂剧也可以在表演上有种种吸引人的手段。部分脉抄本杂剧较《元曲选》有更多的舞台表演特点，从对这些特殊表演的记录就可以体现出来。

三 《元曲选》在细节上体现出的不同审美情趣

不同的戏曲选本编选者受自身认识的限制，他们的某些观念也会在其选本中体现出来。《元曲选》与别本的部分细节差异，就可以反映出臧懋循在审美情趣上的自身追求。

（一）对低俗表演方式的舍弃

元杂剧中有很多世俗内容的反映，有时这种特性表现得过于低俗，特别是在某些用于插科打诨的表演方式上。如古名家本的《勘头巾》第二折，丑扮演的卖草的庄家与净扮演的王知观有这样一段表演：

（丑荒走上，净扮先生跟上，丑云）荒出我屁来也。（做跳墙蹲下阿屎科）（净上墙努屎在丑脸上科）（丑打科，净掉帽子科，丑）这厮是个牛鼻子。

其实这一段剧情的安排，是王知观要向傻乎乎的庄家人打听情况，好安排坐实王小二的罪名，同时庄家人因为撞掉了王知观的帽子，所以对他有一定印象，日后张鼎再勘案情的时候，这就是一条关键线索。至于阿屎、努屎之类的动作，与剧情毫无关系，这段表演纯为娱乐观众，而且是异常直白的逗乐方式。《元曲选》本这一情节就不是这样安排的：

（丑慌走上，净跟上做撞科）（丑云）哎哟，他又来打我了。（做走又撞净掉帽子科）（丑云）我只道是那戴翅儿的，元来是个牛鼻子。①

---

① （明）臧懋循：《元曲选》第二册，中华书局1958年版，第673页。

这里的庄家以为王知观是来抓他的官人，慌乱之中撞掉了他的帽子。这就比古名家本在排泄物中找笑料要自然得多。元杂剧的插科打诨是可以采用很多方式的，当面对广大文化水平较低的观众的时候，可能从男女关系、生殖排泄等方面来取悦他们会比较容易引起共鸣，取得很好的效果。但是文人以比较严肃的态度来编选戏曲选本，其审美趣味趋于典雅，对这样的低俗的表演方式恐怕就难以容忍了。

（二）对人物命运的不同安排

元杂剧中有些配角的人物命运，是全在宾白、提示等内容中叙述出来的，各本之间也存在差异。这种差异也很有可能与编选者的不同审美情趣有关。

如《儿女团圆》一剧中，韩弘道的小妾李春梅被丈夫休弃，立志不再嫁，叫化为生，其间生下了一个儿子，被王兽医抱给了姐夫俞循礼。那么，李春梅的最终命运又如何呢？《元曲选》本第四折快要结束的时候，李春梅被王兽医找回，并没有说明李春梅这些年来流落到了什么地方，全剧就这样在一家团圆的大好气氛中结束了。但息机子本此处略有差异，该本安排李春梅与一都子上场，都子抱怨李春梅踩了他的脚，被韩弘道听见春梅的名字，这才与她相认。都子是金元戏曲中乞丐的专称，这段戏说明这些年来李春梅一直是乞讨为生，与乞丐为伍。

对春梅的命运进行补叙，是为了将最终的一家团圆完成得更加美满。春梅虽然被韩弘道休了，她毕竟还是添添孩儿的生母，韩弘道休了她是因为被大妇所逼迫，并不是因为她犯了什么"七出"之条。春梅多年之后的样貌，在正末所唱的【梅花酒】中也有描述："我觑了这女艳姿，如此般蠢坌身子，麓奘腰肢，却生的这般俊秀的孩儿。敢则是鸦窝里出凤凰，粪堆上产灵芝，这言语信有之。想天公果无私，将人心暗窥视，没揣的对付雄雌，酪子里接上连枝。"[①] 李春梅当年能够做韩弘道的小妾，应当也是美丽的年轻女子。而曲中这些有贬低意味的用词说

[①] （明）臧懋循：《元曲选》第二册，中华书局 1958 年版，第 471 页。

明经过多年的风霜摧残,她已经变得粗笨丑陋,这与乞丐的生活状况是相符的。息机子本都子与春梅的上场虽然突兀,但元杂剧的大团圆结局往往就是能在极不可能的地点遇见不可能的人,这种安排并无不妥。而《元曲选》本则让王兽医将李春梅寻访找回,在本折内,王兽医之前的下场,是带着韩弘道一家去抚养了添添的他姐夫家认亲。而两家人相见没多久,王兽医就将李春梅找到了。在这样短的时间内寻访到一个多年没有消息的人,从情理上来讲是不可能的,这明显是为了使大团圆顺利实现而凑出的情节。但息机子本的情节有一个问题,就是从名节上考虑,李春梅虽然被休出韩家,她只要守志不再嫁,就还有一家团圆的可能。而她若与乞丐厮混在一起,尽管是出于生活所迫,也没有再回到韩家做小夫人的可能了。如果是这样,最终的大团圆结局就势必有所缺憾。因此,虽然不能说这个情节差异就一定是臧懋循的改动,但《元曲选》本与息机子本相比,就没有出现会使李春梅名节有亏的情况,这与文人对女子名节的重视有一定的联系。

还有《合汗衫》一剧中的赵兴孙,受到张员外一家人的恩惠。《元曲选》本写他被发配到沙门岛之后,上司见他是个路见不平、拔刀相助的义士,着他捕盗,有功加授巡检之职。他领五百官兵镇守窝弓峪隘口,弓兵将张员外夫妇当成可疑人物抓回来,他才与恩人相见,并且帮助张员外一家捉拿陈虎、报仇雪恨。而脉抄本中的赵兴孙则是打死了解子,做了拦路抢劫的强盗,在抢劫的时候遇到张员外夫妇,然后帮助张员外一家复仇。

关于赵兴孙的出路,从元刊本看来,还是做了强盗的。正末张员外被劫后唱一支【双调·新水令】,在元刊本中是这样的:

你要的是轻裘肥马不公钱,却截打俺这忍饥寒的范丹、原宪。打听俺儿死活,路过你山川。我又赤手空拳,越好汉越慈善。[1]

---

[1] 宁希元校点:《元刊杂剧三十种新校》(上册),兰州大学出版社1988年版,第216页。

这明显是对强盗讲话的口气。而且元刊本中指明此时外净赵兴孙所扮的是"邦老",邦老在元杂剧中常指强盗一类人物。之后的提示中又称其为"太保",宁希元先生在此剧的校注中注明原本"保"字残缺,元曲中例称山寨好汉为"太保"或"太仆",据此而改。脉抄本中这支【新水令】与元刊本相似,都称赵兴孙为"好汉",此本中赵兴孙虽然并不是坐拥山寨的山大王,但也还保留强盗的身份。《元曲选》本曲词的差异就稍大了:

> 您夺下的是轻裘肥马他这不公钱,俺如今受贫穷有如那范丹、原宪。俺只问金沙院在那里,不想道窝弓峪经着您山前。可怜俺赤手空拳,望将军觑方便。①

一个重要的信息是变"好汉"为"将军"。在《元曲选》本中,张员外刚被抓上山的时候,也以为是遇到强盗,所以高喊"大王饶命咱"。旁边的弓兵喝道:"不是大王,是巡检老爷,奉上司明文,把守窝弓峪,盘诘奸细的。"在已被告知赵的身份的前提下,张员外还唱出"您夺下的是轻裘肥马他这不公钱",就显得不合适了,这恐怕就是臧懋循将原本中的强盗改为将军之后,在处理上未尽完善的地方。为什么臧懋循要改变赵兴孙的身份,就是以传统文人的眼光眼来,有志之人当报效国家才是正途。赵兴孙有重新做人的机会,更应当力求上进才是,去做剪径强盗,未免辜负了张家的恩惠。更何况以朝廷巡检的名义帮助张家捉拿陈虎,更加名正言顺。否则,陈虎虽然是忘恩负义的奸恶小人,赵兴孙作为强盗也不被国家法度所容,在立场上就不那么值得褒扬了。在这些有关剧中的小人物的身份命运上,《元曲选》本与别本的细微差异仍然可以反映出编选者由于主观意识的不同造成的审美情趣的

---

① (明)臧懋循:《元曲选》第一册,中华书局1958年版,第137页。

不同。

（三）对剧中人物设置的不同考虑

《元曲选》本的《冤家债主》一剧，是以崔子玉来完成对张善友的度脱点化过程的。而脉抄本《冤家债主》中，另有一人物"武仙"，对张善友的度脱是武仙与张善友共同完成的。赵景深主编、邵曾祺编著的《元明北杂剧总目考略》对该剧的考释中提到："此剧脉望馆本与《元曲选》本曲词无大出入，脉望馆本首尾多出与张善友、崔子玉均为朋友的武仙，亦无作用，《元曲选》大约因此将他删去。"① 考虑到剧中的人物设置，其实脉抄本中看来无用的角色倒是崔子玉，如果直接在脉抄本的基础上删减，应该保留武仙才对。结合剧情及相关情况来看，出现这一人物差异应该是两本对角色的设置根本不同，而脉抄本中的武仙这一人物恐怕才是后来者添加的。

武仙在脉抄本楔子中即登场，以冲末来扮演，上场即说明他的身份及三人间的关系："贫道乃武仙是也。自离山中，云游到晋州古城，交下二友人。大兄弟崔子玉，学成满腹文章，秉性忠直，正直无私。第二个兄弟是张善友，平日看经念佛，修行办道，争奈有妻财子禄未断。因此上俺三人为朋友，曾劝善友弃了俗禄，跟贫道山中出家去也。他时节未到，不肯从我。我今日回山中去，崔子玉也要上朝取应去，俺二人同到善友宅上辞别走一遭去。"善友云："哥哥说的是，俺同去来。归隐林泉傍翠岩，竹篱茅舍任吾潜。今朝辞第同登路，后会重将义气添。"脉抄本中武仙与崔子玉的身份十分明确，武仙是道士，在山中出家，而崔子玉是儒士，要去参加科举考试。其实这个开头的设定就有矛盾，道士劝人出家是应该的，崔子玉自己身为儒生，况且还去考取功名，他劝化张善友的立场是从何而来呢？在之后的剧情中，直到第四折将要结束时才有交代，因为崔子玉即崔府君，也算是道教神仙系统中的人物，这

---

① 赵景深主编、邵曾祺编著：《元明北杂剧总目考略》，中州古籍出版社1985年版，第572页。

样的前后联系未免太过薄弱。

　　以一部宣传因果报应，倡导出家修行的剧作而言，脉抄本将度脱者的主要任务都交给了武仙。尤其是第四折重要的张善友游地府、明因果的部分，是由于武仙的法力点化才实现的。剧末演述性的陈词，也是由武仙来完成的，这与武仙由冲末扮演也有关系。总之，由脉抄本看来，武仙是一个典型的道士形象，他在剧中劝化张善友出家，为其指点迷津，在剧中还曾有一段"道情"的念诵。这个人物的设置符合一般度脱剧中的神仙、道士的特点。反观崔子玉，在脉抄本中除楔子的出场外，都是以官员的形象出现，即使第四折上场说明其为崔府君，也仅仅发挥了点破张善友的梦境这一点作用。从度脱剧中度脱者的惯例来看，崔子玉才是无用的那一个。也就是说，脉抄本有意设置一个道士去完成度脱点化的任务，而文人身份的崔子玉仅仅是陪衬而已。

　　这样的设置并不是必要的，而且恐怕也不是原作者的本意。本剧在脉抄本中的题目正名为"张善友论土地阎神，崔府君断冤家债主"，《元曲选》本"论"字作"告"字，都说明崔府君才是与剧情紧密相关的人物。如果按照脉抄本的剧情设置，崔子玉在第三折中反复向张善友强调自己是阳间官员，不能管理阴间之事，而第四折又是武仙将张善友指点到阴间，并向他说明前因后果，岂不是就成了崔府君"断不了"冤家债主的情况了。崔府君是著名神仙人物，唐玄宗时就被封为灵圣护国侯，其后封号不断升级，南宋时更因为"泥马渡康王"之功被封为"真君"。在民间传说中说他能够"昼理阳，夜审阴"，这在某种程度上与包拯的传说相似。所谓"断冤家债主"一事，应该就是从这类传说中产生出来。因此，《元曲选》本楔子中，崔子玉刚一上场就说明了这一情况：

　　　　自家晋州人氏，姓崔名子玉。世人但知我满腹文章，是当代一个学者，却不知我秉性忠直，半点无私，以此奉上帝敕旨，屡屡判断阴府之事。果然善有善报，恶有恶报，如同影响，分毫不错，真可畏也。我有一个结义兄弟，叫做张善友，平日仅肯看经念佛，修行办道。我曾劝他早些出家，免堕尘障，争奈他妻财子禄，一时难断，如何是好。（叹科云）嗨，这也何足怪他，便是我那功名两字，也还未能忘情。如今待上朝取应去，不免到善友宅上，与他作别走一遭。正是劝人出世偏知易，自到临头始觉难。①

在这段上场的陈词中，不仅为全剧定下因果报应的主题，预先为阴府之事埋下伏笔，而且也说明了为何劝人出家之人自己却要去考取功名的问题，崔子玉虽然具有神性，但并不是完全意义上的修道者。崔府君这个人物既然已经在民间传说中具有亦人亦神的特点，就不需要再添加一个道士来完成点化张善友的任务。而且还有一个细节问题，张善友平日既然"看经念佛，修行办道"，说明倾向于佛教，为何要跟武仙这样的道士"去山中出家"？综合各种情况来看，这部剧中添加一个道士的角色都是不必要的，脉抄本用武仙这个人物来完成对张善友的度脱，与崔府君的相关传说及"断冤家债主"之事的本意都不相符。

另外一个不见于《元曲选》的人物是《盆儿鬼》一剧中的赵客，脉抄本杨文用是与赵客一起离家做买卖，并且都被盆罐赵杀害，而《元曲选》本并没有赵客这个人物。赵客这个人从脉抄本的剧情看来，并没有什么实际作用，他与杨文用显然不是亲兄弟，虽然一起被害，但是之后关键的鬼魂诉冤、复仇的部分都与其无关。之后杨文用的鬼魂向张憋古和包拯叙说情况的时候，都只说"俺兄弟二人"，连赵客的名字都未曾提到。《元曲选》本不载此人，丝毫也不影响剧情的进展及剧中的关键线索。

虽然剧本中并没有更多动作提示方面的依据，但考虑到元杂剧的一般情况，脉抄本中对武仙、赵客这两个人物的设置，恐怕都是从舞台表演的角度出发的。首先，度脱剧中的度脱者，为了显示其法力高深，往

---

① （明）臧懋循：《元曲选》第三册，中华书局1958年版，第1130页。

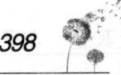

往会有一些神奇的变化。之前的论述中已经提到，有的剧本中保留有"作用科"这样的提示，说明在这种需要变化的时机会伴随有相应的动作表演。脉抄本中为张善友指点迷津，引导其到地府的正是武仙，若在实际表演中有相关动作，此类动作应当就是由武仙来完成。而且，剧中对"道情"词的念诵及最后的韵文陈词的念诵，都是由武仙来完成的。此类成分在元杂剧中的保留，与宋元的说话伎艺有很大关系。冲末担任这种念诵任务，显示出其在舞台演出中的重要作用。而且元杂剧中较为多见的便是由吕洞宾、马丹阳这样的神仙人物以道士的身份来度脱别人，并有种种神奇的举动，像崔子玉这样以半人半神的身份来行此事的很少见。脉抄本多设道士一角可能正是遵循旧例。

赵客其人，在脉抄本中由净角扮演，虽然并不能说元杂剧中的净角都需有武打或者插科打诨类的表演，但此剧中的赵客陪伴杨文用做生意，对主角有陪衬作用。他在剧中的行为，如催促杨文用赶路，投宿时叫门，都是富有动作性的。而且赵客这个人物的存在也改变了剧中的一个环节。脉抄本中杨文用与赵客投宿住下之后，盆罐赵的妻子撇枝秀因见这两个客人担着沉甸甸的两笼东西，不知是什么，于是偷听二人谈话：

（赵客云）哥哥，自从贩南商做买卖，拿着几个银子出来，谢天谢地，嗜利增百倍也。

（正末做慌科云）住住住，兄弟也，壁间须有耳，窗外岂无人，这等话再也休题。

（赵客云）哥哥说的是，您兄弟不惯出外。

（旦儿云）我娘也，惹多东西。

撇枝秀听说有许多财物，这才起了不良之心，唆使盆罐赵将二人谋害了。因为赵客的不老成，而引发了图财害命的事件。而《元曲选》本中，见财起意完全是因为撇枝秀的狡诈与贪婪：

（正末云）大嫂说的是，我就数钱与你。（做开笼取钱遮掩科云）这是二百好小钱，请大嫂收了。

　　（搽旦做一眼瞅担儿科云）钱有了，客官请自在罢。（背云）我看这两个沉点点笼儿，是个有东西的。①

　　杨文用是老于商贾的商人，为防露财，特意用手遮掩，还是被撒枝秀看到了。在《元曲选》中，是通过描述性的动作提示，来表现这个环节。而脉抄本则提供了一个极富戏剧性的场景：撒枝秀"虚下"之后又偷偷上场来偷听二人的谈话，而赵客在言谈中无意间说出他们带有大宗钱财。这个场景在戏剧舞台上表演起来应当更有表现力。

　　从这两个人物的有关情况来看，臧懋循的《元曲选》在将元杂剧呈现于案头阅读的时候，并没有录入别本中存在的、从文字理解上显得多余的人物。元杂剧中有的人物可能是为了增强舞台表演时的效果而设置，但用文学语言来表现时，并没有存在的必要。

　　本章小结：在元杂剧剧本体系的发展过程中，元刊本更倾向于作为演出参考的掌记本，而《元曲选》则是依赖文学语言来构建场景、完成叙事的阅读文本。在剧本中的动作提示方面，《元曲选》更加注重对动作场面的描述性，而对实际演出的依赖性就有所削弱，剧本中文学意象的表现力也更强。另外，《元曲选》本与其他版本的某些细节不同，可以体现出其编选者站在文人角度上，如何尝试增加元杂剧剧本的文学趣味。臧懋循的改动依然在主观上遵循着他所推崇的"当行"原则，但表现为希望以他设计的方式去指导舞台实践，而并不依赖已经在剧本中存在的演出信息。臧懋循以自己的方式组织文学语言来对戏剧中的场景和舞台效果进行设计，在没有多少元杂剧的演出实践可供参考的情况下，臧懋循的设计体现出他个人对元杂剧艺术特点的认识，这种认识某种程度上其实代表的是明代中后期戏剧艺术的整体水平。

---

① （明）臧懋循：《元曲选》第四册，中华书局1958年版，第1394页。

结　　论

　　元杂剧流传至明代中晚期，除了在宫廷演出中还有所保留以外，在民间戏曲舞台上几乎已经优势尽失。于是，文人对元杂剧剧本的编选整理及选本的流传成为元杂剧的主要传播途径。此时的元杂剧剧本的面貌受到来源不同的底本资料、演员在舞台演出过程中的长期经验积累、改编整理者对戏剧的认识、明代戏曲的发展状况和观众的审美眼光等多种因素的影响，成为一种独立的新的审美对象，而不是对元杂剧初始形态的简单记录。在戏剧史视野下来考察《元曲选》，就是要跳出传统的功过观念，不苛求《元曲选》对保存元杂剧的"本来面貌"负有怎样的责任，而以发展的眼光来看待臧懋循对元杂剧进行的编改。

　　中国传统戏剧发展至明代，在戏剧艺术的各个方面都有所进步。明代文人对戏曲创作及评点的积极参与是推动明代戏曲发展的重要力量。传统的戏剧批评研究对选本反映出的编选者的批评意识认识不足，实际上，臧懋循的《元曲选》就是他以元杂剧经典集锦的形式，为当时以及后世的戏曲创作树立可供学习的典范。虽然在明代中晚期特别是万历前后，已有数本元杂剧选本问世，但《元曲选》所具有的特点却使其成为其中最为成功且影响最为深远的一部，这与臧懋循本人戏剧思想的进步性是分不开的。

　　在对戏曲选本的认识上，臧懋循不同于一般的编选者。徐朔方先生在《元曲选家臧懋循》一书中指出："《元曲选》编校刻印之所以成功，同臧懋循作为我国最早一代以士大夫而身兼出版商的丰富经验有着不可分割的联系。"① 正是在明代出现资本主义经济萌芽、商品大潮席卷帝国上下、重商逐利的思想影响到社会各个阶层的情况下，臧懋循这样的具有"士大夫兼出版商"身份的人才会出现。于是，《元曲选》的编选不仅仅是一件文人希望指导现实戏曲创作、留名文坛求得"赏音者"的学术功绩，也是一个出版商希望能在当时的诸多戏曲选本中胜出、获得市场青睐的商业行为。文人身份决定了臧懋循对元杂剧的关注、对整理编选元杂剧热情的由来以及这部选集的文学鉴赏价值之高；商人身份决定了臧懋循对这部戏曲选集商品价值的期待，因此他不惜采用各种方式提高其在当时所有元杂剧选集中的特殊价值与地位。把《元曲选》的编选特点与当时戏曲选本的发展状况和臧懋循的个性特点联系起来，就可以回答有关它的一些旧有问题，如为什么非要凑足百部之数，为什么要将明人作品也选入其中，《元曲选》的编选究竟有没有优劣排序，等等。臧懋循对戏曲选本价值的认识带有鲜明的时代特点与他的个人特色，促成了《元曲选》这部元杂剧选本的成功，因此才使其在元杂剧的传播中具有极大的影响力。

臧懋循的元杂剧价值观与之前的选家们有所不同。在当时的元杂剧选本中，普遍受到推崇的是爱情婚姻、神仙道化、历史剧等题材领域的创作，看重的是马致远、乔吉、郑光祖、白朴等知名作家的作品。臧懋循却将鉴赏的眼光扩展到了公案剧、英雄传奇剧、家庭问题剧等题材范围，因此诸多"非著名"元杂剧作家乃至无名氏作家的作品都得以在《元曲选》中占有一席之地。臧懋循本人在性格上具有明中后期文人常有的放任不羁的特点，在甄选杂剧作品的时候也没有受到戏曲"风教观"的过多影响。如《萧淑兰》《鸳鸯被》这样的有男女私会情节或刻画恋慕之情比较露骨的剧作，息机子的《元人杂剧选》就明确表示不会选入，而《元曲选》并没有舍弃它们。《元曲选》的入选作品中不仅有以曲词优美、意境深远为特点的名家名作，也有《盆儿鬼》《生金

---

① 徐朔方：《元曲选家臧懋循》，中国戏剧出版社1985年版，第41页。

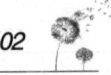

阁》等以展示演员表演技巧为目的的戏剧创作。在现有的元杂剧选集和全集中，只有《元曲选》和《脉望馆钞校本古今杂剧》表现出了如此宽泛的眼光，而在元杂剧的传播过程中发挥了巨大作用的只有《元曲选》。在臧懋循的努力下，元杂剧展现社会生活领域的宽广才被人们更加清晰地意识到，在这部戏曲选本中，不仅可以看到才子佳人、帝王将相、因果报应、得道成仙等常见的题材内容，还有李逵、燕青、尉迟恭等英雄好汉的传说，包拯、张鼎等清官断案的故事，大妇小妻、亲子养子等家长里短的生活内容都被《元曲选》容纳进去，从而具有更多的世俗性和趣味性。在《元曲选》的阅读过程中，读者既可以品味曲词之精妙，也可以想象戏剧场景之热闹。《元曲选》的出现极大地丰富了元杂剧选本的价值，标志着中国古代戏曲选本的发展进入了成熟期。臧懋循的元杂剧评判标准不仅是从曲词出发的，而且还考虑到了剧作的整体结构、剧场效果等方面，在他的这种戏剧思想指导下，《元曲选》才能较为全面地展示出元杂剧作为一种戏剧形式的艺术特征。

臧懋循对"当行"的戏曲作品十分推崇。他对《牡丹亭》等传奇剧本的改编，就是以适宜场上演出为标准的。他对元杂剧剧本的改订同样注意到了剧本的舞台性特点，而其中以对元杂剧上下场提示的整理和规范最为突出。元杂剧中的上下场提示对结构戏剧场面有重要意义，在上下场的时候附加一定的动作或者特殊的情态，在多人上下场的时候说明其地位或从属关系，对于剧情的进展、人物性格的刻画以及戏剧气氛的营造都有很大作用。元刊杂剧、《张协状元》等早期戏剧文本对上下场提示都不甚重视，在这个时期的杂剧和南戏作品中，上下场提示的种类很少，而且有一定的随意性，但是不能作为当时的戏剧表演就只有单一的上下场动作和形式的证明。只是在元杂剧文本的发展过程中，有越来越多本来依靠实际演出来表现的上下场动作需要用文字来说明，而且经过众多剧本传抄和写定者的整理，会将对同一个上下场动作的不同表达方式规范下来。戏曲的演出发展到明代中后期，随着演员表演经验的积累，在具体的表演方式上也会有很多创制。因此，臧懋循在进行剧本编改的时候，因为有大量底本材料可以参考，当时戏曲的演出方式也可以给他提供借鉴，他可以对原本中使用不当的上下场方式做出改正，对原本中没有的上下场方式进行添补，从而使得上下场的瞬间动作与剧情的结合程度更高、对戏剧意境的传达更准确，使得剧本与舞台演出之间的联系更紧密。从整体上来考虑，元杂剧中的上下场安排有时是受到演出实际状况的影响，如主唱演员在折与折的演唱之间应当有一定的间隔。在实际演出中，这样做可以给演员留出换装和休息的时间，因此而造成的间隔可以用其他的伎艺性演出或者穿插院本演出等内容来填补。但是在元杂剧被固定成文本形式时，这些出于现实的考虑不能显现出来，于是表现为主唱演员"先下后上"，被固定安排在每折的中间部分出场。《元曲选》中的剧本对这一规律的体现十分明显，但是与别本相参照，臧懋循还是有为了追求更好的戏剧效果而打破规律的地方。

"程式化"是中国戏曲的重要艺术特征之一。舞台表演中的程式是得到演员和观众的一致承认的，可以方便演员与观众在剧场中发生直接的双向交流，而当程式被保留在戏剧的文本中，成为剧本的组成部分时，其意义就会发生变化。其实元刊本的有限内容中并没有表现出明显的程式化特点，因为程式化多半是从剧中的宾白等具体内容中显现出来的，元刊本对其多不具载。而从明代宫廷的内府本开始，元杂剧的宾白、科介内容被越来越详细地记录下来，其程式化特点也越来越明显。但是内府本以服务演出为目的，对程式化内容的记录尽量详细，而不考虑其文学价值。发展至《元曲选》这样的明代中晚期文人选本，臧懋循对这个问题的总体倾向是予以保留并使之合理化，尽量从文学欣赏的角度加以整理和改造，以增强其内在的逻辑性。如"看有什么人来"、"这早晚敢待来也"等程式化用语，在实际表演时是为了对之后的演员上场进行提示，并不一定要在适宜的情境中才这样说。而《元曲选》从案头欣赏的角度出发，尽量使其都出现在合理的位置，但并没有把这样的句子从剧本中删去。元杂剧中二人通报相见的一套程式，也是出于元杂剧的表演习惯，从脉抄本所反映的情况来看，有时剧中对这一程式的运用连篇累牍，有一折戏中大半部分被占去的情况，《元曲选》中没有出现这样的剧作，而且在已有的剧目里，对该程式也有所精简。

　　元杂剧中的程式性内容的舞台意义比它们的文学意义重要，所以当这些内容在文本中大量呈现出来之后，由于舞台语言系统与文学语言系统之间的差异，从文字上只能看出这些内容文学意义的缺乏，却不能领略其在舞台上的作用，元杂剧因此也受到"蹈袭""刻板"的指责。由于《元曲选》的保存和整理，元杂剧中的程式化特点在剧本中也显示了出来。但《元曲选》从案头欣赏的角度出发，对这些内容还是进行了整理与删改。臧懋循认识到这部分内容在元杂剧剧本中并不是全无意义的，只是要使其适应文学欣赏的需要。例如写休书用"剪鞋样的纸，描花的笔"这种程式，涉及这一情节的元杂剧几乎全都采用，似乎是毫无新意的。但是这一程式对表现人物性格很有帮助。逼迫男子写休书的妇人，必然不是被肯定的女性形象。既然如此，对这类人的嘴脸的刻画就不妨穷形尽相，所以通过"剪鞋样的纸，描花的笔"这一程式，表现出她们"排除万难，只要休书"的急不可待的心情，人物的表现力也就因此而增强了。

　　在元杂剧剧本的发展史上，臧懋循的改订本是文学性质最突出的版本。现有的元刊本的样式有所不同，但基本上都不是完整意义上的剧本。《脉望馆钞校本古今杂剧》中收录的内府本有服务于宫廷戏曲演出的性质，是用来记录并指导现场演出的记录本。《改定元贤传奇》《古名家杂剧》《古杂剧》《元人杂剧选》等在《元曲选》之前出现的选本虽然已经经过了一定程度的规范和整理，但是还没有彻底摆脱对表演的记录功能。从文中的分析可以看出，在这些选本中有时要结合现场表演才能完全领悟剧本所要表达的内容。相比较而言，臧懋循在他的剧本改订中对舞台语言系统向文学语言系统的转化进行得最为彻底，通过文学语言就可以描述剧中设置的戏剧场面，传达戏剧的意境。如在动作提示方面，《元曲选》考虑到剧本的文学价值，增强了动作提示的叙述性，更偏向于对富有动作性的戏剧场面的描述，而对依赖于舞台表演才能领略其具体意味的动作提示则没有那么重视。在一些细节内容上，也可以反映出《元曲选》的文学性倾向，如《元曲选》对部分剧本的第四折进行了补充，使其在情节上趋于完整；《元曲选》忽略了一些与表演艺术相关的细节信息，在审美情趣上也表现出了从文学角度出发与从表演角度出发的不同。《元曲选》增强了元杂剧剧本的文学价值，其中的剧本可以独立作为文学的审美对象，而不是戏曲表演的附属品。元杂剧剧本发展至《元曲选》，终于比较清楚地认识到元杂剧的文学价值不仅在于剧中曲词的文采、风格和意境，包括曲词、宾白、科介在内，剧本中的全部内容都应当反映出戏剧的本质特点是与表演联系在一起的。所谓"当行"，并不是说作家就要为了服务戏曲演出而创作，而是说其创作要符合戏曲艺术的特点。《元曲选》中收入的元杂剧剧本与别的选集中的剧本相比，有更多、更精确的上下场提示来描摹瞬间的上下场动作的情态，有更为丰富细致的动作提示来描述一个具体的戏剧场景，提供了很多可以在戏剧演出中灵活运用并增加效果的细节程式及程式化用语，可以使读者在阅读的过程中理解戏剧场面设置的意义，也保留了这些剧本被后世的戏曲演出再次借鉴的可能。

臧懋循的元杂剧价值评判标准注意到了戏剧的世俗性和趣味性，臧懋循对元杂剧剧本的改编增强了剧本的舞台性、程式性及其在戏剧文学层面的价值，这些特点与明代中晚期戏曲观念的发展都有一定的联系。当时的戏曲批评观已经由"曲本位"向"剧本位"转变，在明中叶之后社会风气大为转变的背景下，观众对戏曲娱乐性的要求越来越高。随着堂会演戏等观赏形式的流行及演员表演经验的积累和技巧的磨炼，人们的欣赏兴趣也由戏曲中音乐性的方面转向伎艺性的方面，这种转变对整个清代戏曲的面貌都有影响。而在万历前后元杂剧选本诞生的高潮期中，只有《元曲选》较为明显地体现出了与当时的戏曲发展状况及欣赏习惯同步的特征，这正体现出臧懋循的戏剧思想的进步意义所在。《元曲选》反映出元杂剧剧本发展至明代中后期产生的新变，反映出臧懋循的元杂剧批评观念与前人相比有哪些变化，在戏剧史视野下探讨

《元曲选》的这些特征，就可以对《元曲选》及臧懋循的戏剧思想的历史价值有更进一步的认识。本书中所讨论的《元曲选》中所收剧本在上下场提示、动作提示、程式化内容等细节方面的改订，正反映出在此时期的舞台演出实际动作正在不断普遍化与规范化，舞台表演艺术正走向复杂化与程式化的统一，中国古代戏剧的表演形态正在不断进化。正是通过臧懋循这样有丰富经验和卓越见识的戏曲家的改编，后人在阅读《元曲选》的过程中，看到的是更为精巧的剧情关目、更合情合理的戏剧场面和对人物行动的安排，以及性格化与类型化相统一的人物形象。这部书所代表的臧懋循的艺术理想，汇入此时期的巨大浪潮，成为中国古代戏剧艺术走向真正独立的先声。

参考文献

一 古籍文献类

（汉）司马迁：《史记》（全十册），中华书局1959年版。

（晋）陈寿：《三国志》（全五册），中华书局1959年版。

（南朝宋）刘义庆撰，（梁）刘孝标注，杨勇校笺：《世说新语》（修订本）（全四册），中华书局2006年版。

（南朝梁）沈约：《宋书》（全八册），中华书局1974年版。

（唐）崔令钦：《教坊记》，中国戏曲研究院编：《中国古典戏曲论著集成》（一），中国戏剧出版社1959年版。

（唐）杜佑：《通典》（全五册），中华书局1988年版。

（唐）南卓：《羯鼓录》，中华书局1985年版。

（北宋）欧阳修、宋祁等撰：《新唐书》（全二十册），中华书局1975年版。

（元）《元刊杂剧三十种》，郑振铎主编：《古本戏曲丛刊四集》，商务印书馆1958年版。

（元）孔齐：《至正直记》，中华书局1991年版。

（元）苏天爵：《元文类》，任继愈主编：《中华传世文选》第七册，吉林人民出版社1998年版。

（元）陶宗仪：《南村辍耕录》，中华书局1959年版。

（元）燕南芝庵：《唱论》，中国戏曲研究院编：《中国古典戏曲论著集成》（一），中国戏剧出版社1959年版。

（元）杨朝英编，许金榜注：《阳春白雪》，中州古籍出版社1991年版。

（元）钟嗣成：《录鬼簿》，中国戏曲研究院编：《中国古典戏曲论著集成》（二），中国戏剧出版社1959年版。

（元）周德清：《中原音韵》，中国戏曲研究院编：《中国古典戏曲论著集成》（一），中国戏剧出版社1959年版。

（明）《古杂剧》，郑振铎主编：《古本戏曲丛刊四集》，商务印书馆1958年版。

（明）《元明杂剧四种》，郑振铎主编：《古本戏曲丛刊四集》，商务印书馆1958年版。

（明）陈邦瞻原编，臧懋循补辑，张溥论正：《元史纪事本末》（全二册），商务印书馆1935年版。

（明）陈继儒：《批点牡丹亭题词》，俞为民、孙蓉蓉编：《历代曲话汇编：新编中国古典戏曲论著集成·明代编》（第二集），黄山书社2009年版。

（明）陈所闻：《刻南宫词纪凡例》，俞为民、孙蓉蓉编：《历代曲话汇编：新编中国古典戏曲论著集成·明代编》（第二集），黄山书社2009年版。

（明）陈与郊：《古名家杂剧》，郑振铎主编：《古本戏曲丛刊四集》，商务印书馆1958年版。

（明）程羽文：《曲藻》，俞为民、孙蓉蓉编：《历代曲话汇编：新编中国古典戏曲论著集成·明代编》（第三集），黄山书社2009年版。

（明）冯梦龙：《警世通言》，人民文学出版社1956年版。

（明）冯梦龙：《太霞新奏序》，俞为民、孙蓉蓉编：《历代曲话汇编：新编中国古典戏曲论著集成·明代编》（第三集），黄山书社2009年版。

（明）顾起元：《客座赘语》，中华书局1987年版。

（明）何良俊：《曲论》，中国戏曲研究院编：《中国古典戏曲论著集成》（四），中国戏剧出版社1959年版。

（明）何良俊：《四友斋丛说》，俞为民、孙蓉蓉编：《历代曲话汇编：新编中国古典戏曲论著集成·明代编》（第一集），黄山书社2009年版。

（明）何良俊：《四友斋丛说》，中华书局1959年版。

（明）洪楩编：《清平山堂话本》，古典文学出版社1957年版。

（明）胡应麟：《少室山房类稿》，文渊阁四库全书本。

（明）黄正位：《〈阳春奏〉凡例》，吴毓华编著：《中国古代戏曲序跋集》，中国戏剧出版社1990年版。

（明）黄正位：《阳春奏》，郑振铎主编：《古本戏曲丛刊四集》，商务印书馆1958年版。

（明）贾仲名：《录鬼簿续编》，中国戏曲研究院编：《中国古典戏曲论著集成》（二），中国戏剧出版社1959年版。

（明）兰陵笑笑生著，（清）张竹坡批评，王汝梅、李昭恂、于凤树校点：《张竹坡批评金瓶梅》（全二册），齐鲁书社1987年版。

（明）李开先：《〈改定元贤传奇〉后序》，吴毓华编著：《中国古代戏曲序跋集》，中国戏剧出版社1990年版。

（明）李开先：《〈改定元贤传奇〉序》，吴毓华编著：《中国古代戏曲序跋集》，中国戏剧出版社1990年版。

（明）李开先：《改定元贤传奇》，《续修四库全书·集部·戏剧类》，上海古籍出版社2002年版，第1760册。

（明）李开先：《李开先集》（全三册），中华书局1959年版。

（明）李开先：《南北插科词序》，俞为民、孙蓉蓉编：《历代曲话汇编：新编中国古典戏曲论著集成·明代编》（第一集），黄山书社2009年版。

（明）李开先：《市井艳词序》，俞为民、孙蓉蓉编：《历代曲话汇编：新编中国古典戏曲论著集成·明代编》（第一集），黄山书社2009年版。

（明）李开先：《西野春游词序》，俞为民、孙蓉蓉编：《历代曲话汇编：新编中国古典戏曲论著集成·明代编》（第一集），黄山书社2009年版。

（明）李开先：《张小山小令后序》，俞为民、孙蓉蓉编：《历代曲话汇编：新编中国古典戏曲论著集成·明代编》（第一集），黄山书社2009年版。

（明）李开先：《张小山小令序》，俞为民、孙蓉蓉编：《历代曲话汇编：新编中国古典戏曲论著集成·明代编》（第一集），黄山书社2009年版。

（明）李维桢：《乡祭酒王公墓表》，《太泌山房集》卷106，转引自余英时《中国近世宗教伦理与商人精神》，台北：联经出版事业公司1987年版。

（明）李郁尔：《月露音凡例》，俞为民、孙蓉蓉编：《历代曲话汇编：新编中国古典戏曲论著集成·明代编》（第二集），黄山书社2009年版。

（明）李贽：《焚书·续焚书》，中华书局1975年版。

（明）凌濛初：《南音三籁凡例》，俞为民、孙蓉蓉编：《历代曲话汇编：新编中国古典戏曲论著集成·明代编》（第三集），黄山书社2009年版。

（明）凌濛初：《谭曲杂札》，中国戏曲研究院编：《中国古典戏曲论著集成》（四），中国戏剧出版社1959年版。

（明）刘若愚：《酌中志》，北京古籍出版社1994年版。

（明）吕坤著，王国轩、王秀梅注释：《呻吟语》，学苑出版社1993年版。

（明）吕天成：《曲品》，中国戏曲研究院编：《中国古典戏曲论著集成》（六），中国戏剧出版社1959年版。

（明）茅暎：《牡丹亭记凡例》，俞为民、孙蓉蓉编：《历代曲话汇编：新编中国古典戏曲论著集成·明代编》（第三集），黄山书社2009

年版。

（明）茅元仪：《批点牡丹亭记序》，俞为民、孙蓉蓉编：《历代曲话汇编：新编中国古典戏曲论著集成·明代编》（第三集），黄山书社2009年版。

（明）孟称舜：《〈古今名剧合选〉评语》，俞为民、孙蓉蓉编：《历代曲话汇编：新编中国古典戏曲论著集成·明代编》（第三集），黄山书社2009年版。

（明）孟称舜：《古今名剧合选序》，吴毓华编著：《中国古代戏曲序跋集》，中国戏剧出版社1990年版。

（明）孟称舜：《新镌古今名剧柳枝集》、《新镌古今名剧酹江集》，郑振铎主编：《古本戏曲丛刊四集》，商务印书馆1958年版。

（明）闵光瑜：《邯郸记凡例》，俞为民、孙蓉蓉编：《历代曲话汇编：新编中国古典戏曲论著集成·明代编》（第三集），黄山书社2009年版。

（明）闵光瑜：《邯郸记总评》，俞为民、孙蓉蓉编：《历代曲话汇编：新编中国古典戏曲论著集成·明代编》（第三集），黄山书社2009年版。

（明）潘之恒著，汪效倚辑注：《潘之恒曲话》，中国戏剧出版社1988年版。

（明）祁彪佳：《远山堂曲品》，中国戏曲研究院编：《中国古典戏曲论著集成》（六），中国戏剧出版社1959年版。

（明）钱希言：《戏瑕》，中华书局1985年版。

（明）沈宠绥：《度曲须知》，俞为民、孙蓉蓉编：《历代曲话汇编：新编中国古典戏曲论著集成·明代编》（第二集），黄山书社2009年版。

（明）沈宠绥：《弦索辨讹序》，俞为民、孙蓉蓉编：《历代曲话汇编：新编中国古典戏曲论著集成·明代编》（第二集），黄山书社2009年版。

（明）沈德符：《万历野获编》，中华书局 1959 年版。

（明）沈璟：《答王骥德之二》，俞为民、孙蓉蓉编：《历代曲话汇编：新编中国古典戏曲论著集成·明代编》（第一集），黄山书社 2009 年版。

（明）沈自晋著，张树英点校：《沈自晋集》，中华书局 2004 年版。

（明）汤显祖：《牡丹亭记题词》，俞为民、孙蓉蓉编：《历代曲话汇编：新编中国古典戏曲论著集成·明代编》（第一集），黄山书社 2009 年版。

（明）汤显祖著、徐朔方笺校：《汤显祖诗文集》，上海古籍出版社 1982 年版。

（明）王骥德：《曲律》，中国戏曲研究院编：《中国古典戏曲论著集成》（四），中国戏剧出版社 1959 年版。

（明）王九思：《书宝剑记后》，俞为民、孙蓉蓉编：《历代曲话汇编：新编中国古典戏曲论著集成·明代编》（第一集），黄山书社 2009 年版。

（明）王世懋：《闽部疏》，中华书局 1985 年版。

（明）王世贞：《曲藻》，中国戏曲研究院编：《中国古典戏曲论著集成》（四），中国戏剧出版社 1959 年版。

（明）王世贞：《艺苑卮言》，俞为民、孙蓉蓉编：《历代曲话汇编：新编中国古典戏曲论著集成·明代编》（第一集），黄山书社 2009 年版。

（明）王阳明：《王阳明全集》，上海古籍出版社 1992 年版。

（明）王寅：《乐府小序》，俞为民、孙蓉蓉编：《历代曲话汇编：新编中国古典戏曲论著集成·明代编》（第一集），黄山书社 2009 年版。

（明）息机子：《刻〈杂剧选〉序》，吴毓华编著：《中国古代戏曲序跋集》，中国戏剧出版社 1990 年版。

（明）息机子：《杂剧选》，郑振铎主编：《古本戏曲丛刊四集》，商务印书馆 1958 年版。

（明）徐复祚：《〈南北词广韵选〉批语》，俞为民、孙蓉蓉编：《历代曲话汇编：新编中国古典戏曲论著集成·明代编》（第二集），黄山书社 2009 年版。

（明）徐复祚：《曲论》，中国戏曲研究院编：《中国古典戏曲论著集成》（四），中国戏剧出版社 1959 年版。

（明）徐光启：《农政全书》，商务印书馆 1930 年版。

（明）徐渭：《南词叙录》，中国戏曲研究院编：《中国古典戏曲论著集成》（三），中国戏剧出版社 1959 年版。

（明）徐渭：《徐渭集》，中华书局 1983 年版。

（明）于若瀛：《阳春奏序》，吴毓华编著：《中国古代戏曲序跋集》，中国戏剧出版社 1990 年版。

（明）臧懋循：《负苞堂集》，古典文学出版社 1958 年版。

（明）臧懋循：《元曲选》（全四册），中华书局 1958 年版。

（明）臧懋循撰，赵红娟点校：《臧懋循集》，浙江古籍出版社 2012 年版。

（明）张岱：《琅嬛文集》，岳麓书社 1985 年版。

（明）张岱撰，马兴荣点校：《陶庵梦忆·西湖梦寻》，中华书局 2007 年版。

（明）张瀚：《松窗梦语》，上海古籍出版社 1986 年版。

（明）张弘毅：《汤义仍先生还魂记凡例》，俞为民、孙蓉蓉编：《历代曲话汇编：新编中国古典戏曲论著集成·明代编》（第三集），黄山书社 2009 年版。

（明）张禄：《南北小令引》，俞为民、孙蓉蓉编：《历代曲话汇编：新编中国古典戏曲论著集成·明代编》（第一集），黄山书社 2009 年版。

（明）赵琦美：《脉望馆钞校本古今杂剧》，郑振铎主编：《古本戏曲丛刊四集》，商务印书馆 1958 年版。

（明）止云居士：《北调万壑清音凡例》，俞为民、孙蓉蓉编：《历代曲话汇编：新编中国古典戏曲论著集成·明代编》（第二集），黄山书社2009年版。

（明）朱权：《太和正音谱》，中国戏曲研究院编：《中国古典戏曲论著集成》（三），中国戏剧出版社1959年版。

（清）冰丝馆刊本：《重刻清晖阁批点牡丹亭凡例》，俞为民、孙蓉蓉编：《历代曲话汇编：新编中国古典戏曲论著集成·清代编》（第三集），黄山书社2008年版。

（清）曹雪芹：《红楼梦》（全三册），人民文学出版社1982年版。

（清）陈栋：《北泾草堂曲论》，俞为民、孙蓉蓉编：《历代曲话汇编：新编中国古典戏曲论著集成·清代编》（第三集），黄山书社2008年版。

（清）陈森：《品花宝鉴》（上下两册），宝文堂书店1989年版。

（清）程煐：《读曲偶评》，俞为民、孙蓉蓉编：《历代曲话汇编：新编中国古典戏曲论著集成·清代编》（第三集），黄山书社2008年版。

（清）褚人获：《隋唐演义》（全二册），上海古籍出版社1981年版。

（清）顾嗣立：《元诗选初集》，中华书局1987年版。

（清）黄周星：《制曲枝语》，俞为民、孙蓉蓉编：《历代曲话汇编：新编中国古典戏曲论著集成·清代编》（第一集），黄山书社2008年版。

（清）黄宗羲：《胡子藏院本序》，俞为民、孙蓉蓉编：《历代曲话汇编：新编中国古典戏曲论著集成·清代编》（第一集），黄山书社2008年版。

（清）黄宗羲：《明儒学案》，中华书局1985年版。

（清）嵇璜、刘墉等撰：《续通典》，浙江古籍出版社1988年版。

（清）焦循：《剧说》，中国戏曲研究院编：《中国古典戏曲论著集成》（八），中国戏剧出版社1959年版。

（清）焦循：《易余籥录》，俞为民、孙蓉蓉编：《历代曲话汇编：新编中国古典戏曲论著集成·清代编》（第三集），黄山书社2008年版。

（清）李调元：《剧话》，中国戏曲研究院编：《中国古典戏曲论著集成》(八),中国戏剧出版社 1959 年版。

(清)李调元:《雨村曲话》,俞为民、孙蓉蓉编:《历代曲话汇编:新编中国古典戏曲论著集成·清代编》(第二集),黄山书社 2008 年版。

(清)李斗:《扬州画舫录》,俞为民、孙蓉蓉编:《历代曲话汇编:新编中国古典戏曲论著集成·清代编》(第三集),黄山书社 2008 年版。

(清)李光地著,陈祖武点校:《榕村语录》,中华书局 1995 年版。

(清)李渔:《名词选胜序》,俞为民、孙蓉蓉编:《历代曲话汇编:新编中国古典戏曲论著集成·清代编》(第一集),黄山书社 2008 年版。

(清)李渔:《闲情偶寄》,中国戏曲研究院编:《中国古典戏曲论著集成》(七),中国戏剧出版社 1959 年版。

(清)梁绍壬:《两般秋雨庵随笔》,俞为民、孙蓉蓉编:《历代曲话汇编:新编中国古典戏曲论著集成·清代编》(第三集),黄山书社 2008 年版。

(清)梁廷枏:《曲话》,俞为民、孙蓉蓉编:《历代曲话汇编:新编中国古典戏曲论著集成·清代编》(第四集),黄山书社 2008 年版。

(清)凌廷堪:《论曲绝句三十二首》,俞为民、孙蓉蓉编:《历代曲话汇编:新编中国古典戏曲论著集成·清代编》(第三集),黄山书社 2008 年版。

(清)刘廷玑:《在园杂志》,俞为民、孙蓉蓉编:《历代曲话汇编:新编中国古典戏曲论著集成·清代编》(第一集),黄山书社 2008 年版。

(清)龙文彬:《明会要》(全二册),中华书局 1956 年版。

(清)毛奇龄:《毛西河论定〈西厢记〉》批语,转引自秦学人、侯作卿:《中国古典编剧理论资料汇辑》,中国戏剧出版社 1984 年版。

(清)钱谦益:《列朝诗集小传》,俞为民、孙蓉蓉编:《历代曲话汇编:新编中国古典戏曲论著集成·清代编》(第一集),黄山书社 2008

年版。

(清) 阮葵生：《茶余客话》，俞为民、孙蓉蓉编：《历代曲话汇编：新编中国古典戏曲论著集成·清代编》（第二集），黄山书社 2008 年版。

(清) 铁保：《〈选元人百种曲〉序》，彭书麟、于乃昌、冯育柱主编：《中国少数民族文艺理论集成》，北京大学出版社 2005 年版。

(清) 王奕清：《钦定曲谱凡例》，俞为民、孙蓉蓉编：《历代曲话汇编：新编中国古典戏曲论著集成·清代编》（第三集），黄山书社 2008 年版。

(清) 吴伟业：《北词广正谱序》，俞为民、孙蓉蓉编：《历代曲话汇编：新编中国古典戏曲论著集成·清代编》（第一集），黄山书社 2008 年版。

(清) 吴伟业：《杂剧三集序》，俞为民、孙蓉蓉编：《历代曲话汇编：新编中国古典戏曲论著集成·清代编》（第一集），黄山书社 2008 年版。

(清) 徐康：《前尘梦影录》，中华书局 1985 年版。

(清) 徐士俊：《盛明杂剧序》，俞为民、孙蓉蓉编：《历代曲话汇编：新编中国古典戏曲论著集成·清代编》（第一集），黄山书社 2008 年版。

(清) 杨恩寿：《词余丛话》，俞为民、孙蓉蓉编：《历代曲话汇编：新编中国古典戏曲论著集成·清代编》（第四集），黄山书社 2008 年版。

(清) 姚燮：《今乐考证》，俞为民、孙蓉蓉编：《历代曲话汇编：新编中国古典戏曲论著集成·清代编》（第四集），黄山书社 2008 年版。

(清) 叶德辉：《书林清话》，中华书局 1957 年版。

(清) 叶堂：《纳书楹四梦全谱自序》，俞为民、孙蓉蓉编：《历代曲话汇编：新编中国古典戏曲论著集成·清代编》（第三集），黄山书社 2008 年版。

（清）袁栋：《书隐丛说》，俞为民、孙蓉蓉编：《历代曲话汇编：新编中国古典戏曲论著集成·清代编》（第二集），黄山书社2008年版。

（清）张大复：《寒山堂曲话》，俞为民、孙蓉蓉编：《历代曲话汇编：新编中国古典戏曲论著集成·清代编》（第一集），黄山书社2008年版。

（清）张廷玉等撰：《明史》，中华书局1974年版。

（清）支丰宜：《曲目新编》，俞为民、孙蓉蓉编：《历代曲话汇编：新编中国古典戏曲论著集成·清代编》（第五集），黄山书社2008年版。

（清）周祥钰：《分配十二月令宫调总论》，俞为民、孙蓉蓉编：《历代曲话汇编：新编中国古典戏曲论著集成·清代编》（第三集），黄山书社2008年版。

（清）周祥钰：《新定九宫大成北词宫谱凡例》，俞为民、孙蓉蓉编：《历代曲话汇编：新编中国古典戏曲论著集成·清代编》（第三集），黄山书社2008年版。

廖立、廖奔校注：《朱有燉杂剧集校注》（全二册），黄山书社2017年版。

宁希元：《元刊杂剧三十种新校》（全二册），兰州大学出版社1988年版。

隋树森：《元曲选外编》，中华书局1959年版。

王季思主编：《全元戏曲》（1—12卷），人民文学出版社1990—1999年版。

王学奇：《元曲选校注》，河北教育出版社1994年版。

［意］利玛窦、金尼阁：《利玛窦中国札记》（全二册），何高济、王遵仲、李申译，中华书局1983年版。

二　学术专著类

陈东有：《〈元曲选音释〉研究》，中国社会科学出版社2001年版。

陈建华：《元杂剧批评史论》，齐鲁书社2009年版。

邓绍基主编：《元代文学史》，人民文学出版社1991年版。

段玉明：《中国市井文化与传统曲艺》，吉林教育出版社1992年版。

冯沅君：《孤本元明杂剧钞本题记》，商务印书馆1944年版。

傅惜华：《元代杂剧全目》，作家出版社1957年版。

傅惜华：《明代杂剧全目》，作家出版社1958年版。

傅衣凌：《明清时代商人及商业资本》，人民出版社1956年版。

郭廷伟：《元杂剧的插科打诨艺术》，中国社会科学出版社2002年版。

郭英德：《明清传奇史》，江苏古籍出版社1999年版。

黄天骥：《黄天骥自选集》，广东人民出版社2007年版。

蒋星煜：《中国戏曲史钩沉》（全二册），上海人民出版社2010年版。

焦菊隐：《焦菊隐戏剧论文集》，上海文艺出版社1979年版。

李修生、李真渝、侯光复编：《元杂剧论集》（上、下），百花文艺出版社1985年版。

李修生：《元曲大辞典》，江苏古籍出版社1995年版。

李修生：《元杂剧史》，江苏古籍出版社2002年版。

李毅民、李欣宇：《趣味连环画》，科学普及出版社2009年版。

梁燕主编：《齐如山文集》（全11卷），河北教育出版社2010年版。

廖奔：《中国古代剧场史》，中州古籍出版社1997年版。

廖奔、刘彦君：《中国戏曲发展史》（全4卷），山西教育出版社2000年版。

刘凤霞：《臧懋循研究》，贵州大学出版社2019年版。

刘瑞明：《刘瑞明文史述林》（上、下），甘肃人民出版社2012年版。

刘小玄、朱彧：《中国版画艺术源流》，湖南美术出版社2006年版。

龙建国：《诸宫调研究》，江西人民出版社2003年版。

鲁迅：《鲁迅全集》第七卷，人民文学出版社1981年版。

陆萼庭：《昆剧演出史稿》，上海文艺出版社1980年版。

宁宗一、陆林、田桂民：《元杂剧研究概述》，天津教育出版社1987

年版。

戚世隽：《明代杂剧研究》，广东高等教育出版社2001年版。

齐森华、陈多、叶长海主编：《中国曲学大辞典》，浙江教育出版社1997年版。

商传：《明代文化史》，东方出版中心2007年版。

宋俊华：《中国古代戏剧服饰研究》，广东高等教育出版社2003年版。

孙楷第：《也是园古今杂剧考》，上杂出版社1953年版。

唐文标：《中国古代戏剧史》，中国戏剧出版社1985年版。

王国维：《王国维文学论著三种》，商务印书馆2001年版。

王利器：《元明清三代禁毁小说戏曲史料》，上海古籍出版社1981年版。

王为民编：《吴梅戏曲论文集》，中国戏剧出版社1983年版。

王锳、曾明德编：《诗词曲语辞集释》，语文出版社1991年版。

王永宽、王刚：《中国戏曲史编年》，中州古籍出版社1994年版。

王运熙、顾易生主编：《中国文学批评史新编》，复旦大学出版社2006年版。

翁连溪编校：《中国古籍善本总目》（全七册），线装书局2005年版。

吴国钦、李静、张筱梅编：《元杂剧研究》，湖北教育出版社2003年版。

吴同宾、周亚勋主编：《京剧知识词典》，天津人民出版社1990年版。

吴同宾：《京剧知识手册》，天津教育出版社2001年版。

吴新雷主编：《中国昆剧大辞典》，南京大学出版社2002年版。

吴毓华：《中国古代戏曲序跋集》，中国戏剧出版社1990年版。

夏咸淳：《情与理的碰撞：明代士林心史》，河北大学出版社2001年版。

徐扶明：《元代杂剧艺术》，上海文艺出版社1981年版。

徐朔方：《晚明曲家年谱》（全三卷），浙江古籍出版社1993年版。

徐朔方：《元曲选家臧懋循》，中国戏剧出版社1985年版。

徐子方：《明杂剧史》，中华书局2003年版。

许金榜：《元杂剧概论》，齐鲁书社1986年版。

许祥麟：《中国鬼戏》，天津教育出版社1997年版。

严敦易:《元剧斟疑》(全二册),中华书局1960年版。

叶仰曦、鲁田:《戏曲龙套艺术》,中国戏剧出版社1983年版。

叶长海:《曲学与戏剧学》,学林出版社1999年版。

余英时:《士与中国文化》,上海人民出版社1987年版。

袁世硕主编:《元曲百科辞典》,山东教育出版社1989年版。

张棣华:《善本剧曲经眼录》,台北:文史哲出版社1976年版。

张应斌:《啸文学简史》,暨南大学出版社2012年版。

张月中主编:《中国古代戏剧辞典》,黑龙江人民出版社1993年版。

赵冈、陈钟毅:《中国经济制度史论》,新星出版社2006年版。

赵景深主编、邵曾祺编著:《元明北杂剧总目考略》,中州古籍出版社1985年版。

赵山林:《中国戏曲传播接受史》,上海人民出版社2008年版。

郑骞:《景午丛编》(全二册),台北:中华书局1972年版。

郑振铎:《郑振铎古典文学论文集》,上海古籍出版社1984年版。

郑振铎:《郑振铎文集》第七卷,人民文学出版社1988年版。

中国古籍善本书目编辑委员会编:《中国古籍善本书目》,上海古籍出版社1996年版。

周贻白:《中国剧场史(外二种)》,中国戏剧出版社2016年版。

朱崇志:《中国古代戏曲选本研究》,上海古籍出版社2004年版。

[日]吉川幸次郎:《元杂剧研究》,郑清茂译,台北:艺文出版社1977年版。

[加]卜正民:《纵乐的困惑:明代的商业与文化》,方骏等译,生活·读书·新知三联书店2004年版。

[荷]伊维德:《朱有燉的杂剧》,张慧英译,北京大学出版社2009年版。

三 学术论文类

《动作(动作即古之舞):暗上暗下》,《京戏杂志》1936年第8期。

蔡欣欣：《〈诚斋杂剧〉艺术之探讨》，《中华戏曲》2001 年第 25 辑。

陈富容：《臧懋循之戏曲当行论——以其批改〈牡丹亭〉为例》，台湾《中央大学人文学报》2006 年第 30 期。

陈妙丹：《论明代文人对元明北杂剧的校改——以剧本形态的演变为中心》，《戏曲艺术》2020 年第 2 期。

程有庆：《明刊〈元曲选〉版本赘言》，《藏书家》（第 16 辑），2009 年。

邓琪、邓翔云：《从元杂剧的不传，反思演员的创造力》，《艺术百家》2002 年第 4 期。

邓瑞琼、吴敢：《论臧晋叔对〈牡丹亭〉的改编》，《黄石师院学报》（哲学社会科学版）1984 年第 1 期。

邓绍基：《元杂剧〈金线池〉校读记》，《戏剧艺术》1992 年第 3 期。

邓绍基：《元杂剧〈气英布〉校读散记》，《河北师院学报》（社会科学版）1992 年第 4 期。

邓绍基：《元杂剧〈魔合罗〉校读记》，《殷都学刊》1994 年第 1 期。

邓绍基：《臧懋循"笔削"元剧小议——元杂剧校读记之一》，《阴山学刊》（社会科学版）1998 年第 3 期。

邓绍基：《〈元曲选〉的历史命运》，《社会科学战线》1998 年第 3 期。

邓绍基：《关于元杂剧版本探究》，《中国社会科学院研究生院学报》，2006 年第 1 期。

杜海军：《〈元曲选〉增删元杂剧之说多臆断——〈元曲选〉与先期刊抄元杂剧作品比较研究》，《广西师范大学学报》（哲学社会科学版）2008 年第 3 期。

杜海军：《论戏曲选集在戏曲史研究中的独立价值》，《艺术百家》2009 年第 4 期。

管弦：《臧懋循〈元曲选〉中"虚下"提示的使用特点》，《文化遗产》2011 年第 2 期。

解玉峰：《论臧懋循〈元曲选〉于元剧脚色之编改》，《文学遗产》2007 年第 3 期。

康保成：《"虚下"与杂剧、传奇表演形态的演进》，《文艺研究》2016年第1期。

蓝凡：《传统戏曲的"虚下"表演》，《戏文》1983年第3期。

李玉莲：《"网罗放佚"与"删汰繁芜"——元明清小说戏剧的选辑传播》，《齐鲁学刊》1998年第6期。

刘晓明、张庆：《元杂剧与南戏中人物上下场的表演按语》，《广州大学学报》（社会科学版），2006年第10期。

刘永峰：《熊大木：亦儒亦商的出版人》，《时代教育（先锋国家历史）》，2009年第9期。

柳无忌：《臧懋循与〈元曲选〉》，《读书》1986年第9期。

龙庄伟：《〈元曲选·音释〉探微》，《文献》1992年第3期。

戚世隽：《"看有什么人来"——试论元杂剧中的程式化用语》，《中华戏曲》（第40辑），2009年。

戚世隽：《〈元曲选〉研究之探讨》，载北京师范大学古籍与传统文化研究院编：《中国传统文化与元代文献国际学术研讨会会议论文集》，中华书局2009年版，第366—375页。

戚世隽：《中国古代剧本形态概论》，《文化遗产》2013年第3期。

孙书磊：《臧懋循〈元曲选〉的底本渊源及其文献价值》，《戏剧艺术》2011年第6期。

汪诗佩：《从元刊本重探元杂剧——以版本、体制、剧场三个面向为范畴》，博士学位论文，台湾清华大学，2006年。

吴敢：《〈赵氏孤儿〉剧目研究与中国古代戏曲选本》，《徐州教育学院学报》1999年第1期。

徐爽：《试论19世纪元杂剧〈庞居士误放来生债〉在海外的译介》，《国际中华文化研究》（第2辑），2022年。

徐朔方：《莎士比亚和中国戏曲》，《戏曲研究》（第24辑），1987年。

薛梅：《〈楚昭王疏者下船〉两种刊本比较——兼谈臧懋循"当行"理论在杂剧剧本改编中的体现》，《齐齐哈尔大学学报》（哲学社会科学版）2009 年第 4 期。

张显清：《晚明：中国早期近代化的开端》，《河北学刊》2008 年第 1 期。

赵红娟、何等：《新发现的明代戏曲家茅维杂剧两种》，《戏曲与俗文学研究》（第 4 辑），2017 年。

赵红娟：《晚明湖州四大望族的戏曲编刊活动及其特点》，《中国文学研究》（第 28 辑），2016 年。

赵红娟：《晚明望族的编刊活动、编刊者身份心态及其人员聘雇——以湖州闵、凌、茅、臧四大望族为中心》，《古典文献研究》（第 21 辑上卷），2018 年。

赵天为：《元杂剧选本研究初探（上）——从选本看元杂剧的流变》，《徐州教育学院学报》1999 年第 3 期。

赵天为：《元杂剧选本研究初探（下）——从选本看元杂剧理论的发展》，《徐州教育学院学报》2000 年第 1 期。

郑莉：《论明代宫廷杂剧上下场的处理》，《湖北民族学院学报》（哲学社会科学版）2007 年第 5 期。

郑骞：《元杂剧异本比较》（第一组），《"国立编译馆"馆刊》2 卷 2 期，1973 年。

郑骞：《元杂剧异本比较》（第二组），《"国立编译馆"馆刊》2 卷 3 期，1973 年。

郑骞：《元杂剧异本比较》（第三组），《"国立编译馆"馆刊》3 卷 2 期，1974 年。

郑骞：《元杂剧异本比较》（第四组），《"国立编译馆"馆刊》5 卷 1 期，1976 年。

郑骞：《元杂剧异本比较》（第五组），《"国立编译馆"馆刊》5 卷 2 期，1976 年。

郑尚宪：《臧晋叔改订〈元曲选〉考》，《文献》1989 年第 2 期。

朱崇志：《论明清戏曲选本的戏曲特征观》，《中华戏曲》（第 29 辑），

2003年。

朱崇志：《中国古典戏曲选本研究刍议》，《重庆工商大学学报》（社会科学版）2004年第3期。

朱恒夫：《论雕虫馆版臧懋循评改〈牡丹亭〉》，《戏剧艺术》2006年第3期。

朱建明：《马致远生平材料新发现》，《上海师范大学学报》（哲学社会科学版）1985年第1期。

[日] 赤松纪彦：《关于元杂剧〈汗衫记〉不同版本的比较研究》，康保成译，《河南大学学报》（哲学社会科学版）1989年第2期。

[美] 奚如谷：《臧懋循改写〈窦娥冤〉研究》，《文学评论》1992年第2期。

[美] 何谷理：《明清白话文学的读者层辨识——个案研究》，张新军译，载乐黛云、陈珏编选《北美中国古典文学研究名家十年文选》，江苏人民出版社1996年版，第439—476页。

[美] 奚如谷：《文本与意识形态——明代编订者与北杂剧》，甄炜旎译，《中国文学研究》（第16辑），2010年。

[韩] 吴庆禧：《元杂剧元刊本到明刊本宾白之演变》，《艺术百家》2001年第2期。

[荷] 伊维德：《我们读到的是"元"杂剧吗——杂剧在明代宫廷的嬗变》，宋耕译，《文艺研究》2001年第3期。

[日] 长松纯子：《元杂剧上下场诗之研究》，硕士学位论文，武汉大学，2005年。